A House for Mr Biswas
V. S. Naipaul

대산세계문학총서 128

비스와스 씨를 위한 집 2

A House for Mr Biswas

V. S. 나이폴 지음 — 손나경 옮김

문학과지성사
2014

대산세계문학총서 128_소설

비스와스 씨를 위한 집 2

지은이 V. S. 나이폴
옮긴이 손나경
펴낸이 주일우
펴낸곳 ㈜문학과지성사
등록번호 제1993-000098호
주소 121-894 서울 마포구 잔다리로7길 18(377-20)
전화 02) 338-7224
팩스 02) 323-4180(편집) 02) 338-7221(영업)
전자우편 moonji@moonji.com
홈페이지 www.moonji.com

제1판 제1쇄 2014년 12월 31일

ISBN 978-89-320-2712-8
ISBN 978-89-320-2710-4 (전 2권)
ISBN 978-89-320-1246-9 (세트)

이 책은 대산문화재단의 외국문학 번역지원사업을 통해 발간되었습니다.
대산문화재단은 大山 愼鏞虎 선생의 뜻에 따라 교보생명의 출연으로 창립되어
우리 문학의 창달과 세계화를 위해 다양한 공익문화사업을 펼치고 있습니다.

차례

비스와스 씨를 위한 집 1

일러두기

1. 이 책은 V. S. Naipaul의 *A House for Mr Biswas*(London: Picador, 2003)를 우리
   말로 옮긴 것이다.
2. 본문의 주는 모두 옮긴이의 것이다.
3. 강조하기 위해 원서에서 이탤릭체로 표기한 것을 본문에서는 고딕체로 표기했다.
4. 맞춤법과 외래어 표기는 1989년 3월 1일부터 시행된 「한글 맞춤법 규정」과 『문교부
   편수자료』 『표준국어대사전』(국립국어연구원)을 따랐다.

2부

1. '놀라운 장면들'

포트오브스페인으로 비스와스 씨가 가게 된 것은 우연한 일 때문이었다. 그는 그곳에 잠시 들렀던 인연으로 이후 여생을 그곳에서 보낸 뒤, 15년 뒤 시킴 스트리트에서 사망하게 된다. 하누만 하우스와 아내와 네 아이들(그중 막내는 얼굴도 못 보았지만)을 떠날 때 비스와스 씨의 주된 관심사는 하룻밤을 보낼 장소를 찾는 것이었다. 그때는 아직 이른 아침이었다. 눈부신 연무에 싸인 하이 스트리트 위로 태양이 똑바로 떠오르고 있었다. 그리고 그곳을 배경으로 모든 사람은 가장자리가 금빛으로 물든 희미한 실루엣으로 보였고 그림자가 길게 늘어져 움직이는 모습은 조화롭지 않고 어색했다. 양쪽에 있는 건물들도 우중충한 그림자 안에 들어 있었다.

도로 교차로에서 비스와스 씨는 여전히 어디로 갈지 결정을 내리지 못하고 있었다. 방수 천을 덮은 트럭, 택시, 버스 등 대부분의 차들이 북쪽을 향하고 있었다. 버스들이 천천히 비스와스 씨를 지나가고, 발판을 딛고 매달린 차장들이 그에게 어서 타라고 소리쳤다. 북쪽에는 아조다와 타라 그리고 어머니가 있었다. 남쪽에는 형들이 있었다. 그들 중 어느 누구도 비스와스 씨를 받아들이지 않을 사람은 없었다. 그러나 그들 중 어느 누구에게도 가고 싶지 않았다. 그들 사이에 있는 자신의 모습이 어떨지 너무나도 쉽게 그려졌기 때문이다. 그때 그는 북쪽에 포트오브스페인과 매형인 람찬드가 있다는 것을 기억해냈다. 그리고 람찬드의 초대가 진심인지 아닌지 생각하는 바로 그 잠시 동안, 엔진 후드가 약간 열리고 뚜껑 없는 라디에이터에서 김이 나는 버스 한 대가 끽하는 브레이크 소리를 내면서 양철과 나무로 된 차체를 흔들어대며 바로 옆에 섰다. 거의 소년에 가까운 젊은 차장은 몸을 아래로 굽혀 비스와스 씨의 판지 여행 가방을 낚아채고 긴박하게 서두르는 어투로 "포트오브스페인 갑니다, 아저씨. 포트오브스페인이요"라고 말했다.

아조다의 버스에서 차장으로 일했던 비스와스 씨도 그 당시 여행객들의 가방을 많이 낚아채봤기 때문에 차장은 이런 상황에서 생길 수 있는 어떤 골치 아픈 일도 감수할 정도로 공격적이어야 한다는 것을 알고 있었다. 그러나 갑자기 여행 가방을 뺏기고 차장의 서두르는 목소리를 들은 지금 비스와스 씨는 겁을 집어먹고 고개를 끄덕였다. "타요, 타, 아저씨." 차장이 말하자 비스와스 씨는 차 위로 올라갔고 그동안 차장은 그의 짐을 뒤쪽으로 치웠다.

승객을 내려주거나 또 다른 승객을 낚아채려고 버스가 설 때마다 비스와스 씨는 내려서 아직 남쪽으로 가기에 너무 늦은 것인지 또는 아닌지를 생각해보았다. 그러나 이미 결정은 내려졌고, 그에게 그 결정을 되돌릴 힘은 남아 있지 않았다. 뿐만 아니라 차장이 협조를 해줘야 여행 가방을 다시 찾을 수 있었다. 그는 노던 산맥의 아련한 작은 산꼭대기에 인형의 집처럼 작고 산뜻하게 지어진 집에 시선을 고정했다. 그리고 버스가 북쪽으로 갈수록 그 집이 더 이상 크게 보이지 않는 것을 이상하게 여기며, 마치 아이들이 그러하듯이 버스가 마지막에 그 집까지 갈까 아닐까 하고 궁금해했다.

그때는 수확 철이었다. 사탕수수밭에는 사탕수수의 일부가 벌써 베어져 누워 있었고, 절단기와 적재기가 작업을 하여 사탕수수 겉잎이 무릎 높이까지 쌓여 있었다. 진흙이 묻은 암회색 물소들이 사탕수수를 빽빽하고 높게 실은 수레를 힘겹게 끌고 들판 사이로 난 길을 따라 지나갔다. 그런데 곧 지형이 바뀌고 공기가 덜 끈적끈적해졌다. 사탕수수밭을 지나자 논이 나왔다. 논에 가둬둔 흙탕물은 한 점 티끌도 없는 푸른 하늘이 반사되어 원래의 색깔을 잃고 있었다. 나무는 더 많아졌다. 그리고 토담집은 보이지 않고, 대신 목조 가옥들이 보였다. 작고 오래되었지만 마무리도 잘되고 페인트칠도 하고 미늘창도 달린 집들이었다. 처마, 문과 창문의 위쪽, 담쟁이가 빼곡하게 자란 베란다 주변에는 부서지기 일쑤인 뇌문 세공*도 달아놓았다. 평야가 뒤로 지나가자 산이 가까이 다가왔다. 그러나 인형의 집은 여전히 작았다. 그리고 버스가 이스턴 메인 로드로 진입하면서 그 집은 시야에서 사라졌다. 도로에는 많은 전선들이 연결되어 있었는데 중요한 것인 듯했다. 버스는 교통이 혼잡하고 소음이 커지는 서쪽 방향으로 나아갔다. 붉은색, 황적색의 빽빽한 거주지를 연달아 지나 마침내 도로의 오른쪽에서 작은 산들이 솟아나고, 왼쪽에서는 늪지와 바다 냄새가 나더니 곧 평평하고 회색으로

---

* 복잡한 무늬의 패턴에 맞추어 새긴 것으로 장식을 위해 벽 같은 곳에 붙인다.

안개가 낀 모습이 나타나면서 포트오브스페인에 도착했다. 그리고 그곳에는 썩은 바다 소금 냄새가 도매상점에서 풍기는 코끝을 자극하는 달콤한 코코아와 설탕 냄새와 뒤섞여 있었다.

비스와스 씨는 도착하는 순간이 두려워 버스가 서지 말고 계속 가기를 바랐다. 하지만 기차역 옆에 있는 넓은 터에 도착하자 불안감은 즉시 사라지고 그 대신 자유로움과 흥분을 느꼈다. 자유의 날이었다. 예전에 아조다의 친척이 사망하여 술집이 문을 닫고 모든 사람이 가버렸던 그때 딱 한번 경험했던 그런 자유의 날이었다. 비스와스 씨는 머린 광장에 있는 행상인의 수레에서 코코넛을 사서 마셨다. 한창 아침인 이 시간에 이런 일을 할 수 있다는 것이 얼마나 멋진가! 그는 계속해서 밀려드는 자동차 옆의 북적거리는 인도를 따라 천천히 걸어가며, 가게와 카페와 레스토랑의 크기와 수, 전차, 수준 높은 가게 간판들, 엄청나게 큰 영화관(아르와카스에서는 비스와스 씨가 무료하게 시간을 보낸 곳이었다)을 쳐다보았다. 즐거웠던 어젯밤이 지나고 영화관의 문은 닫혀 있지만 아직 풀이 마르지 않은 포스터에는 그날 오후 저녁에 또다시 활기가 솟아오르리란 전망이 보였다. 그는 그 도시 전체를 이해할 것 같았다. 그리고 책상이나 카운터 뒤, 그리고 행상 수레나 버스 운전대 뒤에 있는 사람을 개인으로 따로따로 분리하여 쳐다보지 않았다. 그 대신 움직임만을 보았으며, 오감을 부르는 소리를 느끼고, 그 도시 아래에 있는 모든 활기, 비록 숨어 있지만 알아차려주기를 기다리고 있는 그 활기를 느꼈다.

가게와 사무실들은 문을 닫고 영화관이 문을 여는 4시가 되어서야 비로소 람찬드가 준 주소로 가야 한다는 생각이 들었다. 그 집은 우드브룩 지역에 있었다. 그 지역 이름에 매료되었던 비스와스 씨는 낡고 페인트칠이 되지 않은 목조 가옥 두 채와 대충 지은 판잣집 몇 채가 모여 이룬 울타리도 없는 주거지를 찾아내고는 실망했다. 돌아가기에도 또 다른 결심이나 또 다른 여행을 하기에도 이미 너무 늦었다. 그래서 판잣집에서 석탄 아궁이에 부채질을 하고 있는 한 흑인 여성에게 물어, 원래의 색이 빠져가고 있는 돌무더기를 지나고, 질척질척하고 뚜껑이 없는 배수로와 낮게 열려 있는 수채와 낮게 쳐진 빨랫줄을 지나 뒤쪽으로 가서 보니, 하수도를 따라 서 있는 골함석판 울타리를 벽으로 삼은 또 다른 판잣집에서 데후티가 아궁이에 부채질을 하고 있는 게 보였다.

비스와스 씨가 실망한 것이나, 한바탕 요란한 인사 후에 얼마 동안 같이 지내겠다는 그의 말을 듣고 그들이 놀란 것이나. 정도로 따지면 비슷한 수준이었다. 하지만 비스와스 씨가 샤마를 버려두고 왔다는 말을 했을 때 그들은 다시 한 번 환영 인사를 했다. 그들의 걱정 속엔 흥분도 들어 있었지만 힘든 시간에 비스와스 씨가 자신들을 찾아온 것에 대한 기쁨도 가미되어 있었다.

"있고 싶은 만큼 여기서 살아." 람찬드가 말했다. "봐. 여기 축음기를 써도 돼. 그냥 여기서 지내면서 음악이나 틀고 있으라고."

그리고 데후티는 비스와스 씨와 만날 때마다 늘 보여주던 무뚝뚝함을, 방어적이라기보다 아무 의미 없이, 그냥 버릇으로 굳어져서 인간관계를 단순하게 만들어버렸던 그 무뚝뚝함을 치워버리기까지 했다.

곧 데후티의 작은아들이 학교에서 돌아오자 데후티가 엄한 어조로 말했다. "책을 꺼내라. 학교에서 오늘 네가 뭘 배웠는지 한번 들어봐야겠다."

소년은 머뭇거리지 않았다. 소년은 커터리지 장군의 『읽기 책』 4학년 책을 꺼내어 1917년에 독일 포로수용소에서 도망간 이야기를 읽었다.

비스와스 씨는 소년과 데후티와 람찬드에게 감탄의 말을 했다.

"어려도 아주 잘 읽어." 람찬드가 말했다.

"그리고 '디스트리뷰트distribute'가 무슨 뜻이지?" 데후티가 여전히 엄한 목소리로 물었다.

"나눈다는 뜻이에요." 소년이 대답했다.

"난 저 나이에 그게 무슨 뜻인지 몰랐어요." 비스와스 씨가 람찬드에게 말했다.

"습자책 꺼내서 오늘 수학 시간에 뭘 했는지 보여다오."

소년이 책을 꺼내 데후티에게 건네자 그녀가 말했다. "제대로 한 것 같구나. 하지만 난 산수는 전혀 몰라. 삼촌에게 가지고 가거라. 삼촌이 봐주시게."

비스와스 씨도 산수를 모르는 것은 마찬가지였지만, 정답에 하는 붉은색 표시를 보고 또다시 소년과 데후티와 람찬드에게 감탄의 말을 했다.

"이런 교육은 미친 짓이야." 람찬드가 말했다. "아무리 어려도 다 따라갈 수 있지. 그런데 젠장, 중요한 것은 한참 나중에 나온단 말이야."

데후티와 람찬드의 집엔 방이 두 개 있었다. 그중 한 방을 비스와스 씨와 소년이 같이 썼다. 그 집은 밖에서 보면 녹슨 지붕에다 풍파에 시달리고 판자는 부서지고 페인트칠도 안 된 게 무너지기 일보 직전인 듯 보였지만, 집 안의 나무는 여전히 원래의 색을 어느 정도 가지고 있었고 방도 깨끗하게 잘 관리되고 있었다. 다이아몬드형의 유리가 달린 모자걸이를 포함해서 모든 가구에서 번쩍번쩍 윤이 나고 있었다. 부엌으로 쓰는 광과 뒷방 사이에는 지붕을 얹었고 일부는 벽까지 있었다.

그래서 앞에 트인 마당 쪽은 보지 않으려면 안 볼 수도 있었다. 공간이 있는 것은 물론 사생활도 보호되고 있던 것이다.

그러나 밤이 되면 칸막이를 넘어 걸걸한 목소리로 내밀한 이야기를 속삭이는 소리가 들려와서 비스와스 씨에게 자신이 사람들이 붐비는 도시에게 살고 있음을 떠올리게 했다. 다른 입주민들은 모두 흑인들이었다. 비스와스 씨는 이전에 흑인들 가까이에서 살아본 적이 없었다. 그들이 근방에 있다는 점 때문에 더욱 그곳이 낯설게 여겨져서, 마치 그 도시에서 모험이라도 하는 듯이 느껴졌다. 그곳의 흑인들은 말투나 옷, 혹은 태도에서 시골에 사는 흑인들과 달랐다. 그들이 먹는 음식에선 이상한 고기 냄새가 났고, 생활에는 체계가 부족했다. 여자들이 남자를 지배했다. 아이들을 하찮은 존재로 여겨 아무거나 먹이는 것 같았다. 수시로 벌을 주었는데, 하누만 하우스에서 매질을 할 때 동반되던 일종의 의례적인 절차도 없이 무자비하게 시행되었다. 그러나 아이들은 모두 체형이 훌륭했다. 툭 튀어나온 배꼽만이 보기 흉했는데 그걸 아무 때나 드러내놓고 다녔다. 즉 도시 아이들은 시골 아이들과 다르게 바지는 입고 상체는 드러내놓고 다녔고, 반면 시골 아이들은 러닝셔츠를 입고 아랫도리를 드러내고 다녔던 것이다. 그리고 겁이 많은 시골 아이들과 다르게 도시의 아이들은 반은 거지, 반은 깡패였다.

비스와스 씨는 조직화된 도시에 매료되었다. 가로등은 일정한 시간에 켜졌고 거리는 한밤에 청소가 되었다. 쓰레기는 이른 아침에 청소차가 수거해 갔다. 한밤에 다니는 분뇨 처리차의 은밀하고 무시무시한 소리. 진짜 사나이라고 할 신문 배달원들, 빵을 파는 이동 트럭, 그리고 암소에게서 짜 오는 것이 아니라 갈색 종이로 입구를 막은 럼주 병에 넣어 파는 우유도 있었다. 비스와스 씨는 데후티와 람찬드가 거리나 가게에 대해 마치 자기 것인 양 말하고, 어지러운 그 도시에서 어떻게 살아야 되는지 아는 듯 편안한 태도로 얘기하는 걸 보고 감탄했다. 심지어 매일 아침 람찬드가 일하러 가는 것에도 스마트하며 용감하고 부러운 뭔가가 있었다.

비스와스 씨의 편에서 보자면 람찬드는 참으로 아는 것이 많은 도시 사람이었다. 그는 식물원과 록가든스 그리고 총독 관저로 비스와스 씨를 데리고 다녔다. 그들은 챈설러 힐 산에 올라가서 항구에 있는 배들을 내려다보기도 했다. 비스와스 씨에게 이 경험은 매우 낭만적인 것이었다. 이전에 바다를 본 적은 있었지만 포트오브스페인이 전 세계 모든 곳에서 오는 정기 원양선이 들르는 진짜 항구인지는 몰랐었기 때문이다.

비스와스 씨는 람찬드의 도시적인 태도에 매혹되어 그의 후견을 기꺼이 받아들였다. 람찬드는 어떤 경우든 수단 좋게 일을 해냈다. 심지어 그가 타라 집의 마당쇠 일을 그만둔 직후에도 그랬었다. 람찬드는 자신이 태어난 사회에서 천대를 받았지만 그 대신 그 사회의 구속력이 쓸모없다는 것을 보여주었다. 그냥 그 사회 밖으로 나가버렸던 것이다. 그는 요란하게 떠들고 훈훈하게 사람을 대해주었지만 사실 그런 태도는 적성에 맞지 않아서 언제나 쉽게 그럴 수 있는 게 아니었다. 그는 대부분 영어로 말했는데, 인도 시골 사람의 어투가 남아 있어서 매번 변하는 포트오브스페인의 속어를 따라잡아 배우려고 애를 써도 우습게 들릴 뿐이었다. 비스와스 씨는 람찬드가 무시를 당할 때 속이 상했다. 그런데 그런 일이 간간이 일어났다. 예를 들자면 비스와스 씨에게 좋은 인상을 줄 생각에 람찬드는 주택지 안에 있는 흑인들에게 터놓고 지내는 사이라도 되는 듯 친하게 굴었지만 정작 그들은 무덤덤해하고 놀라

16

위했다.

2주가 지났을 때 람찬드가 말했다. "아직까지 구직 걱정은 하지 마. 처남은 신경 쇠약에 걸렸으니까 아주 많이 쉬어야 해."

그가 비꼬는 식으로 말한 건 아니었지만, 현재 실질적으로 돈이 없었던 비스와스 씨는 이미 자유가 짐스러워지기 시작하고 있었다. 그는 그 도시를 걸어다니는 것이 더 이상 만족스럽지 않았다. 그는 그 도시의 일부가 되고 싶었고, 아침에 검은색과 노란색 버스 정류장에 서 있는 사람들 사이에, 사무실 창문 건너편으로 보이는 사람들 사이에, 저녁과 주말에 편히 쉬는 그런 사람들 사이에 끼고 싶었다. 그는 간판 그리는 일을 다시 할까 생각해보았다. 그러나 어떻게 그 일을 다시 시작하나? 그냥 집 앞에다 간판 하나 걸어놓고 기다리기만 하면 되는 것일까?

람찬드가 말했다. "정신병원에서 일자리를 찾는 건 어때? 보수 좋지, 근무복은 공짜로 주지, 거기다 기똥차게 좋은 구내매점도 있잖아. 모든 게 5, 6센트씩 싸다니까. 데후티에게 물어봐."

"그래." 그녀가 말했다. "모든 게 훨씬 싸."

비스와스 씨는 근무복을 입고 울부짖는 미친 사람들로 가득 차 있는 긴 방을 지나가는 자기 모습을 그려보았다.

"일을 못할 이유가 있을 리가 있나요?" 그가 말했다. "할 일이 있다면요."

람찬드는 약간 기분이 상한 듯이 보였다. 그는 애로 사항을 말해주었다. 그리고 자신에게 비록 연줄과 영향력이 있긴 하지만, 그런 연줄을 이용하면 좋은 **인상**을 줄 수 있을지 확신할 수 없다고 했다. "내가 주저하는 이유는 그것 말고는 없어." 그가 말했다. "인상 말이야."

그러던 어느 날 공포 발작이 일어나자 비스와스 씨는 깜짝 놀랐다. 약하고 간헐적이었지만 계속해서 발작이 일어났던 것이다. 비스와스 씨는 자기 손을 확인해봐야겠다는 생각이 들었다. 손톱이 다 물어 뜯겨져 있었다.

그의 자유는 끝났다.

그는 마지막으로 이 자유를 이용하여 아르와카스의 의사가 추천했던 전문의에게 가기로 결심했다. 전문의의 사무실은 사바나*에서 별로 멀지 않은 빈센트 스트리트의 북쪽 끝에 있었다. 그 집과 정원은 흰색과 질서를 연상하게 했다. 정문 옆의 양 기둥은 산뜻하게 흰색으로 칠해져 있었다. 놋쇠 장식판이 반짝였다. 잔디밭은 손질되어 있었다. 꽃밭에는 흙 한 덩어리도 아무 데나 떨어져 있지 않았다. 차도에는 불순물이라고는 전혀 없는 연한 회색의 자갈이 깔려 태양 빛을 반사하고 있었다.

그는 흰 벽의 베란다를 지나, 희고 높은 방에 들어가게 되었다. 빳빳한 흰색 근무복을 입은 한 중국인 접수원이 달력, 다이어리, 잉크병, 부기 원장, 램프가 깔끔하게 배열되어 있는 책상에 앉아 있었다. 한쪽 구석에는 선풍기가 돌아가고 있었다. 많은 사람들이 낮고 화려한 의자에 기대앉아 잡지를 읽거나 낮은 목소리로 대화를 하고 있었다. 그들은 아파 보이지 않았다. 그들 중에 붕대를 감거나 얼굴에 기름을 바른 사람은 아무도 없었다. 베이럼이나 암모니아 냄새가 나는 사람도 없었다. 이 풍경은 툴시 부인의 장미방과 판이하게 다른 것이었다. 또한 같은 도시에 람찬드와 데후티가 방이 두 개밖에 없는 다 찌그러져가는 집에서 살

---

* 사바나는 원래 아프리카 초원을 의미하는 말이지만, 여기는 포트오브스페인 시의 중앙 공원인 퀸스 파크Queen's Park 안에 있는 거대한 규모의 잔디밭을 가리키는 말이다.

고 있다는 것도 믿기 어려웠다. 비스와스 씨는 지금까지 아픈 척 했다는 느낌이 들기 시작했다. 자신에게는 문제 있는 곳이 없었던 것이다.

"예약은 하셨어요?" 접수원의 말에는 콧소리가 섞이고 모음을 제대로 발음하지 못하는 중국인 특유의 고음이 있었다. 비스와스 씨는 여자의 태도에서 적대감을 감지할 수 있었다.

생선 면상*이구먼, 그는 마음속으로 그렇게 평가했다.

접수원이 움찔하고 놀랐다.

비스와스 씨는 자신이 그 단어를 입 밖으로 냈다는 걸 깨닫고 무서워졌다. 그는 아직도 자기가 생각하는 것을 크게 말하는 그린 베일에서의 습관을 버리지 못한 것이었다. "예약이요?" 그가 말했다. "편지를 한 통 가져왔는데요." 그는 아르와카스의 의사가 주었던 작은 갈색 봉투를 끄집어냈다. 봉투는 기름이 묻고 더럽고 가장자리가 닳았으며 모퉁이는 말려 있었다.

접수원이 거북이 등껍질로 만든 칼로 솜씨 좋게 봉투를 째고 열었다. 그녀가 편지를 읽는 동안 비스와스 씨는 자신이 노출된 것처럼 그리고 그 어떤 때보다 사람들을 더 기만하는 것처럼 느껴졌다. 그는 자신이 저지른 실수가 걱정이 되었다. 그는 주의해야겠다고 다짐했다. 이를 꽉 깨물고 '생선 면상'이란 말을 속삭이면 그 말이 전혀 다른 말로, 혹시나 칭찬하는 말로라도 잘못 들릴 수 없는지 떠올려보려고 애를 썼다.

생선 면상.

접수원이 고개를 들었다.

비스와스 씨가 미소를 지었다.

---

* 입을 쭉 내민 얼굴이나 입이 돌출된 얼굴을 일컬을 때 쓰는 말이다.

"예약을 잡아놓을까요, 아니면 기다리실래요?" 접수원의 태도는 차가웠다.

비스와스 씨는 기다리기로 했다. 그는 소파에 앉아서 몸을 깊이 파묻었다. 그러다 뒤로 기대어 더욱 깊이 파묻으면서 무릎을 높게 쳐들었다. 그는 눈을 어디다 둬야 할지 난감했다. 잡지를 가져오기에는 너무 늦었다. 그는 방에 있는 사람들의 숫자를 세었다. 여덟. 그는 오래 기다려야 한다. 그 사람들은 모두 예약이 되어 있을 것이다. 그리고 모두 분명히 아픈 사람들이다.

키가 작고 다리를 저는 사람이 요란한 소리를 내며 들어왔다. 그러고는 큰 소리로 접수원에게 말을 하고 나서 의족으로 소파까지 뻣뻣하게 걸어오더니 가쁜 숨을 쉬며 푹 쓰려져서 짧고 곧은 다리를 쭉 뻗었다.

적어도 **저 사람**에게는 뭔가 아픈 곳이 있구나. 비스와스 씨는 그 다리를 바라보다가 그 남자가 어떻게 다시 일어날지 궁금했다.

수술실 문이 열리자 얼굴이 보이지 않는 한 남자가 뭐라고 했고, 한 여자가 거기서 나오자 다른 사람 한 명이 안으로 들어갔다.

'그 군대의 군인 한 명이 알제 항에 누워 죽어가고 있네.'*

비스와스 씨는 다리 저는 남자의 눈이 자기에게 향하고 있는 것을 느꼈다.

그는 돈에 대해서 생각했다. 그에게는 3달러가 있었다. 시골 의사

---

* 비스와스 씨가 펀디트가 되기 위해 학교를 그만두기 직전 학교에서 배운 『벨의 표준 웅변가』에 나오는 「라인 강변의 도시 빙겐Bingen on the Rhine」이란 시의 첫 구절이다. '그 군대의 군인 한 명이 알제 항에 누워 죽어가고 있네, 울고 있는 여자도, 눈물 한 방울 흘리는 여자도 없이'로 이어진다.

는 1달러를 청구했다. 그러나 이 방에서는 아픈 것이 더 비쌀 게 분명하다.

다리 저는 남자가 힘들게 숨을 쉬었다.

돈을 생각하니 너무 걱정스러웠다. 『벨의 표준 웅변가』도 너무 위험했다. 그의 마음은 이리저리 헤매 다니다가 『톰 소여』와 『허클베리 핀』에 안착했는데 이 책들은 람찬드의 집에서 읽은 책이었다. 그는 '아무것도 들어 있지 않은 축 처지고 헐렁한' 바지를 입은 허클베리 핀과 귀신을 보고 이야기를 만들어내는 검둥이 짐을 떠올리고 미소를 지었다.

그는 낄낄거리고 웃었다.

고개를 들다 접수원과 다리 저는 남자 사이에서 오가는 눈길과 마주쳤다. 전에 자리에서 일어났었어야 했는데, 그런데 지금 비스와스 씨는 자리에 더 깊숙이 앉아 있었다. 만약 지금 일어나려고 한다면 더 소란스러워질 것이고 주의를 끌게 될 것이다. 그는 자기 복장을 의식했다. 접어 올린 바짓단이 너덜너덜하고 물 빠진 카키색 바지, 소매 부분이 뒤쪽으로 어색하게 접힌 물 빠진 푸른 셔츠(셔츠 크기가 몸에 맞은 적이 정말 한 번도 없었다. 칼라가 너무 꽉 조이거나 소매가 너무 길었다), 두 넓적다리와 배 사이에 생긴 깊은 골 위에 놓인 작은 갈색 모자 따위를 걸치고 있었다. 그리고 3달러밖에 없었다.

'너도 알잖아. 난 전혀 아프지 않아.'

다리 저는 남자가 키 작은 사람치곤 지나치게 시끄럽다 싶을 만큼 요란하게 목을 가다듬은 후 뻣뻣한 다리를 흔들었다.

비스와스 씨는 그 장면을 바라보았다.

갑자기 비스와스 씨가 소파에서 몸을 일으키는 바람에 다리 저는 남자가 마구 흔들렸다. 이어 비스와스 씨는 접수원 쪽으로 걸어갔다.

자신의 영어에 온 신경을 모으며 그가 말했다. "마음을 바꿨어요. 많이 좋아졌어요, 고맙습니다." 그리고 모자를 쓰고 문 쪽으로 갔다.

"편지는 어떻게 할까요?" 너무 놀란 접수원이 트리니다드 사투리를 쓰며 물어보았다.

"가지세요." 비스와스 씨가 말했다. "서류철에 넣어요. 태워버려요. 팔아버려요."

그는 타일을 깐 베란다를 지나, 오후라서 차도 쪽으로 누운 검은 그림자를 통과하여 태양이 비치는 곳으로 나왔다. 세인트 빈센트 스트리트의 반짝이는 자갈길을 따라 가벼운 걸음으로 걸어가면서 병든 백일초 화단을 유심히 바라보았다. 사바나에서 불어온 바람이 축복처럼 여겨졌다. 마음속이 끓어올랐다. 그리고 지금 개인들로 이루어지고, 개인들 각자 자기 자리가 있는 그 도시를 바라보았다. 사바나 주변의 커다란 빌딩들은 뜨거운 열기 속에서 하얗고 텅 비고 조용했다.

그는 전쟁 기념 공원으로 가서 나무 그늘 밑 벤치에 앉아 용감한 군인 조각상을 곰곰이 쳐다보았다. 윤곽이 뚜렷한 검은색 그림자가 휴식과 나른함을 부추기고 있었다. 배가 아팠다.

그의 자유는 끝났고, 그리고 그 자유란 거짓이었다. 과거는 무시할 수 있는 것이 아니다. 또한 그것은 위조될 수 있는 것도 아니다. 그는 자신 안에 그것을 가지고 다녀야 한다. 혹시 그를 위한 장소가 있다면, 그곳은 불완전하고 임시적이며 기만적일지라도 그가 살면서 통과해온 모든 것, 즉 시간에 의해 비워진 그런 곳일 것이다.

그는 배가 아픈 것이 반가웠다. 몇 달간 배가 아픈 적이 없었기에, 복통이 나는 것이 그의 정신이 다시 온전해졌고 세상이 복구된 것을 의미하는 것이라고 느껴졌기 때문이다. 복통은 구렁텅이에 빠졌던 지난 몇 달로부터 자신이 얼마나 많이 빠져나왔는지를 알게 해주었다. 그리고 복통은 지금 있는 모든 것과 비교되는 고통을 생각나게 했다.

그냥 앉아서 얼굴과 목과 셔츠를 따라 바람이 불게 내버려두는 것이 즐거웠던 비스와스 씨는 별로 내키지는 않았지만 공원을 떠나 남쪽으로 걸어가면서 사바나로부터 점차 멀어졌다. 조용하게 드문드문 있던 집들이 사라졌다. 인도는 점점 좁아지고 높아졌으며 사람들이 더 많아졌다. 가게, 카페, 버스, 차, 전차, 자전거, 경적, 벨, 그리고 고함 소리가 들렸다. 그는 파크 스트리트를 건너 계속 바다를 향해 걸어갔다. 멀리서 그 거리의 가장 끝에 있는 지붕들 너머로 세인트 빈센트 방파제에 있는 범선들의 돛대 꼭대기가 보였다.

그는 법원을 지나 붉은 사암(砂巖) 위에 세워진 거대한 레드 하우스*로 갔다. 아스팔트로 된 앞마당 일부에 '판사 지정석'이라는 흰색 글자가 주변과 대비가 되어 뚜렷이 눈에 들어왔다. 그는 중앙 계단을 걸어 올라가 높은 돔 아래에 섰다. 그는 여러 개의 푸른색 게시판과 작동되지 않는 분수를 보았다. 분수 바닥은 축축했고 말라죽은 잎과 텅 빈 담뱃갑이 많이 들어 있었다.

황갈색 근무복을 입은 우편 배달원과 잘 다려진 옷을 입고 담황색이나 녹색 폴더를 들고 가는 사무원들과 세인트 빈센트 스트리트와 우드포드 광장 사이를 끊임없이 지나가고 있는 사람들로 레드 하우스의 둥근 지붕 아래는 북적거렸다. 그리고 우드포드 광장에는 직업 거지들이 야외 음악당과 벤치 위에서 뒹굴고 있었다. 그들은 외모에 얼마나 자신만만한지, 구걸하는 일도 집어치우고 일종의 근무복이라고 할 만

---

* 1903년에 지어진 붉은색 건물로 의회 건물이었다.

한 누더기 옷을 깁는 데 대부분의 시간을 쓰고 있었다. 두꺼운 천에 보풀이 일어난 그 옷은 작은 누더기에 다른 작은 누더기를 덧대는 사랑의 노동으로 인해 온갖 색으로 알록달록했다. 이들 거지들 사이에는 체계라고 부를 만한 것도 있었다. 우드포드 광장 나무 밑의 서늘하고 빛이 적당히 들어와 얼룩덜룩한 그림자가 생기는 곳이 그들 자리였다. 거지들은 그곳에서 요리를 하고 음식을 먹고 잠을 잤고 때때로 정치적인 집회가 열릴 때만 방해를 받았다. 그들은 누구를 괴롭히는 법이 없었고 모두 몸이 아주 좋은 데다 한두 명은 백만장자라는 명성도 있었기 때문에 아무도 그들을 괴롭히지 않았다.

양쪽 편의 사무실을 가려주는 역할도 하던 푸른색 게시판에는 정부가 낸 공고가 붙어 있었다. 비스와스 씨는 이 공고들을 읽다가 누군가가 부르는 소리를 들었다. 돌아보니 점잖은 옷차림에 외눈 안경을 낀 한 늙은 흑인이 그에게 손을 흔들고 있었다.

"증명서 필요해요?" 흑인의 입은 말하는 사이사이 사납게 마디를 끊어가며 멈추었다.

"증명서요?"

"출생, 결혼, 사망 말이야." 흑인이 코 위에 낮게 걸쳐진 토막 난 안경을 바로잡으며 종이와 연필로 꽉 찬 셔츠 주머니에서 종이 한 장을 꺼내 그 위에다 성급하게 연필로 동그라미를 쳤다.

"전 증명서는 아무것도 필요 없는데요."

연필이 움직이다가 멈추었다. "이해가 안 가." 흑인이 종이와 연필을 치우고 반짝이는 긴 벤치에 앉은 후, 안경을 벗고 긁혀서 하얗게 변했지만 아직 붙어 있는 안경다리를 입에 찔러 넣으며 다리를 흔들었다. "요즈음에는 증명서가 필요하단 사람들이 없어. 아마 요즈음에 망할 놈의 검사관이 너무 많아져서 그럴 거야. 내가 1919년에 이 벤치에 앉았을 때는 검사관이라고는 나밖에 없었어요. 요즘에는 개나 소나 여기서 왔 다 갔다 하면서,"(자기 턱을 분수 쪽으로 삐쭉 내밀며) "지들을 검사관 이라고 부르고 다니더라고." 그는 입술을 갑자기 사납게 다물었다. "진 짜 증명서가 필요 없어요? 이런 것들이 언제 유용하게 쓰일지 모르잖 아. 난 인도인들이 필요로 하는 증명서를 많이 가지고 있어요. 사실 난 인도인들에게 증명서를 만들어주는 것이 더 좋아. 그리고 당신이 오늘 오후에 직접 증명서를 받게 해줄 수도 있어. 내가 저 안에 있는 사무원 한 명을 알고 있거든." 그가 등 뒤에 있는 사무실 쪽을 향해 손을 흔들 었고, 비스와스 씨는 광을 낸 높은 갈색 카운터와 밝은 오후인데도 켜 져 있는 전깃불 때문에 환하게 빛이 나는 옅은 녹색 벽을 보았다.

"쌔빠지게 힘든 직업이야." 흑인이 말했다. "나한테는 크리스마스 도 부활절도 없어. 아무도 증명서를 떼지 않는 때도 가끔 있고. 그리고 내가 증명서를 뗄 사람을 열 명을 찾건, 두 명이나 한 명을 찾건, 저 안에 있는 망할 놈의 서기는 매번 담배 스무 개비를 받으려고 한단 말 이야."

비스와스 씨는 자리를 옮기기 시작했다.

"잠깐, 누구든 출생이나, 사망, 결혼, **임종 전** 결혼*증명서가 필요한 사람을 혹시 알고 있으면 나에게 좀 보내주슈. 난 정확히 8시면 매일 아침 여기 나오니까. 내 이름은 패스터유."

비스와스 씨는 패스터와 작별을 했고, 푸른색 공고판 뒤에 있는 사 무실에는 모든 출생과 사망에 대한 기록들이 보존되어 있다는 사실에

---

* 죽기 직전에 결혼하는 것marriage in extremis.

압도되었다. 게다가 그 사람들이 비스와스 씨의 존재를 거의 빠뜨릴 뻔하지 않았나! 그는 세인트 빈센트 스트리트로 향하는 계단을 내려와 돛대들이 있는 곳을 향해 계속 남쪽으로 갔다. 온종일 불평만 하는 패스터조차도 자기 자리를 벌써 찾았다. 1919년 어느 날 무엇이 그를 중앙호적 등기소 밖에 자리를 잡고 증명서가 필요한 문맹인들을 기다리도록 이끌었을까?

그는 벽에 붙은 신문조차 차마 쳐다볼 수 없었던, 그린 베일에서 많이 겪던 기분 속으로 다시 돌아가는 것 같은 생각이 들었다. 그리고 거리에 있는 사람들 한 명 한 명을 쳐다보는 지금 그는 자신이 걱정을 시작하고 있다고 느끼는 그 순간이 두려움 때문에 생긴 것이 아니라는 것을 깨달았다. 그것은 후회, 부러움, 그리고 절망 속에서 나온 것이었다.

그리고 바라크 집 벽에 있었던 신문을 생각하던 그때 비스와스 씨는 거리 하나를 사이에 두고 서 있는 『가디언』 『가제트』 『미러』 『센티널』 신문사들과 마주쳤다. 멀리 떨어진 기차 소리 같은 소음을 내며 기계들이 덜커덩거리고 있었다. 그리고 열린 창문을 통해 기름, 잉크, 그리고 종이의 따뜻한 냄새가 나오고 있었다. 『센티널』은 아리아파인 미시르가 한 줄에 1센트씩 보수를 받고 지방 통신원으로 일했던 신문사였다. 바라크 집에 있는 모든 신문에서 비스와스 씨가 외웠던 모든 이야기가 머리에 떠올랐다. **어제 놀라운 장면들이 목격되었다…… 어제 통행인들은 발길을 멈추고 구경했다……**

그는 한 골목길을 따라 돌아 내려가 오른쪽에 있는 문을 밀어 연 뒤 다시 다른 문 하나를 열었다. 기계 소리가 더욱 커졌다. 중요하고 긴박하게 들리는 소음이었지만 그는 겁먹지 않았다. 창살이 높게 쳐진 책상 뒤에 있는 남자에게 비스와스 씨가 말했다. "편집장님을 만나고 싶습니다."

세인트 빈센트 스트리트에서 놀라운 장면들이 목격되었다. 어제 31세의 모헌 비스와스 씨가……

"미리 약속하셨어요?"

……접수원을 공격했다.

"아니요." 비스와스 씨가 짜증을 내며 말했다.

본지 기자가 인터뷰한 바에 의하면…… 어젯밤 늦게 본지 특파원과의 인터뷰에서 비스와스 씨는 밝히기를……

"편집장님은 바쁘신데요. 우드워드 씨를 만나시는 게 더 나을 겁니다."

"그냥 편집장님께 시골에서 편집장님 뵈려고 여기까지 왔다고 전해주십시오."

세인트 빈센트 스트리트에서 놀라운 장면들이 목격되었다. 어제 실직 상태로 일정한 주소지가 없는 31세의 모헌 비스와스 씨가 『트리니다드 센티널』 사무실에서 한 접수원을 공격했다. 네 아이의 아버지인 비스와스 씨가 건물 안으로 걸어 들어와 총을 난사하는 동안 사람들은 책상 뒤로 피했다. 그는 편집장과 기자 네 명을 총으로 쏴 죽인 후 건물에 불을 질렀다. 불길이 바람에 확산되어 하늘 높이 치솟았고 통행인들은 발길을 멈추고 구경했다. 수백 톤의 신문이 소실되었으며 건물도 송두리째 파괴되었다. 지난밤 늦게 본지 특파원이 단독으로 한 인터뷰에서 비스와스 씨는 밝히기를……

"이리로 오세요." 그 접수원은 이 말을 하고 책상에서 내려온 뒤 비스와스 씨를 데리고 타자기와 기계의 급박한 소음과는 대조되는 조용하고 커다란 방으로 데리고 갔다. 많은 타자원들이 놀고 있었고 많은 책상이 비어 있었다. 와이셔츠 바람의 한 무리의 남자들이 구석에 있는 녹색 냉수기 주변에 서 있었다. 다른 두세 명의 사람들은 책상에 앉아 있었다. 한 남자는 발로 회전의자를 돌리고 있었다. 한쪽 벽을 따라 불투명 유리로 칸막이를 친 작은 방들이 열 지어 있었다. 잠시 후 비스와스 씨보다 약간 앞서 걸어가던 접수원이 이런 방 중의 하나를 노크하고 문을 밀어 열어 비스와스 씨가 안으로 들어가게 한 후 다시 문을 닫았다.

작고 살찐 남자 한 명이 더위로 번들번들하게 붉어진 얼굴로 종이가 어지럽게 널려 있는 책상 위에서 반쯤 일어났다. 테두리에 활자가 달린 납 판지가 문진 역할을 하고 있었다. 비스와스 씨는 표제가 적히고 활자를 배열해놓은 교정쇄를 보고 흥분했다. 그것은 비밀을 살짝 들여다보는 것이다. 커다란 흰 종이 위에 있는 그 기사에는 내일의 독자들이 결코 볼 수 없는 고결함이 있었다. 비스와스 씨는 점점 흥분되었다. 그는 자기 앞에 보이는 그 남자가 좋아졌다.

"무슨 기삿거리가 있으신가요?" 편집장이 앉으며 물었다.

"기삿거리는 없습니다. 일자리를 찾습니다."

자신이 편집장을 당황하게 만든 것을 보고 비스와스 씨는 기분이 좋지 않을 수가 없었다. 그리고 자신을 쫓아버릴 결심을 하지 못하고 있는 그 사람이 불쌍해졌다. 얼굴이 더욱 붉어진 편집장은 교정쇄 쪽으로 고개를 숙였다. 편집장은 더위 때문에 불편해 보였고 녹아가고 있는 것 같은 모습이었다. 그의 뺨이 목까지 닿았다. 목은 칼라 부분이 불룩했다. 둥근 어깨도 처져 있었다. 배는 허리께까지 축 늘어져 있었다. 그리고 온몸이 땀에 젖어 있었다. "예, 예." 편집장이 말했다. "이전에 신문사에서 일한 적이 있나요?"

비스와스 씨는 미시르의 신문에 써주겠다고 약속했지만 쓰지 못했던 신문 기사가 생각났다. 그 기사는 결국 나오지 못했다. "한두 번이요." 그가 말했다.

편집장은 마치 도움이 필요한 것처럼 문을 바라보았다. "한 번이란 말인가요? 아니면 두 번이라는 뜻인가요?"

"저는 독서를 많이 했습니다." 비스와스 씨가 난처한 상황을 모면하려고 말했다.

편집장이 납 판지를 들고 장난을 쳤다.

"홀 케인, 마리 코렐리, 야코프 뵈메, 마크 트웨인, 홀 케인, 마크 트웨인." 비스와스 씨가 되풀이해서 말했다. "새뮤얼 스마일스."

편집장이 고개를 쳐들었다.

"마르쿠스 아우렐리우스."

편집장이 미소를 지었다.

"에픽테토스."

편집장은 계속 미소를 지었고, 비스와스 씨도 미소로 화답함으로써 자신이 하는 말이 이상하게 들리는 것을 본인도 알고 있다는 것을 알려 주었다.

"그 많은 사람들의 책을 그냥 재미로 읽으신 건가요?"

이 질문이 가진 잔인한 의도는 알고 있었지만 비스와스 씨는 개의치 않았다. "아뇨." 그가 대답했다. "자극을 받으려고요." 흥분이 완전히 가라앉았다.

침묵이 흘렀다. 편집장은 교정쇄를 쳐다보았다. 불투명 유리 너머로 비스와스 씨는 편집국에서 사람의 형체가 지나가는 것을 보았다. 또다시 소음이 들리기 시작했다. 거리의 차 소리, 기계들이 규칙적으로 내는 덜커덩거리는 소리, 간헐적으로 들리는 타자원들의 잡담 소리, 간간이 들리는 웃음소리.

"나이가 어떻게 되십니까?"

"서른한 살인데요."

"당신은 시골에서 왔고, 서른한 살이고, 글은 써본 적 없는데 신문기자는 되고 싶다. 직업이 뭐요?"

비스와스 씨는 농장의 운전사에서 감독관으로 승진했다가 그것을 그만뒀고, 가게 주인도 그만뒀고, 직업 없이 지내는 것도 그만두었다고 마음속으로 생각했다. 그가 말했다. "간판 그리는 사람입니다."

편집장이 일어났다. "당신에게 맞는 일거리가 있어요."

그는 비스와스 씨를 사무실 밖으로 데리고 나가 편집실(냉수기 주변에 모여 있던 사람들은 이미 흩어졌다)을 통과하고 타자기로 친 신문의 각 면을 펼치는 기계를 지나 목수들이 작업 중이라 몇 군데가 헐려 있는 방으로 들어갔다. 이어 그들은 더 많은 방을 지나고 난 뒤 뜰로 나갔다. 골목길을 따라가 끝에 다다르자 비스와스 씨는 몇 분 전에 자신이 지나왔던 거리를 볼 수 있었다.

편집장이 손가락으로 가리키며 뜰 주위를 걸었다. "여기, 여기." 그가 말했다. "그리고 여기."

비스와스 씨는 페인트와 붓을 건네받고 오후의 나머지 시간을 '자동차 진입 불가' '출입 금지' '밴 조심' '일손 필요 없음' 같은 안내 표지를 그리면서 보냈다.

그 주변에서 기계들이 덜커덩거리고 윙윙거렸다. 목수들은 리듬에 맞추어 못을 때려 박았다.

어제 놀라운 장면들이 목격되었다……

"체!" 그는 화가 나서 소리쳤다.

세인트 빈센트 스트리트에서 놀라운 장면들이 목격되었다. 어제 간판장이인 31세의 모헌 비스와스 씨가 『트리니다드 센티널』에서 일을 하기 시작했다. 네 아이의 아버지인 비스와스가 벽에 외설스러운 어구들을 적었고 통행인들은 발길을 멈추고 구경했다. 여성들은 손으로 얼굴을 가리고 비명을 지르다 기절했다. 세인트 빈센트 스트리트에서는 교통 혼잡이 발생했으며 그리브스 서장 수하의 경찰관들이 투입되어 질서를 회복하였다. 지난밤 늦게 본지 특파원이 한 인터뷰에서 비스와스 씨는 밝히기를……

"마르쿠스 아우렐리우스가 게 잡는 개새끼인지 누군지도 모르더구면."

지난밤 인터뷰에서 비스와스…… 비스와스 씨는 "일반인들이 '진입 불가'의 의미를 알고 있으리라고 기대할 수는 없습니다"라고 말했다.

"뭐야, 아직 여기 있어?"

편집장이었다. 그의 얼굴에는 붉은 기가 줄어들고 기름기도 적어졌으며 옷도 말라 있었다. 그는 짜리몽땅한 시가를 피우고 있었다. 그리고 그의 키를 닮은 담배가 그의 체형을 더 두드러져 보이게 했다.

뜰에는 그늘이 졌다. 그리고 빛이 저물고 있었다. 기계의 덜커덩거리는 소리는 더욱 또렷해졌고, 종류가 다른 소음이 연속적으로 들렸다. 목수의 리듬은 이미 멈추었다. 거리의 차량은 뜸해졌고 발자국 소리가 울려 퍼졌다. 모터 하나가 돌아가고 새소리같이 울리는 자전거 벨을 멀리서도 들을 수 있었다.

"하지만 저건 좋네." 편집장이 말했다. "아주 잘했어."

당신 하는 말이 놀랍군요. 작은 돼지기름 덩어리 양반아. "잡지를 보고 서체를 배웠어요." 넌 네가 유일하게 웃는 사람이라고 생각하지, 어?

"저 길 산스 체*로 쓴 R은 먹을 수도 있을 것 같군." 편집장이 말했다. "저기, 난 아직 당신이 왜 일을 그만뒀는지 이해가 안 가요."

"벌이가 충분치 않아서요."

"여기도 마찬가지요."

비스와스 씨는 표지 하나를 가리켰다. "사람들을 못 오게 하려고 가지가지 하시는 게 놀랍지도 않네요."

"아하. '일손 필요 없음' 말이지요."

"작게 잘 만든 표지판이에요." 비스와스 씨가 말했다.

편집장은 미소를 짓더니 이어서 포복절도를 했다.

그러자 또다시 광대가 된 비스와스 씨도 같이 웃었다.

"저건 목수들과 노동자들 보라고 하는 거예요." 편집장이 말했다. "진짜 생각이 있다면 내일 와요. 한 달간 수습 기간을 주지요. 하지만 보수는 없소."

*

어떤 우연한 만남으로 비스와스 씨는 간판장이가 되었다. 간판을 그리는 일로 그는 하누만 하우스에 가서 툴시 일가와 만났다. 간판을 그리는 일은 그에게 『센티널』에서 직업을 찾게 해주었다. 그리고 툴시 가게의 간판이나 『센티널』의 표지나 그에게 값을 치르지 않았다.

비스와스 씨는 열정을 가지고 일했다. 그간의 독서로 엄청난 어휘력을 가지고 있었지만, 편집장인 버넷 씨는 호락호락하지 않았다. 그는

---

* Gill Sans: 영어 글씨체 중의 하나.

32

비스와스 씨에게 런던 신문을 여러 부 주었고 비스와스 씨는 그 신문의 스타일을 연구하여 남에게 내놓아도 부끄럽지 않을 만큼 잘 모방할 수 있다는 것을 보여줘야 했다. 얼마 지나지 않아 그는 모든 이야기의 골자를 갖추고 추문을 일으킬 만한 특징을 찾아내는 감각을 개발했다. 여기에다가 비스와스 씨는 자신이 가진 무언가를 첨가했다. 그가 『가디언』이나 『가제트』가 아닌 『센티널』에서 일한 것은 갑작스럽게 얻은 행운의 일부였다. 왜냐하면 종이에 연필을 대자마자 쏟아져 나오는 익살스러움과 샤마와 싸우며, 툴시 가를 욕하면서 지금까지 겨우 잠재워왔던 상상력이 버넷 씨가 원하는 바로 그것이었기 때문이다.

"뉴스는 다른 신문에서 읽으라지." 버넷 씨가 말했다. "어쨌든 이 순간에 그 신문사들이 하는 일이 바로 그거니까. 우리가 독자를 모으는 유일한 방법은 독자에게 충격을 주는 거야. 독자를 화나게 만들어. 독자들을 놀래주란 말이야. 나를 단단히 놀라게 만든다면 일거리를 주지."

그다음 날 비스와스 씨는 이야기 하나를 내밀었다.

버넷 씨가 말했다. "자네가 이 이야기를 전부 지어낸 건가?"

비스와스 씨가 고개를 끄덕였다.

"안타까운 이야기로군."

그 이야기의 헤드라인은 이랬다.

오두막을 태운 화염이 네 아이를 삼키다
엄마는 아무것도 못한 채 지켜만 보다

"마지막 문구가 마음에 들어." 버넷 씨가 말했다.

그 구절은 이랬다. "구경꾼들이 피해를 당한 마을로 몰려들었다. 그리고 우리는 그 마을의 이름을 누설할 만한 입장이 되지 않는 것 같다. '지금 같은 때에는' 지난밤 한 노인이 나에게 말했다. '우리를 그냥 내버려뒀으면 합니다.'"

이야기를 지어내는 것을 그만둔 후에도 비스와스 씨는 꾸준히 연습했다. 버넷 씨는 계속해서 충고를 해주었다.

"목격된 놀라운 장면들을 적을 때 조금 쉽게 풀어 쓰는 게 더 좋을 것 같아. 그리고 구경꾼들을 매일 보는 평범한 사람들로 바꾸는 것은 어떻겠나? '상당히'라는 단어는 '매우'와 같은 뜻을 가졌지만 더 큰 말이지. '매우'는 어쨌든 요점이 분명하지 않지만 말이야. 그리고 봐. '여러 사람의'는 다섯 자야. 하지만 '많은'은 두 자밖에는 안 되는데 그러면서도 묘하게도 뜻은 같잖아. 난 자네의 '예쁜 아기 경연 대회'에 대한 기사가 마음에 들어. 그걸 보면 웃게 되거든. 하지만 아직 나를 깜짝 놀라게 하지는 못했어."

"정신병원에서 뭐 웃기는 일 안 일어났나요?" 비스와스 씨가 그날 저녁 람찬드에게 물었다.

람찬드는 짜증 난 표정이었다.

그래서 비스와스 씨는 정신병원 뒷이야기를 누설하는 기사에 대한 아이디어를 포기했다.

다음 날 『센티널』로 가는 도중 그는 경찰서 한 곳을 들렀다. 거기에서 그는 시체 안치실로 갔다가 이어서 시의회의 마구간으로 갔다. 『센티널』에 도착하고 나서 그는 임자 없는 책상에 앉아(아직 그에겐 책상이 없었다) 연필로 이렇게 썼다.

지난주 프린스 빌딩에서 『센티널』 예쁜 아기 경연 대회가 벌어졌다. 그리고 지난밤 늦게 갈색 포장지로 깨끗하게 싸인 남자 아기의 시체가 코코라이트의 쓰레기 더미에서 발견되었다.

나는 그 아기를 보았으며 그 아기가 예쁜 아기 경연 대회에서 상을 타지 않았다는 것을 말할 수 있는 입장에 있다.

전문가들은 아직 그 아기가 고의로 쓰레기 더미에 버려졌는지 아니면 일상적으로 버려지는 쓰레기와 함께 별다른 의도 없이 버려진 것인지 확인해주고 있지 않다.

죽은 아기를 발견한 헤제키아 제임스(43, 무직)는 나에게 말하기를……

"잘했어, 잘했어." 버넷 씨가 말했다. "하지만 무거워. 무거워. '입장에 있다'라는 말 대신에 '할 수 있다'로 바꾸는 것은 어때?"

"그 구절은 『데일리 익스프레스』에서 나온 건데요."

"좋았어. 통과. 하지만 꼬박 일주일 동안은 뭔가 하거나 말할 '입장에 있지 않겠다'고 약속해주게. 힘들어질 거야. 하지만 노력해봐. 무슨 색 아이지?"

"무슨 색 아이냐니요?"

"흑인, 백인, 녹색?"

"백인요. 제가 시체를 봤을 때는 푸르스름했어요. 그런데 중국인이 아니라면 인종은 언급하지 않는 거라고 생각했죠."

"내 말 좀 들어봐. 만약 내가 밴버리의 쓰레기 더미에서 흑인 아기를 봤다면 그냥 아기라고만 쓸 것 같아?"

그리고 그다음 날 헤드라인에는 이렇게 적혔다.

백인 아기 쓰레기 더미에서 발견

갈색 포장지에 싸여 있었음
예쁜 아기 선발 대회에서 수상하지 못함

"또 한 가지." 버넷 씨가 말했다. "애들 이야기는 잠시 치워둬."

그 직업은 긴급을 요하는 것이었다. 신문은 매일 저녁 인쇄되어야 했다. 그리고 이른 아침이면 트리니다드 섬 곳곳으로 운반되어야 했다. 크리스마스 때 가게에다 간판을 그린다든가, 작물을 돌보는 것 같은 가짜 긴급성이 아니었다. 그리고 12년이 지난 후에도 비스와스 씨는 그 당시 처음 맛보았던 그 흥분감, 즉 전날 자신이 썼던 기사가 공짜로 배달된 신문에 활자화되어 나오는 것을 봤을 때 느꼈던 설렘을 결코 잊은 적이 없었다.

"자네는 아직까지 나에게 진짜로 충격을 주지 못하고 있어." 버넷 씨가 말했다.

그래서 비스와스 씨는 버넷 씨에게 충격을 주고 싶었다. 그런데 그렇게 할 가능성은 없어진 것 같았다. 왜냐하면 4주가 지난 후, 엄청나게 높은 곳에서 뜻하지 않게 떨어진 한 크레인 분량의 밀가루 때문에 죽은 남자의 자리를 비스와스 씨가 물려받아서 배에 승선하는 기자로 배치를 받았기 때문이다. 그때는 관광 철이었고 항구는 미국과 유럽에서 온 배로 가득 찼다. 비스와스 씨는 독일 배 여러 척에 승선해서 멋진 라이터를 선물 받기도 하고, 아돌프 히틀러의 사진을 보거나 하이 히틀러라고 하는 인사를 듣고 당황하기도 했다.

흥분!

그 배들은 몇 시간 후에 몸에 걸친 여름옷이 유별나게 눈에 띄는 까맣게 탄 관광객들을 태우고 다시 바다로 나갔다. 그러나 그 배들은 유명한 지명의 장소에서 온 배들이었다. 그리고 『센티널』 사무실에서는 이들 지역에서 들어온 뉴스가 지속적으로 종이 두루마리 위로 날라져서 퍼졌다. 밖에는 뜨거운 태양, 말똥이 덮인 거리, 숨 막힐 듯한 빈민가, 그리고 람찬드와 데후티와 비스와스 씨가 함께 사는 방들이 있었다. 그리고 그 너머로는 평평한 사탕수수밭, 푹 꺼진 논, 비스와스 씨의 형제들의 일상적인 노동, 잘 알려진 거주지에서 다른 잘 알려진 거주지로 가는 짧은 도로들, 툴시네 사업체, 그리고 하누만 하우스의 주랑에 매일 저녁 모이고 다른 곳으로 여행을 가지는 않는 노인들이 있었다. 그러나 그 사무실의 벽 안에는 이 세상 모든 곳이 가까이 있었다.

그는 남아메리카 관광 루트를 따라 가는 여러 척의 미국 배에도 승선하여 사업가들을 인터뷰했다. 미국인들의 발음을 이해하는 데 애로사항이 있긴 했지만 갤리선*도 구경했고 버려지는 음식의 양과 질에 놀라기도 했다. 그는 승객 명단을 받아 적거나 어떤 배의 요리사로부터 카메라 플래시 전구를 취급하는 밀수 일당에 끼라는 제안을 받고 거절했던 일도 있었다. 그리고 그에 대한 기사를 쓸 수가 없었던 것은 죽은 그의 전임자에게 죄를 물어야 했기 때문이었다.

그는 자기 나이 또래지만 여전히 젊고 성공해서 빛이 나고 있는 한 영국인 소설가를 인터뷰했다. 비스와스 씨는 감동했다. 그 소설가는 비스와스 씨와 『센티널』의 독자들은 잘 모르는 작가였다. 하지만 그 이전에 비스와스 씨는 모든 작가는 다 죽은 사람이고 책을 출간하는 것도

---

* 노를 저어서 가는 배.

먼 나라, 먼 시대에서 일어난다고 생각해왔었다. 그는 표제를 '유명 소
설가 포트오브스페인이 세계에서 세번째로 사악한 도시라고 말하다'
라고 미리 정하고, 그 소설가에게 그 표제 쪽으로 끌고 가는 질문을 했
다. 하지만 비스와스 씨의 질문이 악의적이고 정치적인 동기가 있다고
생각한 그 소설가는 오히려 유명한 트리니다드 섬의 아름다움과 가능
한 그 섬을 많이 관광하고 싶다는 소망에 대해서 천천히 말했다.

난 이 기사가 누구라도 놀라게 만드는 걸 보고 싶어, 비스와스 씨
는 이렇게 생각했다.

(몇 년 후 비스와스 씨는 우연히 그 소설가가 여행 책자에 그 지역에
대해 적은 것을 보게 되었다. 그 소설가는 비스와스 씨를 '무능하고, 불만
많고, 미친 것 같은 젊은 기자로, 역겹게도 나의 신중한 답변을 장황하고
밋밋하게 기록했다'라고 묘사했다.)

그 당시 배 한 척이 브라질로 가는 길에 그곳을 들르게 되었다.

24시간이 지나기도 전에 비스와스 씨는 악명을 날리게 되었고, 모
든 면에서 야비하기 그지없는 기사를 내놓은 『센티널』은 단숨에 부수가
늘어났으며, 버넷 씨는 기쁨의 함성을 질렀다.

버넷 씨가 말했다. "자네가 날 아주 무서워 얼어붙게 하는군."

3면* 첫 기사로 실린 그 이야기는 이렇게 적혀 있었다.

아빠가 관에 실려 집에 오다

미국 탐험가의 얼음 위에서의
마지막 여행

M. 비스와스 기자

---

* 대중지에서 누드 사진이나 선정성 기사를 싣는 곳.

미국 어디엔가 붉은 지붕의 말끔하고 작은 오두막집에서 네 아이가 어머니에게 매일 '엄마, 아빠는 언제 집에 오시나요?'라고 물었다.

약 1년 전 아빠(유명 여행가이자 탐험가 조지 엘머 에드먼)는 아마존을 탐험하기 위해서 집을 떠났다.

그래, 애들아, 내가 너희들에게 전해줄 소식이 있단다.

아빠가 집으로 오시는 중이야.

어제 아빠는 트리니다드를 지나가셨어. 관에 누워서 말이야.

비스와스 씨는 2주에 15달러의 봉급을 받는 『센티널』의 직원이 되었다.

버넷 씨가 말했다. "자네가 꼭 해야 하는 첫번째 일은 나가서 양복한 벌을 사는 거야. 난 나의 가장 뛰어난 기자가 이런 옷차림으로 돌아다니게 할 순 없어."

*

비스와스 씨와 툴시 가 사이의 화해를 주선한 사람은 람찬드였다. 아니, 툴시 가는 그 문제에 대해서 아무 생각도 한 바 없었기 때문에 비스와스 씨가 목에 핏대를 세울 일 없이 자기 가족을 찾는 것이 가능해졌다고 하는 것이 더 정확했다. 람찬드는 일을 쉽게 성사했다. 비스와스 씨의 이름은 『센티널』에 거의 매일 실렸고, 그로 인해 사람들은 그가 갑자기 유명해지고 부유해졌다고 생각했다. 지금 자신이 거의 유명하고 부유한 상태라고 믿고 있던 비스와스 씨도 아량을 베풀 마음이 생겼다.

　그는 그 당시 스칼릿 핌퍼넬*처럼 차려입고 사람들이 와서 '당신이 스칼릿 핌퍼넬이죠, 그러면 센티널 상을 저에게 주세요'라고 말하게 하는 프로젝트를 하며 트리니다드 섬을 돌아다니고 있었다. 매일 그 전날 했던 여행과 그날의 여행 일정에 대한 보고와 함께 비스와스 씨의 사진이 『센티널』에 실렸다. 그 사진은 넓이가 0.5단 정도 되었지만 그의 귀가 나올 공간은 되지 못했다. 위협적으로 보이려는 시도가 잘못되어 비스와스 씨는 인상을 찡그리고 있었다. 입은 약간 벌어져 있었고 눈을 흘기며 카메라를 쳐다보고 있었는데, 낮게 내린 그의 모자챙 때문에 눈에 그늘이 생겼다. 판매 부수를 늘려주는 면에서 스칼릿 핌퍼넬은 실패였다. 그 사진은 제대로 나오질 않았다. 게다가 평범한 사람이 그렇게 긴 문장을 똑똑하게 말하면서 말을 걸기가 힘들 정도로 비스와스 씨의 옷차림은 지나치게 화려했다. 며칠 동안이나 상을 달라고 하는 사람이 없자 스칼릿 핌퍼넬의 보고서는 점점 기가 막히게 변질되어갔다. 비스와스 씨는 형인 프라사드를 방문했다. 그리고 그다음 날 『센티널』의 독자들은 외딴 마을에 사는 한 소작농이 스칼릿 핌퍼넬에게 달려와 말하기를 '당신이 스칼릿 핌퍼넬이죠. 그러면 저에게 센티널 상을 주세요'라고 말한 걸 알게 되었다. 그 소작농은 이어서 자신이 『센티널』을 매일 읽고 있는데 다른 신문들은 뉴스를 그렇게 자세하고 재미있고 균형감 있게 전달할 수 없기 때문이라고 말했다고 보도되었다.

　그러고 나서 비스와스 씨는 큰형인 프라탑의 집을 방문했다. 거기

＊ 유명 소설 제목이자 1935년 해럴드 영Harald Young 감독이 감독한 영화 제목. 극 중 스칼릿 핌퍼넬은 프랑스 혁명 후 귀족들을 국외로 도피시키는 용감한 일을 하는데, 자신의 정체를 가리기 위해 낮 동안에는 멍청한 귀족처럼 행세하고 다닌다.

서 그는 깜짝 놀랐다. 어머니가 몇 주 전부터 프라탑과 함께 살고 있다는 걸 알게 된 것이다. 오랫동안 비스와스 씨는 빕티가 무기력하고 우울증 증세가 있고 고집스럽다고 생각해왔다. 그런데 프라탑이 어머니와 어떻게 통했기에 어머니를 설득하여 파고테스의 뒷골목에 있는 오두막을 떠나게 했는지 의아했다. 하지만 어머니는 그곳에 가서 변했다. 어머니는 생기 있고 빛이 났다. 어머니는 원기 왕성했으며 프라탑의 집에서 중요한 비중을 차지하고 있었다. 비스와스 씨는 자책하고 불안해했다. 그에게 행운은 갑자기 찾아왔고, 이 세상에서 그가 가진 것은 별로 없었다. 그는 그날 저녁 늦게 『센티널』의 사무실로 돌아와 자기 책상에 앉아서(맨 밑 서랍에는 그의 수건이 있었다) 어디서 나왔는지 모를 기억을 더듬어가며 글을 썼다.

스칼릿 핌퍼넬이 나무 위에서 하룻밤을 보내다
6시간 동안 경계 감시를 하는 고통

개골개골!

　개구리가 사방에서 울고 있다. 칠흑 같은 밤, 저 소리와 나무 위로 떨어지는 빗소리밖에는 들리지 않는다.

　나는 물을 뚝뚝 흘릴 정도로 젖었다. 내 오토바이는 몇 킬로미터 밖 어딘지 모를 장소에 고장 난 채 버려져 있다. 지금은 한밤중이고 나는 혼자 있다.

그러고 나서 그 기사는 잠 못 이루는 밤을 묘사한다. 뱀과 박쥐와 마주치고, 한밤에 차 두 대가 스칼릿 핌퍼넬의 고함 소리를 듣지 못하고 지나가고, 다음 날 아침 일찍 그가 스칼릿 핌퍼넬임을 알아보고 상을 달라고 한 소작농에 의해서 구출된다.

이 일이 있고 얼마 후 비스와스 씨는 아르와카스에 갔다. 해가 중천에 떴을 때 도착했지만, 가게가 문을 닫고 아이들이 학교에서 돌아오고 자매들이 홀과 부엌에 있을 때라고 비스와스 씨가 알고 있는 4시가 되어서야 하누만 하우스로 들어갔다. 그의 귀향은 그가 바란 만큼이나 멋진 것이었다. 그가 안뜰에서 계단을 올라가고 있던 그때, 고함 소리와 우르르 달려오는 소리와 웃음소리가 비스와스 씨를 반겼다.

"당신은 스칼릿 핌퍼넬이죠, 그러면 센티널 상을 저에게 주세요!"

그는 여기저기 다니며 센티널 달러 토큰을 원하는 손에다가 떨어뜨렸다.

"『센티널』에서 나오는 쿠폰과 함께 이걸 보내. 그러면 모레 돈이 올 거야."

사비와 아난드가 즉각 그를 차지했다.

시커먼 부엌에서 나온 샤마가 말했다. "아난드, 아버지 양복 더럽히겠어."

마치 그가 떠난 적이 없는 것 같았다. 샤마나 아이들은 물론 홀이나 어느 곳에도 그가 떠났던 흔적은 없었다.

샤마는 테이블 옆 벤치의 먼지를 털고 밥을 먹었는지 물어보았다. 그는 대답은 하지 않고 샤마가 먼지를 털어준 자리에 앉았다. 아이들이 계속 질문을 해대서 샤마가 음식을 가지고 나올 때 그녀에게 눈길을 주지 않는 게 쉬워졌다.

"모헌 이모부, 모헌 이모부, 진짜 나무에서 밤을 보냈나요?"

"어땠을 것 같니, 제이?"

"엄마가 그건 다 지어낸 소리래요. 그리고 전 **이모부**가 어떻게 나무에 올라가는지도 모르겠어요."

"내가 얼마나 많이 떨어졌는지 말도 못하겠다."

선반 같은 고미다락, 긴 미국삼엽송 테이블, 제각각 짝이 맞지 않는 가구들, 툴시 펀디트의 사진들, 일본제 커피잔 세트가 든 부엌 찬장으로 차 있는, 때 묻은 녹색 홀로 다시 돌아온 것은 상상 이상으로 좋았다.

"모헌 이모부, 진짜 어떤 사람 부인에게 쿠폰을 주려고 하니까 그 남자가 단도를 들고 이모부를 쫓아왔나요?"

"그래."

"그 사람에게도 쿠폰을 주지 그랬어요?"

"저리 가. 요새 애들은 갈수록 영악해지네."

그는 음식을 먹은 뒤 손을 씻고 입을 헹궜다. 마치 그의 옷을 처음 본 것이 아닌 듯이, 그리고 처음부터 알지도 못했던 그 옷들에게조차 조강지처다운 관심을 가지고 있는 듯이, 샤마가 비스와스 씨에게 넥타이와 재킷을 조심히 다루라고 채근했다.

그는 고장 난 피아노가 있는 층계참을 지나 계단을 올라갔다. 베란다에서 비스와스 씨는 거룩한 인간 하리와 그의 부인을 보았다. 그들은 비스와스 씨를 별로 반기지 않았다. 두 사람 다 비스와스 씨가 새로 얻은 명성과 새 양복에 별 감흥이 없는 듯 했다. 펀디트의 옷을 입고 있는 하리는 평소처럼 황달에 걸린 듯 건강이 안 좋아 보였다. 그리고 그의 아내의 엄숙한 태도에는 걱정과 피로가 배어 있었다. 비스와스 씨는 이전에도 주변 사람들과 떨어져 지금과 비슷하게 조용하고 가정적인 장면을 연출하는 그들과 불시에 마주쳤던 적이 종종 있었다.

그는 자신이 방해하고 있다는 느낌이 들어 서둘러서 색유리 창이 달린 문을 통과하여 서재로 갔다. 서재에는 오래된 신문과 벌레가 갉아 먹은 나무에서 나는 곰팡내가 풍기고 있었다. 거기에 있는 그의 책에는 젖은 자국이 있었다. 표지는 색이 바래고 때가 묻었으며 책장은 쭈글 쭈글했다. 아난드가 그 방으로 들어왔다. 그 애의 커다란 머리 위로 머리카락이 길게 자라나 있었다. 그 애는 '집옷'을 입고 있었다. 비스와스 씨는 아난드를 자기 다리에 감았고 아난드는 비스와스 씨의 다리에 몸을 비볐다. 학교에 대해서 묻자 아난드는 부끄러운 듯 알아들을 수 없는 대답을 했다. 그들은 말할 게 별로 없었다.

"정확히 언제부터 저 사람들이 신문에서 내 이름을 봤니?" 비스와스 씨가 물었다.

아난드는 한 다리를 바닥에서 들어 올리며 미소와 함께 중얼거렸다.

"누가 제일 먼저 봤지?"

아난드가 머리를 흔들었다.

"그리고 뭐라고 그러던, 어? 아이들 말고 어른들 말이야."

"아무 말도 안 했어요."

"아무 말도 안 해? 그러면 사진을 보고는 뭐라 그랬어? 매일 나왔잖아. **사진** 보고 뭐라고 말하지 않던?"

"아무 말도 안 했어요."

"전혀 아무 말도 없었어?"

"친타 이모만 아빠가 사기꾼 같아 보인다고 했어요."

"이 예쁜 아기는 누굴까? 말해봐. 이 예쁜 아기는 **누굴까?**"샤마는 방으로 들어와서 팔에 아기를 안고 돌아다녔다.

비스와스 씨는 넷째 아이를 아직까지 보지 못했다. 그리고 보고 있는 지금 그는 당황스러웠다.

샤마가 가까이 다가왔지만 눈을 들지는 않았다. "저 사람은 누굴까?" 샤마가 아이에게 말했다. "저 사람이 누군지 **아니?**"

비스와스 씨는 대답하지 않았다. 홀 위에 있는 이 방에서, 아빠 엄마 자녀들이라는 기만적이고 가정적인 장면을 연출하고 있는 어머니와 아기의 모습에 숨이 막히고 진저리가 났다.

"이 사람은 누굴까?" 샤마가 아기를 아난드에게 주었다. "이 사람은 오빠지요." 아난드는 아기의 턱을 간질였고 아기는 까르륵거리는 소리를 냈다.

"그래. 오빠야. 오, 얘는 **예쁜** 아길까, 아닐까?"

샤마가 약간 살이 찐 것이 그의 눈에 띄었다.

비스와스 씨의 마음이 누그러졌다. 그가 샤마에게 한 발짝 다가가자 그녀는 냉큼 아기를 그에게 안겨주었다.

"얘 이름은 캄라예요." 힌두어로 말하면서 눈은 여전히 아기에게 가 있었다.

"좋은 이름이군." 그가 영어로 말했다. "누가 지어줬어?"

"펀디트가요."

"이번에도 출생 신고서를 썼겠지, 아마?"

"하지만 얘가 태어날 땐 당신이 여기 있었잖아요……" 그리고 마치 위험 지대에 겁 없이 발이라도 내디딘 듯이 샤마는 말을 멈추었다.

비스와스 씨가 아기를 안았다.

"이리 다시 주세요." 샤마가 잠시 후 말했다. "당신 옷 더럽히겠어요."

*

　얼마 후 비스와스 씨가 자신이 이겼다는 생각이 들 만한 조건으로 화해가 이루어졌다. 그가 포트오브스페인에 있는 툴시 부인과 만날 날짜도 정해졌다. 부인은 비스와스 씨가 샤마와 하누만 하우스를 버리고 나간 걸 모른 척했다. 그는 포트오브스페인에 의사를 보러 간 것이다, 그렇지? 비스와스 씨는 그렇다고 했다. 부인은 그가 나아서 기쁘다고 했다. 툴시 펀디트는 항상 건강이 어떤 재산보다 더 가치 있다고 말하곤 했었다. 툴시 부인은 비스와스 씨에게 많은 것을 기대하고 있고, 언제나 기대하고 있었다고 말하면서도 절대 그의 직업에 대해 물어보지는 않았다. 그러면서도, 비스와스 씨에게 기대가 컸기 때문에 그날 오후에 그가 샤마를 주십사고 간청했을 때 동의할 마음의 준비가 되어 있었다고 했다.

　툴시 부인은 비스와스 씨가 식구들을 포트오브스페인으로 이사 오게 해서 자기 아들과 자신과 같이 살자고 제안했다. 물론 비스와스 씨가 자기 소유의 집을 살 생각을 하고 있지 않다면 말이다. 부인은 어머니일 뿐이며 샤마의 운명에 대해 간섭할 수는 없는 일이었다. 하지만 그들이 온다면 오와드와 자신을 위한 방을 제외하고 그들이 그 집을 꾸려나가게 될 것이다. 그 대가로 한 달에 8달러씩 내고, 샤마는 요리를 하고 집안일을 하면서 툴시 부인의 다른 집들에서 나오는 집세를 수금하면 되는 것이다. 집세를 받는 일은 힘든 일이었다. 외부인에게 그 일을 시키는 번거로움을 감수할 필요가 없으며, 자신은 너무 늙어서 직접 못하겠다는 것이다.

그 제안은 놀랄 만큼 좋은 것이었다. 자그마치 집이 한 채. 행운의 절정이라 할 만한 일이었다. 그 절정이 오래갈 것 같지는 않았지만 말이다. 수락하기 전에 뜸을 들이려고 그리고 자신이 안달하고 있다는 것을 감추려고 그는 집세를 수금하는 것이 어렵다는 식으로 말을 했다. 툴시 부인은 툴시 펀디트에 대해 말했고 그는 동정심을 가지고 진지하게 들었다.

그들은 앞쪽 베란다에 있었다. 양치식물이 담긴 바구니가 처마에 걸려 있어서 햇빛은 부드럽고 공기는 차가웠다. 비스와스 씨는 자기 소유의 안락의자에 기대 앉아 있었다. 한순간에 객식구에서 거주자로 탈바꿈한 자신의 모습을 그리는 것이 너무나 새로운 경험이라 그는 아직 그게 무슨 맛인지도 모를 지경이었다. 튼튼하게 짓고, 마감 처리를 잘하고, 페인트칠도 한 모든 곳이 우아한 집, 평평하고 갈라진 틈이 없는 바닥, 쭉 곧은 콘크리트 벽, 자물쇠로 채우는 패널 문, 완벽한 지붕에다가 거실에는 니스칠을 한 천장이 있고, 그밖에 다른 곳에도 페인트칠을 한 그런 집에서 말이다. 당연하게 여겨지기까지 몇 분이 걸리지 않았던 세부 사항을 마무리 짓고, 그는 지금 처음 보는 양 하나하나 눈여겨 보았다. 덧대는 것은 하나도 없어야 하고 대충 임시로 만드는 것도 없어야 한다. 진흙 벽이나 나뭇가지 같은 걸로 놀라게 하는 일도 없어야 하고, 무슨 일을 하는 비법 같은 것도 없어야 하고, 원래 의도한 대로 모든 것이 작업되어 있어야 한다.

그 집은 높은 지주들 위에 서 있었다. 그리고 그 거리에서 가장 눈길을 끄는 새집들 중 하나였다. 그 구역은 최근에 재개발이 되어 빠르게 성장하는 곳이었다. 아직도 모든 거리마다 사탕수수밭의 일부였던 시절을 상기해주는 지지리 가난하고 울타리도 없는 목조 가옥에 사는 상당수의 가정이 있기는 했지만 말이다. 거리들은 쭉 곧았다. 모든 주택 부지는 가로 30미터, 세로 15미터였다. 그리고 거의 거리 넓이만 한 하수구가 각 블록의 중심에서 각 집의 뒷담 사이로 흐르고 있었다. 그래서 공간이 있었다. 그 집의 바닥 밑에도, 뒤에도, 양쪽 측면으로도 공간이 있었다. 또 정면에 있는 정원용 공간도 있었다.

이보다 더 완벽한 행운이 또 어디 있으랴?

*

람찬드와 데후티는 기뻐했다. 비스와스 씨 때문에 방 두 개에서 어쩔 수 없이 함께 지내야 했던 생활이 처음에는 즐거웠지만 슬슬 성가셔지기 시작했기 때문이다. 그들은 또한 비스와스 씨가 정착을 하게 된 것을 기뻐했다. 그들은 화해뿐만 아니라 비스와스 씨를 정착시켜야 한다는 책임감을 느끼고 있었기 때문이다. 이 협상 과정에서 한 가지 예기치 않았던 점은 데후티가 하누만 하우스에 착 달라붙어 수십 명의 낯선 여자들 무리에 끼어들었다는 것이다. 비스와스 씨는 하누만 하우스에 무슨 일이 생기면 이 여자들이 남편이나 아이들은 내팽개치고 며칠 전부터 나타나서 아무런 보수도 받지 않고 요리와 청소 및 다른 제반 일을 하는 게 놀랍지 않을 수가 없었다. 데후티는 열심히 일했고 언제나 초대를 받았다. 그녀는 종종 다른 집 행사에도 툴시 자매들과 같이 갔고 결혼식 때가 되면 자신을 위해서는 불리지 않았던 슬픈 노래를 불렀다. 얼마 지나지 않아 누구도, 심지어 비스와스 씨까지도 그녀가 비스와스 씨의 누이가 아니라 툴시 가에 속한 여성들 중의 한 명이라고 생각하게 되었다.

*

그리고 또 한 번 가구들이 운반되어 왔다. 바라크 건물을 꽉 채웠던 가구들이 포트오브스페인의 집에서는 별다른 티도 나지 않았다. 사주식 침대와 샤마의 화장대는 침실로 들어갔다. 커피잔 세트가 들어 있는 부엌 찬장은 녹색 테이블과 함께 뒤쪽 베란다로 갔다. 모자걸이와 흔들의자만이 앞쪽 베란다의 명예로운 자리를 차지했다. 그 가구들은 매일 아침에 내놓았다가 저녁이 되면 도둑질을 당하지 않게 다시 집 안으로 들여놨다. 나머지 가구들은 툴시 부인이 도시 생활에 적합하다고 생각하는 방식으로 배치되었다. 거실에는 등나무로 바닥을 얹고 구부려서 만든 의자 네 개가 대리석으로 상석을 대고 다리가 세 개 있는 테이블 옆에 뻣뻣이 서 있었으며, 테이블에는 코바늘뜨기로 장식 술을 만든 테이블보 위로 양치류가 든 화분이 있었다. 식당에는 물 항아리와 세숫대야와 함께 딱딱하게 생긴 세면대가 있었다. 툴시 부인은 하누만 하우스의 조각상은 한 개도 안 가져왔지만 놋쇠 화병은 상당수 가지고 왔다. 그리고 분재를 넣은 그 화병들을 베란다 주변에 놔두었다가 저녁에 다시 집 안으로 들였다.

아난드와 사비에게 하누만 하우스를 떠나도록 설득하는 것은 쉬운 일이 아니었다. 그들은 샤마가 미나와 캄라를 데리고 간 후에도 몇 주간 그 집에 더 머물러 있었다. 그리고 어느 일요일 저녁 사비는 툴시 부인과 신과 같이 왔다. 그 애는 가로등과 항구에 있는 배의 불빛을 보았다. 툴시 부인은 사비를 식물원으로 데리고 갔다. 사비는 연못과 침수된 록가든스의 풀로 덮인 경사지를 보았다. 밴드가 연주하는 것도 들었다. 그러더니 눌러앉았다. 하지만 아난드는 꾀어도 듣지를 않았다. 마침내 어린 신이 이렇게 말했다. "포트오브스페인에는 새로 나온 달콤한 음료수가 있어. 코카콜라라는 거야. 이 세상 최고의 음료수지. 나랑 포트오브스페인으로 가자. 그러면 내가 너희 아버지에게 코카콜라와 진짜 아이스크림을 사주라고 할게. 마분지 컵에 든 것 말이야. 진짜 아이스크림. 집에서 만든 것 말고."

하누만 하우스에 사는 아이들에게는 집에서 만든 것은 좋은 것을 의미하는 말이 아니었다. 집에서 만든 아이스크림은 크리스마스에 점심을 먹고 난 후 친타가 대량으로 만든 아무 맛도 나지 않는(공식적으로는 코코아 맛) 얼음덩어리였다. 친타는 오래되고 녹이 슨 냉장고를 이용했다. 그녀는 냉장고를 '쓰레기통'이라고 불렀다. 그리고 빨리 냉동하기 위해 얼음덩어리를 혼합 재료에 넣었다. 냉장고에서 떨어진 녹이 아이스크림에 떨어졌고 마치 초콜릿이 번져가듯이 아이스크림 속으로 스며들었다.

그러므로 아난드를 포트오브스페인으로 끌고 온 것은 순전히 진짜 아이스크림과 코카콜라를 먹을 수 있다는 기대감이었다.

토요일 오후, 집의 처마 밑으로 그림자가 밀려들어 가고 포트오브스페인에는 태양이 이글거려 거리가 비고 사방의 문이 닫히고 가게 유리창이 반대편 유리창에 반사되고 있을 때, 비스와스 씨는 아난드를 데리고 포트오브스페인 투어를 나섰다. 그들은 모험심에 겨워 텅 빈 거리 한복판을 걸어갔다. 그들은 자기 발자국 소리를 들었다. 이런 식으로 그들은 그 도시를 익혀갔다. 그 도시에는 위협이 없었다. 그들은 이 카페 저 카페를 구경했다. 하지만 아난드는 집에서 만든 케이크와 아이스크림만 판다고 선전하는 모든 가게에 고집을 부리며 들어가려 하질 않았다. 마침내 그들은 적당한 카페를 찾았다. 그 자체가 새로운 발견과 사치를 의미하는, 카운터 앞에 놓인 등받이 없는 붉은색 높은 의자에 아난드가 앉자 아이스크림이 나왔다. 서리가 낀 마분지 통을 만져보니 차가웠다. 나무 숟가락도 같이 있었다. 뚜껑은 벗겨서 핥아 먹어야 했다. 그리고 빨간 점이 섞인 옅은 분홍색의 아이스크림에서는 김이 나왔다. 미리 맛보는 즐거움이 연달아 있었다.

"아이스크림 맛이 하나도 안 나." 아난드가 말했다. 그는 통을 깨끗이 비웠다. 너무 잘 만들어진 것이라 계속 가지고 있고 싶었기 때문이다.

코카콜라를 마시고는 "꼭 말 오줌 같아"라고 말했다. 몇몇 사촌들이 하누만 하우스에서 어떤 음료수를 보고 한 말이었다.

"아난드!" 비스와스 씨는 카운터 뒤에 있는 남자에게 미소를 보내며 말했다. "그렇게 말하면 안 돼. 넌 이제 포트오브스페인에 있는 거야."

*

그 집은 동향이어서 포트오브스페인에서 살았던 첫 4년간 남은 기억에는 무엇보다도 아침에 대한 게 많이 있었다. 아직 따끈따끈하고 잉크도 마르지 않은 상태로 배달되는 공짜 신문이 콘크리트 계단 위에 대자로 놓여 있었고 계단 아래로는 태양이 움직이고 있었다. 나무와 지붕에 이슬이 맺혔다. 방금 빗질을 하고 청소한 텅 빈 거리에 서늘한 그림자가 지고 청소부들의 거친 빗자루에 의해 녹색 바닥이 긁혀서 줄무늬가 생긴 도랑으로 물이 깨끗하게 흐르고 있었다. 집 밑에서 로열 앙필드 자전거를 끄집어내어 막 잠에서 깬 도시의 거리를 따라 아직도 서늘한 태양 아래서 타고 가던 기억들. 정오의 적막. 옷을 벗고 자는 짧은 오수. 열어젖힌 그의 방 창문. 움직이지 않는 커튼 위에 있는 푸른색 정사각형 하나. 오후가 되면 계단에 그늘이 졌고, 뒤쪽 베란다에서 차를 마셨다. 그러고 나면 아마 호텔에서 인터뷰를 할 것이고, 급하게 『센티널』 기계에 기사를 넣는다. 저녁이 오리라는 전망. 그리고 아침에 대한 기대.

툴시 부인과 오와드가 주말에 떠나고 나면 휴일 동안은 그 집이 부인과 오와드의 소유란 것을 때때로 잊고 사는 것도 가능했다. 그리고 그들과 함께 산다는 게 스트레스를 주지도 않았다. 툴시 부인은 포트오브스페인에서는 한 번도 기절하지 않았고 소프트 캔들이나 빅스 베이퍼럽*을 콧구멍 안으로 짜 넣지도 않았으며 베이럼 향유를 적신 붕대를 이마에 감고 있지도 않았다. 툴시 부인은 아이들을 멀리 두지도, 마음대로 하려고도 하지 않았다. 그리고 오와드와 비스와스 씨가 점차 친해져가면서 부인과 비스와스 씨의 관계도 덜 조심스럽고 덜 격식을 차리게 되었다. 오와드는 비스와스 씨가 하는 일을 높게 평가했고, 영리한 미치광이로 통하는 것에 우쭐해진 비스와스 씨는 외국어로 된 그렇게 큰 책들을 읽는 그 젊은이를 존중하게 되었다. 그들은 동료가 되었다. 그들은 영화관에 가고 해변으로 갔다. 그리고 비스와스 씨는 아직 신문으로 인쇄되지 않은 강간과 매음굴 사건의 법정 변론 녹취록 사본을 오와드에게 보여주었다.

비스와스 씨는 툴시 부인이 아들에게 과도한 애정을 쏟는 것을 더

---

* 프록터앤드갬블Proctoer & Gamble 사에서 나온 기침 치료용 연고.

이상 놀리거나 원망하지 않았다. 툴시 부인은 자두도 생선 대가리처럼 두뇌를 쓰는 사람들에게 영양가가 높다고 믿고 있어서 오와드에게 매일 자두를 먹였다. 필립 스트리트에 있는 데이어리스 상점에서는 오와드를 위해 우유를 사 왔다. 그 우유는 은색 뚜껑이 달린 제대로 된 우유통에 담겨서 왔다. 여섯 집 건너에 사는 한 남자에게서 샤마가 사 온 것과는 다른 우유였다. 그 남자는 그 지역 사람들이 열망하는 것이 뭔지도 모르고 암소를 키워 갈색 종이로 막은 럼주 병에 우유를 담아서 배달했던 것이다.

비록 오와드와 툴시 부인과 같이 있을 때 자녀들을 대하는 비스와스 씨의 태도는 부드럽게 책망하는 어조이긴 했지만, 그는 항상 자기 가족에게 관심을 기울여서 보고 가르쳤으며 아난드에게는 더욱 그랬다. 곧 비스와스 씨는 아난드에게도 자두와 데이어리스 상점에서 파는 우유를 먹을 자격이 생기기를 바라게 되었다.

*

자기 가정을 세우고 나서 비스와스 씨는 독재를 확립하기 시작했다.

"사비!"

아무 대답이 없다.

"사비! 사비! 오 사비! 오, 너, 거기 있구나. 왜 대답 안 했어?"

"하지만 왔잖아요."

"그거론 부족해. 와서 대답**까지** 해야지."

"알았어요."

"뭘 알았어?"

"알았어요, 아빠."

"좋았어. 구석에 있는 테이블에 담배하고 성냥하고 『센티널』 수첩이 있을 거야. 그걸 이리로 가져와."

"아니 **세상에**! 그것 때문에 부른 거였어요?"

"그래. 그것 때문이다. 너 또 말대꾸하는구나. 계속 그러면 내가 속기 연습하게 너보고 글 읽으라고 시킬 거야."

사비는 방을 나갔다.

"아난드! 아난드!"

"예, 아빠."

"좀 낫네. 넌 좀 훈련이 되어가고 있는 것 같다. 앉아서 이 연설문을 크게 읽어봐."

아난드가 『벨의 표준 웅변가』를 잡아채서 매콜리*의 글인지 뭔지를 화난 어조로 읽었다.

"너 지금 너무 빨리 읽고 있잖아."

"아빠가 속기로 쓰는 줄 알고 그랬어요."

"너도 말대꾸하는구나! 하누만 하우스에서 매일 지냈다간 아이들이 어떻게 되는지 너도 알겠지. 그럼 내가 다시 읽을 테니 맞는지 검사나 해라"

"아이 **참**!"이라고 하고 아난드는 그날을 죽 쑨 게 아까워 발을 굴렀다.

하지만 감독은 계속되었다.

그럴 때 비스와스 씨는 이렇게 말했다. "아난드, 이렇게 하는 것은

---

* 토머스 배빙턴 매콜리(Thomas Babington Macaulay, 1800~1859): 영국의 문호, 정치가.

벌주려고 하는 게 아니야. 내가 너에게 이 일을 시킨 건 네가 날 도와줬으면 하고 바라기 때문이야."

그는 이 말이 아난드를 달래주는 것을 보고 놀랐다. 그래서 이런 일을 시킬 때면 끝에 가서 위로 삼아 항상 이 말을 해줬다.

얼마 지나지 않아 그는 자기 일 중 많은 양을 침대에서 소화한다는 원칙을 세우고, '종이 가져와라, 연필 깎아라, 성냥 가져와라, 담배 가져와라, 재떨이 비워라, 책 가져와라, 책 가져가라'라고 계속 시킬 참이었다. 또한 그는 자신이 잠을 자는 것이 중요한 일이라는 원칙도 세웠다. 비스와스 씨는 자신이 정한 시간에 깨워도 엄청나게 화를 냈다.

"사비," 샤마가 말하곤 했다. "가서 아버지 깨워라."

"아난드에게 가라고 하세요."

"아니, 너희 둘 다 가거라."

비스와스 씨의 '엄함'(그에게 묘한 만족을 주는 단어였다)에 대해 불평을 늘어놓기 시작한 샤마에게 그가 말했다. "그건 엄한 게 아니야. 훈련이지."

약간은 놀랍게도 툴시 부인은 이런 비스와스 씨의 행동에 긍정적인 반응을 보였고, 툴시 펀디트가 아이들을 굴복시키기 위해 엄한 훈련을 했던 이야기를 해주었다.

그러자 샤마는 툴시 부인이 나가기만 하면 그때 자신의 주장을 폈다. 샤마는 툴시 부인처럼 기절할 수는 없었지만 피곤하다고 불평하고 아이들에게 시중받는 것을 좋아했다. 그녀는 사비와 아난드에게 자기 몸 위로 걸어가게 하고서 힌두어로 "신이 너희들을 축복할거야"라는 말을 아이들이 충분히 보상을 받았다고 느낄 만큼 감정을 실어서 해주었다. 곧 비스와스 씨를 밟아주는 것 또한 사비와 아난드가 해야 할 일이 되었으나 그는 샤마가 해준 것과 같은 보상을 해주지는 않았다.

샤마 자신은 훈련을 피하려 들지 않았다. 그녀는 비스와스 씨가 쓴 모든 이야기를 정리했다. 비스와스 씨는 그녀가 이 일을 제대로 못한다고 말했다. 그는 그녀에게 월급봉투를 개봉하지 않은 채 주었고 샤마가 돈이 불충분하다고 말하면 무능하다고 그녀를 비난했다. 그래서 샤마는 힘들고 별 소득도 없는 가계부 정리를 시작했다. 매일 저녁 그녀는 뒤쪽 베란다에 있는 녹색 테이블에 앉아 부풀고 기름때가 묻은 『센티널』 수첩의 페이지 양면을 미션 스쿨 필체로 천천히 메워나가며 하루 동안 쓴 돈을 한 푼도 남김없이 모두 기록했다.

"매일 드리는 작은 푸자구먼, 그렇지?" 비스와스 씨가 말했다.

"아뇨." 그녀가 말했다. "난 그냥 당신에게 월급을 인상해주려고 애쓰는 거예요."

비스와스 씨가 샤마에게 가계부를 보여달라고 부탁한 적은 없었다. 샤마가 그 일을 하는 것은 비스와스 씨를 책망하기 위해서였지만, 좋아서 하는 것이기도 했다. 버넷 씨는 다른 땐 호인이었지만 임금을 후하게 줘야 한다고는 믿질 않아서 그가 『센티널』에서 편집장으로 있는 동안 비스와스 씨의 봉급이 한 달에 50달러 이상 됐던 적이 없었다. 또한 그 정도 돈이란 들어오기가 무섭게 나가는 액수였다. 샤마의 가계부는 그녀가 수금하는 집세 때문에 복잡해졌다. 그녀는 일단 집세를 생활비로 쓰고 나서 나중에 그 돈을 메웠다. 계산은 거의 언제나 틀렸다. 그리고 2주마다 한 번씩 주말이 되면 샤마는 계산하다 실성 단계까지 갔다. 뒤쪽 베란다에서 『센티널』 수첩과 집세 장부와 영수증 장부를 보며 쩔쩔매면서 종잇조각 위에 적힌 적은 액수를 수도 없이 더했다가 빼고 때때로 기록도 하는 샤마의 모습을 봐야 했다. 샤마는 특이한 방식으로 메모를 했다. 그녀는 평상시 말하는 대로 기록했는데, 한번은 그녀가 적은 것을 비스와스 씨가 우연히 보니까 "42번지 널근 혼혈 여자가 6달러 비쪘다"라고 적혀 있었다.

"내가 항상 말했지만 당신네 툴시 집안사람들은 모두 돈에는 천재들이야." 그가 말했다.

샤마가 대답했다. "내가 산수에는 항상 1등이었다는 걸 알아줬으면 하네요."

그러나 사비와 아난드가 산수 숙제를 도와달라고 오면 샤마는 이렇게 말했다. "아버지에게 가. 아버지는 산수에 천재란다."

"어쨌든 당신보다는 내가 많이 알지." 그가 말했다. "사비, 영 이는 얼마니?"

"2."

"넌 네 엄마 딸이 맞구나. 아난드?"

"1."

"요새 왜 이러는 거야? 내가 어릴 때 가르치던 걸 안 가르치는구나."

그는 모든 교과서에서 오류를 찾아냈다.

"커터리지 장군의 『읽기 책』이라! 이것 한번 들어봐. 65페이지. 19과. 우리들의 동물 친구들." 그는 흉내 내는 목소리로 읽었다. "'우리들의 동물 친구들이 없으면 우리는 어떻게 될까? 암소와 염소는 우리에게 우유를 주고, 죽으면 우리가 그 살을 먹는다.' 이게 얼마나 잔인한지 알겠어? 그리고 들어봐. '많은 소년 소녀가 아침에 학교에 가기 전에 염소들을 묶어놓아야 하고 오후에는 염소젖 짜는 것을 도와야 한다.' 아난드, 너 오늘 아침에 염소 묶어놓았니? 아, 그럼 너는 서둘러야겠구나. 거의 우유 짤 시간이 다 되었으니까. 요즘 선생들이 애들 머릿속에 처넣는 게 이런 거라니까. 내가 아이였을 땐 『로열 리더』와 『블래키의 트로피컬 리더』*『네스필드의 문법』**이 교과서였는데!" 비스와스 씨가 소리쳤다. "난 맥두걸 책도 배웠다고." 그러고는 아난드에게 낡은 표지를 푸른 테이프로 덧대놓은 오래된 활자 책인 맥두걸 책을 찾아오게 시켰다.

때때로 비스와스 씨는 아이들에게 연습장을 가져오라고 한 뒤, 깜짝 놀랐다고 말하면서 며칠 동안 아이들의 선생 노릇을 했다. 그는 아난드의 필체를 멋지게 바꿔주려고 비스듬하게 기울여 쓰는 것을 고쳐주었고 C, J, S를 꼬불꼬불하게 쓰는 것을 간단하게 하도록 시켰다. 사비에게는 아무것도 할 수 없었다. 선생 노릇을 하기에는 비스와스 씨가 까다롭고 성질이 급했기 때문이었다. 그래서 샤마가 하누만 하우스로 가면 자랑스럽게 "애들이 아버지를 무서워해"라고 자매들에게 말할 수 있게 되었다.

그리고 어느 정도는 일요일을 평화롭게 보내려고, 또 어느 정도는 '일요일'이란 단어와 '학교'라는 단어의 조합이 쾌락을 부인하고 망치는 것을 떠올리게 하기 때문에, 비스와스 씨는 아난드와 사비를 일요일 성경 학교에 보냈다. 아이들은 그곳을 좋아했다. 아이들은 케이크와 음료수를 받았고 외우기 쉬운 곡조로 된 찬송가도 배웠다.

어느 날 집에서 아난드가 "예수 사랑하심은 거룩하신 말일세"***라고

---

* 원제목은 A Companion to Blackie's Tropical Readers(1911). E. J. 워틀리Wortley 가 편찬한 책으로 열대 지방에 사는 어린이들에게 주변의 동식물, 위생, 사회생활 등 현실 생활에 전반적으로 필요한 실용적인 지식을 전달하는 것을 목적으로 만들어진 책이다.
** 존 콜린슨 네스필드John Collinson Nesfield가 쓴 영어 문법 책.
*** 이 찬송가의 원문은 '예수가 날 사랑하시는 것을 내가 알고 있네Jesus loves me, yes

노래를 부르기 시작했다.

툴시 부인이 노했다. "너 어떻게 예수가 널 사랑하는지 알게 됐냐?"

"날 사랑하심 성경에 써 있네." 아난드가 그 찬송가의 다음 구절을 인용하여 대답했다.

툴시 부인은 이 일이 비스와스 씨가 아무런 이유 없이 종교 전쟁을 다시 시작했음을 의미한다고 생각했다.

"당신 엄마는 로마 고양이*야." 그가 샤마에게 말했다. "난 좋은 기독교 찬송가를 들으면 어린 아기 로마 고양이 시절의 행복한 과거를 떠올리실 줄 알았지."

하지만 일요일 성경 학교는 중단되었다. 성경 학교를 대신해서 그리고 커터리지 장군의 영향력에 대응하기 위해서 비스와스 씨가 아이들에게 소설을 읽어주기 시작한 것이다. 아난드는 받아들였지만 사비는 또다시 실망을 안겨주었다.

"사비가 자두와 데이어리스에서 사 온 우유를 먹는 건 못 볼 것 같아." 비스와스 씨가 말했다. "걔 하는 대로 하게 내버려둬 봐. 쟤가 하는 일이라고는 저희 엄마처럼 장부 메우느라 애쓰는 게 다일 거야."

비스와스 씨가 하는 모욕적인 말에는 눈도 꿈쩍하지 않고 샤마는 가계부를 계속 적어가며 계속 2주일에 한 번씩 집세 문제로 씨름을 하고 계속 퇴거 통지서를 보냈다. 가족들은 물론 자기 자신도 잘 모르는 사이 샤마는 툴시 부인의 세입자들에게 공포의 대상이 되어 있었다. 집세를 받기 위해서 샤마는 종종 퇴거 통지서를 전해야 했고 특히 "42번

I know'로 시작한다.

＊ 로마 고양이Roman cat와 천주교 신자Roman Catholic가 음이 비슷한 것을 이용하여 비스와스 씨가 장모를 놀리는 것이다.

가에 있는 널근 혼혈 여자"에게 그래야만 했다. 샤마가 차분한 필체로 적어놓은, 엄격하고 문법적으로 하자가 없는 이행 명령서를 읽는 게 비스와스 씨에게는 재미있는 일이었다. 비스와스 씨는 이렇게 말했다. "이걸 보고 어떻게 겁을 먹는지, 원."

샤마는 그 흥미진진한 일을 흥미진진한 줄도 모르고 했다. 그녀는 통지서를 본인에게 전달하는 위험을 감수하고 싶지 않았다. 그래서 밤늦게 입주민이 거의 잠자리에 든 게 분명한 시간이 되었을 때 샤마는 통지서와 풀 한 통을 들고 가서 양 문짝에다가 붙여놓고 왔다. 그러면 세입자가 아침에 문을 열고 통지서를 찢어버리겠지만, 통지서가 오지 않았었다고 우길 수는 없게 되는 것이었다.

*

순전히 개인적으로 해보는 수준이긴 했지만 어쨌든 비스와스 씨는 속기를 배웠다. 또 저널리즘에 관해 구할 수 있는 모든 책을 읽었다. 그리고 열정에 겨워 『신문 운영』이란 비싼 미국 책을 샀는데, 알고 보니 신문 소유주에게 현대식 기계에 투자하라는 간곡한 훈계를 하는 책이었다. 그는 작가가 되길 원하는 사람들을 겨냥한 광범위한 문헌을 발견하고 중독되었다. 그래서 어떤 식으로 원고가 투고되는지를 읽고 또 읽었고, 런던이나 뉴욕 신문의 바쁜 편집장에게는 전화를 걸지 말라는 경고도 알게 되었다. 그는 세실 헌트*가 쓴 『단편소설: 어떻게 쓰는가』와 같은 작가가 쓴 『책은 어떻게 쓰는가』를 샀다.

---

* 세실 헌트(Cecil Hunt, 1902~1954): 영국의 언론인, 작가, 인류학자이다.

그즈음 봉급이 인상되자 비스와스 씨는 샤마의 간청을 무시하고 외상으로 휴대용 중고 타자기를 샀다. 그리고 그 타자기가 제값을 하게 하기 위해서 그는 영국과 미국의 계간지에 글을 써서 투고하기로 결심했다. 그러나 글로 쓸 소재를 찾을 수가 없었다. 그가 읽은 책들은 도움이 되지 않았다. 그러던 그때 비스와스 씨는 런던의 에지웨어 로드에 있는 '저널리즘을 위한 이상적인 학교'의 광고문을 보게 되었다. 그는 무료 안내 책자를 받기 위해 쿠폰의 빈 칸을 채우고 그것을 오렸다. 두 달 후에 안내 책자가 왔다. 책자에서 다양한 색깔로 인쇄된 종이들이 떨어졌다. 그 종이들은 전 세계 각처에서 온, 이니셜로 서명한 추천서들이었다. 그 안내 책자에 씌어 있기로는 '이상적인 학교'가 가르칠 뿐만 아니라 기사를 내게 해주기도 한다는 것이었다. 그리고 비스와스 씨가 단편소설 쓰기 강좌도 수강할 의향이 있는지 없는지를 물었다. '이상적인 학교'의 교장(얼룩투성이의 사진 안에 있는 안경 낀 할아버지형의 남자)은 이 세상 모든 이야기의 줄거리가 가진 비밀을 발견했고 그가 발견한 비밀은 런던의 대영 박물관과 옥스퍼드 대학의 보들리언 도서관*에도 비치되었다고 했다. 비스와스 씨는 마음이 혹했지만 여윳돈이 없었다. 그가 저널리즘에 대한 첫 두 과목의 수업료를 치르기 위해 월급 인상분의 3개월 치를 미리 다 써버렸을 때 이미 샤마에게도 돈 쓸곳이 줄줄이 있었던 것이다. 정해진 코스에 따라 그 과목의 첫 수업 내용이 왔다.

"심지어 뛰어난 필력을 가진 사람들조차 글의 주제를 찾지 못하겠다는 말을 합니다. 그러나 사실 주제를 찾는 것보다 더 쉬운 것은 없습

---

* 1602년에 설립된, 영국에서 가장 오래된 도서관.

니다. 당신은 지금 책상에 앉아 있습니다."(비스와스 씨는 침대에 누워서 읽고 있었다.) "당신은 창밖을 바라봅니다. 그러나 기다리십시오. 그 창에 대해 쓸 기사도 있으니까요. 창의 다양한 종류, 창의 역사, 역사적으로 유명한 창, 창이 없는 집. 그리고 유리 그 자체에 대한 이야기도 훌륭합니다. 그러면 당신은 벌써 기사 두 꼭지의 주제를 얻었습니다. 당신은 유리창 너머로 하늘을 봅니다. 날씨는 항상 대화의 주제가 되었고, 당신이 그것을 생생한 기사의 주제로 삼지 못할 이유는 없습니다. 그런 기삿거리에 대한 수요는 엄청나게 많으니까요. 그러면 첫번째 연습으로 계절에 대한 생동감 넘치는 기사 네 꼭지를 써보도록 할까요. 당신은 원하는 만큼, 아래의 힌트를 종합해 이용해도 좋습니다."

"여름. 해변으로 가는 사람들로 붐비는 열차. 유리잔 속의 각얼음이 땡그랑거리는 소리. 생선 장수의 좌판에 놓여 펄떡이는 생선."

"생선 장수의 좌판에 놓여 펄떡이는 생선." 비스와스 씨가 말했다. "내가 본 물고기라고는 매일 아침 늙은 생선 장수 아줌마가 머리에 이고 온 양동이에서 꺼낸 것밖엔 없는데."

"……장사꾼들의 속임수, 야구 방망이가 마을 풀밭에 놓인 공을 칠 때 나는 소리. 기다란 그림자들……"

비스와스 씨는 여름에 대한 기사를 썼다. 그리고 그 힌트를 이용하여 봄, 겨울, 가을에 대한 다른 기사들도 썼다.

"'또다시 가을이 왔다!' 유명 시인 존 키츠*가 아주 잘 묘사한 것처럼 '안개와 잘 익은 과일들의 계절'이다. 우리는 이미 겨울을 대비하여 목재를 잘라놓았다. 우리는 옥수수를 거둬들였고 얼마 후 한겨울 깊은

---

* John Keats(1795~1821): 19세기 영국 낭만파 시인 중 한 명.

불길 앞에서 옥수수를 옥수수 속대 위에 놓고 굽거나 삶아서 맛있게 먹을 수 있다."

그는 '이상적인 학교'에서 축하 편지를 받았는데, 그 편지에는 기사들을 곧장 영국 신문에 투고했다고 적혀 있었다. 그동안 비스와스 씨는 두번째 과목을 신청하여, 가이 포크스의 밤,* 몇몇 마을의 미신들, 지명에 관한 유래, ('분명히 여러분의 교구 목사가 다채로운 정보를 아주 많이 제공해줄 겁니다.'), 그리고 지역 뉴스에 나오는 인물들에 대해 여러 개의 기사를 쓰라는 요청을 받았다.

비스와스 씨는 어떻게 해야 할지를 몰랐다. 이 연습 과제에는 아무런 힌트도 주어지지 않았고, 그래서 그는 아무것도 쓰지 않았다. 그는 샤마에게 말하지 않았다. 얼마 지나지 않아 그는 영국에서 묵직한 봉투를 받았다. 그 봉투에는 『센티널』 종이에다가 '이상적인 학교'가 지도한 방식으로 비스와스 씨가 말끔하게 타자를 쳤던 계절에 관한 기사들이 들어 있었다. 인쇄된 편지 한 통도 동봉되어 있었다.

'귀하의 기사를 『이브닝 스탠더드』『이브닝 뉴스』『더 타임스』『더 태틀러』『런던 오피니언』『지오그래피컬 매거진』『더 필드』『트리 라이프』에 투고했지만 실리지 못하게 됨을 유감스럽게 생각하는 바입니다. 적어도 두 명의 편집장은 그 기사에 대해 높게 평가했으나 지면 부족 관계로 어쩔 수 없이 거절했습니다. 우리 학교는 이렇게 탁월한 기사가 망각되어서는 안 된다고 생각합니다. 지역 신문에 한번 기고해보시면 어떻겠습니까? 지역 신문은 『네이처』에 정규 칼럼을 쓰는 데 많은 도움이 될 수 있습니다. 편집장들은 항상 새로운 아이디어와 새로운 소재

---

* 가이 포크스Guy Fawkes 제(祭)는 1605년 국왕을 시해하려 한 화약 음모 사건Gunpowder Plot의 주모자 중 한 사람인 가이 포크스가 체포된 걸 기념하는 날(11월 5일)이다.

그리고 새로운 작가를 찾고 있습니다. 어쨌든 어떻게 진행되고 있는지 우리에게 알려주시기 바랍니다. 우리 '이상적인 학교'는 우리들이 가르친 학생들의 성공담을 듣고 싶습니다. 그동안 귀하는 연습을 계속하시기 바랍니다.'

"귀하는 연습을 계속하라고?" 비스와스 씨가 말했다. 그는 감사한 마음으로 가이 포크스와 지역 인물들에 대해 쓰는 걸 포기했고, 이후 2년간 주기적으로 에지웨어 로드에서 그에게 보내온 훈계를 무시했다.

그 타자기는 쓸 일이 없었다.

"값을 했으니," 샤마가 말했다. "쉬는 것도 당연하죠."

그러나 얼마 후 그 기계가 그를 또다시 끌어당겼다. 그래서 샤마가 뒤쪽 베란다나 부엌 근처를 무거운 몸으로 돌아다니면 종종 비스와스 씨는 녹색 테이블의 타자기 앞에 앉아 『센티널』의 종이 한 장을 끼우고 '이상적인 학교'와 다른 책에서 추천한 대로 종이 위 오른쪽 구석에 자기 이름과 주소를 치고는 이렇게 적었다.

도주

M. 비스와스 지음.

나이 서른세 살에 이미 네 아이의 아버지가 되었을 때……

여기서 비스와스 씨는 종종 멈추었다. 때때로 그는 한 페이지의 끝까지 연달아 쓰는 수도 있었다. 그리고 자주는 아니었어도, 때때로는 미친 듯이 여러 페이지를 타자기로 쳐나갈 때도 있었다. 때때로 그의 주인공은 힌두식 이름을 가지고 있었다. 그리고 그 주인공은 키가 작고 별 매력이 없고 가난하며, 그의 주변은 추접스러운 것이 둘러싸고 있었다. 그 추한 것들은 통렬하고 자세하게 낱낱이 파헤쳐지고 묘사되었다. 때때로 그의 주인공은 서구식 이름을 가지고 있었다. 그런 경우 그 주인공의 얼굴을 묘사하지는 않았지만 어쨌든 그는 키가 크고 어깨가 넓었다. 직업이 기자인 그는 비스와스 씨가 읽은 소설과 본 영화에 근거하여 묘사한 세계 안에서 돌아다녔다. 이 소설 중 어느 것도 마무리되지 않았고, 주제는 언제나 똑같았다. 주인공이 결혼으로 발목이 잡히고 가족이라는 짐을 진 채 청춘을 보내다가 젊은 여성을 만난다. 그 여자는 날씬하고 가늘며 흰색 옷을 입고 있다. 그 여자는 청순하고 연약하고 키스를 한 적이 없다. 그리고 그 여자는 아이를 낳을 수 없다. 소설은 그들이 만난 이후로 넘어가본 적이 없다.

때때로 이 소설들은 『센티널』 광고부의 이름 모를 소녀에게서 영감을 받았다. 여자의 이름은 끝까지 모르는 경우가 많았다. 때때로 비스와스 씨가 소녀에게 말을 걸기도 했다. 그러나 그 소녀가 (점심을 같이하자거나 영화를 보자거나 해변으로 가자는) 비스와스 씨의 청을 받아들이기만 하면 그의 열정은 즉시 사그라졌다. 비스와스 씨는 데이트 신청을 없었던 일로 하고 소녀를 피해 다녔다. 이렇게 되자 얼마 후에 광고부 소녀들 사이에는 전설 같은 이야기가 생기게 되었다. 그것은 다름 아니라 비스와스 씨 본인은 심각하고 창피스러운 비밀로 간직하고 있어서 다른 사람이 알 것이라고 의심조차 하지 않았지만, 그 소녀들 모두 모헌 비스와스가 나이 서른셋에 이미 네 아이의 아버지라는 사실을 알고 있었던 것이었다.

비스와스 씨는 여전히 타자기 앞에 앉아 손도 잡지 못한 불임의 여주인공에 대해 글을 썼다. 그는 즐거운 마음으로 이 소설을 쓰기 시작했다. 하지만 불만족스럽고 불결하다는 느낌만이 남았다. 그럴 때면 비스와스 씨는 자기 방으로 가서 아난드를 불러, 지긋지긋해하는 아난드와 마치 아이와 놀 때처럼 "슘포! 곰프!"라고 하면서 같이 놀았다.

엄하게 굴고 훈련도 시키기 위해 샤마에게 자기 서류를 모두 정리하라고 명령했던 것을 잊어버린 비스와스 씨는 사무실에서 자신의 결혼과 네 아이가 비밀이듯 이 모든 소설도 집에서는 비밀일 것이라고 생각했다. 그러던 어느 금요일에 샤마가 계산을 제대로 못하는 걸 보고보통 때처럼 놀렸더니, 샤마는 이렇게 말했다. "날 내버려둬요, 존 러바드 씨."

그 이름은 그의 서른세 살 난 주인공들 이름 중 하나였다.

"가서 시빌 데리고 영화관에나 가요."

그 이름은 다른 소설에 나오는 이름이었다. 그는 그 이름을 워릭 디핑*의 소설에서 가져왔다.

"라트니를 혼자 있게 내버려둬요."

그 이름은 힌두 이름이었고 다른 소설에 나오는 네 아이의 어머니에게 지어주었었다. 라트니는 '마치 항상 임신이라도 한 듯' 육중하게 걸었다. 그녀의 팔은 윗옷 소매가 꽉 조이다 못해 터지기 직전이었다. 그녀가 유일하게 읽고 쓰는 때인, 돈 계산을 할 때에는 숨을 쉬며 이를 빨았다.

불임인 여주인공의 작고 부드러운 젖가슴을 묘사했던 것을 떠올리자 비스와스 씨는 공포심과 수치심에 휩싸였다.

샤마는 요란하게 이를 빨아댔다.

차라리 샤마가 웃었더라면 비스와스 씨는 그녀를 한 대 때렸을 것

---

* 조지 워릭 디핑(George Warwick Deeping, 1877~1950): 영국의 소설가로 주로 과거 영국 역사를 배경으로 한 낭만적 소설을 많이 썼다.

이다. 그러나 그녀는 그를 쳐다보지도 않고 오로지 자신의 장부만 들여다봤다.

비스와스 씨는 자기 방으로 가서 옷을 벗고 담배와 성냥을 챙기고 마르쿠스 아우렐리우스와 에픽테토스를 치우고 나서 잠이 들었다.

이 일이 있고 나서 얼마 후에 노란 페인트 한 통으로 부엌 찬장과 녹색 테이블에 칠을 하던 비스와스 씨는 성질을 못 이기고 타자기 케이스와 타자기의 부품까지 칠을 해버렸다.

그 타자기는 아난드와 사비가 타자 치는 방법을 배울 때까지 오랫동안 사용되지 않았다.

그러나 여전히 사무실에서 타자기를 청소하거나 먹줄을 갈아 끼우고 점검하고 싶을 때면, 비스와스 씨는 항상 그 문장 '그가 나이 서른세 살에 이미 네 아이의 아버지가 되었을 때'라고 썼다.

*

그 집을 자기 집이라고 생각하는 데 익숙해지고 새롭게 자신감까지 얻게 된 비스와스 씨는 정원을 만들었다. 그는 집 옆으로 장미나무를 심었다. 그리고 앞쪽에 수련을 키우기 위해 연못도 팠는데, 그 연못의 규모는 거대하게 불어났다. 비스와스 씨는 물건들을 더 사들였고, 그중 가장 덩치가 큰 것은 책상과 책장이 붙어 있는 가구로, 상당히 무겁고 튼튼해서 비스와스 씨 침실 안의 제자리에 놓는 데 세 사람이나 필요했다. 그 가구는 비스와스 씨네 가족이 포트오브스페인에서 쇼트힐스로 이사할 때까지 계속 그곳에 있었다. 생쥐가 책장에 둥지를 틀었고, 책장을 가득 채운 종이 뭉치로 보호를 받으며 살이 올랐다. 그 종이 뭉치는 신문(비스와스 씨는 한 달 치 신문이 모두 보관되어야 한다고 주장했고 특정 호를 찾을 수 없다고 말싸움을 벌였다), 『센티널』과 '이상적인 학교' 그리고 유명해지고 싶거나 유명해져서 감사해하는 사람들로부터 비스와스 씨가 받은, 타자로 친 편지들, 기고를 거부당했던 계절에 관해 쓴 기사들, 끝내지 못한 단편소설 「도주」(처음에는 창피해하며 흘낏 쳐다봤다가 나중에 읽고 나서는 단편소설 쓰기를 진지하게 시작하지 않은 것을 후회했다)였다.

샤마의 부추김 때문에 비스와스 씨는 외모에 더 많은 관심을 쏟았다. 실크 양복을 입고 넥타이를 맨 비스와스 씨가 우아하고 점잖아 보이는 것에 샤마는 매번 놀라지 않을 수 없었다. 그리고 샤마가 셔츠나 커프스단추나 넥타이핀을 사다 줄 때면 비스와스 씨는 언제나 "얼른 당신 쓸 금 브로치나 사와, 이 여자야!"라고 말했다. 때때로 옷을 입을 때 비스와스 씨는 자신이 걸치고 있는 모든 물건의 목록을 꼽아보다가 자신이 150달러어치나 된다는 생각에 이르자 깜짝 놀랐다. 자전거를 타고 갈 때면 그의 값어치는 180달러나 되었다. 그리고 그는 자전거를 타고 다니며 기자 일과 그 직업의 남다른 지위를 누렸다. 즉 그 도시의 가장 대단한 사람들에게서 환영을 받고, 어떨 때는 아첨까지도 받고, 다른 사람과 같거나 때로는 더 좋은 음식을 대접받다가, 항상 끝에 가서는 내쫓기는 그런 상황 말이다.

"오늘 빌어먹을 일이 있었어." 그가 샤마에게 말했다. "우리가 총독 관저에서 나가려고 하니까 총독이 나보고 '어느 차가 당신 찹니까?'라고 묻는 거야. 글쎄. 아마 영국 기자들은 더럽게 부잔가 봐."

하지만 샤마는 대단하게 생각했다. 그녀는 하누만 하우스에 이름을 흘리고 다니기 시작했다. 그리하여 세스의 아내인 파드마는 영국 왕자가 트리니다드를 방문했을 때 운전해준 남자와 세스 사이에서 멀고도 복잡한 혈연관계를 찾아내기도 했다.

샤마는 자신을 위해서는 거의 돈을 쓰지 않았다. 제일 좋은 것을 살 형편은 안 되고, 그러면서도 툴시 가의 모든 자매들처럼 2류 옷과 보석에 대해서는 경멸감만을 가졌던 샤마는 아무것도 사지 않고, 매년 크리스마스 때 툴시 부인에게 받는 옷감 선물에 만족했다. 그러면서 젖가슴 윗부분과 팔 밑을 헝겊으로 댄 윗옷을 입었다. 비스와스 씨가 불평하면 할수록 그녀는 더 많이 덧댔다. 때로 자부심이 왜곡되어 옷에 대한 무관심으로 드러나는 것 같기도 했지만, 그렇다고 샤마가 외모에 대한 관심을 완전히 잃어버린 것은 아니었다. 하누만 하우스에서는 툴시 부인이 청첩장을 받으면 딸들도 모두 포함해서 받는 것이었다. 그러면 그 집은 항상 툴시 가게 재고품에서 오랫동안 자리를 차지하고 있는 물건을 집안을 대표하는 선물로 보냈다. 하지만 이제 샤마는 정당한 개인의 자격으로 초대를 받았다. 그래서 힌두교도들의 결혼 시즌이 되면 주로 물병 세트인 선물을 사기 위해 스스로 도저히 풀 수 없을 정도로 얽히고설킨 계산을 해가면서 집세에서 많은 돈을 빌렸다.

"이번에는 그냥 가." 비스와스 씨가 말했다. "그 사람들은 당신이 손에 물병 세트 들고 오는 것을 이제까지 하도 많이 봐서 이번에도 가져왔다고 생각할 게 뻔해."

"내가 이러는 데에는 다 이유가 있어요." 샤마가 말했다. "우리 애들도 언젠가 결혼할 거잖아요."

"그리고 걔들이 그 물병 세트를 다 돌려받았다가는 불쌍한 사비는 유리잔이랑 물병 때문에 걸어다니지도 못하게 될걸. 만약 그 사람들이 기억하면 그럴 거란 말이야. 적어도 몇 년간은 그냥 두자고."

그러나 결혼식과 장례식은 샤마에게 중요한 행사로 자리 잡았다. 샤마는 결혼식에 가면 피곤한 몸으로, 눈꺼풀이 처지고 밤새 노래를 불러 목소리가 쉬고 집도 헷갈려서 못 찾을 정도가 돼서야 돌아왔다. 사비는 울고 있고, 부엌은 엉망이고, 비스와스 씨는 소화가 안 된다고 불평을 했다. 결혼식에다, 부끄럽지 않은 선물에다, 노래도 불렀겠다, 집으로 돌아와서 기분도 좋아진 샤마는 이렇게 말하곤 했다. "봐, 샘이 마르고 나서야 물 귀한 줄 안다는 속담이 맞다니까."

　　그러나 비스와스 씨와 아이들에게 절대적인 권력을 행사했던 날이 지나고 하루나 이틀 후가 되면 그녀는 아주 우울해하곤 했다. 그래서 샤마가 "내가 말했죠, 애만 없었더라도……"라고 말하는 때가 바로 이때쯤이었다.

　　그러면 비스와스 씨도 이렇게 맞받아치곤 했다. "당신 금 브로치나 사라니까, 이 여자야."

　　결혼식과 장례식이 샤마에게 중요한 것처럼 아이들에게는 방학 때 여행 가는 것이 그랬다. 아이들은 먼저 하누만 하우스로 갔다. 그러나 매번 그곳에 갈 때마다 더욱더 이방인 같은 기분이 들었다. 또다시 결속감을 느끼는 것은 갈수록 힘들어졌다. 새로운 농담과 새로운 놀이, 새로운 이야기와 새로운 대화 주제가 있었다. 설명을 들어야 할 것이 너무 많아서 아난드와 사비 그리고 미나는 결국 자기네들만 남겨지게 되는 일이 허다했다. 포트오브스페인에 돌아오자마자 아이들 간의 유대감은 사라져버렸다. 사비는 또다시 미나에게 행패를 부렸다. 아난드는 미나를 두둔했다. 사비는 아난드를 때렸다. 아난드가 맞받아쳤다. 그리고 사비는 불평을 했다.

　　"뭐?" 비스와스 씨가 말했다. "누나를 때렸다고! 샤마, 그 원숭이 집으로 잠깐 갔다 온 결과가 당신 애들에게 어떤 효과를 내는지 이제 알겠지."

양쪽에서 공격이 자행되었다. 왜냐하면 아이들도 비스와스 씨의 친척을 방문하는 것을 더 좋아했기 때문이다. 이 친척들은 뜻밖의 신천지를 발견한 것과 같았다. 이 친척들은 아직 개시도 하지 않은, 후한 인심의 원천지였다. 그때까지 사비와 아난드는 하누만 하우스의 다른 아버지들처럼 비스와스 씨가 없는 집 출신이고, 제대로 된 가족이라고 할 만한 유일한 사람들은 툴시 집 사람들이라고 생각하고 커왔기 때문이다. 사비, 아난드, 그리고 미나에게 알랑거리고 달래주고 돈을 주는 대접은 즐거우면서도 낯선 경험이었다. 하누만 하우스에서 그들은 많은 아이 가운데 있는 세 명의 아이였다. 아조다의 집에는 아이들이 없었다. 그리고 짓고 있는 집을 보면 알 수 있듯 아조다는 부자였다. 아조다는 아이들에게 돈을 준 다음, 그 돈을 받을 만큼 아이들이 돈의 가치를 충분히 잘 아는 걸 보고 이상하게 좋아했다. 아난드는 '당신의 신체'를 읽어주고 추가로 6센트를 더 받았다. 칭찬만 해줘도 됐을 텐데 말이다. 그들은 프라탑의 집에서도 환대를 받았다. 빕티는 당황스러울 만큼 잘 해주었고 사촌들은 부끄러움이 많았지만 잘 따르고 친절했다. 프라사드의 집에서 그들은 또다시 유일한 아이들이 되었고, 커다란 인형의 집처럼 생겨서 색다르게 보이는 토담집에서 지냈다. 프라사드는 돈을 주지는 않았지만, 두꺼운 붉은색 연습장과 셸리 템플 사의 만년필과 워터맨 사에서 나온 잉크병을 주었다. 그리고 이렇게 하여 우유와 자두를 많이 먹으라는 격려와 함께 방학 동안의 짭짤한 순방은 끝이 났다.

*

그 후 툴시 부인이 오와드를 의사로 만들 요량으로 외국에 유학을 보내기로 했다는 소식이 들렸다.

비스와스 씨는 기가 막혔다. 더욱더 많은 학생들이 외국으로 가고 있었다. 그러나 그들은 머나먼 뉴스거리였다. 그는 자신과 그렇게 가까운 사람이 그렇게 쉽게 도망칠 수 있다고 생각해본 적이 없었다. 슬픔과 질투를 숨겨가며 그는 열성적으로 축하해주었고 선로(船路)에 대한 조언도 해주었다. 그즈음 아르와카스에서 툴시 부인의 하인 몇 명이 집을 나갔다. 자신들이 트리니다드에 살고 있고, 인도에서 검은 물을 건너오면서 카스트도 잃었던 것을 망각한 그 사람들은 아들에게 검은 물을 건너가라고 시키는 여자랑 더 이상 어떤 관계도 맺을 수 없다고 말했다.

"우이독경이구먼." 비스와스 씨가 샤마에게 말했다. "당신네 어머니는 따돌림당할 짓을 도대체 몇 번이나 하는 건지!"

오와드가 영국에서 먹게 될 음식이 적절하고 충분할까에 대한 말들이 오갔다.

"너도 알겠지만, 매일 아침 영국에서는," 비스와스 씨가 말했다. "스캐빈저*들이 시체를 집어 가려고 돌아다니지. 그리고 왜 그런지 알아? 그곳 음식은 정통 가톨릭 신자인 힌두인이 만든 게 아니라서 그래."

---

* 죽은 동물의 시체를 먹고 사는 동물.

"오와드 삼촌이 더 먹고 싶으면," 아난드가 말했다. "아빠 생각엔 그 사람들이 삼촌에게 더 줄 것 같아요?"

"얘야 들어봐라." 비스와스 씨가 아난드의 가는 팔을 움켜잡으며 말했다. "얘야, 너와 사비가 원숭이 집에서 나온 것은 너희들이 오벌타인을 약간 마셔놔서 상품 가치가 계속 있기 때문이야."

"물론 다른 사람들이 아난드를 잡아서 그 작은 궁둥이를 때려줄 수도 있죠." 샤마가 말했다.

"당신 식구들은 **거칠어**." 비스와스 씨가 말했다. 그는 그 말을 뱉고 나서 다시 모욕적인 어조로 들리게 "**거칠어**"라고 반복해서 말했다.

"흥, 난 한 가지는 자신할 수 있어요. 우리 식구 중에는 장딴지를 해먹처럼 흔드는 사람은 없어요."

"물론 없지. 당신네 장딴지는 거치니까. 아난드야. 내 손등을 봐라. 털이 없어. 진화된 인종의 표시란다. 그리고 네 손을 보렴. 너도 털이 없어. 그러나 알 수 없지. 네 엄마의 나쁜 피가 약간이라도 너의 정맥 안에 들어가 있다면 어느 날 아침에 일어나서 원숭이처럼 털투성이가 된 너를 발견할 수도 있지."

그러고 난 후 하누만 하우스에 다녀온 샤마는 오와드를 외국으로 보내기로 한 결정을 듣고 큰 신인 셰카가 이미 결혼을 했으면서도 풀이 죽어서 울었다는 소식을 전했다.

"처남에게 밧줄 약간하고 소프트 캔들을 보내줘." 비스와스 씨가 말했다.

"걘 절대 결혼하고 싶어 하지 않았었는데." 샤마가 말했다.

"절대 결혼하고 싶지 않았다고! 장모 돈이 얼마나 있나 알아내려고 잽싸게 돌아다니던 그런 똑똑한 사람을 본 적이 없는데."

"걘 케임브리지에 가고 싶어 했어요."

"**케임브리지!**" 비스와스 씨는 그 단어에 놀라고 그 말이 샤마에게서 너무 쉽게 나오는 데 또 놀라서 소리쳤다. "케임브리지, 어? 그럼, 그 망할 놈이 왜 안 갔대? 왜 망할 당신 집안 식구들은 모두 케임브리지에 안 갔냐고? 음식이 나빠서 깜짝 놀랐나?"

"세스 이모부가 반대했었어요." 샤마의 목소리는 마음이 상한 듯한, 또 비밀을 누설하는 듯한 어조였다.

비스와스 씨는 말을 멈추었다. "그래, 그럴 줄 알았어. 내 **그럴 줄 알았다니까!**"

"그 소식 듣고 좋아하는 사람도 있다니 참 다행이네요."

샤마는 더 이상의 정보를 줄 수 없었다. 그래서 결국 성질을 내며 말했다. "당신은 갈수록 꼭 여자 같아져요."

그녀도 부당한 일이 일어났다고 느끼고 있는 건 분명했다. 자기들의 교육은 등한시되고, 고양이를 봉지에 넣어서 주는 식으로 결혼시키고, 지위마저 불안정한 것에 대해 한 번도 이의를 제기한 적이 없는 자매들이었다. 하지만 비스와스 씨는 이 집안사람들을 워낙 잘 알기에, 그런 자매들이 결혼 생활도 행복하고 사업도 번창하는 셰카가 가질 수 있었던 걸 모두 가질 수 없었다며 안타까워하는 것을 봐도 별로 놀라지 않았다.

셰카는 포트오브스페인에서 주말을 보내러 오기로 되어 있었다. 그는 자기 식구들과 함께 오지 않을 것이고, 늙은 툴시 부인도 아르와카스에 있을 것이었다. 즉 형제가 마지막 주말을 자기들끼리 보내게 되어 있는 것이었다. 비스와스 씨는 셰카를 기다리는 일이 흥미진진했다. 셰카는 금요일 저녁에 일찍 왔다. 택시가 경적을 울렸다. 샤마는 베란다와 현관의 불을 켰다. 셰카는 흰색 무명 양복을 입고 가죽 굽이 달린 구두를 신은 채 앞 계단을 뛰어올라 집으로 돌격이라도 하듯 힘차게 획하고 집 안으로 들어갔다. 그리고 와인 한 병, 땅콩 한 통, 비스킷 한 통, 『라이프』지 두 권, 그리고 종이로 장정된 알레비*의 『영국인 역사』를 식탁 위에 놓았다. 샤마는 슬픈 표정으로 셰카를 맞이했다. 비스와스 씨는 엄숙한 태도를 취했다. 하지만 어디까지나 그것은 자신이 그렇게 보이기를 바랐다는 것에 불과했고 실상은 동정하는 태도로 잘못 해석될 수도 있었다. 셰카는 친절하게 대응했다. 그의 태도는 사업하는 사람이 짬을 내서 오거나, 가정적인 사람이 가정을 떠나왔을 때 나오는 뭔가가 결여된 친절이었다.

오와드의 비싼 새 여행 가방들은 뒤쪽 베란다에 있었고 비스와스 씨가 가방에다 오와드의 이름을 칠하고 있었다.

"뭔가가 처남을 떠나고 싶게 만드나 봐." 비스와스 씨가 말했다.

셰카는 넘어오지 않았다. 셰카는 와인과 땅콩, 그리고 비스킷을 함께 먹은 후 아버지처럼 오와드의 여행 일정에 관심을 쏟으며 비스와스 씨가 아무리 꼬드겨도 케임브리지에 대해 한 번도 말하지 않았다.

"고놈의 입방정." 비스와스 씨가 샤마에게 말했다.

샤마는 말싸움할 여유가 없었다. 그녀는 이렇게 중요한 시기에 두 남동생들을 당장 대접하는 일을 맡은 것을 영광스럽게 생각하고 그 일을 잘해내기로 결심했다. 그녀는 일주일 내내 주말을 준비하고 그날 아침도 아침을 먹고 난 직후부터 요리를 시작했었다.

때때로 비스와스 씨는 부엌에 들어가 속삭였다. "누가 이 음식 값

---

* 엘리 알레비(Elie Halevy, 1870~1937): 프랑스의 철학가이자 역사가. 6권의 역사서를 냈다.

을 대는 거야? 늙은 여우야 아니면 당신이야? 난 안 해, 당신도 들었지. 날 케임브리지에 보내준 사람은 아무도 없었어. 다음 주에 내가 드라이아이스를 먹어도 하누만 하우스에서 음식을 소포로 보내줄 사람은 아무도 없을 테니까, 알아들었지?"

그것은 작은 규모의 하누만 하우스 잔치였고 아이들에게는 가장 놀이 같은 것이었다. 애들은 틈만 나면 부엌에 들어가 한 입씩 먹어보고 맛을 봐도 괜찮았다. 셰카는 아이들을 위해 사탕을 사 왔고 일요일에는 록시 극장에서 하는 1시 30분 어린이 쇼에 데리고 갔다. 그리고 비스와스 씨도 그 두 형제와 잘 지냈다. 그들 모두 같은 남자이고, 그 가족의 두 아들에게 주인 노릇을 하는 특권도 받은 것 같은 데다가, 더구나 그 형제 중 한 명은 외국에 가서 의사가 된다고 생각하니 명절같이 들뜬 기분이 몰려왔던 것이다. 또한 비스와스 씨는 마치 직접 그 모든 배를 다 타고 여행이라도 했던 것처럼 선로와 배에 대해 일러주며 진짜 열성을 다해 헌신하려고 했다. 그는 자신이 오와드에 대해 기사를 쓸 거라는 힌트를 주면서 다른 신문사 기자들은 만나지 말라고 부탁하고 아양도 떨었다. 아난드의 좋은 성적을 꾸중하듯 내뱉으며 셰카에게 칭찬을 유도하기도 했다.

일요일에는 『선데이 센티널』과 함께 비스와스 씨의 추문성 기사 「나는 트리니다드에서 가장 사악한 인간이다」가 왔다. 이번 시리즈는 트리니다드에서 가장 부유하거나 가장 가난하거나 가장 키가 크거나 가장 뚱뚱하거나 가장 말랐거나 가장 빠르거나 가장 힘센 사람들에 대한 인터뷰 시리즈 중의 하나였다. 이 시리즈는 도둑, 거지, 인분 처리반, 모기 박멸사, 장의사, 출생증명서 검사관, 정신병동 경비원 등 특이한 직업을 가진 사람들에 관한 시리즈의 후속편이었다. 이 시리즈 전에는 팔이 하나거나 다리가 하나거나 눈이 하나인 사람들에 대한 시리즈가 있었다. 이 시리즈는 몇 년 전에 목에 총탄을 맞고 나서 말할 때 구멍을 막아야 하는 남자를 비스와스 씨가 인터뷰한 후 재미나게 신체가 절단된 사람들이 자기 이야기를 팔기 위해 『센티널』 사무실을 가득 메우게 됨으로써 탄생하게 되었다.

오와드와 셰카는 비스와스 씨의 기사를 웃다 죽을 정도로 좋아했다. 더구나 그 가장 사악한 사람이 유명한 아르와카스 사람이라 더 좋아했다. 그 사람은 욱하는 일로 살인을 했지만 무죄 판결을 받았고, 그후로 사람 좋고 따분한 사람이 되었다. 그다음 주에 나오기로 되어 있는 트리니다드에서 가장 심하게 미친 사람을 다룬 인터뷰는 더 많은 웃음을 불러일으킬 것 같았다.

아침을 먹고 난 후 남자들(여기에 아난드까지 포함되었다)은 모두 독사이트에 있는 증축된 항만으로 수영을 하러 갔다. 준설 작업이 완료된 것은 아니었지만 방파제가 이미 건설되어 있었다. 그래서 이른 아침 바다 쪽에서는 발을 내디딜 때마다 진흙이 일어나 물이 뿌옇게 되긴 했지만 안전하고 깨끗하게 수영을 할 수 있었다. 방파제 높이까지 끌어 올려놓은 개간지는 아직 진짜 땅이라기보다는 방파제에 부채형 산호처럼 모양만 잡혀 있었고, 금이 가고 표면이 딱딱한 개흙일 뿐이었다.

해는 나오지 않았고, 움직이지도 않고 높게 떠 있는 구름에는 붉은색 기운이 서려 있었다. 멀리서 배들이 흐릿하게 보였다. 바다의 수면은 마치 검은 유리 같았다. 아난드는 방파제 근처의 물 가장자리에 남겨놓았다. 그런 후 남자들이 앞으로 뛰어 들어갔고, 그들의 목소리와 첨벙거리는 소리가 조용한 가운데 멀리까지 울려 퍼졌다. 갑자기 한순간에 해가 나오자 물은 붉게 일렁거렸으며 소리는 잠잠해졌다.

비스와스 씨는 볼품없는 자기 몸을 의식하며 익살스러운 짓을 하기 시작했다. 그러다 더욱 익살을 떨면서 아난드에게까지 그 익살을 뻗치려고 애썼다.

"얘, 물속에 머리 넣어봐!" 비스와스 씨가 불렀다. "머리 넣고 얼마나 오래 물속에서 버티는지 한번 보자."

"안 해!" 아난드가 뒤로 소리쳤다.

아버지의 권위를 이렇게 갑작스럽게 거부하는 것이 이 익살의 일부분이 된 것이다.

"처남, 재 하는 말 들리지?" 비스와스 씨가 오와드와 셰카에게 말했다. 처남들을 언제나 웃게 만들었던 야한 힌두 경구를 읊자 비스와스 씨와 처남들은 한통속이 되었다.

"내가 지금 뭘 하고 싶은지 알아?" 잠시 후 그가 말했다. "저기 방파제 옆에 노 젓는 배가 있잖아? 묶어놓은 것을 풀자고. 내일 아침이면 저 배는 베네수엘라에 도착할 거야."

"그리고 자형을 그 안에 넣읍시다." 셰카가 말했다.

그들은 비스와스 씨를 쫓아가 잡아서 물 위로 그를 들어 올렸고 그동안 비스와스 씨는 장딴지를 해먹처럼 흔들어대며 웃고 꿈틀댔다.

"하나." 그들은 비스와스 씨를 흔들며 카운트를 했다. "두울."

갑자기 그는 모욕감이 들어서 화를 냈다.

"셋!"

잔잔한 물이 뭔가 딱딱하고 뜨거운 것인 양 그의 배와 가슴과 이마에 찰싹 부딪혔다. 처남들에게 등을 돌린 자세로 물 위로 떠오른 비스와스 씨는 잠시 동안 머리를 다시 정리했는데, 실상은 눈에서 흐르는 눈물을 씻어내는 중이었다. 이 휴지기는 오와드와 셰카에게 자신이 화났음을 드러낼 만큼 긴 것이었다. 그들은 당황했다. 이어서 비스와스 씨가 자신이 화낼 만한 타당한 이유가 없다는 걸 깨달을 때쯤 셰카가 말했다. "아난드는 어디 있어요?"

비스와스 씨는 돌아보지 않았다. "걔는 괜찮아. 잠수하고 있어. 그 애 할아버지도 잠수 챔피언이었으니까."

오와드가 웃었다.

"잠수라고? 큰일 났다!" 이렇게 말한 후 셰카는 방파제 쪽으로 헤엄쳐 가기 시작했다.

아난드의 흔적이 없었다. 방파제 그늘 아래에는 노 젓는 배가 배 그림자 위에서 거의 흔들리지 않고 있었다.

비스와스 씨와 오와드는 조용히 셰카를 지켜보았다. 셰카가 잠수해 들어갔다. 비스와스 씨는 물을 한 주먹 떠서 자기 머리 위로 뿌렸다. 약간의 물이 얼굴을 타고 내려왔다. 또 약간의 물은 바다로 튀었다.

셰카는 방파제 근처에서 다시 나타나서 머리의 물을 흔들어 털고 다시 잠수했다.

비스와스 씨는 방파제 쪽으로 물을 헤치며 걸어가기 시작했다. 오와드가 헤엄치기 시작했다. 비스와스 씨도 헤엄치기 시작했다.

셰카가 노 젓는 배 근처 표면 위로 또다시 나타났다. 얼굴에 공포가 어려 있었다. 그는 왼쪽 팔 아래로 아난드를 잡고 오른쪽 팔로 힘차게 물을 잡아당기고 있었다.

오와드와 비스와스 씨는 셰카가 있는 쪽으로 움직였다. 셰카가 멀리 떨어져 있으라고 고함쳤다. 갑자기 셰카가 오른손으로 잡아당기는 동작을 멈추며 일어났는데, 물이 허리 높이까지밖에는 되지 않았다. 그 뒤에 있는 그늘에는 노 젓는 배가 거의 움직이지 않고 서 있었다.

그들은 아난드를 방파제 꼭대기로 데리고 가서 구르게 했다. 그런 후 셰카는 아이의 가냘픈 등을 약간 주물러주었다. 비스와스 씨는 옆에 서서, 쌓아놓은 아난드의 작은 옷 무더기 안의 푸른 줄무늬 셔츠에 꼽힌 (샤마의 것이 분명한) 커다란 안전핀을 멍하니 쳐다보고 있었다.

아난드가 캑캑거렸다. 아이의 표정은 화가 나 있었다. 아난드가 말했다. "난 보트 쪽으로 걸어가고 있었어."

"있던 곳에 그대로 있으라고 내가 말했지." 비스와스 씨도 화가 나서 말했다.

"그런데 바다 밑바닥이 쑥 꺼져버렸어."

"준설 작업 때문이에요." 셰카가 말했다. 아직도 놀란 표정이 그에게서 사라지지 않고 있었다.

"바다가 그냥 쑥 꺼져버렸어요." 아난드는 팔을 구부려 얼굴을 가리고 똑바로 누워서 울었다. 그 애는 욕이라도 얻어먹은 사람처럼 말했다.

오와드가 말했다. "어쨌든 넌 잠수 기록을 세운 거야, 이 장난꾸러기야."

"닥쳐!" 아난드가 비명을 질렀다. 그는 금이 간 딱딱한 바닥을 다리로 비벼 몸을 뒤집고 엎드려 울기 시작했다.

비스와스 씨는 안전핀이 꼽힌 셔츠를 잡아 쥐고 아난드에게 건네주었다.

아난드는 셔츠를 휙 잡아채며 말했다. "내버려둬요."

"내버려뒀어야 했는데." 비스와스 씨가 말했다. "네가 거기 잠수하고 있었을 때 말이야." 그는 마지막 말을 꺼내자마자 후회했다.

"그래!" 아난드가 소리를 질렀다. "날 내버려두지 그랬어요." 아난드는 일어나 옷 무더기로 가서, 화난 표정으로 모래투성이의 젖은 피부 위로 억지로 옷을 끼워 넣으며 입기 시작했다. "다신 식구들하고 안 나올 거야!" 가늘게 뜬 아난드의 눈은 충혈되고 눈꺼풀은 부풀어 있었다.

태양을 등지고 작은 몸의 윤곽만 보이는 아난드는 빠른 속도로 사람들에게서 멀어져갔다. 그는 잡초로 가득한 갯벌을 가로질렀다. 커다란 보따리처럼 팔 밑에 낀 아난드의 수건은 사용하지 않아 감겨 있는 상태 그대로였다.

비스와스 씨가 말했다. "자, 잠수 좀 하러 다시 돌아갈까?"

오와드와 셰카가 미소를 지었다. 그러더니 그들도 천천히 옷을 입었다.

"내가 해양 소년단이었던 걸 감사하게 여길 날이 오리라고는 생각도 못했어요." 셰카가 말했다. "바다 안에 진짜 구멍 같은 게 있어요. 게다가, 젠장, 잡아당기기까지 하더라고요. 내일쯤이면 꼬마 아난드는 베네수엘라로 갔을 거예요."

아난드가 왜 돌아왔는지 샤마가 궁금해하는 것을 그들은 알 수 있었다. 아난드가 아무 말도 하지 않고 자기 방문을 걸어 잠갔던 것이었다.

사비와 미나는 이야기를 듣고 눈물을 터트렸다.

점심은 주말 잔치의 백미였지만 아난드는 방에서 나오지 않았다. 그는 사비가 가져다준 수박만 약간 먹었다.

그날 오후 늦게 셰카가 떠난 후 샤마는 분통을 터트렸다. 아난드가 모든 사람의 주말을 망쳤으므로 그 애를 매질하겠다는 것이었다. 오와드가 간청해서야 겨우 그녀는 매질을 단념했다.

"우리 아이들은 참! 우리 아이들은 진짜!" 샤마가 말했다. "본보기를 보여줘야 돼. 걔들은 그냥 따라 한다니까."

*

　그다음 날 비스와스 씨는 독사이트의 경고판이 부실한 것에 대한 분노성 기사를 썼다. 오후에 아난드가 학교에서 돌아왔을 땐 좀더 진정이 되어 있었고, 이상하게도 시키지도 않았는데 가방에서 습자책을 꺼내더니 뒤쪽 베란다의 해먹에 누워 있던 비스와스 씨에게 건네주었다. 그런 후 아난드는 옷을 갈아입으러 갔다.

　그 습자책에는 아난드가 영어로 쓴 작문이 들어 있었다. 그 작문은 아난드 선생님의 어휘력과 궁극적 목표를 비롯하여, 아난드가 명사 다음에 대시, 형용사, 명사를 이어 붙이는, 예를 들어 '강도들—무자비한 강도들' 같은 문체상의 장치를 과도하게 좋아한다는 사실을 보여주고 있었다.

　마지막으로 쓴 작문은 '해변에서의 하루'라는 제목이 붙어 있었다. 이 제목 아래로 '방문 계획, 열성적인 준비, 열렬한 기대, 잔뜩 실은 바구니, 오픈카 안으로 부는 바람, 마음이 들떠 부르는 노래, 우아하게 굽은 코코넛나무, 활 모양의 금빛 모래사장, 유리알 같은 물, 크게 울려 퍼지는 파도 소리, 장엄한 너울, 끊임없이 몰려오는 파도, 즐거워 미친 듯이 지르는 함성, 고마운 코코넛나무 그늘, 장엄한 일몰, 떠날 때의 슬픔, 미래에 간직할 기억, 또다시 오리라는 간절한 소망'이라고 선생님이 제시한 구절들을 베껴 써놓았다.

　비스와스 씨는 명쾌하고 낙천적인 선생님의 제시문이 어디서 본 듯하다고 느꼈는데, 그러면서도 아난드가 뭐라고 썼는지 기대가 되었다. "기대감—열렬한 기대감—으로 우리는 해변을 방문할 계획을 짰고 준비—열성적인 준비—를 하고 나서 정해진 날 아침에 우리는 바구니—잔뜩 실은 바구니—를 힘들게 싸서 자동차로 갔다." 이 작문에서 아난드와 그의 친구들은 화려함밖에 모르고 있었다.

그러나 아래의 마지막 작문에는 대시나 반복이 없었다. 음식 바구니도, 자동차도, 활 모양의 금빛 모래사장도 없었다. 단지 독사이트로 걸어갔던 일, 콘크리트로 만든 방파제와 멀리서 보이는 대형 여객선만이 있을 뿐이었다. 비스와스 씨는 그 전날의 고통을 함께 느끼고 싶은 마음으로 읽었다. "손을 들었지만 물 표면까지 닿을 수 있을지 알 수 없었다. 난 도와달라고 소리치려고 입을 열었다. 물이 입안으로 가득 들어왔다. 나는 내가 죽을 것이라는 생각이 들었고, 물을 보고 싶지 않아서 눈을 감았다." 이 작문은 바다에 대한 규탄으로 끝이 나 있었다.

선생님이 제시한 구절은 어느 것도 사용하지 않았지만 그 작문은 10점 만점에 12점을 받았다.

아난드는 베란다로 돌아와서 테이블에 놓인 차를 마시고 있었다.

비스와스 씨는 아난드와 가까워지고 싶었다. 그 전날 겪은 아난드의 고독을 보상해줄 수 있다면 비스와스 씨는 무슨 짓이라도 했을 것이다. 비스와스 씨가 말했다. "여기 와 앉아서 작문을 함께 자세히 검토해보자."

아난드는 성질을 냈다. 점수를 보고 기쁘긴 했지만 작문에 싫증이 났고 약간 부끄럽기도 했기 때문이다. 그는 반 학생들 앞으로 나가 그걸 읽어야 했는데, 잔뜩 실은 음식 바구니를 차에 넣지도 야자수가 늘어서 있는 해변으로 가지도 않았고 평범한 독사이트로 걸어갔을 뿐이라고 고백했더니 몇 명이 웃었다. 아래 문장을 읽었을 때도 마찬가지로 웃었다. "난 도와달라고 소리치려고 입을 열었다. 물이 입안으로 가득 들어왔다."

"이리 와." 해먹에 자리를 마련하며 비스와스 씨가 말했다.

"안 가요!" 아난드가 고함쳤다.

하지만 아무도 웃지 않았다.

비스와스 씨의 아픈 마음은 분노로 바뀌었다. "가서 회초리 꺾어
와." 해먹에서 일어서면서 비스와스 씨가 말했다. "얼른 가. 당장."

아난드는 뒤 계단을 쾅쾅거리며 걸어 내려갔다. 마당 가장자리에
서서, 하수구 도랑으로 가지가 걸쳐 있는 인도멀구슬나무에서 아난드
는 평소 때 쓰던 것보다 훨씬 두꺼운 회초리를 잘랐다. 아난드의 목적
은 비스와스 씨를 모욕하는 것이었다. 비스와스 씨는 그것을 눈치채고
더욱 화가 났다. 그는 회초리를 잡고 아난드를 무자비하게 후려쳤다.
결국 샤마가 끼어들었다.

"도저히 못 참겠어." 사비가 울었다. "난 아버지 같은 사람 더 이상
못 참겠어요. 난 하누만 하우스로 돌아갈 거예요."

미나도 마찬가지로 울었다.

샤마가 아난드에게 물었다. "너, 뭣 때문에 이러는지 아니?"

아난드는 아무 말도 하지 않았다.

"잘하시네요!" 사비가 말했다. "이 집이나 이 거리 다른 집이나 만
날 고함치고 소리나 지르고. 치사한 인간들이나 속이 후련해지라고 해
요."

"그래." 비스와스 씨가 조용히 말했다. "속이 후련한 사람들도 있
다."

그가 미소를 짓자 사비는 새롭게 눈물을 흘렸다.

그러나 그날 저녁 아난드는 복수를 했다.

오와드가 트리니다드를 떠나는 것이 며칠밖에 남지 않았고 툴시 가족이 작별을 하기 위해 포트오브스페인으로 올 날도 얼마 안 남아서, 비스와스 씨와 아난드는 최대한 자주 오와드와 함께 식사를 했다. 그들은 식당에서 격식을 갖추어서 식사를 했다. 그런데 그날 저녁 비스와스 씨가 테이블에 앉기 직전에 아난드가 아버지 의자를 빼는 바람에, 비스와스 씨는 요란한 소리를 내며 바닥에 주저앉았다.

"슘포! 롬포! 곰프!" 오와드가 요란한 웃음을 터트리며 말했다.

사비가 말했다. "그러네요, 속이 후련한 사람들도 있네요."

비스와스 씨는 식사를 하는 동안 아무 말도 하지 않았다. 그 후 그는 산책을 나갔다. 돌아와서 그는 곧바로 자기 방으로 가서 누구에게도 담배나 성냥이나 책 심부름을 시키지 않았다.

아침 6시에 신문을 바스락거리며 식구들을 깨우고 집 안을 돌아다니는 것이 그의 습관이었다. 그리고 난 다음에 그는 다시 침대로 돌아갔다. 그에게는 쪽잠을 즐기는 특별한 능력이 있었던 것이다. 그는 그 다음 날 아무도 깨우지 않았고 아이들이 학교에 갈 준비를 할 때도 나타나지 않았다.

하지만 아난드가 나가기 전에 샤마가 그에게 6센트를 주었다.

"아버지가 주셨어. 데이어리스에서 우유 사 먹으라고."

그날 오후 3시에 학교가 끝나자 아난드는 빅토리아 애비뉴로 걸어가 회전판과 회전 벨트가 요란한 소리를 내는 정부 인쇄소를 지나 트라가리트 로드를 건너 라페이루스 공동묘지의 담쟁이로 덮인 벽의 그늘 쪽으로 가서 다시 필립 스트리트 쪽으로 방향을 틀었다. 담배 공장에서 달콤한 담배 향이 흘러나와 그 지역을 감싸고 있었다. 데이어리스 가게는 흰색과 연두색으로 장식되어 비싸 보이고 만만하게 들어갈 수도 없었다. 아난드는 까치발로 철창이 쳐진 카운터로 가서 그곳 여자에게 말했다. "작은 우유 한 병 주세요." 그는 돈을 주고 영수증을 받은 후 우유 냄새가 나는 바의 높은 연두색 의자에 앉았다. 흰 모자를 쓴 종업원이 다소 무표정하게 은색 뚜껑을 열려고 나이프로 찌르다가 두 번이나 실패를 하고 나서 커다란 엄지손가락으로 마개를 꾹 눌러 열었다. 아난드는 얼음처럼 차가운 우유도 싫었고 목구멍 너머로 지나치게 단맛이 남는 것도 싫었다. 우유에서도 담배 향기가 나는 것 같았다. 그리고 그 냄새가 아난드에게 공동묘지를 떠올리게 했다.

집에 오자 샤마는 그에게 작은 갈색 봉지를 내밀었다. 자두가 들어 있었다. 그것은 먹고 싶을 때 언제든지 먹을 수 있는 아난드의 것이었다.

아난드와 사비는 우유와 자두를 비밀로 하라는 말을 들었다. 그렇게 하지 않으면 오와드가 듣고 분수를 모른다고 비웃을 것이기 때문이었다.

그리고 얼마 지나지 않아 아난드는 우유와 자두 값을 하기 시작했다. 비스와스 씨는 학교에 가서 교장 선생님과 어휘력에 대해 익히 알고 있던 그 선생님을 만났다. 그들은 아난드가 열심히 공부하면 장학금을 받을 수 있을 것이라는 데 의견을 같이했다. 비스와스 씨는 아난드가 방과 후에 우유를 먹고 난 뒤 개인 과외를 받을 수 있도록 주선했다. 여기에 대한 보상으로 비스와스 씨는 아난드가 학교 가게에서 마음대로 외상을 할 수 있도록 조치했다. 그리하여 샤마의 계산은 더 정신 사납게 되었다.

사비는 아난드를 동정했다.

"다행이야." 사비가 말했다. "신이 나한텐 좋은 머리를 주지 않아서."

*

오와드가 출발하기 일주일 전, 그 집은 자매, 남편, 아이들과 툴시 부인에게 아직 충성을 다하는 하인들로 가득 찼다. 비록 그들이 사는 마을에서 30킬로미터밖에 안 떨어져 있음에도 불구하고 화려한 옷을 입고 가장 좋은 보석을 착용하고 온 여자들은 마치 외국인 같아 보였다. 여자들은 다른 사람들이 쳐다보는 것은 아랑곳하지 않으면서 남들을 빤히 쳐다보았다. 도시에서는 힌두어가 비밀 언어인 데다가 명절 같은 기분에 들떠 있기까지 했기 때문에 여자들은 힌두어로, 그것도 유별나게 크고 상스러운 힌두어로 이러쿵저러쿵 쑥덕거렸다. 텐트 하나가 뒷마당을 다 덮었고 거기서 아난드와 오와드는 때때로 크리켓을 했다. 피치 위에 불을 땔 구멍들을 판 다음 그 위에 하누만 하우스에서 특별히 가져온 커다란 검은 가마솥들을 올려놓고 계속 음식을 만들었다. 방문객들은 악기를 가지고 왔다. 그들은 늦은 밤까지 연주하고 노래를 불렀고, 너무 듣기 좋아서 못하게 말리지도 못하는 이웃 사람들은 골함석판 울타리에 뚫린 구멍으로 몰래 훔쳐보았다.

방문객 중에 비스와스 씨와 그 집에서 그의 위치에 대해 아는 사람은 거의 없었다. 그리하여 갑자기 비스와스 씨의 지위는 애매모호하게 변했다. 정신을 차리고 보니 어떤 방에서 다른 사람들 사이에 자신이 끼어 있었고 얼마 동안은 샤마와 아이들의 자취도 찾을 수 없었다. "8달러야." 그는 샤마에게 속삭였다. "그건 내가 매달 내는 집세라고. 나도 권리가 있어."

장미나무와 수련을 심은 연못은 몸살을 앓았다.

"지뢰를 설치해야겠어." 그가 샤마에게 말했다. "그러면 저네들이 알아서 당하겠지.""어, 여기 이게 뭐야?" 그는 힌두어를 말하는 늙은 여자 흉내를 냈다. "그러고, 엄마야! 지뢰! 펑! 뚝. 예쁜 옷이 걸레같이 더러워지겠지. 얼굴은 진흙투성이가 되고. 몇 번 당해보라고 해. 그러면 꽃이 그냥 자라는 게 아니란 걸 배우게 될 거야."

이틀이 지나자 비스와스 씨는 원래 없던 셈 치고 꽃을 포기하게 되었다. 그는 저녁에 긴 산책을 나가서 혹시 이야깃거리나 하나 주워 올까 싶어서 여러 경찰서를 찾아다니며 최대한 오랫동안 집 밖에 있었다. 어느 날 밤 그는 집 없는 개들이 순찰을 돌 때까지 밖에 있었다. 그 개들은 무리 지어 사냥하는 아무 쓸모없는 생명체로, 사람 발소리가 들리면 도망가고, 쓰레기통을 뒤집어엎어 자국을 내든지, 쓰레기를 샅샅이 뒤져놓든지 했다. 집으로 돌아가자 여전히 사람들이 있었지만 조용했다. 그는 자기 침대에서 아이 넷을 발견했다. 비스와스 씨의 아이들이 아니었다. 그 후로 그는 저녁 일찌감치 자기 방을 차지하고 문고리를 걸어 잠그고 나서 노크 소리나 부르는 소리나 긁는 소리나 고함치는 소리에 일절 대답하지 않았다.

오와드와 그 사이에 있던 결속감도 갑자기 일시에 증발해버렸다. 오와드는 상당 시간을 작별 인사차 방문하는 데 썼다. 집에 돌아오자마자 그는 친구들과 친척들에게 둘러싸였고, 그 사람들은 오와드를 쳐다보다가 울고, 돈이나 날씨, 음식, 술, 여자에 관한 충고를 했다. 이 충고들은 훗날 자기들이 얼마나 오와드를 걱정했었나를 말할 때 다시 들먹여졌다.

사진을 찍을 시간이 왔다. 오와드가 셰카와, 또 툴시 부인과, 또 셰카와 툴시 부인과, 그리고 셰카와 툴시 부인과 일렬로 선 자매들과 포즈를 취할 때, 남편, 아이, 친구 들은 그냥 그들을 쳐다보고 있었다. 그리고 중국인 사진사가 간청을 했음에도 불구하고, 때가 슬픈 때인지라 툴시 부인과 자매들은 우거지상을 하고 카메라를 노려보았다.

마지막 날에 세스가 도착했다. 그는 황갈색 제복을 입고 있었다. 그의 구두는 바닥을 울렸다. 그는 어디를 가든 격식을 갖추고 장악했다. 그가 오지 않은 게 눈에 띄었기에 모든 사람이 그를 기다리고 있었다. 그러나 마지막 가족회의가 있은 뒤 오와드, 셰카, 툴시 부인과 세스는 무거운 표정만 지을 뿐이었다. 그것은 의견 불일치를 의미할 수도, 슬픔을 의미할 수도 있는 징조였다.

비스와스 씨는 『센티널』의 사진사를 집으로 데리고 와 거실을 비우고 오와드와 사진사 두 명에게 지시를 하는 것처럼 보이게 최대한 노력하여 사람들의 눈살을 찌푸리게 했다. 어쨌든 그렇게 작으나마 주목을 받았다. 그러나 그다음 날 3면에 실린 「의학 공부를 위해 영국으로 향한 트리니다드인」이란 그의 기사는 사람들의 관심을 별로 끌지 못했다. 선창에 갈 준비로 아이들에게 옷을 입히거나 선창 통행 허가증을 구하는 일을 하지 않는 사람들은 모두 하리가 텐트에서 이끄는 예배에 참석하고 있었기 때문이다.

마침내 그들은 선창으로 갔다. 갓 태어난 아이들과 그 아이들의 엄마들만이 뒤에 남았다. 툴시 집안 환송단은 배를 열심히 쳐다보았다. 이들 때문에 이국적으로 변해버린 포트오브스페인 항구를 약간이나마 구경하려고, 그 배의 난간에는 여행 중인 승객과 선박 회사의 임원들이 줄지어 서 있었다. 배웅하러 온 사람도 배에 올라갈 수 있다는 말이 떠돌자 삽시간에 툴시 가족과 친구들이 배 안으로 벌떼같이 몰려갔다. 그들은 선원들과 승객들과 아돌프 히틀러의 사진을 쳐다보고 주변에서 나는 인후음이 섞인 언어를 유심히 듣고서 나중에 흉내를 냈다. 나이가 많은 여자들은 갑판이나 난간, 그리고 배의 측면을 발로 차보며, 무리 없이 항해할 만큼 튼튼한지 검사했다. 더 의심이 많은 사람들 몇 명은 교대로 오와드의 침대에 앉아보고 울음을 터트렸다. 남자들은 좀더 수줍음이 많았고 그 배의 위용 앞에서 더 공손했다. 그들은 조용하게 손에 모자를 들고 돌아다녔다. 한 선원이 남자에게는 라이터를, 여자에게는 시골풍 옷을 입은 인형을 선물로 나누어주기 시작하자 그 배와 승무원에 대해 남아 있었던 의심은 모두 사라졌다. 그리고 비스와스 씨가 주목을 받으려고 애를 써도 사람들은 쳐다보지 않았는데, 그럼에도 불구하고 그는 내내 종종걸음으로 그 배를 잘 아는 듯이 뛰어다니며 외국인과 대화를 나누고 그 내용을 수첩에 받아 적었다.

그들은 배에서 나와 프랑스어와 영어로 금연이라고 적혀 있는 짙은 분홍색 창고 앞에 격식을 맞춰 모여 있었다. 어디선가 의자를 하나 얻어 오자 툴시 부인이 베일을 이마까지 낮게 드리우고 한 손으로는 손수건을 움켜쥐고는 환자 방을 돌보는 과부 수실라를 옆에 세워두고 거기 앉았다.

오와드가 키스를 하기 시작했는데 외부인이 먼저였다. 그러나 사람들이 너무 많았다. 곧 그는 그 사람들에게 키스하는 것을 포기하고 가족에게 힘을 쏟았다. 오와드는 눈물을 폭포수처럼 흘리고 있는 누나들 모두에게 키스했다. 남자들과는 악수를 했다. 그리고 비스와스 씨의 차례가 되자 그는 미소를 지으며 말했다. "잠수는 더 이상 하지 마세요."

비스와스 씨는 이루 말할 수 없이 감동을 받았다. 그의 다리가 후들거렸다. 마음이 울컥했다. 비스와스 씨가 말했다. "전쟁이 터지지 않기를 바라네……" 눈물이 눈에서 터져 나와 목이 메고 더 이상 아무 말도 할 수 없었다.

오와드는 계속 작별 인사를 했다. 그는 아이들을 껴안았다. 이어 세카를, 다음은 눈물을 펑펑 쏟고 있는 세스를, 마지막으로 전혀 울지 않는 툴시 부인을 껴안았다.

오와드는 배 위로 올라갔다. 그러고는 곧 난간에 나타나 손을 흔들었다. 한 승객이 그에게 다가왔다. 그들은 서로 말을 나누기 시작했다.

승객용 트랩이 올라갔다. 그때 시끄러운 고함 소리와 음이 확실하지 않은 노랫소리가 들렸다. 얼굴에 타박상을 입고 찢어지고 더러운 옷을 입은 독일인 세 명이 선창을 따라 우스꽝스럽게 서로를 부축하며 술에 취해 비틀거리며 나타났다. 배 위에서 누군가가 그들을 거친 목소리로 불렀다. 그들도 소리쳐서 대답하고 비록 술이 취해서 쓰러지면서도 난간의 밧줄도 잡지 않은 채 선미의 좁은 승객용 트랩을 따라 배 위로 걸어 올라갔다. 배에 대한 의심이 몽땅 다시 살아났다.

호각 소리가 나고 배에서 손을 흔들자 해변에서도 손을 흔들었다. 배가 천천히 멀어져갔다. 부두에 보호 장치가 풀리자 검고 더러운 물이 쓰레기와 함께 표면으로 떠올랐다. 그리고 곧 그들은 관세 창고 앞 전망이 훤히 트인 곳에 서서 배를 쳐다보다가 그 배가 지나간 자리를 쳐다보았다.

비스와스 씨에게는 오와드의 손길이 지나고 난 자리에 찾아온 여린 마음이 여전히 남아 있었다. 그의 배에는 구멍이 하나 생겼다. 그는 산으로 올라가고 싶고, 힘이 다 빠지도록 걷고 또 걷고 싶었다. 절대 집으로, 텅 빈 텐트로, 사그라진 불구덩이로, 어지럽게 뒤섞인 가구가 있는 곳으로 돌아가고 싶지 않았다. 그는 아난드와 함께 선창을 빠져나가 막연히 도시를 돌아다녔다. 그들은 카페에 들렀고 비스와스 씨는 아난드에게 통에 든 아이스크림과 코카콜라를 사주었다.

아침에는 태양이 비치는 계단 위로 신문이 널브러져 있었다. 정오가 되면 조용하고 오후에는 그늘이 지곤 했다. 하지만 오늘 같지는 않을 것이다.

2. 새로운 체제

포트오브스페인에 더 이상 볼일이 남지 않았던 툴시 부인은 아르와카스로 돌아갔다. 텐트는 철수되었고, 며칠 후에는 마지막까지 남아서 빈둥거리던 사람들까지도 다 돌아갔다. 비스와스 씨는 장미밭과 수련 연못을 복구하기 시작했다. 하지만 연못의 가장자리가 무너져버려 연못 물은 거품이 부글거리는 진흙으로 변해 있었다. 그는 집 안이 텅 빈 것같이 느꼈고, 자신이 얼마나 더 거기에서 살 수 있을지도 모르는 상황이라 건성건성 일을 했다. 툴시 부인의 가구는 아무것도 치우지 않았다. 하지만 그 집에는 변화가 생기게 될 것이다. 『센티널』에서 하는 비스와스 씨의 일도 재미가 약간 떨어졌다. 그는 자기 일에 대해 속마음을 말할 만한 누군가가 필요했다. 처음에 그 역할은 버넷 씨가 했다. 그다음은 오와드였다. 지금은 샤마밖에는 없었다. 샤마는 좀처럼 비스와스 씨의 기사를 읽지 않았다. 그가 샤마에게 기사를 읽어주면 그녀는 재미있어하지도 흥미로워하지도 않았고 논평을 해주지도 않았다. 한번은 비스와스 씨가 샤마에게 타자를 친 기사를 주었더니 마지막 페이지를 넘기며 더 이상 없냐고 말해서 비스와스 씨를 격노하게 했다. "더 이상은 없어, 없다고." 그가 말했다. "당신 피곤해할까 봐."

그리고 하누만 하우스에 난리가 났다는 소문이 점점 더 많이 들려왔다. 열성분자이자 충신인 고빈드가 불만을 터트렸던 것이다. 샤마는 그가 말했다는 불온한 언사를 전했다. 겉으로는 달라진 것이 없었지만, 툴시 부인은 더 이상 지시를 내리지 않았고 부인의 영향력도 걸핏하면 심술을 부리는 병자의 것으로 치부되는 일이 더 자주 생기기 시작했다. 두 아들이 정착한 지금, 부인은 식구들에게 관심을 잃은 것 같았다. 오와드 때문에 가슴 아파하다 생긴 병 때문에 부인은 상당 시간을 장미방에서 보냈다. 세스로 말하자면 그는 여전히 집안을 통제했다. 그러나 그의 통제력은 표면적인 것이었다. 드러내놓고 말한 적은 없지만 셰카가 세스에게 불만이 있는 건 반박할 여지도 없었고, 그로 인해 자매들이 세스를 믿지 않게 되었다는 말도 돌았다. 또한 오만 말을 하고 오만 일이 터지게 되자 세스를 더 이상 가족으로 여기지 않게 되었다. 툴시 부인이 포트오브스페인으로 출타했을 때 자매들 사이에서 벌어진 언쟁에 그가 제대로 대처하지 못하는 데서 볼 수 있듯, 세스 혼자서 가족의 조화를 계속 유지할 수도 없게 되었다. 세스는 오직 툴시 부인과 연합하고 부인의 애정과 신뢰를 통해서만 효율적으로 지배할 수 있었다. 그 신뢰는 비록 공식적으로 철회되지는 않았지만, 충분할 만큼 보이는 일도 더 이상 없었다. 그리고 세스도 이방인으로 취급받는 것에 슬슬 화가 나기 시작하고 있었다.

그때 세스가 부동산을 알아보고 다녔다는 소문이 돌았다.

"당신 엄마 주려고 사러 다녔나, 그래?" 비스와스 씨가 물었다.

샤마가 대답했다. "누구 기분은 좋은 모양이니 다행이네요, 뭐."

그리고 얼마 안 가서 비스와스 씨는 괜히 좋아했다고 애석해했다. 크리스마스 방학이 되었고 샤마는 아이들을 데리고 하누만 하우스로 갔다. 이제 그들은 그곳에서 완전히 이방인 취급을 받았다. 어둡게 불이 꺼진 툴시 가게에 있는 오래된 크레이프 장식물과 물건들은 포트오브스페인에 있는 가게들의 전시품을 따라 한 하찮은 시골풍의 물건들이었고, 사비는 아르와카스 사람들이 그 물건들을 소중하게 다루는 것을 보고 불쌍하다는 생각을 했다. 크리스마스이브에 마침내 가게가 닫히고 이모부들은 떠났다. 사비, 아난드, 미나, 그리고 캄라는 스타킹을 찾아내 걸었다. 그런데 아무것도 받지 못했다. 아무도 불평하지 않았다. 자매들 몇 명은 몰래 자기 아이들에게 선물을 넣어놓았다. 그리고 크리스마스 아침에 툴시 부인이 키스를 받으려고 기다리고 있지 않는 홀에서 선물이 전시되고 비교되었다. 오와드는 영국에, 툴시 부인은 자기 방에, 그리고 이모부들은 모두 나가버렸고, 셰카는 그날을 자기 아내의 가족들과 함께 보냄으로써, 게임을 조직할 사람도 흥겨운 분위기를 이끌 사람도 없었다. 그래서 크리스마스는 점심 식사와 언제나 맛없고 철가루가 섞여 물결 모양이 나 있는 친타가 만든 아이스크림으로 간소해졌다. 자매들은 성이 났다. 아이들은 싸우고 몇 명은 매를 맞았다.

셰카는 복싱 데이 아침에 수입 사탕이 든 커다란 상자를 들고 왔다. 그는 툴시 부인의 방으로 올라갔다가 홀에서 점심을 먹고 다시 나가버렸다. 그날 오후 그곳에 도착한 비스와스 씨는 자매들 사이의 이야기 주제가 세스가 아니라 셰카와 그의 아내란 것을 알게 되었다. 자매들은 셰카가 그들을 버렸다고 느꼈다. 그러나 어느 누구도 셰카 탓을 하지 않았다. 셰카는 아내의 영향력 아래에 있는 것이고 그러므로 잘못은 전적으로 올케 탓인 것이었다.

셰카의 부인과 자매들 간의 관계가 편안했던 적은 한 번도 없었다. 결혼한 딸들이 어머니와 함께 살게 되어 하누만 하우스가 비전통적인 인적 구조를 갖게 되었음에도 불구하고, 자매들은 힌두교 가족 관계의 인습 중 한 가지 특정 사항을 지키는 데 혈안이 되어 있었다. 예를 들어 시어머니는 며느리에게 엄하게 하고, 올케는 당연히 천대를 받는 것이 그것이다. 그런데 셰카의 아내는 처음부터 툴시 가의 간섭을 오만한 장로교도의 현대적 기풍으로 맞섰다. 그녀는 자신의 학식을 뽐냈다. 자신을 도러시라고 부르며 부끄러워하지도 죄송스러워하지도 않았다. 짧은 원피스를 입고도 자기 모습이 음탕해 보이든지 이상해 보이든지 상관하지 않았다. 첫 아이를 낳고 난 뒤 그녀는 몸이 붙고 덩치가 커져서, 높은 선반 같은 엉덩이에 옷이 훌라후프처럼 얹혀 매달려 있었다. 그녀의 목소리는 굵고 낮았고 태도는 사근사근했다. 발목을 다쳐서 지팡이를 했을 때 친타는 그게 그녀에게 어울린다고 말했다. 이 모든 것에 하나 더 덧붙이자면, 도러시는 때때로 자기 집 영화관에서 표를 팔았다. 그 일은 비도덕적인 일일 뿐 아니라 천박한 일이었다. 그런데 지금까지 도러시에 대해 어떤 선입견을 만들어도 항상 자매들이 틀렸다는 게 번번이 드러났다. 자매들은 도러시가 집을 잘 건사하지 못할 것이라고 말했다. 그런데 그녀가 굉장히 열심히 살림을 잘하는 것으로 유명하다는 것이 밝혀졌다. 자매들은 도러시가 아이를 낳지 못할 거라고 말했다. 그랬더니 그녀는 2년마다 한 명씩 낳았다. 도러시의 아이들은 모두 딸이었지만 이 점 때문에 자매들이 의기양양해지기는 어려웠다. 도러시의 딸들은 눈에 띄는 미인들이었고, 자매들은 도러시가 선택한 이름(미나, 리라, 레나)이 서구식 이름으로도 통할 수 있다는 것에만 겨우 입을 뗄 수 있었다.

그리고 지금 해묵은 비난이 또다시 시작되어, 샤마나 외지에서 와서 열심히 들어주는 다른 자매들에게 신선하고 세밀한 소식이 더 많이 전해졌다. 동일한 주제에 대해 이리저리 후벼 파는 대화를 하다 보니 이러한 세밀한 소식들은 점점 추잡스럽게 확대되어갔다. 모든 기독교인들이 그러하듯 도러시가 오른손을 불결한 목적을 위해 이용한다느니* 그녀의 성욕은 채울 길이 없다느니 딸들이 이미 창녀의 눈을 가졌다느니 하는 말들이 그것이었다. 가면 갈수록 자매들은 셰카가 가엾다는 결론에 이르게 되었는데, 그 이유로는 그가 케임브리지로 가지 못하고 그 대신 자기 의지와는 반대로 후안무치한 아내와 결혼하게 되었기 때문이라는 것이었다. 세스의 아내인 파드마도 그때 자리에 있었기 때문에 세스의 태도를 비판할 수는 없었다. 셰카와 마찬가지로 파드마도 그런 배우자를 가졌다는 점에서는 동정을 받아야 될 사람임으로, 케임브리지를 언급할 때마다 표정이나 목소리로 파드마의 남편에 대한 암묵적 비판에 파드마는 포함되지 않는다는 것을 분명히 나타내주었다. 그리고 비스와스 씨는 툴시 집안사람들의 그 감정의 골에 또다시 놀랐다.

비스와스 씨는 항상 도러시와 잘 지냈다. 그는 그녀가 목소리가 크고 활달한 것에 끌리기도 했지만 또한 그녀를 자매들과 대항하는 연합군으로 간주하기도 했다. 그러나 그 덥고 조용한 오후, 김빠진 휴일 기분에 싸인 아르와카스의 홀에는, 즉 조화가 안 되는 가구들과 어두운 고미다락과 녹색 벽이 있고, 긴 테이블 위로 하얗게 해가 비치는 곳에

---

* 힌두교에서 왼손과 오른손은 철저하게 분업화되어 왼손은 화장실이나 기타 불결한 일을 할 때, 오른손은 신성한 음식을 먹을 때 사용한다.

파리들이 윙윙거리며 들락거리는 그 홀에는 버려진 곳 같고, 활기를 빼앗긴 것 같은 분위기가 감돌았다. 그래서 비스와스 씨는 셰카가 오지 않은 것을 일종의 배신으로 간주하여 자매들의 의견에 동조할 수 있었다.

사비가 말했다. "다음부터 다시는 하누만 하우스에 안 올 거야."

*

변화가 생기자 또 다른 변화가 따라왔다. 파고테스에는 타라와 아조다가 새집을 단장하고 있었다. 포트오브스페인에는 은색으로 페인트칠을 한 새로운 가로등이 큰길에 세워졌고 경유 버스를 전차로 교체한다는 말이 있었다. 오와드가 전에 쓰던 방은 아이가 없는 중년의 흑인 부부에게 세를 줬다. 그리고 『센티널』에도 소문이 떠돌았다.

버넷 씨의 지휘하에서 『센티널』은 『가제트』를 추월했고 비록 『가디언』과는 상당히 격차가 있긴 했지만 꽤 성공을 거두어 소유주들이 『센티널』의 경박한 논조를 창피스러워할 정도가 되었다. 버넷 씨는 얼마간 압력을 받았다. 비스와스 씨도 그 사실을 알았지만 내통을 할 만한 머리도 없었고 이런 압력이 어디에서 오는지도 몰랐다. 몇몇 직원은 버넷 씨가 교육을 받지 못했다고 말하며 공공연하게 깔봤다. 버넷 씨가 아르헨티나에서 와서 부편집장 자리를 얻으려고 지원했었는데 그의 편지를 제대로 읽을 수가 없었다는 농담이 돌았다. 마치 이 모든 것에 대답이라도 하듯 버넷 씨는 점점 고집스러워져갔다. "우리도 대응을 해야겠어." 그가 말했다. "포트오브스페인의 사설들은 스페인에 별로 영향을 끼치지 못했지. 사설로 히틀러를 막을 수 있을 것 같지도 않고 말이야." 『가디언』은 전투기 기금 모금을 하는 것으로 전쟁에 대응했다.

1면의 박스 안에는 12개의 비행기 윤곽이 그려져 있고 기금이 모이면 그 윤곽이 채워졌다. 『센티널』은 끝까지 헤드라인을 영국의 서인도 제도 크리켓 투어 여행으로 맞추었지만 그 투어 여행이 취소되자 히틀러의 사진을 인쇄했다. 그리고 그 사진을 잘라 정해진 점선을 따라 접으면 돼지 그림이 되게 만들었다.

새해 초에 폭탄이 떨어졌다. 비스와스 씨는 파리똥과 때로 덮인 단열 방음 칸막이 위로 느슨하게 전선이 늘어지고 갓도 없이 나지막하게 달린 백열등이 희미하게 비추는 중국 식당의 작은 방에서 버넷 씨와 점심을 먹고 있었다. 그때 버넷 씨가 말했다. "놀라운 장면들을 곧 보게 될 거야. 난 떠날 거야." 그는 잠시 말을 멈추었다. "해고됐어." 그는 비스와스 씨의 생각을 점치기라도 한 듯 덧붙였다. "자네는 걱정할 것 없어." 곧이어 그는 오락가락하는 기분 상태를 빠르게 연이어서 보여주었다. 명랑했다가 우울해졌다. 떠나는 것을 기뻐하다가 곧 가는 것을 유감스러워했다. 그는 그 문제에 대해 말하고 싶어 하지 않다가 곧 말했다. 자기 이야기를 더 이상 하지 않으려 했다가 곧 자기 이야기를 했다. 그는 간간이 먹었고 그 음식이 자기에게 상해라도 입혔던 것처럼 음식을 혹평했다. "죽순? 그 사람들은 이걸 그렇게 부르지? 이런 속도로 가다간 중국에 망할 놈의 어린 대나무는 다 없어지겠군." 그는 벽위에 달린 둥그스름한 모양의 때 묻은 헝겊 조각 한가운데에 있는 벨을 눌렀다. 멀리 동굴 같은 곳에 있는 사람들이 갖가지 벨소리와 여자 종업원들의 빠른 발자국 소리, 그리고 옆에 있는 작은 방들에서 나는 말소리 너머로 그 벨소리를 들었다.

지친 여자 종업원이 왔고 버넷 씨가 물었다. "죽순이라고? 이건 그냥 평범한 대나무야. 내가 내 배 안에 뭘 넣었다고 생각하나?" 그는 자기 배를 두드렸다. "종이 공장?"

"대나무의 한 부분이죠." 여자 종업원이 말했다.

"대나무 한 그루를 넣었지."

그는 라거 맥주를 더 주문했고 여자 종업원이 혀를 차며 나가자 반회전문이 급하게 앞뒤로 흔들렸다.

"한 부분이라." 버넷 씨가 말했다. "그러니까 그게 건초 같은 것인 모양이군. 그리고 이 망할 놈의 방은 마구간 같고 말이야. 난 걱정 안 해. 제2의 방책이 있으니까. 자네도 그렇잖아. 자네도 간판 그리는 일로 돌아가면 되잖아. 난 떠날 거야. 자네도 떠나겠지. 같이 모두 나가자고."

그들은 웃었다.

사무실로 돌아왔을 때 비스와스 씨의 심사는 어지럽기 그지없었다. 그는 『센티널』에서 가장 경박한 기사 중 일부분에 그것도 아주 열심히 관여했었다. 지금 그것들을 하나하나 돌이켜보니 죄책감과 공포가 칼로 찌르는 듯했다. 그는 수상쩍은 방으로 호출되어 가서 절대 쫓겨날 일 없는 그 방의 주인들로부터 자신의 일이 더 이상 필요 없다는 말을 듣게 되리라고 상상하고 있었다. 그는 자기 책상에 앉아 (그러나 『센티널』에 자신이 쓰는 칼럼들이 없다면 그 책상도 자기 것이 아니다) 목수들이 내는 소음을 들었다. 그 소음은 그가 처음 사무실에 왔을 때 들은 소음이었다. 그 이후로 건축과 개축이 중단 없이 계속되어왔던 것이다. 뉴스 편집실은 오후 일과로 접어들었다. 기자들이 도착하여 재킷을 벗고 공책을 펴서 타자를 친다. 여러 사람이 녹색 냉수기 주변에 몰려들었다가 흩어진다. 몇몇 책상에는 교정쇄의 오타를 고치고 있고 신문의 안쪽 면을 배치한다. 4년이 넘는 시간 동안 그는 이 활기찬 움직임의 일부로 있어왔다. 이제 호출을 기다리며 그는 단지 그 움직임을 쳐다보는 일만 할 수 있을 뿐이었다.

사무실에 계속 있다가는 쫓겨날 위험성만 높여줄 뿐이라는 생각에 이르자 비스와스 씨는 서둘러 나가서 자전거를 타고 집으로 갔다. 공포는 또 다른 공포를 불러왔다. 어쩔 수 없이 아이들을 하누만 하우스로 돌려보낸다면 받아줄 사람들이 있을까? (샤마가 종종 세 들어 사는 사람들에게 하는 것처럼) 툴시 부인이 그에게 퇴거 통보를 하면 그는 어디로 가야 할까? 어떻게 살까?

세월이, 막막한 세월이 앞에 펼쳐져 있었다.

집에 도착하자 비스와스 씨는 매클린 사의 위장약을 섞어 마시고 옷을 벗고 침대에 들어가 에픽테토스의 글을 읽었다.

그러나 며칠이 가도 호출이 없었다. 그리고 마침내 버넷 씨가 떠날 시간이 왔다. 비스와스 씨는 그에게 감사와 동정을 표하는 약간의 몸짓을 하고 싶었지만 아무것도 생각나질 않았다. 결국 버넷 씨는 도망가고 있는 것이다. 비스와스 씨는 뒤에 남았다. 『센티널』은 버넷 씨의 출발을 사회면에 실었다. 버넷 씨가 정장을 입고 불편한 표정으로 있는 고약한 사진이 실렸다. 그의 작은 눈은 카메라 플래시로 튀어나와 있었고 입에 문 시가는 일부러 코믹한 분위기를 내려고 한 것 같았다. 그가 떠나는 걸 유감스럽게 생각한다고 적혀 있었다. 그러나 그는 미국의 예정된 자리로 가야만 했다. 또한 그는 트리니다드와 『센티널』에서 일하면서 많은 것을 배웠으며, 이 둘의 발전에 앞으로도 계속 큰 관심을 가질 것이며, 그동안 지역 저널리즘의 수준이 놀랄 만큼 높아졌다고 생각한다고 했다. 버넷 씨가 말했던 제2의 방책이 어떤 것인가를 밝히는 일은 다른 신문사들에게로 넘겨졌다. 그 신문들은 댄서들과 불 위로 걷는 사람과 뱀마술을 보여주는 사람과 못으로 만든 침대에 누울 수 있는 사람으로 구성된 인도인 공연단이 미국으로 여행하는 지역 신문사의 전직 편집장인 버넷 씨와 동행할 것이라고 적었다. 한 기사의 표제는 '서커스단 순회공연 시작'이었다.

그리고 『센티널』에서는 새로운 체제가 시작되었다. 버넷 씨가 떠난 그다음 날 뉴스 편집실에는 '밝게 쓰지 마시오. 정확하게만 쓰시오. 그리고 뉴스는 견해가 아니라 사실이지 않습니까? 그렇지 않을 경우엔 자르고 검토하고 내팽개칠 것입니다'라는 포스터가 붙었다. 비스와스 씨는 이 문구가 모두 자신만을 겨냥해서 쓴 것이라고 생각했고, 그 사람들이 마음대로 해버릴까 봐 두려웠다. 사무실 분위기는 착 가라앉아, 승진한 사람이나 좌천한 사람이나 모두 진지한 표정이었다. 버넷 씨 시절 취재부장은 부편집장이 되었다. 밝은 기사를 쓰던 버넷 씨의 기자들은 여러 곳으로 흩어졌다. 한 명은 '오늘의 행사, 상병자와 날씨 코너'로, 한 명은 배송부, 한 명은 사회면의 '다이애나의 일기'로, 한 명은 항목별 광고란으로, 비스와스 씨는 '법정 단신'으로 배치되었다.

"글을 쓴다고?" 그는 샤마에게 말했다. "난 그런 걸 글 쓴다고 하지 않아. 그냥 서류 양식을 채우는 거나 마찬가지야. 몇 살의 아무개가 어제 법정에서 뭘 해서 아무개 판사에 의해 상당한 벌금을 부과받았다. 기소할 것을 주장했다. 자신의 변호를 하도록 선출된 X는 말했다. 치안판사가 집행 유예를 선고했다."

그러나 샤마는 새로운 체제를 찬성했다. 샤마가 말했다. "그렇게 하면 당신도 사람들과 진실에 대해 약간이나마 존경심을 가지게 되겠네요, 뭘."

"그래서! 그래서 어쨌다고! 하지만 당신이 그러는 게 놀랍진 않아.

당신이 그렇게 말할 줄 **알았거든**. 기다려보라지. 새로운 체제, 홍. 당장 발행 부수만 떨어지는 걸 보게 될걸."

비스와스 씨가 변화에 대해 말한 사람은 오직 샤마뿐이었다. 사무실에서 그 주제는 절대 언급되지 않았다. 버넷 씨가 가장 좋아했던 기자들은 내통한다는 오해를 살까 봐 서로 피해 다녔고 달리 어울릴 사람도 없었다. 포스터 외에 별도로 어떤 지시문이 내려오지는 않았지만 새롭게 맡은 일이 허용하는 한도 내에서 그들은 모두 다 문체를 바꾸었다. 그들은 보다 더 어려운 단어로 문장의 격식을 갖춘 보다 긴 단락의 글을 썼다.

곧 소책자 형태로 『기자 원칙』이라는 지시문이 왔다. 오른쪽 모퉁이의 '씨' 앞에 기자의 이름만 쓰인 채로, 이른 아침 아무 설명도 없이 그 소책자들이 책상마다 놓여 있었던 것은 새로 온 권력자들의 냉담한 엄격성과 어울리는 것이었다.

"그 사람은 오늘 분명히 일찍 일어났을 거야." 비스와스 씨가 샤마에게 말했다.

그 소책자에는 언어, 복장, 태도에 대한 규칙이 들어 있었고 매 페이지마다 끝에는 슬로건이 쓰여 있었다. 앞표지에는 '가장 정확한 뉴스가 가장 밝은 뉴스다'라고 인쇄되어 있었는데, 작은따옴표를 붙인 것은 그 슬로건이 역사적이고 위트 있고 현명한 것이라는 것을 암시하기 위한 것이었다. 책의 뒤표지에는 이렇게 적혀 있었다. '왜곡되지 않은 보도'

"왜곡되지 않은 보도." 비스와스 씨가 샤마에게 말했다. "이거 모두 개자식 같은 거고, 다 봉급이나 두둑하게 받으려는 수작이라고. 슬로건 만들고, 기자 원칙을 만들어서. **원칙!**"

며칠 후 그는 집으로 돌아와서 말했다. "뭔 일이 있었는지 알아?

편집장이 특별한 장소에서 오줌을 눠, 지금. '죄송합니다만, 제가 가서 소변을 봐야 하는데요. 혼자서요.' 모든 사람이 몇 년 동안 같은 곳에서 소변을 봐왔는데 말이야. 뭔 일이 생겨서 그럴까? 도드 사의 신장 약 한 세트를 먹고 푸른색 오줌 같은 걸 싸는 모양이지?"

샤마의 장부에는 매클린 사의 위장약이 더 자주, 항상, 빠짐없이 올라갔다.

"그냥 지켜보자고." 비스와스 씨가 말했다. "모든 사람이 떠나고 있어. 내 말처럼, 사람들이 이런 취급을 못 견디는 거야."

"당신은 언제 떠날 건가요?" 샤마가 물었다.

그리고 더 나쁜 일이 남아 있었다.

"몰라." 그가 말했다. " 내 짐작에는, 그 사람들이 날 그냥 겁먹게 하려고 그러는 것 같아. 향후(향후, 그 개자식이 사용하는 이런 말을 당신도 듣게 해줄게) 향후 나는 포트오브스페인의 공동묘지에서 오후를 보내게 될 거야. 그 노란 책 좀 줘봐.『기자 원칙』말이야! 한번 보자. 장례식에 대한 게 있나? 맙소사! 그것도 넣어놨잖아!'『센티널』기자는 이런 행사에는 검은색 양복을 점잖게 입어야만 한다.' 검은색 양복이라고! 내가 부인도 없고 자식 넷도 없는 사람이라고 생각하는 게 분명해. 2주마다 두둑이 월급을 줬다고 분명히 생각하고 있는 거야.'기자는 행동이나 옷으로 문상객들을 자극하면 안 된다. 그러면 이런 일로 인해 신문사가 명성을 잃게 될 것이 확실하기 때문이다.『센티널』기자는 자신이『센티널』을 대표한다는 사실을 잊어서는 안 된다. 기자는 사람들이 신뢰할 수 있게 행동해야 한다. 기자가 모든 이름을 정확하게 써야 한다는 것은 아무리 강조해도 지나치지 않은 일이다. 이름의 철자를 부정확하게 쓰는 것은 모욕이다. 모든 훈장과 포상은 반드시 언급해야 하나 이 훈장과 포상에 대해 기자가 질문할 때는 분별력 있게 해야 한다. 어떤 사람이 서훈을 받은 것을 모른다는 것은 그 사람을 모욕하는 것이나 다를 바 없기 때문이다. 대영제국 최고 훈장 수훈자에게 대영제국 훈작사냐고 묻는 것도 똑같이 모욕적일 수 있다. 이런 상황에 처하게 될 때에 보다 나은 대처법은 그 사람이 대영제국 공로 훈장 수훈자라는 가정하에서 질문을 하는 것이다. 육친 이하 모든 문상객의 이름은 알파벳 순서에 따라 적어야 한다."

"이런! **제길!** 이러다가 가서 무덤에서 춤추라고 시킬 바보 얼간이 아냐? 이봐, 난 부고를 밝고 짤막한 특집으로 바꿀 수 있다고. 어제의 매장. 무덤 파는 사람이 했음. 오늘의 일정 옆에 둬야지. 아니면 '상병자 난' 옆에다 두든지. 표제: 간다, 간다, 갔다. 이거 어때? 무덤 옆에서 우는 과부 사진. 그 뒤에다 유언장 내용을 듣고 웃는 과부의 사진. 설명으로 'X부인이 미소를 짓고 있나? 아마 그럴 것이다. 뜻(유언장)이 있는 곳에 길이 **있다.**'* 두 사진을 나란히 놓는 거야."

그러면서도 비스와스 씨는 검은 모직 양복을 외상으로 샀다. 그리고 아난드가 오후에 데이어리스로 가는 길에 라페이루스 공동묘지의 담 옆을 걸어가는 동안 비스와스 씨는 종종 공동묘지에서 엄숙하게 비석 사이를 오가며 이름과 서훈에 대해 신중하게 물어보고 있었다. 그는 두통과 복통이 일어나는 것을 불평하며 피곤한 얼굴로 집에 왔다.

"자본주의자의 쓰레기 같은 신문이야." 그가 말하기 시작했다. "그냥 또 다른 자본주의자의 쓰레기 같은 신문일 뿐이야."

아난드는 신문에 비스와스 씨의 이름이 더 이상 나오지 않는다고

---

* 영어로 '뜻will'이란 단어에는 유언장이라는 의미도 있다

말했다.

"더럽게 잘됐네." 비스와스 씨가 말했다.

또한 그는 토요일에 연속 네 번이나 별로 중요하지 않은 크리켓 시합의 점수를 확인하기 위해 파견되었다. 그에게 있어서 크리켓 경기란 별로 중요하지 않은 것이었다. 하지만 그 과제가 자신의 재교육의 일환이란 점을 알고 난 이후 비스와스 씨는 자전거를 타고 한 4급 경기에서 또 다른 4급 경기로 옮겨 다녔고, 나무 밑에 있던 선수들이 깜짝 놀라 흥분하며 반기는 것에 잠시나마 우쭐해하며 자신도 이해하지 못하는 표식이나 점수를 적어 왔다. 대부분의 경기가 5시 반에 끝났고, 같은 시간에 여러 경기장에 있는 건 당연히 불가능했다. 때때로 그가 경기장에 도착하면 아무도 없는 일도 있었다. 그러면 비서들을 찾아야 했고, 더 오래 자전거를 타고 다녀야 했다. 이런 식으로 그 당시의 토요일 오후와 저녁은 엉망이 되었다. 그리고 그가 집계한 점수 중 많은 부분이 인쇄가 되지 않아서 종종 일요일까지도 엉망이 되었다.

그는 '저널리즘을 위한 이상적인 학교'에서 보낸 견본에서 따온 구절을 따라 쓰기 시작했다. "난 글로 생활비를 벌 수 있어." 그가 말했다. "잘해보라지. 실컷 날 밀어보라고 그래." 이 당시에는 거의 대부분 인도인이 운영하는 '1인 잡지'가 계속 나왔다. "나도 내 잡지를 시작할 거야." 비스와스 씨가 말했다. "비세사처럼 돌아다니면서 내가 직접 팔아야지. 그 사람이 나보고 자기는 핫케이크처럼 자기 잡지를 판다고 그랬어. 핫케이크처럼 말이야, 자식."

그는 집에서 엄격한 체제를 유지한다는 신조를 버렸다. 그 대신 『센티널』 간부진 여러 명에 대해 얼마나 오래 떠들어댔던지 샤마나 아이들은 모두 그 사람들을 잘 아는 것 같은 느낌이 들게 되었다. 때때로 그는 소소한 반항을 하는 재미에 흠뻑 빠졌다.

"아난드, 학교 가는 길에 카페에 들러서 『센티널』에 전화 좀 해라. 내가 오늘 몸이 안 좋아서 일하러 못 간다고 해."

"직접 전화해도 되잖아요? 내가 전화하기 싫어하는 것 알면서."

"항상 좋아하는 것만 할 순 없단다, 아들아."

"그러면서 아빠는 오늘 일하러 못 갈 것 같다고 말하라고 시키고."

"아빠 아프다고 해. 감기, 두통, 열도 있다고, 알겠지."

아난드가 나가면 비스와스 씨는 이렇게 말하곤 했다. "날 해고하라고 그래. 빌어먹을 놈들, 해고하라고 그러라고. 내가 신경이나 쓸 것 같아? 난 날 좀 해고해줬으면 **싶구먼.**"

"그래요." 샤마가 말했다. "해고해줬으면 싶겠죠."

그러면서도 그는 결근하는 날의 간격을 조심스럽게 멀찍이 띄워놓았다.

오후면 인도 위에서 크리켓을 하고 저녁에는 가로등 아래에서 잡담을 나누는 거리의 소년들과 젊은 사람들 사이에서 비스와스 씨는 인기가 별로 없었다. 그는 창가에서 그들을 향해 고함을 질렀다. 그러면 그의 양복, 직업, 살고 있는 집, 오와드와의 관계, 그리고 경찰에 끼칠 수 있는 영향력 때문에 그 사람들은 겁을 집어먹었다. 때때로 비스와스 씨는 거들먹거리며 카페로 가서 한참 좋던 시절에 잘 알고 지냈던 지역 경찰서 경사에게 전화를 걸었다. 그리고 문상객들의 비위가 상하지 않게 점잖게 차려입고 오후에 장례식장으로 자전거를 타고 갔는데, 그때 이 크리켓 하는 사람들이 자신을 뚫어져라 쳐다보며 수군거리면 좋아했다.

비스와스 씨는 정치적인 책을 읽었다. 그 책에는 혼자서 중얼거리거나 샤마에게 써먹을 수 있는 구절들이 있었다. 책을 보면 비참하게 불의에 시달리는 지역이 연달아 나왔다. 그래서 비스와스 씨는 그 어느 때보다 심한 무기력과 고독에 빠지게 되었다. 그때 그가 찾은 것이 디킨스*가 주는 위안이었다. 별 어려움 없이 비스와스 씨는 등장인물과 배경을 자신이 아는 인물과 장소로 바꿀 수 있었다. 디킨스의 엽기적인 묘사를 보면 비스와스 씨가 무서워하고 고통스러워하는 모든 것이 터무니없거나 별것 아닌 듯이 여겨졌고, 분노나 경멸을 느낄 필요가 별로 없다는 생각을 하게 되었다. 또한 아침에 옷을 차려입고, 매일 자신에 대해 긍정적인 신념을 다지고, 때때로 자기 입장에선 희생으로 여겨지는 일들을 참는 등 자신의 삶에서 가장 어려운 일을 할 수 있는 힘을 얻었다. 그는 자신이 발견한 것을 아난드와 공유했다. 그리고 아난드에게 어려운 단어를 받아쓰게 하고 뜻을 외우게 하면서 디킨스의 작품에서 즐거움을 어느 정도 찾아내긴 했지만, 비스와스 씨가 이렇게 하도록 시킨 것은 엄격성을 유지하기 위해서나 아난드를 훈련시키기 위해서는 아니었다. 그는 이렇게 말했다. "난 네가 나같이 되지 말았으면 한다."

아난드는 이해했다. 아버지와 아들은 각자를 서로 나약하고 상처받기 쉬운 인간으로 보았으며 서로가 서로에 대한 책임감, 즉 특별히 심한 고통을 당하게 될 때면 한 명은 권위를 과장하고 다른 한 명은 존경을 과장하는 식으로 변형되어 나타나는 책임감을 각자가 느끼고 있었다.

---

* 찰스 디킨스(Charles Dickens, 1812~1870): 영국의 소설가로 『올리버 트위스트』 등의 작품을 남겼다.

＊

　갑자기 『센티널』을 누르던 압력이 사라졌다. 비스와스 씨는 법정
단신, 장례식장, 크리켓 시합에서 빠져나와 일요 매거진에 투입되어 주
간 특집을 맡게 되었다.

　그가 샤마에게 말했다. "날 조금만 더 압박했어도, 그만뒀을 거야."

　"맞아요. 당신은 그만뒀을 거예요."

　"가끔 가다가 도대체 내가 왜 일부러 당신에게 이런 이야기를 해서
당신을 괴롭히는지 나도 모르겠어."

　사실상 비스와스 씨는 머릿속으로 여러 통의 당당한 사직서를 썼
었다. 그 사직서들은 신랄한 비판 조부터 품위 있거나 유머러스하거나,
심지어는 너그러운 (이런 편지는 언제나 『센티널』의 영원한 성공을 비는
것으로 끝이 났다) 것까지 다양했다.

　한편 지금 그가 쓰는 특종은 버넷 씨를 위해 쓰던 특종과는 다른
것이었다. 그는 애꾸눈 남자들에 대한 추문성 인터뷰를 쓰지 않았다.
그 대신 그는 맹인 협회에서 하는 일에 대한 진지한 조사를 했다. 그는
「나는 트리니다드의 가장 미친 사람이다」라는 글을 쓰지 않았다. 그 대
신 그는 정신병원에서 하는 놀라운 일에 대해 썼다. 그가 할 일은 언제
나 실제가 아닌 공식 수치를 보고 칭찬을 하는 것이었다. 『센티널』이
새롭게 정한 '진지함'이라는 정책 안에는 진지함이 최선이며 트리니다
드의 공공 기관은 진지함의 가장 훌륭한 면모가 드러나는 곳이라는 점
이 내포되어 있었다. 비스와스 씨는 왜곡했다기보다는 외면했다. 헐벗
고 거칠어진 고아원 아이들의 발과, 겁먹고 부끄러워하는 제복을 입은

아이들의 음울한 표정을 외면했다. 또 부끄러운 일이긴 하지만 잠시 동안 저명인사가 되어 작업장과 채소밭, 유망 산업 시설, 갱생 시설, 그리고 훈련 시설에 걸어 들어가 소장 사무실에서 레모네이드나 마시고 담배나 피우며 수치(數値)를 얻어 갔다. 그렇게 하여, 그는 엽기적인 인간들의 편에 서는 것을 택한 것이다.

이런 특종들을 쓰는 것이 쉬운 것은 아니었다. 버넷 씨 시절에는 일단 방향을 잡고 첫 문장을 쓰면 나머지는 다 따라왔다. 한 문장이 새로운 문장을 만들고 한 단락이 다른 단락으로 연결되었고 그러면 그의 기사는 유려함과 통일성을 가지게 되었다. 지금 그는 아무 느낌도 없는 단어들을 쓰자니 잘 써지지도 않고 자신이 뭘 느끼는지 모를 때도 있었다. 그는 생각을 적고 다시 요리조리 바꿔 써야 했다. 그는 적고 다시 적어가다 지속적으로 두통에 시달렸고, 이루 말할 수 없이 느리게 작업을 하여 목요일 마감 시간에 겨우 맞출 정도로 글을 완성했다. 최종 완성된 글은 부자연스럽고 생명력도 없고 기사의 대상이 된 사람들을 제외하고 누구에게도 즐거움을 주지 못하는 글이었다. 그는 일요일을 기다리지 않았다. 평소처럼 일찍 일어났지만 신문은 샤마나 아이들 중의 하나가 가지고 들어올 때까지 앞 계단에 내버려져 있었다. 그는 최대한 오랫동안 자기 기사를 보려 하지 않았다. 신문을 펼치면 사진과 글의 구성이 지루한 기삿거리를 어떻게 감춰주고 있는가가 보여서 항상 깜짝 놀랐다. 심지어 자신이 뭐라고 썼는지 보지 않을 때도 있었고, 볼 때에도 썼던 글을 자세히 읽어보지 않고 편집장의 마음에 들지 않아 자르거나 바꾸었으리라 짐작되는 어색한 단락만 대충 훑어보았다. 샤마에게는 아무 말도 하지 않았지만, 그즈음 그는 항상 자신이 해고되리라는 것을 예상하며 살았다. 그는 자신의 일이 좋은 상태가 아니란 것을 알고 있었다.

사무실에서 간부들은 별 반응을 보이지 않았다. 비판도 없었고 잘한다고 하지도 않았다. 새로운 체제는 여전히 말하면 안 되는 주제였고, 기자들도 여전히 쉽게 어울리지 못했다. 버넷 씨가 총애하던 기자들 중에 취재부장이었던 사람만이 모든 사람과 잘 어울려 지냈다. 그사람은 완전한 사무실형 인간으로 변했고 걱정이 많아 점점 시들어갔다. 바라타리아에 살았는데 혼잡하고 좁고 위험한 이스턴 메인 로드를따라 매일 아침 버스를 타고 왔다. 그는 자신이 교통사고로 죽고 아내와 어린 딸이 부양받지 못하는 상태가 될 거라는 걱정을 꾸준히 키워왔다. 교통수단이라면 모두 겁을 냈지만, 아침저녁으로 그는 차를 타고가야 했다. 그리고 "구겨진 종이같이 파손된 차"라는 사진이 실린 사고기사를 매일 내놓았다. 그는 항상 자신이 느끼는 공포에 대해서 끊임없이 말하고 그 공포를 비웃다가 결국 스스로도 비웃음을 사게 되었다. 그러나 오후가 저물어갈수록 불안은 더욱 또렷해지고 미치기 직전까지가곤 했다. 그 사람은 집으로 돌아가고 싶은 갈망이 간절했지만, 안전하다고 느끼는 유일한 장소인 사무실을 나가는 것을 두려워했다.

*

장미나무는 잘 돌보지를 않아서 제멋대로 가지를 뻗치고 단단해졌다. 병충해로 가지가 허예지더니, 병에 걸려 뒤틀린 형태의 잎이 생겼다. 꽃봉오리가 천천히 벌어진 후 하얗게 변하고, 갈가리 찢어진 꽃은작은 벌레들로 덮였다. 그리고 다른 벌레들이 가지에 옅은 갈색의 둥근 혹을 만들었다. 수련이 자라던 연못은 또 허물어졌고, 거품이 하얗게 일어나고 걸쭉하게 진흙탕이 된 물 위로 털이 숭숭 난 갈색 수련 뿌리가 올라왔다. 아이들은 가끔가다 한 번씩 정원에 관심을 보일 뿐이었고, 샤마는 비스와스 씨의 물건 중 어떤 것에도 손대지 말라고 했다고 주장했다. 대신 그녀는 자신이 좋아하는 백일초와 금송화를 심었다. 이것들은 서양 협죽도와 몇몇 선인장을 제외하고 하누만 하우스의 정원에서 잘 자라던 유일한 꽃이었다.

전쟁의 영향이 전해지기 시작했다. 물가가 도처에서 올랐다. 비스와스 씨의 월급도 인상되었지만 그 인상분은 즉시 소모되어버렸다. 그리고 그의 월급이 2주에 37달러 50센트에 도달하게 되니까 『센티널』은 생계비 수당으로 콜라를 주었다. 결국 인상분은 콜라였고, 봉급은 그대로였다.

"심리학이야." 비스와스 씨가 말했다. "고아원에서 다과 잔치 하는 것처럼 들리게 만드는 거야, 알아?" 그는 목소리를 높였다. "얘들아, 됐니? 케이크는 받았어? 아이스크림은 받았어? 콜라는 받았어?"

돈이 줄어들수록 음식의 질은 더 나빠졌고 샤마는 기자 수첩을 여러 권 써가며 더 꼼꼼하게 장부를 적었다. 그녀는 이 수첩들을 절대 버리지 않았다. 그래서 그 수첩들은 때에 절고 습기에 불은 채 부엌 선반 위에 쌓였다.

가게에서는 비축해놓았던 바구미가 슨 밀가루 때문에 싸움이 여러 차례 일어났다. 경찰관들은 시장의 노점상들을 예의주시하고 있었고 채소 재배자와 소농민 여러 명이 정해진 가격 이상으로 물건을 팔았다가 벌금을 부과받고 수감되었다. 밀가루는 점점 더 구하기 힘들어졌고 바구미가 가득 차 있었다. 그리고 샤마의 음식은 점점 더 나빠졌다.

비스와스 씨가 불평하면 샤마는 말했다. "난 여기서 한 푼, 저기서 한 푼이라도 아끼려고 매주 토요일마다 몇 킬로미터씩 걸어다닌다고 요."

하지만 어느 정도 시간이 지나니 음식에 대해선 잊어버리게 되었는데, 그럼에도 불구하고 그들은 여전히 말싸움을 했다. 그들의 말싸움은 하루하루 계속되다가 이 주에서 저 주로 이어졌고, 체이스에서 싸울 때와 사용하는 단어만 다를 뿐이었다.

비스와스 씨는 이렇게 말하곤 했다. "덫에 걸렸어! 당신하고 당신 가족이 날 이 구멍 안에 갇히게 했잖아."

샤마도 이렇게 말하곤 했다. "그래요. 우리 가족이 아니었으면 당신은 머리 위에 초가지붕이나 얹고 살고 있을 거예요."

"가족! 가족! 비좁은 바라크 방에다 처넣고 한 달에 20달러 주고선. 당신 가족 이야기는 나한테 하지 마."

"난 해야겠어요. 애들만 없었어도……"

그러면 결국에 가서는 비스와스 씨가 집을 나가 포트오브스페인 시내를 쏘다니며 한참 밤 산책을 하다가 텅 빈 판잣집 카페에 들러 연어 통조림을 먹으며 위통을 가라앉히려 했다. 하지만 그러면 오히려 통증만 심해질 따름이었다. 그러는 동안 흐릿한 전등 밑에서 졸린 눈의 중국인 가게 주인은 파리들이 자고 있는 오래된 케이크들이 담긴 유리 진열장 위로 축 처진 맨 팔을 올려놓고 이를 쑤시다가 빨다가 하고 있었다. 지금까지 이 도시는 새로웠고 가장 강한 2시의 태양도 파괴하지 못할 미래의 기대를 가지고 있었다. 어떤 일도 일어날 수 있었다. 비스와스 씨가 애를 못 낳는 여주인공을 만날 수도 있고 과거를 되돌리거나 새롭게 자신을 바꿀 수도 있었다. 그런 지금 연설이나 연회, 그리고 (모든 이름과 수훈이 꼼꼼히 점검된) 장례식에 대해 기사를 계속 찍어내고 있는 『센티널』의 윤전기를 떠올려보려고 해도 이 도시가 단지 이 어둡고 지저분한 카페, 즉 이가 빠진 카운터, 전깃줄 위에 모여 있는 파리들, 구석에 쌓인 오래된 코카콜라 상자, 금 간 유리 진열장, 그리고 문을 닫으려고 기다리면서 이를 쑤시는 가게 주인 같은 것들이 반복되는 것에 불과하다는 생각을 막아주진 못했다.

또한 비스와스 씨가 나가 있는 동안이면 집에서는 아이들이 침대에서 나와 샤마에게 가곤 했다. 샤마는 습기에 부푼 기자 수첩을 내려놓고 자신에게 주어진 돈을 어떻게 사용하고 있는가를 설명하려고 애썼다.

어느 날 학교에서 아난드는 책상을 같이 쓰는 아이에게 물어보았다. "너희 엄마 아빠도 싸워?"

"뭣 땜에?"

"어, 뭐든지. 예를 들어서 음식 때문에."

"아니. 하지만 아빠가 엄마보고 시내에 가서 음식 좀 사오라고 했다 치잖아. 그런데 엄마가 못 사 왔다고 치자. 그럼 끝장나는 거야!"

어느 날 저녁, 싸움이 붙었다가 결론 없이 사그라졌을 때 아난드가 비스와스 씨의 방에 와서 말했다. "아빠에게 들려줄 이야기가 있어요."

아난드의 말에서 비스와스 씨는 경고성 어조를 느꼈다. 그는 책을 내려놓고 침대 머리에 베개를 놓고 미소를 지었다.

"옛날에 한 사람이 살았는데……" 아난드의 목소리가 끊겼다.

"그래?" 비스와스 씨가 조롱하듯 친근한 목소리로, 계속 미소를 띠고 아랫입술을 이로 긁으며 말했다.

"옛날에 한 사람이 살았는데 그는……" 아난드의 목소리가 또다시 끊겼다. 아버지의 미소에 당황한 아난드는 뭐라고 말하려고 했었는지를 잊어버리고 문법도 제대로 못 맞추며 재빨리 덧붙였다. "그는 뭘 해줘도 만족할 줄 몰랐습니다."

비스와스 씨는 웃음을 터트렸고 아난드는 분노와 굴욕감에 덜덜 떨며 방에서 나가 부엌으로 갔다. 그러자 그곳에서 샤마가 달래주었다.

며칠간 아난드는 비스와스 씨에게 말을 걸지 않았다. 그리고 은밀한 복수로 데이어리스에서 우유를 사 먹지 않고 냉커피를 사 마셨다. 비스와스 씨는 사비, 미나, 캄라에게는 감정 표현을 잘했고 샤마와도 감정이 누그러지게 되었다. 집안 분위기가 다소 부드러워지자 아난드의 보호자를 자처한 샤마는 아난드에게 아버지와 말해보라고 다그치는 일에서 상당한 즐거움을 느끼게 되었다.

"잰 놔둬. 내버려두라니깐." 비스와스 씨가 말했다. "그 이야기꾼은 내버려둬."

아난드는 더욱더 뚱해졌다. 과외 수업을 하고 집으로 돌아온 어느 날 오후 아난드는 먹는 것도, 말하는 것도 하려고 들지를 않았다. 그는 자기 방으로 가서 침대에 누워, 샤마가 달래는데도 불구하고 계속 방에 있었다.

비스와스 씨는 집에 오자마자 그 방으로 가서 큰 목소리로 말했다. "자, 자, 우리 안데르센이 뭔 일이신가?"

"얘, 자두 먹어." 샤마가 테이블 서랍에서 작은 갈색 종이 봉지를 꺼내면서 말했다.

비스와스 씨는 아난드의 얼굴에서 근심하는 표정을 보고 태도를 바꾸었다. "무슨 일이니?"

아난드가 말했다. "애들이 날 놀려요."

"마지막에 웃는 사람이 제일 좋은 거야." 샤마가 말했다.

"로렌스가 자기 아빠가 아빠 상사래요."

침묵이 흘렀다.

비스와스 씨는 침대에 앉아서 말했다. "로렌스 아빠는 야간 편집장이야. 나하고 아무 관계도 없어."

"걔가 말하던데, 사람들이 아빠를 사무실 사환같이 부린대요."

"너도 알잖아, 내가 특집 쓰는 거."

"그리고 아빠가 걔 아빠 집에 갈 때 뒷문으로 가야 된다고 걔가 말했어요."

비스와스 씨가 일어섰다. 그의 리넨 양복이 구겨졌다. 재킷이 주머니 속에 넣은 공책들 때문에 모양이 비틀어지고 당겼다. 또한 주머니 입구는 때가 묻고 약간 닳아 있었다.

"아빠가 걔네 아빠 집에 간 적 없죠?"

"아빠가 왜 그 집에 가겠어?" 샤마가 말했다.

"그리고 아빤 뒷문으로 들어간 적도 없죠?"

비스와스 씨가 창가로 걸어갔다. 어두웠다. 그의 등이 그들을 향하고 있었다.

"불을 켤게요." 샤마가 명랑한 어조로 말했다. 그녀의 발자국 소리가 무거웠다. 불이 켜졌다. 아난드는 팔로 얼굴을 감쌌다. "네가 화난게 다 이것 때문이었니?" 샤마가 물었다. "아빠는 로렌스네와 아무 관련도 없어. 너도 아빠가 말씀하는 걸 들었잖아."

비스와스 씨가 방을 나갔다.

샤마가 말했다. "아빠에게 그렇게 말하면 안 되는 거였는데, 너도 곧 알게 될 거야."

그날 남은 저녁 시간 동안 샤마는 최대한 시끄럽게 걷고 말하고 온갖 행동을 했다.

그다음 날 아침 아난드가 가방에 책과 점심 도시락을 넣고 주머니에는 우유 사 먹을 6센트를 넣은 채 뒤쪽 베란다에서 샤마에게 키스하고 있을 때 비스와스 씨가 아난드에게 다가와서 말했다. "내 일자리가 그 사람들에게 달린 건 아니야. 너도 그건 알지. 우리는 언제든 하누만 하우스로 돌아갈 수 있어. 우리 모두 다 말이야. 너도 그건 알잖아."

*

토요일에 비스와스 씨는 아이들을 데리고 불시에 아조다의 집을 방문했다. 타라와 아조다는 아이들만큼이나 기뻐했고, 그들의 방문은 일요일까지 계속되었다. 새집에는 볼 것이 너무 많았다. 그 집은 콘크리트로 지은 웅대한 2층집이었고 현대식으로 장식하고 가구도 갖추고 있었다. 콘크리트 벽돌은 거칠게 자른 돌처럼 보였다. 처마에 먼지가 잘 끼는 돋을새김 장식은 되어 있지 않았다. 문과 창문에는 페인트칠이 아닌 니스칠이 되어 있었고 희한한 방식으로 열리고 닫혔다. 그리고 의자는 속통을 넣어 다시 천을 씌운 거대한 것으로, 등나무로 바닥을 댄 작은 의자와는 달랐다. 바닥에는 염료를 칠하고 광택을 냈다. 화장실 변기에 물을 내리는 장치에는 끈이 달려 있지 않았다. 그들은 거실에서 죽은 사람을 찍은 타라의 사진들을 살펴보았다. 마르고 눈이 큰 아이들에게 둘러싸여 꽃이 흩뿌려진 관에 있는 라구도 보았다. 부엌은 거대했으며 현대식 기계로 가득 차 있었다. 늙고 느리고 구식인 타라는 그곳에 어울리는 것 같지 않았다. 집 구경이 싫증나자 아이들은 마당을 돌아다녔는데, 마당에는 변한 것이 없었다. 아이들은 소몰이꾼과 정원사와 이야기를 나누고 여러 방문객들을 살펴보다가 버려진 자동차 골조

사이에서 놀았다. 토요일에 점심을 먹고 난 뒤 그들은 영화관에 갔고 일요일에는 아조다가 소풍을 준비했다.

그다음 주말에 그들은 또 찾아가고 그 다음다음 주말에도 그랬다. 얼마 지나지 않아 이 주말여행이 정착되었다. 그들은 토요일 아침에 길을 떠났는데, 그때가 포트오브스페인 밖으로 가는 버스를 아주 쉽게 탈 수 있는 유일한 시간이었기 때문이다. 조지 스트리트에 있는 시외버스 정거장에서 버스에 오르자마자 비스와스 씨는 사람이 바뀌어 주중의 침울함 따위는 벗어버리고 명랑하게 장난을 쳤다. 그 분위기는 일요일 저녁까지 계속되었다. 그 후 포트오브스페인과 그 집, 그리고 샤마와 월요일 아침이 점점 더 가까이 다가오면 그들은 모두 점점 조용해졌다. 하루나 이틀이 지나도 포트오브스페인의 집은 여전히 어둡고 어색하게 느껴졌다.

샤마는 이 방문에 한 번만 따라갔고 따라가서도 분위기를 망쳤다. 집안끼리의 오래되고 암묵적인 반감이 여전히 존재하고 있었기에 그녀는 가고 싶어 하지 않았다. 대문에 들어가기 전에 사소한 말싸움이 이미 있었고 타라의 집으로 걸어 들어갈 때도 그녀는 부루퉁했다. 그러고 나서 자존심 때문이었는지 아니면 그 집이 너무 멋져서 마음이 불편해졌는지, 혹은 노력하는 게 불가능했든지 간에 그 주말 내내 샤마는 부루퉁하게 있었다. 나중에 말하기를 자기는 아조다와 타라가 자신을 좋아하지 않는다는 것을 항상 알고 있었다는 것이다. 그런 일이 있고 나서 샤마는 다시 가지 않았다.

샤마는 포트오브스페인에 혼자 남는 때가 많았다. 아이들은 엄마를 따라 하누만 하우스에 가고 싶어 하지 않았다. 또한 그곳에서 불화가 많아질수록 그녀는 옛날의 온기를 그리워하면서도 새로운 말싸움에 휘말려드는 게 두려워 가는 경우가 줄어들게 되었다. 그녀는 이때까지 자기 가족 외의 사람을 만나러 가본 적이 좀처럼 없었고 낯선 사람들과 어울리는 법도 몰랐다. 그녀는 다른 인종 사람들이나 다른 종교나 다른 생활 방식 앞에서 수줍음을 탔다. 그녀는 수줍어하는 성격 탓에 세입자들 사이에 무자비하다는 명성을 얻게 되었으며, 오와드가 예전에 쓰던 방에서 살고 있는 여성과 알고 지내려는 노력도 거의 하지 않았다. 그러나 지금 주말에 홀로 남아 친구의 필요성을 느끼게 되자, 자기 말에 대답해주고 많은 호기심을 보여주는 여자를 찾아다니게 되었다. 찾고 나면 샤마는 자신의 회계 장부를 놓고 설명해주는 것이었다.

그리하여 그 집은 샤마가 머무르는 샤마의 집이 되었고, 비스와스 씨와 아이들에게는 주말이 지나고 나서 슬픈 마음으로 돌아오는 장소가 되었다.

그리고 아난드의 주중의 삶은 불행했다. 비스와스 씨가 (기도하는 한센병 환자들의 사진이 첨부된) 캐카캐캐어 한센병 환자 정착촌과 (기도하는 소년범들의 사진이 첨부된) 소년범 구류 시설의 훌륭한 성과에 관한 특집 기사를 쓰느라 애를 먹고 있을 때 아난드는 엄청난 양의 지리와 영어 과목 필기 내용을 적고 외어야 했다. 교과서는 외면당했다. 오직 교사의 수업 내용을 필기한 것만이 중요했다. 한눈을 팔면 즉시 가혹한 처벌을 받았다. 매를 맞고 칠판 뒤에 서 있는 아이가 없는 날이 없었다. 왜냐하면 이 반이 장학금 시험 특별반이었기 때문이었다. 그리고 장학금 시험 특별반에서는 훌륭한 시험 결과를 내는 것 이외에 어떤 것도 중요하지 않았다. 교사들도 자신이 뭘 해야 하는지 잘 알고 있었다. 집에서 비스와스 씨는 아난드에게 『자립』을 읽어주었고, 생일에는 『의무』를 선물로 주면서 순전히 변덕으로 학교판(版) 램의 『셰익스피어로부터 나온 이야기』*도 함께 주었다. 이 장학금 시험 특별반의 학생들에게 쾌활하고 책임감 없이 보내는 시기인 유년기란 영작문에 나오는 가공의 이야기들 중 하나일 뿐이었다. 오직 작문 시간에만 그들은 기쁨에 겨운 비명을 지를 수 있었고 활력이 넘치다 못해 노래를 불렀다. 그리고 오직 그 시간에만 아이들은 '아이들의 짓궂은 장난'이라고 작문 공책에서 부르던 것을 맘껏 할 수 있었다.

어린 시절 동안은 훗날 밝혀질 뛰어난 소질을 감추고 사는 새뮤얼 스마일스 작품의 주인공들의 예를 따라서 아난드는 학교 수업을 빼먹기 위해 최선을 다했다. 그는 아픈 척했다. 무단결석하고 변명 거리를 위조하고 나중에 들통이 나서 매를 맞았다. 또한 신발을 망가뜨리기도 했다. 어느 날 오후에는 과외 수업을 빼먹었는데, 선생님에게는 그날 오후 3시 반에만 드릴 수 있는 힌두교 기도 의식 때문에 집에 가고 싶다고 하고 부모에게는 선생님의 어머니가 돌아가셔서 선생님이 장례식에 가야 한다고 말했다. 비스와스 씨는 선생의 호감을 사고 싶은 나머지 그다음 날 학교에 자전거를 타고 가서 심심한 위로를 전했다. 아난드는 어린 악당(선생은 이 말이 속어처럼 들린다 하여 평가에서는 빼버렸다)이라 불렸고 매를 맞은 후 칠판 뒤에 서 있게 됐다. 집에서 비스와스 씨는 이렇게 말했다. "그 과외 수업은 내가 돈을 내는 거야, 알겠니." '짓궂은 장난'은 오직 영작문 시간에만 허용되는 것이었다.

아난드의 남자 사촌 형제들 중 대부분은 브라만의 성인식**을 치렀

---

* 찰스 램Charles Lamb이 셰익스피어 작품을 어린아이들도 볼 수 있게 줄거리 위주로 각색 편집한 책으로 1813년 편찬되었다.
** 삭발 의식(Churakarana 또는 Mundana)은 아이가 머리를 삭발하는 관습이다. 보통 성년식upanayana 때 이 의식을 행한다.

다. 비스와스 씨와 마찬가지로 아난드도 종교 의식에 대해 별로 관심이 없었지만 이 의식을 보고 난 뒤 즉시 거기에 매혹되었다. 사촌들은 머리를 밀고 성뉴를 걸치고 비밀스러운 시를 읽은 후 작은 꾸러미를 받고 바라나시*로 공부를 하도록 보내졌다. 이 마지막 순서는 흉내만 냈다. 그 의식에서 가장 마음에 드는 것은 머리를 깎는 것이었다. 머리를 깎은 아이들은 대부분의 기독교 학교에 갈 수 없었기 때문이다. 아난드는 성년식을 하겠다고 강하게 주장하기 시작했다. 그러나 비스와스 씨가 편견을 가지고 있는 걸 알고 있었기에 아난드는 교묘하게 작업을 했다. 어느 날 저녁 아난드는 비스와스 씨에게 단어의 의미가 달라졌기 때문에 평상시 기도를 진지하게 할 수 없다고 말했다. 원본 기도가 필요한데, 왜냐하면 그렇게 해야 각 단어의 의미를 음미할 수가 있다고 말했다. 비록 자신은 비스와스 씨와 달리 동서(東西) 간의 타협을 원하는 것이 아니라 힌두어로 된 구체적인 기도를 원한다는 점을 분명히 밝히면서, 비스와스 씨가 아난드 자신을 위해 이 원본 기도문을 써줬으면 했다. 비스와스 씨는 그 기도문을 써주었다. 그 후 아난드는 샤마에게 하누만 하우스에 있는 라크쉬미** 여신의 채색화를 가져와달라고 부탁했다. 아난드는 그림을 자기 테이블 위의 벽에 걸고 라크쉬미 여신에게 자신이 기도를 드리기 전에는 저녁에도 불을 켜지 못하게 했다. 샤마는 유전이 환경을 이긴 이러한 사례를 보며 기뻐했다. 그리고 비스와스 씨도 툴시 집안과 같이 우상을 숭배하는 사나타니스트 힌두교도에 대한 아리아파적인 반감이 있음에도 불구하고 아난드가 기도문을 적어달라고 부탁하는 것에 우쭐한 마음이 드는 것을 감출 수가 없었다. 얼마의

---

* 인도 북부에 있는 힌두교 성지.
** 힌두교의 부(富)의 여신.

시간이 흐르자 아난드는 모든 절차가 부적절하고 흉내만 내는 것에 불과하다며 성년식을 치러야 그런 상태를 벗어날 수 있을 것 같다고 투덜댔다.

샤마는 감격했다.

반면 비스와스 씨는 이렇게 말했다. "방학이 올 때까지 기다려보자."

그리고 방학 기간에 사비와 마나와 캄라가 아조다가 빌린 해변의 집에서 2주간을 보내는 것을 포함한 방학 맞이 친척 순회 방문을 할 때, 이미 머리를 밀고 철저한 브라만이 된 아난드는 민머리를 보이기 부끄러워 포트오브스페인에 남았다. 비스와스 씨는 아난드에게 『맥두걸의 문법책』의 일부를 외우라고 주고, 지리와 영어 과목 필기 내용을 암송하게 하고 들었다. 라크쉬미를 위한 저녁 예배는 끝이 났다.

*

그해 말이 다가올 때쯤 시카고에서 편지 한 통이 비스와스 씨에게 왔다. 우표에는 '외설스러운 편지는 우체국장에게 신고해주십시오'라는 소인이 찍혀 있었다. 비록 봉투는 길었지만 편지는 간단했고 편지지 3분의 1 정도는 요철 인쇄 방식으로 붉은색과 검은색으로 화려하게 인쇄된 한 신문사의 레터헤드*가 차지하고 있었다. 그 편지는 버넷 씨에게서 온 것이었다.

---

* 신문사, 학교, 회사 등의 단체가 쓰는 사무용 서신 용지에 자기 단체의 주소나 전화번호를 맨 위에 인쇄한 부분.

친애하는 모헌에게. 자네가 알 수 있듯이 나는 나의 작은 서커스단을 벗어나 예전 일로 돌아왔네. 사실 내가 서커스단을 떠난 것은 아니었어. 서커스단이 날 버린 거지. 트리니다드에서 해고된 것과는 달라. 어쨌든, 세인트 제임스에서 온 그 아이에게 작은 미국산 장작불 위로 걸어가라고 했더니만 그 애가 도망을 가버렸다네. 영영 말이야. 내 추측에 그 앤 아마 엘리스 섬 근방에서 찾는 이 하나 없이 살고 있을 거야. 뱀 마술사는 잘 지내다가 그만 뱀에 물려버렸다네. 우리가 그 사람 장례를 잘 치러주었어. 내가 여기저기 다니면서 임종을 지킬 힌두인 성직자를 찾아다녔는데 소용없었어. 난 내가 맡은 역은 할 작정이었는데 그 역할의 옷을 못 입겠더라고. 머리도 못 쓰겠고 꼬리도 달 수가 있어야지. 가끔 『센티널』도 본다네. 한번 미국에 오는 것은 어때?

그 편지가 농담조로 쓴 것이고 그 안에 있는 어떤 것도 진지하게 받아들여야 하는 것은 없었지만, 버넷 씨가 그 편지를 썼다는 것 자체에 비스와스 씨는 가슴이 뭉클했다. 그는 즉시 답장을 쓰기 시작하여 새로운 간부진에 대한 자세한 비방으로 여러 페이지를 채워갔다. 그는 자신이 밝고 초연하게 살고 있다고 생각하고 있었지만, 자신이 쓴 것을 점심시간에 다시 읽어보니 자신이 원한에 깊이 사무친 것 같았다. 그러고는 그 편지에 자기 속마음을 얼마나 많이 드러내놓았는지 깨닫게 되었다. 그는 편지를 갈가리 찢어버렸다. 그는 죽기 전까지 때때로 답장을 쓸 생각을 했다. 그러나 다시는 쓰지 못했다. 그리고 버넷 씨도 다시 편지를 보내지 않았다.

*

학기가 끝나고 지난해에 겪었던 실망을 망각한 아이들은 크리스마
스를 보내려 하누만 하우스로 간다는 이야기를 신이 나서 했다. 샤마는
뒤쪽 베란다에서 어쩌다가 언제부터 가지고 있게 된 건지 아무도 모르
지만 희한하게도 자신의 소유가 된 오래된 수동 재봉틀로 옷을 기우며
몇 시간이고 보냈다. 부러진 나무 손잡이는 붉은색 면으로 감아서 마
치 큰 상처를 입고 피를 철철 흘리는 것처럼 보였다. 동물처럼 생긴 기
계의 가슴, 허리, 엉덩이, 뒤쪽 부분, 그리고 목재 곽은 기름에 절어 시
커멓게 되었고 기름 냄새도 났다. 하지만 샤마가 핏빛 붕대를 감은 재
봉틀의 꼬리 위를 손가락으로 눌러 그 생물체가 철거덕, 우적우적, 숙
덕숙덕 하는 소리를 내게 하여 거기서 깨끗하고 말끔한 천을 뽑아내는
것은 경이로웠다. 뒤쪽 베란다에서는 기계기름 냄새와 새 천 냄새가 났
다. 바닥에 떨어진 핀과 바닥 판자 사이에 긴 핀 때문에 위험하기도 했
다. 아난드는 누나와 여동생들이 이런 지겨운 작업을 즐겁게 하는 것이
놀랍고, 핀으로 꽉 차 있는 옷을 입고도 찔리지 않는 능력도 놀라웠다.
샤마는 아난드에게 긴 꼬리가 달린 셔츠 두 벌을 만들어주었는데 바지
안으로 거의 접어 넣지 못할 정도로 부풀어 오른 그 셔츠는 학교 아이
들 사이에서 인기가 있었다(장학금 시험 특별반의 아이들이라도 장학생
답지 않은 행동을 할 때가 있다).

그러나 하누만 하우스에서는 샤마가 그 당시 만든 어떤 옷도 입지
않았다.

어느 날 오후 비스와스 씨는 『센티널』에서 돌아와 자전거를 앞문으

로 밀어 넣자마자, 누군가가 집 옆에 있는 장미 정원을 파괴하고 붉은 흙과 검은 흙을 섞어 땅을 평평하게 골라놓은 것을 보게 되었다. 장미나무는 한 묶음으로 엮어서 골함석판 울타리 옆에 놔두었다. 겉으로 보기에는 가지가 딱딱하고 얼룩이 생긴 데다 병충해까지 있긴 했지만, 아직까지 희고 물기가 있었으며 깨끗하게 잘려 나간 곳이 어디였는지도 확실히 보였다. 더구나 장미 잎은 모양이 이상하긴 했지만 시들지는 않았다. 잎들도 여전히 생생한 것 같았다.

그는 자전거를 콘크리트 계단에 던졌다.

"샤마!"

그는 거실에서 뒤쪽 베란다까지 발자국 소리를 요란하게 내며 기세 좋게 걸어 들어갔다. 바닥에는 자투리 천과 엉킨 실이 떨어져 있었다.

"샤마!"

그녀가 부엌에서 나왔다. 얼굴에 긴장감이 역력했다. 눈으로 목소리를 낮추라는 신호를 보냈다.

그는 테이블, 재봉틀, 자투리 천, 실, 핀, 부엌 찬장, 난간과 계단 난간을 한눈으로 훑어보았다. 아래쪽 마당 울타리 옆에 서 있는 한 무리의 사람들 가운데서 아이들이 보였다. 애들이 그를 올려다보고 있었다. 이어서 트럭 꽁무니와 오래된 골함석판 무더기와 쌓아놓은 각재(조각낸 목재)와, 머리, 얼굴, 등에 때가 묻은 흑인 노동자 두 명이 비스와스 씨의 눈에 들어왔다. 그리고 세스도 보였다. 황갈색 제복에다 심하게 찌그러진 구두를 신고 상아 담뱃대를 넣은 주머니의 덮개 단추를 채우고 거친 명령조의 태도로 서 있는 세스 말이다.

비스와스 씨에게 그 광경이 선명히 보였다. 한참인 듯 느껴진 시간 동안 그는 그 광경을 꼼꼼히 눈여겨보았다. 이어서 그는 뒤쪽 계단을 달려 내려왔다. 세스가 놀라서 올려다보았다. 트럭 위에서 몸을 구부리고 있던 노동자들도 올려다보았다. 비스와스 씨는 각재들 사이를 더듬으며 찾아다니고 있었다. 그는 각재 하나를 들어 올리려 했는데 크기가 생각과 달라서 포기했다. 샤마가 베란다에서 "안돼요, 안 돼"라고 했지만, 그는 탈색이 된 장미밭에서 더럽고 축축하고 커다란 돌을 하나 집어 들고서 "누가 당신 보고, 와서 내 장미나무 다 베어버리라고 했어? 누구야?"라고 말했다. 이 말은 간신히 목구멍에서 나왔기 때문에 사람들은 그 목소리가 비스와스 씨가 서 있는 곳에서 나는 것이 아니라 그 뒤에 있는 누군가가 말하는 것으로 생각했다. 한 노동자가 화물 트럭에서 뛰어내리자, 세스의 눈에서 경악과 공포가 나타났다. "아빠." 한 소녀가 고함을 질렀고, 비스와스 씨가 팔을 들어 올리자 샤마가 "여보, 여보" 하고 소리를 질렀다. 크고 뜨겁고 억센 손가락들이 그의 팔목을 거칠게 잡았다. 돌이 땅에 떨어졌다.

무기를 빼앗아도 그는 아무 말도 하지 않았다. 세 남자 옆에서, 세스의 꽉 끼는 황갈색 제복과 노동자들의 다 떨어진 작업복 옆에 있는 헐렁한 자신의 무명 양복을 바라보며 비스와스 씨는 자신이 얼마나 나약한가를 느꼈다. 양복 소매에 더러운 손가락 자국이 남았다. 팔목이 잡힌 곳이 타는 듯이 아팠다.

세스가 말했다. "이봐. 자네 때문에 아이들이 놀랐잖아." 그리고 다시 짐을 싣는 사람들에게 말했다. "그래, 그렇게 해."

짐을 내리는 작업이 계속되었다.

"장미나무?" 세스가 말했다. "내 눈에는 검은 세이지 덤불 같아 보이던데."

"예." 비스와스 씨가 말했다. "예! 저도 이모부 눈에 덤불 같아 보인다는 건 압니다. 잘하셨어요!" 그가 덧붙였다. "아주 잘하셨어요!" 몸을 돌리다 비스와스 씨는 탈색된 돌이 깔린 정원 바닥에 걸려 넘어졌다.

"이런!" 세스가 소리쳤다.

"잘하셨어요!" 비스와스 씨가 걸어 나가며 되풀이해서 말했다.

샤마가 그를 따라갔다.

양쪽 울타리에 나와 있던 머리들이 쑥 들어갔다. 커튼도 제자리로 다시 내려졌다.

"깡패들!" 비스와스 씨가 계단을 올라가며 말했다.

"어이, 어이." 세스가 아이들에게 미소를 지으며 말했다. "성질 더럽네. 하지만 내 화물 트럭이 길에서 잘 순 없지."

모습을 보이지 않은 채 비스와스 씨의 목소리가 베란다에서 들렸다. "이렇게 끝낼 순 없지. 장모님이 이 일에 대해 분명히 뭐라고 해명해야 할 거야. 그럼, 그래야지. 셰카도 마찬가지고."

세스가 웃었다. "늙은 암탉과 큰 신 말인가, 어?" 그는 베란다를 올려다보며 힌두어로 말했다. "모든 게 툴시 가의 소유라고 생각하는 사람들이 너무 많아. 자네는 어떻게 이 집을 샀다고 생각하나?"

비스와스 씨가 베란다의 난간에서 나타났다.

아난드는 딴 곳으로 얼굴을 돌렸다.

"내 소송 대리인에게서 듣게 될 거에요." 비스와스 씨가 말했다.

"그리고 이모부와 같이 온 저 두 **락샤스***들도 그래야 돼요. 쟤들도 마찬가지예요." 그의 모습이 사라졌다.

자신들을 힌두교 신화에 나오는 힘센 악마에 비유한 것도 모르고

---

* rakshas: 힌두교의 악마로 부의 신인 쿠베라Kuvera의 보물을 지킨다.

노동자들이 짐을 내렸다.

세스가 아이들에게 윙크를 했다. "너희 아버진 참 더럽게 웃기는 종자야. 여기가 제 것인 양 굴잖아. 너희들이 태어났을 때 네 아버지는 너희들 밥도 못 먹일 정도였어. 아버지에게 물어봐라. 그런데 나에게 은 혜를 이렇게 갚지 않았냐? 요샌 모든 사람이 나에게 대들어. 아니냐?"

"사비! 미나! 캄라! 아난드!" 샤마가 소리쳤다.

"네가 너희 아버지를 골라서 너희 엄마랑 결혼을 시킬 때 너희 아 버지가 뭘 했는지 아니? 알아? 아버지가 얘기해주디? 네 아버지는 게 잡이도 못했다. 파리만 잡고 있었지."

"사비! 아난드!"

아이들은 세스가 무섭고, 그 집이 무섭고, 비스와스 씨가 무서워서 이러지도 저러지도 못하고 있었다.

"오늘, 한번 봐라! 흰 양복에 칼라에 넥타이까지. 그리고 날 봐라. 난 너희들이 태어나면서 날 봤을 때처럼 여전히 더러운 옷을 입고 있 어. 은혜를 갚아, 어? 너희들에게 분명히 얘기해둬야겠다. 내가 오늘 그 사람들 모두, 너희 아버지, 어머니 할 것 없이 모두 버리면 그 사람 들은 내일부터 게나 잡으면서 살 거다. 암, 그렇고말고."

집 안 어디선가 높고, 화난 것 같은, 그러면서 뭐라고 하는지 알 수 없는 비스와스 씨의 목소리가 들렸다.

세스가 화물 트럭으로 갔다.

"어이, 에와트?" 그가 한 짐꾼에게 부드러운 목소리로 말했다. "참 좋은 장미지, 그렇지?"

에와트는 혀를 윗입술 위로 올려서 미소를 지으며 동의하지 않는다 는 듯이 애매모호한 소리를 냈다.

세스는 여전히 화난 목소리로 뭐라 그러는지 모를 말이 들리고 있는 집 쪽으로 턱을 홱 돌렸다. 그는 미소를 지었다. 이어 미소를 싹 거두며 그가 말했다. "이 바보 천치들한텐 신경 쓰지 말자고."

아이들은 뒤쪽 계단의 발치로 갔다. 그곳에선 세스와 짐꾼들이 보이지 않았기 때문이다.

비스와스 씨가 중얼거리는 소리가 잠잠해졌다.

갑자기 외설스러운 욕이 집에서 터져 나왔다. 아이들은 여전히 조용히 있었다. 침묵이 흘렀으며 화물 트럭도 조용했다. 아난드는 울고 싶었지만 그러지 않았다. 그때 골함석판이 다시 부딪히는 소리가 들렸다.

부엌에서 연속적으로 요란한 굉음이 쩌렁쩌렁 들려왔다.

"장미나무를 베다니." 비스와스 씨가 고함쳤다. "베어버려. 다른 것도 다 부숴버려."

비스와스 씨가 이 방 저 방 다니며 물건들을 넘어뜨릴 때 집의 바닥 밑에 있던 아이들은 그들 머리 위의 바닥을 디디는 비스와스 씨의 발자국 소리를 들을 수 있었다.

아난드는 집 아래에서 앞쪽으로 걸어 나가다가 비스와스 씨가 버려둔 자전거를 지나갔다. 인도 위와 도로의 한 부분으로 울타리의 그림자가 드리워져 있었다. 아난드는 울타리에 기대서 그 거리의 조용한 다른 집들, 한 떼의 소년과 젊은 남자들, 그리고 크리켓 선수들과 가로등 주변에서 밤에 잡담을 나누는 사람들을 부럽게 쳐다보았다.

또다시 마당에서 시끄러운 소리가 났다. 비스와스 씨가 물건들을 집어 던지는 소리가 아니라 세스와 에와트와 에와트의 동료가 집 옆에 세워놓은 세스의 화물 트럭을 위해 비스와스 씨의 장미 정원 위에 차고를 짓는 소리였다.

도로 위로 금세 길어진 집과 나무의 그림자가 모양이 일그러지며 점점 알아볼 수 없게 되더니 마침내 어둠 속으로 사라져버렸다.

비스와스 씨가 앞쪽 계단을 내려왔다.

"나와 잠시 걷자."

거절해서 상처를 주고 싶지는 않은 이유뿐이었다면 아난드는 따라 가려고 했을 것이다. 그러나 그는 피해 상태를 꼼꼼히 살펴보고 샤마를 안심시키고 싶은 마음이 더 컸다.

피해는 미미했다. 비스와스 씨가 손해가 적을 물건들만 골라서 부수려고 조심했던 것이다. 샤마의 화장대 거울은 경첩이 떨어진 채 침대 위에 내팽개쳐져 있었는데, 거울은 부서진 데 없이 천장을 비추며 침대 위에 놓여 있었다. 책들은 상당히 심하게 훼손되었다. 특히 『샨카라차리아 선집』*이 엉망이 되었다. 대리석으로 상판을 얹은 툴시 부인의 테이블들은 모두 뒤집혀져 있었다. 대리석 상판이 떨어질 때 나던 소리가 상당 부분 무섭게 들리던 소음의 상당 부분 원인이 되었던 게 틀림없었다. 많은 놋쇠 화분들이 움푹 패었다. 화분은 깨어져 없어졌지만 그 안에 있던 야자수 두 그루는 원래 모양을 그대로 유지하고 있었다. 모자걸이는 앞쪽 베란다의 위가 트인 벽에 기대 반쯤 누워 있었다. 비록 고리 몇 개는 부러졌지만 유리가 온전한 것으로 보아 그쪽으로 살짝 던졌던 것이다. 부엌에서는 유리잔이나 도자기는 전혀 던지지 않았고 항아리, 프라이팬, 양은 접시같이 요란한 소리를 내는 것만 던졌었다.

비스와스 씨가 돌아왔을 때는 이미 기분 상태가 변해 있었다.

"샤마, **어쩌다** 저 대리석 상판이 깨졌어?" 그는 툴시 부인의 말투를

---

* 샨카라차리아는 힌두교의 유명한 종교인 아디 샨카라Adi Shankara의 이름에서 유래한 단어로 힌두교 수도원장을 부를 때 쓰는 호칭이며, 이 책은 힌두교 경전이다.

흉내 내며 물었다. 이어 그는 자기 역을 맡았다. "깨어졌어요, 장모님?, 뭐가 깨졌어요? 아하, 대리석 상판. 예, 장모님, 진짜 깨졌네요. 깨진 것 **같네요**. 아니, 어쩌다 저런 일이 일어났는지 몰라." 그는 부러진 모자걸이의 고리를 살펴보았다. "금속이 이렇게 웃기는 물건인지 몰랐네. 이리 와서 봐라. 사비. 안이 매끈하지 않네, 그렇지. 이건 응축한 모래일 거야." 이 방 저 방으로 차고 다녀서 부속이 다 터져 나온 유선 라디오*를 보고 비스와스 씨는 "오랫동안 이렇게 하고 싶었어. 그 회사는 항상 무료로 교체해주겠다고 했거든"이라고 말했다.

수리 기사가 박살 난 기계를 보고 왜 이렇게 되었냐고 물으니까 그는 이렇게 대답했다. "너무 열심히 들어서요." 그들은 최신 디자인의 새 기계로 교체해주었다.

매일 밤 세스의 화물 트럭이 집 옆 차고에 주차됐다. 비스와스 씨는 툴시의 부동산이 어떤 특정인의 소유라고 생각해본 적이 없었다. 모든 것, 즉 그린 베일의 땅과 체이스의 가게는 단순히 그 집 소유였다. 하지만 화물 트럭들은 세스의 것이었다.

---

* 영어로 Rediffusion set. 유료 라디오 방송을 수신할 수 있는 라디오이다. 유선 라디오 방송은 1928년 설립되어 1940~50년대 영연방 국가에 많이 보급되었다.

3. 쇼트힐스로의 모험

굳건하게 기반을 잡았음에도 불구하고 툴시 가 사람들은 자신들이 아르와카스나 심지어 트리니다드에서조차 정착했다고 생각한 적이 한 번도 없었다. 이곳에 있는 것은 툴시 펀디트가 인도를 떠나면서 시작된 여정의 한 단계일 뿐이었다. 단지 툴시 펀디트가 죽는 바람에 인도로 돌아가지 못했던 것이다. 그래서 그 이후 그 집 사람들은 저녁마다 주랑에 모였던 늙은이들보다는 덜했지만, 어쨌든 인도로, 데메라라*로, 수리남**으로 이주하자는 말을 계속해왔다. 비스와스 씨는 그런 이야기를 별로 심각하게 생각하지 않았다. 그 늙은이들은 인도를 다시는 보지 못할 게 분명했다. 그리고 비스와스 씨는 툴시 가가 아르와카스 이외의 지역에서 사는 것을 상상할 수 없었다. 그 집안사람들이 자기 집과 땅

---

 * 현재는 남아메리카의 가이아나 공화국의 한 지방.
** 남아메리카 북동부에 있는 국가.

을 떠난다는 것은 정통 힌두교도인 그들의 신앙심과 툴시 펀디트를 기억하며 존경해주는 노동자, 세입자, 친구 들을 떠난다는 것을 의미했다. 힌두인들 사이에서의 이 집안의 지위는 이루 말할 수 없이 높은 것이었지만, 포트오브스페인의 집으로 내려왔을 때 알 수 있듯 외지에서는 이국적으로 보일 뿐이었다.

그러나 샤마가 서둘러 아르와카스로 가서 세스가 했던 불한당 같은 짓거리에 대해 전하자 하누만 하우스에서는 난리가 났다. 툴시 가는 이사하기로 결정했다. 그 진흙 벽돌로 지은 집은 버릴 작정이었다. 그리고 모든 사람은 포트오브스페인의 북동쪽, 노던 산맥의 산중에 있는 쇼트힐스의 새로운 대지에 대한 이야기로 꽃을 피웠다.

비록 전쟁 때문에 가게에 수입품이 거의 들어오지 않았지만 크리스마스 기간에 하이 스트리트는 항상 밝고 시끄러웠다. 툴시 가의 가게에는 크리스마스 선물로 오래된 검은 인형들 외에는 아무것도 내놓지 않았고, 비스와스 씨가 만들었지만 이제는 색이 바래고, 껍질이 일어난 간판 외에는 다른 장식품도 없었다. 많은 선반이 비어 있었다. 쇼트힐스에서 사용할 수 있을 만한 모든 것을 짐으로 쌌기 때문이었다.

그리고 샤마의 소식은 새로운 것도 아니었다. 세스와 나머지 가족들 간의 의견 불일치는 이미 공개적인 전쟁으로 바뀌어 있었다. 세스와 그의 아내와 아이들은 하누만 하우스를 떠나 별로 멀지 않은 뒷골목에서 살고 있었다. 그들은 쇼트힐스로 이주하는 데 동참하지 않을 것이었다. 말싸움의 원인이 무엇이었는지는 불분명하지만, 양쪽 모두 다른 쪽을 배은망덕하다느니 배신을 했니 하면서 비난했고 세스는 특별히 셰카를 비난했다. 툴시 부인이나 셰카는 둘 다 아무런 언급도 하지 않았다. 뿐만 아니라, 셰카가 아르와카스에 거의 찾아오지 않는 바람에 말싸움을 담당하는 쪽은 자매들이 되었다. 자매들은 자기 아이들이 세스의 아이들과 말하는 것을 금지했다. 그러자 세스는 자기 아이들에게 툴시네 아이들과 말하는 것을 금지했다. 오직 세스의 아내인 파드마만이 하누만 하우스에서 툴시 부인의 동생이라 하여 환영을 받았다. 결혼을 잘못했다고 파드마를 비난할 수는 없는 노릇인 데다가 대우를 받을 만한 나이도 되었기 때문이다. 관계가 단절된 이후 파드마는 하누만 하우스에 한 번 은밀하게 방문했다. 자매들은 파드마의 충성을 자신들의 대의명분이 옳다는 것에 대한 찬사로 간주했다. 또한 그녀가 비밀스럽게 방문한다는 것을 세스가 무자비하다는 증거로 여겼다.

수확기가 되자 관리자가 없는 사탕수수밭에서는 툴시 가에 원한을 품은 사람들의 악의가 판을 치게 되었다. 두 번의 방화가 벌써 있었고, 세스가 툴시 가의 부동산이 자기 것이라고 주장하며 또 다른 문젯거리를 획책하고 있다는 소문이 떠돌았다. 몇몇 자매의 남편들은 위협을 당했다고 말했다.

그러나 세스에 대한 이야기는 줄어들었고 그 대신 새로운 대지에 대한 이야기가 늘어났다. 샤마는 그곳이 얼마나 멋진 곳인지 나열하는 말을 듣고 또 들었다. 주택이 있는 대지에는 크리켓 구장과 수영장이 있다. 차로에는 오렌지나무와 가늘고 하얀 둥치와 붉은색 열매와 검푸른 잎을 가진 그리그리 야자수가 줄지어 서 있다. 땅 자체도 좋았다. 사만나무*의 넝쿨은 튼튼하고 나긋나긋해서 그네를 탈 수도 있다. 임모텔나무**에서는 하루 종일 새처럼 생긴 붉고 노란 꽃이 떨어져, 그 꽃으로 새처럼 휘파람을 불 수도 있다. 임모텔나무 그늘에는 코코아나무가, 코

----

* 옆으로 넓게 벌어져 버섯같이 생긴 나무. 브라질에 많이 분포한다.
** '에버래스팅'이라고도 불린다.

코아나무 그늘에는 커피나무가 자라고 있고, 나지막한 산들은 통카콩나무*로 덮여 있다. 유실수, 망고, 오렌지, 아보카도는 너무 흔해서 제 멋대로 자라고 있다. 그리고 삼나무나 파우이나무, 가볍지만 탄력이 좋고 강해서 버드나무보다 크리켓 배트를 만들기에 더 나은 부아카노나무는 물론 육두구나무들도 있다. 뜨거운 평원, 몇 에이커나 되는 평평한 사탕수수밭, 진흙투성이의 논만 아는 사람인 자매들은 좋아 죽겠다는 듯이 산과 감천(甘泉), 그리고 눈에 잘 안 띄는 폭포에 대해 얘기했다. 그들만큼 토지를 잘 알지 못한다고 해도, 또 아무것도 하지 않는다 해도 쇼트힐스에서의 삶은 풍요로울 것이었다. 낙농업을 하자고 말하는 사람도 있었다. 자몽을 키우자는 말도 있었다. 보다 특별한 제안으로는 양을 키우자는 것이 있었는데, 아이들에게 자기 것으로 키울 양을 한 마리씩 주어서 거부의 초석을 다지게 하자는, 그럴싸하고 목가적인 계획이었다. 들판에는 말도 있으니 아이들이 승마를 배울 수도 있을 것이었다.

훗날 이렇게 큰 결정이 왜 그렇게 갑작스럽고 혼란스럽게 이루어져서 툴시 가를 모으려는 마지막 노력이 이렇게 집안을 뿌리째 뽑아버리는 방향으로 향하게 되었는지 분명히 기억할 수는 없었지만, 어쨌든 샤마는 부푼 가슴을 안고 포트오브스페인으로 돌아왔다. 그녀는 또다시 자기 가족의 일원이 되어 이 모험을 함께하고 싶었던 것이다.

---

* 중앙, 남아메리카의 열대 지방에서 나는 나무로 달걀처럼 생긴 열매가 있다. 이 열매는 바닐라의 대용으로 쓰이거나 담배의 향이나 기타 향수 재료로 활용된다.

＊

"말이라고?" 비스와스 씨가 말했다. "당신이 거기 가면 분명히 늙은 원숭이가 사만나무 넝쿨에서 그네나 타고 있는 걸 보는 게 전부일 거야. 어쩌다 당신 집안에 이런 광풍이 불었는지 모르겠네."

샤마는 양에 대해서도 말했다.

"양?" 비스와스 씨가 말했다. "타고 다니려고?"

그녀는 세스가 더 이상 가족이 아니라는 것과 세스와의 불화로 하누만 하우스를 떠났던 사위 두 명이 합류하여 쇼트힐스로 이사할 거라고 말했다.

비스와스 씨는 듣지 않았다. "그 양들 말이야. 사비가 한 마리, 아난드도 한 마리, 미나도 한 마리, 캄라도 한 마리를 갖겠지. 그러면 모두 합해 네 마리잖아. 네 마리 양 가지고 뭘 하겠다는 거야? 더 많이 키울까? 팔거나 죽여버릴까? 힌두교도들이 말이야?＊ 가축을 먹이고 살찌우는 것은 오직 죽이려고 그러는 거야. 아니면 우리 여섯 명이 자리 잡고 앉아서 양 네 마리로 모직을 짤까? 당신 모직은 어떻게 짜는지 알아? 당신 식구 중에 모직을 어떻게 짜는지 아는 사람 있어?"

아이들은 알지 못하는 장소로 이사 가는 것이 싫었고 또다시 툴시 집안사람들과 사는 것이 약간 겁이 나기도 했다. 무엇보다 그들은 학교에서 '시골 학생'이라고 불리고 싶지 않았다. 시골 학생의 이점들(오후에 15분 일찍 나갈 수 있는 것)이 창피함을 보상해줄 수는 없었다. 그리

＊ 힌두 사회에서 도축은 아주 비천한 일이다.

고 비스와스 씨는 샤마가 자랑이랍시고 하는 것을 농담으로 비꼬았다. 그는 『벨의 표준 웅변가』에 나오는 「벌거벗은 임금님」을 큰 소리로 읽었다. 이어서 상상의 양 떼를 거실로 몰고 와서 '매'하고 울게 만들었다. 언제나 그러하듯 방학 때에도 비스와스 씨는 도로에서 자전거 벨을 울려서 자신의 도착을 알린다. 그러면 아이들은 상상의 짐을 지고 비틀거리며 한 줄로 서서 그를 맞이하러 걸어 나온다. "사비, 조심해!" 그는 이렇게 소리 지르곤 했다. "저 통카콩나무에 열매가 더럽게 많이 달린 것 안 보여?" 이어서 그는 이렇게 묻곤 했다. "오늘, 모직은 많이 짰니?" 그리고 한번은 아난드가 변기 줄을 당기자마자 거실로 들어오니까 비스와스 씨가 이렇게 말했다. "걸어 돌아왔니? 어쩐 일이냐? 폭포에 말을 두고 온 거야?"

샤마는 골이 났다.

"이봐 가서 금 브로치나 사시지! 아난드, 사비, 미나! 와서 너희 엄마한테 크리스마스 캐럴이나 불러줘라."

아이들은 「밤에 목자들이 양 떼를 돌볼 때」를 불러주었다.

샤마가 계속 시무룩해 있자 누구도 어떻게 해볼 수가 없었다. 그래서 처음으로 식구들끼리만 보낸 첫 크리스마스는 샤마의 우울한 기분 때문에 더욱 기억에 남았다. 냉동고가 없어서 비록 아이스크림을 만들 수는 없었지만 샤마는 최선을 다해서 그날을 하누만 하우스 크리스마스의 축약판으로 만들려고 했다. 그녀는 일찍 일어나 툴시 부인처럼 키스를 받으려고 기다렸다. 테이블에는 흰 천을 깔고 견과류와 대추 그리고 빨간 사과를 차렸다. 그리고 값비싼 음식을 만들었다. 그녀는 모든 일을 제대로 맞춰서 하긴 했지만 마치 순교라도 하는 듯이 했다. "모두 다 당신이 애를 또 낳으려고 한다고 생각할 거야." 비스와스 씨가 말했다. 결국 영작문 추가 과제이자 자연스러운 글씨기 연습의 일환으로, 또한 비스와스 씨가 제안하여 『센티널』 기자 수첩에 쓰기 시작한 그날 일기에 아난드는 이렇게 썼다. "이번 크리스마스는 내가 보낸 크리스마스 중에서 최악이었다." 그리고 그 일기가 가진 문학적 목표를 잊지 않았던 그는 이렇게 덧붙였다. "난 꼭 감화원에 있는 올리버 트위스트 같았다."

그러나 샤마의 마음은 결코 누그러지지 않았다.

*

얼마 후 샤마에게 마음에 쏙 드는 도움의 손길이 뻗쳤다. 그 집이 쇼트힐스로 가고 오는 자매들과 남편들로 북적거리게 된 것이었다. 자매들이 걸친 멋진 옷과 베일, 보석과는 정반대인 그들의 기분 상태는 아마도 샤마에게서 시작되었을 것이다. 자매들은 상처받고 무기력하고 원망하는 여자의 표정을 지으며 비스와스 씨를 노려보았고, 비스와스 씨의 입장에서는 그 표정을 무시하기 힘들었다. 양과 폭포와 통카콩에 관한 농담은 사라졌다. 대신 그는 방문을 꽁꽁 닫고 자기 방 안에 처박혔다. 때때로 자매들이 한참 구슬리면 샤마는 옷을 차려입고 쇼트힐스로 같이 갔다. 돌아올 때 샤마는 더 시무룩했고, 비스와스 씨가 "자, 여보, 한번 말해봐, 말해보라고"라고 하면 대답도 없이 조용히 울기만 했다. 툴시 부인이 오자 샤마는 온종일 울었다.

세스와 말싸움이 있었던 뒤로 툴시 부인은 더 이상 병자 노릇을 하는 것을 그만두었다. 부인은 장미방에서 나와 아르와카스에서 이사하는 것을 지휘하며 이 새로운 열정의 진정한 원천이 되었다. 부인은 비스와스 씨를 설득하여 이주에 동참하게 하려고 애썼고, 이러한 관심에 우쭐해진 비스와스 씨는 장모 말을 진지하게 받아들이게 되었다. 세스는 더 이상 같이 안 살 거야, 하고 툴시 부인이 말했다. 쇼트힐스에서는 모두 무료로 살 수 있을 것이다. 그러므로 비스와스 씨도 자기 월급을 저축할 수 있다. 집을 지을 부지도 아주 많이 있고 대지에서 가져온 목재를 가지고 비스와스 씨 자신이 직접 작은 집을 지을 수도 있다.

"저이는 내버려둬요, 내버려두라니까요." 샤마가 말했다. "집 이야기라고 하는 게 다 나 못살게 굴려고 하는 거라니까요."

"하지만 난 포트오브스페인에서 직장을 계속 가지고 있는데 그 땅에서 무슨 수로 뭘 할 수 있겠어요." 비스와스 씨가 말했다.

"걱정하지 말게." 툴시 부인이 말했다.

그는 부인이 이사 가자고 하는 게 샤마가 부탁해서 그러는 건지, 세스가 없어서 되도록 많은 남자를 부인의 주변에 둘 필요성이 있어서 그러는 건지, 아니면 부인이 열성을 보이는데도 비스와스 씨가 차갑게 굴자 자신의 확신을 잃을까 봐 걱정이 되어서 그러는 건지 알 수 없었다. 결국 어느 날 아침 비스와스 씨는 툴시 부인과 같이 쇼트힐스에 가서 그 땅을 살펴보기로 했다.

비스와스 씨는 아난드를 시켜 『센티널』에 전화를 하게 하고 툴시 부인과 함께 버스 정류장으로 갔다. 그곳에서 그는 걱정에 맘고생까지 했다. 다름이 아니라 툴시 부인이 긴 흰 치마와 베일을 걸치고 팔목부터 팔꿈치까지 팔찌를 주렁주렁 달고 목에는 멍에같이 생긴 금 장식품을 걸치고 있는 바람에 포트오브스페인의 어떤 거리에서도 눈에 띌 만한 복장을 하고 있는 데다가, 사무실에서 나온 누군가가 비스와스 씨를 알아볼까 봐 조마조마했던 것이다. 그는 얼굴을 가리고 가로등에 기대 있었다.

"정기적으로 운행하는 버스가 있네요." 잠시 후 그가 말했다.

"쇼트힐스에서는 버스가 항상 정해진 시간에 출발하지."

"애들에게 양 한 마리씩 주는 대신에 말을 한 마리씩 주는 게 더 나을 거예요. 학교에 타고 가고, 타고 돌아오면 되니까요."

마침내 운전사와 차장만 있는 텅 빈 버스가 왔다. 버스의 몸체는 나무, 주석, 펠트 천, 그리고 덮개가 달리지 않은 커다란 볼트를 가지고 대충 조잡하게 그 지방에서 만든 네모 통으로 소리가 요란했다. 비스와스 씨는 나무로 대충 만든 좌석에 앉아 일부러 요란하게 위아래로 부딪혔다. "미리 연습을 해야죠"라고 그가 말했다.

도시의 맨 끝에는 마라벌 종점이 있었다. 도로는 위로 올라갔다가 다시 내려갔다. 산이 가끔 전경을 가렸다. 30분이 지난 후 비스와스 씨는 로터리 위로 보이는 덤불숲을 가리켰다. "저 땅인가요?" 그들은 다 허물어져가는 판잣집 세 채가 복잡하게 모여 있는 곳을 지났다. 검은 물이 담긴 물통 두 개가 노랗게 굳은 마당 위에 있었다. 비스와스 씨가 물었다. "저건 크리켓 구장인가요? 저건 수영장이죠?"

복잡한 길과 오르막을 여러 번 지나자 도로는 곧은길로 들어섰고, 계속 아래로 꾸준히 내려가다가 넓은 계곡으로 들어갔다. 산은 야생 그대로였고, 나무 꼭대기 뒤로 또 다른 나무 꼭대기가 나타났다. 푸른 잎이 마치 물결이라도 치는 것같이 지나갔다. 그러나 여기저기에서 조용하고 어두운 수풀을 등진 따뜻한 곳에 달개 지붕을 얹은 낡은 초가지붕이 보여 사실 그 황무지가 옛날엔 주택 지구였다는 것을 알 수 있었다. 쇼트힐스의 도로 양쪽으로도 일반 집들과 오두막들이 꽤 넓은 간격으로 수풀에 가려 떨어져 있었다. 그래서 버스에서 보면 쇼트힐스는 마치 휙 하고 지나가는 여러 색깔의 헝겊 조각들인 것 같아 보였다. 지붕에 낀 녹과 분홍색이나 황토색의 벽이 이룬 조화였다.

"포트오브스페인으로 가는 다음 버스는 10분 후에 옵니다." 차장이 대화하듯 말했다. 비스와스 씨가 일어섰다. 툴시 부인이 다시 잡아당겼다. "먼저 차부터 돌리려고 할 거야." 버스는 흙길에서 방향을 돌려서 아보카도 나무 밑 길 가장자리로 주차하러 갔다.

운전사와 차장은 나무 아래에 쭈그리고 앉아서 담배를 피웠다. 길 건너편과 버스가 방향을 돌리던 차도 옆으로 넓은 평지와 둔덕 그리고 거기가 뭐하는 곳인지를 알아볼 수 있는 유일한 표지인 시들어가는 화환들이 비스와스 씨의 눈에 들어왔다.

비스와스 씨는 버려진 작은 공동묘지와 흙길 쪽으로 손을 흔들며 가리켰다. 그 길은 쓰러진 집 몇 채를 지나 덤불 뒤로 사라졌다가, 분명히 그 뒤에 더 많이 있는 것이 분명한 덤불과 제일 끝에 솟아 있는 산 뒤쪽으로 향하는 게 틀림없었다. "저 땅인가요?" 그가 물었다.

툴시 부인이 미소를 지었다. "이쪽이야." 부인이 반대쪽으로 손을 흔들어 보였다.

깊은 구곡(溝谷)*의 양쪽 면은 가팔랐고 바닥은 거석, 돌, 조약돌 순으로 깔끔하게 분리되어 깔려 있었다. 그 구곡 너머로 덤불과 산이 더 많이 보였다. "대나무가 많네요." 그가 말했다. "종이 공장을 차려도 되겠어요."

버스가 얼마나 멀리까지 가는가를 보는 것은 쉬운 일이었다. 흙길이 나올 때까지 도로는 평탄하고 그 한가운데에서는 검고 흐릿한 빛이

---

* 평상시에는 땅이다가 우기가 되면 냇물이 흐르면서 생기는 도랑.

났다. 그러나 흙길 너머로는 도로가 좁아지고 자갈과 먼지투성이에다, 가장자리는 제대로 손을 보지 않아서 경계가 희미했다.

"길을 따라 걸어가야 할 것 같네요." 비스와스 씨가 말했다.

그들은 걷기 시작했다.

툴시 부인이 몸을 구부려 길가에 있는 풀을 뽑았다. "토끼 고기는 어때?" 부인이 말했다. "토끼에겐 이게 최고지. 아르와카스에서 자네는 그걸 사서 먹어야 했지."

타원형을 크게 그리며 서 있는 나무 아래로 도로에 희미하게 그늘이 져 있었다. 햇볕이 자갈돌 위로 흰 얼룩을 드리웠다. 또한 초목의 젖은 이파리 가장자리와 나무 둥치의 검은 융선(隆線) 위로도 얼룩을 드리웠다. 날씨는 서늘했다. 그때 비스와스 씨의 눈에 유실수들이 보이기 시작했다. 아보카도나무가 도로 양쪽에 있는 다른 덤불들처럼 아무렇게나 자라고 있었다. 아보카도 꽃이 지자마자 열리는 아보카도 열매는 크기는 작았지만 벌써 완전한 모양을 갖추고 있었고 얼마 후엔 없어질 윤기도 나고 있었다. 도로와 구곡 사이의 땅이 넓어졌다. 그러면서 구곡의 깊이는 점점 얕아졌다. 그 너머로 비스와스 씨는 키가 큰 임모텔 나무와 붉고 노란 꽃을 보았다. 또한 사람들이 밟고 지나가지 않은 길에는 꽃으로 불이 난 듯했다. 비스와스 씨가 꽃 하나를 따서 입술 사이에 넣고 단물을 빨아먹은 후 혹 불었더니 새같이 생긴 그 꽃에서 휘파람 소리가 났다. 심지어 서 있을 때에도 머리 위로 꽃이 떨어졌다. 임모텔나무 아래로는 코코아나무가 보였다. 이미 성장을 멈춘 가지는 검게 말랐고, 코코아 봉오리는 노란색과 빨간색 그리고 적자주색과 청자주색 사이의 온갖 색으로 반짝이고 있었는데, 이미 다 자란 코코아 빛이 아니라 죽은 가지 위에 밀랍으로 만들어 니스칠을 해 꽂아놓은 것처럼

142

보였다. 그리고 잎과 열매가 풍성하게 달린 오렌지나무도 있었다. 계속해서 비스와스 씨와 툴시 부인은 두 산 사이를 걸어갔다. 길이 좁아지자 드문드문 떨어진 자갈 위를 밟는 그들의 발자국 소리 외에는 아무런 소리도 들리지 않았다. 그런데 멀리서 버스가 콘크리트와 나무로 지은 혼잡한 불모의 도시, 포트오브스페인으로 돌아가는 운행을 막 시작하는 소리가 들렸다. 한 시간도 채 떨어지지 않은 곳에 이런 곳이 있었다니!

구곡이 점점 얕아졌고 이어 여린 풀이 부드럽게 넝쿨져 깔려 있는 웅덩이에 이르렀다. 툴시 부인이 구부리고 앉아 그곳을 휘저었다. 넝쿨이 손가락에 걸렸다. 희미하게 민트향이 났다.

"늙은이 수염*이군" 부인이 말했다. "아르와카스에서는 바구니에다 키웠는데."

여러 갈래로 가지가 뻗어 늘어진 커다란 사만나무 때문에 그 집은 반쯤 가려져 있었다. 불룩하게 솟아난 넝쿨이 가지와 둥치까지 속속들이 붙어 있었다. 까치발 모양으로 갈라진 곳마다 야생 소나무가 지저분한 머리카락처럼 솟아나 있었고 거기에도 넝쿨이 뻗어 있었다. 나무 아래 구곡 옆으로는 양쪽에 오렌지나무가 심어진 짧은 산책로가 있었다. 그리고 오렌지나무 둥치 주변에는 1.2미터 높이의 연두색 타니아가 촘촘히 자라고 있었다. 줄기와 하트 모양의 잎만 있는 타니아는 이슬방울이 빨리 맺혀서 시원했다.

오래된 표지판이 구곡 안에 약간 삐딱하게 서 있었다. 글자들은 탈색되어 희미했다. "크리스토퍼 콜럼버스 로드." 딱 맞는 명칭이었다.

---

* 나무이끼treemoss라고도 불리는 일종의 이끼류로 수염처럼 생겼다. 폐질환이나 각종 감염에 항생제로 천 년 이상 쓰여왔으며 비타민 C가 풍부하다.

이전에 경작을 했기 때문에 풍성하게 열매가 열리는 그 땅이 새롭게 느껴졌다.

"여기가 옛날에는 도로였나 봐." 툴시 부인이 말했다.

비스와스 씨는 세상이 그들에게 각박해지기 전에 이 길 주변으로 이주해 왔던 또 다른 인디언 종족*을 쉽게 떠올릴 수 있었다.

집 설명을 할 때 샤마는 나무가 줄지어 선 차도 끝의 구곡에서 비스와스 씨가 보게 될 집의 전경에 대해서는 어떤 것도 미리 말한 적이 없었다. 그 집은 아래층에 긴 베란다가 있는 2층짜리 집이었다. 그 집은 도로에서 많이 떨어져 있었고, 산 위 가파른 곳에 놓인 넓은 콘크리트 계단 위에 지었기 때문에 주변을 둘러싼 나무들 사이로 하얗게 두드러져 보였다.

하지만 모든 것이 샤마가 말한 그대로였다. 차도 한쪽으로는 크리켓 구장이 있었다. 바닥에 깔린 피치가 붉은색으로 변해 갈라져 있었는데 마을 팀이 매트를 깔지 않았던 게 분명했다. 다른 쪽에는 사만나무와 넝쿨과 야생 타니아 뒤편으로 수영장이 있었다. 물도 없이 바닥엔 금이 가고 모래투성이인 데다가 콘크리트를 뚫고 풀이 나 있긴 했지만 수리해서 깨끗한 물을 채우는 것은 쉬운 일이었다. 그리고 수영장 너머의 인공 둔덕에는 연철을 간 자리 위로 두꺼운 벚나무 가지들이 바닥과 평평하게 손질되어 있었다. 그리고 차도에는 둥치가 하얗고, 붉은 열매와 검푸른 잎이 달린 그리그리 야자수가 있었다. 그 나이 많은 나무들은 너무 크게 자라서 전체가 다 보이지 않았고, 그래서 못 보고 지나칠 수도 있었다.

---

* 인디언은 인도인과 아메리카 원주민을 둘 다 지칭할 수 있다.

그때 크리켓 구장의 맨 끝에서 비스와스 씨는 노새를 보았다. 노새
는 늙고 허약했다. 밧줄이 풀려 있었지만 그놈은 코코아나무를 보호막
삼아 꼼짝도 하지 않았다.

"아!" 비스와스 씨가 침묵을 깨며 말했다. "말들이네요."

"저게 무슨 말인가." 툴시 부인이 말했다.

그들은 차도를 나와 사만나무 밑의 야생 타니아 사이에 섰다. 툴
시 부인이 넝쿨 하나를 잡더니 비스와스 씨에게 주었다. 그가 그걸 쥐
고 있는 동안 부인은 더 가는 넝쿨을 쥐고 잡아당겼다. "밧줄만큼 튼튼
해." 그녀가 말했다. "아이들이 줄넘기를 해도 되겠어."

그들은 잡초가 잔뜩 나 있는 차도를 따라 걸었다. 한쪽 편에 있는
좁은 수로에는 미세한 모래가 물결 모양으로 가라앉아 있었다. "자네는
여기서 모래를 캐서 팔아도 돼." 툴시 부인이 말했다. 그들은 콘크리트
로 얕게 층을 쌓은 넓은 계단으로 왔다. 천천히 층계를 올라가며 비스
와스 씨는 왕좌에 오르는 것 같은 느낌이 자연스레 들었다.

집의 양편에는 폐허가 된 정원이 있었다. 거기에는 철이 아닌데 핀
약간의 금송화 말고 다른 꽃은 없었다. 하지만 금송화 덤불 사이로 '녹
차'와 '루이보스 차'라고 하는 작달막한 관목, 그리고 콘크리트로 가장
자리를 두른 화단의 형태를 볼 수 있었다. 정원의 한쪽 끝에는 콘크리
트 벽을 댄 90센티미터 이상 높이의 원형 화단 위로 줄리망고나무가 서
있었다.

"거긴 사당을 세울 장소야." 툴시 부인이 속삭였다.

그 집은 목재로 만들었지만 화강암 벽돌처럼 보이게 검은 점이 박
힌 회색, 붉은색, 흰색, 그리고 푸른색으로 페인트칠이 되어 있었고 희
끄무레한 선이 선명하게 그어져 있었다. 웅장한 거실과 웅장한 식당은

천 블라인드로 분리되어 있었다. 그리고 쓰임새가 분명하지 않은 방이 여러 개 있었다. 그 집에는 자체 발전기도 있었다. 툴시 부인의 말로는 지금은 작동되지 않고 있지만 고칠 수 있다고 했다. 차고와 하인들의 숙소와 깊은 콘크리트 목욕통이 딸린 실외 목욕탕도 있었다. 지붕을 얹은 복도로 집과 연결된 부엌은 넓었고, 부엌엔 벽돌로 만든 오븐도 있었다. 부엌 바로 뒤에는 산이 솟아 있었다. 그래서 뒤쪽 창문으로 보이는 전경 안에는 몇 미터 안 떨어진 듯한 느낌의 푸른 산등성이도 들어 있었다. 그리고 그 산 위에는 통카콩나무가 자라고 있었다.

"이 집 전 주인이 누구였죠?" 비스와스 씨가 물었다.

"프랑스 사람들이야."

아리아파들과 어울리던 시절 로망 롤랑*의 작품을 약간 알고 있었던 관계로 비스와스 씨는 프랑스 사람들을 존경했다.

그들은 걸으며 구경했다. 침묵과 고독과 허물어진 풍경 속에서 열매를 맺고 있는 덤불. 매력적이었다.

멀리서 버스 소리가 들렸다.

"자." 그가 말했다. "이제 집으로 돌아가야 할 시간인 것 같습니다."

"집이라고?" 툴시 부인이 말했다. "이제 여기가 자네 집이 아닌가?"

*

그렇게 툴시 가는 아르와카스를 떠났다. 그쪽 땅은 세를 주었다. 그래서 세스의 재산 권리 주장과 싸우는 것은 세입자들의 몫이 되었다.

---

* 로망 롤랑(Romain Rolland, 1866~1944): 노벨문학상을 받은 프랑스의 소설가.

툴시 가게는 포트오브스페인의 한 상사에 임대되었다. 포트오브스페인에 있는 다세대 주택 중의 하나가 매각되자 샤마는 집세를 거두는 의무에서 해방되었다. 승리를 거둔 후에도 여전히 뚱해 있었던 샤마는 그제야 비로소 툴시 부인이 포트오브스페인의 집세를 올리려 했었다는 사실을 폭로했다. 비스와스 씨는 충격을 받았다. 더욱 충격을 받았던 것은 샤마가 자기 회계 장부를 내놓으면서 비스와스 씨의 봉급이 어찌하여 들어오자마자 식료품을 사는 데 쓰였고 어쩌다가 샤마의 빚이 늘어나게 되었는가를 보여줄 때였다.

쇼트힐스가 가졌던 고독과 침묵은 엉망이 되었다. 마을 사람들은 그 침략에 대해 아무런 항의도 하지 않고 거의 무관심하게 받아들였다. 마을에는 프랑스인, 스페인인, 흑인 들이 보기 좋게 섞여 살았는데, 포트오브스페인에 인접한 곳이었지만 폐쇄적이고 독특한 공동 사회를 형성하고 있었다. 그들에게는 시골 사람들의 느긋함과 정중함이 있었고, 영어를 쓸 때에도 자기들끼리 사용하는 프랑스의 한 지방 사투리에서 나온 억양이 배어 있었다. 그 사람들은 그 집터에 약간이나마 권리를 행사하는 듯이 보였다. 거의 매일 오후에 크리켓 구장에서 크리켓을 하고 일요일마다 시합을 했던 것이다. 일요일이 되면 마을 사람들이 온 마당을 사실상 차지했다. 툴시네 사람들이 이사를 오고 난 후 얼마 동안 연애를 하는 커플들이 오후에 오렌지나무 산책길과 차도 쪽에서 어슬렁거리다가 때때로 코코아나무 숲 속으로 사라지곤 했다. 그러나 이러한 풍습은 곧 사라졌다. 모퉁이를 돌 때마다 툴시네 집 식구 한 명씩과 마주쳐서 기겁을 한 커플들이 구곡을 따라 더 멀리 갔기 때문이다.

쇼트힐스로 이사 왔을 때 비스와스 씨의 첫인상은 툴시 가족이 늘었다는 것이다. 세스와 그의 가족은 없었다. 하지만 이런저런 이유로 하누만 하우스를 떠나서 살고 있던 자매들이 자기네 가족을 데리고 왔다. 그리고 결혼한 손자, 손녀와 그들의 가족도 있었다.

비스와스 씨에게는 위층의 중앙 복도 근처에 있는 동일한 크기의 방 여섯 개 중에서 하나가 할당되었다. 한 부부가 각각 방 하나를 받는 호텔 비슷한 구조로, 과부들과 아이들은 아래층의 공동 구역을 옮겨 다니면서 생활했다. 비스와스 씨의 방은 그의 가족의 본부가 되었다. 아난드가 숙제를 하는 곳도 그곳이었고, 아이들이 불평하러 오는 곳도 그곳이었으며, 비스와스 씨가 아이들에게 개인적으로 맛있는 음식을 먹으라고 주는 곳도 그곳이었다. 사주식 침대, 샤마의 화장대, 책장과 책상, 테이블이 이 방에 있었다. 나머지 비스와스 씨의 가구인 흔들의자, 모자걸이, 부엌 찬장은 밤에 아이들이 흩어지듯 집 여기저기에 배치되었다.

하누만 하우스의 거실 가구도 이와 유사하게 흩어졌다. 이 집은 사용하는 곳과 사용하지 않는 곳으로 구획을 나누는 것이 불가능했기에, 왕좌같이 생긴 의자들이랑 조각상과 꽃병은 거실에 남았다. 그래서 겉으로 보나 쓰임새로 보나 그 거실은 곧 하누만 하우스 홀의 복사판이 되었다.

하누만 하우스에서 한 번도 본 적이 없었던 동서가 복도의 바로 반대쪽에 살게 되어 비스와스 씨가 처한 상황에 왠지 모를 불쾌감을 보태주었다. 키가 크고 깔보는 듯한 인상의 그 사람은 비스와스 씨를 보자마자 바로 콧구멍을 떠는 것으로 싫은 내색을 표현했다.

아난드가 말했다. "프라카시가 그러는데, 아빠보다 자기 아빠에게 책이 더 많대요."

비스와스 씨는 아난드를 보내 프라카시의 아버지가 어떤 책을 가지고 있는지 알아 오게 했다.

아난드가 보고했다. "책들이 전부 크기가 같아요. 표지에는 '부츠' 마크가 찍힌 녹색 방패가 있어요. 그리고 그 책 모두 W. C. 터틀*이라는 사람이 쓴 책이에요."

"쓰레기군." 비스와스 씨가 그렇게 말했다.

"쓰레기래." 아난드가 프라카시에게 그렇게 말했다.

"당신이 내 책을 쓰레기라고 했어?" 며칠 후 아침에 둘이 동시에 방문을 열었을 때 프라카시의 아버지가 비스와스 씨에게 물었다.

"그런 적 없는데."

그 사람 콧구멍이 떨렸다. "에픽테토스와 『맨 섬의 사나이』와 새뮤얼 스마일스는 어때?"

"당신이 어떻게 내 에픽테토스에 대해 아는데?"

"당신은 어떻게 내 책에 대해서 알게 되었는데?"

그 후 비스와스 씨는 나갈 때마다 방문을 걸어 잠갔다. 그 소식이 퍼지자 이러쿵저러쿵 하는 말이 돌았다.

"그래, 벌써 시작한 거예요?" 샤마가 말했다.

*

쇼트힐스에 도착한 후 모든 사람은 양과 말을 기다렸다. 또한 수영장이 수리되는 것과 차도에 잡초를 뽑는 것과 정원을 정리하고 발전기를 고치고 집에 새로 페인트칠이 되기를 기다렸다.

---

* W. C. Tuttle(1883~1969): 미국의 작가, 대본가. 서부 카우보이, 탐정 등에 대한 소설을 썼다.

기다리면서 아이들은 사만나무에서 넝쿨을 벗겨냈다. 하지만 이 별나고 재미있는 넝쿨들은 크게 쓰임새가 있지는 않았다. 왜냐하면 그 넝쿨들은 툴시 부인이 말했던 것과는 달리 줄넘기를 하기에 좋지 않았기 때문이다. 가는 넝쿨은 쉽게 닳았고 두꺼운 것은 다루기가 힘들었다. 하리는 정원 끝의 높은 화단에 있는 줄리망고나무를 베어 개집같이 생긴 상자형의 작은 오두막을 지었다. 이것이 사당이었다. W. C. 터틀의 책을 읽는 동서는 거실에 커다란 라크쉬미 여신의 프린트 액자를 걸고 매일 저녁 그 그림 앞에서 자신만의 기도를 올렸다. 프라카시는 자기 아버지가 이런 문제에 대해서 하리보다 아는 것이 많다고 말했다. 부엌에 있는 벽돌 오븐은 평평하게 고쳤다. 집과 부엌 사이의 지붕을 얹은 복도는 철거되고 빈자리에는 오래된 골함석판과 뒤에 있는 산등성이에서 꺾어 온 나뭇가지로 지붕을 이었다.

아난드의 참을성은 금세 소진되었다. 아이들 사이에서 그 집이 곧 페인트칠이 될 것이며 오래된 페인트를 먼저 벗겨내야 한다는 소문이 퍼지자, 아난드는 곧 화강암 벽돌 위에서 함께 작업할 조수 열두 명을 구했다. 아이들은 다른 사람들이 알아차리기도 전에 이미 회색 베란다 벽에다가 분홍색과 크림색의 흠집을 잔뜩 만들어놓았다. 그리고 이들이 힘써 한 일로 인해 보수 공사는 결국 집단 매질로 변해버렸다.

비스와스 씨도 역시 보수 공사를 기다리기는 했다. 하지만 큰 관심은 없었다. 그에게 있어서 쇼트힐스는 모험이자 막간이었다. 그가 할 일이 툴시 가에서 독립하는 것이라면 쇼트힐스는 해고에 대비한 보험이었다. 또한 그곳은 돈을 저축할 기회와 도둑질을 할 기회를 주었다. 그렇다. 그는 도둑질을 하고 있었다. 다시 말해 한 번에 오렌지 여섯 개와 아보카도 열매 여섯 개와 자몽과 레몬을 세인트 빈센트 스트리트에 있는 한 카페 주인에게 팔면서 자신의 뒷마당에 갖가지 과일나무가 있다는 이야기를 지어냈다. 돈은 얼마 되지 않았지만 규칙적으로 들어왔고 훔칠 때의 스릴도 달콤했다. 도둑질! 도둑질이라는 단어의 음이 비스와스 씨를 흥분시켰다. 그는 아침의 냉기 속에서 자기 식의 휘파람을 불며 자전거를 타고 직장으로 출근하다가 불쑥 자전거에서 잽싸게 뛰어내려 좌우를 살펴보고는 오렌지나 아보카도 열매를 따서 안장 바구니 안에 집어넣고 다시 안장에 폴짝 뛰어올라서 휘파람을 불며 균형을 잡아 자전거를 타고 갔다.

어느 날 오후 비스와스 씨가 돌아와보니 벚나무가 잘리고 인공 둔덕이 약간 파헤쳐지고 수영장 일부도 흙으로 채워져 있었다. 주말이 되자 둔덕은 납작한 검은 터로 바뀌었고 수영장은 더 이상 보이지 않았다. 텐트 하나가 수영장이 있던 장소에 세워졌다. 그리고 자매들과 그들의 남편들은 아르와카스에서는 돈을 주고 대나무를 샀는데, 이렇게 많은 대나무가 근방에 있어서 여기서는 돈을 주지 않아도 된다는 것이 정말 좋다고 되풀이해가며 말했다.

그 텐트는 결혼식 하객들을 위한 것이었다. 샤마의 질녀들이 집단으로 결혼식을 올리고 나갈 예정이었다. 이사하기 전에 이미 한 결혼식이 예정되어 있었다. 그런데 쇼트힐스에서 별일 없이 지내는 동안 집단 결혼식에 대한 구상이 무르익었던 것이다. 행사는 갑작스럽고 빠르게 진행되었다. 세부 사항(신랑과 지참금)은 쉽게 타결되고, 아직 엉망인 대지는 잊어버린 채, 모든 에너지를 결혼식들을 준비하는 데 쏟았다. 결혼식이 있기 며칠 전 하객, 하인, 댄서, 가수, 연주자 들이 아르와카스에서 왔다. 그들은 텐트, 베란다, 차고, 부엌, 집 사이에 지붕을 얹은 공간에서 잤고 낮에는 공터와 숲을 돌아다니면서 도둑질을 했다.

장식을 위해 상당량의 대나무가 쓰였다. 차도와 산책로에 수직으로 대나무 막대를 세우고 다시 수평으로 대나무 막대를 일렬로 엮었다. 일렬로 평평하게 세운 대나무마다 기름을 채우고 심지를 꽂았다.* 그렇게 하니, 결혼식 날 밤에는 깜박거리는 수많은 작은 불꽃이 어둠 속에 매달린 것 같았다. 조명이 흐릿해서 윤곽만 드러난 나무들은 우람해 보였다. 땅바닥은 마치 한밤의 동굴처럼 아늑한 느낌을 자아냈다. 신랑 일곱 명이 마차 일곱 대를 타고 드럼 연주팀 일곱 팀과 함께 왔고 그 뒤로 멍한 표정의 마을 사람들이 따라왔다. 콘크리트 계단의 끝에서 환영 의식이 일곱 번 벌어졌고 이때를 위해 평평하게 다져놓은 정원의 한쪽에 지어진 결혼 텐트에서 밤새도록 결혼식이 일곱 번 진행되었다. 그동안 수영장 터에 세운 텐트에서는 노래와 춤과 향연이 벌어졌다.

결혼식이 끝나자 그 집의 인구는 일시적으로 일곱 명이 줄어들고 하객들은 사라지고 엉망이 된 정원과 수영장 위에 지어진 텐트들도 철거되었다. 그러자 사람들은 모두 작은 크리켓 관람석을 다시 복구하고, 차도를 청소하고, 차도의 지하 수로를 고치고, 수로에 쌓인 찌꺼기를 제거하고, 산기슭에 있는 상록수 울타리도 가지런히 정리하고, 없애지 않은 정원에도 다시 나무를 심게 되기를 다시 기다리기 시작했다. 시키는 사람은 없었으나 아이들은 스스로 할 수 있는 일을 했다. 그럼에도 불구하고, 아이들의 산발적인 노력은 집 마당에 별 다른 변화를 만들지 못했다. 아이들은 어디에 쓰는지도 모르고 산등성이에서 통카콩을 주워 차고 안에 넣었고, 그곳에서 통카콩은 금방 썩어 냄새가 났다.

그때 갑자기 양 몇 마리가 나타났다. 바싹 마르고 털이 빠진 멍한

---

* 옛날 인도의 왕족들이 하던 풍습으로 현대에는 거의 사라졌다.

표정의 양 여섯 마리였다. 아이들은 양을 가지게 될 것이라는 약속을 듣긴 했지만 털이 많은 양을 기대하고 있었으므로 이 양들을 달라고 몰려드는 아이들은 없었다. 양들은 크리켓 구장에서 풀을 야금야금 뜯어 먹으며 아이들과 크리켓을 하는 사람들을 짜증나게 했다.

코코아나무나 오렌지나무는 아무도 보살피지 않았다. 한 주 한 주가 지날수록 덤불이 더 많이 자랐다. 그러자 방치된 듯이 보이던 그 땅은 이제 버린 땅같이 되기 시작했다. 보수 계획을 짜거나 지시하는 사람은 아무도 없었다. 툴시 부인은 이사를 진두지휘하기 위해 자신의 병실에서 갑자기 나왔을 때처럼 지금은 갑자기 자취를 감춰버렸다. 그녀는 엉망이 된 정원과 하리가 판자로 지은 사당이 보이는 아래층의 작은 방을 차지했다. 하지만 부인의 창문은 닫혀 있었고, 부인은 하루의 대부분을 빛과 공기가 들어오지 않게 방의 틈새를 막아 암모니아 냄새가 감도는 어둠 속에서 수실라와 미스 블래키의 시중을 받으며 보냈다. 마치 부인의 에너지는 세스와 말씨름을 할 때만 충천했다가 썰물이 일듯 다시 더 깊은 피로와 슬픔 속으로 침잠해 들어간 듯했다.

어느 날 고빈드는 크리켓 관람석을 산산조각 냈다. 그 자리에는 엉성한 외양간이 지어졌고 비스와스 씨는 자신의 암소가 거기 있게 될 거라는 소식을 듣고 깜짝 놀랐다.

"암소! 내 **암소라고!**"

뮤트리라는 이름을 가진 그 암소는 재봉틀과 함께 샤마가 몰래 가지고 있던 것 중의 하나였다는 사실이 밝혀졌다. 뮤트리는 아르와카스 부지에서 툴시 가족의 다른 암소와 같이 지내고 있었던 것이다. 상처 자국이 난 짧은 뿔을 지닌 그 암소는 힘이라고는 없는 늙고 검은 암소였다.

"우유는 나와?" 비스와스 씨가 물었다. "송아지도 낳고?"

"풀 한 포기 줘봤어요?" 샤마가 대답했다. "물은요? 사료는요?"

고빈드가 암소들을 돌봤고 그 이유만으로도 비스와스 씨는 더 이상 질문을 하지 않았다. 고빈드는 점점 더 무뚝뚝해졌다. 그는 좀처럼 누구에게 말을 걸지 않았고, 대신 암소들에게 자신의 분노를 발산했다. 그는 두껍고 긴 나무로 암소들을 때렸으며 우유를 짤 시간에 암소들이 약간만 잘못해도 화를 냈다. 그 동물들은 신음 소리를 내거나 움찔하거나 화를 내는 법이 없었다. 단지 뒤로 물러설 뿐이었다. 누구도 보호해 주지 못했다. 그러면서 누구도 불평하지 못했다.

비스와스 씨는 "불쌍한 뮤트리"라고 말했다.

암소와 양들이 나타나자 크리켓을 하는 사람들은 없어졌다. 크리켓 구장은 진흙과 분뇨 천지로 변했고 누군가가 가장자리에 호박 넝쿨을 심었다.

그 후 나무 베는 일이 시작되었다. 하루아침 사이에 W. C. 터틀의 책을 읽던 그 사람이 차도를 따라 서 있던 그리그리 야자수를 베어버렸다. 그는 땀을 흘리며 집으로 돌아왔고 수돗물이 하나도 나오지 않는 까닭에 물통에 담긴 물로 목욕을 했다. 툴시 부인은 아르와카스에 사는 친구가 먹으면 좋다고 말했다는 그 야자수의 고갱이를 먹었고 아이들은 붉은 열매를 먹으며 위안을 받았다. 그러고 나자, 고빈드가 오렌지 나무는 병충해가 들고 뱀을 꼬이게 하고 도둑들이 숨을 수도 있다고 주장하면서 그 나무들도 베어버렸다.

"여기에 뭐가 있을 거라고 생각할 천치 같은 도둑들이 어디 있다고." 비스와스 씨가 말했다. "그 사람들이 나무를 자르는 건 오렌지를 따기 쉽게 하려고 그런 것뿐이야."

고빈드와 친타 그리고 그들의 아이들은 오렌지를 따서 자루에 담고 버스를 타고 포트오브스페인으로 가지고 갔다. 모두 누가 돈을 받았는지 궁금해했다. 오렌지나무는 도끼로 잘라 통나무로 만들어 부엌에서 태웠는데, 이끼가 앉은 나무껍질에 불이 아주 잘 붙었다.

아이들은 실망했다. 아이들은 통카콩 열매를 모으고 포트오브스페인으로 보낼 오렌지와 아보카도를 따는 일을 억지로 해야만 했다. 토요일에 차도에서 잡초를 뽑았던 적도 여러 차례였고, 어른들의 독려로 누가 가장 잡초를 많이 모아서 높게 쌓나 하는 실속 없는 대회도 해야 했다.

배관은 여전히 수리되지 않았다. 서열이 낮은 남편 몇 명이 산기슭에 화장실을 세웠다. 사용되지 않는 실내 화장실은 재봉실이 되었다.

오렌지나무와 야자나무가 있던 곳에는 어린 묘목이 차도를 따라 심어지고 대나무 말뚝을 두른 울타리도 만들어졌다. 암소들은 크리켓 구장 울타리를 무너뜨렸다. 양은 도망 다니다가 대나무 말뚝을 무너뜨리고 어린 묘목 껍질을 깨끗하게 발라 먹었다. 차도 양쪽에 있는 수로에서는 찌꺼기가 올라왔다. 콘크리트 지하 수로에서 금이 간 곳과 넓고 야트막한 계단에서는 잡초들이 자라났다.

매일 아침 하리는 폐허가 된 정원에 자신이 상자용 널판으로 만든 판잣집 신당에서 기도문을 외우고 종을 울리고 징을 쳤다. 그리고 비스와스 씨가 이제는 W. C. 터틀이라고 생각하고 있는 그 남자는 매일 저녁 거실에 있는 프린트 액자 앞에서 자신의 기도문을 외웠다. 툴시 집 안사람들이 산기슭에 쌓기 시작한 쓰레기 더미는 더 높이, 더 넓게 퍼져갔다. 아무도 돌보지 않고 별 소득도 나지 않는 양은 아직 살아 있었다. 암소에게서는 우유를 짰다. 호박 넝쿨은 분뇨 섞인 진흙에서 급속도로 퍼져가며 허약하게 생긴 노란 꽃을 피웠다. 처음 열린 호박은 툴시 집안이 거둔 최초의 열매라 하여 열정적인 환영을 받았다. 그리고 아무도 왜 그런지는 모르겠지만, 여하튼 여자들이 호박을 자르는 것을 금하는 힌두교의 금기 사항 때문에 한 남자가 그 일을 하도록 요청받았다. 그 남자는 바로 W. C. 터틀이었다.

발전기를 부수고 거기서 나온 납을 녹여 아령을 만든 사람도 바로 W. C. 터틀이었다. 가구 공장을 시작할 거라고 발표한 사람도 W. C. 터틀이었다. 삼나무 수십 그루가 잘리고 톱질이 되어 차고에 쌓였다. 그리고 W. C. 터틀은 테오필이라는 흑인을 데리고 오려고 자기 마을로 사람을 보냈다. 테오필은 대장장이였는데 자동차의 출현으로 일이 신통찮았다. 그는 거실 밑의 작은 방에 머무르며 하루 세 끼 식사를 제공받았고 삼나무 판자 사이에서 마음대로 작업을 했다. 테오필은 벤치를 여러 개 만들었다. 자신감을 얻은 그는 커다랗고 모양이 정확하지 않은 타원형 테이블을 조립했다. 그 후 보초대처럼 생긴 옷장을 여러 개 만들었다. 접합 부분은 깔끔하지 않았고 문짝도 맞지 않았다. 또한 재질이 무른 그 나무에는 수없이 많은 망치로 찧은 작은 흠집이 보였다. 착색제를 바르고 니스칠을 하고 나면 흠집들이 안 보일 거라고 말한 사람들은 W. C. 터틀과 그의 아내와 아이들 그리고 테오필 자신이었다. 그리고 툴시 집안사람들이 더욱 열렬히 환호를 보내자 테오필은 모리스식 안락의자를 만드는 작업에 돌입했다. W. C. 터틀은 책장을 주문했다. 비스와스 씨도 책장을 주문했다. 비스와스 씨의 책장 문은 꼭대기가 비스듬해서 양쪽을 다 닫으면 중간 부분이 뾰족하고 높게 모였다. 테오필은 그게 유행이라고 했다. 그때쯤 타원형 테이블의 판자들이 오그라들고 접합 부분이 느슨해지고, 왁스가 떨어져 나가고, 옷장 문이 닫히질 않았다. 테오필은 톱과 망치와 못을 가지고 테이블과 옷장을 고쳤다. 이어서 의자들과 책장에 보수가 필요하게 되었다. 곧이어 옷장에 또다시 문제가 생겼다. 테오필은 자기 마을로 쫓겨났고 더 이상 가구 공장에 대해서 아무도 말하지 않게 되었다. 모리스식 안락의자는 부순 다음 장작으로 썼다. 몇몇 간 큰 아이들은 밤에 테이블 위에서 잤다. 툴시 부인의 대리인인 것처럼 굴던 W. C. 터틀은 차고에 있던 삼나무 판자를 팔아치웠다. 얼마 지나지 않아 그는 화물 트럭 한 대를 샀고 미국인들에게 그것을 빌려주었다.

그때쯤 미국인들이 마을로 들어왔다. 미국인들이 산의 어디엔가 초소를 세우기로 결정하는 바람에 밤낮으로 스키드 체인을 채운 군용 트럭이 마을을 통과해 지나갔다. 공동묘지 옆에 있는 차도는 넓혀졌고 멀리서 보이는 암녹색의 산에는 검붉은색의 얇은 선이 위쪽으로 지그재그를 그리며 올라갔다. 툴시 집안의 과부들은 힘을 합쳐 그 차도의 한쪽 구석에다 오두막을 짓고 코카콜라와 케이크, 오렌지와 아보카도로 그곳을 채웠다. 미국 군용 트럭은 멈추지 않았다. 과부들은 약간의 돈을 써서 주류 판매 허가증을 땄고, 불안하기 그지없는 마음으로 여러 상자의 럼주를 사느라 더 많은 돈을 썼다. 트럭은 멈추지 않았다. 어느 날 밤 트럭 한 대가 오두막을 덮쳤다. 과부들은 오두막을 철거했다.

사방이 초토화가 되어가도 비스와스 씨는 별 관심을 보이지 않았다. 그는 집세를 내지 않았고 식대도 쓰지 않았다. 대신 그는 봉급의 대부분을 저축하고 있었다. 처음으로 그에게 돈이 생겼고 2주마다 그 돈은 더 많아졌다. 그는 자신이 막을 수 없는 직무 유기에 대해 슬퍼하거나 화내지 않았다. 그 대신 지금 자신의 일은 자신이 직접 알아서 해야 한다는 것(이 어구는 비스와스 씨를 기분 좋게 했다)을 두근거리는 가슴으로 깨달으며 계속해서 과일을 훔쳤다. 그러면서 혼란의 와중에 악마 같은 계획을 조용하게 힘써 실천하는 것에 만족스러워했다.

그때 W. C. 터틀과 고빈드의 약탈 행위에 대한 소식이 집안 전체로 퍼졌다. W. C. 터틀이 삼나무를 몽땅 팔아먹어왔다는 것이다. 고빈드도 오렌지, 포포나무 열매, 아보카도, 라임, 자몽, 코코아, 통카콩을 차례 기로 팔아왔다고 했다. 비스와스 씨는 다음 날 아침 가방에 오렌지 여섯 개를 집어넣으며 자신이 진짜 바보였다는 생각이 들었다. 그는 또한 삼나무 한 그루라도 어떻게 누구에게도 들키지 않고 팔 수 있는지가 의아했다. 대부분의 다른 자매들만큼 화가 나 있던 샤마가 나무들이 즉석에서 헐값에 팔렸다고 설명해주었다. 위험해서 사실상 사용되지 않았던 산중 도로인 우회로를 통해 구매자들의 트럭이 북쪽으로부터 그 부지로 들어왔었던 것이다. 산 중턱에 있던 공터가 지나치게 크게 확대되어 주택 단지 감시꾼의 주의를 끌지 않았더라면 아무에게도 들키지 않았을 것이다. 슬픈 표정에 걱정거리가 많아 보이던 감시꾼은 노새처럼 이 부지에 딸린 사람으로 자기가 할 일이 무엇인지 잘 모르긴 했어도 온 힘을 다해 일을 하고 있는 것처럼 보여야만 했던 것이었다.

고빈드와 친타는 속삭이는 소리와 침묵에 대응하지 않았다. W. C. 터틀은 상을 찌푸리거나 아령으로 운동을 해가며 대응했다. 그의 아내는 화난 표정을 지었다. 터틀의 아홉 아이들은 다른 아이들과 말을 섞으려 하지 않았다.

*

마침내 마을 사람들이 대동단결하여 툴시 집안에 반격을 가했다.

툴시 집안의 많은 아이들이 포트오브스페인의 학교에 가고 있었다. 그리고 이 애들 때문에 공동묘지 근처의 터미널로 오는 7시 버스는 승객으로 꽉 찼다. 이제까지 마을 사람들은 한 시간마다 포트오브스페인으로 가는 버스로 충분하다고 생각했었으나, 최근에는 확실히 자리에 앉아서 포트오브스페인으로 가기 위해 추가 요금을 지불하고 버스가 공동묘지에 도착하기 전 정거장에서 미리 타기 시작했다. 그렇게 되니까 아이들은 7시 버스가 거의 만원인 채로 온다는 것과, 아무도 내리지 않는다는 것을 알게 되었다. 빈자리를 차지하려고 했던 열띤 경쟁은 사라지게 되었고, 대부분의 아이들이 며칠 동안 학교에 못 가게 되었다. 그러자 W. C. 터틀은 상을 찌푸리면서도, 버스 요금만 받고 자기 트럭으로 아이들을 학교에 데려다주겠다는 너그러운 제안을 했다.

그 트럭은 아침 6시까지 미군 기지에 가야 했다. 그러므로 아이들은 5시 30분 이전에 학교에 도착해야만 했다. 시간을 맞추기 위해 아이들은 4시 45분에 쇼트힐스를 출발해야만 했고 그러려면 4시에 일어나야 했다. 아이들이 이를 덜덜 떨며 트럭 짐칸에 고정된 널빤지에 옹기종기 모여 앉아, 이슬이 떨어지는 키 작은 나무 밑과 서늘한 산 사이를 지나갈 때는 아직도 밤이었다. 아이들은 가로등이 여전히 켜져 있는 시간에 포트오브스페인에 도착했다. 또 신문 배달부가 신문을 배달하기 전에, 하인들이 일어나기 전에, 학교 문이 열리기 전에 학교 밖에 내려졌다. 아이들은 인도에 남아 새벽 여명 속에서 돌차기 놀이를 했다. 여학교의 관리인은 6시에 일어나 서둘러 옷을 입고, 아직 자고 있는 자기 부인을 깨우면 안 되니까 너무 떠들진 말라고 하면서 아이들을 학교 안으로 들어오게 했다. 관리인의 집은 방 두 개와 반쯤 바깥으로 나와 있는 작은 부엌만 있는 작은 집이었다. 그곳에서 대가족이 함께 살았다.

그 집 식구들은 이른 아침에 자기 좋을 대로 옷을 입고 학교를 어슬렁 거리며 다니는 것에 익숙해져 있었다. 그리고 이를 닦고 바닥의 모래에 침을 뱉기도 하고 다투기도 했다. 집에서 밖에 있는 목욕탕까지 옷을 벗은 채 몰래 나가 집 밖에서 수건만 두르고 다니기도 했다. 그 사람들 은 밥을 지어서 타마린드 나무 아래서 먹었다. 그러던 그들이 이제 마 음 놓고 목욕하는 것을 그만둬야만 했다. 그들에게 새벽부터 똑바로 처 신해야 하는 상황이 생긴 것이다. 관리인과 그의 가족이 조용히 아침을 먹는 동안이면 툴시네 아이들은 다시 배가 고파져서 3시간 전에 아이 들을 위해 준비해준 점심을 먹었다. 점심을 먹기에는 그때가 최적의 시 간이었는데, 왜냐하면 정오쯤 되면 카레가 붉은색으로 변해 냄새가 나 기 시작했기 때문이다. 점심때까지 점심을 가지고 있는 아이들은 종종 빵과 치즈와 자기 점심을 교환하곤 했다. 비록 툴시 집에서 요리를 하 긴 했지만, 어쨌든 인도 요리가 명성은 있어서 양쪽 아이들 모두 자신 이 더 나은 거래를 했다고 생각했다.

쇼트힐스로 돌아오는 길도 그 자체로 문제가 많았다. 아이들은 3시 에 학교를 나섰다. 화물 트럭은 6시에 미군 기지를 떠났다. 그러니까 아이들이 8시 이전에 집에 오는 건 불가능했다. 그리고 포트오브스페인 을 출발하는 버스 운행은 한 주, 한 주 더 힘들어져갔다. 전시 물자 부 족과 규제 때문에 시내버스가 점차 줄어들면서 쇼트힐스까지 가는 버 스를 종점까지 가지 않는 사람들도 이용하기 시작했다. 그래서 버스를 타려면 아이들은 기차역 앞의 버스 터미널까지 거의 5킬로미터를 걸어 가야만 했다. 붐비지 않는 마지막 버스는 2시 30분에 출발했다. 그런데 이 버스를 탄다는 것은 점심을 먹자마자 학교를 나서야 된다는 것을 의 미했다. 3시 30분 차를 타려는 아이들은 2시 30분에 학교를 나선 뒤 터미널까지 걸어가서 거기서 버스를 기다리고 있는 군중 사이로 들어갔다. 줄 서서 기다리는 사람들은 없었다. 버스가 도착하면 그 버스는 즉시 난투극을 벌이며 덤벼드는 대상이 되었다. 사람들은 열린 창문으로 뒤섞여 들어가고, 타이어와 휘발유 탱크 뚜껑에 올라타고, 뒤쪽 비상문으로 몰려 들어갔다. 그래서 아이들이 수단 좋게 문 안으로 일찍 끼어 들어간다 해도 이미 자리는 다른 사람 차지였다. 결국 아이들은 덜 붐비는 버스를 탈 수 있을 때까지 걸어가든가, 미국인 기지에서 돌아오는 화물 트럭을 타고 오든가 했다. 툴시 부인은 아이들이 함께 노래를 부르면 걸어올 때 피로감을 덜 수 있고, 또 누가 여자애들을 집적거리면 신발(요철 모양의 밑창이 달린 신을 신고 있었다)을 벗어서 집적대는 사람의 머리를 패라는 말을 방에 앉아서 전했다.

그러다가 결국 차 한 대를 샀고 사위 중 한 사람이 그 차를 운전해 아이들과 오렌지를 싣고 포트오브스페인으로 갔다. 그 차는 1930년대 초반에 나온 포드 V8로 구닥다리라고만은 할 수 없는 차였다. 만약 그 차가 좀더 가벼운 짐만 싣고 다녔어도 고장이 잦진 않았을 것이다. 아이들과 오렌지의 무게에 눌려서 차의 리어 스프링이 아래로 꺼졌고, 보닛은 위쪽으로 약간 기울었으며, 경사가 가파른 곳을 오를 때면 아이들이 내려야 했다. 차가 퍼지는 일이 자주 있었고, 그러면 차에 대해서 아무것도 모르는 그 운전사는 아이들에게 밀라고 했다. 죽은 바퀴벌레 주변에 개미가 꼬이듯 아이들은 차를 둘러싸고(여자아이들은 암청색의 교복을 입고 있었다) 밀고 당겼다. 때때로 아이들은 1킬로미터 이상 밀고 가기도 했다. 때때로 아이들은 산꼭대기까지 차를 밀고 가서, 차가 아래로 굴러 내려가면 옆으로 뛰어 피했다가 차 시동이 걸리는 소리가 들리면 차 뒤를 쫓아갔다. 운전사는 아이들에게 서두르라고 재촉하고 아이들은 한 번에 세 명씩 차 안으로 뛰어 들어갔다. 그러다가도 엔진이 서곤 했다. 그러면 아이들은 앉거나 웅크리거나 엉거주춤하게 서서 숨을 죽이거나, 시동 장치가 긁는 듯이 낑낑대며 제대로 작동하지 않는 소리를 들으면서 조용하게 기다려야 했다. 때때로 그 차는 보닛 한쪽을 열고 펜더 위에 한 아이가 앉아 뭔지 모를 펌프질을 해가며 포트오브스페인에 도착하기도 했다. 때때로 그 차가 포트오브스페인까지 가지 못하는 일도 있었다. 이렇게 되면 운전사보다 아이들이 더 좋아했다. 운전사는 도시락을 싸 오지 않았기 때문이다. 때때로 그 차는 며칠이고 꼼짝하지 못했다. 그러면 아이들은 포트오브스페인까지 화물 트럭을 타고 갔다. 아니면 7시에 출발하는 버스를 타서, 한동안 예방 조치를 취하는 것을 게을리했던 마을 사람들을 기겁하게 만들기도 했다.

포드 V8은 아이들이 겪는 일들을 보면서도 깨달음을 얻지 못했던 서열 낮은 사위들 몇 명이 어느 날 저녁 포트오브스페인까지 영화를 보러 타고 갔다가 드디어 버려지게 되었다. 그 집에는 밤새도록 불이 환하게 켜져 있었다. 걱정이 된 자매들은 치한들을 겁주기 위해 사용하던 검도용 목검으로 무장하고 포트오브스페인의 거리를 따라 여러 번 나가보기도 했다. 남자들은 해가 뜨기 직전에 차를 밀면서 돌아왔다. 아이들은 화물 트럭을 타고 학교에 갔다. 그들은 그 차를 도로에서 구곡 안으로 밀어 넣은 다음 다시 사만나무 아래에 야생 타니아가 모여 자라는 쪽으로 밀어 넣었는데 누군지 모를 사람이 팔 만한 부품을 빼 갔고 남은 부분은 아이들의 장난감이 되었다.

그다음 차로, 포드 V8이긴 한데 보조 좌석이 있는 스포츠카 모델*

---

* 포드 V8 스포츠카 모델은 앞좌석에 두 명이 앉도록 되어 있고 뒤에는 한 명이 앉을 수 있는 작은 보조 좌석이 있다.

을 사게 되었다. 그래서 마치 꽃이 많이 달린 가지를 꽃병 안에 꽂듯 기적적으로 아이들을 차 안의 보조 좌석으로 밀어 넣고는 서서 가게 했다. 두번째 운행은 오렌지를 옮기는 일이었다. 시골길을 갈 때면 아이들은 역마차 꼭대기에 있는 척들을 했지만, 포트오브스페인에 도착하면 비웃는 시선이 이들을 따라왔고 그러면 편안한 일반 자동차를 그리워했다.

*

그런 식으로 쇼트힐스는 아이들에게 악몽이 되었다. 애들이 돌아올 때면 해는 다 저물었고, 마땅히 돌아갈 곳도 없었다. 음식은 나날이 험해지고 부엌 안 진흙 덮인 벽돌 바닥이나 부엌과 집 사이에 지붕을 얹은 곳에서 아무렇게나 먹는 날이 더 많아졌다. 오늘 밤엔 혹은 내일 밤엔 어디서 잠을 자게 될지 아는 아이가 아무도 없었다. 아무 때나 아무 곳에나 이불을 폈다. 토요일엔 잡초를 뽑았다. 그리고 일요일에는 오렌지나 다른 열매를 따 모았다.

주말에 아이들은 가족법에 복종했다. 그러나 대부분의 시간을 집 밖에서 보내는 주중에는 가족법 밖에 있는 자신들의 공동체를 만들었다. 그 공동체엔 아무런 규칙도 없었다. 단지 강자와 약자가 있을 뿐이었다. 형제자매 간의 애정은 멸시되었다. 어떤 동맹도 견고하지 않았다. 오직 적대감만이 지속되었다. 툴시 부인은 뜨거운 오후에 길을 걸어갈 때면 아이들이 밝게 노래를 부르며 갈 것이라고 생각했었지만, 순전히 증오에서 비롯된 격렬한 싸움질이 종종 터지곤 했다.

비스와스 씨는 아이들을 거의 보지 못했고 아이들도 서로 따로 놀았다. 아난드는 누이들을 창피하게 여겼다. 누이들이 약자에 속해 있었기 때문이다. 미나는 오줌을 잘 참지 못했다. 그래서 이 아이와 함께 갈 때마다 창피스러운 일이 터지곤 했다. 차가 서주는 때도 있었지만 때로는 그러지 않을 때도 있었다. 캄라는 자면서 걸었다. 그런데 이 모습이 참신하게 보였고 특히나 어린아이라 귀엽게 여겨졌다. 사비는 리마콜이라는 얼굴용 로션 배급 업체가 주최한 학교 콘서트에서 노래를 하도록 선발되어 드디어 주목을 받았다. 사비는 리마콜을 써본 적은 없었지만 행사 사회자가 '병 안에 든 산뜻한 미풍'이란 슬로건을 소개했을 때 옳다고 맞장구를 쳤다. 이어 높은 목소리로 떨리는 소리를 내가며 「어느 일요일 아침」이란 노래를 부르고 리마콜 샘플을 받았다. 툴시네 자매들은 깜짝 놀랐다. 자매들은 사비가 무슨 연예인이라도 된 듯이 말하며 아이들에게 잔소리를 했다. 그 후 사비는 모욕을 받고 놀림을 당했다. 사비는 자신이 관찰한 것을 기초로 하여 해안선을 세밀하게 묘사하는 지도를 그리게 되었다. 그 애가 이 방법을 널리 전파하려 애쓰면서 몇 명의 제자도 생겼다. 하지만 고빈드의 딸 한 명이 이 들쑥날쑥한 해안선은 사비가 「어느 일요일 아침」을 부를 때의 떨리는 목소리만큼이나 바보스럽고 잘난 척하는 짓이라고 말하는 바람에 사비의 제자들이 떨어져 나가버렸다. 어느 날 저녁 사비는 차비를 잃어버려 버스에서 내려 쇼트힐스까지 내내 걸어와야만 했다. 그래서 해 질 녘이 되어서야 놀라고 피곤해서 병이 난 채로 집에 도착하여 샤마의 마사지를 받게 되었는데, 그때 아이들은 정의가 이루어졌다고 생각했다. 위층 방에서는 마사지를 하고 있고, 사비가 울고, 비스와스 씨가 돌아와서 화를 냈다는 소식은 삽시간에 온 집안에 퍼졌다. 사랑받는 몽유병자 캄라는 자세히 말하라는 채근을 받자 자신이 많은 흥밋거리와 즐거움을 줄 수 있게 된 걸 기뻐하며 세세하게 말해주었다.

비록 누구도 아난드가 얼마나 센지 몰랐지만 아난드는 강자에 속했다. 그는 냉소적인 성격으로 다른 아이들과 떨어져 지냈다. 처음에는 그냥 자세만 잡고 아버지를 따라 하는 것이었다. 그런데 빈정대는 것이 경멸하는 것으로 발전했고, 쇼트힐스에 오자 모든 것에 대해 재빨리 깊은 경멸을 표하는 게 성격의 일부가 되었다. 경멸은 발전하여 결핍과 자의식과 함께 언제나 따라다니는 외로움이 되었다. 그러나 그로 인해 아난드는 아무도 못 건드리게 되었다.

어느 날 아침 아이들은 학교에 갈 준비를 하고 있었다. 아이들은 갈색 종이에 싼 점심을 가방에 넣었고, 차는 도로에서 기다리고 있었다. 아이들이 빠르게 차를 채웠다. 아이들은 뭉개지듯 안으로 들어갔다. 촘촘히 끼어들었다. 자기 몸을 구부려가며 안으로 들어가기도 했다. 문이 꽝 하고 닫혔다. 보조 좌석 어디엔가 있던 아난드는 비명 소리와 신음 소리를 들었다. 사비가 내는 소리였다. 차가 서 있을 땐 언제나 숨도 못 쉬고 짜증이 나 있던 아이들이 차를 출발시키라고 고함을 질렀다. 그런데 누군가가 소리쳤다. "빨리, 문 열어요, 애 손이."

아난드는 웃었다. 그러나 아무도 따라 웃지 않았다. 아이들이 모두 차에서 내렸고 아난드는 사비가 길가의 젖은 토끼풀 위에 앉아 있는 것을 보았다. 아난드는 사비의 손을 차마 쳐다볼 수가 없었다.

샤마와 비스와스 씨, 그리고 다른 자매들 몇 명이 도로로 나왔다.

미나가 말했다. "아난드 오빠가 웃었어요, 아빠."

비스와스 씨가 아난드의 뺨을 세게 쳤다.

그 일로 인해 비스와스 씨는 자신이 쇼트힐스로 모험을 떠나왔던 걸 물려야 할 시기가 되었다고 생각하게 되었다. 포트오브스페인으로 돌아가는 것은 불가능했다. 그 부지 주변을 산책하는 동안 비스와스 씨의 눈은 적당한 집터를 찾아 열려 있었다.

*

그리고 여러 건의 사망 사고가 잇달아 일어났다.

오렌지를 따서 모으고 아이들을 학교까지 태워주었던 사위인 샤르마가 비 오는 날 아침에 이끼 낀 오렌지나무 가지에서 미끄러지며 떨어져 목이 부러졌다. 그는 거의 즉사했다. 아이들은 그날 학교에 가지 않았다. 샤르마의 과부는 그 휴일을 애도하는 날로 바꾸려고 애썼다. 그녀는 흐느끼고 울부짖고 근처에 오는 모든 사람을 껴안으며 소식을 전해달라고 부탁했다. 소식이 전해지자 샤르마의 친척들이 그날 오후에 나타났는데, 별 볼 일 없어 보이는 그 사람들은 슬픔에 잠겨 있으면서도 심하게 부끄러움을 탔다. 그 친척들은 샤르마를 평범한 관에 실어 무덤으로 옮겼다. 그곳에는 마을 사람들이 힌두교식 장례식을 보기 위해 이미 모여 있었다. 흰 재킷을 입고 구슬 목걸이를 한 하리가 무덤 위에서 구슬픈 목소리로 중얼거리고 망고 잎으로 무덤 위에 물을 뿌렸다.

"저 사람이 우리 집에도 똑같은 짓을 했었지." 비스와스 씨가 아난드에게 말했다.

샤르마의 과부는 비명을 지르고 혼절했다가 다시 깨어나더니 무덤 위에 자기 몸을 던지려고 했다. 마을 사람들은 흥미로운 듯이 바라봤다. 아는 것이 많은 몇몇 사람들은 '수티(순장)'에 대해 속삭였다.

W. C. 터틀이 아이들을 학교로 실어주는 일을 인계받았다. 그는 자기 애들은 옆자리에 앉히고 나머지 아이들은 보조 좌석에 쑤셔 넣었다.

그는 차 상태에 대해 불평하면서 모든 잘못을 샤르마에게 돌렸다. 곧 W. C. 터틀이 도둑질한 것을 실어 나르는데 그 차를 부수적으로 이용한다는 말이 돌았다. 그는 그런 말을 그만하지 않는다면 차 운전을 하지 않겠다고 위협했다. 무뚝뚝한 고빈드를 제외하고는 운전을 할 수 있는 사람이 그 사람밖에 없었기에 소문은 잠잠해졌다.

샤르마는 W. C. 터틀이 욕하면서 들먹일 때를 제외하고는 빠르게 잊혔다. 그리고 어느 더운 일요일 오후에 거의 모든 사람이 밖으로 나갔을 때, 아난드는 식당에서 W. C. 터틀의 대장장이가 만들었던 거대한 삼나무 테이블의 한쪽 끝에 외롭게 앉아 있는 하리와 그의 아내와 마주쳤다. 그 부부는 슬픈 표정을 하고 있었다. 아내의 눈에는 눈물이 그렁그렁했고, 하리의 표정 없는 얼굴은 누렇게 떠 있었다. 그 부부의 기분도 풀어주고, 새로 익힌 것도 자랑할 겸, 아난드는 시 한 편을 암송해주겠다고 했다. 최근에 아난드는 『벨의 표준 웅변가』 표지 그림에 나오는 모든 제스처를 완전히 익힌 상태였다. 하리와 그의 아내는 감동받은 것 같았다. 그들은 미소를 지으며 아난드에게 시를 읊어달라고 부탁했다.

아난드는 두 발을 붙이고 절을 한 뒤 "라인 강변의 도시 빙겐"이라고 읊었다. 이어서 그는 손바닥을 모으고 머리를 그 위에 올려놓고 암송했다.

"그 군대의 군인 한 명이 알제 항에 누워 죽어가고 있네."

아난드는 하리와 그의 부인의 미소가 지극히 엄숙한 표정으로 변하는 것을 보고 기분이 좋아졌다.

"돌봐주는 여자도, 눈물을 흘려주는 여자도 없이.

그러나 그의 생명의 피가 흘러 떨어질 때 곁에는 한 전우가 서 있었지."

아난드의 목소리가 북받치는 감정으로 떨렸다. 하리는 바닥을 빤히 내려다보았다. 그의 아내는 커다란 눈을 아난드의 어깨 위 어느 한 지점에 고정하고 있었다. 아난드는 이렇게 충만하고 즉각적인 반응이 오리라고는 기대하지 못했었다. 그는 목소리에 더 깊은 애수를 담아가며 더욱 천천히, 더욱 과장된 제스처로 시를 읊었다. 양손을 왼쪽 가슴에 모은 채 그는 죽어가는 외인부대 병사의 마지막 유언을 전했다.

"그녀에게 말해주오, 이 달이 뜨기 전 내 생의 마지막 밤이 어땠는지, 내 몸에서 고통이 떠나가고 나의 영혼이 자유로워질 것이라고."

하리의 아내가 울음을 터트렸다. 하리는 아내의 손에 자기 손을 얹었다. 이런 식으로 그들은 끝까지 그 시를 들었다. 아난드는 각각 6센트씩 받은 뒤 흐느껴 우는 부부를 내버려두고 나갔다.

그로부터 일주일이 채 지나기도 전에 하리가 죽었다. 자신이 곧 죽으리라는 사실을 하리가 얼마 전부터 알고 있었다는 사실을 아난드가 알게 된 것은 바로 그때였다. W. C. 터틀은 수놓은 실크 재킷을 입고 엄청나게 브라만 티를 내가며 마지막 의식을 거행했다. 그 집은 하리를 위한 애도에 들어갔다. 아무도 설탕이나 소금을 쓰지 않았다. 하리는 자비심으로 해석되던 소극성 때문에 모든 사람이 친절하다고 기억하는 그런 유의 사람이었다. 그는 어떤 논쟁에도 끼어들지 않았다. 그가 학식이 있다는 것만큼이나 선량하다는 것은 식구들에게 당연한 사실이었다. 모든 사람이 하리가 종교 행사에서 펀디트의 직무를 수행하는 것을 보는 데 익숙해져 있었다. 모든 사람이 매일 아침 그가 축성한 음식을 받는 것에도 익숙해져 있었다. 도티를 입고 이마에 백단향 반죽으로 표시를 한 하리. 아침저녁으로 푸자를 행했던 하리. 공들여 조각한 독서대에다 종교 서적을 올려놓은 하리. 이 모든 모습이 툴시 집에 깊게 자리 잡은 불변의 장면들이었다. 세스의 자리를 대신 차지한 사람은 없었다. 하리의 자리를 차지할 사람도 없을 것이었다.

푸자 임무는 여러 명의 남자와 소년이 나누어서 했다. 때때로 아난드까지 그 일을 해야 했다. 하지만 기도를 배우지 않은 탓에 아난드는 의식의 몸동작만을 거행할 수 있었다. 그는 신상을 닦고 신당에 신선한 꽃을 놓았다. 그리고 신상의 팔이 구부러진 곳이나 턱과 가슴 사이에 꽃나무 줄기를 붙이려고 애쓰며 기분 전환을 하기도 했다. 그는 신상의 이마와 검은색, 연분홍색, 노란색의 윤기 나는 조약돌과 자신의 이마 위에 신선한 백단향 반죽을 발랐다. 장뇌에 불을 붙여 오른손에 쥐고 신당 주변으로 원을 그리고 돌며 왼손으로는 힘들게 종을 쳤다. 그리고 고동을 불었는데 나무 바닥에 무거운 옷장이 끌리는 것 같은 소리가 났다. 그러고 나서는 고동을 불려고 애쓰는 바람에 뺨이 아프긴 했어도 밥을 먹으러 서둘러 나와, 우유와 툴시 잎*을 먼저 나눠주며 집을 한 바퀴 돌았다. 더군다나 믿기 어려운 일이긴 하지만 아난드가 툴시 잎에 축성도 했다. 그는 학교에 가려고 옷을 입으면서 이마에 떡이 진 백단향 자국을 솔로 털어냈다.

하리가 죽고 2주 쯤 지났을 때 아르와카스에서 또 다른 사망 소식이 들려왔다. 어느 날 저녁 아난드는 위층 방의 테이블에서 공부를 하고 있었고, 비스와스 씨는 침대에서 책을 읽고 있었다. 바로 그때 문을 열고 사비가 안으로 들어와서 말했다. "파드마 이모할머니가 돌아가셨대요!"

비스와스 씨는 눈을 감고 손을 가슴에 대었다.

---

* 툴시는 '성스러운 바질holy basil' 혹은 '툴라시Tulasi'라고도 부르는 허브의 일종으로, 힌두교에서는 신에게 바치는 성스러운 식물 중 하나이다.

아난드는 소리를 질렀다. "사비 누나!"

사비는 눈을 반짝이며 계속 서 있었다.

가슴 깊은 곳에서 울려 나오는 통한의 울음이 아래층에서 터져 나왔고, 온 집안으로 퍼져나가 마치 밤에 개들이 짖듯이 이 자매 저 자매가 연이어서 벌떡 일어났다가 쓰러졌다.

샤르마의 죽음은 일상을 약간 뒤흔드는 일이었고, 하리의 죽음은 슬픈 일이었다. 파드마의 죽음은 경악스러운 일이었다. 파드마는 툴시 부인의 자매였다. 고로 그녀의 죽음은 그들 모두에게 더 가깝게 다가왔다. 파드마는 그들 모두의 삶을 오래전부터 알고 있었다. 그런 그녀가 죽어서 그들을 떠난 것이다. 자매들은 서로를 껴안고, 이어서 자기 아이들을 껴안으며 이런 이야기를 되풀이해가며 했다. 발자국 소리, 비명소리, 흐느끼는 소리, 그리고 겁에 질려 우는 아이들 소리로 집이 흔들렸다. 툴시 부인이 정신을 잃었다는 소식이 흘러나왔다. 부인 역시 죽을 거라는 말도 떠돌았다. 아이들은 램프 심지에 핀을 꼽고 새로 생긴 재앙을 막아달라는 주문을 외웠다. 그들은 툴시 부인이 자기 여동생의 시신이 있는 곳으로 가게 해달라고 아우성을 치는 소리를 들었다. 몇 명의 자매들이 부인의 아우성을 받아주었다. 그래서 늦은 시간이고 세스와의 다툼이 있었음에도 불구하고 갈 채비를 차렸다. 화물 트럭과 스포츠카가 아르와카스를 향해 출발하자 남자들과 아이들만 집에 남게 되었다.

다음 날 오후 여자들이 돌아왔을 때는 슬퍼하고만 있지는 않았다. 대다수의 자매들이 이사한 이후, 처음으로 아르와카스를 방문하는 것이었고 세스도 처음으로 보았다. 그들은 세스와 말을 하지는 않았다. 하지만 이 휴전 기간 중 그들은 지금도 여전히 원기 왕성하게 싸우고 있던 세스가 하누만 하우스와 멀리 떨어지지 않은 하이 스트리트에 샀다는 부동산을 살펴볼 수 있었다. 하누만 하우스 자체를 사기 위한 첫 단계라는 소문이 도는 곳이었다. 자매들이 깜짝 놀랄 정도로 충분히 크고, 충분히 새로운 데다가, 충분히 물건도 잘 갖춰놓은 식료품점이었다. 그러나 이런 시기에 세스에 대해 이러쿵저러쿵할 수는 없었다.

파드마는 그날 밤 여러 사람의 꿈에 나타났다. 아침이 되어 각자 꿨던 꿈 이야기를 다시 하게 되자 다들 파드마의 혼이 살아생전에 한 번도 방문한 적이 없었던 쇼트힐스의 집으로 찾아왔다고 생각했다. 이것은 한 자매의 경험담으로 다시 확인되었다. 한밤중에 그녀는 길에서 발자국 소리가 나는 것을 들었다. 그녀는 그 발자국 소리가 파드마의 것임을 알아차렸다. 파드마가 구곡을 지날 때엔 사방이 조용했다가, 모래 깔린 차도와 콘크리트 계단을 올라오자 또다시 발자국 소리가 들렸다. 그렇게 그 집을 구경하던 파드마는 뒤쪽 계단에 앉더니 눈물을 흘렸다. 그 후에도 많은 사람이 파드마를 보았다. 터틀네 집 한 아이가 해준 이야기에는 많은 관심이 쏠렸다. 벌건 대낮에 그 아이는 무덤에서 집 쪽으로 소복 입은 여자가 걸어오는 것을 보았다. 그 애는 그 여자를 붙잡고 "이모" 하고 불렀다. 그 여자가 뒤돌아보았다. 그 사람은 이모가 아니었다. 파드마였다. 파드마는 울고 있었다. 아이가 무슨 말을 하기도 전에 파드마는 베일로 얼굴을 가렸고, 아이는 도망을 갔다. 뒤를 돌아보니 아무도 없었다.

하지만 얼마간의 시간이 지나자 자매들은 파드마가 뭔가 할 말이 있어서 그렇게 자주 나타난다고 생각하게 되었다. 그래서 파드마를 보는 사람은 할 말이 뭔지 물어보기로 결정했다. 전한 말은 여러 가지였다. 처음 파드마는 어떤 사람들의 안부를 묻고 자신도 살아서 함께 여기서 살고 싶다고 말했다. 때때로 파드마는 자기가 마음이 아파서 죽었다고 했다. 그런데 파드마가 나중에 전한 말들은 이 자매에서 저 자매로, 이 아이에서 저 아이로 전해지며 그들을 경악하게 했다. 파드마는 세스가 자신에게 독약을 먹였다고 말했다. 그녀는 세스가 자신을 독살했다고 말했다. 또한 세스가 자신을 때려죽였고 의사에게 뇌물을 먹여 부검하지 않도록 했다고 말했다.

"엄마에게 말하지 마." 자매들이 말했다.

슬픔보다 분노가 그들 마음속에 더 크게 차올랐다. 모든 자매들은 세스를 저주하고 그와 다시는 말하지 않겠다고 맹세했다.

툴시 부인은 창문을 닫고 방에 칩거하고 있었다. 수실라와 미스 블래키가 예전처럼 브랜디로 찜질 약을 만들어 부인의 눈꺼풀 위에 붙였고, 베이럼 향유로 부인의 머리를 마사지했다. 그런데 황폐하고 잡초가 무성하게 자란 정원 끝에 판자로 만든 사당에는 부인과 집안을 위해 기도해줄 하리가 없었다. 종을 치고 징을 울려도, 행운도 미덕도 이미 그 가족을 떠나버리고 난 뒤였다.

*

얼마 후 양 두 마리가 죽었다. 차도 옆에 있는 수로는 마침내 찌꺼기로 완전히 막혀버렸고, 소나기가 약간 내리자 산등성이를 따라 내려오는 빗물로 평지는 물바다가 되었다. 더 이상 나무뿌리가 지탱해주지 않는 구곡은 침식되기 시작했다. 늙은이 수염이끼는 발판이 없어졌다. 그래서 그 이끼의 가늘게 엉킨 뿌리는 다 낡아 떨어진 카펫처럼 강둑 위에 걸려 있었다. 구곡의 바닥은 검은 흙이 완전히 씻겨 나가 식물이 자라고 있었는데, 모래가 보이다가 그다음은 조약돌이 보였고 마침내 바위투성이가 되었다. 더 이상 차로 구곡을 건널 수 없게 되자 차는 길에 두었다. 자매들은 침식 작용에 당황했다. 왜냐하면 그들에게 이 침식 작용은 갑자기 생긴 일 같았기 때문이다. 하지만 그들은 이런 일을 새로운 운명의 일부분이라 생각하고 받아들였다.

고빈드는 암소 돌보는 일을 그만두었다. 그는 중고 자동차를 사서 포트오브스페인에서 택시 영업을 했다. W. C. 터틀은 부지에 채석장을 차렸다. 그의 사업은 질투를 불러일으켰다. 그는 부지의 나무를 제일 먼저 팔았던 사람이었다. 그리고 이제 팔 만한 나무가 떨어지니까 땅 자체를 팔고 있었던 것이다. 비스와스 씨는 자전거의 안장 바구니로 훔친 오렌지와 아보카도를 운반하는 짓을 계속했다.

아직 남편들과 같이 살고 있는 거의 모든 자매들에게 쇼트힐스란 단지 잠시 거쳐가는 곳이라고 할 수 있었다. 과부들에게는 쇼트힐스밖에는 없었지만 그들은 땅에 대해서 몰랐다. 그곳은 논도 사탕수수밭도 아니었다. 그러나 과부들은 힘을 합쳤고 한참을 쑥덕거리며 의논을 하고 다른 자매나 남편들 또는 그들의 자녀들이 가까이 오면 아무것도 안 하는 척하는 짓을 한참 해대더니 양계를 하겠다고 선언했다. 닭을 먹이기 위해서 그들은 옥수수가 필요했다. 과부들은 산등성이의 나무를 베고 불태운 뒤 옥수수를 심었다. 이어서 닭 몇 마리를 사서 풀어놓았다. 처음에 닭들은 집 가까이에 머물다가 때때로 안에 들어와 여기저기 똥을 쌌다. 얼마 지나지 않아 뱀과 몽구스가 닭을 공격했다. 살아남은 닭들은 덤불숲으로 들어가 높이 나는 법을 배웠고, 과부들이 수거하지 못할 장소에다가 알을 낳았다. 그러는 동안 그들은 옥수수를 수확하여 껍질을 깠다. 과부들과 그들의 아이들은 상당히 많은 옥수수를 삶거나 구워서 먹었다. 남은 것은 베란다에 쌓아놓았다. 하지만 그 옥수수를 먹일 닭이 없었다. 옥수수는 옅은 노란색에서 짙은 오렌지색으로 변했다. 간간히 과부들과 그들의 아이들은 옥수수를 강판에 갈아 옥수수 알갱이를 털었다. 옥수수 가루를 팔자는 이야기가 오갔다. 밀가루가 계속 귀했기에 전망도 상당히 밝아 보였다. 과부들은 톱니가 달린 원형 돌판자 두 개가 서로 맞물려 돌아가는 맷돌에 돈을 투자했다. 얼마간의 시간과 노력을 들인 후 약간의 밀가루가 갈려 나왔지만 과부들이 기대했던 옥수수 가루에 대한 수요는 없었다. 옥수수는 베란다에 계속 남았다. 바구미와 다른 벌레들이 황금빛 옥수수 속으로 맵시 좋게 구멍을 팠다.

툴시 부인은 어두운 자기 방에 남아 절약할 수 있는 방안을 찾아내거나 음식에 대한 지시 사항을 하달했다. 부인은 역사 깊은 민족인 중국 사람들이 죽순을 먹는다는 말을 들어본 적이 있었다. 그 부지에는 대나무가 풍부했다. 툴시 부인은 죽순을 먹으라고 명했다. 하지만 죽순이 무엇일까? 큰 대나무 줄기 이음새 사이에서 나는 깨끗하고 작은 푸른 새싹인가? 바로 그 어린 대나무 줄기인가? 어린 대나무의 잎인가? 아무도 알지 못했다. 새싹, 줄기, 잎을 다 모아서 씻고 다지고 삶아 토마토와 함께 카레를 만들었다. 아무도 먹을 수 없었다. 모래에서도 자라는 생명력이 좋은 관목인 샤이닝 부시 잎은 끓여서 약한 설사약을 만드는 데 사용했는데 먹기 거북하지도 않고 감기나 기침, 열에도 좋다는 평판을 들었다. 툴시 부인은 더 이상 차를 사지 말라고 명령했다. 샤이닝 부시를 대신 이용할 수 있기 때문이었다. 이미 과부들과 그들의 자녀들은 부지에서 자라는 열매를 가지고 커피와 코코아를 만들고 있었다. 이제 옥수수 가루가 밀가루 대신 이용될 것이었고, 코코넛 기름은 사지 않고 만들 것이었다. 어느 누구도 채소를 재배한다는 생각을 하지 않고 있었지만, 채소 역시 사지 않아도 되게끔 딱딱한 코코넛, 덜 익은 포포나무 열매, 덜 익은 망고, 덜 익은 자두, 그리고 거의 모든 덜 익은 열매로 채소를 대신할 대용물을 찾으려고 노력했다. 또한 툴시 부인이 과부들에게 중국인들이 먹는다는 새집으로 음식을 만들어보라고 하자, 과부들은 사만나무의 마른 나뭇가지에 걸린 긴 스타킹처럼 생긴 콘버드 새*의 둥지를 쳐다보게 되었는데, 귀청을 뚫는 비명 소리와 함께 그 생각은 뚝 떨어졌다.

아이들을 학교에 보내고 암소에게 먹일 상한 케이크를 가지고 돌아오는 것은 W. C. 터틀이 맡은 일이었다. 도둑질을 막기 위해 케이크는 베란다에 과부들의 말린 옥수수 옆에다 쌓아놓았다. 과부들의 아이들이 상한 케이크를 약간 주워 갔는데 아직 먹을 만하다는 사실을 우연히 알게 되었다. 그 소식이 툴시 부인에게 전해졌다. 그 이후 상한 케이크는 암소와 과부들이 나눠 먹게 되었다. 이 실험 기간 동안 많은 새로운 음식이 발견되었다. 아이들은 갈색 설탕을 안에 넣은 말라빠진 팬케이크가 학교에서 어떤 음식과도 교환할 수 없는 대나무 카레보다 더 나은 점심이라는 것을 알아냈다. 어떤 이는 정어리를 연유에 적시자는 아이디어를 고안해냈고, 또 다른 누군가는 양철통에다 연유를 태우면 원래의 좋은 맛을 낸다는 사실을 우연히 발견했다.

더더욱 가열 차게 절약이 실시되었다. 어떤 양철통도 버리면 안 된다는 명령을 내린 툴시 부인은 아르와카스에서 땜장이를 불렀다. 2주 동안 땜장이는 집안 식구들이 먹는 음식을 함께 먹고 베란다에서 자면

---

* 열대 지방에서 사는 새로, 높고 가는 나뭇가지에다가 수세미처럼 길쭉하게 늘어진 둥지를 짓고 산다.

서 양철 컵과 양철 접시를 만들었다. 그는 정어리 통조림을 가지고 호루라기를 만들었다. 잉크도 더 이상 사지 않았다. 검은 세이지의 작은 열매에서 희미하긴 하지만 안 지워지는 보라색 액체를 추출했다. 툴시 부인은 코코넛 껍질을 버린다는 이야기를 듣고 매트리스와 쿠션을 만들어서 가능하다면 팔기로 했다. 과부들과 그들의 아이들은 코코넛 껍질을 물에 적셔서 빻은 후, 펴서 가늘게 자르고 섬유질을 씻어서 말렸다. 그러고 난 뒤 툴시 부인은 아르와카스에서 매트리스 만드는 사람을 데려오려고 사람을 보냈다. 그 사람이 와서 한 달 동안 매트리스와 쿠션을 만들었다.

남편이 있는 자매들은 몰래 자기 아이들을 먹였다. 그리고 과부의 아이들 몇이 양을 죽여서 숲 속에서 구워 먹었다는 것을 알게 된 W. C. 터틀은 이 반힌두교도적인 행동에 분노를 표했고* 더 이상 공동 부엌에서 만든 음식을 먹지 않겠다고 선언하며 자기 아내에게 따로 요리하도록 시켰다. 그의 아이들 중 한 명은 양을 잡아먹던 날 브라만인 W. C. 터틀의 입에 발진이 돋았다고 전했다. 비스와스 씨는 비록 W. C. 터틀에게 나타난 놀라운 증세를 만들어낼 수는 없었지만 그 역시 샤마에게 따로 요리를 하게 했다. 집안을 둘러싸고 있는 음식에 대한 강박 관념에 전염된 비스와스 씨도 스스로 실험을 해왔다. 그는 오렌지와 레몬과 샤둑 열매**를 섞은 맛이 나는 고스포나무 열매가 비록 아무도 먹으려고 하진 않지만 놀라울 정도로 이점이 많다고 단정을 내렸다. 부지 내에 고스포나무는 한 그루만 있었고, 그 열매는 아이들이 크리켓을 하는 데 (트럼펫나무로 만든 배트를 이용하여) 써오고 있었다. 비스와스 씨는 그

---

* 브라만 계급 사람들은 원칙적으로 채식을 하며 도축 행위를 비천하게 여긴다.
** 감귤류의 일종.

것을 못하게 막았다. 홍수가 지고 난 뒤 크리켓 구장의 한쪽 모퉁이에 서 있던 고스포나무가 잡종 맛이 나는 열매를 여전히 가득 매단 채 구곡 쪽으로 쓰러질 때까지 그는 매일 아침 그 역겨운 고스포 주스를 한 잔씩 마셨으며 아이들에게도 같이 먹게 했다.

고스포나무가 사라지자 크리켓 구장도 급속히 작아졌다. 소나기가 올 때마다 구장의 일부가 뜯겨 나가고, 잔디가 덮여 툭 튀어나온 부분만 남아 있다가, 하루나 이틀이 지나 또다시 소나기가 오면 그마저 무너져서 씻겨 나갔다. 차도에선 잡초가 높게 자랐고, 잡초 사이로 나 있는 신기하게 구불구불하고 좁은 통로를 따라가면 콘크리트 계단으로 연결되었다. 이제 그 계단은 쪼개지고 가운데가 꺼졌고, 쪼개진 틈마다 풀이 솟아나 있었다. 상록수 산울타리에는 작은 나무들이 얽혔고, 비가 올 때마다 싱싱한 물고기 냄새가 땅에서 올라왔다. 근처에 뱀들이 돌아다닌다는 얘기였다.

덤불과 싸울 시간이 있는 사람은 아무도 없었다. 요리, 세탁, 청소, 그리고 암소를 돌보는 일을 하지 않을 때 과부들은 커피, 초콜릿, 코코넛 기름을 만들거나 옥수수를 갈았다. 그들의 옷은 누더기가 되었고, 팔은 단단해졌다. 과부들은 노동자 행색이었으며, 세스가 양측 모두에게 친구인 사람들을 통해서 전해준 의기양양하게 비아냥거리는 말을 참아내야 했다. 세스는 자기가 일생을 그 가족에게 바쳤지만 내쫓겨서 중상 비방을 당했다고 했다. 그들이 받고 있는 벌은 단지 시작일 뿐이다. 세스가 나가면서, 그들이 전부 게나 잡게 될 거라고 말하지 않았던가?

또한 과부들은 남자들처럼 일했다. 구곡이 계곡으로 변하자 그들은 거기에 코코넛 가지로 다리를 만들어 드리웠다. 계곡이 넓어졌다. 코코넷 가지 다리가 무너졌다. 과부들은 또 다른 다리를 만들었다. 그것도 무너졌다. 과부들은 툴시 부인을 구슬려 긴 철도 레일을 샀다. 레일을 계곡에 가로지르게 놓고 코코넛 가지를 레일 위에 가로로 놓았더니 한동안 흔들거리고 미끄럽고 아이가 아래쪽 바위로 떨어질 가능성이 있는 구멍 천지인 다리이긴 했지만 어쨌든 안 부서지고 버텼다.

비스와스 씨는 더 이상 주변의 암담한 상태를 좌시하고만 있을 수는 없다고 생각했다. 그러나 과부 이사회로부터 왕따를 당하고 다른 자매들의 신임을 얻지 못하면서도 샤마는 이사 이야기만 꺼내면 우울해하고 때때로 울기까지 했다.

*

그때 80달러 때문에 추문이 생겼다.

친타는 어느 날 누군가가 자기 방에서 80달러를 훔쳤다고 발표했다. 그 발표가 놀랍기 그지없었던 것은 그때까지 이 집에서 절도 고발이 한 번도 없었던 탓도 있었지만, 또한 친타와 고빈드가 그렇게 많은 돈을 가지고 있다는 것을 아무도 몰랐기 때문이기도 했다. 친타는 지난번에 돈을 확인했다는 것과 돈이 없어진 걸 알게 해준 사건에 대해 말하고 또 말했다. 그녀는 누가 돈을 훔쳤는지 알고 있지만, 도둑이 자기 발에 걸려서 넘어질 때까지 기다리고 있다고 말했다.

며칠이 지나도 도둑이 자기 발에 걸려 넘어지지 않자 친타는 계속 수색했고, 어디든 사람들을 몰고 다녔다. 때때로 그녀는 힌두교의 주문을 외웠다. 때때로 한 손에는 촛불을, 다른 한 손에는 십자가를 쥐고 수색을 하기도 했다. 때때로 왼쪽 손바닥에 침을 뱉고 한 손가락으로 친

후 침이 튄 곳이 가리키는 방향을 찾아보기도 했다. 결국 친타는 성경과 열쇠로 재판을 해보기로 결심했다.

"늙은 로마 고양이와 새끼 고양이로군." 비스와스 씨가 샤마에게 말했다. "모전여전이야. 하지만 이봐, 난 우리 아이들이 저런 멍청한 짓거리에 끼어들지 않았으면 해."

이 짓은 온 집 안에서 두루 되풀이해서 시행되었다.

친타가 이렇게 말했다. "안 나무랄 테니까 나오시지."

성경과 열쇠로 하는 재판은 한나절이 걸렸다. 친타는 성 베드로와 바울의 이름을 부르고 고발 내용을 말했다. 미스 블래키도 같은 이름을 외우며 자신의 결백을 밝혔다. 비스와스 씨와 그의 가족들만 제외하고 모두가 결백하다고 확정되었다.

비스와스 씨는 자기 방을 수색하지 못하게 했고 아이들이 재판을 받게 허락해달라는 샤마의 청도 무시했다. "저 여자는 로마 고양이야." 그가 말했다. "그래서 어쩌라고? 내가 힌두교 쥐 같아 보이는 모양이지?" 한때 비스와스 씨와 고빈드는 말을 하지 않았다. 이제는 그와 친타가 말을 하지 않았다. 샤마는 친타와의 관계를 유지하려고 시도했지만 퇴짜를 맞았다.

"난 아무도 비난하진 않아." 친타가 말했다. "하지만 선례를 세운 그 사람에게만은 본때를 보여줄 거야."

그러더니 쑥덕거리는 소리가 시작되었다.

"걔들하고 말하지 마. 그냥 감시만 해."

"비디아다르! 빨리! 내가 거실 테이블에 지갑을 놓고 왔어."

"아난드는 코 흘리는 걸 좋아해. 걔는 콧물을 마신다니까. 그게 연유라고 생각하나 봐."

"사비는 종기 딱지를 먹어."

"캄라 머리 본 적 있어? 이가 기어다닌다고. 그런데 걔는 꼭 원숭이같이 생겼잖아. 걔가 이를 먹는다니까."

그러자 딸아이들이 비스와스 씨에게 이사를 가자고 애원했다.

*

비스와스 씨는 언제나 자신이 원했던, 외따로 떨어져 있고 사용한 적이 없고 잘 가꾸면 좋아질 만한 자리를 찾았다. 그곳은 그 저택 부지에서 어느 정도 떨어진 거리에, 덤불에 파묻힌 낮은 야산 위에 있었으며, 도로에서도 상당히 떨어진 곳이었다. 그 집은 축성식 없이 짓기 시작하여 채 한 달이 지나지 않아 완공되었다. 그 집의 도안은 비스와스 씨가 그린 베일에서 지으려고 했던 집의 도안과 정확히 동일한 것이었고, 트리니다드의 시골에 있는 수천 채의 집과도 정확히 일치하는 것이었다. 베란다가 있고 침실 두 개와 거실이 있으며, 큰 지주 위에 지은 것이 그러했다. 목재는 부지의 나무에서 얻었다. 비스와스 씨는 톱질하는 비용만 지불했다. 그는 지붕에 얹을 골함석판과 일반 유리와 창문에 붙일 불투명 유리와 거실 문에 붙일 색유리와 기둥을 만들 시멘트를 샀다.

집이 지어지는 속도는 비스와스 씨도 놀랄 정도였다. 건축업자들은 그에게 마음을 돌릴 기회를 주지 않았다. 그러다가 결국 비스와스 씨는 저축한 돈이 거의 바닥이 났다는 것을 알게 되었다. 그는 불안했다. 그의 주변 상황은 바뀐 지 오래였다. 그럼에도 불구하고 그의 바람은 여전히 남아 있었다. 그리고 지금은 희한한 목가적 정취로 변한 모양이었다. 그는 자신이 생각해낼 수 있는 가장 거친 산간벽지에 집을 지었다. 그래서 샤마는 장을 보러 1.5킬로미터를 걸어서 마을로 가야 했고, 물은 코코아 숲 속에 있는 샘에서 산 위까지 길어 와야 했다. 무엇보다 교통이 문제였다. 비스와스 씨는 매일 먼 거리를 자전거로 가야 했으며, 비록 툴시 가족과 단절되긴 했지만 비스와스 씨의 아이들은 가족 차를 타고 학교에 가야 했다.

슬럼버킹 침대(포트오브스페인의 화물 자동차 기사 두 명이 운반을 했는데 그 사람들은 제대로 길이 나 있지 않은 가파른 길을 따라 산을 넘고 넘어 오면서 끊임없이 욕을 해댔다)를 사자 그의 돈은 다 떨어졌다. 그 집에는 페인트칠을 하지 않았다. 그 집은 손질되지 않은 녹지를 배경으로 붉은색 그대로 서 있었으며 외관상으로 보기에는 살고 싶은 집이라기보다 썩어가고 있는 집 같았다.

샤마는 친타와의 말싸움으로 고통스럽기는 했지만 이사를 찬성하지는 않았다. 이사를 하면 사람들을 더 화나게 할 거라고 생각했기 때문에 아이들과 함께 그 집이 세워지는 것을 보면서도 완공되지 않기를 바랐다. 아이들은 쇼트힐스 이전에 살았던 포트오브스페인의 삶으로 다시 돌아가고 싶어 했다. 아이들은 주택이 부족하다는 것을 알고 있었지만 비스와스 씨가 열심히 집을 찾아보지 않는다고 그를 탓했다. 새집은 아이들을 침묵과 덤불 속에 가둬놓았다. 아이들이 재미있어하는 것, 즉 영화 관람, 산책, 심지어 놀이도 할 수 없었다. 왜냐하면 집 주변 땅에서 계속 뱀 냄새가 나고 있었기 때문이다. 밤은 더 길고 더 짙은 것 같았다. 딸아이들은 혼자 있게 될까 봐 겁이 난 것처럼 샤마 옆에 착 달라붙어 있었다. 그리고 샤마는 허름한 부엌에서 슬픈 인도 노래를 불렀다.

그들이 이사 온 지 얼마 되지 않은 어느 늦은 오후에 아난드는 자신이 집에 혼자 있다는 것을 알게 되었다. 비스와스 씨는 외출했고 딸아이들은 샤마와 함께 부엌에 있었다. 그 집은 텅 비고 낯설면서도 여전히 노출되어 있었다. 구석에 숨어봤자 소용없었다. 가구 중에 어느 것도 제자리에 있는 것이 없었다. 호기심보다는 권태에 끌려서 아난드는 샤마의 화장대 맨 아래 서랍을 열어보았다. 부모님의 결혼 증명서와 여형제들과 자신의 출생증명서가 봉투 안에 들어 있는 것을 찾았다. 처음에는 사비의 것인 걸 알아차리지 못했던 한 출생증명서에서 아난드는 한 번도 부르는 것을 들어본 적이 없는 '바소'라는 이름을 보았다. 아난드는 비스와스 씨가 '진짜 부르는 이름: 라크쉬미'라고 휘갈겨 쓴 것을 보았다. '아버지 직업' 칸에는 '노동자'가 열심히 긁혀 지워지고 그 위에 '부동산 소유주'라고 씌어 있었다. 그렇게 휘갈겨 쓴 다른 출생증명서는 없었다. 구겨진 갈색 종이 봉지 안에는 사진 몇 장이 있었다. 한 장은 툴시 집안의 자매들이 일렬로 서서 인상을 찌푸리고 있었다. 다른 사진들은 툴시 집안의 모든 식구가 함께 찍은 사진, 하누만 하우스의 사진, 툴시 펀디트의 사진, 그리고 하누만 하우스에서 찍은 툴시 펀디트의 사진이었다.

부엌에서 샤마가 구슬픈 노래를 부르며 밀가루 반죽을 양 손바닥으로 치고 있었다.

아난드의 눈에 편지 한 묶음이 띄었다. 그 편지들은 아직도 봉투 안에 들어 있었다. 우표는 영국 것이었고 조지 5세의 얼굴이 인쇄되어 있었다. 한 봉투에서 한 영국 소녀가 개를 데리고 창문에 희미하게 엑스 표시가 된 집에서 찍은 작은 갈색 사진들이 떨어졌다. 또 다른 봉투에선 오려진 신문 조각이 나왔는데, 신문에 나온 여러 이름 중에서 한 이름에 잉크로 밑줄이 그어져 있었다. 깔끔한 필체로 적힌 긴 편지들이었지만 별 내용은 없었다. 그 편지들은 받은 편지에 대해서, 학교에 대해서, 방학에 대해서 적고 있었다. 사진을 줘서 고맙다는 내용도 있었다. 그러다 갑자기 편지에 감정이 실리기 시작했다. 그 편지들은 결혼 준비가 그렇게 빨리 진행되는 것에 놀라움을 표하고 있었다. 편지들은 축하한다는 말로 놀라움을 감추려 했다. 그 후 더 이상의 편지는 없었다.

아난드는 서랍을 닫고 거실로 갔다. 그는 팔꿈치를 창턱에 올려놓고 밖을 바라보았다. 금세 태양이 졌고 덤불은 아직 선명하게 보이는 하늘을 배경으로 검은색으로 변하고 있었다. 부엌문과 창문에서 연기가 나왔고, 아난드는 샤마의 노래를 들었다. 어둠이 계곡을 채웠다.

그날 저녁 샤마가 뒤진 듯한 서랍을 발견했다.

"도둑이야!" 그녀가 외쳤다. "이 집에 도둑이 있어요."

*

가족들의 우울한 기분과 자신이 성급했다는 감정에 지고 싶지 않았던 비스와스 씨는 땅을 개간하는 일을 시작했다. 그는 파우이나무만 남겨두었다. 1년에 1주 동안 밝고 순수하게 피어나는 노란 꽃과 가지 때문이었다. 온전하게 살아 있는 덤불이 있던 자리는 스러져서 죽어가며 갈색으로 변한 나무들로 난장판이 되었다. 이런 식으로 비스와스 씨는 집에서 도로까지 이어지는 구불구불한 오솔길을 내고 흙 계단을 만들고 대나무로 계단 버팀목을 댔다. 남은 부스러기를 당장 불사를 수는 없었다. 나뭇잎들은 이미 죽고 바싹 말랐지만 나무는 아직 살아 있었기 때문이었다. 기다리는 동안 비스와스 씨는 파우이나무로 목검을 만들고 모닥불에다 그을렸다. 그러던 중 한 가지 해야 할 일이 생각났다.

그는 어머니를 불렀다. 오랫동안 비스와스 씨는 (뒷골목에 살던 소년이었을 때 이후로 죽) 자기 집을 지으면 와서 같이 살자고 어머니에게 말씀드렸었는데 지금 오시려고 할 것 같지는 않았다. 그런데 어머니는 오셨고 2주 동안 계셨다. 어머니가 어떤 심정이었는지는 알 수 없었다. 처음 봤을 때 그는 애정이 끓어 넘쳤다. 하지만 빕티는 덤덤했고 그러자 비스와스 씨도 어머니를 따라 덤덤하게 되었다. 마치 달라고 하지도 않았는데 그들 사이의 관계가 생겼고 오직 그것을 받아들이는 수밖에 다른 도리가 없는 것같이 그들은 행동했다.

아이들은 힌두어를 알아들을 수는 있었지만 말할 줄은 몰랐다. 그래서 이들과 빕티 사이의 의사소통에는 한계가 있었다. 그러나 샤마와 빕티는 처음부터 사이가 좋았다. 샤마는 빕티의 언니인 타라에게 언제나 그랬던 것과는 딴판으로 조금도 무뚝뚝하지 않았다. 샤마가 힌두인 며느리로서 그지없이 공손하게 빕티를 대하자 비스와스 씨는 놀라면서도 기뻐했다. 샤마는 빕티가 들어오면 자신의 손가락으로 빕티의 발을 만졌고 결코 베일을 쓰지 않은 채 빕티 앞에 나가지 않았다.*

빕티는 집안일과 개간을 도왔다. 빕티가 죽고 난 후 비스와스 씨가 어머니를 떠올리면, 어린 시절이나 뒷골목에서의 기억보다도 쇼트힐스에서 같이 지낸 2주간의 기억이 훨씬 더 많이 떠올랐다. 특히 한 장면이 떠올랐다. 집 앞터는 일부만 정리가 되어 있었다. 그런데 어느 날 오후 비스와스 씨가 야산 꼭대기까지 나 있는 흙 계단으로 자전거를 밀고

---

* 인도에서 존경을 표시할 때 하는 행위들이다. 힌두교도들은 종교 행사 중에 신상의 발을 만진다.

가다가 그날 아침 어지러운 채 그대로 내버려두고 갔던 공터의 일부가 깨끗하게 치워져 있는 것을 보게 되었다. 빕티가 평평하게 다져서 쇠스랑으로 긁어 흙을 골라놓은 게 분명했다. 검은 흙이 돌 하나 없이 부드럽게 다져져 있었다. 삽으로 깨끗하게 흙을 잘라 마치 석공이 작업한 것처럼 말끔하게 축축한 흙벽만 남겨놓은 것이었다. 갈아놓은 땅 여기저기에 뾰족한 쇠스랑 끝의 얕으면서도 일정한 자국이 남아 있었다. 비스와스 씨가 멀고 먼 옛날에 알고 있던 땅과 비슷한 땅에서 빕티가 일을 하자, 지는 태양과 서글픈 어스름 아래에서, 잠시나마, 중간에 놓여 있던 세월이 멀리 사라져버렸다. 그 후 땅 위에 찍힌 쇠스랑 자국만 보면 비스와스 씨는 그때 야산 꼭대기와 빕티가 생각나는 것이었다.

*

아이들은 땅에 불을 놓는 것이 축하 행사라도 되는 듯이 기대하고 있었다. 민방위군의 훈련을 보면서 아이들은 이미 큰불을 보는 맛을 들여놓았는데, 게다가 지금 자기 집 뒷마당에서 산이 불에 타는 것을 보게 된 것이다. 그것은 포트오브스페인의 경마장에서 벌어졌던 모의 공습 훈련만큼이나 그럴싸할 것 같았다. 물론 불태울 모형 집이나 구급차, 다친 척 신음하는 사람들을 돌봐줄 간호사나 오토바이를 타고 신속하게 가는 척 연기하며 짙은 연기 속을 돌진해 들어갈 보이스카우트도 없었다. 더군다나 군중이 소리를 지르며 말리는 데도 불구하고, 아직 제대로 그을리지도 않은 모형 집을 구해내는 열성적인 소방관도 없을 것이었다.

비스와스 씨는 아이들이 은근히 불신하는 손재주를 보여줘가며, 참

호를 파고 잔가지와 잎으로 자신이 전략 지점이라고 부르는 둥지같이 생긴 것을 여러 개 만들었다. 토요일 오후 비스와스 씨는 아이들을 불러내, 나뭇가지 하나에 피치오일을 적셔서 불을 붙이고 이 둥지에서 저 둥지로 돌아다녔다. 그는 마치 폭탄에 불이라도 붙이듯이, 불붙은 가지를 둥지 안에 찔러 넣고는 폴짝 뛰며 뒤로 물러났다. 여기서는 잎 하나에 불이 붙고, 저기서는 나뭇가지 하나가 활활 타다가, 불살이 줄어들더니 그을음만 남기고 꺼져버렸다. 비스와스 씨는 기다려가며 불을 살펴보지 않았다. 아이들이 고함을 지르건 말건 그는 사그라지고 있는 검은 연기를 길게 남기며 계속 달렸다.

"괜찮을 거야." 불꽃이 떨어지는 나무토막을 쥔 채 산등성이로 가며 그가 말했다. "괜찮을 거야. 불이라는 게 웃기는 거거든. 꺼졌다 싶은데도 사실 땅 밑에서는 지옥처럼 활활 타고 있다니까."

한 줄기의 연기가 고장 난 분수처럼 사그라졌다.

"저게 아빠 충고를 받아들여서 지하로 갔나 봐요." 사비가 말했다.

"잘 모르겠다." 그가 근지러운 발목을 다른 쪽 발목에다 비비며 말했다. "아마 숲에 물기가 너무 많은 모양이야. 아마 다음 주까지 기다려야 할걸."

불평 소리가 마구 일어났다.

사비는 손을 얼굴에 대고 뒤로 물러났다.

"무슨 일이야?"

"뜨거워서요." 사비가 말했다.

"좀 참아. 다른 덴 뜨거운 곳 없나 살펴봐. 이 광대들아. 내가 키우는 자식들이 그거네. 광대패 말이야."

부엌에서 샤마가 소리쳤다. "서둘러요, 모두. 해가 지고 있어요."

그들은 비스와스 씨가 불을 낸 둥지를 살펴보러 갔다. 둥지들이 무너지거나 작아져서 회색 잎과 검은 가지가 얇게 쌓여 있었다. 한 개에만 불이 붙었는데 그곳에 난 불도 신통찮게 두꺼운 가지들은 피하고 작은 가지들만 야금야금 태워먹었다. 이어 나무껍질이 말려들어갔고 생나무의 푸른 잎에 불이 붙자 엄청난 연기를 내며 그을렸다. 다시 후진하여 가지 하나를 천천히 태우며, 갈색 이파리들을 그슬리고 잠깐 확타오르더니 꺼져버렸다. 땅바닥에는 산발적으로 불꽃이 몇 개 일어났지만 높이가 3센티미터도 되지 않았다.

"불꽃놀이 하는 것 같아요." 사비가 말했다.

"그럼 너희들이 직접 해봐라."

아이들은 부엌으로 달려가서 샤마가 램프에 쓰려고 사둔 피치오일을 잡아 쥐었다. 아이들은 덤불의 아무 곳에나 피치오일을 붓고 불을 붙였다. 몇 분이 지나자 덤불이 타올랐고, 노란색, 빨간색, 푸른색, 녹색이 넘실거리는 바다가 되었다. 아이들은 서로 다양한 색깔이 나는 이유에 대해 의견을 교환했다. 그리고 불이 빠르게 번지면서 내는 탁탁, 바지직 하는 소리를 즐겁게 들었다. 순식간에 큰 불길이 사그라졌다. 해가 졌다. 숯으로 변한 이파리가 공기 중으로 올라갔다. 저녁을 먹고 난 후 아이들은 참호 가장자리에 있는 불을 때려잡아야 하는 서글픈 일을 했다. 갈색 바다는 검게 변했고 붉은색으로 반짝이거나 번쩍이고 있었다.

"다 됐다." 비스와스 씨가 말했다. "푸자는 끝났다. 이제 책을 읽어야지."

그들은 텅 빈 거실로 들어갔다. 때때로 아이들은 창문 쪽으로 갔다. 조금 더 밝은 하늘을 배경으로 검은색 산이 보였다. 여기저기에서 붉은색이 보였고 때때로 노란 불꽃이 터지기도 했는데 큰 불길이 되지는 못한 듯 공중에서 떠돌아다녔다.

*

아난드는 쇼트힐스와 포트오브스페인을 오가는 낡고 붐비는 버스에 타고 있었다. 뭔가가 잘못됐다. 그는 버스 바닥에 누워 있었고 사람들이 그를 내려다보며 쑥덕거리고 있었다. 버스는 새로 정비한 도로 위를 달리고 있었음에 틀림없었다. 그런데 차의 바퀴가 자갈을 튕겨 그것이 옆면에 부딪혔다.

미나와 캄라가 아난드를 내려다보며 서 있었고, 사비가 그를 흔들어 깨웠다. 그는 거실의 자기 잠자리에 누워 있었던 것이다.

"불났어!" 사비가 말했다.

"지금 몇 시야?"

"2시 아니면 3시. 일어나, 빨리."

사람들이 쑥덕거리는 소리와 버스 옆면에 부딪히는 자갈 소리는 불이 내는 소리였다. 창문을 통해 아난드는 산이 붉은색으로 변한 것을 볼 수 있었다. 불을 붙이지 않았던 장소들도 온통 붉은색이었다.

"아빠는? 엄마는?" 그가 물었다.

"밖에. 우리가 큰집에 가서 알려야 돼."

집을 둘러싼 덤불은 붉긴 했지만 아직 불길이 붙지는 않은 것 같았다. 열기로 숨 쉬기가 힘들었다. 아난드는 야산 꼭대기에 있는 두 그루의 파우이나무를 눈으로 살폈다. 그 나무들은 하늘을 배경으로 이파리 없이 시커멨다.

서둘러서 옷을 입었다.

"우릴 두고 가지 마." 미나가 말했다.

아난드는 비스와스 씨가 밖에서 소리치는 것을 들었다. "쳐서 뒤로 가게 해. 부엌에서 뒤로 가도록 때리라고. 집은 안전해. 집 주변에는 덤불이 없어. 부엌에만 불이 안 붙게 하면 돼."

"사비!" 샤마가 소리쳤다. "아난드 일어났니?"

"우릴 두고 가지 마." 캄라가 울부짖었다.

네 아이는 집을 나가서 도로로 향하는 통로 앞에 새로 쇠스랑 자국이 생긴 길을 지나 걸어갔다. 산등성이 아래가 암흑 천지여서 그들은 깜짝 놀랐다. 오솔길과 도로 사이에는 불이 없었다.

미나와 캄라가 앞에 있는 어둠과 뒤에 있는 불이 무서워 울부짖었다.

"쟤들은 내버려둬." 샤마가 소리쳤다. "그리고 어서 서둘러."

사비와 아난드는 눈에 보이지도 않는 흙 계단을 따라 내려가는 길을 골랐다.

"누나, 내 팔을 잡아." 아난드가 말했다.

그들은 손을 잡고 야산 아래로 가다가 구곡으로 들어갔고, 다시 구곡을 따라 위로 올라가서 도로로 들어갔다. 어둠 위로 나무가 둥근 곡선을 그리고 있었다. 어두움에도 무게가 있는 것 같았다. 왜냐하면 눈썹까지 내려오는 모자를 쓴 듯이 묵직하게 느껴졌기 때문이다. 아이들은 뒤에는 물론이고 앞에도 또 위에도 어둠이 있다는 것을 굳이 떠올리고 싶지 않아서 머리를 들어 쳐다보지 않았다. 눈을 도로에 고정하고는, 소리를 내기 위해 헐거운 자갈돌을 발로 찼다. 공기가 차가웠다.

"'라마 라마'라고 말해." 사비가 말했다. "그러면 어떤 것도 다 물러날 거야."

그들은 '라마 라마'를 외웠다.

"이 일로 혼나야 할 사람은 아빠야." 사비가 갑자기 말했다.

'라마 라마'를 되풀이해서 외우자 안심이 되었다. 그들은 어둠에 익숙해졌다. 그들은 몇 미터 앞에 있는 나무를 구분할 수 있었다. 강철 문 뒤에 있는, 주택 부지의 폭발물을 보관하는 땅딸막한 콘크리트 박스가 도로 옆에서 안심이라도 시키려는 듯 흰색으로 흐릿하게 보였다.

마침내 그들은 코코넛 줄기로 만든 다리를 건넜다. 집의 처마를 따라 붙어 있는 흰색 뇌문 세공이 보였다. 툴시 부인의 방은 밤이면 언제나 그렇듯 불이 켜져 있었다. 그들은 위험한 다리를 건너가 고빈드와 W. C. 터틀이, 그때만큼은 고맙게도, 나무를 잘라주어서 생긴 공터로 들어섰다. 차도 위에서 자라는 키가 크고 젖은 잡초가 맨다리를 쓰다듬었다. 아이들은 뱀의 냄새에 촉각을 세우며 킁킁거렸다.

무거운 숨소리가 들렸다. 아이들은 그 소리가 어느 방향에서 나는지 구분할 수가 없었다. 아이들은 '라마 라마'라고 중얼거리는 소리를 멈추고 서로 몸을 밀착한 채 멀리서 회색으로 환하게 비치는 콘크리트 계단을 향해 달려갔다. 그 숨소리가 계속 따라왔으며, 차분하게 서두르지 않는 발소리 역시 따라왔다.

아난드가 왼쪽을 흘끗 보자 크리켓 구장의 노새가 보였다. 노새가 그들을 따라서 뒤엉킨 울타리의 철조망을 따라 움직이고 있었다. 아이들이 차도의 끝에 도착했다. 노새는 구장의 끝에 다다르자 멈추어 섰다.

아이들은 축 처져 걸려 있는 육두구나무를 피해가며 콘크리트 계단을 달려 올라갔다. 그리고 베란다 문의 빗장을 손으로 더듬다가 그 소리에 자기들이 놀랐다. 아이들은 문과 창문을 긁고 툴시 부인 방의 벽을 두드렸으며 커다란 거실 문들을 마구 흔들었다. 아이들은 소리쳤다.

아무 대답이 없었다. 아이들이 내는 모든 소리가 자기들에게는 폭음처럼 들렸다. 그러나 사실은 침묵과 어둠 속에서 속삭이는 소리만을 냈을 뿐이었다. 아이들의 발자국 소리와 문을 두드리는 소리, 아난드가 상한 케이크와 과부들의 옥수수 사이를 비틀거리며 지나가는 소리가 기껏해야 쥐들이 후다닥 지나가는 소리로밖에는 들리지 않았던 것이다.

그때 아이들은 낮고 놀란 듯한 목소리, 즉 한 이모가 다른 이모에게 속삭이는 소리와 툴시 부인이 수실라를 부르는 소리를 들었다.

아난드가 고함쳤다. "이모!"

목소리들이 조용해졌다. 그러고 나서 그 목소리들이 다시 커졌는데 이번에는 시비조의 목소리였다. 아난드가 창문을 세게 두드렸다.

한 여자 목소리가 말했다. "키 작은 사람 두 명이야!"

감탄 소리가 들렸다.

그들을 하리와 파드마의 영혼이라고 생각하고 있었던 것이다.

툴시 부인은 신음 소리를 내며 힌두교의 악령을 쫓는 주문을 외웠다. 안에서 모든 문이 열리고 바닥에서는 요란한 발자국 소리가 났다. 큰 목소리로 막대기, 단검, 신을 언급하는 험악한 말이 오가는 동안 병실을 맡은 과부이자 초자연적인 존재에 대한 전문가인 수실라가 상냥하게 달래는 목소리로 물었다. "불쌍한 소인(小人)들이여, 당신들을 위해 뭘 해드릴까요?"

"불이요!" 아난드가 고함쳤다.

"불이 났어요." 사비가 말했다.

"우리 집에 불이 났다고요!"

비록 사비와 비스와스 씨를 험담하며 숙덕거리는 데 함께하긴 했지만 수실라는 아이들에게 계속 상냥하게 말해야겠다는 의무감을 느졌다.

그 집 식구들이 하고 있었던 걱정은 불이라는 새로운 소식을 접하자 생기발랄한 에너지로 변했다.

"그런데 진짜," 고소하다는 듯한 태도로 준비하던 친타가 말했다. "어떤 바보가 밤에 땅에 불을 놓으면 탈이 난다는 걸 모를까요?"

사방에서 불이 켜졌다. 째지듯 울던 아기들이 잠잠해졌다. 툴시 부인이 말하는 소리가 들렸다. "이봐, 자네 머리에 뭘 좀 쓰게나. 이슬은 누구한테든 안 좋은 거야." "단검, 단검." 샤르마의 과부가 소리쳤다. 그리고 아이들은 신이 나서 "모헌 이모부네 집이 타서 무너지고 있대!" 라고 소식을 전했다. 겁을 집어먹은 몇몇 소심한 사람들은 그 불이 숲을 통과하여 큰집까지 올 수도 있다고 걱정했다. 그리고 불이 폭약에 끼칠 영향에 대한 진지한 고찰이 오고갔다.

불이 난 곳까지 가는 길은 마치 소풍을 가는 것 같았다. 거기에 가서 툴시 집안사람들은 온 정성을 다해 자르고 치우고 때리는 일을 했다. 그 일은 축하 행사가 되었다. 친정 식구들을 두번째로 대접하는 여주인 샤마는 말짱하게 서 있는 부엌에서 커피를 준비했다. 그리고 적대감은 잊어버린 비스와스 씨가 모든 사람에게 고함쳤다. "다 괜찮아요. 다 괜찮아요. 불은 다 잡았어요."

검게 타고 속이 말라버린 알 몇 개가 발견되었다. 그게 뱀의 알인지 과부들의 가출한 암탉이 낳은 알인지는 아무도 알지 못했다. 부엌에서 채 20미터도 떨어지지 않은 곳에서 타 죽은 뱀 한 마리도 발견되었다. "신이 도운 거야." 비스와스 씨가 말했다. "저 개자식이 날 물기 전에 타 죽은 게 말이야."

아침이 되자 여전히 페인트칠이 안 된 붉은색의 집이 그을리고 연기가 나며 황폐해진 것이 보였다. 구경하러 달려온 마을 사람들은 자기 마을이 야만 종족에게 넘어갔다고 믿었던 것이 옳았다는 것을 확인했다.

"숯이요, 숯." 비스와스 씨가 모두에게 소리쳤다. "숯 필요한 사람 없어요?"

그 후 며칠 동안 그 계곡은 바람이 부는 곳마다 재가 일어나 어두워졌다. 재는 빕티가 쇠스랑 자국을 낸 공터에도 뽀얗게 앉았다.

"이게 이 땅에 제일 좋은 거야." 비스와스 씨가 말했다. "제일 좋은 비료라니까."

4. 글 읽는 아이들과
공부하는 아이들 사이에서

　그는 쇼트힐스의 집을 그냥 떠날 수는 없었다. 그는 그 집에서 풀려나야 했다. 그리고 곧 그런 일이 생겼다. 교통편이 끊긴 것이다. 버스 운행 사정이 더 나빠졌다. 스포츠카는 그 전에 있던 차만큼이나 많은 문제가 생기기 시작해서 팔아야만 했다. 그리고 바로 그즈음에 포트오브스페인에 있는 툴시 부인의 집이 비었다. 비스와스 씨는 그 집에서 방 두 개를 주겠다는 제안을 즉시 승낙했다.

　그는 자신이 운이 좋다고 생각했다. 포트오브스페인의 주택 부족 현상은 미국인 밑에서 하는 일거리를 찾아 불법 이민자들이 다른 섬에서 꾸준히 들어오는 바람에 계속 악화되어갔다. 도시의 동쪽 끝에는 삽시간에 판잣집만 있는 마을이 생겼다. 그리고 집을 산다 해도 방 한 칸 차지한다는 보장도 할 수 없게 되었는데, 그것은 샤마가 과거 냉정하게 저질렀던 것처럼 세입자를 마구 내쫓는 것을 금하는 법이 생겼기 때문이었다.

그는 자신 때문에 생긴 폐허 한가운데에다가 '집 팔거나 세 놓습니다'라고 적힌 표지판을 세우고 포트오브스페인으로 이사했다. 쇼트힐스에서의 모험은 끝났다. 그 모험에서 그는 가구 두 점, 즉 슬럼버킹 침대와 테오필이 만든 책장만을 건졌을 뿐이다. 대신 포트오브스페인의 집으로 다시 이사 올 때 그는 혼자서만 오지는 않았다.

터틀네 집안 식구들이 왔고, 고빈드와 친타와 그 집 아이들이 왔고, 과부 바스다이가 왔다. 터틀네 사람들은 그 집에서 상당히 많은 곳을 차지했다. 그들은 거실, 식당, 침실 하나, 부엌, 그리고 욕실에 세를 들었던 것이다. 그리고 이렇게 되자 그들은 세를 내지 않고 사실상 앞쪽 베란다와 뒤쪽 베란다까지 맘대로 썼다. 고빈드와 친타는 방 하나에만 세를 들었다. 친타는 자기들이 경제적인 여유가 있긴 하지만 저축을 해서 더 좋은 집을 사려고 한다는 말을 넌지시 흘렸다. 그리고 이런 사실을 과시하기라도 하듯 고빈드가 갑자기 낡은 옷을 입는 습관을 버리고, 여러 벌의 스리피스 양복을 엿새 연속으로 입고 나타나 정신병자처럼 히죽거리며 웃고 다녔다. 매일 아침 친타는 고빈드의 양복 중에 다섯 벌을 햇볕에 널고 털었다. 친타는 집을 떠받치는 지주 아래에서 식사를 마련했고, 아이들도 집 아래 공간에 놓인 테오필이 쇼트힐스에서 만든 긴 삼나무 벤치 위에서 잤다. 과부인 바스다이는 뜰에 따로 지어진 하인 방에서 살았다.

비스와스 씨의 두 방은 앞쪽 베란다로만 들어갈 수 있었다. 그런데 그곳은 터틀의 영토였다. 처음에 비스와스 씨는 안쪽에 있는 방에서 잠을 잤다. 하지만 터틀네 사람들이 거실에 켜놓은 빛과 소음이 파티션 꼭대기에 있는 환기통 틈으로 새어 들어오자 어쩔 수 없이 앞쪽 방으로 옮겼다. 그런데 그곳에 있으니 샤마와 아이들이 안쪽 방으로 쉴 새 없이 들락거리며 분통 터지게 했다. 친타와 같이 샤마도 건물 아래에서 요리를 했다. 그리고 비스와스 씨가 음식을 달라거나 매클린 사의 위장 약을 달라고 소리치면 거리가 훤하게 보이는 앞 계단으로 올라와 건네주었다.

그 집은 조용할 일이 없었고 W. C. 터틀이 축음기를 샀을 때는 거의 참을 수 없는 지경까지 갔다. 그는 레코드판 한 장을 틀고 또 틀었다.

달빛이 그윽한 어느 저녁에
로지타가 웰로라는 젊은 남자를 만났네.
그 남자가 그녀를 이렇게 잡았지, 사랑스럽게,
그러고는 입술을 훔쳤다네, 이 남자가.
티피 티피 텀 티피 텀

그리고 이 마지막 대목에서 W. C. 터틀은 언제나 휘파람을 불고, 노래를 하고, 손으로 두드려가며 따라 불렀다. 그래서 그 레코드판이 이 대목에 이를 때마다 비스와스 씨는 자기도 모르게 W. C. 터틀이

티피 티피 텀 티피 텀
티피 티피 티이이 피 텀 텀 텀*

이라고 따라 부르길 기다리며 듣고 있는 것이었다.

---

* 「티피틴Ti Pi Tin」이라는 노래의 가사.

W. C. 터틀과 고빈드 사이에도 분쟁이 일어났다. 그들은 둘 다 자기 차를 집 옆에 있는 차고에 주차했고 아침이 되면 언제나 상대방이 차를 빼는 데 방해를 놓았다. 그들은 이 싸움을 서로 말 한마디 하는 법 없이 잘도 했다. W. C. 터틀은 터틀 부인에게 형부나 제부들이 문맹이라고 말했고, 고빈드는 친타에게 불평했다. 그러면 두 아내들은 참회라도 하듯 들어주는 식으로 말이다. 그리고 툴시 부인으로부터 멀리 떨어져 있는 지금, 이 자매들은 매일 자기들의 문제, 즉 누구 아이가 빨래를 더럽혔다든지, 누구 아이가 화장실을 더럽게 해놓고 나갔다든지 하는 문제로 시시한 언쟁을 벌였다. 과부 바스다이가 종종 개입했고, 때때로 이들은 터틀네의 뒤쪽 베란다에서 눈물을 줄줄 흘려가며 화해했다. 이런 화해는 터틀네가 새로운 가구나 옷을 구입하고 나서 습관적으로 하는 것이라고 말한 사람은 바로 친타였다.

W. C. 터틀네는 자기 집에 엄격한 브라만 체제를 세워놓고 있으면서도 현대풍이라면 덮어놓고 따랐다. 축음기에 이어 그는 라디오와 앙증맞은 테이블 여러 개과 모리스식 의자 세트를 샀다. 그러다 터틀이 횃불을 들고 있는 1.2미터 크기의 여자 나신상을 샀을 때는 난리 법석이 났다. 횃불을 든 그 여자가 온 이후 아주 긴 휴전이 이어지던 어느 날 터틀 방 안에 놓인 가구 사이를 돌아다니던 미나가 실수로 횃불을 든 여자의 팔을 부러뜨렸던 것이다. 터틀네 사람들은 또다시 국경을 봉쇄했다. 무언의 압력 때문에 어쩔 수 없이 미나는 매질을 당했고 터틀네 식구와 비스와스 씨네 식구 사이의 관계에는 다시 한 번 냉기가 돌았다. 샤마가 옆 도로에 있는 가구점으로부터 유리 캐비닛을 주문했다고 발표하자 상황은 개선의 여지 없이 심각해졌다.

유리 캐비닛이 왔다.

친타는 자기 아이들에게 영어로 말했다. "비디아다르, 시바다르! 앞문에서 멀리 떨어져. 너희들이 다른 사람 물건을 깨러 가게 하고 싶지도 않고, 다른 사람들이 내가 질투해서 그런다고 말하게 하고 싶지도 않으니까 말이야."

그 우아한 캐비닛이 앞 계단 위로 올라가다 유리 문짝 하나가 흔들려 열리더니 계단에 부딪혀서 박살이 났다. 거실 문 양쪽의 미늘창 뒤에 어설프게 숨어 있던 터틀네 사람들은 이 장면을 찬찬히 보았다.

비스와스 씨는 그날 저녁 말했다. "오! 오! 유리 캐비닛이 왔어, 샤마. 유리 캐비닛이 왔다고, 여보. 지금 할 일은 그 안에 뭘 넣는 거야."

샤마는 선반 위에 일제 커피잔 세트를 펼쳐놓았다. 나머지 선반은 텅 빈 채 남아 있었다. 샤마는 그걸 사느라 진 빚을 갚으려고 여러 달 애를 써야 했는데, 결국 그 유리 캐비닛은 재봉틀, 암소, 커피잔 세트처럼 조롱거리가 된 샤마의 소지품 중 하나로 남았다. 유리 캐비닛은 앞쪽 방에 놓였는데, 그 방은 슬럼버킹 침대, 테오필이 만든 책장, 모자걸이, 부엌 테이블, 흔들의자로 이미 꽉 차 있었다. 비스와스 씨는 이렇게 말했다. "이봐, 샤마, 두 방에 각이 제대로 잡히게 정리하려면 침대 하나가 더 있어야겠어."

집은 더 심하게 복닥거렸다. 포트오브스페인에서 돈을 벌 상륙 작전을 펼칠 기지로 하인 방을 쓰던 과부 바스다이가 그 계획을 포기하고, 대신 쇼트힐스에서 온 사람들에게 숙박과 식사를 제공하는 일을 하기로 결심했던 것이다. 과부들은 자기네 자식들을 교육시키는 데 거의 미치다시피 열을 내고 있었다. 더 이상 그들을 보호해줄 하누만 하우스는 없었다. 모든 사람은 오와드와 셰카가 이미 진입한 신세계에서 스스로의 힘으로 싸워야만 했고 그곳에서는 교육만이 유일한 보호책이었다. 쇼트힐스에 있는 초등학교를 졸업하자마자 아이들은 포트오브스페인으로 보내졌다. 바스다이는 이 아이들에게 하숙을 쳤다.

바스다이는 자신이 쓰는 작은 하인 방과 뒤쪽 울타리 사이에 함석판으로 방을 하나 더 만들었다. 그녀는 여기서 요리를 했다. 하숙생들은 하인 방의 계단에서, 마당에서, 본 건물 아래의 공간에서 밥을 먹었다. 여자애들은 바스다이와 함께 하인 방에서 잤다. 남자아이들은 고빈드의 아이들과 함께 집 아래 공간에서 잤다.

때때로 사람들과 소음에 떠밀려 비스와스 씨는 아난드를 데리고 포트오브스페인의 조금 더 조용한 지역으로 밤 산책을 갔다. "이 도로가 그 집보다 더 깨끗하겠다." 그가 말했다. "위생 검열관이 딱 한 번이라도 거길 방문해보라지. 그랬다간 모두 감옥에 가게 될걸. 밥 먹으러 오는 애들이나 자려고 오는 애들, 그리고 모두 다 말이야. 확 신고해버릴까 보다."

매일 아침 한 떼의 학생들이 쏟아져 나왔다가 오후가 되면 다시 몰려 들어가는 그 집은 얼마 안 있어 그 도로의 명물이 되었다. 그리고 이런 일 때문이든지, 정말로 위생 검열관이 겁을 주었기 때문이든지 간에 쇼트힐스에서 툴시 부인이 뭔가 조치를 취하기로 결정했다는 소식이 왔다. 집 밑에 있는 공간에 바닥과 벽을 세워 칸막이와 방을 만들고 벽돌담 위에는 격자창을 만든다는 말이 돌았다. 하지만 집 아래에 있는 지주 중에서 바깥쪽에 있는 지주 사이 공간을, 일부 석고칠을 하고 페인트칠은 전혀 안 한 속 빈 진흙 벽돌로 만든 낮은 담으로 연결하기만 했다. 격자창은 만들 조짐도 없는 듯했다. 그 대신 집을 가리기 위해 철조망 울타리를 없애고 거기에 벽돌담을 높게 쌓았다. 그리고 이 담에는 석고칠도 하고 페인트칠도 했다. 그러자 거리에 있는 사람들은 그 집이 오후

나 저녁이나 이른 아침에 학교처럼 웅성거리며 몰려다니는 어린아이들을 먹이고 재우기 위한 시설이겠거니 하고 추측만 할 수 있게 되었다.

아이들은 거주하는 아이들과 하숙하는 아이들로 나뉘었고, 가족 단위로 다시 세분화되었다. 싸움질도 빈번하게 일어났다. 하숙하는 아이들은 쇼트힐스에서 말싸움거리를 가져와서는 포트오브스페인에서 해결을 보았다. 그리고 매일 저녁 웅성거리는 소리 너머로 매질하는 소리(바스다이는 하숙하는 아이들에게 매질할 수 있는 권한도 가지고 있었다)가 들렸다. 또한 바스다이는 "읽어! 공부해! 공부해! 읽어!"라고 고함을 질러댔다.

그리고 매일 아침 머리를 말끔하게 빗질하고 깨끗한 셔츠를 입고 넥타이를 조심스럽게 맨 비스와스 씨가 이 지옥을 빠져나와서 넓고 조명과 환기가 잘되어 있는『센티널』의 사무실로 자전거를 타고 갔다.

지금 그가 샤마에게 "굴이야! 당신네 가족이 날 집어넣은 곳이 거기야. 이 굴 말이야!"라고 말할 때 그가 한 이 말은 불쾌하긴 하지만 틀린 말은 아니었다. 전에는 시골에 있는 자기 집이나 장모가 가진 부지에 대해 말하곤 했지만, 지금은 동물이 자기 굴을 숨기듯이 비스와스 씨가 자기 주소지를 감추고 있었기 때문이다. 그리고 비스와스 씨의 굴은 안식처가 아니었다. 소화 불량이 심각한 증세로 재발했다. 그리고 비스와스 씨는 아이들에게 점점 더 많은 온갖 신경성 질병이 생긴 것을 알게 되었다. 사비는 피부 발진으로 고생했고 아난드는 갑자기 천식이 발병했다. 천식이 한번 발작하면 아난드는 사흘씩 숨도 잘 쉬지 못한 채 누워 있었다. 아무 쓸데없는 약솜을 붙여서 그의 가슴에는 그을린 자국이 생기고 살갗이 벗겨지기도 했다.

그래도 계속해서 하숙하는 아이들이 몰려들었다. 교육 광풍이 아르와카스에 있는 툴시 부인의 친구들과 하인들에게까지 퍼졌던 것이다. 그 사람들은 자기 아이들이 포트오브스페인의 학교에 가기를 원했고, 과거 지금과 다른 시절부터 계속 맡아왔던 임무를 수행하기 위해 툴시 부인은 이 아이들에게 숙식을 제공해야만 했다. 그래서 바스다이는 이 아이들에게도 하숙을 쳤다. 매질과 줄이 더 늘어났다. "읽어! 공부해!" 하는 고함 소리도 더 늘어났다. 매일 아침 재잘거리는 아이들이 높은 담 사이로 난 좁은 대문을 통해 물길처럼 빠져나간 지 얼마 되지 않아 말쑥하게 차려입은 비스와스 씨가 나타나 『센티널』로 자전거를 타고 갔다.

자기가 맡은 일거리가 마음에 들지 않고, 또 쇼트힐스에서 모험을 할 때조차 한 번도 잊어본 적 없는 해고에 대한 두려움이 있었음에도 불구하고, 지금 사무실은 매일 아침 비스와스 씨가 도망가는 안식처였다. 그리고 버넷 씨 시절 취재부장처럼 그도 사무실을 떠나는 걸 무서워했다. 비스와스 씨는 책을 읽고 공부하는 아이들이 학교에 있을 시간이자 W. C. 터틀과 고빈드가 일할 시간인 정오 때만 집에 있을 만하다고 생각했다. 그는 자신에게 좀더 긴 정오 휴식 시간을 주었고 오후에 더 오래 사무실에 머물렀다.

그때 샤마가 또다시 자신의 금전 출납부를 꺼냈다. 그러면서 또다시 비스와스 씨가 버는 돈으로 사는 것이 얼마나 불가능한가를 보여주었다. 자기혐오는 분노와 고함 소리, 그리고 눈물로 이어졌고 저녁이면 유독 심해지는 소란에 뭔가를 보태주며, 신경을 찢어놓는 무력감까지 더해주었다. 낮에 그는 『센티널』의 사진사와 함께 『센티널』의 자동차를 타고서 '올해의 쌀 수확 전망'에 대한 특집 기사에 실을 소재를 찾아 들판으로 가서 인도인 농부들의 집을 방문했다. 일자무식인 그 농부들은 비스와스 씨가 그날 저녁 어떤 집으로 돌아가는지도 모르고 그를 대단히 높은 양반인 양 대접해주었다. 그리고 비스와스 씨의 형들처럼 농장에서 시작하여 돈을 모아 자기 땅을 산 바로 이 사람들은 큰 저택을 짓고 있었다. 그들은 자기 아들들을 의사와 치과 의사로 만들기 위해 미국과 캐나다로 보내고 있었다. 트리니다드에는 돈이 있었던 것이다. 택시로 미국인들을 실어주는 고빈드의 옷에서, 그리고 미국인들에게 화물 트럭을 빌려주는 W. C. 터틀의 소유물에서, 새 차와 새 건물에서 그 사실을 확인할 수 있었다. 그리고 이 돈은, 비록 마르쿠스 아우렐리우스와 에픽테토스를 읽었어도, 또 새뮤얼 스마일스를 읽었어도, 비스와스 씨 본인에게는 막혀 있다는 것도 알게 되었다.

이때가 바로 비스와스 씨가 아이들에게 자신의 어린 시절을 이야기해주기 시작한 때였다. 그는 아이들에게 그 오두막집과 밤에 정원을 파던 남자들에 대해 말해주었다. 그리고 아이들에게 나중에 그 땅에서 발견된 석유에 대해 말해주었다. 그 재산은 그들의 것이 되었을 것이다, 만약 비스와스 씨의 아버지가 죽지 않았다면, 그가 형들처럼 땅에 붙어 있기만 했으면, 그가 파고테스에 가지 않고, 간판장이가 되지 않고, 하누만 하우스에 가지 않고, 결혼만 하지 않았더라면 말이다! 단지 그렇게 많은 일이 생기지만 않았으면 말이다!

그는 아버지 탓을 했다. 어머니 탓을 했다. 툴시 집안 탓을 했다. 샤마 탓을 했다. 마음속에서 혼돈스럽게 탓을 하고 또 탓을 했다. 조금 더 지나자 『센티널』 탓을 하게 되었고, 마치 샤마가 그 신문사 이사진의 한 명이라도 되는 것처럼, 잔인하게도 자신은 다른 직업을 찾을 것이며 만약 사태가 최악에 최악으로 치닫게 되면 미국인들 밑에서 일하는 막노동 일을 구할 것이라는 암시를 주었다.

"노동자라니요!" 샤마가 말했다. "저 해먹으로 키운 근육으로 얼마나 버틸 수 있는지 한번 봅시다."

이런 말을 들으면 그는 화를 내거나 괴상한 장난을 했다. 즉, 슬럼버킹 침대에 러닝셔츠와 바지를 입고 누워 평소 때처럼 미래에 대해 골똘하게 생각하면서, 신혼 초에 하누만 하우스의 긴 방에서 했던 것처럼 한쪽 다리를 들고 축 늘어진 장딴지를 손가락으로 찌르거나 흔들거리게 하곤 했다. 자신은 돈을 벌 때 정직한 태도를 유지했다는 허무맹랑한 설교를 하거나 (아이들에게 이런 유의 돈 이야기를 듣는 것은 허용되었기 때문이다) 아이들에게 자신은 좋은 교육과 건전한 훈육밖에는 남겨줄 것이 없다고 말한 것도 바로 이때였다.

아난드가 학교에서 어떻게 남자아이들이 자기 아버지의 직업을 말하도록 부추겨지는지 말한 것도 바로 이런 설교를 하던 때였다. 이는 일종의 새로운 학교 놀이였는데 이미 장학금 시험 특별반에까지 퍼져 있었다. 가장 꾸준하게 질문을 받는 아이들은 가장 천대받고 별 볼 일 없는 계층 출신이었다. 이 아이들은 공격적으로 반응하면서 자신들이 천대받거나 별 볼 일 없지 않다는 것을 드러내려 했다. 미국 신문에서 '언론인'이 거만한 단어라고 읽었던 아난드는 아버지가 기자라고 했는데 이 단어는 그럴싸하게 들리지도 않지만 놀림거리가 되지도 않을 그런 것이었다. 고빈드의 아들인 비디아다르는 아버지가 미국인들 밑에서 일한다고 말했다. "요즈음 아이들은 모두 다 그렇게 말해요." 아난드가 말했다. "왜 비디아다르는 자기 아버지가 택시 운전사라고 하지 않을까?"

비스와스 씨는 웃지 않았다. 고빈드는 정장 여섯 벌을 가지고 있고, 고빈드는 돈이 있었고, 고빈드는 곧 자기 소유의 집도 가지게 될 것이다. 비디아다르는 전문직이 되기 위해 외국으로 보내질 것이다. 반면 아난드를 기다리고 있는 것은 무엇인가? 관세청에서 일을 얻거나 시청에서 사무원이 될 것이며, 이것은 곧 음모, 굴욕, 종속을 의미한다.

아난드는 자기 농담이 썰렁했다는 것을 깨달았다. 그리고 며칠 후, 새로운 퀴즈, 즉 소년들이 자기 부모를 어떻게 부르나 하는 질문이 온 학교에 돌았을 때, 단지 자기 자신을 낮추려고만 하던 아난드는 거짓말로 '뱁, 마이'(인도어로 아빠, 엄마)라고 말해서 예상대로 비웃음을 샀다. 반면, 학교에 다닌 지 얼마 안 되어도 약삭빠른 비디아다르는 머뭇거리지도 않고, '마미, 대디'(영어로 엄마, 아빠)라고 말했다. 자기 부모를 영어로 '마, 파'라고 부르는 이 아이들, 갑자기 미국 달러를 벌게 되자, 야망, 신분 상승 욕구, 불안감이 퍼진 집안 출신인 이 모든 아이에게 영작문은 이미 상당히 중요해지기 시작했다. 그 아이들의 대디들은 사무실에서 일하고 주말엔 대디와 마미가 바구니에 음식을 가득 담고 이 아이들을 해변으로 데리고 갔다.

*

비스와스 씨는 오만 소리를 하고 있긴 했지만 자신이 결코 『센티널』을 떠나 노동자나, 점원이나, 택시 운전사가 되어 미국인 밑에서 일하지 않으리라는 걸 알고 있었다. 그는 택시 운전사가 될 성격이 되지 못했고 노동자가 될 만큼 근육질도 아니었다. 그리고 자기 직업을 던져버리는 것이 두려웠다. 미국인들이 트리니다드 섬에서 영원히 있지는 않을 것이기 때문이었다. 그러나 『센티널』에 대한 항의의 일환으로, 비스와스 씨는 아이들을 경쟁지인 『가디언』의 타이니마이츠 리그 팀에 등록했고 『주니어 가디언』도 그 후 몇 년간 구독했다. 비스와스 씨의 아이들은 생일에 축하 카드를 받았다. W. C. 터틀이 그를 따라 자기 아이들도 타이니마이츠 팀 중 하나에 등록하자 이 일로 비스와스 씨가 얻은 기쁨은 갑절이 되었다.

『센티널』은 역풍을 맞았다. 판매 부수에서 조금씩이긴 하지만 꾸준한 감소세가 이어지자 이사들은 식민지인 트리니다드의 상태가 지상 최고의 상태라고 하는 회사의 정책이 뭔가 잘못되었다는 것을 눈치채게 되었다. 이사들은 독자들이 때로는 뉴스보다는 견해를 원하고, 희망적인 보도가 반드시 옳은 보도는 아니라는 사실을 시인하기 시작했다. 『가디언』은 『센티널』보다 독자가 많았고, 신문을 한 번도 읽지 않은 독자들까지 끌어모으고 있는 중이었다. 그래서 『센티널』은 '도움 받을 자격 있는 극빈자를 위한 기금'을 시작했다. 이 명칭은 실직자들은 실직할 만한 짓을 한 사람들이라고 말하는 지도층 인사들의 의견과 이 기금 사이에 통하는 것이 있음을 암시하고 있었다. '자격 있는 극빈자를 위한 기금'은 『가디언』의 '초극빈자 기금'에 대한 대응이었다. 하지만 '초극빈자 기금'이 크리스마스 행사용이라면 '자격 있는 극빈자를 위한 기금'은 계속 이어질 예정이었다.

비스와스 씨는 조사관으로 임명되었다. 그가 하는 일은 극빈자들이 낸 지원서를 읽고 자격이 없는 사람은 탈락시키고 남은 사람들은 방문하여 얼마나 자격이 있고 얼마나 절망적인 상태인가를 살펴보는 것이었다. 만약 주변 상황으로 그러한 사실이 증명되면 그들이 겪어야 했던 역경이 기금을 줄 만큼 충분히 고생스러운 것이었다는 내용의 기사를 썼다. 그는 자격 있는 극빈자를 하루에 한 명씩 찾아야 했다.

"제1호 자격 있는 극빈자는," 그가 샤마에게 말했다. "M. 비스와스. 직업: 자격 있는 극빈자 조사관."

『센티널』은 실직이나 질병, 혹은 갑작스러운 재난에 대한 비스와스 씨의 공포를 되살려서 겁에 질리게 만드는 데 이보다 더 좋은 방법은 찾아낼 수 없었을 것이다. 날이면 날마다 비스와스 씨는 자신과 크게 다르지 않은 상태로 사는 사람들, 즉 숨 막히게 썩어가고 있는 나무로 만든 개집 같은 곳, 마분지와 천 그리고 양철 따위로 만든 창고 같은 곳, 어둡고 땀이 맺히는 콘크리트 굴 같은 곳에서 사는 사지가 절단되거나, 실패하거나, 쓸모없거나, 정신이 나간 사람들의 집을 방문해야 했다. 날이면 날마다 그는 포트오브스페인의 동쪽 지역을 방문했다. 그곳은 페인트가 벗겨진 작은 집들의 정면이 따닥따닥 붙어서 그 뒤의 공포를 숨기고 있는 지역이었다. 물이 잘 안 빠지는 좁은 뒷마당은 녹색 점액으로 덮여 있었고, 옆집 때문에 항상 그늘이 졌으며, 잡석으로 만든 울타리 옆으로 가축우리들이 덧붙어 있었다. 안마당에는 부서질 것 같은 부엌, 닭이 가득 차 있는 철망 닭장, 그리고 표백제로 빨래를 하느라 탈색이 된 돌들이 가득 널려 있었다. 한 냄새가 다른 냄새를 덮지만 정화조에서 나는 악취와 내용물이 넘쳐흐르는 오수 탱크의 냄새만은 도저히 덮지 못하는 곳, 대부분이 사생아에다, 급하게 더러운 곳에서 낳았는지 배꼽이 몇 센티미터나 튀어나와 있는 아이들을 쳐다보고 있으면 오싹한 공포가 심하게 밀려오는 곳이었다. 그러다가 가끔 가장 소중하게 여기는 가구와 테이블과 의자를 얼마나 반짝거리게 닦았던지 마당에 어떤 오물도 버리지 않을 것 같은 깨끗한 집도 있기는 했다. 날이면 날마다 그는 심하게 망가지고 심하게 기력이 빠져서 회복하려면 평생을 바쳐야 할 것 같은 사람들을 만났다. 그래도 비스와스 씨는 꿋꿋이 바지를 걷어붙이고 진흙과 점액으로 뒤덮인 곳에서 용케 길을 찾아가며 조사하고 쓰고 계속 진행해나갔다.

비스와스 씨는 극빈자들을 보고 연상되는 공포심을 덜어보고자 '자자' 또는 '자격 있는 극자'라는 말을 지어 그들을 부르기 시작했다. 그들 대부분은 비스와스 씨를 공손하게 대우해주었다. 그러나 때때로 비스와스 씨가 자세히 탐문하면 어떤 극빈자는 갑자기 퉁명스러워지거나 화를 내면서 기사를 쓰기 위해 필요한 고생담의 세부 내용을 실토하지 않으려 들기도 했다. 그럴 때면 이 극빈자들은 부자들과 비웃는 사람들과 정부와 싸잡아 도매금으로 비스와스 씨까지 욕했다. 때때로 그는 폭력으로 위협을 당하기도 했다. 그러면 구두나 바지를 걷어 올리는 것도 잊은 채, 욕하는 소리를 뒤로하며, 황급히 그 거리에서 도망쳐 돌아왔다. 그럴 때면 모두가 극빈자에다 아마 자격도 모두 있는 수십 명의 사람들이 하릴없이 재미있다는 듯이 비스와스 씨의 그 방정맞은 행동을 바라보았다. '자격 있는 극빈자들이 절박해지다.' 그는 다음 날 아침 기사 표제를 그려보며 이렇게 생각했다. (그러나 이 일은 이루어지지 않았다. 『센티널』은 단지 절망적인 세세한 사정과 굽실거리며 감사하는 태도만을 원했다.)

그의 자전거는 몸살을 앓았다. 먼저 밸브 뚜껑을 도난당했다. 또 고무 손잡이가 없어졌다. 다음에는 벨이 없어졌다. 그다음에는 그가 쇼트힐스에서 훔친 과일을 옮기던 안장 뒤의 바구니가 없어졌다. 그러더니 어느 날엔 안장 자체가 없어졌다. 그 안장은 전쟁 전에 브룩스 사에서 만든 제품으로 매우 좋았고 새것을 살 수도 없었다. 그날 그 도시의 동쪽 끝에서 서쪽 끝으로 자전거를 타고 갈 때 비스와스 씨는 계속해서 위아래로 흔들렸고, 앉을 수도 없어 피곤에 지쳐서 왔다. 구경꾼들의 눈초리로 판단해보자면 그 꼴이 가관이었던 것은 분명했다.

다른 위험도 있었다. 때때로 튼튼하게 생기고 건강과 힘의 화신 같아 보이는 흑인들이 그에게 이렇게 말을 걸어왔다. "어이 인도인, 돈 좀 줘봐." 때로는 정확한 액수를 요구하기도 했다. "어이 인도인, 1실링만 줘봐." 비스와스 씨는 과거에도 규모가 큰 영화관 밖에서 건장한 흑인들에게 이런 위협적인 요구를 받곤 했지만, 그때는 밝은 불빛도 있고 유심히 지켜보는 경찰들도 있었기에 거절하는 배짱을 부릴 수 있었다. 동쪽 끝 동네에는 불빛도 밝지 않았고 경찰관도 거의 없었다. 그리고 필요 이상으로 극빈자들에게 반감을 사고 싶지 않았던 비스와스 씨는 조사하러 갈 때 나누어줄 동전을 주머니 안에 미리 챙겨 넣는 예방조치를 취했다. 그는 먼저 동전을 주고 나중에 『센티널』에서 나오는 경비로 보충했다.

그리고 또 다른 위험도 있었다. 한번은 짧은 층계참을 올라가 레이스 커튼으로 가린, 눈에 띄게 깨끗한 방에 들어갔다가 튼튼하게 생긴 한 여자와 마주하게 되었다. 그녀는 커다란 입술을 괴상하게 칠해서 검은 뺨까지 립스틱이 번쩍거렸다. "신문사에서 나왔수?" 그녀가 물어보았다. 그는 고개를 끄덕였다. "돈 좀 주슈." 그 여자가 남자처럼 거칠게 말했다. 그는 그녀에게 1페니짜리 동전을 주었다. 그가 선선히 돈을 주자 그 여자는 놀랐다. 그 여자는 놀란 눈으로 동전을 보다가 거기에 키스했다. "남자가 돈을 주는 게 무슨 뜻인지 모르시는구먼." '법정 단신'을 쓰며 얻은 경험으로 비스와스 씨는 창녀에 대해 약간 들은 바가 있었다. 그래서 의례상 몇 가지 질문을 하고 떠날 채비를 했다. "내 돈 안 줘?" 그 여자가 말했다. 그녀는 문가까지 그를 따라와서 고함쳤다. "저 사람이야, 여기 나 있는 쪽 말이야, 이 커튼 뒤에. 저 사람이 돈을 안 내려고 해." 그 마당과 옆 마당에서 자신이 부당한 손해를 보는 것을 목격한 다른 여자들과 아이들에게 그 여자는 그렇게 소리를 질렀다. 양복도 입고, 점잖은 풍채에, 또한 지금 이 시각이 그런 혐의를 받기에 딱 좋다는 것을 알고 있던 비스와스 씨는 죄를 짓기라도 한 듯 서둘러서 도망갔다.

시간이 흐르자 그는 사기성 신청서를 구별할 수 있게 되었다. 단순히 유명해지고 싶은 사람, 원한을 갚고 싶은 사람, 단순히 글을 쓰고 싶어 하는 사람 들이었다. 그리고 돈과 명성을 원하는 엄청난 수의 유복한 가게 주인, 점원, 택시 운전사들이 자신들이 받을 돈을 비스와스 씨와 나누고 싶어 했다. 비스와스 씨가 초기에 방문했던 많은 극빈자는 사실 자격 미달이었다. 하지만 납득이 갈 정도의 절박한 극빈자를 매일 아침 뽑아야 했기 때문에, 때때로 그는 평범한 극빈자를 선택하여 그 사람의 처지를 과장해야 할 때도 있었다.

『센티널』의 상부 인사들은 비스와스 씨가 하는 일에 대해 언급하지도 간섭하지도 않았다. 그런데 비스와스 씨가 처음에는 사악하다고 생각했던 이런 정책 덕분에 이제는 그의 지위가 힘 있는 중책이 되었다. 비스와스 씨의 추천서는 중요하게 취급되는 유일한 서류였다. 즉 그의 결정이 최종 결정이었다. 그는 기사 첫머리 필자 명에 자신의 이름을 쓰고 '본사 특별 조사관'이라는 직함을 붙였다. 이로 인해 아난드는 학교에서 어느 정도 인정을 받게 되었다. 비스와스 씨는 난생처음으로 뇌물 제안을 받았다. 뇌물이란 지위의 상징이다. 하지만 발을 저는 흑인 목수에게 싼값에 식탁을 만들게 한 것 말고는 그들에게서 아무것도 받지 않았다. 그들을 신뢰할 수 없었던 것이다.

그는 그 식탁이 와서 그의 방을 더 빽빽하게 채우자 괜한 짓을 했다는 생각이 들었다. 샤마의 유리 캐비닛을 안쪽 방으로 옮기고 그 식탁을 자기 방의 침대와 나란히 놓았는데 침대와 간격이 너무 좁았다. 신발을 신기 위해 몸을 구부리면 종종 일어서다가 머리를 부딪힐 정도였다. 신발을 신고 너무 빨리 일어나면 그의 엉덩이뼈 윗부분이 식탁에 부딪혔다. 그 통이 큰 목수는 식탁을 세로 1.8미터에 가로 1.2미터나 되게 만들어서, 식탁에 올라가야만 옆에 붙은 창문을 열고 닫을 수 있을 정도였다. 잠 못 이루는 밤이면 비스와스 씨는 아난드를 슬럼버킹 침대의 발치로 내쫓는 버릇이 있었다. 이제 아난드는 그럴 때마다 불끈 화를 내며 침대에서 나가 비스와스 씨가 절대 배치를 바꾸려고 들지 않는 그 식탁에서 남은 밤을 보냈다. 창문은 열린 채 두었다. 그렇지 않으면 방이 질식할 것 같았기 때문이다. 오후에 내리는 비는 잠깐 동안에도 엄청나게 많이 내렸다. 샤마는 창문을 닫을 수 있을 정도로 재빨리 식탁에 올라갈 수 없었다. 그래서 곧 식탁 옆 창문 바로 아랫부분에는 회색과 검은색 얼룩이 생겼고 샤마가 아무리 얼룩을 빼고 니스칠을 하고 윤을 내려고 해도 사라지지 않았다. "내가 사는 처음이자 마지막 식탁이야"라고 비스와스 씨는 말했다.

그는 어느 날 슬럼버킹 침대에 러닝셔츠와 바지만 입고 누워서 글을 읽고 공부하는 아이들이 웅성거리고 고함을 지르는 소리와 W. C. 터틀이 새로 산 축음기판인 바비 브린이라는 미국인 소년이 노래한 「강에 무지개가 뜰 때」라는 곡의 소리를 듣지 않으려고 애쓰며 책을 읽고 있었다. 누군가가 방으로 들어왔다. 문 쪽으로 등을 지고 있던 비스와스 씨는 어떤 놈이 빛을 가리고 서 있느냐고 큰 소리로 물으며 그 아수라장에 소음을 더했다.

샤마였다. "어서 옷 입어요." 그녀가 흥분해서 말했다. "사람들이 당신 보겠다고 오고 있어요."

공포의 순간이 그에게 닥쳤다. 그는 자기 주소를 비밀에 붙였지만 극빈자 조사관이 된 이후로 여러 번 미행을 당했다. 정말로 아슬아슬했던 것이, 한번은 그가 높은 담벼락 사이로 자전거를 끌고 들어갈 때 극빈자 한 명이 말을 걸었던 것이다. 그는 지원금을 받을 만한 사례를 조사 중인 척했다. 이게 제법 그럴싸하게 보였기 때문에 차로에 선 채로 그 자리에서 세부 내용을 받아 적으며 가능한 빨리 조사해주겠다는 약속을 하고 그 사람을 용케 쫓아냈다.

지금 고개를 돌리자 샤마가 미소를 짓고 있는 것이 보였다. 그녀의 흥분에는 자기만족이 담겨 있었다.

"누군데?" 침대에서 벌떡 일어나다가 엉덩이뼈 윗부분을 식탁에 부딪히며 그가 물어보았다. 테이블과 침대 사이에 선 그가 신발을 신기 위해 몸을 구부리는 것은 불가능했다. 그는 조심스럽게 다시 침대에 앉아서 신발을 낚아 올렸다.

샤마가 쇼트힐스에서 온 과부들이라고 말했다.

그는 안심했다. "밖에서 보면 안 될까?"

"사적인 일이라네요."

"하지만 도대체 이 방 안 어디에서 그 사람들을 만난다는 거야?" 그게 문제였다. 과부들이 문 안쪽, 침대와 칸막이 사이의 좁은 공간에 서 있어야 했던 것이다. 그리고 그도 침대와 식탁 사이에 서 있어야 했다. 하지만 저녁때였다. 그는 베개 아래에 있는 면 이불을 끌어다가 그걸로 몸을 가렸다.

샤마가 과부들을 부르러 나갔고 제일 좋은 흰옷과 베일을 걸친 과부 다섯 명이 거의 동시에 들어왔다. 과부들의 얼굴은 햇볕과 비 때문에 거칠어졌고, 닭을 키우든, 젖소를 먹이든, 양을 기르든, 야채를 재배

하든, 언제나 재앙거리가 될 만한 계획을 세울 때면 으레 그렇듯이, 진지하게 뭔가를 모의하는 태도를 하고 있었다.

비스와스 씨는 이불을 가슴 중간까지 끌어올리고 축 늘어진 맨팔을 긁었다. "앉으시란 말은 못하겠네요." 그가 말했다. "앉을 데가 없어서요. 식탁 말고는 말이죠."

과부들은 웃지 않았다. 과부들의 진지한 태도에 비스와스 씨도 진지해졌다. 그는 팔을 긁던 것을 멈추고 이불을 겨드랑이까지 끌어 올렸다. 헝겊을 덧댄 더러운 일상복을 입고 있어서 이미 확연하게 구별이 되는 샤마만이 계속 미소를 짓고 있었다.

최연장자 과부인 수실라가 침대 발치에 와서 말했다.

저 사람들이 자격 있는 극빈자가 될 수 있을까?

그녀는 차분하게 깊이 숙고한 듯이 말했다.

비스와스 씨는 몹시 당황해서 아무 대답도 못했다.

물론, 수실라가 말했다. 쟤들 **모두** 자격 있는 극빈자가 될 수는 없겠지. 하지만 한 명쯤은 될 수 있지 않겠나?

그건 불가능했다. 비록 그들이 극빈자라고 하더라도 그들은 그의 친척이다. 하지만 가장 좋은 옷을 입고 보석을 걸치고 쇼트힐스에서 곧장 온 사람들이었기에 비스와스 씨는 즉시 거절할 수 없었다. "이름은 어떻게 할까요?" 그가 물었다.

그들은 이미 묘책을 떠올려놨다. 툴시 성을 말할 필요는 없는 것이다. 그들의 남편 이름을 사용할 수 있었다.

비스와스 씨는 재빨리 생각해냈다. "학교 다니는 애들은 어떻게 하죠?"

과부들은 이 점에 대해서도 이미 생각하고 있었다. 수실라는 아이가 없었다. 그리고 사진이 문제가 될 것 같으면 베일에, 안경에, 얼굴에 붙이는 보석까지 착용해서 효과적으로 얼굴을 가릴 수 있을 것이었다.

비스와스 씨는 달리 질질 끌며 반대할 만한 구실이 떠오르지 않았다. 그는 천천히 팔을 긁었다.

과부들은 엄숙하게 쳐다보다가 나중엔 나무라는 듯한 표정으로 그를 바라보았다. 그의 침묵이 길어지자 샤마의 미소도 짜증스러운 표정으로 바뀌었다. 결국 샤마도 나무라는 듯한 표정으로 쳐다보았다.

비스와스 씨는 왼쪽 팔을 찰싹 때렸다. "제가 직업을 잃을 수도 있어요."

"하지만," 수실라가 말했다. "저번에 자네가 스칼릿 핌퍼넬을 쓸 때는 자네 어머니와 형들, 모든 애들한테까지 상품권인지 뭔지를 뿌리고 다녔잖아."

"그건 다르죠." 비스와스 씨가 말했다. "정말 죄송합니다."

다섯 과부들은 입을 다물었다. 얼마 동안 그들은 꼼짝도 하지 않고 눈이 멍해질 때까지 비스와스 씨를 노려보았다. 그는 그들의 눈을 피해 담배를 찾아 손을 더듬거리며 침대를 두드렸고, 마침내 성냥이 덜거덕거리며 잡혔다.

수실라가 깊은 한숨을 쉬기 시작하자, 비스와스 씨의 이마를 노려보고 있던 과부들도 한 명씩 한숨을 쉬고 고개를 흔들었다. 샤마는 비스와스 씨에게 분노 그 자체인 표정을 지어 보였다. 그러고 나서 샤마와 과부들은 우르르 방을 나갔다.

아이 한 명이 아래층에서 매질을 당하고 있었다. W. C. 터틀의 축음기는 「달이 너무도 달콤한 밤에」를 틀고 있었다.

"죄송합니다." 비스와스 씨가 마지막으로 나가는 과부의 등에다 대고 말했다. "하지만 직업을 잃을 수는 없잖아요. 죄송합니다."

진심으로 미안했다. 하지만 그들이 친척이 아니라고 해도, 그들의 경우는 설득력이 없었다. 어떻게 집을 세 채나 가지고 있는 자기 어머니의 재산 중 하나인 넓은 저택에서 살고 있는 여자를 극빈자라고 부를 수 있단 말인가. 게다가 남동생은 영국에서 의학을 공부하고 있었다. 또 다른 동생은 남부에서 점차 지명도가 높아지고 있는 인물이었다. 가십난에도 나오고, 뉴스난에는 그가 성사한 사업 거래며 정치적인 발언이 언급되며, 또 자신이 만든 멋진 광고가 (트리니다드의 툴시 극장은 자랑스럽게 상영⋯⋯) 신문의 온 천지에 나오는데 말이다.

*

이 일이 있고 얼마 지나지 않아 비스와스 씨는 심란해질 만한 또다른 청탁을 받게 되었다. 그것은 아조다에게서 쫓겨난 동생, 반다트에게서 받은 것이었다. 비스와스 씨는 반다트가 포트오브스페인에 살던 중국인 내연녀를 쫓아 파고테스의 술집을 떠난 이후로 한 번도 보지 못했다. 그는 반다트의 아들인 재그다트로부터 반다트가 가난하게 살고 있으며 의연하게 고통을 감내하고 있다는 소식만을 들었을 뿐이었다. 비스와스 씨는 반다트에게 아무것도 해줄 수가 없었다. 그와 비스와스 씨는 친척인 데다가, 형이 트리니다드 식민지에서 가장 돈이 많은 사람 중의 한 사람이라고 알려진 그런 사람의 편의를 봐주는 것 역시 불가능했기 때문이다.

반다트는 그 도시의 빈민가에 대해서 잘 모르는 사람이라면 그가 코코아나 사탕 같은 것을 취급하는 수출입상 거물이라고 생각하게 할 만한 도시 중심지의 주소를 비스와스 씨에게 전해주었다. 사실 반다트는 동양 물건을 수입하는 수입업자의 집과 설탕과 말린 야자수를 수출하는 수출업자의 집 사이에 있는 아파트에서 살고 있었다. 그 아파트는 스페인 양식으로 지은 오래된 건물이었다. 여기저기 석회가 떨어져 나갔고, 덧문이 부러진 작은 창문들과 녹슨 철로 된 두 개의 발코니로 들쑥날쑥한 그 아파트는 도로변을 정면으로 마주하고 서 있었다.

말린 야자수에서 나는 썩은 냄새와 부대에 담은 설탕에서 나는 독한 냄새가 수입업자의 집에서 흘러나왔다. 그런데 그것은 설탕 공장이나 비스와스 씨가 어릴 때 기억하는 물소가 놀던 연못에서 나던 고약하게 달달한 냄새와는 상당히 다른 냄새였다. 수입업자 집에서는 코가 얼얼할 정도로 여러 가지 강한 냄새가 섞여 있는 양념류의 냄새가 났다. 길에서는 먼지, 밀짚, 오줌, 그리고 말과 당나귀와 노새의 배설물에서 나는 냄새가 풍겼다. 배수로에서는 장애물이 있는 곳마다 끓인 우유의 표면에 흰색으로 끼는 거품같이 쭈글쭈글한 거품 막이 코를 찌르는 강렬한 냄새를 피우며 점점 커지고 있었다. 오후의 햇볕을 받아 더 잘 섞이고 열까지 받은 그 냄새는 길에서 숨이 막히듯이 올라와서 비스와스 씨가 그 아파트와 수출업자의 집 사이에 있는 아치형 입구에서 갑작스럽게 나타난 검은 그늘 안으로 들어갈 때까지 그를 쫓아왔다. 그는 자전거를 서늘한 벽에 비스듬히 세워놓고 수출업자의 설탕에서 올라온 벌을 쫓으며 녹색과 검은색이 섞여 음산하게 반짝이는 얕은 배수로를 따라 난 자갈길을 걸어 내려갔다. 그 길은 약간 더 넓을 뿐인 포장된 마당으로 통했다. 수출업자 집 쪽에는 창문 하나 없이 높은 담이 있었다. 다른 쪽으로는 우중충한 커튼 위로 검게 입을 벌리고 있는 창문들이 달린 아파트 벽이 있었다. 기울어진 급수관에서 이끼 긴 바닥으로 물이 똑똑 떨어져 배수로로 흘러 들어갔다. 마당 끝에는 신문이 어지럽게 널린 화장실 문이 열려 있었고, 지붕이 없는 목욕탕도 하나 있었다. 위로는 밝고 푸른 하늘이 있었다. 햇살이 수출업자네 담 꼭대기를 가로질러 비스듬하게 들어왔다.

급수관을 지나 비스와스 씨는 통로로 들어갔다. 그가 커튼을 친 문 하나를 막 지나고 있을 때 날카로운 목소리가 명랑하다고 할 만한 어조로 소리쳤다. "모헌!"

그는 자신이 다시 소년이 된 듯한 느낌이 들었다. 약점과 수치심을 느끼는 모든 감각이 되살아났다.

그곳은 낮고 창문이 없는 방으로, 통로에서 들어오는 불빛으로만 조명이 되고 있었다. 한쪽 구석은 병풍으로 가려놓았다. 다른 쪽 구석에 침대가 하나 있고, 그곳에서 목구멍이 울리는 명랑한 소리가 나오고 있었다. 반다트는 노쇠하지 않았다. 혹시나 그가 걸핏하면 우는 인도 노인으로 쪼그라진 것을 보면 어쩌나 하고 걱정하던 비스와스 씨는 안심이 되었다. 얼굴은 살이 좀 빠졌다. 하지만 윗입술의 산들은 여전했다. 여전히 걱정거리가 많은 것처럼 보이는 눈썹도 여전히 반짝이는 눈 위에 소복하게 솟아나 있었다.

반다트가 마른 팔을 들어 올렸다. "모헌, 내 아들. 어서 와라." 그의 새된 목소리가 낯설었다.

"잘 지내세요, 아저씨?"

반다트는 듣고 있는 것 같지 않았다. "자, 넌 네가 어른이라고 생각하겠지만 나에겐 아직 어린아이야. 와서 키스해다오"

비스와스 씨는 설탕 부대로 만든 깔개 위에 서서 쿰쿰한 냄새가 나는 침대 위로 몸을 구부렸다. 즉시 억센 힘이 아래로 잡아당겼다. 비스와스 씨는 페인트칠을 한 지붕과 벽에 먼지와 숯검정이 덮여 있는 것을 보면서, 반다트의 면도하지 않은 턱이 그의 목을 스치고 지나가는 것과 반다트의 마른 입술이 그의 뺨을 지나가는 것을 느꼈다. 이어서 그는 비명을 질렀다. 반다트가 그의 머리카락을 세게 잡아당겼던 것이다. 그는 펄쩍 뛰어 뒤로 물러났고 반다트는 폭소를 터뜨렸다.

반다트가 웃음을 멈추기를 기다리며 비스와스 씨는 방을 둘러보았다. 한쪽 벽에는 돌 사이를 메운 모르타르 위로 박힌 못에 옷이 걸려 있었다. 모래와 콘크리트를 섞어 만든 바닥 위에 쌓인, 처음에는 옷 뭉치처럼 보이던 것이 사실은 신문 더미라는 것을 알게 되었다. 병풍 옆에 있는 테이블에는 더 많은 신문, 싸구려 편지지, 잉크 한 병, 그리고 씹은 자국이 있는 펜이 있었다. 반다트가 편지를 쓴 곳이 그 테이블이란 것은 의심할 여지가 없었다.

"이 아파트를 한번 조사해봐야지, 모헌?"

비스와스 씨는 자리를 옮기려 하지 않았다. "글쎄. 넌 이 도시에서 잘 지내는가 보구나. 너도 다른 사람들이 어떻게 사는지 봐야 돼." 그러고는 겨우 덧붙였다. "내가 어떻게 지내는지도 봐야지."

"난 늙은이야." 반다트가 콧방귀를 뀌듯 낯선 목소리로 말했다. 그의 눈이 젖었고 신뢰가 안 가는 희미한 미소가 입술에 나타났다.

비스와스 씨는 슬금슬금 침대 구석 쪽으로 자리를 옮겼다.

우중충하게 인쇄되어 있는 면 병풍 뒤에서 석탄 화로의 고리가 땡그랑거리는 소리, 성냥을 긋는 소리, 열심히 부채질하는 소리가 들렸다. 중국인 여자였다. 호기심이 오싹하게 비스와스 씨를 찌르고 나갔다. 병풍 위로 흰색 석탄 연기가 올라가더니 방을 휘감은 뒤 다시 문으로 빠르게 새어 나갔다.

"넌 왜 럭스 비누를 쓰는 거야?"

비스와스 씨는 반다트가 자신을 뚫어져라 보는 것을 알았다. "럭스 비누요? 우리 집은 팔몰리브 비누를 쓰는 것 같은데요. 녹색으로 된……"

반다트가 영어로 말했다. "난 럭스 비누를 쓰는데 멋진 은막의 스타들이 그 비누를 쓰기 때문이지."

비스와스 씨는 뭔 소린지 알 수가 없었다.

반다트가 옆으로 몸을 돌려 바닥에 깔린 신문들을 샅샅이 뒤지기 시작했다. "아무 쓸모없는 아들놈들은 절대 나 보겠다고는 안 와. 모헌 너만 왔어. 하지만 넌 전에도 그랬었지." 그는 상을 찌푸리며 신문을 보았다. "아니다. 이건 끝났어. 페르난데스 럼주. 마실 때마다 완벽한 맛. 그 사람들이 원하는 게 이런 거야. 럼주, 모헌. 기억나? 아! 그렇지. 여기 있어." 그가 비스와스 씨에게 신문 한 부를 건네주었고, 비스와스 씨는 럭스 슬로건 창작 대회에 대한 세부 사항을 읽었다. "늙은이 좀 도와주게, 모헌. 왜 럭스 비누를 쓰는지 말해줘."

비스와스 씨가 말했다. "난 럭스 비누를 쓰는데 살균력도 있고 상쾌하고 향도 좋고 값이 싸기 때문에 쓴다."

반다트가 상을 찌푸렸다. 그 단어들이 그에게 아무런 감흥도 주지 않았던 것이다. 그리고 그때 비스와스 씨는 처음에 직관적으로 느꼈었지만 아닐 거라고 부정했던 게 사실은 맞는다는 걸 확신했다. 반다트는 귀가 먹었다.

"적어봐, 모헌." 반다트가 소리쳤다. "내가 잊어버리기 전에 적어보라니까. 난 이런 것엔 도통 운이 없어. 십자말풀이, 공 찾기 대회, 슬로건. 다 똑같다니까."

비스와스 씨가 적는 동안, 반다트는 자기가 살아온 것을 말하기 시작했다. 그가 몇 년 전부터 청력을 상실한 건 분명했다. 그는 완전한 문장의 형식을 갖춰가며 말했고 그랬기 때문에 문학적으로 들렸다. 직업을 얻었다가 잃고, 큰 사업들은 망하고, 반다트 자신이 너무 정직하거나 동료들이 정직하지 않아서 자신은 좋은 기회를 얻지 못했지만 그 사람들은 모두 유명한 부자가 되었다는 흔히 듣는 그런 이야기였다.

그는 그 슬로건을 마음에 들어 했다. "이건 뽑힐 거야. 모헌, 자, 십자말풀이를 한번 해보는 건 어때, 모헌, 내가 한 번이라도 이기게 도와줄 수 있겠지?"

비스와스 씨가 대답을 안 해도 되었던 것은 바로 그때 그 여자가 병풍 뒤에서 나타났기 때문이었다. 그 여자는 재바르면서도 눈에 안 띄려고 애를 쓰며 테이블 위에다 작고 노란 케이크가 담긴 양철 접시 하나를 놓은 뒤 의자를 잡아당겨서 그걸 비스와스 씨가 서 있는 곳 옆에 놓더니 서둘러서 다시 병풍 뒤로 가버렸다. 그 여자는 중년에, 심하게 마르고 목이 길고 얼굴은 작은 여자였다. 감지 않은 검은 머리카락이 아래로 늘어져 있고, 색 바랜 푸른 면직 옷도 길게 늘어져 있고, 가는 다리도 길게 늘어져 있어서 마치 수직선 같은 인상을 주는 여자였다.

비스와스 씨는 반다트가 당황스러워하는 낌새를 눈치챘다. 하지만 반다트는 계속해서 자신이 참가했다가 떨어진 대회에 대해 침착하게 말을 이어갔다.

그 여자가 양철 찻잔 두 개를 들고 다시 나타났다. 그녀는 테이블에 찻잔 하나를 놓고 지금은 그 여자가 꺼내주고 간 의자에 앉아 있는 비스와스 씨에게 케이크가 담긴 접시를 밀어주었다. 그 여자가 또 하나의 찻잔을 반다트에게 주자 그는 그것을 앉은 채 받아 들고서, 비스와스 씨가 슬로건을 적어준 신문을 그 여자에게 건넸다.

반다트는 차를 홀짝거리고 마셨는데 그 순간 마치 아조다와 똑같아 보였다. 천천히 찻잔을 입술에 대고 반쯤 눈을 감은 채 입술을 찻잔의 가장자리에 붙이고 부는 그 동작도 똑같았다. 그러고 나서 반다트는 축성 받은 차를 마시는 듯 눈을 감고 조금씩 마셨다. 평화가 찌든 얼굴 위로 퍼졌다.

그는 눈을 떴다. 다시 얼굴이 찌들었다. "좋은 차지, 그렇지?" 그가 영어로 그 여자에게 말했다. 그녀가 슬쩍 비스와스 씨의 기색을 살폈다. 그녀는 어서 빨리 병풍 뒤로 돌아가고 싶은 것 같았다.

"얘는 지금 다 컸어." 반다트가 말했다. "하지만 알지, 난 얘가 요만하게 어릴 때부터 알았지." 그가 콧방귀를 뀌었다. "요만할 때부터 말이야."

비스와스 씨는 반다트의 시선을 피하려고 노란 케이크를 하나 집어 들고 한입 베어 물었다.

"얘가 요만하게 어릴 때부터 잘 알았어. 지금은 다 컸지만. 그래도 옛날에는 애를 신나게 두들겨 패주곤 했었는데, 그렇지 모헌? 그래, 그렇지." 반다트가 찻잔을 왼손에 쥐고 오른손 엄지손가락으로 집게손가락을 매질하는 흉내를 냈다.

비스와스 씨가 겁내던 것이 바로 이거였다. 그러나 그 일이 과거에 있었던 일이라는 점에서 다행이라는 생각만 들었다. 반다트가 그 치욕스러웠던 일을 다시 떠오르게 했던 게 아니었다. 깨끗하게 지워버렸던 것이다.

반다트의 손에 든 찻잔이 흔들렸다. 그 여자가 침대로 달려가더니 입을 크게 벌렸다. 그 입에서는 아무 말도 나오지 않았다. 대신 혀를 차는 소리만 나왔고, 나중에는 칵칵거리는 날카로운 소리로 변했다.

차가 침대와 반다트의 몸 위로 쏟아졌다. 귀머거리에 벙어리, 광기와 그 어두운 방에서 이뤄지는 무시무시한 성행위 등을 떠올리고 있던 비스와스 씨는 노란 케이크가 입속에서 달콤하고 미끄덩거리는 풀 같은 상태로 변하는 것을 느꼈다. 씹을 수도 삼킬 수도 없었다. 침대에서는 반다트가 분통을 터트리며 힌두어로 욕을 하고 있었고, 그동안 그 여자는 별 조심성도 없이 컵을 그의 손에서 받아 병풍 뒤로 가더니, 여기저기 그을린 자국이 있는 밀가루 포대 걸레를 가지고 와서 이불과 반다트의 러닝셔츠를 세차게 문지르기 시작했다.

"이 아무짝에도 쓸모없는 멍청이 암소야!" 반다트가 힌두어로 소리 질렀다. "항상 찰랑찰랑하게 담아 오지! 항상 찰랑찰랑하게!"

그녀가 문지르고 있을 때 얇은 옷이 흔들리면서, 팔 밑으로 늘어진 거칠고 두꺼운 머리카락과, 볼품없는 몸매와, 속옷의 윤곽이 드러났다. 비스와스 씨는 입안에 든 풀 상태의 케이크를 애써 삼키고, 진하고 달콤한 차로 씻어 내렸다. 그 여자가 밀가루 포대 걸레를 돌돌 말아서 반다트의 러닝셔츠 밑에다 끼우고 다시 병풍 뒤로 가버리자 비로소 비스와스 씨의 마음이 놓였다.

반다트는 금세 평온을 찾았다. 그는 비스와스 씨에게 요괴 같은 웃음을 지으며 말했다.

"저 여잔 힌두어를 몰라."

비스와스 씨는 가려고 일어섰다.

그 여자가 다시 나타나더니 반다트에게 칵칵거렸다.

"이따가 제대로 차린 밥을 먹고 가야지, 모헌." 반다트가 말했다. "내 자식에게 밥도 못 차려줄 만큼 가난하진 않아."

비스와스 씨는 고개를 흔들고 재킷 주머니에 있는 수첩을 두드렸다.

여자가 물러났다.

"살균력도 있고 상쾌하고 향도 좋고 값이 싸다, 맞지? 이렇게 도와주니 신이 자네를 칭찬할 거야, 모헌. 쓸데없는 내 아들들은……" 반다트가 미소를 지었다. "이리 오렴. 가기 전에 내가 키스하게 해다오, 모헌."

비스와스 씨는 미소를 지으며, 야유하는 듯한 소리를 내는 반다트를 두고 병풍 뒤로 가서 그 여자에게 작별 인사를 했다. 상자 안에 불붙은 석탄 화로가 있었다. 또 다른 상자에는 야채와 접시가 담겨 있었다. 더러운 물이 담긴 세숫대야가 축축하고 검은 바닥 위에 놓여 있었다.

그가 말했다. "뭘 해드릴 수 있는지 한번 생각해볼게요. 약속은 못 드리겠어요."

그 여자가 고개를 끄덕였다.

"그래 주시면 저 사람에게 큰 도움이 될 거예요."

그 말은 낮은 소리였지만 분명하게 들렸다. 그녀는 벙어리가 아니었다!

비스와스 씨는 설명을 기다리지 않았다. 그는 서둘러 방을 나와 골목길로 갔다. 숨이 막힐 듯이 따뜻했다. 그는 한 번 더 그 거리의 기절할 듯한 뜨거운 냄새를 들이켰다. 꿀을 만드는 벌들이 수출업자의 습기 찬 설탕 부대 주변을 윙윙거리고 다녔다. 아까 싸구려 케이크 조각이 이 사이에 여전히 끼어 있었다. 그는 그것을 삼켰다. 곧 그의 입에 침이 다시 고였다.

집에 도착하자마자 비스와스 씨는 오래된 책장으로 가서 신문을 묶어놓은 철과 아직 눈도 못 뜨는 분홍빛 새끼 쥐들의 보금자리인 '이상적인 학교'에서 온 편지를 파헤쳐가며 아이를 낳지 못하는 여주인공에 관한 꿈을 적은, 아직 완성되지 않은 「도주」 단편 소설들을 끄집어냈다. 그는 그 소설들을 마당에 있는 화장실에 가지고 가서 혼자서 떠들어대며 배수 끈도 여러 번 잡아당겨가며 한동안 그곳에 있었다. 나오니까 글 읽는 아이들과 공부하는 아이들이 조급한 와중에도 관심 있어 하며 줄지어 서 있었다.

*

일요일이면 글 읽는 아이들과 공부하는 아이들의 소음이 최고조에 달했기 때문에 비스와스 씨는 아이들을 데리고 또다시 파고테스를 방문하기 시작했다. 그러나 이제는 그곳에 가서 아이들과는 거의 시간을 보내지 않았다. 재그다트는 항상 나쁜 짓을 하고 싶어 안달 난 사악한 학생처럼 비스와스 씨가 집 밖으로 나오기를 기다렸고, 비스와스 씨도 언제나 기꺼이 밖으로 나왔다. 재그다트와 비스와스 씨 사이에는 편안하고 느슨한 관계가 형성되었다. 그들은 싸운 적이 없었다. 그렇다고 친구가 될 수도 없었다. 그렇지만 각자 상대방을 만나는 것이 항상 즐거웠다. 상대방이 말하는 것을 믿지도 않았고, 관심이 있는 것도 아니었고, 또한 꼭 들어줘야 한다는 의무감도 없었다. 비스와스 씨도 파고테스에서 재그다트와 같이 있는 것이 좋았다. 왜냐하면 집을 나가면 재그다트가 아조다의 상속인으로서 중요한 인물이었고, 그의 태도도 순종하고 보살피는 데 익숙해진 사람의 태도였기 때문이다. 그의 나이, 그의 가족, 그리고 일찍 생긴 매력적인 흰 머리에도 불구하고 재그다트는 여전히 관대히 봐줘야 할 젊은 남자로 취급받았다. 재그다트가 가장 재미있어하는 건 아조다가 정한 규칙을 어기는 일이었고, 그래서 비스와스 씨는 몇 시간 동안 이 규칙들이 자신에게도 적용이 되는 것인 양 굴어야만 했다. 담배는 금지되었다. 그래서 그들은 길에 나가자마자 담배를 피웠다. 술도 금지되었다. 그리고 일요일 아침이면 술집은 법에 의해 문을 닫았다. 그래서 그들은 술을 마셨다. 재그다트가 한 술집 주인과 약속을 잡아놓아 아조다의 주유소에서 공짜 석유를 받는 답례로 일요일 아침에 술을 마실 때 그 사람의 거실을 제공받았다. 작은 테이블 주변에 윤기가 반들거리게 닦은 모리스 의자 네 개를 놓아 어울리지 않게 점잖게 꾸며진 그 거실에서 비스와스 씨와 재그다트는 위스키소다를 마셨다. 마시기 시작할 땐 젊은이들이었다. 세상은 여전히 새로워 보였고, 또한 그들이 그날 돌아가야 할 친족에 대해서는 말하지 않았다. 하지만 침묵이 흐르고 나면 좀 전처럼 대화를 계속 하려고 하지만 걱정거리와 친족 이야기로 넘어가고야 마는 순간이 항상 있었다. 재그다트는 자기 가족 이야기를 했다. 그는 식구들의 이름을 말했다. 그 사람들 각각을 알게 되었다. 비스와스 씨는 『센티널』에 대해서, 아난드와 장학금에 관해 말했다. 그리고 언제나 마지막에는 아조다에 대한 이야기로 넘어갔다. 비스와스 씨는 아조다의 이기심과 잔인성에 대한 오래된 이야기와 새로운 이야기들을 들었다. 그는 아조다가 처음 거두었던 성공을 가능하게 한 것이 반다트였다는 말을 여러 차례 들었다. 그 집 식구들에게 신용이 가질 않고, 또 취했지만 비스와스 씨는 아무런 대꾸를 하지 않고 들었다. 때때로 틈이 생기면 툴시 집안 이야기를 했는데, 반다트만큼이나 자신도 뒤통수를 크게 맞아서 고생했다는 말을 하려고 어정쩡하게나마 애를 썼다. 어느 일요일 아침 그는 재그다트에게 반다트를 방문했던 이야기를 했다.

"아! 그러니까 네가 그 노인을 만났단 말이야, 모헌? 잘 지내셔? 말해줘, 아버지가 그 피 빨아먹는 돼지에 대해 뭐라고 하던데?"

이 돼지는 분명 아조다를 가리키는 것이었다. 비스와스 씨는 깊이 감동받은 듯이 자기 잔을 바라보며 고개를 흔들었다.

"모헌, 너도 아버지가 어떤 사람인지 알잖아. 악의가 없는 사람 말이야."

비스와스 씨는 위스키를 약간 마셨다. "아저씨는 너희들이 보러 오지도 않고 조금도 도움을 안 준다고 하던데."

약간의 시간이 흐른 뒤 재그다트가 말했다. "개새끼가 미쳤나, 거짓말은. 같이 사는 늙은 년도 약아빠지긴 매한가지야. 그년이 아버지한테 이래라 저래라 부추긴다니까."

그 후로 재그다트는 반다트에 대해 말하지 않았고 비스와스 씨도 듣기만 해야겠다고 마음먹었다.

이런 만남에서 재그다트는 매번 술이 늘어가는 조짐을 보였다. 비스와스 씨는 거의 언제나 술에 취했다. 그래서 그들이 술집 주인의 거실에서 나올 때면 때때로 규칙을 더 많이 깨보자는 결정을 내리기도 했다. 그들은 아조다의 차고에 가서 아조다의 밴이나 화물 트럭에 아조다의 기름을 넣고 강이나 해변으로 차를 몰고 갔다. 재그다트는 굉장히 빨리 차를 몰았지만 판단력은 예리했다. 그리고 아조다의 집으로 돌아오면 재그다트는 그 즉시 너무나 멀쩡하게 행동했고, 그걸 보며 비스와스 씨는 매번 억울해했다. 재그다트는 일 때문에 외출했다고 하면서 뭔 말을 하고 어떤 일이 있었는지에 대해 사소하고 그럴싸한 이야기를 낱낱이 쏟아냈다. 그는 점심을 먹는 내내 명랑하게 조잘거렸다. 비스와스 씨는 말이 거의 없었고 천천히 정확하게 움직였다. 비스와스 씨의 아이들은 그의 눈이 충혈된 것을 눈치챘지만, 그럼에도 불구하고 그들은 그가 그날 아침 포트오브스페인의 버스 정류장에서 보여준 방정맞은 태도를 어떻게 자제하게 되었는지 의아해할 뿐이었다.

점심을 먹을 때 아조다는 항상 비스와스 씨에게 자신의 사업 이야기를 했다. "그 사람들은 그 계약서를 주질 않는단다, 모헌. 이 지역 도로 위원회의 계약서에 대해 네가 기사를 써줬으면 해." 그리고, "모헌, 그 사람들이 경유 화물 트럭을 수입할 허가증을 내주지 않고 있어. 왜 그런 것 같아? 네가 나 대신 편지 한 통 써줄 수 있겠니? 그 뒤에 분명히 석유 회사가 있을 거야. 그것에 관해서 기사를 써보지그래, 모헌?" 그리고 곧바로 미국 회사에서 온 공식 문서, 편지, 삽화가 실린 안내 책자 등을 보여주는 일이 이어졌다. 비스와스 씨는 옆으로 앉는 자세를 취하고 아조다에게 술 냄새를 풍기지 않게 다른 쪽으로 숨을 내뿜으면서 반쯤 다문 입으로 전쟁이니, 제한 규정이니 하며 횡설수설 중얼댔다.

아이들이 비스와스 씨에게 무슨 문제가 있냐고 물으면 그는 소화가 안 된다고 투덜댔고, 때때로 오후 내내 잠만 잤다. 물론 실제로 소화불량이 있긴 있었다. 매클린 사의 위장약 섭취가 늘고 침묵과 계속되는 갈증이 어떻게 해서 생긴 증상인지 알게 된 샤마는 수치스러워했다.*

그래서 아이들은 종종 자신들만 파고테스에 있는 듯한 느낌을 받았다. 오직 타라만이 이들을 반겼는데, 지금 그녀는 천식으로 몸이 불편했다. 크고 가구가 잘 갖춰진 텅 빈 집에서는 오직 아조다와 그의 조카 사이에 있는 반감만이 느껴질 뿐이었다. 어떤 것도, 즉 '이라크'라고 발음하거나, 뷰익 자동차의 장점을 논하는 것 등 어떤 사소한 것도 말

* 힌두교도들, 특히 카스트가 높고 신앙심이 깊은 이들은 술을 먹지 않는다.

싸움으로 이어질 수 있었다. 말싸움이 잦아질수록 더 짧게 끝났지만 하도 격렬하고 추잡하게 싸워서 삼촌과 조카들이 서로 다시 말을 한다는 게 불가능한 것처럼 생각되기까지 했다. 그러나 몇 분이 지나면 아조다는 안경을 끼고 신문을 손에 들고 자기 방에서 나왔고, 그러면 일상적인 대화가 시작되어 때로는 웃기까지 했다. 아조다는 조카들에게 매여 있었고, 조카들은 그에게 매여 있었다. 아조다는 외지인들을 믿지 않았기 때문에 사업을 하는 데 조카들이 필요했다. 또한 그는 혼자 있는 것을 두려워했기 때문에 오히려 집에서 조카들을 더 필요로 했다. 그리고 인정받지 못하는 대가족은 있지만, 돈도 재능도 없고, 지위라고는 아조다의 그늘 밑에서 얻은 것밖에 없는 재그다트와 라비다트는 아조다가 살아 있는 한 자신들이 그에게 매여 있다는 것을 알고 있었다. 몸매가 좋아 몸을 과시하는 라비다트는 언제든지 남을 위협하려고 주걱턱이 된 것 같았다. 낄낄대는 재그다트의 웃음소리는 한순간에 비명과 눈물로 바뀔 수 있었다. 아조다만 있으면 그는 언제나 히스테리를 부리기 직전이었고, 이런 것이 작고 불안정한 그의 눈에서 드러났다. 하지만 그는 언제나 상냥하게 굴고 습관적으로 툭툭 치면서 자기 눈의 표정을 숨겼다.

가면 갈수록 아이들은 침입자처럼 느껴졌다. 또한 아이들은 자신들의 처지를 알아차리게 되었다. 그러다가 결국 자존심에 상처를 입었다.

『가디언』의 타이니마이츠 리그에 들어간 주아니타 이모의 부탁으로 아난드는 폴란드에서 피난을 온 아이들을 위해 모금하려고 파란 카드를 가지고 돌아다녔다. 그는 교사, 학교 수위, 가게 주인, 심지어 W. C. 터틀에게까지 돈을 거뒀다. 포트오브스페인의 데이어리스 점원은 6센트를 주면서 아직 어린데도 좋은 일을 한다고 아난드를 격려해주었다. 그리고 어느 일요일 아침 파고테스의 뒤쪽 베란다에서 숨쉬기의 중요성에 대한 기사를 읽어주고 난 후 아난드는 아조다에게 파란 카드를 주면서 기부를 부탁했다.

아조다는 눈썹을 모으며 화난 듯한 표정을 지었다.

"너희 집 식구들은 참 재미있는 사람들이구나." 아조다가 말했다. "아버지는 극빈자를 위해 돈을 모으고, 넌 폴란드의 피난민을 위해 돈을 모으니 말이야. 널 위해선 누가 돈을 모으고 있냐?"

아난드가 아조다의 집을 다시 방문하게 된 것은 오랜 시간이 흐르고 난 뒤였다. 그는 폴란드 피난민들을 위한 돈을 더 이상 모으지 않았고 카드도 다 찢어버렸다. 그가 모았던 돈은 야금야금 다 녹아 없어져 버렸고, 주아니타 이모가 그 돈을 달라고 부를까 봐 두려움에 떨며 몇 달을 보내야 했다. 데이어리스 가게에 있는 그 여자에게서 매일 받는 친절은 가책이 되었다.

＊

아침엔 친한 척 굴어야 되고 오후와 저녁은 힘들게 보내야 되는 이 일요일의 소풍은 횟수가 점차 줄어들었고, 정신을 차리고 보니 비스와스 씨는 집에서 벌어진 군사 작전에 휩말려 들어가 있었다.

W. C. 터틀의 축음기와 전투를 치르기 위해 친타와 고빈드가 내놓은 것은 「라마야나」의 경건한 가요 시리즈였다. 비스와스 씨가 그린 베일에 살 때였던 몇 년 전부터 친타가 시작한 「라마야나」 공부는 끝이 났던 게 분명했다. 친타가 아주 잘 불렀기 때문이다. 고빈드의 노래는 그만큼 감미롭지 않았다. 엎드려 누워서 노래를 부르는 버릇 때문에 어

떤 부분에서 칭얼거리는 소리를 내고 어떤 부분에서는 툴툴거리는 것 같았다. 노래를 탄알 삼은 이 양쪽의 집중 포격은 때로는 저녁 내내 이 어졌다. 비스와스 씨는 듣다가 듣다가 불쑥 바지와 러닝셔츠만 입은 채 안쪽 방으로 들어가 고빈드 방 쪽 칸막이를 탕탕 치다가 다시 W. C. 터틀의 거실 쪽 칸막이를 탕탕 치곤 했다.

터틀네 가족은 아무런 반응을 보이지 않았다. 친타는 더욱 열심히 노래를 불렀다. 고빈드는 때때로 두 줄씩 부르며 막간에 낄낄거리며 웃었는데, 그게 마치 노래의 일부인 듯이 여겨졌다. 왜냐하면 원래 「라마야나」 시를 부르는 가수들이 두 줄 사이에 스스로 추임새를 덧붙이곤 했기 때문이다. 가끔 그는 칸막이 너머로 욕지거리를 던지느라 노래를 멈추기도 했다. 비스와스 씨도 되받아쳤는데 이때쯤 되면 샤마가 비스와스 씨의 입을 다물게 하려고 위층으로 달려가야만 했다.

고빈드는 그 집에서 공포의 대상이 되었다. 그는 승객들을 등지고 택시 안에서 너무 오래 있다 보니 모든 인간에게 신물이 난 것 같았다. 스리피스 양복 단추를 채울 때 아직 남은 열정과 충성심도 같이 단도리를 했음에도 불구하고 이 생각 저 생각이 알을 까서 주기적으로 걸핏하면 독하게 폭발하는 모양이었다. 이에 상응하여 그는 육체적으로도 변화를 겪었다. 섬세하고 잘생긴 그의 얼굴은 상스럽고 속을 알 수 없게 변했으며, 택시를 운전하고 다니기 시작한 이후로 단단한 근육은 없어졌다. 그리고 살이 불었다. 살이 찌고 있으나 관리하고 있음을 보여주고, 또 점잖아 보이도록 남성용 조끼를 입어야 할 정도였다. 그의 태도는 이상했고 예측할 수 없었다. 그가 「라마야나」를 부른다는 것에 거의 모든 사람이 깜짝 놀랐는데, 만약 때마침 발생한 여러 건의 폭력 행사만 없었다 해도 재미있는 일이라고 생각했을 것이다. 여러 날 동안 그는 아무도 쳐다보지 않다가 아무런 이유도 없이 특정 사람을 예의 주시하고, 그러면서 유치하게 놀리거나 겁나는 미소를 지으며 그 사람을 따라다녔다. 그는 샤마와 아이들에게 욕을 했다. 샤마는 비스와스 씨가 해먹으로 키운 근육이론 이런 짓은 못한다는 것에 감사해하며 그 욕을 묵묵히 참아 넘겼다. 고빈드는 바스다이의 책 읽는 아이들과 공부하는 아이들에게 여러 번 불시 습격을 했고 항상 겁을 주었다. 친타에게 사정해봐야 아무 소용이 없었다. 고빈드가 공포를 불러일으키는 것이 친타에게는 자랑거리였다. 그녀는 고빈드가 과거에 비스와스 씨를 어떻게 때렸는지를 자기 아이들에게 이야기해주었고 그 아이들은 그 이야기를 책 읽는 아이들과 공부하는 아이들에게 전해서 극도의 공포에 빠지게 했다.

2층에서 고빈드와 비스와스 씨가 말싸움을 벌이면 언제나 아래층의 자녀들 간의 싸움이 뒤를 이었다.

한번은 사비가 이렇게 말했다. "난 왜 아버지가 집을 안 사는지 모르겠어."

고빈드의 장녀가 대답했다. "입이 있는 곳에 돈도 같이 있는 사람이라면 궁전에서 살 수 있을 거야."

"어떤 사람들은 입하고 배만 있지."

"어떤 사람들은 배라도 있지. 아무것도 없는 사람들도 있는데."

사비는 이렇게 지는 것이 몹시 속상했다. 위층의 싸움이 잦아들자마자 사비는 안쪽 방으로 가서 사주식 침대에 누웠다. 자기 마음이나 아버지의 마음을 다시 상하게 하고 싶지 않았기 때문에 사비는 일어났던 일을 아버지에게 이를 수가 없었다. 아마도 아버지는 그녀를 위로해줄 수 있는 유일한 사람이었을 텐데도 말이다.

이런 상황에서 W. C. 터틀은 유용한 동맹군으로 생각되었다. 그의 육체적인 힘은 고빈드와 견줄 만했고(비록 고빈드의 아이들은 그렇지 않다고 했지만), 두 사람은 여전히 차고 때문에 싸우고 있었다. W. C. 터틀과 비스와스 씨가 공통점을 가지고 있다는 것도 도움이 되었다. 즉, 그들 둘 다 툴시 집안에 장가온 것을 야만인들의 세계로 전락한 것이라고 생각하고 있었던 것이다. W. C. 터틀은 자기 자신을 트리니다드 내 브라만 문화의 마지막 수호자 중 한 사람이라고 생각했다. 동시에 그는 자신을 서구 문학, 음악, 예술 같은 서구 문명의 보다 세련된 산물에 기품 있게 물든 사람이라고 생각했다. 그는 항상 적절한 품위를 갖추어 행동했다. 그는 아무하고도 거친 말을 섞지 않았고 털이 긴 콧구멍을 떨어 조용히 경멸을 표하는 것으로 만족했다.

그리고 비스와스 씨와 W. C. 터틀 사이에는 축음기 때문에 생긴 언짢은 감정 말고는 미나가 횃불을 든 여인상의 횃불 든 팔을 부러뜨렸을 때와 샤마가 유리 캐비닛을 샀을 때에 촉발된 경쟁심 정도만이 있을 뿐이었다. 소지품 경쟁에서는 비스와스 씨가 부전패했다. (부서진 문은 수리되지 않은 채, 아래 선반에는 교과서와 신문이 가득 차 있는) 유리 캐비닛과 고마운 극빈자가 만들어준 식탁을 들인 이후 비스와스 씨에게는 더 이상의 여유가 없었다. W. C. 터틀은 앞 베란다 전체를 차지하고 있었다. 그는 모리스 흔들의자 두 개, 일반 램프, 뚜껑 달린 책상, 그리고 미닫이식 유리문이 달린 책장을 샀다. 비스와스 씨는 자기 자녀들을 『가디언』의 타이니마이츠 리그에 처음으로 등록해 약간의 이점을 얻었다. 하지만 그는 W. C. 터틀이 입은 짧은 바지를 따라 하느라 이 이점을 낭비했다. W. C. 터틀의 짧은 바지는 제대로 된 짧은 바지였고 그의 몸매는 그 바지에 어울렸다. 비스와스 씨는 어울릴 만한 몸이 아니었고 그의 황갈색 짧은 바지는 그저 긴 황갈색 바지였는데 샤마가 안 될 거라는 생각이 들면서도 어쨌든 잘라서 흰색 면을 가지고 재봉틀로 삐뚤거리게 가장자리를 댄 것이었다. 비스와스 씨는 터틀네 아이들이 자기 아버지가 생명보험에 가입했다는 사실을 누설하자 더 깊은 좌절을 느꼈다. "나도 하나 가입하라고?" 비스와스 씨가 미나와 캄라에게 말했다. "내가 매달 보험료를 내기 시작하면 너희 중에서 아무라도 그걸 받을 만큼 살 것 같니?"

비스와스 씨가 인도인 서점에서 그림 두 점을 사 와서 액자에 넣자 그림 경쟁이 붙었다. 그는 그림을 액자에 넣는 작업을 재미있어했다. 깨끗한 마분지와 날카로운 칼로 작업하는 것이 좋았다. 사진을 대는 대지(臺紙)*의 색이나 형태를 실험해보는 것도 좋았다. 자신이 잰 만큼 유리가 잘려 나가는 것을 보고 난 후 달달 떨며 자전거에 싣고 집으로 오면 그날 저녁은 전혀 다른 저녁이 되었다. 액자를 만드는 것은 간판을 그리는 것과 비슷했다. 깔끔하고 정확한 것이 필요했으니 말이다. 그는 자기 손으로 하는 일에 집중하면서 그 집에 대해서 잊고, 분노를 가라앉힐 수 있었다. 얼마 후 그린 베일에 있던 바라크 건물의 방에 종교적인 인용구가 걸려 있었듯이 비스와스 씨의 두 방에는 그림들이 걸렸다.

W. C. 터틀은 커다란 나무 액자에 넣은 여러 점의 본인 사진으로 시작했다. 한 사진에는 W. C. 터틀이 아무것도 입지 않은 채 도티와 성뉴만 두르고 카스트 표식를 찍고 머리에는 상투를 틀고 가부좌로 앉아서 위로 세운 발바닥에다 뭉친 손가락을 조심스럽게 놓고 눈을 감은 채 명상을 하고 있었다. 이 사진 옆에는 W. C. 터틀이 재킷과 바지를 입고

---

* 액자를 만들 때 그림이나 사진 뒤에 붙이는 두꺼운 종이.

칼라를 달고 넥타이를 매고 모자를 쓰고 근사한 구두를 신은 한쪽 발을 자동차의 발판에 올리고서 금니를 환하게 드러내 웃으면서 서 있었다. 그의 부모와 그들의 집을 찍은 사진들도 있었다. 그의 형제들이 모여서 찍고 또 단독으로 찍은 사진도 있었다. 그의 여자 형제들도 모여서 찍고 또 단독으로 찍었다. W. C. 터틀이 다양하게 모습을 바꿔가며 찍은 사진들도 있었다. 턱수염과 구레나룻과 콧수염을 붙인 W. C. 터틀, 턱수염만 있는 W. C. 터틀, 콧수염만 있는 W. C. 터틀. 역기를 든 W. C. 터틀(사각 수영복을 입고 쇼트힐스의 부서진 발전기의 납으로 만든 역기를 높이 들고 카메라 쪽을 뚫어져라 보고 있었다), 인도의 대례복을 입은 W. C. 터틀, 펀디트의 완전한 예복인 터번과 도티, 흰색 재킷을 입고 염주를 건 채 한 손에 놋쇠로 된 항아리를 들고 또다시 웃고 있는(배경으로는 희미하게 경외감에 젖은 많은 사람의 얼굴이 보였다) W. C. 터틀. 그 사진들 사이에는 영국 봄철의 시골 풍경 사진들과 마터호른의 전경, 그리고 마하트마 간디의 사진과 '당신의 아버지를 마지막으로 언제 뵈었습니까?'라는 제목이 붙은 사진이 있었다. 그것이 W. C. 터틀이 동양과 서양을 어우르는 방식이었다.

그러나 택시를 운전하고 「라마야나」를 툴툴거리며 부르는 고빈드는 이런저런 경쟁에는 관심이 없었고 이전처럼 겁이나 주고 화나 내는 행동을 계속했다. 글 읽는 아이들과 공부하는 아이들은 공공연하게 그가 자동차 사고로 불구가 되거나 죽었으면 좋겠다고 했다. 그러나 고빈드는 오히려 안전운행 상을 받았고 포트오브스페인의 시장과 악수도 했다. 이 일로 고빈드가 모든 금지에서 풀려났다고 여긴 듯이 행동하자 바스다이와 비스와스 씨는 경찰을 부르자고 하기 시작했다.

그러나 경찰을 부를 일은 터지지 않았다. 왜냐하면 너무나 갑작스럽게 고빈드가 사고뭉치 짓을 그만하게 되었기 때문이다.

어느 날 저녁 갑자기, 어리벙벙하게, 평화가 그 집에 강림했다. 공부하는 아이들과 글 읽는 아이들의 읽고 공부하는 소리가 멈추었다. W. C. 터틀의 축음기도 조용해졌다. 「라마야나」의 노래가 두 줄 사이에서 갑자기 멈추었다. 그러더니 고빈드의 방에서 투덜거리는 소리, 탕 치는 소리, 깨지는 소리, 부딪치는 소리가 연속적으로 들렸다.

아난드는 발끝으로 비스와스 씨의 방으로 들어와 명랑한 목소리로 속삭였다. "대디가 마미를 때리고 있어."

비스와스 씨는 일어나 앉아 들었다. 진짜였다. 비디아다르의 대디가 비디아다르의 마미를 때리고 있었다.

온 집안이 들었다. 고빈드의 방에서 나는 소음이 잠잠해지고 고빈드가 다시 「라마야나」를 흐느끼는 듯이 부르기 시작하자 아래층에서는 읽고 공부하는 소리가 다시 새롭게 시작되어 흡족한 듯한 목소리로 커져갔다. W. C. 터틀의 축음기는 축하 음악을 연주했다.

친타가 고빈드에게 맞을 때마다 평화가 왔다. 그리고 그 일은 자주 일어났다. 고빈드에게 이런 배출구가 생겨 다른 아이들을 따라다닐 일이 없어졌으므로 책 읽는 아이들과 공부하는 아이들은 공포에서 회복이 되었다. 매질을 당함으로써 친타는 여족장의 권위를 얻었으며 희한하게도 이전에 받지 못했던 존경까지 받았다. 게다가 매질은 친타의 아이들을 조용하게 하고, 친타의 노래가 들리지 않게 했다. 또한 그녀가 문화적인 경쟁에 더욱 분발하게 하는 등의 부수적인 효과도 있었다.

비디아다르도 역시 장학금 시험 특별반에 있었다. 그는 아난드처럼 최우수 집단에 있지는 않았다. 하지만 친타는 이것이 뇌물과 부패 때문에 그런 것처럼 험담했다. 그리고 어느 날 저녁 아난드가 데이어리스의 스탠드 제일 끝에 있는 의자에 앉아 있을 때, 한 인도 소년이 들어왔다. 비디아다르였다. 아난드는 놀랐다. 비디아다르도 역시 놀란 듯이 보였다. 그러고 놀라면서도 어느 소년도 상대방에게 말을 걸지 않았다. 비디아다르는 아난드를 지나 스탠드의 반대편 끝에 있는 의자로 가서 우유 한 병을 주문했다. 아난드는 그가 이런 실수를 저지르는 걸 보는 것이 재미있었다. 돈을 먼저 출납계에 내고 영수증을 종업원에게 줘야 하기 때문이었다. 그래서 비디아다르는 의자들이 일렬로 선 곳을 다시 지나 걸어와서 출납원에게 영수증을 받고 다시 그 의자들을 한 번 더 지나 자신이 선택한 제일 끝 의자까지 가야만 했다. 두 소년 모두 상대방을 쳐다보지도 않았고 먼저 나가고 싶어 하지도 않으면서 천천히 자기 우유를 마셨다. 어느 누구도 일부러 상대방을 무시하려 하진 않았다. 그냥 무시하게 되었다. 그러나 두 소년은 각자 자신이 무시당했다고 생각했다. 그 소년들은 어른이 될 때까지 다시는 서로 말하지 않았다. 그 북적거리는 집에서 얽히고설킨 온갖 다양한 관계들 속에서 이 침묵은 변함없이 지속되었다. 그 일은 역사적인 사건이었다. 그 당시 비디아다르는 그날 자신이 무시했다고 말했고, 아난드는 **자신**이 그랬다고 말했다. 그리고 데이어리스의 종업원들은 매일 오후 3시 5분에 인도 소년 두 명이 우유 스탠드의 양쪽 끝에 앉아 빨대로 240밀리리터짜리 우유를 마시며 상대방을 쳐다보지도, 말을 걸지도 않는 것을 보았다.

이제는 공공연히 자두를 먹으며 비디아다르가 도전해오는 것에 분개한 미나와 캄라는 아난드의 놀라운 학문적 위업을 자랑하기 시작했다.

"우리 오빠는 너희들 몽땅 합친 것보다 더 많이 책을 읽어."

"그래서 어쨌다고. 아무튼, 좋아. 아난드가 그렇게 많이 읽는다면

『노래하는 총』*의 작가는 누군지 말해보라고 해." 이 말은 어린 터틀이 한 말이었다.

"아난드 오빠, 쟤한테 말해줘. 누가 『노래하는 총』의 작가인지 쟤 한테 말해주라니까."

"몰라."

"아하하!"

"하지만 오빠가 그걸 어떻게 알겠어?" 미나가 말했다. "오빤 건전한 책만 읽는단 말이야."

"좋아. 아난드가 책을 많이 읽는다고 쳐. 하지만 우리 오빤 책을 한 권 **썼어**. 책 **한 권을** 말이야. 오빤 지금도 책을 쓰고 있어."

그 작가는 진짜로 책을 썼다. 그는 터틀의 맏아들이었다. 그 애는 언제나 연습장을 사달라고 졸라서, 계속 글을 쓰는 것을 보여주어 자기 부모를 감동하게 했다. 그는 자신이 기록을 하고 있다고 했다. 사실 그는 교육부 장관이자 『넬슨의 서인도 제도인 읽기 책』과 『넬슨의 서인도 제도인 산수 책』의 저자인 커터리지 장군이 쓴 『넬슨의 서인도 제도인 지리 책』의 모든 단어를 베꼈다. 그는 열두 권 이상의 연습장을 써서 『지리 책』을 베끼는 일을 완료했고 그 당시 교육부 차관인 대니얼 장군이 쓴 『넬슨의 서인도 제도인 역사 책』의 1권을 베끼는 중이었다.

장학금 시험이 채 두 달이 안 남았기 때문에 아난드는 순전히 공부만 하는 생활을 하고 있었다. 아침에는 수업 전에 30분간 개인 과외를 받았고, 오후에는 방과 후에 한 시간 동안 과외를 받았다. 토요일 아침에는 아침 내내 과외를 받았다. 그리고 학교 선생에게 받는 이 모든 과

---

* 미국의 작가 맥스 브랜드(Max Brand, 1892~1944)의 소설로 1950년에 영화화되었다.

외 말고도 아난드는 교장 선생의 집에서 5시부터 6시까지 개인 과외를 받기 시작했다. 그는 학교에서 데이어리스로, 거기에서 다시 학교로 갔다. 그리고 나서 교장 선생 집으로 갔는데, 그 집에서는 사비가 샌드위치와 미지근한 오벌타인을 들고 아난드를 기다리고 있었다. 그는 아침 7시에 집에서 나가서 6시 30분이 되어 돌아왔다. 아난드는 밥을 먹었다. 그리고 나서 학교 숙제를 했다. 그다음엔 과외 수업 예습을 했다.

장학금 특별반의 최우수 집단에 있는 모든 소년은 비슷하게 비참한 생활을 하고 있었으나 자신들은 짓궂은 장난질이나 당하고 걱정거리라고는 없는 나날을 즐기고 있다는 환상을 유지하려고 애썼다. 공부 이야기만 하는 야망 있는 학생들도 몇 명 있었다. 그러나 대부분은 이제 막 시작된 미식축구와 얼마 전에 끝난 산타로사 경마 대회에 대해 이야기하며 서로에게 자기 대디가 음식을 가득 실은 바구니를 싣고 자신들을 차에 태우고 대회로 데려갔고, 경마 배당금에 큰돈을 걸었다가 잃었다는 이야기를 했다. 아이들은 크리스마스 경마 대회에서 브라운 바머와 제트삼이 이길 가능성이 있는지를 토의했다(시험은 11월 초에 있을 예정이어서 이런 대화가 시험 이후를 그려볼 수단이 되었다). 아난드는 이런 대화에서 가장 뒤처지는 아이가 아니었다. 아난드는 경마가 조금은 지겹다는 생각이 들었지만 오히려 그것을 자신이 특별히 잘 아는 이야깃거리로 만들었다. 예를 들어 그는 제트삼이 호프 오브 더 밸리 밖에서 플로트삼과 함께 있던 때를 안다고 했다. 아난드는 이 세 마리 말을 모두 보았다고 했고 새끼인 제트삼이 말리려고 내놓은 옷을 먹곤 했다는 경마장 이야기를 퍼트렸다. 그는 더 많은 경마장 소문을 들려주면서 휘츠테이블이 완전히 재앙에 가까운 경력을 가지고 있지만 식민지 트리니다드에서 가장 좋은 말이라고 주장했다(또한 이렇게 주장해서 유명해졌다). 그가 엉뚱한 말을 많이 한 것은 유감이지만 어쨌든 그 당시에 이 회색 말들은 기복이 심하기도 했던 것이다.

어느 월요일 점심시간에 이야기 화제는 영화로 옮겨졌다. 그때는 포 트오브스페인에 사는 거의 모든 소년이 런던 극장에서 주말에 동시 상 영된 「제시 제임스」와 「돌아온 프랭크 제임스」*를 이미 보고 난 뒤였다.

"대단한 영화들이었어!" 소년들이 감탄했다. "그런 대작을 동시 상 영하다니."

휘츠테이블을 옹호하는 바람에 삐딱한 의견을 가진 사람으로 통하 게 된 아난드는 자기는 그 영화들을 좋아하지 않는다고 했다.

소년들이 그의 주변에 모여들었다.

동시 상영을 본 적이 없었던 아난드는 그걸 좋아하지 않는다는 말 을 되풀이했다. "「달턴 형제가 말을 타던 때」나 「달턴 형제가 다시 말 을 타다」**나 되면 몰라. 그럼 언제든지 보지."

그때 한 소년이 이렇게 말한 것은 순전히 그의 운수 탓이었다. "쟤 는 그 영화 안 본 게 틀림없어! 저 늙다리 공부벌레가 영화관에 갔을 것 같아?"

"넌 위선적인 깡패 꼬붕이야." 아난드가 아버지로부터 습득한 두 단어를 이용하여 이렇게 말했다. "넌 나보다 더 공부벌레잖아."

그 소년은 대화를 바꾸고 싶었다. 그 애는 엄청난 공부벌레였던 것 이다. 흥분을 가라앉히며 그 애가 다시 말했다. "넌 분명히 안 가봤어." 그리고 이쯤 되니 다른 아이들은 이미 들을 준비를 하고 있었다. 자신

---

* 제시 제임스나 프랭크 제임스 모두 미국의 유명한 악당이자 도둑들이며, 이들의 일생 은 여러 번 영화화되었다.
** 각각 1940년과 1945년에 상영된 미국 서부 영화.

감을 얻은 그 고발인은 이렇게 말했다. "좋아. 좋아. 쟤가 갔다고 해. 그럼 그때 무슨 일이 있었는지 말해보라고 해, 그때 말이야, 헨리 폰다가……"

아난드가 말했다. "난 헨리 폰다 싫어해."

이 말이 약간 방향을 틀어놓았다.

"도대체 무슨 말이야. 폰다를 싫어하다니. 폰다가 걸어가는 걸 네가 본 적이 없어서 그렇다고 다들 생각할걸."

"이봐, 걷는 꼴이 **보기 싫어.**"

"좋아, 좋아." 그 고소인은 계속 말을 했다. "무슨 일이 있었게, 헨리 폰다와 브라이언 돈레비가……"

"난 그 사람도 싫어." 아난드가 말했다. 그리고 종이 울려서 아난드를 살렸다.

고발인이 화를 내는 것으로 보아 확인 작업이 계속될 게 분명하다고 아난드는 생각했다. 아난드는 수업이 끝나자 곧바로 데이어리스로 갔고 거기에서 나오자 개인 과외를 할 시간이 되었다. 과외가 끝나고 나서 그는 슬그머니 눈을 피해 교장 선생의 집으로 갔다. 집으로 돌아와서는 그날 저녁에는 공부를 할 수 없고 머리를 식히러 런던 극장에 가고 싶다고 했다.

"돈 없는데." 샤마가 말했다. "아버지에게 부탁해보렴."

비스와스 씨가 말했다. "내 나이쯤 되면 서부 영화는 안 좋아하게 되는 법인데."

아난드는 이성을 잃었다. "내가 아빠 나이가 되면 아빠같이 되고 싶지 않아."

아난드는 자신이 한 말이 후회스러웠다. 참으로 피곤해 있던 탓이었다. 그리고 비스와스 씨가 거절하는 방법이 그에게 너무 냉정하게 여겨졌던 것이다. 그러나 사과하지 않았다. 그 대신 머리가 아프다고 말하고 뇌신경쇠약과 뇌염, 지나친 공부로 인한 질병에 걸린 게 분명하다고 했다. 그 병은 학교에서 경쟁자들이 아난드가 분명히 걸릴 것이라 예상했던 병이었다.

비스와스 씨가 말했다. "난 땡전 한 푼 없다. 모레까지는 돈 못 줘. 지금 당장은 사무실 '자격 있는 극빈자'의 몇 푼에서 약간씩 꺼내고 있어. 가서 엄마에게 말해봐."

항상 그랬듯 엄마에게 약간의 돈이 있다는 것이 드러났다.

"얼마나 있어야 되니?"

아난드가 계산을 했다. 어른은 12센트, 아이는 반값이었다. 하지만 확실하게 하기 위해서 아난드가 말했다. "36센트요." 잔돈은 반납할 생각이었다.

"36센트. 자, 애야. 탈탈 털었다. 봐라."

엄마의 지갑에서 아난드가 본 것은 1센트짜리 동전 몇 개뿐이었다. 그러나 샤마는 언제나 잘 꾸려나갔다. 그리고 모레가 월급날이었다.

그날 저녁 영화는 8시 30분에 시작되었다. 비스와스 씨와 아난드는 8시쯤 집을 나갔다. 극장에서 멀지 않은 곳에 중국인 카페가 있었다. 거기서 뭔가를 사야 했다. 그것이 영화 볼 때 꼭 해야 하는 것 중 하나였기 때문이다. 그들에게는 쓸 수 있는 돈이 18센트가 있었다. 그들은 땅콩과 찬나콩, 그리고 약간의 민트향이 나는 사탕을 모두 6센트에 샀다.

런던 극장의 1층석으로 들어가는 입구는 로맨스 소설에 나오는 토굴같이 좁은 터널이었다. 그 터널로는 한 번에 한 명만 들어갈 수 있어서 의자 팔걸이에 튼튼한 작대기를 걸치고 끝에 앉아 있는 표 받는 사람이 표 없는 사람들을 쫓아낼 수 있게 되어 있었다. 비스와스 씨와 아난드가 터널의 입구에 도착해서 보니 사납고 불친절하게 생긴 한 무리의 사람들이 길을 막고 있었다. 비스와스 씨와 아난드는 주저하면서 그 무리의 한쪽 끝에 섰고, 곧 뒤에서 밀려서 그 무리와 섞이게 되었다. 이들은 손과 발을 마음대로 움직일 수 없었다. 아난드는 키가 큰 사람들 사이에 끼었는데, 빛도 보이지 않고 공기도 통하지 않아 그냥 따라가는 수밖에 다른 도리가 없었다. 불만과 고통에서 나오는 고함 소리가 그 무리에서 터져 나왔다. 영화가 이미 시작되었던 것이다. 그들은 오프닝 뮤직을 들을 수 있었다. 아난드를 죄는 힘이 더 세졌다. 아난드는 벽과 터널 사이에서 압사하지 않을까 두려웠다. 비스와스 씨가 그를 불렀는데 멀리서 부르는 듯한 소리였다. 아난드는 대답할 수 없었다. 아난드는 위를 올려다볼 수도 아래를 내려다볼 수도 없었다. 단지 이 음악이 끝나면 자신이 학교에서 말했던 것과 달리 헨리 폰다, 브라이언 돈레비, 타이런 파워를 지극히 존경하게 되리라는 생각만이 있었다. 아난드는 남자들이 표를 달라고 고함치는 소리를 들었다. 그 남자들이 점점 가까워졌다. 터널의 벽에 나 있는 불빛이 비치는 작은 반원형의 구멍 사이로 돈을 집어넣으니 표가 나왔고 때때로 표를 파는 사람의 손이 번쩍거리는 게 보였다. 살찌고 차가운 여자의 손이었다.

비스와스 씨의 차례였다. 표를 사는 구멍 앞에 서서, 표도 못 사고 작대기를 가진 표 받는 사람에게까지 휩쓸려 가지 않으려고 애를 쓰면서, 그는 매끈하고 빛이 나는 나무 위에 1실링을 올려놓았다. "어른 한 장하고 반액 할인 한 장이요."

여자의 음성이 말했다. "반액 할인은 낮에만 돼요." 여자의 손이 티켓 북에서 표 한 장을 떼어내려다가 멈추었다.

"그럼 두 장요."

녹색 표 두 장이 나오자 비스와스 씨와 아난드는 뒤에서 밀어주는 것에 감사해하며 몸을 맡겼다.

"이봐, 당신!" 여자의 목소리가 구멍에서 흘러나왔다.

표 판매가 중단되자 터널을 울리던 떠들썩한 소리는 두 배로 커졌다.

"당신!"

비스와스 씨가 다시 불빛이 비치는 구멍으로 돌아왔다.

"뭐하는 거예요, 왜 1실링만 주고 가요?" 동전이 그 여자의 손바닥에 놓여 있었다.

"12센트짜리 두 장이잖아요."

"20센트짜리 두 장이에요. 16센트 더 내세요."

아난드는 아까 있던 곳에 서 있었다. 소동과 고함 소리가 멀리서 들렸다.

소리를 들으니 불이 난 장면이라는 것을 알 수 있었다. 전에 그 영화를 봤던 사람들은 그 소리가 뭔지 알아챘다. 사람들은 거의 발광 지경이 되었다.

어떻게 낮에만 할인된다는 것을 잊을 수가 있었을까? 어떻게 월요일은 토요일이나 일요일과 같이 12센트가 아니라 20센트라는 것을 잊을 수 있었을까?

비스와스 씨는 녹색 표 두 장을 내려놓았다. 여자는 한 장을 떼어내고 4센트와 함께 그 표를 다시 비스와스 씨에게 주었다.

그들은 표 받는 사람 옆 벽에 서 있었다. 그동안 그들 뒤에 있던 남자들이 엉망이 된 자기 옷을 바로잡으며 급하게 지나갔다.

"네가 들어가." 비스와스 씨가 말했다.

아난드의 볼은 박하사탕으로 불룩해져 있었다. 그는 사탕을 빨다가 멈추었다. 사탕이 차갑고 축축했다. 그는 머리를 흔들었다. 너무 놀라서 영화를 보고 싶다는 생각이 모두 다 달아났던 것이다. 그리고 계속 있으면 한밤중에 혼자 집까지 걸어가야 했다.

그들은 계속 떠밀렸다. 그들이 길을 막고 있었던 것이다.

비스와스 씨가 말했다. "내가 데리러 올게."

아난드는 머뭇거렸다. 그런데 그 순간 터널에 새로운 한 떼의 사람들이 뒤섞여 쟁탈을 벌였다. 누군가가 고함을 질렀다. "이 자식들 왜 갈 수 있으면서 안 가는 거야?" 표 받는 사람이 말했다. "어떻게 할지 정하세요. 길을 막고 있잖아요." 그러자 아난드는 비스와스 씨에게 말했다. "아빠가 가세요." 비스와스 씨는 즉시 이 말에 순종하기라도 하듯 많은 사람들의 등 뒤로 사라졌고 자기가 보고 싶지도 않았던 영화를 보기 위해 영화관 안으로 떠밀려 들어갔다.

아난드는 터널에 남아 사람들이 안으로 들어가는 동안 벽에 납작하게 붙어 있었다. 얼마 후 영화가 꽤 진행되자 터널 안은 텅 비었다. 황토색 페인트를 칠한 벽은 반짝반짝하게 닦여 있었다. 빛이 새어 나오는 표 파는 구멍 안의 손은 뜨개질을 하고 있었다.

아난드는 우드브룩 시장의 광장을 지나 중국인 카페와 머레이 스트리트에 있는 운동장까지 걸어갔다. 집에 돌아오니 집이 와글거리고 있었다. 하지만 아무도 그를 쳐다보지 않았다. 그는 곧바로 앞쪽 방으로 가서 구두를 벗고 슬럼버킹 침대에 누웠다.

위층으로 올라와 불을 켠 샤마가 거기에 있는 아난드를 발견했다.

"얘! 너 땜에 놀랐어. 영화관엔 안 갔니?"

"갔어요. 그런데 머리가 아파서요."

"그럼 아버지는?"

"아버진 거기 있어요."

앞쪽 대문이 철거덕거리더니 누군가가 콘크리트 계단을 걸어 올라왔다. 문이 열리자 비스와스 씨가 보였다.

"저런!" 샤마가 말했다. "당신도 머리가 아파요?"

그는 대답하지 않고 테이블과 침대 사이를 비집고 지나가 침대에 앉았다.

"두 사람 다 무슨 영문인지 모르겠네요." 샤마가 말했다. 그녀는 안쪽 방으로 들어가 바느질할 것을 가지고 다시 나오더니 아래층으로 갔다.

비스와스 씨가 말했다. "얘야, 콜린스 클리어 타이프 출판사에서 나온 『셰익스피어』 좀 가지고 와라. 그리고 내 펜도."

아난드가 침대 머리맡으로 올라가서 책과 펜을 가지고 왔다.

잠시 동안 비스와스 씨가 뭔가를 썼다.

"재수 더럽게 망신만 당했네. 그런데, 여기를 읽어봐라."

표지 뒷장의 백지에 사비가 태어나기 전 그녀를 위해 정해놓은 네 가지 남자 이름 아래 적힌 글을 아난드가 읽었다. "나 모헌 비스와스는 여기에서 내 아들 아난드 비스와스가 고등학교 장학금을 획득하는 날 저녁에 자전거를 한 대 사주겠다고 이렇게 약속하는 바입니다." 서명과 날짜가 그 뒤에 씌어 있었다.

비스와스 씨가 말했다. "내가 어떻게 하나 꼭 지켜봐."

아난드는 최근에 만든 자기 서명을 하고 괄호 안에다 '지켜봄'이라고 덧붙였다.

"지금, 정정당당하게." 비스와스 씨가 말했다. "1분만 다오. 책을 다시 봐야겠다. 내가 뭘 빠뜨린 것 같구나."

그는 콜린스 클리어 타이프 출판사에서 나온 『셰익스피어』를 가지고 와서 자신이 한 선언의 마침표를 쉼표로 바꾸고 '전쟁 상황이 허락하면'이라는 어구를 덧붙였다.

집에서 터져 나오던 소리가 그쳤다. 웅성거리는 소리는 낮게 계속 들리는 희미한 소리로 잦아들었다. 늦은 시간이었다. 샤마와 사비는 2층으로 올라와 안쪽 방으로 갔다. 거기에서는 이미 미나와 캄라가 잠을 자고 있었다. 아난드는 슬럼버킹 침대에 누워 베개를 둑처럼 쌓아 비스와스 씨와 떨어져 누웠다. 그는 빛이 들어오지 않게 하려고 면 시트를 얼굴까지 끌어 덮었고 곧 잠이 들었다. 비스와스 씨는 잠시 깨어서 책을 읽었다. 그러다가 일어나서 불을 끄고 다시 더듬거리며 침대로 돌아갔다.

요사이 비스와스 씨가 거의 그렇듯이, 깨고 나니 아직 밤이었다. 그는 시간을 알고 싶었던 적이 한 번도 없었다. 너무 이르거나 너무 늦었기 때문이었다. 그 집은 소음으로 가득했다. 위층과 아래층에 세 든 사람, 글 읽는 아이들, 공부하는 아이들이 내는 소음으로 집이 코를 골았다. 그 세상은 무채색의 세계였다. 그 세계는 어느 누구도 깨기를 기다리지 않았다. 열린 창문으로, 나무의 윤곽선과 옆집의 지붕 위로, 비스와스 씨는 별빛이 빛나는 한밤의 하늘을 볼 수 있었다. 그걸 쳐다보고 있으려니 그의 근심은 더욱 커졌다. 고뇌가 빠르게 공포로 변했고 늘 그렇듯 그의 배를 옥죄었다.

다음 날 아침 늦잠을 잔 비스와스 씨는 야외 목욕탕에서 목욕을 하고, 햇살이 비치는 앞쪽 방에서 밥을 먹고, 어제 입었던 셔츠(그는 한 셔츠를 이틀간 입었다)와 손목시계, 넥타이, 재킷 그리고 모자를 착용했다. 그리고 그렇게 점잖게 의복을 갖추고 나서 극빈자들을 인터뷰하기 위해 자전거를 타고 갔다.

한편 학교에서 고발인과 마주친 아난드는 이렇게 말했다. "물론 난 갔었어. 그런데 그 영화가 너무 싫어서 시작하기도 전에 나왔어."

이 말이 아난드다운 말이라는 데 모두 동의했다.

*

아난드의 천식 발작은 4주 또는 그보다 더 빠른 주기로 발병했다. 비스와스 씨와 샤마는 장학금 시험을 치르는 주간에 그 병이 도질까 봐 걱정했다. 그러나 천식은 일주일 앞서 발생하여 3일간 계속되었다. 그래서 약솜을 붙인 그의 가슴은 색깔이 변하고 살갗이 벗겨졌다. 아난드는 마지막 심화 과외에서 면제되었다. 하지만 가능한 한 운에 맡겨서는 안 되겠다고 생각한 비스와스 씨가 자신이 직접 식량 증산 캠페인과 적십자사에 대해 글을 쓰고, 이 에세이에서 자신의 문체적 특성을 감춘 뒤 마치 그 글이 비판적인 어른의 글이 아니라 똑똑하고 애국심이 많은 학생의 글이라고 여겨지게 썼다고 혼자 우쭐해하며 아난드에게 암기하라고 했다. 그 바람에 아난드가 할 일은 더 늘어났다. 그 글은 『센티널』의 논설만큼이나 고결한 의향이 풍부하게 들어 있었다. 다시 말해 그 에세이들은 캠페인과 협회를 위한 지원을 보내달라고 간곡히 호소하고 있었다. 또한 그 에세이들은 전쟁은 마땅히 승리하게 될 것이고 아난드 자신이 진정 사랑하는 이 자유 기관을 보호해야 한다고 말하고 있었다.

시험은 토요일에 실시되었다. 금요일 저녁 샤마는 아난드의 종업식

날 복장*과 그가 가져가야 할 준비물을 모두 내놓았다. 아난드는 푸자를 준비하는 것 같다고 하며 그 옷을 입으려 하지 않았다. 그리고 나름 비밀 계획을 가지고 있던 친타는 비디아다르를 위해 작은 푸자를 드렸다. 금요일 저녁 아르와카스에서 오토바이를 타고 펀디트 한 명이 와서는 건물 아래 공간에서 글 읽는 아이들과 공부하는 아이들 사이에서 그날 밤을 보냈다. 토요일 아침 아난드가 마지막 복습을 하고 있는 동안 비디아다르는 축성한 물로 목욕을 하고 도티를 입은 채 신성한 불을 사이에 놓고 펀디트와 마주했다. 그는 펀디트의 기도를 듣고 물소 젖으로 만든 버터 약간과 코코넛 조각과 갈색 설탕을 태웠고, 글 읽는 아이들과 공부하는 아이들은 종을 치고 징을 울렸다.

아난드 자신도 의례를 갖추는 것을 피하지 않았다. 그는 검푸른색의 서지 천으로 만든 짧은 바지, 흰색 셔츠와 말끔한 학교 넥타이를 착용했다. 그리고 아난드가 화를 내는데도 불구하고 샤마는 아난드가 보지 않을 때 그의 셔츠에 라벤더를 탄 물을 뿌렸다. 아난드는 학교 복도에 걸린 시계를 보면 된다고 말했지만, 비스와스 씨의 시마 사 손목시계를 받았다. 시계는 그의 손목에서 헐거운 팔찌같이 걸려서 자꾸 팔뚝으로 흘러내렸다. 그는 자기 펜이 나오지 않을 때를 대비하여 비스와스 씨의 펜을 받았다. 시험관이 충분히 주지 않을 경우를 대비해서 커다란 새 잉크병도 받았다. 압지 여러 장과 『센티널』 연필 여러 개, 연필깎이 하나, 자 하나, 연필용과 잉크용으로 지우개 두 개를 받았다. 아난드가 말했다. "내가 결혼하러 거기 간다고 해도 다들 믿을걸." 마지막으로 샤마는 2실링을 주었다. 그녀는 이 돈이 뭘 대비한 것인지 말해주지 않

---

* 여름 학기가 끝나는 학교 종업식 날 상을 주고 연설을 할 때 학생들이 입는 옷.

았고, 아난드도 물어보지 않았다.

히죽히죽 웃으며 입술을 빠는 비디아다르에게도 이와 유사한 채비가 갖추어졌다. 그는 친타에게서 여러 장의 부적을 받아서 궁금해하는 책 읽는 아이들과 공부하는 아이들을 멀리 쫓아내고 펀디트의 감독하에서 비밀인 것을 과시하며 착용했다. 마지막으로 아이들은 둘 다 라벤더 향기를 맡고 학교로 갔는데, 비디아다르는 자기 아버지의 택시로 가고 아난드는 로열 앙필드 자전거를 끌고 가는 비스와스 씨와 함께 걸어서 갔다. 길을 반쯤 가다 아난드가 바지 주머니에 손을 넣자 뭔가 부드럽고 작고 둥근 것이 들어 있다는 것을 알게 되었다. 그것은 말린 라임이었다. 샤마가 악운을 차단하기 위해 넣은 것이 분명했다. 그는 그것을 도랑에 던졌다.

아난드가 걱정했던 일이 일어났다. 몇 년 동안 이 제물을 바칠 날을 위하여 준비해온 장학금 후보자들은 모두 제물을 바치기에 걸맞은 의복을 입고 왔다. 그들 모두 서지 반바지와 흰 셔츠를 입고 학교 넥타이를 매고 있었다. 아난드는 이 옷들이 어떤 부적을 가리고 있는지 추측만 할 수 있었다. 아이들의 주머니는 펜과 연필로 불룩했다. 손에는 압지, 자, 지우개, 그리고 새로 산 잉크병을 들고 있었다. 몇 명은 수학 도구 풀 세트를 가지고 있었다. 많은 아이들이 손목시계를 차고 있었다. 교정은 수없이 많은 영작문의 주인공으로 등장했던 대디들로 가득 차 있었다. 대디들은 자기 아이들만큼이나 신경을 써서 복장을 갖추고 있었다. 아이들은 대디들을 쳐다보았다. 손목시계를 차지 않은 대디들은 경쟁자를 키워준 분들을 서로 바라보았다. 학교 밖에는 차가 거의 없었으므로 비디아다르가 아버지의 차를 타고 나타나자 일시적으로 대단해 보였다. 그러나 고빈드가 빨리 사라지지 않았기 때문에 눈치 하나는 선수인 아이들은 빌린 차를 의미하는 H 자를 그 차 번호판에서 보았다. 모두에게 그날은 끔찍한 날이자 청산의 날이었고, 또한 대디들은 모든 면에서 노출되고 관찰당했다. 그리고 시험이 시작되었다.

아난드는 비스와스 씨가 빨리 가주기를 바랐다. 비스와스 씨가 관찰당하는 것을 못 견뎌서가 아니라 옆에 신경이 예민한 아버지가 있으면 시험에 무관심한 척할 수 없는데, 아난드는 무관심하다는 인상을 주기를 간절히 원했기 때문이었다. 비스와스 씨는 이 점을 받아들이고 아이들의 배은망덕과 냉정함에 대해 생각하면서 떠났다. 아난드는 아버지가 없는 소년들의 무리에 섞였다. 이 아이들은 대디들을 위해 자신들이 학생임을 요란하게 과시하는 쇼를 보여주었다. 고함을 지르고, 짓궂게 괴롭히고, 서로 별명을 부르고, 자기들끼리만 아는 진부한 교실 농담을 시끄럽게 떠들며 웃었다. 이 아이들은 그날 오후, 그 거리의 끝에 있는 사바나에서 열릴 미식축구 경기에 대해 큰 소리로 말했다. 많은 아이가 경기를 보러 갈 거라고 했다. 한 용감한 아이는 어젯밤에 본 영화에 대해 말하기도 했다. 손에 땀이 나서 압지와 자에 얼룩이 생기고 잉크병이 미끄러지면서도 아이들은 이야기를 하고 또 기다렸다.

종이 울리자 교정은 삽시간에 조용해졌다. 고함 소리도 조용해졌고 하던 말도 미처 끝내지 못했다. 트라가레트 로드의 차 소리와 퀸스 파크 호텔의 부엌에서 시끄러운 소음이 들렸다. 흰 셔츠들이 펄럭였다. 새로 산 반질반질한 구두는 아스팔트가 깔린 안뜰을 가볍게 두드리고 콘크리트 계단을 올라가며 가쁜 발소리를 냈다. 모든 문 앞에는 푸른색 서지 반바지를 입은 줄이 구불구불하게 서 있었다. 홀에서 희미하게 발자국 소리가 들렸다. 여기저기에서 책상 뚜껑을 탕 하고 여는 반항적인 소리가 들렸다. 그리고 조용해졌다. 한편 대디들은 교정에 따로따로 서서 복도 문 쪽을 바라보았다.

천천히 대디들도 흩어졌다. 세 시간 후 그들은 아까보다 대충 옷을 입고 번들거리는 얼굴로 다시 모여들었다. 몇 명은 기름기가 묻은 종이 꾸러미를 들고 있었다. 그들은 건물과 나무 그늘에 서서 복도 문을 빤히 쳐다보았다. 셔츠 차림의 침착한 시험 감독관이 손에 시험지 뭉치를 들고 천천히 왔다 갔다 했다. 때때로 감독관은 느슨하게 주먹 쥔 손에다 소리 없이 기침을 하기도 했다. 학교 정문에서 멀리 떨어지지 않은 곳에 차 한 대가 멈추었다. 중년의 운전사가 운전석에 비스듬히 앉아 핸들에 신문을 놓고 코를 후비면서 읽고 있었다.

그때 바구니가 하나 나타났다. 뚜껑의 한 모퉁이 아래로 다림질한 흰색 냅킨이 삐죽이 나와 있는 버드나무 가지 바구니였다. 하녀복을 입은 하녀가 구부린 팔꿈치에 바구니를 건 채로 기름기에 전 종이 꾸러미를 든 대디들의 시선을 못 본 척하며 학교 수위의 집 옆에 있는 나무 그늘에서 기다렸다.

차가 더 많이 왔다. 비스와스 씨는 『선데이 센티널』에 극빈자들의 쇠퇴와 몰락에 대한 자극적인 기사를 다 쓰고 개운해진 마음으로 로열 앙필드 자전거를 타고 나타났다. 극빈자들을 자주 만나러 다니고 난 다음부터 생긴 습관을 따라 그는 자전거를 학교 난간에 체인으로 채웠다. 비스와스 씨는 바짓단을 고정하는 집게를 풀지도 않고 교정을 향해 걸어갔다. 그는 그 모양새 때문에 급하게 운동 경기를 하러 가는 것 같은 분위기를 자아냈다.

또다시 바구니 두 개가 더 왔다. 하녀복을 입은 한 명과 검은 무명 원피스를 입은 다른 한 명의 배달부는 아까의 바구니 배달부 옆에 섰다.

고빈드도 왔다. 그의 기분은 아침때와 달라져 있었다. 택시 문을 세게 닫고 학교 문 밖 인도에 선 고빈드는 미소를 띠고 뒷짐을 진 채 흥얼거리며 천천히 왔다 갔다 했다.

복도에서 비둘기들이 날개를 펄럭거리는 듯한 소리가 들렸다. 답안지가 수거되는 중이었던 것이다. 계속해서 길게 책상 뚜껑을 닫는 소리, 발을 끄는 소리, 문지르는 소리, 아침보다 더 자신감이 차 있는 발자국 소리가 났고, 이어 흰 셔츠들이 무질서하게 쏟아져 나오고 푸른색 서지 옷은 띄엄띄엄 여러 개의 줄을 만들었다. 마치 몇 시간 전까지는 잘 훈련된 군인들이 방향을 돌려 가진 물건을 팽개치고 급하게 후퇴하는 것 같았다. 이어 기차의 환영 인파처럼 대디들이 앞으로 나갔다. 몇 명은 과단성 있게 자기 아이의 이름을 불렀고, 또 몇 명은 희거나 검푸른 물결 가운데서 방향을 읽고 우물쭈물하고 있었다.

이런 무질서 가운데서도 그 바구니들은 눈에 띄었다. 그 두 개의 바구니가 놀라웠던 것은 그것을 받는 사람이 온순한 태도에 별로 눈에 띄지 않는 아이였다는 사실 때문이었다. 지금 하녀들은 이 아이들을 마구 끌며 교실로 데리고 들어갔다.

여기저기에서 대디들이 보고를 받고 있었다. 문제지가 펼쳐지고 아이들은 잉크 자국 묻은 손가락으로 가리켰다. 하지만 이미 주의는 다른 곳으로 가버려서 갈색 종이 꾸러미와 흰색 종이 꾸러미를 펼쳐 몰래 뭔지 살펴보고 있었다.

비스와스 씨는 비디아다르를 먼저 보았다. 계단을 달려 내려오며 양쪽 바지 주머니에 넣은 라임이 불룩하게 눈에 띄었고 옷은 약간 구겨져 있었으나 얼굴은 맑고 환한 것이 들어갈 때와 별반 다르지 않게 얼룩도 없었다. 깡패 새끼. 그 아이는 교사 주변에 모여 있는, 아버지가 오지 않은 아이들 그룹으로 들어갔다. 아버지 앞에서, 혹은 서로 간에 더 이상 자세를 잡을 필요가 없어진 아이들은 걱정스러워하면서도 들뜨고 예민해져 있었다.

아난드는 나오면서 이들을 피했다. 비스와스 씨가 빌려준 펜은 케이스 안에 들어 있었지만 셔츠 포켓으로 잉크가 흘러 상당히 큰 얼룩을 남겼다. 그래서 마치 그의 심장이 잉크 빛 피를 흘리는 것처럼 보였다. 머리카락은 엉망이고 입술은 검고 잉크로 수염이 그려져 있었으며 뺨과 이마도 더러웠다. 아난드의 얼굴은 우거지상이었다. 그는 실망하고 지치고 화가 난 상태였다.

"자, 잘했니?" 비록 웃으면서 말했지만 비스와스 씨는 심장이 뚝 떨어지는 것 같았다.

"바지 집게나 풀어요!"

아이의 격한 폭발에 어안이 벙벙해진 비스와스 씨는 순순히 집게를 풀었다.

아난드가 비스와스 씨에게 아무렇게나 접히고 이미 더러워진 문제지를 주었다. 비스와스 씨는 종이를 펴기 시작했다.

"음, 아빠 주머니에 넣어." 아난드가 말하자 비스와스 씨는 또다시 하라는 대로 했다.

해결할 길이 없게 지저분해 보이는, 걱정스러운 표정의 중국 아이 한 명이 지나치게 넓고 지나치게 긴 서지 바지를 무릎 아래로 펄럭이며, 교사 주변에 모인 아이들 사이를 떠나 비스와스 씨 쪽으로 왔다. 작은 손에는 손이 부끄러울 만큼 너무나 두꺼운 커다란 치즈 샌드위치를 들고 있었다. 그 샌드위치는 그의 작은 입에 비해 지나치게 커 보였다. 게다가 샌드위치 한쪽은 이미 여기저기가 분홍색이었다. 한편 다른 한 손에는 탄산수 한 병을 들고 있었다. 그 아이의 수척한 얼굴은 걱정으로 뒤틀려져 있었다. 샌드위치와 탄산수가 뜬금없어 보였다.

"비스와스." 그 애가 비스와스 씨는 쳐다보지도 않고 말했다. "그 자전거 타는 사람에 대한 합계는……"

"야, 집적대지 마." 아난드가 말했다.

비스와스 씨는 그 아이에게 사과라도 하는 듯 미소를 지었지만, 그 아이는 상관하지 않았다. 대디도 없이 혼자서 걱정거리를 안고 헤매고 다니는데, 어느 누구도 그 애의 답이 정답인지 교사가 틀렸는지 가르쳐 주지도 않았던 것이다.

"너 그러는 거 아냐." 비스와스 씨가 말했다.

"이거. 펜 다시 가져가요."

비스와스 씨가 자기 펜을 집어넣었다. 펜에서 잉크가 떨어졌다.

"그리고 아빠 손목시계도." 아난드는 아침에 준비한 물건들의 모든 잔재를 없애버리고 싶어 안달하고 있었다.

고빈드와 비디아다르는 벌써 사라졌다. 다른 차들도 마찬가지였다. 교정이 조금 조용해졌다. 비스와스 씨가 아난드에게 점심을 먹이러 데이어리스로 데리고 갔다. 소년들과 그들의 아버지로 복작대는 그곳이 낯설게 여겨졌다. 특별한 때라서 아난드는 우유 대신 초콜릿 음료를 마셨다. 하지만 그 애는 그 음료수나 다른 어떤 것도 맛있게 먹지 못했다. 음식도 그날의 희생 의식의 일부일 뿐이었다.

교정이 다시 북적였다. 돌아온 차들은 아이들을 내려주고 다시 떠났다. 바구니와 하녀들도 떠났다. 종이 울렸는데도 아침처럼 일시에 완전히 조용해지지는 않았다. 잡담하는 소리, 발을 끌며 걷는 소리, 문을 쾅 하고 닫는 소리가 들리다가 차츰 조용해졌다.

비스와스 씨는 아난드의 시험지를 펴 보았다. 산수 시험지의 여백은 읽기 힘들게 휘갈겨 쓴 숫자들로 가득 차 있었다. 분수를 약분하고 세세하게 곱셈을 한 곳도 많았다. 몇 문제는 다 풀었는데 몇 문제는 포기했다는 걸 알 수 있었다. 비스와스 씨는 그 문제들을 보고 싶지 않았다. 그러다가 아난드가 지리 시험지에 자기 이름의 머리글자를 연필로 공을 들여 외곽선을 그리고, 음영을 넣은 것을 보자 당혹스럽기 그지없었다.

오후 시험 시간은 더 짧았다. 그리고 시험이 끝난 후에도 교정에는 대디들이 거의 없었다. 차 한 대만이 왔을 뿐이었다. 그날의 드라마는 끝났다. 복도 밖으로 몰려 나가는 인파도 없었다. 소년들은 넥타이를 벗어 접어서 셔츠 주머니에 넣고서는 넓은 면이 밖으로 늘어지게 했다(최신 유행이었다). 더러운 재킷을 입고 바지 집게를 꽂은 시험 감독이 부서질 것 같은 자전거를 계단으로 끌고 내려왔다. 더 이상 동떨어져 보이지도, 대단해 보이지도 않는 감독관은 일이 끝나고 집으로 돌아가는 일개 인간일 뿐이었다.

셔츠 주머니에 넥타이를 넣고 칼라는 위로 올린 아난드가 웃으면서 비스와스 씨에게 달려왔다. "봐요!" 그가 영어 시험지를 보여주며 말했다.

에세이 주제 중의 하나는 식량 증산 캠페인이었다.

그들은 서로 음모꾼들의 미소를 주고받았다.

"비스와스!" 한 소년이 불렀다. "너도 사바나에 갈 거야?"

"그럼, 물론이지!"

아난드는 소년들과 합류했다. 비스와스 씨는 펜과 연필과 자와 지우개와 잉크병을 싣고 자전거를 타고 집으로 갔다.

한 학기 내내 미식축구와 경마에 대해 말해왔고, 이제 중요한 미식축구 경기를 보러 가면서도 소년들이 시험 이야기만 한다는 것은 참 이상한 일이었다.

*

아난드는 해가 지자마자 집으로 돌아왔다. 그의 서지 바지는 먼지투성이였고, 셔츠는 땀으로 젖어 있었으며, 매우 우울해했다.

"난 떨어졌어." 아난드가 말했다.

"뭔 일 있었어?" 비스와스 씨가 말했다.

"철자 시험에 동의어와 동음이의어 있잖아요. 문제가 너무 쉬워서 마지막에 풀어야겠다고 생각했어요. 그런데 안 풀었어."

"그럼 문제 하나를 전부 그냥 남겨뒀단 말이야?"

"사바나에 가서 기억났어요."

우울한 기분은 사비, 미나, 캄라, 샤마에게도 퍼졌다. 그리고 비디아다르의 형제자매들이 기뻐하고 있었던 까닭에 우울은 더 깊어졌다. 비디아다르는 그날 치른 대사에 별 감흥이 없었고, 그 순간 락시 극장에서 「붉은 집단의 모험가들」의 전 시리즈를 보고 있었다. 비디아다르는 집으로 시험지를 가지고 왔는데 자신이 답한 질문 옆에 선명하게 체크 표시를 한 것을 빼고는 굉장히 깨끗했다. 긴 종잇조각 위에 깨끗하게 적은 그의 산수 답안은 완벽했다. 그는 모든 어려운 단어의 의미를 알고 있었다. 또한 동의어를 정확하게 답했으며 동음이의어에 속지도 않았다. 그리고 그는 개인 과외도 받지 않았었다. 그는 개인 과외 후의 또 다른 개인 과외도 받지 않았었다. 5시가 되면 오벌타인과 샌드위치를 가져다주는 사람도 없었다. 그가 포트오브스페인의 학교로 전학 온 것도 불과 얼마 전이었다. 우유를 마신 것도 얼마 되지 않았고 자두 역시 그랬다.

"내가 항상 말했지." 이전에 그런 이야기를 한 적도 없었으면서 샤마가 이렇게 말했다. "부주의가 파멸로 이끈다고 항상 말했지."

"몇 년 지나고 나면 이 일을 되돌아보고 웃게 될 거야." 비스와스 씨가 말했다. "넌 최선을 다했어. 그리고 진정으로 노력한 것이 쓸모없어지는 경우는 없단다. 이 점을 기억하렴."

"아빠는 어땠는데요?" 아난드가 말했다.

그리고 그들은 같은 침대에 누워 자긴 했지만, 그날 저녁의 남은 시간 동안 서로에게 말을 걸지 않았다.

*

아난드는 그해 더 이상 해야 할 공부도, 더 마셔야 할 우유도 없었지만 월요일에 학교에 갔다. 토요일에 시험을 친 모든 후보자들이 거기에 모여 있었다. 그들은 놀아도 되는 상급생이라는 계급이 되었다. 몇몇 소년은 토요일에 적었던 그대로 최대한 깔끔하게 시험지를 옮겨 적으면서 그날을 보냈다. (거의 테러 수준의 온갖 굴욕을 다 당했던 그 중국인 소년은 자전거 타는 사람에 대한 총계의 정답을 알아냈다.) 나머지 사람들은 자신들이 게으름을 피우는 것을 과시했다. 다음 해 장학생 시험 특별반 후보자에게 시행되는 장학생 교육을 보며, 처음에 아이들은 교실에 있으면서 수업을 하지 않는 것에 대해 만족스러워했다. 그렇지만 곧 싫증이 난 아이들은 마당으로 나가 돌아다녔다. 토요일 오후부터 시험에 대한 아이들의 태도는 달라져 있었다. 그들 모두 자신이 저지른 큰 실수에 대해 말했다. 아이들의 이야기 중 어떤 것도 믿지 않았던 아난드도 자신의 실수를 과장해서 말했다. 결국 그들은 자신들이 얼마나 엉망으로 시험을 쳤는지를 자랑하고 있었다. 하지만 분명한 것은 그들 중 어느 누구도 진짜로 걱정하지는 않았다는 것이다. 그들은 시간을 주체할 수 없어 하다가 오후가 되자 담배 한 갑 덕분에 약간이나마 생기를 찾았다. 기대에는 못 미쳤지만 어쨌든 드디어 한 건 저지른 것이다. 몇 년 만에 처음으로 아난드는 오후 종이 치자마자 자유롭게 집으로 갔다. 지난주까지만 해도 이것은 최상의 자유라고 생각되었다. 그러나 이제 그는 소년들과 떨어지는 것이 두려웠고, 집으로 가는 것이 두려웠다. 그는 6시가 될 때까지 집으로 가지 않았다.

비스와스 씨는 평소 때와 다르게 샤마가 부엌으로 쓰던 건물 아래 공간에 있었다. 그는 일할 때 입는 옷을 입고 있었고 피곤한 얼굴이었으나 기분은 좋아 보였다.

"헤이 영 맨." 그가 아난드를 반갑게 맞이했다. "널 기다리고 있었어. 보여줄 게 있어, 영 맨." 그는 재킷 주머니에서 봉투를 하나 꺼냈다.

그것은 한 영국인 판사에게서 온 편지였다. 그 판사는 비스와스 씨가 『센티널』에서 하는 일을 봐왔고, 그의 글에 감탄했으며 비스와스 씨를 만나서 자신이 결성한 문학 동호회에 참여하도록 설득하고 싶다고 했다.

"날 봐라. 날 봐. 내가 말했지, 진정한 노력이 쓸모없게 되는 법은 없다고. 내가 그 망할 놈의 신문에서 뭘 얻겠다고 기대한다는 말은 아니야. 물론 너한테도."

비스와스 씨는 너무 지나치게 의기양양해했다. 아난드는 왜 그러는지 이유를 알 것 같았다. 하지만 위로를 한다든지 나약한 감정에 동화

되고 싶은 기분은 아니었다. 아난드는 아무 말도 하지 않고 편지를 비스와스 씨에게 다시 돌려주었다.

비스와스 씨는 멍하니 편지를 받아 들었다. 그리고 샤마에게 음식을 위층으로 올려 보내달라고 말하고는 2층의 앞방으로 갔다. 그는 밤에 코를 골며 자는 집 안에서 깨어나 또다시 혼자가 되었다. 그의 옆에는 아난드가 잠을 자고 있었고, 창문 너머로는 청명하고 깊은 밤하늘이 보였다.

비스와스 씨는 다음 날 판사를 만났고 금요일 저녁에는 문학 동호회 모임에 갔다. 그는 쇼트힐스에서 과부들이 올라와 건물 아래 공간에서 밤을 보내는 금요일 밤에 집 밖에 나가 있는 게 특히 기뻤다. 인도인 셔츠 제조업자들의 성공에 고무된 과부들은 의류 제조업에 뛰어들 결심을 했다. 다섯 과부 중에서 아무도 바느질을 잘하는 사람이 없었기 때문에 배워야겠다고 결심한 과부들은 금요일마다 로열 빅토리아 강습소의 바느질 교실에 나갔고 각자 다른 종류의 수예를 익히고 있었다. 과부들은 오후 늦게 돌아와서 글을 읽는 아이들과 공부하는 아이들에게 넋이 빠질 정도의 환영을 받았고 바스다이가 차려주는 밥상을 받았다. 글 읽는 아이들과 공부하는 아이들은 자기 엄마가 있는 동안에는 바스다이에게 매질을 당하는 대상이 아니었기 때문에 평상시와 다르게 떠들썩했다. 그래서 잔치라도 하는 분위기였다.

비스와스 씨는 문학 동호회에서 자신의 소양이 별로 깊지 않다는 것을 알게 되었다. 『로열 리더』와 『벨의 표준 웅변가』에 나오는 시를 제외하고 그가 아는 유일한 시는 엘라 휠러 윌콕스*와 에드워드 카펜터**의

---

* Ella Wheeler Wilcox(1850~1919): 미국의 여류 시인.
** Edward Carpenter(1844~1929): 영국의 시인이자 사회 개혁가.

시가 전부였다. 그런데 판사가 특히 중점을 두고 있는 것이 시였다. 술을 많이 마셨기 때문에 비스와스 씨가 집으로 돌아와서 자전거를 건물 아래에 놓을 때는 이미 늦은 밤이었다. 머릿속에선 로르카*, 엘리엇**, 오든***의 이름이 울리고 있었다. 글 읽는 아이들과 공부하는 아이들은 벤치와 테이블에서 잠이 들어 있었다. 흰옷을 입은 과부들은 부드러운 목소리로 노래를 부르기도 하고 희미한 전구 아래에 앉아 커피를 마시며 카드놀이를 하거나 몇 주간 배우느라 지저분해진 바느질거리들을 매만지고 있었다. 비스와스 씨는 어두운 앞쪽 계단을 올라가 자기 방의 불을 켰다. 아난드는 둑처럼 쌓은 베개 너머에서 대자로 누워 자고 있었다. 그는 옷을 벗고 식탁과 침대 사이로 억지로 들어갔다. 안쪽 방에서 불빛을 보고 들어온 샤마는 일요일에 비스와스 씨가 파고테스에 놀러 갔을 때처럼 느리고, 정확하고, 조용히 움직이는 증세를 보이고 있는 것을 알아차렸다.

그 동호회에 들어가기 위해서는 자신이 쓴 글을 읽어야만 했다. 그는 뭘 내놓아야 할지 정할 수가 없었다. 그는 시를 쓸 줄 몰랐고, 「도주」 단편소설들은 다 버렸다. 하지만 그는 그 이야기를 잘 기억하고 있었으며 다시 쓸 수도 있었다. 그는 아직도 만족스러운 결말을 생각해내지 못했지만, 그래도 상당수의 현대 산문들을 읽어봐서 산뜻한 결말이 이 동호회 사람들의 구미에 맞지 않으리라는 것은 이미 알고 있었다. 그는 주인공을 '키가 크고 넓은 어깨의 잘생긴' 정체불명의 '존 러바드'

---

* 페데리코 가르시아 로르카(Federico García Lorca, 1898~1936): 스페인의 극작가
  이자 시인.
** T. S. 엘리엇(T. S. Eliot, 1888~1965): 미국 태생의 영국 시인.
*** 위스턴 휴 오든(Wystan Hugh Auden, 1907~1973): 영국 태생의 미국 시인.

로 만들 수는 없었다. 그랬다간 비웃음만 당할 것이었다. 인정사정없이 굴어야 했다. 그의 소설 주인공은 시골 가게 주인인 '작고 여위고 소극적인' 고피가 되어야 했다. 그는 『센티널』의 편지지를 가지고 침대에 들어가 곧장 친숙한 단어들을 쓰기 시작했다. '나이 서른셋에 그가 이미 네 아이의 아버지가 되었을 때……'

*

그 글은 동호회 사람들 앞에서 읽히지 못했다. 다른 단편소설처럼 이것도 끝내 완성되지 않았던 것이다. 고피가 애를 낳지 못하는 여주인공과 만나기도 전에 비스와스 씨의 어머니인 빕티가 죽었다는 소식이 왔기 때문이었다.

비스와스 씨는 아이들에게 학교에서 나오라고 연락을 취하고, 샤마와 함께 프라탑의 집으로 갔다. 길에서 보니 베란다와 계단에 문상객들로 가득 차 있어 마치 흰색 천이 드리운 것 같았다. 그는 이렇게 사람들이 많이 오리라고 기대하지 않았다. 짜증 난 표정의 타라와 아조다도 거기 있었다. 그러나 대부분의 문상객이 형수네 식구들, 형의 친구, 빕티의 친구 등 그가 알지 못하는 사람이었다. 비스와스 씨는 마치 낯선 사람의 장례식에 참석한 것 같았다. 시체는 문상객들이 차지한 베란다에 놓인 관 안에 뉘어 있었다. 비스와스 씨는 슬픔을 느끼고 싶은 생각이 간절했다. 그러나 질투심만 들어서 놀라울 따름이었다.

샤마는 의무를 다하고 곡을 했다. 결혼 이후 쫓겨났던 데후티는 계단의 중간쯤에 앉아 새로 들어오는 문상객에게 비명을 지르고 마치 다리를 걸어 더 이상 못 들어오게 막으려는 듯 문상객들의 발을 잡았다.

눈물을 흘리는 사람에게 자기 바지와 치마가 잡힌 것을 알게 된 문상객들은 데후티의 베일 쓴 머리를 쓰다듬으며 동시에 자기 옷을 흔들어 떼려고 애를 썼다. 어느 누구도 데후티를 다른 곳으로 옮기려고 하지 않았다. 데후티에 대한 이야기는 이미 널리 퍼져 있었기에 그녀가 하는 속죄 행위를 방해하는 게 부적절하다는 생각이 들었던 것이다. 람찬드는 데후티보다 침착했지만 마찬가지로 가슴 아파했다. 그는 장례식을 준비하느라 여념이 없었고 너무나 당당하게 굴어서 그가 빕티나 비스와스 씨의 형들과 말 한마디 해본 적 없었다는 것을 눈치챈 사람은 아무도 없었다.

비스와스 씨는 데후티를 지나 시체를 보러 갔다. 그다음 순간 그는 어머니의 시체를 다시 보고 싶지 않았다. 그러나 마당의 문상객들 사이를 돌아다닐 때 그는 항상 시체를 의식했다. 그는 상실감에 짓눌려 있었는데 그것은 지금 당장 상실한 것에 대한 것이 아니라 과거에 잃어버린 뭔가에 대한 것이었다. 그는 이런 감정과 교감하기 위해 홀로 있고 싶었지만 그렇게 하지 못했다. 하지만 시간은 짧았다. 계속 샤마나 아이들의 모습, 낯설게 성장한 아이들과 낯선 애정들이 보였다. 그것들은 그를 잡아먹었다. 그리고 순전히 자신의 것으로 남아 있는 부분, 즉 오랫동안 깊게 가라앉아 있다가 지금은 사라지려 하는 그 부분을 보지 못하게 그의 주의를 돌려버렸다.

아이들은 매장지에 가지 않았다. 그들은 프라탑의 커다란 마당을 돌아다니며 도시 아이들 대 시골 아이들로서 다른 편 무리를 쳐다보고 있었다. 장학생 시험 특별반 복장을 하고 있던 아난드는 누이들을 끌고 채소밭을 지나 외양간으로 갔다. 그리고 부러진 수레바퀴를 살펴보았다. 외양간 뒤에서는 쌓인 똥을 파고 있는 암탉과 병아리들을 놀래주었다. 소녀들과 닭들은 반대 방향으로 도망갔고, 시골 아이들은 킥킥거리고 웃었다.

*

포트오브스페인으로 돌아오자 식구들은 비스와스 씨가 조용히 침묵을 지키며 틀어박혀 있는 것을 보게 되었다. 비스와스 씨는 시끄럽다고 불평하지 않았다. 그는 풀이 죽었고, 대화에 끼게 하려는 온갖 노력을 온화하게 거절했다. 그는 밤새 오랫동안 산책을 하며 혼자 걸었다. 성냥이나 담배나 책을 가지고 오라고 누구를 부르지도 않았다. 그리고 글을 썼다. 그는 무엇을 쓰고 있는지 아무에게도 말하지 않았다. 열의 없이 끈질기게 한 장 한 장을 찢어가면서도 열심히 글을 썼다. 그는 거의 먹지 않았는데, 소화 불량은 없어졌다. 샤마는 비스와스 씨에게 그가 가장 좋아하는 음식인 연어 통조림을 사주었다. 그리고 그녀는 매일 아침 딸아이들에게는 자전거를 닦도록 시키고 아난드에게는 타이어에 공기를 넣도록 시켰다. 그러나 그는 이런 보살핌을 알아채는 것 같지 않았다.

어느 날 저녁 그녀는 앞방으로 가서 침대 머리맡에 섰다. 비스와스 씨는 글을 쓰며 그녀에게 등을 돌리고 있었다. 그녀가 전깃불을 가렸지만 그는 고함지르지 않았다.

"뭐가 문제예요, 여보?"

그가 무덤덤한 목소리로 말했다. "당신이 불빛을 가리고 있어." 그가 종이와 연필을 놓았다.

샤마는 테이블과 침대 사이를 지나 침대 가장자리, 비스와스 씨의 머리 근처에 가서 앉았다. 그녀의 무게 때문에 침대가 약간 출렁거렸다. 베개가 기울어지고 그의 머리가 미끄러져 샤마의 무릎 위로 거의 떨어질 뻔했다. 그는 머리를 움직이려 했지만, 샤마가 그의 머리를 잡자 그냥 가만히 있었다.

"당신, 별로 안 좋아 보여요." 그녀가 말했다.

그는 샤마가 어루만져주도록 가만히 있었다. 그녀는 그의 머리를 쓰다듬으며 가는 머릿결에 대해 뭐라고 하다가, 머리카락이 가늘어지긴 했지만 다행스럽게도 자기 머리처럼 세지는 않았다고 말했다. 샤마는 자기 머리에서 머리카락 한 가닥을 뽑아서 그것을 그의 가슴 위에 올려놓았다. "봐요." 그녀가 웃으며 말했다. "완전히 하얗죠."

"완전히 희군."

샤마는 그의 가슴을 보다가 그가 내려놓은 종이들을 보았다. 그녀는 '친애하는 의사 선생님'이란 글자를 보았는데 '친애하는'이라는 글자에는 엑스 표가 되었다가 다시 씌어 있었다.

"당신 누구에게 쓰고 있는 거예요?"

첫 줄 뒤로는 육필로 휘갈겨놓아서, 그녀는 더 이상 읽을 수가 없었다.

그는 대답하지 않았다.

샤마가 그 자세 때문에 불편해질 때까지 잠시 동안 그들은 아무 말 없이 그렇게 있었다. 샤마는 그의 머리를 쓰다듬다가 그에게서 눈을 떼고 열린 창문을 보며 위아래 층에서 웅성대거나 비명을 지르는 소리를 들었다. 그는 그녀가 쓰다듬는 동안 눈을 감았다가 다시 떴다.

"무슨 의사예요?" 오랫동안 침묵이 흘렀지만 그녀의 질문은 아까와 이어져 있었다.

그는 묵묵부답이었다.

그러다가 말했다. "닥터 라메시워."

"그……"

"그래, 우리 어머니의 사망 진단서에 서명했던 의사 말이야."

그녀는 계속 그의 머리를 쓰다듬었고 비스와스 씨는 천천히 말을 하기 시작했다.

진단서에 약간의 문제가 있었다. 아니, 진짜 문제는 아니었다. 프라탑이 제일 먼저 전갈을 보내왔다. 프라사드가 오자 형제는 조급하고 슬픈 마음으로 함께 의사 집으로 갔다. 정오의 뜨거운 시간이었다. 시신이 견뎌내지 못할 것이었다. 그들은 병원 베란다에서 오랫동안 기다리라는 소리를 들었다. 불평하자 의사가 그들과 그들의 어머니를 욕했다. 의사의 심술이 집으로 오는 내내 이어졌다. 의사는 화를 내며 무례하게 빕티의 시신을 검사하고 진단서에 서명을 하면서 수고비를 달라고 하고는 돌아갔다. 이 이야기는 형제들이 비스와스 씨에게 해준 것인데, 화가 나서 한 이야기는 아니었다. 다만 죽음과 메시지 발송과 장례 준비라는 단순히 그날 그들이 겪었던 고난의 한 부분으로서 말해줬을 뿐이었다.

"그러면 왜 그 이야기를 나에게 하지 않았죠?" 샤마가 힌두어로 말했다.

그는 대답하지 않았다. 그것은 자신만 관계된 일이었다. 그 이야기를 한다 해도 샤마와 아이들의 무관심과 직면할 수 있었다. 아니면 자신의 굴욕감을 식구들이 같이 느끼게 될 수도 있었다.

샤마의 위로는 놀라운 것이었다. 샤마는 아이들에게 이 이야기를 해주었다. 아이들이 창피해하지 않고 분개하자 비스와스 씨는 더 큰 힘을 얻었다.

그는 기분이 많이 밝아졌고 이제는 일종의 즐거움 같은 것을 느끼며 편지에다 일장 연설을 했다. 그는 아난드에게 자신이 적은 초안을 큰 소리로 읽어주고 논평을 부탁했다. 그 초안은 신경질적이고 명예 훼손에 걸릴 수도 있는 것이었다. 그러나 그 후 새로운 기분으로 여러 번 다시 고쳐 쓴 편지는 인간의 천성에 대한 폭넓은 이해를 담은 철학적인 수필로 발전했다. 그와 아난드 모두 그 편지가 재미있으면서도 자비롭고 몇몇 부분은 적절하게 겸손한 자세를 취하고 있다고 생각했다. 그리고 그런 편지를 단지 농사꾼에 불과하다고 생각했던 사람의 가족에게서 받았을 때 의사가 놀랄 것을 상상하자 그들은 전율을 느꼈다. 비스와스 씨는 자신을 의사가 너무나 무례하게 사망 진단서를 써줬던 사망한 여자의 아들이라고 소개했다. 그는 그 의사를 힌두교 서사시에 나오는 한 화난 영웅에 비교하며, 전 세계에 있는 모든 야만인들에게 도매로 수출된 최근의 미신(의사는 기독교인이었다)을 받아들이려고 자신의 종교를 포기한 인도인에게 힌두교의 서사시를 언급한 것을 용서해달라고 청했다. 아마도 그 의사는 정치적인 이유나 사교적인 이유, 아니면 단순히 자신의 카스트에서 도망가고 싶다는 이유로 기독교인이 되었을 것이다. 하지만 어느 누구도 자기 자신에게서 도망갈 수는 없다. 이 주제는 발전되어, 어느 누구도 자신의 인간성을 부인하면서 자신의 자존심을 유지할 수는 없다고 그 편지는 결론을 내렸다. 비스와스 씨와 아난드는 콜린스 클리어 타이프 출판사에서 나온 『셰익스피어』를 찾아보고 「이척보척」이란 희곡에서 인용할 만한 문장이 많이 있다는 것을 알게 되었다. 그들은 또한 신약과 「기타」*도 인용했다. 그 편지는 여덟 장

---

* Gita: 기원전 200년경에 쓰인 힌두교의 '신들의 노래'.

이나 되었다. 그는 노란 타자기로 그 편지를 작성해서 우편으로 부쳤다. 그리고 2주간에 걸친 자신의 역작에 한껏 기분이 들뜬 비스와스 씨는 아난드에게 이렇게 말했다. "크리스마스 전에 편지를 몇 통 더 쓰는 건 어떨까? 한 통은 사업가에게 보내는 거야. 셰카를 바로잡아주게 말이야. 그리고 한 통은 편집장에게 보내야지. 『센티넬』을 바로잡는 거야. 그 편지들을 소책자로 출간해야겠다. 그리고 너에게 헌정할게."

그러나 상처는 여전히 그곳에 남아 있었다. 그것은 분노나 복수심에 견줄 수 없을 만큼 너무나 깊은 것이었다. 일어났던 일은 시간 속에 갇혀 보관되어 있었다. 또한 그것은 잘못된 것이지 진실의 일부는 아니었다. 그는 그것을 적고 싶었다. 그리고 이미 일어난 그 일에 대해 일종의 반항을 하고 싶었다. 흙 속에 누운 그 시신은 이미 존엄성에 손상을 입은 뒤였다. 그는 그 시신, 즉 무명인으로 남은 어머니, 그가 결코 사랑하지 못했던 어머니의 명예를 회복해주고 싶었다. 잠 못 이루는 밤에 그는 자신이 노출되고 취약한 것이 느껴졌다. 자신의 온몸을 덮어줄 만큼 손이 많이 있었으면 하고 바랐지만, 할 수 있는 것이라고는 또다시 자기 손을 배꼽 위에 놓고 잠이 드는 것뿐이었다. 아무리 작은 것이라도 낯선 물건이 자기 몸의 바로 그 부분에 닿는 느낌을 참을 수가 없었기 때문이었다.

비스와스 씨는 존경을 표하는 데는 소질이 없었다. 그는 자신이 말하고 싶은 것을 말할 수 있는 단어, 즉 그 단어들의 의미의 총합 이상을 가진 시인의 단어들을 쓸 줄 몰랐다. 그러나 어느 날 밤 잠에서 깨어 창문으로 하늘을 바라보던 비스와스 씨는 침대에서 나와 손으로 더듬거리며 전기 스위치를 찾아 불을 켠 뒤, 종이와 연필을 들고 쓰기 시작했다. 그는 '어머니에게'라고 썼다. 그는 운율은 생각하지 않았다. 기만적이거나 추상적인 단어는 전혀 쓰지 않았다. 그는 그 언덕에 높이 올라가서 갈퀴로 손질한 검은색의 땅과 삽질 자국과 갈퀴의 뾰족한 끝이 낸 요철 모양을 보았던 것에 대해서 썼다. 그는 오래전에 자신이 했던 여정에 대해 썼다. 그는 피곤했다. 그러니까 어머니가 그를 쉬게 했다. 배가 고팠다. 그러니까 어머니가 그에게 음식을 주었다. 그는 어디에고 갈 곳이 없었다. 그러자 어머니가 그를 반겨주었다. 글을 쓰니 힘도 나고 편안해졌다. 그 편안함이 매우 커서, 비스와스 씨는 옆에서 잠이 든 아난드를 바라보며, '불쌍한 자식. 시험에 떨어지다니'라고 생각할 수도 있었다.

남을 의식하지 않고 시를 쓰고 나자 비스와스 씨는 또다시 힘이 났다. 금요일에 다섯 과부들이 로열 빅토리아 학원에서 바느질 수업을 듣기 위해 포트오브스페인에 도착하고, 떠들썩한 소음과 잡담 소리, 비명 소리와 노랫소리 그리고 라디오와 축음기 소리가 집에 울려 퍼질 때, 비스와스 씨는 문학 동호회 모임으로 가서 드디어 자신이 쓴 글을 읽겠노라고 했다.

"이건 시입니다." 그가 말했다. "산문 안에 있는 것이죠."

희미하게 불빛이 비치는 판사의 베란다에는 모든 것이 충분히 이글거리고 있었다. 테이블에는 위스키, 럼주, 생강, 탄산수 그리고 조각 얼음을 담은 통이 놓여 있었다.

비스와스 씨는 전기스탠드 아래 의자에 앉아 자신의 위스키와 소다수를 홀짝거리며 마셨다. "제목은 없습니다"라고 그가 말했다. 그러자 자신이 예상했던 것처럼 다들 불만 없이 받아들였다.

다음 순간 그는 창피스러워졌다. 자신은 자신이 쓴 글과 별개라고 생각한 비스와스 씨는 시를 대담하게 그리고 심지어는 스스로를 조롱하는 듯한 태도로 읽었다. 그러나 읽는 동안 그의 손이 떨리기 시작했고, 종이도 흔들렸다. 그리고 그 여정에 대해 말할 때에는 목소리가 제대로 나오지 않았다. 한번 갈라진 목소리가 나더니, 그다음부터는 계속 갈라진 소리가 들렸다. 눈도 간지러웠다. 하지만 계속 읽었고 감정도 그 기조를 따라갔는데, 끝날 때가 되자 모두 한마디 말도 하지 않았다. 그는 종이를 접어서 재킷 호주머니에 넣었다. 누군가가 그의 잔에 술을 따랐다. 그는 마치 화가 난 듯, 자신은 완전히 혼자였던 듯, 자기 무릎을 빤히 노려보았다. 그는 그날 저녁 남은 시간 동안 아무 말도 하지 않았고 창피함과 혼란 속에서 상당히 많은 술을 마셨다. 그가 집에 돌아오자 과부들은 부드러운 목소리로 노래를 부르고 아이들은 자고 있었다. 그리고 비스와스 씨는 바깥 화장실에서 요란하게 토를 해서 샤마를 수치스럽게 만들었다.

*

무슨 일이 있어도 아난드는 고등학교에 가야만 했다. 비스와스 씨와 샤마는 그렇게 결정했다. 쉬운 일은 아니지만 남자아이를 초등 교육만 시킨다는 것은 잔인하고 바보스러운 일이었다. 딸아이들도 동의했다. 그 애들은 우유나 자두를 먹어본 적이 없었고 고등 교육을 받을 기회도 희박했다. 하지만 그 아이들은 학교 성적이 낮았고 자신이 가치가 있다고 여기지도 않았다. 미나와 캄라는 아난드가 고등학교에 간다는 것을 비스와스 씨가 공식적으로 발표해야 한다고 했다. 왜냐하면 비디아다르가 벌써 장학금이라도 받은 듯이 라틴어, 프랑스어, 대수, 기하학 같은 고등학교에서 가르치는 근사한 과목들을 공공연히 공부하고 있었기 때문이다.

비스와스 씨나 샤마나 어디에서 돈이 나올지 말할 수는 없었지만 발표는 했다.

샤마는 쇼트힐스에서 자기 암소 뮤트리를 다시 데리고 오겠다고 했다.

"어디에서 키울 건데?" 비스와스 씨가 물었다. "아래층에 하숙하는 애들이랑 같이 키울 거야?"

"우유 한 병에 10센트나 12센트에 팔려요." 샤마가 말했다.

"여물은 어디서 구할 건데, 어? 그냥 애덤 스미스 광장이나 머레이 스트리트 운동장에다가 뮤트리를 묶어놓으면 된다고 생각하는 거야? 커터리지 장군 책을 너무 많이 읽었군. 그리고 그 늙고 불쌍한 뮤트리가 당신네 가족이랑 그렇게 오랫동안 살았는데 얼마나 더 우유를 짤 수 있을지 생각은 해봤어?"

수익을 내려면 오랜 시간을 기다릴 수밖에 없는 의류업 계획안에 절망한 한 과부가 어느 금요일에 쇼트힐스에서 오렌지가 든 가방을 들고 오자 샤마의 마음속은 돈 되는 사업에 대한 생각으로 차올랐다. 그 과부는 그 어느 때보다 진지했다. 자기 아들 한 명을 따로 불러낸 과부는 그 애에게 상자 하나를 인도에 놓고 그 위에 쟁반을 놓은 다음 거기에 오렌지를 담아놓으라고 시켰다. 그러고 나서 그 과부는 로열 빅토리아 학원에 갔다. 그 과부의 생각은 단순함 그 자체였다. 그런 일은 별 노력도 필요 없고 지출 경비도 없다는 것이었다. 그날 저녁 자매들 사이에는 상당히 열띤 논쟁이 벌어졌다. 많은 계획안이 윤곽을 드러냈고 전율할 듯한 미래가 그려졌다. 정작 그 과부 자신은 실을 입으로 빨아 바늘에 끼워 바느질을 하면서 전처럼 시침 뚝 떼고 엄숙한 척, 슬픈 척하고 있었다.

　그 집의 커다란 바깥 공벽에 오렌지를 낮게 쌓아 담은 그 쟁반의 모습은 그 주거 지역에 작은 소란을 일으켰다. 그리고 극성맞은 극빈자가 그의 집으로 따라오지 않을까 하는 비스와스 씨의 공포도 더욱 키워놓았다.

　장학생 선발 시험과 어머니의 죽음으로 비스와스 씨는 그간 극빈자들에게 소홀했다. 편지가 쌓인 어느 날 『센티널』 사무실에 앉아서 열번째로 '친애하는 독자님, 제가 휴가를 보내고 돌아오느라 독자님의 편지를 읽지 못했습니다……'라고 비스와스 씨가 타이핑을 하고 있을 때 한 기자가 그의 책상으로 와서 말했다. "축하해요, 선배."

　그 사람은 『센티널』 교육 담당 기자였다. 그는 타자로 친 어떤 종잇장들을 가지고 있었다. 그 종이들은 장학금 시험 결과지였다.

　이름들이 적힌 페이지에서 바로 그 이름이 비스와스 씨의 눈에 띄었다.

　아난드는 세번째였고, 열두 명의 장학금 수혜자 중의 한 명이었다.

　그 소식이 마법이라도 부렸는지 나이 많은 직원들이 마음씨 좋게 한껏 축하해주었다. 불과 얼마 전에 시험을 치른 바로 그 젊은 기자는 담담하게 별 관심이 없는 듯했다.

　하지만 3등이라니! 트리니다드에서 3등이라니! 이건 환상적이었다. 단 두 명의 소년만이 더 똑똑하다는 것이다! 당장은 도저히 실감이 나질 않았다.

　다시 정신이 든 비스와스 씨는 칭찬이랍시고 하다가 비딱하게 방향을 틀려고 했다. "세상에, 확실해. 선생님이 걔가 어떤 앤지 알아본 거야." 하지만 계속 이런 식으로 말할 수는 없었다. "알잖아, 부주의한 애야. 문제 하나를 통째로 손도 안 댔다는 거야. 철자 시험에서 말이야. 동의어와 동음이의어 문제를 말이야."

듣던 사람들이 흩어지기 시작했다.

"걘 답을 알고 있었거든. 쉽다고 생각했대."

기자들이 자기 자리로 돌아갔다.

"그러고 나서 전혀 안 푼 거야. 그냥 둔 거지. 문제 하날 통째로."

극빈자 두 명에게 그들이 처한 상황에 대해 싱글거리면서 질문을 퍼부어 그 사람들 속을 뒤집어놓은 속 편한 아침이 지나가고, 사무실로 돌아온 비스와스 씨는 교육 담당 기자와 버넷 씨 후임 취재부장을 불러 길모퉁이에 있는 카페에서 같이 맥주를 마셨다. 마흔도 안 되었지만 자신의 경력은 끝장났다고 생각하며 아이들의 성공에 미래를 걸고 있는 그 세 남자는 열대 지방의 해변에서 열린 파티를 그린 화려한 벽화가 둘러싸고 있는 그곳에서 술을 마셨다. 한 사람의 아들이 거둔 성공은 나머지 사람들에게 희망을 주었다. 그들은 비스와스 씨와 기쁨을 나누었다. 그러나 그들은 비스와스 씨가 누린 무아경을 경험하지는 못할 것이다.

"당신, 늙은 뮤트리를 평화롭게 죽게 내버려둬도 되게 생겼어." 정오에 조용한 집으로 돌아온 비스와스 씨가 샤마에게 말했다. 비스와스 씨가 잔치 기분으로 들떠 있자, 그녀는 그 이유를 추측해보지 않을 수 없었다. "오렌지는 어떻게 됐어? 물건 파는 사업에 뛰어들고 싶지 않아? 과부들과 합류할 거야? 다섯 명의 금융 마녀들 말이야."

오렌지 사업은 사실상 실패했다. 오렌지 세 개가 길 잃은 미군에게 1페니에 팔렸다. 그러나 나머지는 햇볕을 받아 상했다. 실패했던 것은 자리가 부적절한 탓도 있었고, 과부에게 심술을 부리려고 일부러 시장에 가서 더 높은 가격에 오렌지를 산 이웃들의 속물근성과 질투 때문이

기도 했다. 또한 그 과부 아들의 열성이 부족했던 것과 어리석은 자존심 탓이기도 했다. 그 애는 오렌지를 담은 쟁반에서 멀찌감치 떨어져서 그게 자신과 아무 관계가 없는 척하려고 애썼던 것이다.

비스와스 씨가 장학금 소식을 발표했을 때 샤마는 과부들의 마음을 상하지 않게 하려는 작업을 시작했다. 그리고 그녀와 비스와스 씨는 툴시 집안에 대한 길고도 다정한 말싸움을 했다. 옛날과 마찬가지였다. 그리고 항상 이겼던 비스와스 씨가 한동안 잊고 살았던 말인 "가서 당신 금 브로치나 사지, 이 여자야, 조만간에 말이야"라고 하며 샤마를 달랬다.

"내 관에 달면 보기 좋겠네요."

*

그 학교는 1등에서 4등까지를 차지했고 장학생 열두 명 중에서 일곱 명이나 배출했다. 전설적이라고 할 만큼 도움이 되었던 교사의 메모와 개인 교습이 또다시 승리했던 것이다. 장학생 중 다섯 명은 아난드와 중국인 소년같이 공부벌레라고 알려져 있는 애들이었는데, 그것은 놀라운 소식도 아니었다. 여섯번째 아이는 음식 바구니를 받은 온순한 소년들 중의 한 명으로 지금은 약았다는 평을 듣고 있었다. 그러나 가장 놀라운 소식은 1등을 한 소년에 관한 것이었다. 그는 놀랄 만큼 키가 큰 흑인 소년이었다. 그는 아난드보다 한 살 어렸지만 비교가 안 될 정도로 더 나이 들어 보였다. 그 애의 팔뚝에는 벌써 동맥이 튀어나와 있고, 턱과 뺨에는 수염이 점점이 나 있었다. 그 애는 목소리를 높여서 공부벌레들을 대놓고 야유했다. 또한 영화와 스포츠에 대해서도 앞

장서서 말했다. 그는 1930년대 영국 주 대항 크리켓 시합 성적 전체에 대해 비범한 지식을 가지고 있었다. 그리고 '성'이라는 주제를 소개하기도 했다. 그는 자신이 성 경험이 많다고 주장했었다. 또한 그가 이렇게 말했기 때문에 소년들은 그 애가 개인 교습을 받은 뒤 학교를 나갈 때 책가방이 궁둥이 위에서 춤을 출 정도로 달려가는 것이 숙제를 하기 위해서가 아니라 성적 모험을 탐닉하기 위해서이며, 기분 좋게도 나이가 많은 여자들이 쫓아다니기 때문이라고 확신하고 있었다. 그 아이는 여성의 몸과 그 기능에 대한 명확한 지식을 자랑했다. 그리고 학교 밖에서의 그의 생활이 책, 노트, 숙제와 아무 상관 없을 것이라는 짐작은 그 아이가 P. G. 우드하우스*의 소설에 열정적으로 빠져 있다는 것 때문에 더 확실해졌다. 또한 그 소년은 우드하우스의 문체를 영작문 시간에 성공적으로 모방하기도 했다. 그 아이의 인기는 그날 아침 바닥을 쳤다. 왜냐하면 그가 거둔 성공이 그의 성적 모험담에 의심을 불러일으켰기 때문이다. 그 아이는 자신은 공부하지 않았고 단지 최후의 순간에 급하게 벼락치기를 한 것밖에 없다고 항의하면서, 그 시험 결과에 자신이 그 누구보다 놀랐다고 말했다. 하지만 그렇게 항의해봤자 아무 소용이 없었다.

신문사에서 사진사들이 왔다. 장학생들은 넥타이를 똑바로 하고 사진을 찍었다. 그런 후 그 아이들은 자유롭게 풀려났다. 소년들은 이제이 학교 학생이 아니었다. 학교와 교사의 비중은 줄어들었고, 소년들은 교정 밖으로 나가는 것을 간절하게 원했다. 어떤 학생도 감히 집으로 가서 소식을 전하고 싶다고, 또한 그날을 접고 쉬고 싶다고 말하지

---

* 펠럼 그렌빌 우드하우스(Pelham Grenville Wodehouse, 1881~1975): 영국의 국민 작가, 작사가.

는 않았다.

햇볕을 받으니 도시가 흑백으로 보였다. 나무들은 곧게, 하늘은 높이 서 있었다. 그들은 사바나 쪽으로 걸어가다가 앉아서 퀸스 파크 호텔에 들어가고 나오는 사람들을 바라보았다. 호텔 출입구의 양편으로 회칠을 한 기둥 사이의 벽에는 보기 드물게 검은 흑인 경비원 두 명이 눈처럼 하얗고 빳빳한 정복을 입고 서 있었다. 그 효과는 대단했고 그림 같았다. 소년들은 그 호텔이 어쩌다가 트리니다드에서 가장 검은 흑인에게 그런 일을 맡기게 되었는지, 그리고 그 사람들이 어쩌다 그 일을 하게 되었는지 큰 소리로 물었다. 그런 후 아이들은 만약 자신이 그렇게 새카맣다면 자기들도 그런 일을 할 것인가에 대해 오랫동안 토론했다. 아스팔트 인도에 쭈그리고 앉아 있던 택시 운전사가 낄낄거리고 웃었다. 그리고 계속해서 오가는 사람들 때문에 어쩔 수 없이 정적인 자세를 유지해야만 했던 그 경비원들이 할 수 있는 것은 남의 눈을 피해 위협하는 몸짓을 보이며 입 모양으로 서둘러 조용히 음란한 욕지거리를 해대는 것밖에는 없었다. 소년들은 웃으면서 도망갔다. 그들은 계속 커다란 나무 밑으로 사바나 거리를 따라 걸었다. 퀸스 파크 웨스트에서 소년들은 두 가지 색깔의 달콤한 빙수를 파는 노점상과 마주쳤다. 그들은 빙수를 샀다. 그리고 빨아 마셨다. 손과 얼굴과 셔츠에 얼룩이 묻었다. 그때 명성을 다시 되찾기를 간절히 바라던 그 흑인 소년이 섹스를 하는 커플을 찾아 식물원에 가는 건 어떻겠냐고 제안했다. 그들은 그곳에 가서 보았다. 흑인 소년이 잡아준 자리에서 소년들은 한 커플이 서둘러 점잖은 쇼를 연출하는 것을 보았던 것이다. 두번째로 보고 있을 때 분노한 미국 선원이 아이들을 쫓아왔다. 아이들은 록가든스로 도망가서 마라벌 로드의 경이로운 건축물들을 걸어 지나갔다. 그들은 스코

274

틀랜드의 남작 성, 무어리시 맨션, 세미 오리엔탈 궁전, 스페인 식민지 시절의 주교 거주지를 지나 푸른색과 붉은색의 이탈리아풍 고등학교에 도착했다. 그때 그 고등학교에는 기둥과 난간이 있는 발코니 아래로 차가 두 대 있을 뿐 아무것도 없었다. 그들은 자랑스러웠고 약간 겁이 나기도 했다. 반나절 동안은 왕이지만 곧 그들은 이곳에서 별 볼 일 없는 신참이 될 것이다. 시계가 3시를 알렸다. 아이들은 시계탑을 올려다보았다. 저 눈금을 몇 주, 몇 달, 몇 년을 보게 될 것이다. 그 종소리에 익숙해질 것이다. 그 소리는 많은 것을 경고해줄 것이다. 많은 시작과 끝을 알릴 것이다. 이제 소년들은 반나절의 휴일이 끝났다고 말했다. "다음 학기에 보자." 소년들은 이렇게 말하고 각자의 길로 갔다.

*

그날 저녁 비스와스 씨와 다른 장학생들의 부모가 럼주, 위스키, 묶은 닭, 절름거리는 염소를 선물로 들고 교사네 집 대문으로 들어갈 때 터틀의 아이들은 크리스마스가 멀지 않았고 학기가 거의 다 끝나가는데도 불구하고 새로 엄해진 분위기 속에서 책을 보고 있었다. 잘 쓴다는 격려를 받은 그 작가는 대니얼 장군의 『서인도 제도인 역사 책』 1권을 다 베껴 썼다. 그때는 비디아다르에게 있어서는 불행한 저녁이었다. 그 아이는 저녁밥을 받지 못했다. 자신이 푼 문제 옆에 체크 표시만 한 깨끗한 시험지와 산수 정답을 적은 깨끗한 표를 가지고 집으로 왔고, 라틴어와 프랑스어를 배우기 시작했으며, 고등학교 간 미식축구 시합에 가서 자기편이 이기라고 고함을 지르던 비디아다르가 장학금을 받지 못했기 때문이다. 라틴어 책과 프랑스어 책을 빼앗긴 지금 그는 늦게까지 장학금 시험 특별반 노트 앞에 앉아서 계속해서 친타에게 매질을 당하고 있었다.

다음 날 신문들은 아난드와 다른 장학생들의 사진을 실었다. 작은 글씨로 시험에 합격만 한 수백 명의 이름을 적은 난도 있었다. 책 읽는 아이들과 공부하는 아이들은 이 명단에서 비디아다르의 이름을 찾아보았다. 찾을 수가 없었다. 항상 이기는 편을 드는 책 읽는 아이들과 공부하는 아이들은 그 면을 넘기고 다른 면을 보는 척했다. 그러고 나서 또 명단과 같은 크기의 작은 글자로 적힌 항목별 광고란을 보는 척했다. 책 읽는 아이들과 공부하는 아이들에게 매질을 할 수 있는 권한도 없고, 지금은 고빈드를 이용하여 아이들에게 겁을 줄 수도 없던 친타는 욕밖에는 할 게 없었다. 친타는 아이들 한 명 한 명에게 욕을 했다. 샤마에게도 욕을 했다. W. C. 터틀에게도 욕을 했다. 아난드와 그의 누이들에게도 욕했다. 그녀는 비스와스 씨가 시험관에게 뇌물을 주었다고 비난했다. 80달러 도난 사건을 다시 꺼냈다. 친타의 목소리는 강판을 가는 듯 거슬리고 구슬픈 소리였다. 눈은 빨갛고 얼굴은 달아올랐다. 책 읽는 아이들과 공부하는 아이들은 낄낄거리고 웃었다. 장학금을 받은 아이들을 위해 학교에서 마련한 방학을 즐기던 비디아다르에게는 또다시 장학금 교실 노트를 공부하도록 조치가 취해졌다. 때때로 친타는 욕을 하는 사이사이 그에게 고함을 질렀다. "정신 차려! 칼만 있어봐라. 그 작은 혓바닥을 확 잘라버릴 테니까." 또 이렇게 말했다. "지금부터 빵하고 물만 먹어. 이 집 식구들 중에 몇 명은 그것만 먹고 살아야 할 테니까." 친타는 잠잠하게 있다가도 때때로 비디아다르가 앉아 있는 테이블로 말 그대로 달려가서 그의 귀를 알람 시계 태엽을 감듯 잡아 돌렸다. 그러면 비디아다르는 알람처럼 비명을 질러댔다. 그러고 나서 그녀는 아들의 따귀를 때리고 주먹으로 치고 머리카락을 잡아당기고 손가락으로 목을 졸랐다. 충격을 받아 망연자실한 비디아다르는 한쪽 한쪽 아무 뜻도 모를 필기를 고르지 않은 글씨체로 가득 채웠다. 그리고 그의 누이들과 형제들은 마치 모든 사람이 비디아다르의 실패와 징벌에 책임이 있는 것처럼 모두에게 으르렁거렸다.

한낮과 저녁 동안 친타는 이 짓을 계속했다. 그녀의 날카로운 목소리가 그 집에 항상 배경으로 깔리던 소음의 한 부분을 차지하게 되자 마침내 W. C. 터틀까지도 순수 힌두어로 한마디 하게 되었다. 그런데 그 목소리가 얼마나 컸던지 비스와스 씨의 안쪽 방 칸막이를 통과하여 앞쪽 방에 있던 비스와스 씨에게까지 들릴 정도였다. 그때 비스와스 씨는 터틀과의 화해를 준비하던 중이었다. 그 화해는 W. C. 터틀의 둘째 아들이 다음 해 장학생 선발 시험을 치르도록 되어 있어서 아난드에게 개인 과외 선생이 되어달라고 부탁하기 위해 내려옴으로써 완성되었다.

그리고 아난드가 장학생으로 선발되어 받은 유일한 선물도 터틀 씨네 가족들이 준 것이었다. W. C. 터틀은 자신이 도저히 못 읽을 것 같다고 생각한 『부적』*이라는 책을 주었고, 터틀 부인은 1달러를 주었는데 아난드는 그 돈을 샤마에게 주었다. 비스와스 씨는 콜린스 클리어타이프 출판사에서 나온 『셰익스피어』 책에 적어둔 약속에 대해 말을 꺼내기가 부끄러웠지만, 아난드는 그에게 그 이야기를 꺼내지 않았다. 아난드는 전쟁 상태이므로 자전거를 살 수 없다고 생각하는 것으로 만족했다. 학교에서도 상이 없는 건 마찬가지였다. 역시 전쟁 상태가 허

* 영국 작가 월터 스콧(Walter Scott, 1771~1832)이 1825년에 십자군 전쟁을 소재로 쓴 소설.

락지 않았던 것이다. 그래서 '전시 특별 조치'로 인해 아난드는 학교의 문장이 찍히고 가죽 장정에다가 가장자리는 금박으로 장식된 책 '대신에' 도로 끝에 있는 국영 인쇄소에서 인쇄한 증명서를 받았다.

*

그해는 물자는 부족하고, 물가는 오르고, 가게에서는 비축된 밀가루 때문에 싸움이 일어나는 그런 시기였다. 그러나 크리스마스가 되자 보도에는 잘 차려입고 시골에서 올라온 쇼핑객들로 붐볐고, 거리는 느리게 움직이며 경적을 울리는 차로 막혔다. 가게에는 나무로 만든 조잡한 국산 장난감만이 있었으나 간판은 장밋빛 뺨의 산타클로스, 뛰는 동작을 하는 순록들, 호랑가시나무와 딸기 그리고 눈으로 장식한 글자 때문에 언제나처럼 밝은 분위기였다. 이때보다 더 극빈자가 자격이 있는 시기는 없었기 때문에 비스와스 씨는 그 어느 때보다 더 열심히 일했다. 어쨌든 가게, 간판, 인파, 소음, 번잡함 등 모든 것이 이 시즌이면 항상 그렇듯 번잡스럽고 명랑한 분위기를 만들었다. 그해가 잘 마무리되어가고 있었던 것이다.

또한 그 마무리는 훨씬 좋게 되게 되었다.

크리스마스가 있던 주일의 어느 이른 아침에 비스와스 씨가 크리스마스이브에 내보낼 극빈자 목수를 찾을 생각으로 신청서를 꼼꼼히 살펴보고 있을 때 처음 보는 잘 차려입은 중년 남자가 그의 책상으로 똑바로 걸어왔다. 그 사람은 뻣뻣한 몸짓으로 봉투 하나를 비스와스 씨에게 건네고는 아무 말도 없이 몸을 돌려 활달한 걸음걸이로 뉴스 편집실을 걸어 나갔다.

비스와스 씨는 봉투를 열어보았다. 이어 그는 의자를 박차고 일어나 밖으로 뛰어나갔다. 그 남자는 이미 차에 올라 차를 몰고 가버렸다.

"그 사람 못 만나셨어요?" 접수원이 물었다. "그 사람이 비스와스 씨를 찾더라고요. 닥터 펠러. 라메시워라고."

그가 그 편지를 다시 돌려줬던 것이다. 자신의 잘못을 인정했던 것이었다.

"얘야, 이건 어때?" 비스와스 씨가 그날 늦게 아난드에게 말했다. "편지 시리즈. 의사, 판사, 사업가, 편집장, 매제, 장모에게.『열두 장의 공개서한』. M. 비스와스 지음. 이건 어떠냐?"

5. 허공

비스와스 씨보다 더 간섭이 심한 고등학생 부모는 없었을 것이다. 그는 고등학교의 모든 학칙과 의례 행사와 관례를 좋아했다. 고등학교에서 지정한 교재가 얼마나 좋았던지 그는 아난드의 장학생 서류를 가지고 머린 광장에 있는 뮈어 마셜 서점으로 가서 책 한 묶음을 무료로 받아오는 즐거움을 다른 사람에게 양보하지 않고 직접 누렸다. 그는 책에 커버를 씌우고 책등에 제목을 썼다. 모든 책의 첫 장과 마지막 장에다가 아난드의 이름과 학년, 고등학교의 이름, 날짜를 적었다. 아난드는 자기 이름은 자기가 쓰고 자기 책은 자기 마음대로 더럽히는 다른 학생들에게 이 일을 숨기기 위해 애를 먹었다. 비스와스 씨는 아난드와 자기 자신과는 아무 상관이 없는 고등학교 종업식에도 갔다. 또한 과학 전시회에도 가겠다고 고집을 부려서 아난드에게 망신을 주었다. 왜냐하면 그 흑인 소년이 부모 없이 온 애들에게 달려가며 "야, 여기 봐라,

달팽이도 혼자 간다야"라고 말하는 동안, 아난드는 첫 작품부터 오랫동안 조심스럽고 충실하게 보고 있는 비스와스 씨와 함께 있어야 했기 때문이다. 비스와스 씨는 전기 관련 출품작을 한참 보더니 이번에는 현미경 옆에서 떠날 줄 모르고 있었다. "여기 서봐라." 그가 아난드에게 말했다. "내가 이 슬라이드를 잡아 뺄 동안 망 좀 봐. 기침을 해서 가래를 여기 얹어야겠어. 그리고 둘이서 같이 보는 거야." "네, **대디**." 아난드가 말했다. "물론이죠, **대디**." 그러나 그들은 달팽이는 보지 않았다. 일종의 실험으로서, 부모나 후견인이 매일 의견을 적고 서명을 하도록 되어 있는 숙제 공책을 모든 소년이 받아왔는데, 비스와스 씨는 꼼꼼하게 글을 쓰고 서명을 했다. 그러는 부모는 거의 없었다. 그런데 그 숙제 공책이 얼마 안 있어 없어졌다. 비스와스 씨는 끝까지 기입하고 서명했지만 말이다. 비스와스 씨는 자신만큼이나 학교 전체가 아난드에게 관심이 있을 거라고 철석같이 믿었다. 그래서 아난드가 천식 발작 후 다시 수업에 들어간 날 오후가 되면 마치 아난드의 결석으로 온 학교의 운영이 마비되었으리라고 생각하는 것처럼 "저, 뭐라고 하던?" 하고 물어보았다.

10월에는 미나가 우유를 마시고 자두를 먹었다. 그 애는 예상치도 않았는데 11월 장학생 선발 시험장에 앉도록 선택을 받았다. 비스와스 씨와 아난드가 미나를 시험장까지 데리고 갔고, 그때 어렸을 적 자신의 모습을 다시 본 아난드는 미나에게 상냥하게 대해주었다. 그는 교장실 게시판에 자기 이름이 적혀 있는 것을 보고 그 학교가 자신을 자랑스럽게 기억하려고 했다는 데에 감동을 받았다. 미나가 점심시간에 밖으로 나올 때 그 애 기분은 아주 명랑했다. 하지만 아난드가 매섭게 질문하자 어안이 벙벙하고 시무룩해진 미나는 실수했다고 실토하고 다른 오답들이 어쩌다 옳은 답같이 보였는지를 해명했다. 그 후 그들은 미나를 데이어리스에 데리고 갔는데 셋 다 돈을 낭비하고 있는 것 같은 기분이 들었다. 결과가 나왔을 때 아무도 비스와스 씨에게 축하하지 않았던 것은 미나의 이름이 작은 글씨로 쓴 난에 있는 합격한 사람들의 이름 중에도 없었기 때문이었다.

*

변화는 비스와스 씨도 모르는 사이에 닥쳤다. 그 도시가 로맨스와 전망을 잃어버린 때가 정확히 언제인지, 또한 자신이 늙었고 경력은 막혔으며 자기 미래의 비전이 오직 아난드의 미래의 비전이 된 때도 정확히 언제였었는지 알 수 없었다. 모든 깨달음은 한참 후에 왔다. 그러고 그것은 갑작스럽기보다는 오래전에 받아들였던 상태를 언급하는 식이었다.

그러나 어느 날 밤에 깨어서 자신의 주변 상황, 즉 소란스러운 집, 아래층에 있는 부엌, 앞 계단으로 올려주는 음식, 그리고 자라나는 아이들과 샤마와 자신을 방 두 개에 쑤셔 넣는 그런 상황이 바뀔 수 없음을 얼마 전부터 받아들이고 있었다는 사실을 깨달았을 때는 그렇지 않았다. 영화를 보러 가는 길에 그가 봤던 그 집들, 열린 문으로 들어가는 밝은 거실, 8시면 나이프와 포크가 쨍그랑 거리는 소리가 새어 나오는 식당, 차고, 오후에 호스로 물을 뿌리는 정원과 일요일 아침에 베란다에서 맨발로 돌아다니는 사람들이 있는 그런 집들을 마치 교회나 푸줏간이나 마구간이나 크리켓 경기나 축구 경기처럼 다른 사람들하고나 관계있는 것으로 생각하게 되었던 것이었다. 그 집들을 보며 야망을 품거나 자신이 처량하다는 생각을 하지 않게 된 것이다. 집에 대한 꿈을 잃어버린 것이다.

그는 자신의 상상 속에서 이제까지 자신이 살아온 삶을 항상 나타내주었던 허공 속으로 빠져들듯 절망 속으로 빠져들었다. 밤이면 밤마다 빠져들었다. 그러나 이제는 공포감이 급격히 닥치거나 고뇌를 겪는 중대 고비 따위는 없었다. 단지 이루 말할 수 없을 만큼 불만이 쌓이는 것과 그렇게 소극적으로 변하는 것을 두려워하던 마음속의 바로 그 부분이 점점 차분해지고 있다는 것을 알게 되는 식이었다.

비스와스 씨는 극빈자 심사를 진행하고 자격이 있는 사람에 관한 글을 썼다. W. C. 터틀과의 휴전은 깨어졌다가 복구되었다가 다시 깨어졌다. 글을 읽는 아이들과 공부하는 아이들은 읽고 공부했다. 아난드와 비디아다르는 계속 말을 하지 않았고 사촌들 사이의 이 침묵은 고등학교에도 알려지기 시작했다. 비디아다르 역시 편법으로 고등학교에 입학했던 것이다. 고빈드는 친타를 때리고 스리피스 정장을 입고 택시를 몰았다. 과부들은 로열 빅토리아 학원에서 재봉 레슨을 받는 것을 그만두고 옷을 만드는 계획과 다른 모든 계획을 포기했다. 과부 한 명이 와서 방도 없이 건물 밑에서 잠을 자고는 조지 스트리트 시장에서 노점을 열겠다고 겁을 주자 다른 사람들이 말렸고, 그 과부는 결국 쇼트힐스로 돌아갔다. W. C. 터틀은 15살 된 글로리아 워렌이라는 미국 소녀가 노래하는 「당신은 언제나 내 맘속에 있어요」라는 축음기판을 샀다. 그리고 매일 아침 책 읽는 아이들과 공부하는 아이들이 집에서 몰려 나가면 비스와스 씨는 『센티널』 사무실로 도망갔다.

그러던 어느 날 갑자기, 너무도 갑자기 비스와스 씨가 활기를 찾았다.

그 일은 아난드가 고등학교 2학년일 때 일어났다. 극빈자에 대한 독보적인 경험으로 인해 비스와스 씨는 『센티널』에서 사회 복지 문제에 관한 전문가가 되었다. 그가 맡은 부수적인 일은 자선 단체 운영자들과 인터뷰를 하고 여러 차례 저녁을 먹는 것이었다. 어느 날 아침 그는 자기 책상 위에서 방금 부임한 공공복지부 국장과의 인터뷰를 요청하는 쪽지를 발견했다. 복지부는 아직까지 제대로 된 기능을 하지 못하고 있는 정부 기관이었다. 비스와스 씨는 그 부서가 전후(戰後) 개발 계획의 일부라는 것을 알고 있었지만, 어떤 것을 하려고 하는지는 알지 못했다. 그는 파일을 가져오라고 했다. 파일은 별 도움이 되지 못했다. 파일의 대부분은 자신이 직접 전에 써놓았다가 잊어버린 것이었다. 그는 전화를 걸어 그날 아침 인터뷰 일정을 잡아 그곳으로 갔다. 한 시간 후 레드 하우스 계단을 내려와 아스팔트 공터에 들어갔을 때 비스와스 씨는 기사 원고를 생각하는 대신 『센티널』에 제출할 사직서를 생각하고 있었다. 그가 『센티널』에서 받는 한 달 치 봉급에 50달러가 더 많은 월급으로 공공복지부에서 일할 자리를 제의받았고 승낙했던 것이다. 그러나 비스와스 씨는 여전히 그 부서가 하려는 일에 대해 명확히 알지 못했다. 그는 그 부서가 촌락의 생활을 조직하기 위한 부서일 거라고 생각했다. 그러면서도 왜 그리고 어떻게 촌락의 생활이 조직되는지는 알지 못했다.

비스와스 씨는 즉시 그 부서의 국장인 미스 로지에게 마음이 끌렸다. 그녀는 키가 크고 활력 있는 중년기 후반의 여성이었다. 미스 로지는 관리직 여성들이 흔히 그렇다고 비스와스 씨가 생각했던 것처럼 잘난 척하거나 저돌적이지 않았다. 그녀는 우아했다. 미스 로지가 그 일에 관해 말을 꺼내기도 전에 이미 비스와스 씨는 자신이 미스 로지의 환심을 사려고 하고 있다는 것을 느꼈다. 미스 로지에겐 참신한 매력도 있었다. 그녀 나이 또래 인도 여성 중에서 미스 로지만큼 똑똑하고 지적이며 탐구적인 여성을 그는 이전에 만난 적이 없었다. 그래서 일자리 문제를 꺼냈을 때 그는 조금도 망설이지 않았다. 그는 미스 로지가 생각할 시간을 주겠다고 했을 때 거절했다. 약간이라도 지체될까 봐 두려웠던 것이다.

비스와스 씨는 가벼운 마음으로 세인트 빈센트 스트리트를 걸어 내려가 다시 사무실로 갔다. 방금 전에 일어난 일은 모든 면에서 예상 밖이었다. 그는 새로운 직업을 가지는 것에 대한 생각을 진작 단념했었다. 그는 전후 개발이 자신과 자신의 가족과 어떤 연관성이 있는지 알지 못했기 때문에 전후 개발에 대한 모든 논의에 대해 신문 기자가 가질 만한 관심 이상을 가져본 적도 없었다. 그런데 지금 월요일 아침에 비스와스 씨는 새로운 직업 안으로 걸어 들어갔고 그가 맡은 일은 그를 새로운 시대의 일부가 되도록 만들어주었다. 그리고 그 일은 정부와 하는 일이었다! 비스와스 씨는 공무원들에 대해 들어본 모든 농담을 기쁜 마음으로 다시 떠올려보았다. 또한 버넷 씨가 떠나고 난 후로 언제나 그를 떠나지 않았던 공포의 무게도 온전히 떠올려보았다. 그는 『센티널』에서 언제든지 파면될 수 있었다. 그를 보호해줄 것이나 사람은 없었다. 그런데 이 복지부에서는 어느 누구도 그렇게 파면할 수 없을 것이다. 그는 노사위원회 같은 것도 있다고 믿었다. 파면 문제는 온갖 종류의 경로(이 얼마나 달콤한 말인가)를 다 거쳐야 하고, 그가 알기로, 절차가 너무 복잡해서 파면된 공무원은 거의 없었다. 한 부서의 타자기를 몽땅 도둑질해서 팔아버린 공문서 배달원 이야기는 어떠한가? 그들은 단지 "그 사람을 타자기가 없는 부서로 보내"라고만 하지 않았던가?

비스와스 씨가 마음속으로 얼마나 많은 사직서를 『센티널』에 써 보냈었던가! 그러나 비서실 직원과 자기 사이에 편지들이 오고 간 후 드디어 결단의 순간이 오고 슬럼버킹 침대에서 일어나 앉아 『센티널』에 사직서를 쓸 때 비스와스 씨는 몇 년간 갈고 닦았던 구절과 문장 중 어떤 것도 쓰지 않았다. 그 대신 그렇게 오랫동안 근무하게 해 준 것, 그 도시에서 시작할 기회를 준 것, 복지과에서 일할 준비가 되게 해준 것에 대해 스스로도 놀라워할 정도로 신문사에 감사하고 있었다.

편집장으로부터 답장을 받았을 때 비스와스 씨는 자신이 바보가 된 것 같은 느낌이 들었다. 달랑 다섯줄로 편집장은 비스와스 씨의 편지에 감사하고 그의 공로를 치하하고 아쉬움을 표하고 새로운 직장에서 행운이 있기를 빌었다. 그 편지는 비서가 타이핑한 다음 비서 자신이 날렵한 소문자로 왼쪽 아래 모퉁이에다 서명을 해놓은 것이었다.

사직 통지를 하고 극빈자들을 대충 통과시킨 후 비스와스 씨는 열정적으로 새 일을 준비했다. 그는 중앙 도서관과 복지과의 몇 권 안 되는 책들 중에서 책을 빌렸다. 그는 사회학 책을 읽기 시작했는데 얼마 지나지 않아서 비탄에 빠졌다. 그 책에 있는 도표나 언어를 이해할 수가 없었던 것이다. 그는 인도의 마을을 재건하는 내용이 담긴 보다 단순한 문고판 책으로 바꾸었다. 이 책은 조금 더 읽을 만했다. 그 책에는 마을 배수 시설의 전과 후 사진이 있었고, 어떻게 아무 비용을 들이

지 않고 굴뚝을 세울 수 있는지, 어떻게 우물을 팔 수 있는지가 나와 있었다. 그 책을 보고 비스와스 씨는 며칠간 자기 집안의 작은 사회에서도 실천해야 하는 게 아닌가를 생각하게 될 정도로 자극을 받았다. 많은 책에서 협동 작업을 하는 동안 민속춤과 민속 음악이 필요하다고 강조하는 아리송한 내용을 수록하고 있었다. 그중 몇 권은 노래의 실례를 제공하기도 했다. 비스와스 씨는 마을 사람들이 힘을 합쳐 도로를 보수하고, 힘을 합쳐 큰 오두막집을 짓고, 힘을 합쳐 우물을 팔 때 노래를 부르는 그들을 지휘하는 자신의 모습을 그려보았다. 노래를 부르며 서로의 밭을 함께 수확한다. 그 공상은 설득력이 없었다. 그는 인도인 마을 사람들을 잘 알고 있었다. 예를 들어 고빈드는 노래를 했고 W. C. 터틀은 음악을 좋아했다. 하지만 비스와스 씨는 책 읽는 아이들과 공부하는 아이들에게 노래를 부르게 하면서, 집 아래 공간 바닥을 콘크리트로 다시 쌓고 반쪽짜리 벽에 회벽을 얹어 욕실이나 화장실을 하나 더 건설하도록 지도하는 자신의 모습이 도저히 상상이 가지 않았다. 그는 이들에게 노래를 하게 시킬 수 있을지조차 의심스러웠다. 그는 가내 공업에 대해서 읽었다. 진지하고 고전적인 자세로 깨끗하게 옷을 차려입은 농부들이 함께 지은 큰 오두막집에서 물레를 돌리며 앉아 몇 미터나 되는 옷감을 만들어내는 것에 관해 낭만적으로 적고 있었다. 이어서 저녁에는 횃불 아래에서 노래를 부르고 춤을 계속해서 추는 마을 사람들에 대해서도 적고 있었다. 그러나 그는 저녁에 술집이 텅 빌 때면 마을 사람들이 어떤 상태가 되는지 알고 있었다. 그 대신 목재로 만든 커다란 홀에서 잘 훈련된 농부들이 열을 지어 앉아 바구니를 짜고 있을 때 그 사이를 왔다 갔다 하며 걷고 있는 자신의 모습을 그려보았다. 그는 가내 공업에서 청소년 비행으로 눈을 돌렸다. 이들의 범죄는 어른들의 비행보다 더 관심이 갔다. 작달막한 키에 담배를 피며 거들먹거리는, 상당히 매력적인 상습 비행 청소년 사진이 특히 비스와스 씨의 마음에 들었다. 비스와스 씨는 이 비행 청소년들의 믿음을 사서 영원한 충성을 받는 자신의 모습을 그려보았다. 그는 심리학 책을 읽고 친타가 비디아다르를 매질할 때 그녀의 태도를 설명해줄 수 있는 전문 용어 몇 개도 배웠다.

미스 로지는 처음에는 비스와스 씨의 열성을 북돋워주었지만 지금은 조절하려고 애썼다. 그는 그달에 그녀와 자주 만났고, 둘의 관계는 더 친밀해졌다. 미스 로지가 그를 어떤 사람에게든지 동료라고 소개할 때마다 그는 이전에 경험해보지 못한 정중함을 느꼈다. 그리고 그녀와 있는 것이 편해지자 비스와스 씨의 태도도 세련되어져 갔다.

그러다가 놀랄 일이 터졌다.

미스 로지가 그의 가족을 만나고 싶다고 했던 것이다.

책 읽는 애들! 공부하는 애들! 고빈드! 친타! 슬럼버킹 침대와 극빈자가 만든 식탁! 그리고 과부 몇 명이 또 팔아보겠다고 문 밖에 오렌지나 아보카도를 담은 작은 쟁반을 놓아두었을 수도 있었다.

"볼거리에 걸려서요." 그는 그렇게 말했다.

이 말은 부분적으로는 사실이었다. 그 전염병이 바스다이의 책 읽는 아이들과 공부하는 아이들 사이에서 많이 퍼져 있었다. 터틀 씨네 꼬마도 걸린 상태였다. 그러나 아직까지 비스와스 씨의 아이들은 걸리지 않았다.

"죄송하지만, 애들이 몽땅 볼거리로 누워 있답니다."

그리고 나중에 미스 로지가 아이들은 어떠냐고 물어보자 비스와스 씨는 그들이 방금 그 병에 걸렸음에도 불구하고 다 회복되었다고 말해야 했다.

그달 말이 되자마자 『센티널』의 무료 신문 배달이 중지되었다.

"일을 시작하기 전에 잠깐 휴가를 가는 것이 사기 진작에 좋지 않을까요?"라고 미스 로지가 물어보았다.

"저도 그런 생각을 하고 있었습니다." 그 말은 쉽게 나왔다. 또한 이 말은 그가 새로 터득한 태도에 걸맞은 말이었다. 그러면서도 그는 글을 읽는 아이들과 공부하는 아이들 사이에서 버는 돈도 없이 일주일 간을 고생하며 보내고 있는 자신의 모습을 마음속으로 떠올렸다. "그럼요, 잠깐의 휴식이 사기 진작에 가장 좋지요."

"산 수시*가 아주 좋을 거예요."

산 수시는 트리니다드의 북동쪽에 있었다. 미스 로지는 여기에 새로 온 사람이었음에도 그곳에 가봤던 것이다. 그는 가본 적이 없었다.

"예." 그가 말했다. "산 수시라면 좋을 겁니다. 아니면 마야로도요." 남동쪽에 있는 휴양지를 언급하여 독자적인 노선을 취하려고 애쓰며 그가 이렇게 덧붙였다.

"당신 가족들도 그곳을 좋아할 거예요."

"예, 아마 그럴 겁니다." 또 가족을 언급하다니! 그는 기다렸다. 그런데 올 것이 왔다. 그녀는 여전히 가족을 만나고 싶어 했다.

마음의 평정은 떠나버렸다. 뭐라고 제안을 해야 할까? 레드 하우스로 한 명씩 데리고 오겠다고 할까?

미스 로지가 그를 구출해주었다. 그녀는 비스와스 씨의 식구들이 일요일에 산 수시로 모두 올 수 없는지 궁금해했다.

---

* Sans Souci: 근심 걱정이 없다는 의미를 가진 휴양 도시.

적어도 그 편이 더 안전했다. "물론 되지요, 물론이요." 그가 말했다. "아내가 뭔가 음식을 만들 수도 있고요. 어디서 만날까요?"

"제가 태우러 갈게요."

꼼짝 없이 걸려버렸다.

"사실은 제가 산 수시에 집을 하나 빌렸거든요." 미스 로지가 말했다. 이어서 그녀의 계획이 드러났다. 그녀는 비스와스 씨가 그리로 가족을 데리고 가서 일주일간 있기를 바랐던 것이다. 대중교통이 좋지 않았기에 차로 주말에 그들을 데리러 갈 것이다. 만약 비스와스 씨가 갈 수 없다면 그 집은 비게 될 것이고 그러면 낭비를 하는 셈이다.

비스와스 씨는 어안이 벙벙해졌다. 그는 휴일을 단순히 일을 하지 않는 날이라고 생각했다. 그는 결코 그 시간 동안 식구들을 어느 휴양지에 데리고 가서 지내는 걸 생각해본 적이 없었다. 그런 일은 꿈도 꿀 수 없는 일이었다. 해변의 별장으로 갈 수 있는 사람들은 극소수였다. 해변에는 민박이나 호텔도 없이 별장만 있었기 때문에 비스와스 씨는 언제나 이 별장에 가려면 비용이 많이 들 것이라고 상상했다. 그리고 지금 그렇게 되었다! 극빈자에게 보내는 편지에서 '친애하는 독자님, 제가 휴가를 보내고 돌아오느라 독자님의 편지를 읽지 못했습니다……'라고 했던 일이 드디어 실현되었다.

그는 거절했지만 미스 로지는 확고했다. 그는 공연히 난리 법석을 떨지 않는 게 더 낫겠다고 생각했다. 다름 아니라 문제를 더 크게 만들고 싶지 않았기 때문이다. 미스 로지의 제안은 우정에서 나온 것이었다. 그는 친구로서 수락할 것이다. 하지만 그는 그녀에게 샤마와 먼저 상의해야 한다고 했고, 미스 로지는 알겠다고 했다.

그러나 그는 자신이 이미 노출되었다는 것, 즉 미스 로지에게 자신이 생각하는 것보다 더 많이 스스로를 노출했다는 것을 이미 느끼고 있었다. 이 감정은 그다음 날 야외 욕실에서 목욕을 하고 난 후 안쪽 방에 있는 샤마의 화장대 앞에 서 있을 때 특히나 강하게 그를 압박했다. 자기 혐오감에 휩싸이자 그는 옷을 입기가 싫어졌다. 그리고 그날 아침 자기만 쓰는 빗이라고 되풀이해서 거듭 일렀는데도 그 빗에 여자 머리카락이 붙어 있는 것이 보였다. 그는 그 빗을 부러뜨리고 다른 빗도 부러뜨리고 나서 자신의 옷이나 그 옷을 입고 있을 때 그의 태도와는 결코 어울리지 않을 단어를 내뱉었다.

그는 미스 로지에게 샤마가 좋아하더라고 전했다. 그리고 샤마와 함께 휴가를 준비하기 시작하자 자책감도 빠르게 사그라졌다. 그들은 마치 공모자들 같았다. 그들은 그 일을 비밀에 부치기로 결정했다. 이러는 것이 그 집안의 규칙 중 하나라는 것을 제외하고 별다른 이유는 없었다. 예를 들어 터틀네 가족은 횃불을 든 여자 나신상이 들어오기 전에 평소와 다르게 서름서름했고, 친타는 고빈드가 스리피스 양복을 사러 가기 전에 거의 상을 당한 것처럼 굴었다.

토요일에 샤마는 바구니를 꾸리기 시작했다.

아이들에게 그 비밀이 들통 나지 않는 것은 불가능했다. 음식을 담은 바구니, 차, 해변으로의 드라이브. 그것은 아이들이 잘 알고 있는 주제였다. "비디아다르, 시바다르!" 친타가 불렀다. "너희는 여기 궁둥이 붙이고서 책이나 읽어. 알겠어? 네 아버지는 너희들을 소풍에 데리고 갈 만큼 높은 사람이 아냐. 알겠냐? 정부에서 꼬박꼬박 월급을 받는 것도 아니고. 말했지, 내가." 글을 읽는 아이들과 공부하는 아이들은 샤마가 바구니를 채울 때 그 주변을 둘러싸고 서 있었다. 샤마는 그녀답지 않게 엄한 태도로, 그리고 걱정으로 정신이 팔린 듯이 아이들을 못 본 척했다. 그녀의 태도는 (샤마를 감독하고 충고를 하려고 온 과부 바스다이에게 말했듯이) 이 모든 게 너무나 골치 아픈 일이고, 자신은 단순히 아이들과 아이들의 아버지를 즐겁게 하기 위해서 참고 있을 뿐이라는 인상을 주려는 것이었다.

그들의 행선지와 휴가 기간은 이미 누설되었다. 여행 수단은 여전히 비밀이었다. 그것이 마지막 기습이었다. 이 일은 비스와스 씨에게 상당한 걱정거리가 되었다. 한 주 내내 그는 미스 로지가 새로 산 뷰익 차를 타고 도착하는 것을 겁내고 있었다. 그는 미스 로지가 도착하고 그들이 출발하는 간격을 최대한으로 짧게 할 생각이었다. 어떤 일이 있어도 그녀를 차에서 내리게 해서는 안 된다. 왜냐하면 그랬다간 그녀가 정문을 통과하여 집 아래 공간에서 어떤 일이 벌어지는지 잠깐이라도 볼 수 있기 때문이었다. 그녀가 집 밑으로 갈 수도 있었다. 아니면 계단을 올라와 현관문을 두드릴 수도 있다. 그랬다간 W. C. 터틀이 나올 것이고 요가 수행자, 역도 선수, 펀디트, 휴식을 취하는 트럭 운전사 중에서 그날 아침에 그가 어떤 포즈를 잡고 있을지는 하늘만이 알 일이었다. 무슨 수를 쓰든 간에, 그녀가 앞방으로 와서 비스와스 씨가 누워서 복지부 공무원직에 공식적인 수락 편지를 썼던 슬럼버킹 침대와 사회학, 인도의 마을 재건, 가내 공업, 비행 청소년에 대한 책들이 쌓여 있는 그 극빈자의 식탁을 보지 못하게 막아야 한다.

따라서 미스 로지가 자신이 9시에 도착할 것이라고 말하긴 했지만, 아이들을 8시까지 밥을 먹이고 옷을 입히고 정문 옆에서 보초처럼 대기하고 있게 해야 했다. 때때로 아이들은 초소를 이탈했다. 그러면 요란하게 찾아다니고 난 후 그 애들을 책 읽는 아이들과 공부하는 아이들에게서 떼어내거나, 화장실에서 급하게 데리고 나왔다. 샤마는 칫솔,

수건, 병따개 같은 오만가지 물건을 잊어버렸다는 걸 떠올렸다. 비스와스 씨 자신도 어떤 책을 가지고 가야 할지 결정할 수 없어서 앞방을 들락날락했다. 결국 모든 것이 준비가 되고 난 후 그들은 여차하면 차 안으로 뛰어들 태세를 하고 앞 계단에 줄줄이 사탕처럼 서 있었다. 비스와스 씨는 휴가에 맞추어 넥타이는 매지 않고 토요일에 입어서 그날 맨 넥타이 자국이 남은 셔츠를 입고 코트는 팔에 걸고 한 손에는 책을 쥐고 있었다. 샤마는 치렁치렁하게 외출복을 입고 있어서 꼭 예식장에라도 가는 것 같아 보였다.

기다리던 중간에 책 읽는 아이들과 공부하는 아이들이 이들 사이에 끼어들었다. "궁둥이 당장 치워." 비스와스 씨가 거칠게 속삭였다. "안으로 들어가라. 가서 머리 빗어. 그리고 너, 가서 구두 신고 와." 몇몇 어린아이들은 겁을 집어먹었다. 그러나 나이가 더 많은 아이들은 비스와스 씨에겐 자기들을 때리거나 명령할 권한이 없다는 것을 알고 있는지라 보란 듯이 무시했고, 몇 명은 인도로 가서 황새가 서듯 발바닥 하나를 얼룩투성이로 줄이 지고 분홍색으로 색이 바랜 벽에 붙이고 서서 비스와스 씨를 당황스럽게 했다. 축음기는 인도 영화 음악을 틀고 있었다. 고빈드는 「라마야나」를 처량하게 외우고 있었다. 친타의 박박 긁는 목소리는 잔소리를 하며 높아져가고 있었다. 바스다이는 자기 딸 몇 명에게 와서 점심 준비를 도우라고 고함치고 있었다.

그때 금속성 소리가 들렸다. 녹색 뷰익 한 대가 모퉁이에서 나타났다. 비스와스 씨와 식구들은 옷가방과 바구니를 들고 계단 아래로 내려갔고, 비스와스 씨는 지금 화난 목소리로 책 읽는 아이들과 공부하는 아이들에게 꺼지라고 고함을 지르고 있었다.

차가 멈추자 비스와스 씨와 식구들은 인도 가장자리에 바짝 붙어서 있었다. 운전사 옆에 앉은 미스 로지는 미소를 지으며 손가락만 약간 흔들어 인사했다. 그녀는 자신이 어떻게 처신하도록 요구되는지 알고 있기나 한 듯 차에서 나오지 않았다. 운전사가 아무 표정도 없이 문을 열고 옷가방과 바구니를 자동차 트렁크에다 실었다.

W. C. 터틀이 쉬고 있는 트럭 운전사 포즈를 하고 베란다에서 나왔다. 그의 황갈색 짧은 바지 아래로 둥글고 통통한 다리가 보였고, 하얀색 러닝셔츠는 우람한 가슴과 근육이 늘어진 커다란 팔을 자랑스럽게 드러내고 있었다. 양치류가 퍼져 있는 베란다의 낮은 벽에 기대어 터틀은 손가락을 떨리는 콧구멍 안으로 고상하게 집어넣고, 짧고 강한 소리를 내며 다른 쪽 콧구멍에서 콧물이 발사되게 했다.

비스와스 씨는 책 읽는 아이들과 공부하는 아이들, 그리고 W. C. 터틀에게서 주의를 돌리고 집에서 나는 소음을 묻어보려는 심산으로 정신이 멍한 가운데에도 수다를 떨었는데, 갑자기 친타가 고뇌에 찬 사람이 지르는 것 같은 날카로운 고함을 질렀다. "비디아다르, 시바다르! 다리 분질러놓기 전에 당장 이리와."

부끄러워하면서도 관심이 생긴 책 읽는 아이들과 공부하는 아이들은 꾸역꾸역 문을 통해 밀려 나왔다.

"자리는 넉넉해요." 미스 로지가 미소를 지으며 말했다. "오래 끼지는 않을 거예요. 난 산 수시까지 안 갈 겁니다. 몸이 별로 안 좋아서 해변에서 하루 종일 보냈다간 더 나빠질 것 같아서요."

비스와스 씨는 뭔 말인지 알아들었다. "네 명만 우리 앱니다." 그가 말했다. "네 명만요." 그는 책 읽는 아이들과 공부하는 아이들 쪽을 향해 뒷발을 찼다. 원은 계속 넓어졌다.

"고아들입니다." 비스와스 씨가 말했다.

다행스럽게도 차가 출발했고, 고아들 중에 몇 명은 뷰익을 쫓아 길 한참 아래까지 달려왔다.

그들은 미스 로지가 언짢아하는 것 때문에 미안해져서 마음을 바꾸라고 부탁했다. 그녀가 가지 않는다면 아무 재미도 없을 거라고 했다. 미스 로지는 자기는 수영하러 가고 싶은 생각이 없었다고 말하며 단지 그들을 태워주기 위해서 왔을 뿐이라고 했다. 그러나 곧 차 안에 네 아이만 있는 것이 의심할 여지 없이 확실해졌고 더 이상의 장애물도 없게 되자, 그녀의 결심은 약해졌고 결국 신선한 공기를 쐬면 더 나아질 테니 같이 가겠다고 말했다.

길 가는 사람들이 쳐다보자 아이들은 웃어야 할지 찌푸려야 할지 눈길을 돌려야 할지 몰랐다. 가죽 손잡이 근처에 있던 아이들은 그것을 잡았다. 그 뷰익 차의 창문에서 본 것만큼 트리니다드 북부가 아름다워 보였던 적은 결코 없었다. 그들은 마치 버스에서는 그곳을 본 적이 없는 듯이 어떻게 풍경이 포트오브스페인 외곽의 늪지대에서 뿔뿔이 흩어진 외곽 동네로, 언덕진 시골로, 시골 마을로, 시골 읍으로, 논과 사탕수수밭으로 바뀌어가는지, 그리고 노던 산맥이 항상 왼쪽에 있는지 자세히 쳐다보았다. 그들은 새로 잘 닦인 미국 고속도로를 따라갔고 미군 기지에 들어가고 나갈 때마다 철모를 쓰고 라이플총으로 무장한 군인들의 검문을 받았다. 그 후 그들은 시원한 나무 그늘이 높게 드리운 구불구불한 길을 따라 아리마로 갔다. 조심히 차를 모느라 애쓴 운전자들은 언제든 환영하는 곳이었다. 그리고 계속해서 길이 몇 킬로미터나 직선으로 나 있고 길 양쪽으로 사람의 손을 타지 않은 덤불숲이 있는 발렌시아로 갔다.

아난드가 회상하기로 그들은 바구니—음식을 가득 담은 바구니—를 가지고 해변으로 차를 타고 갔다. 영어 작문이 현실이 되었던 것이다.

비스와스 씨는 샤마가 걱정되었다. 앞 좌석의 미스 로지 옆에서 펑퍼짐하게 앉아 정교하고 얇은 실크 베일로 머리카락을 덮은 샤마는 침착하고 수다스럽게 자신의 의견을 피력하고 있었다. 그녀는 새로운 헌법, 연방, 이민, 인도, 힌두교의 장래, 여성 교육에 대한 의견을 쏟아냈다. 비스와스 씨는 이런 거침없는 입담을 놀라워하며 또한 매우 걱정스러워하며 듣고 있었다. 그는 샤마가 그렇게 아는 것이 많고 그렇게 난폭한 편견을 가지고 있으리라고 감히 상상해본 적도 없었다. 그리고 그녀가 문법적으로 잘못된 표현을 할 때마다 뜨끔뜨끔했다.

그들은 발란드라에서 차를 세우고 파도가 1.5미터 이상 높아서 수영을 금지한다는 푯말이 세워진 만의 위험한 곳으로 걸어갔다. 물이 그렇게 푸르렀던 적이 없는 것 같았다. 모래가 그렇게 황금빛으로 빛났던 적도 없던 것 같았다. 만이 그렇게 아름답게 곡선을 그렸던 적도, 파도가 그렇게 깔끔하게 부서졌던 적도 없었다. 코코넛나무가 구부러진 모양이 그 만의 곡선으로 이어지고, 다시 둥글게 일어나는 파도로, 다시 수평선의 아치 모양으로 이어져 있는 그곳은 완벽한 세계였다. 벌써 그들은 입술에서 소금 맛을 느낄 수 있었다. 신선한 바람이 불었다. 비스와스 씨와 운전사의 바지가 소시지처럼 부풀어 올랐다. 여자들과 소녀들은 치마를 잡아 내렸다.

그들은 안전한 곳에서 수영을 했다.

(그리고 나중에 아난드가 비스와스 씨에게 지적한 것처럼 미스 로지는 아까 말했던 것과 달리 수영복을 가지고 왔었다.)

그들은 바구니를 열어 코코넛나무가 위험스럽게 ("오늘 백만 개 이상의 코코넛이 동쪽 해안에서 떨어질 것이다"라는 말은 『센티널』에 그가 코프라* 산업에 대해 쓴 특집 기사의 과장되고 밝은 어조의 첫 문장이었다) 그늘이 진 곳의 마른 모래 위에서 식사를 했다.

그 후 그들은 길 양쪽에 덤불숲으로 어둡게 그늘이 지고, 좁고, 포장도 잘되어 있지 않은 도로를 지나 산 수시로 차를 타고 갔다. 작은 마을들이 갑자기 여기저기서 나타나 외롭게 길을 찾아가는 그들을 놀라게 했다. 그리고 지금은 바다가 그들 옆에 계속 있었다. 보이지는 않았지만 바다는 계속 천둥소리를 냈다. 바람이 끊임없이 나무 사이를 포효하며 지나갔다. 흔들리는 덤불과 녹색으로 춤을 추는 잔가지들 위로 하늘이 높게 트여 있었다. 때때로 바다가 약간씩 보이기도 했다. 너무나 가까이 있고 끝없이 펼쳐진, 생생하고 무심한 바다였다. 혹시 사고라도 나서 길에서 떨어져 바다에 빠지기라도 하면 어떡하나?

그날 꿈속에서 그런 사고가 일어날 것 같았다. 캄라는 다행히 꿈에서 깨어나지만 새로운 공포에 휩싸이게 될 것이다. 왜냐하면 그 애는 언덕 꼭대기 위에 별 꾸밈새가 없는 큰 집의 방 하나에서 온 집안 식구가 함께 잠자고 있었다는 걸 잊었던 것이다. 사방에 빠끔한 곳 하나 없이 시커멓고, 얼마 떨어지지 않은 곳에서 파도가 치고 있고, 끝없이 부는 바람에 코코넛나무는 신음 소리를 내고 있었다.

그들은 오후 늦게 도착했고 살펴볼 만한 시간은 별로 없었다. 미스 로지와 운전사 그리고 뷰익은 다시 돌아갔다. 그래서 그들은 휴일 큰 집에 홀로 남은 자신들을 보자 서로가 부끄러웠다. 밤이 되자 더 불편해졌다. 벽이 텅 비어 있고, 낯설고 퀴퀴한 냄새가 나는 거실에서 그들

---

* 코코넛의 과육과 코코야자의 배젖을 말린 것.

은 석유램프 주위로 앉았는데, 바구니에 든 음식은 눅눅해져서 맛도 없고 전날 데이어리스에서 산 크림치즈는 이미 상해 있었다. 그 집은 그들이 각자 방 하나씩 차지해도 될 정도로 넓었다. 그러나 바닷소리와 외로움, 주변을 둘러싸고 있는 알 수 없는 어둠 때문에 그들은 모두 한 방에 모였다.

아침이 되자 바람과 바다가 그들을 반겨주었다. 밝아지고 나니 자신들이 어디에 있는지 알 수 있었다. 밤새도록 바람과 파도가 포효했지만 지금은 둘 다 상쾌하게 새날이 밝았음을 알려주었다. 아이들은 언덕 꼭대기에 반짝이고 젖은 풀 위를 걸어다녔다. 온몸을 괴롭게 뒤트는 코코넛 나무 사이로 흘낏 보이는 바다가 그들 아래 놓여 있었다. 아이들의 손과 얼굴은 소금기로 끈적끈적해졌다.

그들은 서서히 덜 부끄러워하게 되었다. 그들은 아무도 없는 해변으로 달려갔다. 그곳에는 바다에서 휩쓸려 온 낯선 나무들의 잔해가 파묻혀 있었다. 살랑거리는 해초 너머로 잔물결이 인 모래에는 모래 색깔의 작고 기민한 생물인 모래게가 파놓은 구멍들이 있었다. 그들은 브랑시쇠즈니 마텔로니 하는 프랑스식 이름이 붙은 곳으로 소풍을 갔고 토코와 살리비아 만에도 갔다. 그들은 아몬드를 따서 빨아 먹고 씨는 으깨 먹었다. 아무도 돌보지 않는 외딴 곳이라 뭔가가 누구의 소유물이라고 생각할 수가 없었다. 길을 따라 서 있는 나무에서 아이들은 선명한 붉은색을 띤 캐슈너트를 따서 열매는 빨아 먹고 너트는 집으로 가져가서 볶았다. 긴 나날이었다. 한번은 프랑스 사투리를 쓰는 한 무리의 어부들과 만났다. 한번은 잘 차려입고 떠드는 인도 청년들의 무리를 만났는데, 그들 중 한 명이 미나에게 사비의 이름을 물었고 비스와스 씨는 자신에게 아버지로서 새롭게 맡아야 할 책임이 생겼다는 것을 알게 되었다. 저녁에는 그들 주변으로, 지금은 편안하게 들리지만 요란하게 치는 파도와 바람소리를 들으며 카드놀이를 했다. 그 집에서 카드를 네 벌이나 찾았던 것이다.

통조림으로 가득 찬 찬장 속에서 그들이 또 발견한 것은 세레보스 사에서 나온 소금이었다. 그들은 통조림이 된 소금을 본 적이 없었다. 그들이 알고 있는 가게에서 파는 소금은 거칠고 축축했다. 그런데 이것은 입자가 곱고 물기가 없었으며 통조림의 표지 그림에서 보이듯 잘 녹아 있었다.

그들은 포트오브스페인의 집을 잊었고 언덕 위의 집 주변에서 맘 편하게 지냈다. 마치 그 세상에는 그들밖에 없고 그들만이 살아 있으며 바다와 바람만 있는 듯했다. 맑은 날에는 토바고 섬*을 볼 수도 있다는 말을 들었다. 그런데 그런 일은 일어나지 않았다.

그러다가 뷰익이 그들을 데리러 왔다.

포트오브스페인으로 차를 몰고 돌아가는 길에서 그들은 외따로 남겨졌을 때 느꼈던 그 낯설고 수줍은 즐거움을 잊어갔다. 그들은 두 개의 방, 도시의 인도, 건물 아래에 조악하게 콘크리트로 만든 바닥, 소음, 그리고 말싸움을 맞이할 준비를 했다. 외곽으로 나갈 때는 미지의 세상에 도착하여 던져지는 것이 두려웠다. 그런데 이제는 자신들이 잘 아는 세상으로 되돌아가는 것이 두려웠다. 그러나 그들은 다른 것에 대해 말했다. 샤마는 먹을 게 없다는 걸 기억해내고 저녁 식사에 대해 말했다. 차가 이스턴 메인 로드의 한 가게에 들렀고, 운전사가 모는 차를 타고 오는 바람에 잠시나마 사람들의 이목을 끌었다.

---

* 트리니다드 토바고 공화국은 트리니다드 섬과 토바고 섬이 있다. 토바고 섬은 담배 모양으로 생겼다고 해서 붙여진 이름이다.

그들이 포트오브스페인으로 돌아온 것에 대한 환영은 없었다. 시간은 저녁때였다. 책을 읽는 아이들과 공부하는 아이들은 책을 읽고 공부를 하고 있었다. 모든 것이 그들이 떠날 때와 마찬가지였다. 희미한 전구, 긴 테이블들, 배운 것을 암송하기 위해 책 읽는 아이들 몇 명이 소리 내어 읽는 소리도 여전했다. 단지 그 집이 더 낮고 더 어둡고 더 비좁아 보일 뿐이었다. 처음에는 아무도 그들을 쳐다보지 않았다. 그러나 얼마 후 어떤 재난이 일어났는지 알고 싶어 캐묻는 질문이 시작되었다. 그것은 돌아온 것이 슬펐던 비스와스 씨네 식구들이 짜증을 내고 여차하면 화를 쏟아냈기 때문이었다.

　　그 황무지가 진짜 존재했었던가? 그 집은 아직 언덕 꼭대기 위에 있을까? 바람은 여전히 코코아나무가 신음 소리를 내게 만들고 있을까? 그 텅 빈 해변으로 파도가 치고 있을까? 지금 이 밤 이 때에 그 바다는 몇 킬로미터 떨어진 곳에서, 아니 생각할 수도 없을 정도로 멀리 떨어진 곳에서 해변까지 검은 딸기랑, 나뭇가지랑, 해초 가닥을 실어다 주고 있을까?

　　그들은 머릿속에서 치는 바람과 파도의 포효하는 소리를 들으며 잠에 빠졌다. 아침에 그들은 소음에 싸인 집에서 깨어났다.

*

　　비스와스 씨는 곧장 농부들이 줄지어 앉아 바구니를 짜도록 감독하지는 않았다. 아무도 그를 위해 노래를 부르지도 않았다. 그리고 그는 더 나은 오두막집을 짓거나 가내 공업을 맡도록 격려하는 일을 하지도 않았다. 그는 한 지역을 조사하기 시작했고, 이 집 저 집을 다니며 미스 로지가 준비한 설문지를 작성하게 했다. 그가 인터뷰한 대부분의 사람들은 그 일을 영광으로 생각했다. 어떤 사람들은 어리둥절해했다. "누가 댁을 보냈수? 정부가? 정말 관심이 있답디까?" 어떤 사람들은 어리둥절해하지만은 않았다. "이 일 해서 정부에서 돈 받는 거요? 그냥 우리가 어떻게 사는지 알려고? 보쇼, 공짜로 말해줄 수도 있긴 하지만서도." 비스와스 씨는 이 설문에 응하면 그들이 생각하는 이상의 것이 있을 수 있다는 암시를 주었다. 곤경에 처하자 허세를 부려야만 했던 것이다. 그것은 극빈자들을 인터뷰하던 것과 비슷했다. 단지 일이 끝나고 난 뒤 돈을 받는 사람이 비스와스 씨를 제외하면 아무도 없을 뿐이었다. 그는 일을 잘하고 있었다. 그는 월급 외에도 생계 수당과 교통 수당을 받을 수 있었다. 그래서 여러 날 저녁에 비스와스 씨는 책을 옆에 치워두고 청구서를 써야만 했다. 그는 서류를 작성하여 제출하고 며칠 후에 수령증을 받았다. 그는 그 수령증을 재무부에 가지고 가서 동물원 철창 같은 곳 뒤에 있는 남자로부터 들고 다니기에 너무 흐늘거리는 다른 수령증으로 바꾸었고 체크 표시와 이름의 첫 글자를 쓰고 서명을 하고 여러 색깔의 도장을 찍었다. 그는 이것을 다른 철창에서 이번에는 돈으로 교환했다. 시간은 걸렸지만 재무부로 가는 이 일로 비스와스 씨는 드디어 자신이 트리니다드 식민지의 부를 얻고 있는 듯한 느낌을 받았다.

비스와스 씨는 이 여분의 돈이 갖가지 새로운 방식으로 소모될 수 있고 자신이 원하는 만큼 돈을 모을 수는 없다는 사실을 깨닫게 되었다. 사비를 상급 학교에 보내야만 했다. 음식도 더 나은 것으로 먹어야 했다. 아난드의 천식에도 무언가 조치를 취해야 했다. 그리고 새로운 직장에 걸맞은 새 양복 몇 벌을 맞추어야 될 때가 되었다고 결정했고,

샤마도 동의했다.

비스와스 씨에겐 장례식에 갈 때 입는 서지 양복을 제외한 다른 적당한 양복은 없었고, 실크와 리넨으로 된 싸구려 옷만 있을 뿐이었다. 그래서 그는 들뜬 마음으로 새 양복을 주문했다. 멋쟁이 근성도 일어나게 되었다. 그는 천의 질과 색깔, 그리고 양복 재단에 대해 야단스럽게 굴었다. 그는 흰 압정을 꼽은 천에서 나는 빵 굽는 것 같은 냄새와 재봉사가 계속해서 공손하게 자신이 만든 작품을 수정하는 가봉을 즐겼다. 첫번째 양복이 준비되자 그는 즉시 그 옷을 입어야겠다고 생각했다. 그 옷은 장딴지가 찔려서 불편했고 새 옷 냄새가 났다. 그리고 위에서 아래로 자신을 내려다보니 풍성하게 흘러내리는 갈색 천이 기괴하고 겁나 보였다. 하지만 거울을 보고 자신감을 얻은 그는 망설이지 말고 그 양복을 뽐내야 할 필요가 있다고 생각하게 되었다. 오벌 경기장*에서는 대영제국 식민지 간의 크리켓 경기가 열렸다. 그는 크리켓을 잘 알지 못했지만, 이런 경기에 항상 많은 군중이 몰리고 경기를 하는 동안 가게와 학교가 문을 닫는다는 것 정도는 알고 있었다.

그 당시에는 남자가 스포츠 행사에서 영국 담배 50개비가 담긴 둥근 양철 갑과 평범한 성냥갑을 한 손으로 쥐면서 성냥갑을 양철 갑 꼭대기에 놓고 집게손가락으로 누르고 있는 것이 유행이었다. 비스와스 씨에게 성냥은 있었다. 그래서 그는 반나절 치 생계 수당을 담배를 사는 데 썼다. 양복의 처진 모양새가 흐트러지지 않기를 바라며 비스와스 씨는 한 손에 양철 갑을 들고 오벌 경기장으로 자전거를 타고 갔다.

트라가레트 로드를 따라가고 있을 때 그는 산발적으로 희미하게 나

---

* 포트오브스페인의 퀸스 파크에 있는 경기장.

는 박수 소리를 들었다. 점심시간 직전이라서 사람들이 모이기에는 이른 시간이었다. 차 마시는 시간 후에 갔더라면 더 좋았을 것이다.* 그럼에도 불구하고 그는 오벌 경기장 옆 스탠드로 자전거를 몰고 가서 페인트가 벗겨지고 있는 골함석판 울타리에 자전거를 세우고 체인을 감은 후 조심스럽게 바지에서 바지 집게를 풀어 바지를 털고 난 후 주름진 곳들을 펴고 어깨 위로 쿡쿡 쑤시는 양복을 다시 가다듬었다. 사람들이 줄을 서 있지는 않았다. 그는 표 값으로 1달러를 내고 담배가 든 양철갑과 성냥갑을 쥐고 스탠드로 가는 계단을 올라갔다. 자리가 4분의 1도 차지 않았다. 대부분의 사람들이 앞자리에 앉아 있었다. 그는 사람들이 거의 차지 않은 좌석 열 한 곳 중간쯤에 빈자리를 쳐다보았다.

"실례합니다." 비스와스 씨가 이렇게 말하고 천천히 줄을 따라 아래로 내려갈 때 앞에 있는 사람들이 일어나고, 뒤에 있는 사람들도 일어났다가, 그가 지나가면 다시 앉았다. 또한 비스와스 씨는 계속 "실례합니다"라는 말을 꽤나 세련되게 하면서도 자신이 일으키고 있는 법석은 알아차리지 못했다. 마침내 그는 자기 자리에 앉아 손수건으로 자리를 털고 뒤에 있는 누군가가 한 부탁에 맞추어 고개를 약간 숙였다. 그가 재킷의 단추를 풀고 있는 동안 모든 사람에게서 박수갈채가 터졌다. 멍하니 크리켓 경기장을 바라보던 비스와스 씨도 갈채를 보냈다. 그는 자리에 앉아 바지를 휙 끌어올려 다리를 꼬고 담배를 끄집어내어 담뱃갑 뚜껑에 달린 시가 커터로 끝을 정리한 후 불을 붙였다. 엄청난 박수갈채가 터졌다. 스탠드에 있는 모든 사람이 일어났다. 의자가 뒤쪽으로 삐걱거렸고 몇 개는 뒤집어졌다. 비스와스 씨도 일어나서 다른 사람들

---

* 영국에서 차를 마시는 시간은 오후 3시에서 5시 사이이다.

처럼 박수를 쳤다. 거기 무리 지어 있던 사람들은 이미 필드로 달려갔다. 크리켓 선수들이 달려가자 하얀색의 얼룩들이 쏜살같이 날아가는 듯이 보였다. 스텀프*는 이미 치웠다. 군중과 떨어져 있던 심판관들은 조용히 선수석 쪽으로 걸어가고 있었다. 경기는 끝났다. 비스와스 씨는 피치를 자세히 살펴보지 않았다. 그는 밖으로 나와 자전거의 체인을 풀고 한 손으로 담뱃갑을 잡은 채 집까지 자전거를 타고 왔다.

뒷마당에서 샤마의 빨랫줄에 걸려 마르고 있는 비스와스 씨의 양복한 벌은 뾰족한 막대기 두 개 사이에 걸어놓은 친타의 빨랫줄에 널린 다섯 벌의 스리피스 양복과 비교해볼 때 대단찮아 보였다. 그러나 이건 시작에 불과했다.

*

인터뷰를 다 하고 난 후 비스와스 씨가 할 일은 자신이 수집한 정보를 분석하는 것이었다. 그는 이 일을 고생스럽게 했다. 그는 2백 가구를 조사했다. 그러나 모든 분류를 다 하고 보니, 합산해도 2백 가구가 되지 않아서 모든 설문지를 다시 검토해봐야 했다. 비스와스 씨는 규칙과 패턴이 없는 한 사회를 조사한 것이기에 분류 작업은 혼란스럽기 그지없었다. 그는 많은 종이 위에 길고 꼬불꼬불하게 추가 합산을 했고 슬럼버킹 침대에는 사방에 설문지가 널렸다. 그는 샤마와 아이들에게 그 일을 돕도록 강요하고 제대로 못한다고 욕지거리를 퍼부은 후

---

* 크리켓 경기장에서 타자와 투수가 경기를 펼치는 기다란 띠 모양의 땅을 피치라고 한다. 피치의 양쪽 끝에는 스텀프라고 불리는 기다란 막대기가 세 개씩 서 있는데, 이들 스텀프 사이에 각각 타자와 투수가 서서 경기를 한다.

다 쫓아내고 그날 밤 늦게까지 식탁 앞에 있는 의자에 쭈그리고 앉아서 일을 했다. 식탁은 너무 높았다. 베개를 깔고 앉았지만 불편할 따름이었다. 그래서 그는 의자 위에 쪼그리고 앉았다. 때때로 식탁 다리를 반으로 잘라버리겠다고 위협하거나 그 식탁을 만든 극빈자를 욕하기도 했다.

"이 망할 물건 때문에 내가 병이 나겠네." 샤마와 아난드가 침대에 가라고 할 때마다 비스와스 씨는 그렇게 고함을 쳤다. "병 생기겠다고. 다시 말할까. **병**나겠다고. 내가 왜 그 작은 극빈자들과 계속 있지 않았는지 몰라."

"당신은 어딜 가나 똑같을걸요." 샤마가 말했다.

비스와스 씨는 샤마에게 자기 마음속 보다 깊은 곳에 있는 걱정거리들을 말하지 않았다. 이미 그 부서는 공격을 받고 있었다. 시민, 납세자, 민권 변호사와 기타 사람들이 신문에 그 부서가 정확히 하는 일이 무엇인지를 묻고 납세자들이 낸 세금을 낭비하는 것에 항의하는 글을 썼다. 셰카가 속해 있는 남부 기업인 당은 그 부서의 폐지를 주장하는 운동을 이미 시작했다. 이 운동은 오랫동안 찾아다닌 끝에 찾은 우수한 명분거리라 할 만했다. 왜냐하면 어느 당이나 식민지 트리니다드의 모든 사람들을 평등하고 부유하게 만든다는 동일한 목표를 가지고 있었으나 세부 계획을 가진 당은 없었기 때문이다.

이 일은 비스와스 씨가 처음으로 경험한 대중 공격이었다. 그래서 그런 편지는 이전부터 항상 누군가는 썼었고 정부의 모든 부처가 트리니다드 섬에 있는 모든 정당의 비판을 항시 받고 있다고 해도 위안이 되지 않았다. 그는 신문을 펼치기가 겁났다. 민권 변호사가 특히 더럽게 굴었다. 그 변호사는 같은 편지를 신문사 세 곳에 보냈다. 그 편지가 처음으로 등장했을 때부터 마지막으로 나온 때까지 그 기간은 2주나 되었다. 다른 사람들은 아무도 걱정하는 것 같지 않다는 것도 비스와스 씨에게 위안을 주진 못했다. 정부는 무너질 수 없는 것이라고 샤마는 생각했다. 그러나 그녀는 샤마였다. 미스 로지는 언제든지 자신이 왔던 곳으로 다시 돌아갈 수 있었다. 다른 공무원들도 다양한 정부 부처에서 보내진 사람들이었으므로 자신이 왔던 곳으로 돌아갈 수 있었다. 비스와스 씨는 오직 『센티넬』로만 돌아갈 수 있었고 한 달에 50달러를 덜 벌게 될 것이었다.

그는 자신이 온화한 사직서를 썼던 게 다행이다 싶었다. 그리고 닥쳐올 수도 있는 불행을 대비하기 위해 『센티넬』 사무실에 들렀다. 신문사의 분위기는 항상 그를 흥분하게 했고, 그가 받은 환영은 그의 두려움을 잠재워주었다. 그는 나가서 잘된 사람 대접을 받았다. 하지만 비스와스 씨는 자신의 조건이 향상되고 돈을 저금하면 할수록 자신이 더 취약하다고 느꼈다. 너무 좋은 상태는 오래 지속될 수 없는 법이니까 말이다.

얼마 후 그는 차트를 완성했다(분류표를 명확하게 보여주기 위해서 그는 폴스 캡 용지* 두 배 크기의 종이를 세 장이나 연결하여 거의 150센티미터나 되는 두루마리를 만들어서 미스 로지를 파안대소하게 했다). 그러고 나서 그는 보고서를 썼다. 차트와 보고서를 타이핑하고 사본을 만들고 나니 그것들이 전 세계 여러 지역으로 보내진다는 말을 들었다. 그리고 드디어 마침내 자유롭게 마을 사람들에게 노래를 가르치고 가내 공업을 맡을 수 있게 되었다. 그에게 한 지역이 할당되었다. 그가 맡은

---

* 가로 203mm, 세로 330mm 크기의 대판 양지.

지역으로 쉽게 이동할 수 있도록 정부의 무이자 대출로 차 한 대가 주어질 것이라는 메모가 왔다.

이 집의 규칙이 또 한 번 지켜졌다. 아이들에게 입단속을 하게 했다. 비스와스 씨는 새 차 냄새를 담고 있는 것 같기도 하고, 비싼 아트지의 향긋한 냄새가 나기도 하는, 윤기 나는 소책자를 집으로 가지고 왔다. 비밀리에 그는 운전 교습을 받아서 운전면허증을 땄다. 그 후 너무나 평범한 어느 토요일 아침에 그는 새로 나온 프리펙트 차를 몰고 집에 왔다. 그는 인도에 똑바로 맞추어 세우지는 못했지만 어쨌든 문앞에다 아무것도 아닌 양 주차를 하고, 터져 나오는 함성은 무시한 채 앞 계단을 걸어 올라갔다.

"비디아다르! 손모가지 발모가지 부러지고 싶지 않으면 당장 이리 돌아와!"

점심시간에 돌아온 고빈드는 자신의 주차 공간을 뺏겼다는 걸 알게 되었다. 그의 쉐보레 차는 더 컸지만 더 오래되고 세차하지도 않았다. 흙받기 판은 움푹 들어가고 잘리고 용접이 되어 있었다. 문 한쪽은 광택 없는 듀코 사 래커를 칠해놓았는데 색깔이 동일하지 않았다. 그리고 렌터카라는 것을 의미하는 H가 번호판에 있었다. 그리고 차창은 여러 개의 스티커와 고빈드의 사진과 택시 운전수 면허증을 넣은 둥근 액자 때문에 더러웠다.

"성냥갑이네." 고빈드가 중얼거렸다. "누가 이 성냥갑을 여기다 세웠어?"

고아들은 그의 말에 아랑곳하지 않았고, 비스와스 씨가 아무렇게나 차를 주차하고 나면 새 차에 먼지가 왜 이리 잘 붙는지 투덜대며 먼지를 터는 비스와스 씨네 아이들의 기를 꺾어놓지도 못했다. 아이들은 차의 몸체와 스프링, 흙받기 판의 아래쪽 이곳저곳에서 먼지를 찾았다. 아이들은 닦고 윤을 내다가 도색된 페인트 위에 작은 것이지만 각도에 따라 보이기도 하는 흠집을 냈다는 것을 알고 걱정을 했다. 미나는 이 일을 비스와스 씨에게 보고했다.

비스와스 씨는 슬럼버킹 침대에서 여러 권의 윤기 나는 소책자에 둘러싸여 있었다. 그가 물었다. "뭐 들은 것은 없니? 사람들이 뭐라고 하던?"

"고빈드 이모부가 그 차보고 성냥갑이라고 했어요."

"성냥갑이라고, 흥. 그래도 영국 차야. 쉐보레가 쓰레기 더미에 파묻히게 될 때도 저 차는 여전히 몇 년은 달릴 거다."

그는 차의 배선을 설명하는 붉은색과 검은색의 복잡한 그림을 쳐다보는 일로 다시 돌아갔다. 그는 그 그림을 이해할 수는 없었지만 구두라든지 특허받은 물약이라든지 뭔가 새로운 물건을 사면 적힌 글을 모두 읽는 것이 그의 버릇이었다.

캄라가 방으로 와서 고아들이 차에 손가락 자국을 내서 윤기가 희미해졌다고 말했다.

비스와스 씨는 침대에서 무릎을 꿇은 자세로 앞 창문까지 기어갔다. 그는 커튼을 들어 올려 러닝셔츠를 입은 가슴을 밖으로 내밀며 소리쳤다. "야! 이 자식아! 차 그냥 나둬! 그게 택신 줄 아냐?"

고아들이 흩어졌다.

"몇 놈 손모가지를 분질러놓을까 보다." 후견을 맡은 과부인 바스다이가 고함쳤다. 그녀가 나와서 마당 한쪽에 있는 인도멀구슬나무에서 회초리를 꺾으며 잠시 숨을 고르고 있다는 소식이 전해지자 야유하는 소리, 고함치는 소리, 낄낄거리며 웃는 소리가 이어졌다. 도망가는 것이 떳떳하지 않다고 여긴 고아 몇 명은 인도에서 매를 맞았다. 우는 소리가 나자 바스다이가 말했다. "글쎄, 이제 흡족해하는 사람도 **몇** 있 겠지."

샤마는 건물 아래에 있으면서도 차를 보러 나오지 않았다. 그리고 전에 몸을 잘 꼬던 수니티는 배가 부른 임산부가 되어 있었다. 그녀는 자기 남편과 싸웠다가 화해하고 난 뒤 이혼 이야기를 끄집어내 혼을 빼 려는 심산으로 쇼트힐스로 가거나 돌아오는 길에 그 집에 들르곤 했다. 추하고 맞지도 않은 치마를 입고 임신한 티를 내고 있는 수니티는 샤마 에게 와서 "아, 숙모 요새 잘 나가신다면서요. 이런 차도 사고!"라고 말 했다. 샤마는 마치 그 차가 비스와스 씨가 저지른 또 하나의 창피스러 운 과소비라도 되는 듯이 "그래, 애야"라고 말했다. 그러면서도 샤마는 이미 또다시 도시락 바구니를 준비하고 있었다.

식구들이 어디를 가고 싶어 하는지 비스와스 씨가 물어볼 필요도 없었다. 그들 모두 발란드라에 가서 즐거웠던 경험을 다시 맛보기를 원 했다. 자기 차를 타고 바구니를 들고 해변으로 가는 것 말이다.

비스와스 씨 식구들은 발란드라로 갔지만 전과는 다른 경험이었다. 그들은 풍경에 정신을 쏟지 않았다. 그들은 새 가죽 냄새와 새 차에서 나는 달콤한 냄새를 즐겼다. 엔진에서 계속 나는 부드러운 소리를 들었 고 그 소리와 그들 앞을 지나가는 차들의 삐걱거리고 쿵쿵거리는 소리 를 비교했다. 그러다가 그들은 문제가 있는 소음을 정확히 듣게 되었 다. 문 한쪽에 달린 재떨이 창살 덮개가 제대로 덮이질 않아서 딸랑거 리는 소리가 나 신경에 거슬렸다. 그들은 성냥개비로 소리가 안 나게 하려고 했다. 비스와스 씨는 이미 자동차 열쇠에 체인을 감아놓았다. 그 체인이 계기판을 때렸다. 그 소리도 정신 사납기는 마찬가지였다.

한번은 비가 오려고 했다. 비 몇 방울이 창문에 얼룩을 만들었다. 아난드가 즉시 와이퍼를 가동했다. "너, 창문에 흠집 내려고 그래!" 비스와스 씨가 고함쳤다. 바닥 매트에 신발 자국이 나는 것도 걱정했다. 그들은 계기판의 시계를 계속 쳐다보며 길에서 봤던 것과 비교했다. 그들은 속도 계기판이 작동하는 것을 보고 놀랐다.

"사람들이 그러더라고." 비스와스 씨가 말했다. "이 프리펙스 차 시계는 제대로 작동 안 할 때가 없다고."

이어서 그들은 아조다의 집에 들르기로 결정했다.

그들은 차를 길에 세우고 집을 돌아 뒤쪽 베란다까지 걸어갔다. 타라는 부엌에 있었다. 아조다는 『선데이 가디언』을 읽고 있었다. 비스와스 씨는 해변으로 가는 중에 잠깐 들렀다고 말했다. 잠시 침묵이 흘렀고, 그들 각자 어떻게 말해야 하는지 알 수가 없었다.

아조다는 비스와스 씨 식구들이 약해빠졌다고 몇 마디 하더니 아난드의 팔을 꼬집고, 움찔하는 애를 보고 웃었다. 그러더니 당장 치료라도 해주려는 듯 아이들이 마실 신선한 우유를 주고, 하녀에게 베란다 구석에 있는 가방에서 오렌지 몇 개를 꺼내 껍질을 까 오라고 시켰다.

밝은색의 넓은 넥타이를 매고 소매 단추를 풀어 털투성이의 팔목 위로 소매를 접어 올려 장례식 복을 환한 분위기로 입은 재그다트가 들어왔다. 그는 익살스럽게 물었다. "모헌, 밖에 있는 차가 네 차야?"

아이들은 우유컵을 뚫어지라 바라보았다.

비스와스 씨가 부드러운 어조로 말했다. "그래."

재그다트가 괜찮은 농담을 할 때처럼 큰 소리로 말했다. "야, 모헌, 이 자식이 말이야!"

"차라고?" 아조다가 놀란 듯 심통스러운 목소리로 말했다. "모헌

이?"

"작은 프리펙스에요." 비스와스 씨가 말했다.

"전쟁 전에 만든 저런 영국 차가 꽤 좋지."
아조다가 말했다.

"이건 새로 나온 거예요." 비스와스 씨가 말했다. "어제 샀어요."

"판자야." 아조다가 주먹을 쥐었다. "판자처럼 박살 날 거다."

"야, 한번 몰아보자, 모헌." 재그다트가 말했다.

아이들과 샤마는 깜짝 놀랐다. 그들이 비스와스 씨를 쳐다보자 재그다트는 미소를 지으며 손뼉을 쳤다.

비스와스 씨는 식구들이 놀란 걸 알고 있었다.

"내 생각이 맞아, 모헌." 아조다가 말했다. "쟤가 그 차를 박살 낼 거야."

"그게 아니고," 비스와스 씨가 말했다. "해변에 가야 해서." 그는 자신의 시마 사 시계를 바라보았다. 그러다가 재그다트의 미소가 가신 것을 눈치채고 덧붙였다. "새 차를 길들이고 있는 중이거든, 그래서."

"길은 내가 너보다 더 많이 들여봤어." 재그다트가 화가 나서 말했다. "더 크고 좋은 차들로 말이야."

"저 놈이 네 차를 박살 낼 거다." 아조다가 했던 말을 또 했다.

"그게 아니라." 비스와스 씨가 또다시 말했다.

"이봐." 재그다트가 말했다. "그런 식으로 말하지 마, 이 자식아. 잘 들어. 난 네가 당나귀 수레 끄는 법을 배우기 전부터 차를 몰고 다녔다고. 날 봐. 내가 저 그 정어리 깡통 같은 차를 운전하고 싶어서 질질 짜는 것 같냐? 그래 보여?"

비스와스 씨가 당황하는 게 보였다.

아이들은 상관하지 않았다. 차는 안전해졌다.

"모헌! 너 정말 그렇게 생각하냐?"

재그다트가 고함을 지르자 아이들은 깜짝 놀랐다.

"재그다트." 타라가 끼어들었다.

그는 욕을 하며 베란다에서 마당 쪽으로 어슬렁거리며 걸어갔다.

"어떻게 될지 난 안다고, 모헌." 아조다가 말했다. "처음 차를 사면 항상 그렇지." 그는 많은 차들의 무덤이 된 자기 마당 쪽을 가리키며 손을 흔들었다.

아조다는 그들과 함께 도로로 나갔다. 프리펙스를 보며 그는 야유를 보냈다.

"6마력이냐?" 아조다가 물었다. "8마력?"

"10마력이요." 아난드가 보닛 아래에 있는 빨간 원판을 가리키며 말했다.

"그래, 10이구나." 그가 샤마에게 고개를 돌렸다. "이봐 조카며느리, 이 새 차 타고 어디 간다고?"

"발란드라로 가요."

"바람이 너무 세게 불지 않았으면 좋겠네."

"바람이라니요, 이모부?" 비스와스 씨가 말했다.

"안 그러면 거기 절대 못 갈걸. 휙! 도로에서 날아가버릴 거라고, 그럼."

그들은 잠시 동안 우울해졌다.

"내 차를 몰고 싶어 하다니." 비스와스 씨가 말했다. "내가 그렇게 하게 할 거라고 생각하다니. 난 걔가 어떻게 운전하는지 알아. 나가자마자 박살 냈을 거야. 도무지 소중하게 다루질 않는다니까. 게다가 성질은 급해가지고. 이런 염병할 놈."

"당신 집에는 태생 안 좋은 사람들이 몇 명 있다고 내가 항상 그랬죠." 샤마가 말했다.

"어떤 사람은 저렇게 부탁할 줄도 모르는데 뭘." 비스와스 씨가 말했다. "**내가** 묻질 말아야지. 이 차가 얼마나 잘 가는지 알겠니? 알지, 아난드? 사비?"

"예, 아버지."

"휙! 날아가버린다고. 너희들은 저렇게 심술궂은 노인네는 처음 봤을 거야. 그렇지? 하지만 저 사람이 원래 저래. 심술이나 부리고."

그러나 그들이 길에서 또 다른 프리펙트 차를 보자 그 차가 얼마나 작으면서 요란하게 생겼는지 눈이 가지 않을 수 없었다. 그러면서도 이상한 것은 자기네 차 안에는 식구들이 무리 없이 다 들어가고 전혀 좁다고 느껴지지 않는 것이었다. 소음이 계속 거슬렸다. 아난드는 열쇠에 달린 체인이 계기판에 부딪히지 않게 잡았다. 발란드라에 도착하자 코코넛나무에서 어느 정도 떨어진 곳에 단단히 주차했다. 염분기가 있는 공기가 차의 본체에 영향을 주지 않을까 걱정이 되었던 것이다.

그들이 돌아가려고 할 때 재난이 터졌다. 뒷바퀴가 뜨겁고 느슨한 모래에 빠진 것이었다. 그들은 뒷바퀴가 모래를 튀기며 소용없이 돌기만 하는 것을 보고 차가 고치지 못할 정도로 손상을 입었다고 생각했다. 그들은 코코넛 가지와 코코넛 껍질, 약간의 유목(流木)을 바퀴 밑으로 넣었고 마침내 차가 빠졌다. 샤마는 차가 한 쪽으로 기운 게 틀림없다고 확신했다. 차가 전체적으로 균형이 안 맞는다는 것이었다.

월요일 아난드는 학교에 로열 앙필드 자전거를 타고 갔고 이로써 콜린스 클리어 타이프 출판사에서 나온 『셰익스피어』에 적힌 약속이 부분적으로 실현되었다. 전쟁 사정이 마침내 풀린 것이었지만 사실 전쟁이 끝난 지는 좀 지난 시점이었다.

*

이 시절에 W. C. 터틀은 조용히 있었다. 그는 비스와스 씨의 새 양복과 새 차 그리고 휴일에 대해 뭐라 말하려 들지 않았다. 이런 역전 상황들이 차례로 닥치니까 감당하기가 벅찬 모양이었다. 그러나 프리펙트의 영광이 시들기 시작하고 바닥 매트가 더러워진 것을 담담하게 받아들이게 되고 세차가 귀찮은 일과가 되어 아이들에게서 샤마에게까지 맡기게 되고, 계기판의 시계가 멈추고 어느 누구도 재떨이 뚜껑에서 나는 소음을 신경 쓰지 않게 되었을 때, W. C. 터틀은 한 방에 비스와스 씨의 모든 득점을 다 날려버리고 멀리 앞서가 경쟁에서 이겼다.

과부 바스다이를 통해, W. C. 터틀은 자신이 우드브룩에 집을 샀다는 것을 발표했다.

비스와스 씨는 그 소식을 듣고 상태가 좋지 않았다. 그는 샤마가 위로하는 말을 무시하고 그녀와 말싸움을 했다. "당신 좋은 건 당신이나 좋은 거고." 그가 조롱을 퍼부었다. "그래, 그게 당신 철학이지, 어? 당신 철학이 뭔지 말해볼까. 그 사람을 잡자. 결혼하자. 석탄 통에 처넣자. 이게 당신 가족 철학이야. 그 사람을 잡자. 석탄 통에 처넣자." 그는 공공복지부에 쏟아지는 비판에 대해서도 날이 설 정도로 민감했다. 사회 복지와 비행 청소년에 대한 책은 식탁 위에서 먼지가 앉았고, 비스와스 씨는 또다시 철학 책으로 돌아갔다. 터틀네 축음기는 속을 뒤집을 만큼 명랑한 음악을 틀었고, 비스와스 씨는 칸막이를 두드리며 고함을 질렀다. "여기 아직 사는 사람 있다고, 알아?"

철학적으로 그는 밝은 면을 보려고 시도했다. 차고 문제가 쉽게 해결될 것이다. 차가 세 대나 되니 자리를 차지하는 것이 점점 불가능해져서 종종 길에다 차를 세워놓아야 할 때가 있었다. 축음기도 없어질 것이었다. 그리고 터틀네 가족이 비울 방을 빌릴 수도 있다.

그런데 세월이 지나가도 터틀네 가족은 이사를 나가지 않았다.

"왜 이 집이 지 집인 **것처럼** 저 망할 놈이 축음기랑 벌거벗은 여신 상이랑 챙겨서 안 나가는 거야?" 비스와스 씨가 샤마에게 물었다.

바스다이가 새로운 소식을 알아냈다. 그 집엔 세입자가 꽉 차 있었고 W. C. 터틀은 아무 말도 하지 않았지만 그 당시 세입자들을 쫓아내기 위하여 우여곡절 많은 소송에 걸려 있었던 것이다.

"아하." 비스와스 씨가 말했다. "**그런** 집이었군." 그는 극빈자들을 조사하러 다닐 때 방문했었던 다 썩어가는 토끼장 같은 집을 떠올렸다. 그리고 지금 비스와스 씨는 어떤 때는 W. C. 터틀이 당장 집에서 나가주기를 바라다가도, 어떤 때는 그가 소송에서 지기를 바랐다. "가난한 사람을 쫓아내다니. 그 사람들은 어디로 가라고, 어? 그래도 당신 집 식구들은 그런 건 신경도 안 쓰잖아."

어느 날 아침 비스와스 씨는 W. C. 터틀이 양복에 타이와 모자까지 쓰고 집을 나서는 것을 보았다. 그리고 그날 오후에 바스다이는 소송에서 졌다고 보고했다.

"또 사진 찍으러 에이스 스튜디오에 간 줄 알았네." 비스와스 씨가 말했다.

너무나 기쁜 나머지 비스와스 씨는 지금껏 하지 않으려고 애썼던 일, 즉 그 집을 보려고 차를 몰고 가는 일을 저질렀다. 그 집이 낡긴 했어도 페인트칠만 새로 하면 되는 튼튼한 목재 가옥이며, 좋은 구역의 제대로 된 부지 위에 지어진 집인 걸 본 비스와스 씨는 대단히 낙담했다.

얼마 후 바스다이가 입주민들이 나갈 거라고 전해주었다. W. C. 터틀이 그 집이 위험해서 완전히 부수지 않더라도 수리는 반드시 해야 한다고 시 의회를 설득했던 것이다.

"그 불쌍한 사람들을 쫓아내겠다고 옛날에 써본 수는 다 쓰는군." 비스와스 씨가 말했다. "살찐 터틀 식구 열 명이 뛰어다녔다간 버텨낼 집이 없을걸. 수리를 한다고, 그래? 낡은 트럭으로 쇼트힐스에 가서 나무나 몇 그루 더 베어 올걸."

"정말 그렇게 한다나 봐요." 약탈 행위에 마음이 상한 샤마가 말했다.

"내가 왜 여기에서 출세를 못하는지 알고 싶어? 그 인간같이 못하니까 그런 거야." 그리고 이 말을 할 때 비스와스 씨는 자신이 콘크리트 방에 있는 반다트와 같은 말을 하고 있다는 것을 깨달았다.

터틀네는 송별회도 치르지 않고 떠났다. 널리 퍼진 반감에 과감하게 대응하던 터틀 부인만이 가던 길에 만난 자매들과 아이들에게 키스했다. 그녀는 슬퍼하면서도 단호한 태도를 취했다. 이런 태도는 비록 자신이 남편의 절도 행위와 아무 상관이 없긴 하지만 그 행위는 정당한 것이며 그녀도 기꺼이 싸울 준비가 되어 있다는 것을 암시하고 있었다. 기가 눌린 자매들은 자기 차례가 왔을 때 슬픈 표정만 지을 수 있을 뿐이었다. 그래서 작별 의식은 마치 터틀 부인이 방금 결혼이라도 한 것처럼 눈물겨웠다.

　　　　　　　　　　　*

　　터틀 가족이 비운 방을 빌리겠다는 비스와스 씨의 희망은 툴시 부인이 쇼트힐스에서 와서 그 방들을 인수할 거라는 소식이 발표되면서 산산이 부서졌다. 그 소식은 집 전체에 우울한 기운을 주었다. 툴시 부인의 딸들은 툴시 부인이 왕성하게 활동하던 시절은 갔으며 죽음만이 기다리고 있다는 사실을 이제는 받아들이고 있었다. 그러나 부인은 여전히 다양한 방식으로 딸들을 조종했고, 딸들은 툴시 부인의 변덕까지 참아야 했다. 자신도 불쌍하기 그지없는 바스다이는 글 읽는 아이들과 공부하는 아이들에게 툴시 부인이 뭔 짓을 할지 말해가며 위협해서 아이들을 더 비참하게 만들었다.

　　부인은 병실 과부인 수실라와 미스 블래키와 함께 왔다. 그리고 오자마자 그 집은 전보다 더 조용해졌다. 글 읽는 아이들과 공부하는 아이들은 꼼짝 못하게 되었다. 하지만 툴시 부인의 출현은 이들에게 예기치 않은 이점도 주었다. 적당히 앞서서 시끄럽게 소리를 지르면 매질을 피할 수도 있다는 것을 아이들이 알게 된 것이다.

　　툴시 부인의 병은 정확하게 꼬집어서 무어라고 말할 수가 없었다. 그냥 아플 뿐이었다. 눈이 아팠다. 심장도 나빴다. 머리는 항상 아팠다. 배는 심심하면 아팠다. 다리는 부실했다. 이틀에 한 번씩 열이 났다. 머리는 항상 베이럼 향유에 적셔야만 했다. 하루에 한 번은 마사지를 해야 했다. 온갖 종류의 찜질약이 필요했다. 콧구멍에다가는 소프트 캔들이나 빅스 베이포럽으로 채워야 했다. 선글라스도 껴야 했다. 그리고 이마에 붕대를 감지 않은 날이 거의 없었다. 수실라는 하루 종일 쉬지 않고 움직였다. 하누만 하우스에서 수실라는 툴시 부인을 간호하며 권력을 얻으려고 애를 썼다. 그 집의 조직이 해체된 지금 그 위치는 아무런 힘도 없었지만 수실라는 거기에 집착했고 그런 그녀를 구출해줄 자녀도 그녀에겐 없었다.

툴시 부인에게는 도무지 시간이 흐르지 않았다. 그녀는 책을 읽지 않았다. 라디오도 성가실 뿐이었다. 외출할 만큼 몸 상태가 좋은 날도 없었다. 그녀는 방에서 화장실로 다시 앞 베란다로, 다시 자기 방으로 갔다. 유일한 소일거리가 대화였다. 딸들은 항상 근방에 있었지만, 딸들과의 대화는 부인의 화만 돋울 따름이었다. 그리고 부인의 몸이 더 쇠약해질수록 욕설과 음담패설을 섞어서 하는 부인의 명령은 정도가 더 심해졌다. 부인은 수실라에게 가장 빈번하게 화를 쏟았다. 그러면서 일주일에 한 번씩은 그녀에게 집을 나가라고 소리를 질렀다. 부인은 딸들이 모두 자신이 죽기만을 기다리고 자신의 피를 빨아먹고 있다고 소리치며 울었다. 부인은 딸들과 손주들에게 저주를 퍼붓고 집에서 쫓아내겠다고 위협했다.

"난 가족 운이 없어." 부인은 미스 블래키에게 말했다. "동족 운도 없어."

결국 부인의 신뢰를 받는 사람은 미스 블래키였고 소문을 전하고 위로를 하는 사람도 미스 블래키였다. 그리고 망명한 유태인 의사도 있었다. 그 의사는 일주일에 한 번씩 와서 툴시 부인의 말을 들어주었다. 집에는 언제나 의사를 위해 특별한 준비가 되어 있었고, 툴시 부인은 애정 어린 마음으로 그를 대접했다. 그는 남아 있는 부인의 관용과 유머 감각을 다시 살려놓았다. 의사가 떠나고 나면 부인은 미스 블래키에게 이렇게 말했다. "절대 자네 종족은 믿지 마. 흑인 말이야. 그 사람들은 절대 신뢰하면 안 돼." 그러면 미스 블래키가 대답했다. "알겠어요, 마님." 의사에게 주기적으로 과일 선물을 보냈고, 때때로 툴시 부인이 불현듯 바스다이와 수실라에게 정성 들여 음식을 준비해 의사의 집에 가져다주라고 명령을 하기도 했는데, 부인은 자신의 식욕을 채우려고 하는 것처럼 신속하게 그 일을 수행하게 했다.

여전히 부인의 딸들은 집으로 왔다. 딸들은 자기가 부인에게 약간이나마 영향력이 있다는 것을 알고 있었다. 즉, 부인이 외로움을 두려워하고 자기들을 부인의 영역 밖으로 밀어내버리고 싶어 하지 않는다는 것을 알고 있었던 것이다. 또한 멀찌감치 떨어져 있으면 어머니에게 상처를 줄 수 있다는 것도 알고 있었다. 미스 블래키가 딸 한 명이 특히 화가 나 있다고 보고를 하면 툴시 부인은 친절하게 굴며 약속을 하기도 했다. 이런 상황이 되면 부인은 보석을 한 점 주기도 하고 반지나 팔찌를 벗어서 줄 수도 있었다. 그래서 딸들이 오면 어떤 딸이든지 간에 툴시 부인이 다른 딸들과 단둘이 있도록 내버려두지 않았다. 터틀 부인의 방문은 특히 의심의 눈초리를 받았다. 터틀 부인은 남달리 박대를 잘 참았다. 그러더니 녹색이 눈에 영양을 공급하고 신경을 안정시켜준다고 하면서 툴시 부인에게 식물을 보러 가는 게 어떻겠냐는 제안을 결국 해냈다.

부인은 자기 딸들은 막 대했지만 사위들에게는 화를 돋우지 않으려고 애썼다. 부인은 비스와스 씨에게 짧지만 공손하게 인사했다. 그리고 전이나 다름없이 행동하고 있는 고빈드에게도 결코 훈계를 하려 들지 않았다. 고빈드는 기분 나는 대로 친타를 때렸고 툴시 부인이 머리가 아프다며 조용히 해달라는 부탁을 무시하고 「라마야나」의 노래를 불렀다. 고빈드의 태도에 대해 잔소리를 하는 일은 자매들에게 남겨졌다.

아이들이 주변에 왔으면 하고 툴시 부인이 바랄 때도 종종 있었다. 그러면 부인은 책 읽는 아이들과 공부하는 아이들에게 거실과 베란다 바닥을 문질러 닦으라고 시키거나 힌두교 성가를 부르게 했다. 부인의 기분은 경고 없이 변했기에, 책 읽는 아이들과 공부하는 아이들은 언제나 눈치를 봐야 했고, 진지해야 될지 즐겁게 해줘야 될지 알 도리가 없었다. 때때로 부인은 아이들을 자기 방에 줄을 서서 구구단을 외우게 시키고는 원기를 내서, 겨드랑이까지 넓게 늘어져서 죽은 살처럼 흔들리고 축 처져서 근육이라고는 없는 팔을 휘둘러 제대로 외우지 못하는 아이들을 힘닿는 데까지 매질했다. 미스 블래키는 한 아이가 바보스러운 실수를 하거나 툴시 부인이 재치 있는 말을 하면 터지는 웃음을 억지로 막았다. 그러면 선글라스로 눈을 가린 툴시 부인은 즐거운 듯 뒤틀린 미소를 보내곤 했다. 좀더 엄격한 분위기가 서면 미스 블래키도 덩달아 엄해져서 턱을 재빨리 위아래로 움직이며 툴시 부인이 한 대 내리칠 때마다 "으흠!" 하고 소리를 냈다.

책 읽는 아이들과 공부하는 아이들이 겪은 또 하나의 시련은 아이들의 건강에 쏠리는 툴시 부인의 관심 때문에 생긴 것이었다. 부인은 5주째 토요일마다 아이들을 자기 방으로 불러서 설사약을 지어주었다. 그리고 우울하게 심신이 지쳐서 보내는 이 주말 동안 부인은 기침 소리와 재채기 소리를 잘도 잡아냈다. 누구도 부인을 피해갈 수가 없었다. 부인은 모든 목소리, 모든 웃음소리, 모든 발자국 소리, 모든 기침 소리, 거의 모든 재채기 소리를 누구의 것인지 알아냈다. 부인은 아난드가 쌕쌕거리며 개가 짖듯 기침하는 것에 특별히 관심을 기울이더니 어떤 독성이 있는 약초로 만든 담배를 아난드에게 사주었다. 이 담배가 아무·효력이 없자 부인은 물 탄 브랜디를 처방하고 브랜디 한 병을 주었다. 아난드는 물 탄 브랜디가 싫었지만 디킨스의 소설에서 이 물 탄 브랜디에 대해 읽어봤기에 문학적인 교류를 위하여 마셨다.

때때로 부인은 아르와카스의 옛날 친구들을 초청했다. 그 친구들은 와서 일주일 여남은 기간 동안 마당에서 자며 툴시 부인의 말을 들어주었다. 기분이 좋아진 툴시 부인은 하루 종일 밤늦게까지 대화를 했는데, 그동안 친구들은 바닥에 깐 침구에 누워서 꾸벅꾸벅 졸며 "예, 어머니. 예, 어머니" 하고 기계적으로 대답을 해주었다. 방문한 사람들 중 몇 명은 병이 났다고 일찍 가고 다른 몇 명은 나쁜 징조가 분명한 게 널리 입증된 꿈을 꿨다고 하면서 갔다. 끝까지 남아 있는 사람들은 피로에 지쳐 꾸벅꾸벅 졸면서 휑한 눈으로 가야 했다.

또한 부인은 하누만 하우스의 예식에서 볼 수 있던 즐겁고 명랑한 분위기는 쏙 빠지고 오직 신을 위해서만 바치는 엄숙한 푸자 의식을 주기적으로 드렸다. 펀디트가 오면 툴시 부인은 펀디트 앞에 앉았다. 경전 구절을 읽고 돈을 받은 펀디트는 욕실에서 옷을 갈아입고 떠났다. 더욱 많은 기도 깃발*이 마당에 올려졌고, 흰색과 붉은색의 깃발은 너덜너덜해질 때까지 펄럭였으며, 대나무 막대기는 노란색으로 갈색으로 다시 회색으로 변했다. 푸자를 치를 때마다 툴시 부인이 각기 다른 펀디트를 불러왔던 것은 어떤 펀디트도 하리만큼 마음에 들지 않았기 때문이었다. 그리고 어떤 펀디트도 마음에 들지 않자 부인의 신앙심은 사그라졌다. 부인은 수실라를 성당에 보내 초를 분향하게 했다. 부인은 자기 방에다 십자가를 걸었다. 그리고 모든 성인의 날에 툴시 펀디트의

---

* 힌두교나 불교에서 하는 것으로 여러 색깔의 네모난 천에 경전 구절을 적어서 막대기 위에 길게 드리워진 빨랫줄 같은 곳에 촘촘히 걸어놓는다. 만국기와 비슷한 모양새를 띠고 있다.

무덤을 청소하게 했다.

부인은 악착같이 살지 말라는 권고를 많이 받으면서 더 편하게 살게 되었고, 그러다가 마침내 자기 병만 생각하고 살게 된 모양이었다. 부인은 몸이 쇠약해지는 것에 지나치게 집착하다가 결국은 손녀들에게 자기 머리의 이를 찾게 했다. 부인이 매 시간 머리에 끼얹는 베이럼 향유에 살아남을 이는 없었지만 부인은 손녀들이 아무것도 찾지 못하면 화를 냈다. 부인은 아이들을 거짓말쟁이라고 하면서 꼬집고 머리카락을 잡아당겼다. 하지만 때때로 그래봤자 부인 마음만 상할 뿐이었다. 그러면 베란다로 다리를 질질 끌고 가 앉아서 베일을 입술에 대고 터틀 부인이 일러준 대로 녹지를 보며 눈요기를 했다. 부인은 아무하고도 말하려 하지 않았고 먹는 것도 거부하고 돌봐주는 모든 손길을 거절했다. 그녀가 녹지를 바라보며 눈요기를 하고 앉아 있으면 선글라스 아래의 축 처진 뺨으로 눈물이 흘러내리곤 했다.

부인은 모든 손길 중에서 미나의 손을 가장 좋아했다. 부인은 미나에게 이를 찾아달라고 하고 미나가 이를 찾아서 손톱 사이에서 뭉개는 소리를 듣고 싶어 했다. 이러한 편애가 약간의 질투를 불러일으켰기에 미나는 화를 냈다. 그리고 비스와스 씨도 성을 냈다.

"그 빌어먹을 이 잡는 일 하러 할머니한테 가지 마." 비스와스 씨가 말했다.

"아버지는 신경 쓰지 말렴." 생각지도 않게 툴시 부인을 조종할 수 있는 힘이 생기자 그것을 잃고 싶지 않았던 샤마는 이렇게 말했다.

그래서 미나는 툴시 부인의 방에 가서 몇 시간이나 자신의 긴 손가락으로 베이럼 향기가 나는 툴시 부인의 가는 갈색 머리카락을 한 올씩 다 뒤졌다. 때때로 손톱으로 짤깍하는 소리를 내서 툴시 부인을 만족시켜주면 부인은 자신에게 있는 이 중의 한 마리가 잡혔다는 즐거움에 침을 삼키며 "아아" 하는 소리를 냈다.

셰카와 그의 가족이 툴시 부인을 문병하러 오는 날이면 집안 분위기는 더 답답해졌다. 만약 셰카가 혼자 왔다면 여형제들에게서 보다 따뜻한 대접을 받았을 것이다. 그러나 이들 자매들과 셰카의 장로교파인 아내 도러시 사이에 있는 반감은 셰카가 더 부유해지고 도러시의 장로교 신앙이 더 확고해지고 독단적으로 되어감에 따라 더 심해졌다. 과부들이 이동식 식당을 시작하기 위해 돈을 빌리러 갔다가 셰카가 그것 대신 자신이 운영하는 영화관에서 일하라고 제안하자 그들은 거의 대놓고 말싸움을 하다시피 했다. 과부들은 이 처사를 모욕적인 것이라고 생각했고 도러시가 모종의 개입을 했으리라고 보았다. 물론 과부들은 거절했다. 그들은 도러시 휘하에 고용되고 싶지 않았고 또한 대중오락 시설에서 일하고 싶지도 않았기 때문이다.

셰카는 손님 이상이라고 할 수 없었다. 그가 차를 타고 와서 아내와 다섯 명의 우아한 딸들을 이끌고 2층으로 가면 그 후 오랫동안 때때로 들리는 발자국 소리와 계속되는 툴시 부인의 낮고 고른 목소리 외에는 아무 말도 들리지 않았다. 얼마 후 셰카는 기분 나쁜 듯이 흰색의 짧은 소매 스포츠 셔츠와 흰색 바지의 매무새를 가다듬며 아래층으로 혼자 내려왔다. 어머니의 말을 이미 다 들은 셰카는 지금은 누이들을 빤히 쳐다보며 이들의 말을 듣고 아랫입술이 거의 가려질 정도로 윗입술을 포개며 "으흠, 으흠" 하고 대답했다. 그는 마치 입 모양을 흩트리고 싶지 않은 듯 거의 말하지 않았다. 갑자기 한마디 던질 때도 표정은 바뀌지 않았고, 그가 하는 모든 말에는 날이 서 있었다. 그는 책 읽는 아이들과 공부하는 아이들에게 다정하게 굴려고 애썼지만 오히려 아이들을 겁먹게 할 뿐이었다. 그러나 결코 불친절해 보이진 않았다. 단지 정신이 다른 곳에 팔려 있을 뿐이었다.

바스다이와 수실라가 준비한 점심을 위층에서 다 먹어 치운 도러시와 그녀의 딸들이 아래층으로 내려오면 도러시는 요란하게 인사말을 쏟아냈고, 반면 딸들은 따닥따닥 붙어서 너무 작아 거의 들리지도 않는 목소리로 말했다. 그러다가 도러시는 시계를 보면서 스페인어로 말하곤 했다. "카람바! 야 손 라스 트레스. 돈데 에스타 투 파드레? 레나, 바 아 라말레. 바모스, 바모스, 에스 데마시아도 타르데.(이런, 벌써 3시잖아. 아버지는 어디 있어? 레나, 아버지 모시고 와라. 빨리 가, 빨리. 너무 늦었어)" 그러고는 화난 자매들과 어리둥절해하는 책 읽는 아이들과 공부하는 아이들을 돌아보며 그녀는 이렇게 말했다. "자, 그럼 됐어요, 여러분. 가야 되겠네요." 휴가 기간을 베네수엘라와 콜롬비아에서 보냈기에 도러시는 자매들의 면전에서 자기 아이들이나 셰카에게 할 말이 있으면 스페인어를 사용했다. 나중에 자매들은 셰카가 가엾다는 데 의견의 일치를 보았다. 셰카가 불행하다는 것을 그들 모두 알아볼 수 있었던 것이다.

떠나기 전에 셰카와 도러시는 항상 비스와스 씨를 찾아보곤 했다. 비스와스 씨는 이 방문을 달갑게 여기지 않았다. 셰카가 들어 있는 정당이 공공복지부에 반대하는 캠페인을 하고 있었기 때문만은 아니었다. 셰카는 비스와스 씨가 광대 노릇을 했던 것을 결코 잊지 않았고, 만날 때마다 광대놀음을 하게 부추기려고 애를 썼다. 셰카는 얕보는 말을 던지고 난 뒤, 비스와스 씨가 이 말을 위트 있게 또 멋대로 상상해가며 확대 해석 하기를 바랐다. 비스와스 씨가 분노한 것은 도러시도 이런 태도를 따라 했다는 것이었다. 그리고 이런 식의 관계에서는 도망갈 수도 없었는데 왜냐하면 분노와 보복이 이 게임에서 계산된 부분이기 때문이다. 셰카는 앞문으로 들어와 퉁명스럽고 유머라고는 없는 태도로 물었다. "여전히 복지부 공무원들은 잘 먹고 살죠?" 그러고 난 후 극빈자가 만들어준 식탁에 올라서서 그 부서를 없애버리고 직업을 잃게 만들겠다고 비스와스 씨를 위협했다. 잠시 동안 비스와스 씨는 예의 방식으로 응수했다. 시청 공무원들에 대해 이야기하기도 했고, 일을 찾아다니면서 생기는 일, 예를 들어 판공비를 짜 맞추기 위해 수고스럽게 하는 일에 대해서 말하기도 했다. 하지만 곧 화가 나 있다는 걸 들키고 말았다. "자형은 이런 것들을 너무 감정적으로 받아들이고 있어요." 여전히 게임 중인 셰카가 그렇게 말했다. "우리 사이의 차이점은 정치적인 것밖엔 없어요. 자형은 좀더 세련되어져야 해요." "약간 더 세련되어져야 한다고." 비스와스 씨는 셰카가 나갈 때 말했다. "주린 배로 말이야? 늙은 전갈 같은 놈. 내가 내일 일자리를 잃어도 눈도 꿈쩍 안 할놈이."

*

얼마 동안 소문이 돌았다. 그리고 지금 드디어 그 소식이 발표되었다. 툴시 부인의 막내아들인 오와드가 영국에서 돌아올 것이었다. 모든 사람이 흥분했다. 자매들은 그 소식에 대해 말을 나누려고 가장 좋은 옷을 입고 쇼트힐스에서 왔다. 오와드는 그 집안에선 선구자였다. 또한 그의 부재로 인해 그는 전설이 되었고, 매주 식민지 트리니다드를 떠나 영국, 미국, 캐나다, 인도로 의학을 공부하러 가는 학생들이 다수 있다는 사실로 그의 영광이 줄어들지는 않았다. 그의 정확한 학력이 무엇인지 알 수 없었지만 거의 이해하기 힘들 정도로 특출한 것이라고 모두다 생각하고 있었다. 그는 자기 이름 뒤에 학위가 붙는 전문 의사였다! 게다가 그는 같은 가족이다! 그들은 더 이상 셰카를 가족이라고 주장할수가 없었다. 그러나 자매들은 모두 자신이 얼마나 오와드와 가까웠고 그가 자신들에게 어떻게 관심을 가져주었나를 증명할 이야기를 하나씩가지고 있었다.

비스와스 씨도 다른 자매들이 오와드에게 느끼는 것과 똑같이 그에게 독점권이 있는 듯이 느껴졌고 그들과 마찬가지로 들떠 있었다. 그러면서도 그는 불안했다. 옛날 여러 해 전에 그는 오와드와 툴시 부인이돌아오기 전에 하누만 하우스를 떠나야 한다고 생각했던 적이 있었다. 지금 그는 똑같은 불안감을 느끼고 있었다. 똑같은 위협을 느끼고 있었으며, 늦기 전에 떠나야 할 필요성도 똑같이 느끼고 있었다. 또다시 그는 자신이 저축한 돈과 앞으로 저축할 돈을 점검했다. 담뱃갑, 신문 여백, 가죽으로 만든 정부 문서철 뒤쪽에서 그가 한 덧셈을 볼 수 있었다. 총액은 절대 변하는 법이 없었다. 그는 620달러를 가지고 있었다. 그리고 연말이 되면 7백 달러를 가지게 될 것이다. 그 돈은 엄청난 액수로, 비스와스 씨는 이제까지 한 번도 그런 돈을 가진 적이 없었다. 그러나그 돈으로는 재산 수용 명령을 기다리는 목조 가옥보다 나은 집을 살수 있을 만큼 대출을 받을 수는 없었다. 목조 가옥은 2천여 달러에 거래되었는데, 세입자들을 법정에 넘기고 재건축을 하거나 부지의 가치가 올라갈 때까지 기다리는 투기꾼들 사이에서만 거래될 뿐이었다. 주변 사람들이 들뜨는 사이 걱정이 같이 커진 지금 비스와스 씨는 매일아침 부동산 중개인이 내놓은 부동산 목록을 살펴보고 셋집을 찾으려고 시의 이곳저곳을 운전하고 다녔다. 한 주 동안 시 의회가 신문 여러

면을 사서 재산세를 내지 않아 경매에 오른 집 목록을 연재했을 때 그 도시의 여타 부동산업자들이나 마찬가지로 비스와스 씨도 시청에 나타났다. 하지만 입찰을 하기에 그는 자신감이 모자랐다.

비스와스 씨는 집으로 퇴근하면 툴시 부인을 피할 수가 없었다. 부인은 베란다에 앉아서 녹지를 보며 눈요기를 하고 베일로 입술을 두드렸다.

한편으로 비스와스 씨는 충격을 받아들일 작정을 하고 있긴 했었지만, 막상 그 일이 자신에게 닥치자 미친 듯이 날뛰었다.

전갈을 전한 사람은 바로 샤마였다.

"그 늙은 년이 날 이런 식으로 내쫓을 순 없을 걸." 비스와스 씨가 말했다. "아직 어느 정도는 나에게도 권리가 있다고. 장모는 대체 숙소를 제공해줘야 해." 그러다가는 "죽어라, 이년아!" 하고 베란다를 향해 쉰 소리로 외쳤다. "죽어!"

"여보!"

"죽어! 그 불쌍한 어린 미나에게 장모 이나 잡으라고 보내고. 그래서 득 본 것 있어? 어? 장모가 작은 신을 이렇게 내보낼 것 같아? 오, 아니지. 분명히 그 신은 자기 방이 생길걸. 당신, 나, 우리 아이들은 설탕 부대에서 잘 수 있으니까. 툴시네 침낭 말이야. 특허를 내라고 해. 죽어, 이 늙은 년!"

툴시 부인이 평온하게 수실라에게 뭐라 중얼거리는 소리가 그들에게 들렸다.

"나도 권리가 있어요." 비스와스 씨가 말했다. "옛날하고 다르다고요. 우리 방문에 종이 한 장 붙이고 날 내쫓을 순 없어요. 그럴 거면 대체 숙소를 마련해줘야지."

그러나 툴시 부인은 샤마가 몇 해 전에 집세를 거두던 셋집의 방 하나를 대체 숙소로 이미 마련해놓은 상태였다. 그 집의 목조 벽은 페인트칠도 안 되어 있고 암회색으로 변해 썩어가고 있었다. 땜질을 한 흔들거리는 마룻바닥에 발을 디딜 때마다 흰개미가 파놓은 나무 가루가 우수수 떨어졌다. 천장은 없었고, 덮개 없는 함석판 지붕에는 검댕이 솜털처럼 앉아 있었다. 전기도 들어오지 않았다. 가구를 어디에 두나? 잠은 어디서 자고, 요리와 목욕은 어디서 하나? 아이들은 어디서 공부를 하나?

그는 툴시 부인과 다시는 말을 하지 않겠다고 맹세했다. 그리고 부인은 그의 결심을 눈치라도 챈 듯 그에게 말을 걸지 않았다. 아침마다 그는 피곤해질 때까지 셋집을 찾아 이 집 저 집을 다녔고, 피로가 그의 분노를 태워버렸다. 그러다 오후가 되면 비스와스 씨는 자기가 맡았던 구역으로 차를 몰고 가서 거기에서 저녁이 될 때까지 머물렀다.

*

어느 날 저녁 늦게, 날이면 날마다 더 정돈이 잘되어 있고 아늑하게 여겨지는 집으로 돌아왔을 때 어둠 속에서 툴시 부인이 베란다에 앉아 있는 것을 보았다. 부인은 부드러운 목소리로 마치 세상에서 떨어져 혼자만 있는 듯이 콧소리로 성가를 부르고 있었다. 비스와스 씨가 부인에게 인사하지 않고 자기 방으로 막 들어가려고 할 때 부인이 말했다.

"모헌?" 부인의 목소리는 더듬어 찾는 듯이 다정했다.

그는 발을 멈추었다.

"모헌?"

"예, 장모님."

"아난드는 어떤가? 요 며칠간 기침하는 소리를 못 들었는데."

"괜찮습니다."

"아이들, 아이들, 문제, 문제. 하지만 오와드가 어떻게 공부했는지 자네도 기억하지? 먹고 책 읽고. 가게 일 돕다가 책 읽고. 돈 확인하다가 책 읽고. 다른 사람들과 머리를 맞대고 일을 도우면서도 여전히 책을 읽고 있었어. 자네 하누만 하우스 기억나나, 모헌?"

비스와스 씨는 부인의 기분 상태를 알아차렸고, 또한 그 기분 상태에 휘말려 들어가고 싶지 않았다. "큰 집이었지요. 우리가 가게 될 집보다 크고요."

부인은 냉정을 잃지 않았다. "자네에게 오와드의 편지를 보여줬던가?"

돌아가면서 읽은 오와드의 편지는 주로 영국의 꽃과 날씨에 관해 적은 것이었다. 그 편지는 반쯤은 문학적이었는데, 단어 사이에 큰 간격을 두고 줄과 줄 사이도 크게 띄워서 큰 글씨로 써놓았다. "2월의 안개가 마침내 걷혔어요." 오와드는 이렇게 쓰곤 했다. "창턱마다 검은빛이 두껍게 내려앉아 있어요. 눈발이 내렸다가 그쳤지만 수선화는 곧 필 것 같아요. 난 앞쪽의 작은 정원에다 수선화 여섯 포기를 심었어요. 다섯 포기는 자랐고요. 한 포기는 실패한 것 같아요. 제 유일한 희망은 작년처럼 꽃을 못 피우게 되지 않는 거예요."

"걔가 어렸을 때는 꽃에 별 관심이 없었지." 툴시 부인이 말했다.

"책 읽느라 너무 바빴나 보죠."

"걘 언제나 자네를 좋아했어, 모헌. 아마 자네도 책을 많이 읽는 사람이기 때문일 거야. 글쎄. 내가 내 딸 모두를 책을 많이 읽는 사람에게 시집을 보냈어야 했는지도 몰라. 오와드가 항상 그렇게 말했으니까. 그렇지만 세스는, 그게……" 부인이 말을 끊었다. 비스와스 씨는 부인이 그 이름을 말하는 것을 몇 년 만에 처음 들어봤다. "옛날 방식은 너무 빨리 구식이 되어가는 것 같아, 모헌. 자네가 집을 구하러 다닌다는 말은 들었네."

"탐나는 집은 있습니다."

"불편을 끼쳐서 미안하네. 하지만 오와드가 지낼 수 있게 집 단장을 해야 하지 않겠나. 그 집은 그 애 아버지 집이 아니지, 모헌. 그 애 아버지의 집으로 개가 갈 수 있으면 참 좋을 텐데, 안 그런가?"

"아주 좋겠지요."

"자네는 페인트 냄새를 싫어하지 않나. 그리고 위험하기도 하고. 여기저기에 차양과 미늘창을 만들 거야. 현대식으로."

"좋겠네요."

"오와드에게 좋겠지. 하지만 자네가 돌아와 살기에도 좋을 거야."

"돌아와 살다니요?"

"안 돌아올 생각이었어?"

"하지만, 예, 그렇죠." 이렇게 말할 때 그는 자기 목소리에서 들뜬 기운을 잠재울 수가 없었다. "예, 물론이죠. 미늘창을 달면 아주 괜찮을 거예요."

샤마는 이 소식에 마음이 들떴다.

"난 절대 믿지 않았어요." 그녀가 말했다. "엄마가 우리와 영원히 떨어져 살기를 원한다는 걸 말이에요." 샤마는 툴시 부인이 미나를 얼마나 좋아하는지와 부인이 아난드에게 브랜디를 선물로 준 것을 언급했다.

"이런, 세상에!" 비스와스 씨는 갑자기 화를 내며 말했다. "그러니까 당신은 이 잡아주고 보상을 받은 거다 이거야? 미나에게 이 잡으라고 다시 보낼 거야? 세상에! 참나! 고양이와 쥐로군! 고양이와 쥐!"

자신이 툴시 부인의 덫에 걸려들었다는 것과 스스로도 부인에게 고마움을 표했다는 것에 그는 치를 떨었다. 부인은 자기 딸들처럼 그를 자신의 손아귀 안에 계속 두고 있었던 것이다. 그래서 비스와스 씨는 자신이 툴시 가게에 가서 카운터 너머에 있는 샤마를 봤을 때 이후 항상 그랬듯 아직도 부인의 손안에 있는 것이다.

"고양이와 쥐야."

툴시 부인은 어느 순간에든 마음을 바꿀 수 있었다. 그렇지 않다고 해도 어떤 곳에 다시 돌아갈 수 있다는 것인가? 방 두 개, 방 하나, 아니면 집 아래 공간에서 잠만 잘 수도 있지 않은가? 부인은 자신이 어떻게 힘을 행사할 수 있는지 보여주었다. 그리고 지금 부인에게는 아양을 떨고 달래줄 사람이 있어야만 한다. 부인이 옛 시절을 그리워하면 비스와스 씨도 그 그리움을 함께 나누어야 한다. 부인이 박대하면 잊어버려야만 한다.

도망을 가기 위해 쓸 수 있는 돈은 6백 달러뿐이었다. 그는 공공복지부 소속이었다. 비정규직 공무원이었다. 부서가 없어진다면 그 역시 나가야 한다.

"덫이야!" 그가 샤마에게 비난을 퍼부었다. "덫!"

그는 그녀와 아이들과 말싸움을 하려고 덤볐다.

"저 거지 같은 차를 팔아버릴 거야!" 그가 고함쳤다. 이렇게 하면 샤마가 창피해한다는 것을 알고 있었기에 그는 자매들과 책 읽는 애들과 공부하는 아이들에게 들리게끔 아래층에다 대고 말했다.

비스와스 씨는 무뚝뚝해지고 항상 통증에 시달렸다. 그는 방에서 물건을 집어 던졌다. 자신이 액자를 만들어 걸어놓은 사진을 끌어내리고 부쉈다. 아난드에게 우유컵을 던져 그 애 눈 위에 베인 상처가 생겼다. 그는 아래층에서 샤마를 때렸다. 비스와스 씨는 고빈드처럼 그 집 식구들에게 경멸과 조롱의 대상이 되었다. 공공복지부 공무원인 비스와스 씨 옆에는 지금 이곳에 없지만 미덕과 성공 그리고 모든 사람의 관심을 받는 오와드가 찬란한 빛을 내며 있었다.

*

그들은 유리 캐비닛과 샤마의 화장대, 테오필의 책장과 모자걸이 그리고 슬럼버킹 침대를 셋집으로 옮겼다. 사주식 침대는 분리해서 극빈자가 만든 식탁과 흔들의자와 함께 아래층에 두었다. 그런데 흔들의자의 휘어진 막대가 거칠고 울퉁불퉁한 콘크리트 위에서 쪼개져버렸다. 생활은 셋집의 방과 툴시 부인이 있는 집 아래 공간으로 나뉘어 악몽 같은 상황이 되었다. 샤마는 아직도 건물 아래 공간에서 요리를 계속 했다. 때때로 아이들은 글 읽는 아이들과 공부하는 아이들 사이에서 잤다. 그러다 때때로 비스와스 씨와 함께 셋집에서 자기도 했다.

그리고 매일 오후 비스와스 씨는 자신이 맡은 지역으로 보다 선진적인 삶의 지식을 전파하기 위해 차를 몰고 갔다. 그는 소책자를 나누어주었다. 또한 강의도 했다. 그는 조직을 만들어서 작은 마을의 복잡한 정치 속으로 휩쓸려 들어갔다. 그리고 늦은 밤이 되면 비스와스 씨는 낮 동안 자신이 방문했던 그 어떤 집보다도 훨씬 심각한 상태인 포트오브스페인의 셋집으로 차를 몰고 돌아왔다. 프리펙트 승용차는 먼지로 뒤덮였으며 비가 온 뒤 굳어서 얼룩이 져 있었다. 바닥 매트는 더러웠다. 뒷좌석도 먼지투성이에다 서류철과 오래되어 갈색으로 변한 신문지로 뒤덮여 있었다.

그 당시 맡은 일 때문에 비스와스 씨는 아르와카스로 다시 돌아가 그곳에서 '지도자' 과정을 조직하고 있었다. 그리고 포트오브스페인으로 늦은 시간에 장시간 운전하는 것을 피하고 셋집과 가족을 피하기 위해 하누만 하우스에서 시간을 보내기로 결정했다. 하누만 하우스의 뒤쪽 건물은 얼마 동안 비어 있었으며 과부 한 명을 제외하고는 아무도 살지 않았다. 그리고 그 과부는 어떤 비밀 사업 계획을 추진하느라 쇼트힐스에서 슬그머니 돌아와 있었는데, 자신이 워낙 눈에 안 띄는 인물이라 세스의 주목도 받지 못할 것이라고 믿고 있었다. 그 과부가 걱정할 필요는 거의 없었다. 부인이 죽은 후 얼마 동안 세스는 난폭하게 굴었었다. 그는 상해를 입히고 모욕을 주는 행동을 하여 고소를 당했고 그 지역 내 지지 기반을 대부분 잃어버렸다. 그는 아마 기술도 잊어버린 모양이었다. 자신의 낡은 화물 트럭 한 대로 보험 화재를 또 하려고 하다 잡혀서 사기 모의 혐의를 받았으니까 말이다. 무죄 방면이 되긴 했지만 상당히 많은 돈을 써야 했다. 그 후 세스는 점점 더 조용해졌다. 그는 우중충한 식료품점을 꾸려가면서 어떤 위협도 하지 않았고, 하누만 하우스를 사버리겠다는 말도 더 이상 하지 않았다. 몸싸움으로까지 번지지는 않았던 집안 분쟁은 이제는 옛일이 되어버렸다. 세스도 툴시 집안도 더 이상 예전과 같이 아르와카스에서 비중 있는 집안이 아니었다.

가게에서 툴시 집안의 이름은 포트오브스페인에 있는 한 회사의 스코틀랜드식 이름으로 바뀌었다. 이 이름이 상당히 오랫동안 불려왔기 때문에 지금은 하누만 하우스에 완전히 어울린 듯 어느 누구에게도 어색하다고 생각하지 않게 되었다. 붉은색의 커다란 바타 사 신발 광고가 하누만 신상 아래에 걸려 있었으며, 밝은 분위기의 가게는 사람들로 붐볐다. 그러나 그 집 뒤쪽은 죽은 듯했다. 안마당에는 포장 상자, 짚, 커다랗고 뻣뻣한 갈색 종이, 마감 처리를 안 한 싸구려 부엌 가구 같은 쓰레기가 널려 있었다. 목조 가옥 안에는 부엌과 홀을 연결하는 복도에 판자가 깔려 있었다. 그리고 홀은 벼 저장고로 사용되고 있었는데 벼에서는 곰팡내가 나고 훈훈하고 간지러운 먼지 천지였다. 한쪽에 있는 고미다락은 이전이나 마찬가지로 어둡고 어지러웠다. 마당에는 탱크가 아직 있었지만 그 안에 물고기는 없었다. 그리고 검은 페인트가 공기 방울처럼 부풀어 올라서 얇은 조각으로 떨어져 나갔고, 표면에 무지갯빛 기름띠가 낀 거무스름한 탱크 안 빗물에는 모기 유충이 뛰어다니고 있었다. 밤에 닥쳤던 폭풍우로 잎이 다 떨어진 듯 아몬드나무에는 잎이 거의 없었다. 그리고 그 아래 땅은 건조했고 잔뿌리가 엉겨 있었다. 정원의 장미밭은 엉켜서 나무 하나로 뭉쳐져 있었다. 서양 협죽도 나무는 너무 커져서 별 소용도 없고 꽃도 피지 않았다. 백일초와 금송화는 덤불 속에서 보이지도 않았다. 하루 종일 옆 가게를 맡고 있는 신디 씨네 가족이 축음기로 구슬픈 인도 영화 음악을 틀고 있었다. 그 사람들의 음식에서는 이상한 냄새가 났다. 그러나 그 목조 가옥이 다시 활기가 돌기를 기다리는 듯이 보일 때도 있었다. 여전히 더운 오후가 되면 마당에서 닭들이 생각에 잠긴 듯 꼬꼬댁거리는 소리, 천천히 돌아다니는 소리가 들려왔던 것이다. 또한 저녁이 되면 석유램프를 켜고, 사람들이 대화하는 소리와 웃음소리가 들렸고 개를 부르는 소리, 매질을 당하는 아이들의 소리가 들려오기도 했다. 그러나 하누만 하우스는 조용했다.

가게가 문을 닫으면 아무도 그곳에 남지 않았다. 그리고 옆집 신디네는 일찍 잠을 잤다.

과부는 서재에서 지냈다. 그 커다란 방은 항상 휑했다. 쌓여 있는 인쇄물을 다 치우니 사방이 비었다. 이웃 사람들 소리가 잠잠해지고 아래층 홀에 벼가 높이 쌓이자, 그 방은 그 어느 때보다 더 황량하게 느껴졌다. 한쪽 구석으로는 간이침대가 있었고, 간이침대 주변의 벽에는 위안을 주는 종교적인 그림들이 낮게 걸려 있었다. 침대 옆에는 작은 수납장이 있었는데, 과부는 자신의 소지품을 그 안에 모두 넣어두었다.

자기 사업을 하고 나다니기 바쁜 과부는 좀처럼 집으로 들어오지 않았다. 비스와스 씨는 침묵과 정적이 반가웠다. 그는 정부에서 운영하는 가게에서 책상 하나와 회전의자 하나를 요청하여 받아서(이상하지만 권력의 증거라 할 것이다), 긴 방을 사무실로 개조했다. 벽에 여전히 연꽃이 피어 있는 이 방에서 그는 옛날에 샤마와 함께 살았었다. 데메라라 창문을 통해 비스와스 씨는 오와드에게 침을 뱉고 접시에 담긴 음식을 던지려 했다. 이 방에서 고빈드에게 맞았고 『벨의 표준 웅변가』 책을 차서 표지에 움푹 들어간 자국을 만들었었다. 여기서 누가 그렇다고 한 일도 없었는데도 자기 삶의 비실제성에 대해 명상하고, 자신이 실존했다는 증거로 벽에 표시를 남기려고 했다. 지금 비스와스 씨는 아무런 증거도 필요하지 않았다. 어떤 관계도 없던 곳에서 여러 관계가 형성되었다. 그는 그 관계들의 한가운데에 있었다. 그 극심한 비실제성 안에 자유가 있었다. 이제 그는 거추장스러운 짐을 맡고 있었다. 그리고 아이들, 사방으로 흩어진 가구들, 어두운 셋방, 옛날이나 지금이나 무기력하긴 매한가지인 비스와스 씨만큼이나 무기력하고, 한때 그가 얻기를 갈망했으나 이제는 그에게 얹혀서 사는 샤마 같은 그런 짐들을 잊으려고 노력하고 있는 곳이 바로 하누만 하우스였다.

긴 방의 녹색 천을 얹은 책상 위에는 유리잔, 매클린 사의 위장약 때문에 하얗게 얼룩진 숟가락, 공공복지부에서 맡은 일과 관련된 여러 묶음의 서류들, 법원 마당에 주차해놓은 프리펙트 자동차의 경비 지출을 적어놓은 반쯤 쓴 긴 종이 묶음이 놓여 있었다.

*

포트오브스페인 집의 개조는 더디게 진행되었다. 비용에 놀란 툴시 부인은 그 일을 건설업자에게 맡기지 않았다. 그 대신 부인은 개인적으로 일꾼들을 고용했고, 그 일꾼들을 걸핏하면 구박하고 내쫓았다. 부인은 도시의 막노동꾼을 부려본 경험이 없었기 때문에 왜 그 일꾼들이 음식과 약간의 푼돈을 받고 일하려 하지 않는지 이해할 수가 없었다. 미스 블래키는 미국인들 탓을 했고 또한 탐욕이 자기 인종이 가진 오점 중 하나라고 말했다. 임금을 타결한 후에도 툴시 부인은 결코 선선히 전액을 주지 않았다. 한번은 한 건장한 석수가 2주간 열심히 일한 후에 두 여자에게 모욕을 받고 눈물을 흘리며 집을 나가면서 경찰에 고발하겠다고 위협했다. "우리 인종이 저렇다니까요, 마님." 미스 블래키는 사과하듯이 말했다.

거의 세 달이 다 지나서야 일이 끝났다. 집은 위아래층과 안팎으로 페인트칠이 되었다. 줄무늬 차양이 창문에 걸렸다. 그 투박하고 육중한 건물에 걸맞지 않게 약해 보이는 유리 미늘창 때문에 베란다는 어두워졌다.

그리고 비스와스 씨의 악몽은 끝났다. 그는 셋집에서 다시 돌아오라는 요청을 받았다. 우려했던 대로 비스와스 씨는 자신의 방 두 개로 돌아가지는 못했고, 대신 뒤에 있는 방 한 칸으로 들어갔다. 그가 양보한 방들은 오와드를 위해 준비되었다. 고빈드와 친타는 바스다이의 방으로 갔고, 이제는 하숙만 칠 수 있는 바스다이는 책 읽는 아이들과 공부하는 아이들과 함께 집 아래 공간으로 갔다. 한 칸짜리 방에다가 비스와스 씨는 침대 두 개와 테오필의 책장과 샤마의 화장대를 놓았다. 극빈자가 만든 식탁은 아래층에 남았다. 샤마의 유리 캐비닛을 둘 자리가 없자 툴시 부인은 자기 식당에 두라고 했다. 그곳에서 그 캐비닛은 안전하게 있을 수 있었다. 그뿐만 아니라 그것 덕분에 식당도 훤해지고 현대적인 분위기도 생겼다. 때때로 아이들은 방에서 잤다. 그리고 어떤 때는 아래층에서도 잤다. 아무것도 고정된 것이 없었다. 그래도 셋집에서 나와 새로 정리하자 정돈되고 안전하다는 느낌이 생겼다.

그리고 지금 비스와스 씨는 아이들이 각자 어른이 되려면 몇 년이나 남았는지를 헤아리고 또 헤아리는 새로운 계산을 하기 시작했다. 사비는 이미 성인이었다. 아난드에게 정신을 쏟느라 사비는 주의 깊게 보지 못했었다. 그러는 동안 사비 자신은 조용하고 무게 있는 사람으로 자라나 있었다. 여전히 성격에 날이 서는 때도 있었지만 사비는 더 이상 사촌들과 말싸움을 하지 않았다. 울지도 않았다. 아난드는 고등학교를 반 이상 마쳤다. 비스와스 씨의 생각으론 얼마 있으면 그의 책임도 끝날 것이었다. 더 나이 많은 사람이 더 어린 사람을 돌봐주는 것 말이다. 사비가 태어났을 때 툴시 부인이 하누만 하우스의 홀에서 말했던 것처럼 어떻게든 그 애들은 살아갈 것이다. 그 애들이 죽게 내버려지는 일은 없을 것이다. 그러자 비스와스 씨는 이런 생각이 들었다. "아이들이 어렸을 때가 그리운걸."

6. 혁명

　런던에서 편지 한 통이 왔다. 비고*에서는 우편엽서가 왔다. 툴시 부인은 더 이상 아파하지도 성을 내지도 않았고 하루의 대부분을 앞 베란다에서 기다리면서 보냈다. 집은 자매들과 그들의 아이들과 손주들로 가득 찼고 비명 소리와 쿵쿵거리는 발소리로 흔들거렸다. 마당에는 거대한 텐트를 쳤다. 대나무 막대기에는 둥글게 아치 모양으로 구부린 코코아 나뭇가지로 끝을 장식하고 가지마다 과일 한 다발을 걸어놓았다. 밤늦게까지 요리를 하고 노래를 불렀다. 모든 사람이 빈자리를 찾아서 잤다. 마치 옛날 하누만 하우스에서 잔치를 하던 때 같았다. 오와드가 떠나고 난 후 이런 적은 한 번도 없었다.

　바베이도스**에서 전보가 오자 온 집안은 광기에 휘말렸다. 툴시 부

　＊ 스페인 서북부의 항구 도시.
＊＊ 서인도 제도의 섬나라.

인은 명랑해졌다. "심장 생각 좀 하세요, 마님." 미스 블래키가 말했다. 그러나 툴시 부인은 가만히 앉아 있을 수 없었다. 부인은 아래층으로 내려가겠다고 고집을 부렸다. 그러면서 부인은 상황을 살펴보고 농담도 했다. 그리고 위층으로 갔다가 다시 아래층으로 내려왔다. 오와드를 위해 준비해놓은 방에 열두 번도 더 갔다. 그러다 너무 정신이 없어서 이미 온 펀디트를 부르러 전갈을 보내기도 했다. 바지와 셔츠를 입고 좀처럼 눈에 띄는 행동을 하지 않던 펀디트가 점점 불어나는 사람들 사이를 조용히 지나갔던 것이다.

자매들은 그날 밤을 새우겠다는 각오를 발표했다. 만들어야 할 음식이 너무 많다는 것이었다. 아이들은 잠이 들었다. 펀디트 주변에 모여 있던 남자들도 줄어들었다. 그리고 펀디트도 잠이 들었다. 자매들은 음식을 만들며 힘들다는 불평을 즐겁게 하고 있었다. 그들은 슬픈 결혼 축가를 불렀다. 커피를 몇 주전자나 끓였다. 그리고 카드놀이도 했다. 몇몇 자매들은 한두 시간 동안 보이지 않았는데, 아무도 잠을 자러 갔었다고 시인하지 않았다. 친타는 72시간이나 잠을 자지 않고 깨어 있을 수 있다고 자랑했다. 마치 고빈드가 여전히 그 집에서 헌신적인 사위이기라도 한 듯, 고빈드의 잔인성이 폭발했던 적이 없었던 것처럼, 시간이 흐르지 않았고 그래서 자신들이 여전히 하누만 하우스의 홀에 모인 자매들인 것같이 말이다.

새벽이 오기 전에 점점 졸음이 밀려왔지만 아침 햇빛이 이들에게 신선하고 원기 왕성하게 활동할 수 있는 힘을 지펴주었다. 도시가 깨어나기 전에 아이들을 씻기고 먹이고 옷을 입혔다. 그리고 집을 쓸고 청소했다. 툴시 부인은 수실라의 보살핌을 받아 목욕을 하고 옷을 입었다. 아직 해가 뜨지 않았고 부인은 좀처럼 땀을 흘리지 않는 사람이었지만, 부인의 부드러운 피부 위로 작은 땀방울이 맺혔다. 곧 방문객들이 도착하기 시작했는데, 그들 중 많은 사람이 그 집과 사소하게 얽힌 사람이었고, 상당수의 사람들(손녀사위나 손자며느리의 친척들)은 잘 모르는 사람들이었다. 거리는 차와 밝은 옷을 입은 여자와 소녀 들로 막혔다. 셰카와 도러시 그리고 그들의 다섯 딸도 왔다. 모든 사람이 아이, 음식, 부두 통행권, 교통편 같은 뭔가로 부산을 떨었다. 계속해서 차들이 크게 소음을 울리며 지나갔다. 다시 돌아온 운전자들은 통행권을 보이며 깜짝 놀란 항구 공무원들과 만났던 이야기를 했다.

비스와스 씨에게 전날 밤은 힘든 밤이었다. 그리고 아침도 좋지 않게 시작되었다. 『가디언』을 가져오라고 시키자 펀디트가 읽고 난 뒤 없어졌다고 아난드가 말했던 것이다. 그 후 비스와스 씨가 방에서 나가 보니 샤마와 딸아이들이 옷을 입고 있었다. 아래층은 난장판이었다. 비스와스 씨는 화장실을 한번 쳐다보고 그날은 화장실을 사용하지 말아야겠다고 결심했다. 다시 방으로 돌아오니까 약하지만 비위에 거슬리는 분 냄새가 방에 가득했고 사방에 옷이 널려 있었다. 비참한 기분으로 그는 옷을 입었다. "그 망할 놈의 헤스페러스 호는 난파*도 안 되나." 그는 납작 빗으로 브러시에 붙은 여자 머리카락을 뜯어내며 줄무늬 차양 아래로 비스듬히 들어오는 햇살에 일어나는 먼지를 보고 코를 킁킁대며 말했다. 샤마는 비스와스 씨가 화났다는 것을 눈치챘지만 아무 말도 하지 않았다. 이 행동이 그를 더 화나게 했다. 아래층 위층 할 것 없이 그 집에는 급하게 뛰어가는 발자국 소리, 고함 소리, 째지는 목

---

* 미국 시인 헨리 롱펠로(Henry Longfellow, 1807~1882)의 시 「헤스페러스 호의 난파 The Wreck of Hesperus」. 자만심에 찬 선장이 노련한 선원의 말을 무시하고 한겨울에 항해하다가 본인은 물론 사랑하는 딸의 목숨까지 잃고 만다는 내용.

소리가 메아리치고 있었다.

차들이 연이어 흩어져서 그 집을 빠져나갔다. 툴시 부인은 셰카의 차를 타고 갔다. 비스와스 씨는 자신의 프리펙트 차를 타고 갔다. 하지만 식구들이 나뉘어 다른 사람들의 차를 타고 가는 바람에 어쩔 수 없이 모르는 사람들 몇 명을 태우고 가야 했다.

흰색 정기 유람선이 느긋하게 만에 닻을 내리고 있었다. 툴시 부인이 앉을 의자를 누가 하나 찾아오자 부인은 세관의 흐릿한 분홍색 담벼락에 기대어 자리를 잡고 앉았다. 부인은 흰색 옷을 입고 베일을 이마까지 덮고 있었다. 부인은 때때로 양 입술을 앙다물며 한 손으로 손수건을 주름지게 꽉 쥐고 있었다. 부인 옆에는 미스 블래키가 제일 좋은 옷을 입고 빨간 리본이 달린 밀짚모자를 쓰고 있었고, 수실라는 온갖 약을 담은 커다란 가방을 들고 서 있었다.

예인선이 경적을 울렸다. 정기 유람선이 안쪽으로 끌려오고 있었다. 학교에서 배가 수평선 너머로 보이지 않게 되는 것이 지구가 둥글다는 증거라고 배운 아이들은 배와 부두 사이의 거리가 지나치게 멀다고 생각했다. 많은 아이들이 두세 시간 후가 되어야 배가 부두에 닿을 거라고 말했다. 친타의 둘째 아들인 시바다르는 내일 저녁이 될 때까지 닿지 못할 거라고 말하기도 했다.

하지만 어른들은 다른 것에 관심이 가 있었다.

"엄마에게 말하지 마." 자매들이 속삭였다.

세스가 부두에 와 있었던 것이다. 그는 세관 창고 두 개 너머에 서 있었다. 그는 형편없는 싸구려 갈색 양복을 입고 있었는데, 황갈색 제복을 입고 무거운 구두를 신고 있던 그를 기억하는 모든 사람에게 그 모습은 마치 외출복을 입고 나온 노동자처럼 보였다.

비스와스 씨는 셰카를 흘낏 보았다. 셰카와 도러시는 다가오는 배를 결연한 표정으로 노려보고 있었다.

세스는 불편해 보였고 안절부절못했다. 그는 가슴에 있는 주머니에서 기다란 담뱃대를 끄집어내 온 신경을 모아 담배를 대에다 꽂았다. 그런 차림새에, 그런 불안정한 몸짓에 담뱃대는 걸맞지 않은 호사였다. 세스를 기억하지 못하는 아이들의 눈에는 그렇게 보였다. 그가 담배에 불을 붙이자마자 황갈색 정복을 입은 공무원이 별안간 닥쳐서 세관 건물에 영어와 프랑스어로 쓰인 하얀색의 커다란 경고문을 손으로 가리켰다. 세스는 담배를 빼내어 광택이 죽은 갈색 신발의 바닥으로 뭉갰다. 그는 담뱃대를 다시 가슴 주머니에 넣고 손을 등 뒤로 돌려 깍지를 꼈다.

곧, 몇 명의 아이들에게는 너무 이르다 싶게 배가 닿았다. 예인선이 경적을 울리며 밧줄을 끌어 올렸다. 배에서 부두를 향해 밧줄을 던졌고, 지금 부두는 하얀색 선체의 그늘에 가려 마치 방 같아 보였다.

그때 그가 보였다. 그는 지금까지 한 번도 못 봤던 양복을 입었고, 로버트 테일러*처럼 콧수염을 기르고 있었다. 재킷의 단추를 열고, 손은 바지 주머니에 넣고 있었다. 어깨는 넓게 벌어지고 몸도 불었다. 얼굴도 넓어져서 커졌고, 둥근 뺨이 거의 살이 쪘다고 할 수 있을 정도였다. 만약 키가 크지 않았다면 비대해 보였을 것이다.

"영국이 춥지." 한 사람이 그 뺨에 대해 설명했다.

툴시 부인과 미스 블래키, 자매들, 셰카, 도러시, 아이를 가진 모든 손녀딸들이 조용히 울기 시작했다.

난간 뒤에 한 젊은 백인 여성이 오와드와 같이 있었다. 그들은 웃

---

* Robert Taylor(1911~1969): 미국의 영화배우. 「쿼바디스」(1951), 「아이반호」(1952) 등의 영화에서 주연을 맡았다.

으며 대화를 나누고 있었다.

"어머나!" 툴시 부인의 여자 친구들 중의 하나가 눈물을 흘리는 와중에 고함을 쳤다.

그러나 놀라움은 곧 사라졌다.

배의 계단이 아래로 내려졌다. 아이들은 선창의 가장자리로 가서 계류 밧줄을 살펴보고 불이 켜진 현창 안을 보려고 애를 썼다. 몇 명은 닻에 관해 토론하고 있었다.

그리고 그때 그가 내려왔다. 그의 눈은 젖어 있었다.

모든 활기를 잃은 채 의자에 앉아 있던 툴시 부인은 그가 키스를 하려고 몸을 숙이자 얼굴을 들어 아들을 보았다. 그러고는 아들의 다리를 안았다. 눈물에 젖은 수실라가 가방을 열어 정신 드는 약이 담긴 엷은 푸른색 약병을 손에 쥐고 쓸 준비를 했다. 미스 블래키는 툴시 부인과 함께 울면서 부인이 약을 코로 들이킬 때마다 "으흠 하세요, 으흠" 하고 말했다. 아이들은 인사는 하지 않은 채 빤히 쳐다보았다. 형제는 남자로서 악수를 했고 서로에게 미소를 보냈다. 이번에는 자매들 차례가 되었다. 오와드가 이들에게 키스를 했다. 새삼스레 자매들의 눈물이 다시 터졌고 그가 없던 세월 동안 태어난 자기 아이들을 소개하려고 난리였다. 오와드는 키스를 하고 울면서 그들을 재빨리 지나갔다. 이번은 여덟 명의 살아 있는 남편들 순서가 되었다. 오와드가 잘 알던 고빈드는 자리에 없었지만, 거의 알지 못했던 W. C. 터틀은 있었다. 터틀의 귀에는 브라만 계급의 상징인 긴 머리털이 솟아나 있었다. 그는 눈을 감아 깨끗하게 눈물을 털어낸 뒤 오와드의 머리에 손을 얹고 힌두어로 감사 기도를 드려 자기에게 더 많은 사람들의 시선이 쏠리게 했다. 비스와스 씨의 차례가 가까워짐에 따라 그의 마음도 감상적으로 변해갔다. 손을 내밀 때가 되자 울 준비도 거의 다 되어 있었다. 그런데 손을 잡은 오와드의 태도가 갑자기 쌀쌀해졌다.

세스가 오와드 쪽으로 다가오고 있었던 것이다. 그는 미소를 지으며 눈에는 눈물이 가득한 채 다가오면서 손을 들었다.

바로 그 순간에 오와드가 어린 나이이고 형인 셰카가 있음에도 불구하고, 그가 그 집안의 새로운 우두머리가 되었다는 사실이 분명하게 드러났다. 모든 사람이 오와드를 보고 있었던 것이다. 만약 그가 어떤 사인을 보낸다면, 그것은 화해가 이루어질 것이라는 뜻이었다.

"아들아, 아들아." 세스가 힌두어로 말했다.

몇 년간 듣지 못했던 그의 목소리를 듣고 모두 전율했다.

오와드는 여전히 비스와스 씨의 손을 잡고 있었다.

세스의 펄럭이는 싸구려 갈색 재킷과 때 묻은 담뱃대가 비스와스 씨의 눈에 들어왔다. 세스는 손을 내밀었고 거의 오와드를 잡을 뻔했다.

오와드가 몸을 돌리더니 영어로 말했다. "가서 짐은 잘 있나 봐야겠다." 그는 비스와스 씨의 손을 놓고 활달한 걸음걸이로 재킷을 흔들며 걸어갔다.

세스는 아직 서 있었다. 눈물이 갑자기 그쳤다. 그러나 미소는 여전히 남아 있었다.

툴시 집안 식구들이 왁자지껄하게 떠들어댔고, 소음 속에서 그 눈요깃거리도 잊혔다.

저 사람 진작 일찍 가버리지, 비스와스 씨는 계속 생각하고 있었다. 더 일찍 가버렸어도 됐는데.

세스의 손이 천천히 떨어졌다. 미소가 사라졌다. 한 손이 담뱃대 쪽으로 올라가서 마치 뭔가를 말하려는 듯이 머리 한쪽을 잡았다. 그러나 그는 담뱃대만 가볍게 흔들어 턴 후 방향을 돌려 세관 사무실 사이를 지나 정문 쪽을 향해 굳은 발걸음으로 걸어갔다.

오와드가 다시 무리 쪽으로 돌아왔다.

"어머니와 찍으실래요? 형이랑요? 아버지와 찍으실래요? 모두 다 같이 찍으실 건가요?" 누군가가 질문을 했고, 비스와스 씨는 『센티널』 사진사의 비아냥거리는 듯한 목소리를 알아보았다.

사진사는 마치 자신이 비스와스 씨를 알아보기라도 한 듯 그를 향해 고개를 끄덕이고 미소를 지었다.

"혼자 찍을 거예요." 툴시 부인이 말했다. "독사진으로 찍어요."

오와드는 어깨를 뒤로 젖히며 웃었다. 그의 이가 보였다. 수염이 옆으로 퍼졌다. 그리고 완벽히 둥근, 반짝이는 두 뺨이 위로 올라가 코 위에 놓였다.

"고맙습니다." 사진사가 말했다.

비스와스 씨가 모르는 한 젊은 기자가 수첩과 연필을 들고 와서는 약간 떨어진 곳에서 그 도구들을 쓰고 있었다. 비스와스 씨가 보기에 영국인 소설가를 인터뷰하고 그에게서 포트오브스페인에 대한 자극적인 언급을 얻어내려고 애를 썼던 시절의 자신만큼이나 경험이 부족한 게 확실한 기자였다.

많은 감정이 북받치자 비스와스 씨는 누구에게도 작별 인사를 하지 않은 채 군중을 떠나, 창문을 닫아놓아 오븐처럼 뜨거운 프리펙트 차를 타고 그가 맡은 구역으로 갔다.

"튤립과 수선화라!" 그는 오와드가 원예에 관해 적은 편지가 떠오르자 이렇게 중얼거리면서 처칠 루스벨트 고속도로로 운전해 갔고, 늪지와 무너지고 있는 오두막들과 논을 지나갔다.

비스와스 씨가 포트오브스페인으로 돌아왔을 때는 막 10시가 지나 있었다. 집은 조용했고 위층은 캄캄했다. 오와드가 잠자리에 들었던 것이다. 그러나 아래층과 텐트 안은 환하게 불이 밝혀져 있었다. 어린아이들만이 잠들었다. 그날 밤 자고 가기로 결정한 아침의 방문객들을 포함해서 그 밖의 모든 사람에게 낮의 흥분이 여전히 가시지 않고 있었다. 몇 명은 음식을 먹고, 몇 명은 카드놀이를 하고 있었다. 많은 사람이 속삭이며 이야기하고 있었다. 또한 놀랍도록 많은 사람이 신문을 읽고 있었다. 아난드와 사비 그리고 미나가 비스와스 씨를 보자마자 달려와서 숨 가쁘게 오와드가 영국에서 한 모험담을 전하기 시작했다. 오와드가 전쟁 중에 소방관을 했다는 것, 그가 구한 사람들, 아슬아슬했던 도피, 유명한 사람들의 목숨이 경각에 달렸을 때 부탁받았던 수술들, 그 결과로 제안받았던 직업들, 의회 의석, 그와 알고 지냈으며 때로는 공개적 논쟁에서 그가 이긴 유명 인사들인 러셀, 조드. 라다크리슈난, 래스키, 메논* 등은 이미 친근한 이름이 되어 있었다. 온 집안이 오와드의 주문에 걸려서 텐트 안 어디서나 적은 무리의 사람들이 오와드가 했던 이야기를 되씹고 있었다. 친타는 벌써 오와드가 특히 싫어하는 크리슈나 메논**에게 큰 반감을 가지고 있었다. 게다가 오후가 되자 인도에 대한 그 가족의 존경심은 이미 깨져버린 상태가 되었다. 오와드가 인도

　＊ 당시 영국과 인도에서 유명했던 철학자, 사회주의자, 공직자의 이름들.
＊＊ Krishna Menon(1897~1974): 인도의 국수주의자이자 외교관. 인도에서 국방 장관을 역임했다.

에서 온 모든 인도인들을 싫어하기 때문이었다. 그들은 인도계 트리니다드인에게 망신거리다. 왜냐하면 그들은 거만하고 교활하고 색을 밝히기 때문이다. 그들은 영어를 특이하게 발음한다. 그들은 느리고 무식하고 그러면서도 동정을 받아서 학위를 받는다. 그들은 돈 문제에 있어서 믿을 수 없다. 영국에서 그들은 간호사들이나 다른 천한 계층 여성들과 돌아다니며 툭 하면 추문에 휘말린다. 그들은 인도 요리를 형편없이 만든다(오와드가 영국에서 먹었던 진짜 인도 요리는 자신이 직접 요리한 것뿐이었다). 그들이 쓰는 힌두어는 이상하다(오와드는 그들이 문법적인 실수를 하는 것을 여러 번 발견했다). 그들의 종교 풍습은 천하다. 영국에 가자마자 그들은 자신이 현대적임을 증명하려고 고기를 먹고 술을 마신다(한 브라만 소년은 오와드에게 점심으로 카레를 얹은 콘비프를 주었다). 그리고 이해할 수 없는 것은 그들은 영국 식민지에 사는 인도인들을 경멸한다. 자매들은 자신들이 인도에서 온 인도인들에게 진짜로 속아 넘어갔던 적은 없었다고 말했다. 자매들은 자기네들이 아는 선교사, 상인, 의사, 정치가의 태도에 대해 말했다. 이어서 그들은 힌두 문화의 마지막 대표자로서의 책임을 깨닫고 엄숙해졌다.

도티와 러닝셔츠를 입고 성뉴를 걸치고 카스트 마크를 찍고 손목시계를 찬 펀디트는 빗자루질을 해서 평평하게 골라놓은 땅바닥에 펴놓은 담요에 비스듬히 누워 있었다. 펀디트는 비스와스 씨가 한 번도 본 적이 없는 신문을 읽고 있었다. 그때 비스와스 씨는 텐트에 있는 다른 신문들이 펀디트가 읽는 신문과 비슷하다는 것을 알게 되었다. 그것은 『소비에트 위클리Soviet Weekly』*였다.

---

* 구소련의 신문.

이 무리에서 저 무리로 옮겨 다니던 비스와스 씨는 자정이 지나자 이미 들을 만큼 들었다는 생각이 들었다. 그래서 오와드가 몰로토프*를 만났던 일과 적군의 업적과 러시아의 영광에 대해 아난드가 말해주려고 하자 비스와스 씨는 모두 자야 될 시간이라고 대답했다. 그는 아난드와 사비를 아래층의 축제 분위기 속에 남겨두고 자기 방으로 올라왔다. 비스와스 씨의 머릿속에선 아이들과 자매들이 아무렇지 않게 입에 올렸던 위대한 사람들의 이름이 울리고 있었다. 그런 사람들을 만났던 사람이 같은 지붕 아래서 자고 있다고 생각해보라! 오와드가 있었던 곳은 분명 삶을 찾을 수 있는 곳일 것이다.

*

한 주 내내 축제는 계속 되었다. 방문객들은 떠났다. 그리고 새로운 사람들이 도착했다. 전혀 낯선 사람들(얼음 장수, 소금에 절인 땅콩을 파는 사람. 우편배달부, 거지, 거리 청소부, 길 잃은 많은 아이들)이 초청을 받고 음식을 먹었다. 음식은 툴시 부인이 제공한 것이었고 오와드와 함께 옛날의 풍습이 돌아온 듯 모두 함께 음식을 만들었다. 텐트의 코코아 나뭇가지 아치에 걸어두었던 과일은 사라졌다. 코코아 가지는 노랗게 변했다. 그러나 여전히 존경 어린 눈이 오와드를 따라다녔고, 여전히 그가 입에 올리는 것은 영광스러운 것이고, 그가 하는 모든 말이

---

* 뱌체슬라프 몰로토프(Vyacheslav Mihailovich Molotov, 1890~1986): 소련의 정치가이자 외교관. 1939년 독소 불가침 조약 체결을 주도했고, 2차 대전 중에는 스탈린의 오른팔 노릇을 했다. 화염병을 뜻하는 말인 몰로토프 칵테일Molotov cocktail이 그의 이름에서 유래되었다

이 입 저 입으로 다시 옮겨졌다. 언제든 누구에게든 오와드는 새로운 이야기를 시작할 수 있었다. 그러면 한 무리가 즉시 몰려들었다. 저녁이면 규칙적으로 거실에 모임이 열렸고, 혹 오와드가 피곤해하면 그의 방에서 열렸다. 비스와스 씨는 할 수 있는 한 많이 참석했다. 툴시 부인은 자신의 병은 잊어버린 채, 돌봐주고 싶은 마음이 갈급하여 오와드가 말을 할 때면 그의 손이나 머리를 잡고 있었다.

오와드는 1945년에 노동당 선거 운동을 했었고 킹즐리 마틴*은 그가 노동당의 승리를 이끌어낸 주역 중 한 명이라고 평가했다. 킹즐리 마틴은 사실상 그에게 『새 정치가와 나라』에 들어오라고 압력을 넣었다. 그러나 오와드는 개인적인 농담을 들은 듯 웃으면서 킹즐리의 제안을 거절했다. 그는 윈스턴 처칠이 풀턴에서 한 연설을 신랄하게 공개적으로 비난해서 보수당의 신랄한 증오를 받았다. '신랄한'이란 말은 오와드가 가장 좋아하는 말 중 하나인데, 그가 가장 신랄하게 다룬 사람이 크리쉬나 메논이었다. 오와드는 아무 말도 하지 않았지만, 그의 말로 미루어보건대 공개 모임에서 메논에게 까닭 없이 모욕을 당한 듯이 보였다. 그는 모리스 토레즈**를 위해 기금을 모았고 프랑스에서의 당 전략에 관해 모리스 토레즈와 의논한 적이 있었다. 그는 러시아 장군들과 그들이 치른 전투에 대해서 친숙한 듯이 말했다. 그는 러시아 이름을 멋지게 발음했다.

"이 러시아 이름은 아주 엿 같군." 비스와스 씨가 어느 날 저녁에

---

* Kingsley Martin(1897~1969): 영국의 언론인이며 『새 정치가와 나라*New Statesman and Nation*』라는 좌파 성향 신문의 편집장으로 있었다.
** Maurice Thorez (1900~1964): 프랑스의 정치가. 1930년부터 그가 사망한 1964년까지 프랑스 공산당의 서기로 있었고 프랑스 부통령을 지낸 경력이 있다.

대담하게 말했다.

자매들이 비스와스 씨를 보다가 이어 오와드를 보았다.

"제 눈에 안경인 법이죠." 오와드가 말했다. "어떤 면에서 본다면 비스와스라는 이름도 웃기는 이름이잖아요."

자매들이 비스와스 씨를 바라보았다.

"로코소프스키와 코카콜라코프스키." 비스와스 씨가 약간 골이 나서 말했다. "엿 같은데, 뭐."

"엿 같다니요? 뱌체슬라프 몰로토프. 이게 듣기 싫은 소린가요, 엄마?"

"아니다, 애야."

"이오시프 주가시빌리.*" 오와드가 말했다.

"그게 내가 떠올린 이름이야." 비스와스 씨가 말했다. "**그 이름이** 예쁘다고 생각한다는 말은 하지 말게."

오와드가 신랄하게 말했다. "**난** 그렇다고 생각하는데요."

자매들이 미소를 지었다.

"고오골." 오와드가 그의 턱을 약간 올리며 (그는 침대에 누워 있었다) 목이 막히는 듯한 소리를 만들어냈다.

툴시 부인은 오와드의 턱에 두었던 손을 그의 목젖으로 옮겼다.

"그게 뭐야?" 비스와스 씨가 말했다.

"고골.**" 오와드가 말했다. "세상에서 가장 위대한 희극 작가 말이에요."

---

* Ioseb Jugashvili(1878~1953): 스탈린의 본명.
** 니콜라이 바실리때비치 고골(Nikolai Vasilievich Gogol´, 1809~1852): 러시아의 소설가이자 극작가.

"가글로 들리는군." 비스와스 씨는 박수가 터지기를 기대했지만, 샤마가 그에게 경고성 눈길을 보냈을 뿐이었다.

"제부, 러시아에 가서는 그런 말 하지 마세요." 친타가 말했다.

이 말은 오와드가 러시아 이름의 아름다움에서 러시아 자체의 아름다움을 말하도록 이끌었다. "모든 사람을 위한 일이 있고 모든 사람이 반드시 일해야만 한다. 이 말은 소비에트 헌법에 분명히 적혀 있어요. 바스다이 누나, 거기 있는 작은 책 좀 줘 봐요. 일하지 않는 자는 먹지도 마라."

"그건 공정하구나." 친타가 오와드에게서 소비에트 헌법 책을 건네받아 펼쳐서 속표지를 보다가 덮고 다시 건네주었다. "우리가 트리니다드에서 원하는 것이 바로 그런 법이야."

"일하지 않는 자는 먹지도 마라." 툴시 부인이 천천히 되풀이해서 말했다.

"**우리** 흑인들 중의 몇 명을 러시아에 보냈으면 참 좋겠네요." 미스 블래키가 자기 종족 때문에 자신까지 비하되는 것에 대한 비참함을 표하기 위해 혀를 차고 치마를 흔들고 의자에서 고쳐 앉으면서 말했다.

비스와스 씨는 이렇게 말했다. "밥도 못 먹은 사람이 일을 어떻게 해?"

오와드는 신경 쓰지 않았다. "러시아에서는, 어머니, 그러니까," 툴시 부인에게 한바탕 연설을 하는 게 그의 습관이 되었다. "러시아 사람들은 여러 가지 색의 목화를 키워요. 빨간색, 파란색, 녹색, 흰색 목화를요."

"정말 그렇게 크는 거야?" 비스와스 씨의 부적절했던 언사를 만회하기 위해 샤마가 이렇게 물었다.

"그렇게 커요. 그리고 누나," 오와드는 쇼트힐스에서 1에이커의 논을 경작하려다가 실패만 했던 한 과부에게 말했다. "벼농사가 힘든 노동인 건 아시죠. 허리를 구부려서 무릎까지 진흙탕에 담가야지. 날이면 날마다 해는 내리쬐지."

"요통이 말도 못해." 등을 구부려서 아픈 등에 손을 얹으며 그 과부가 말했다. "말할 필요도 없어. 그냥 1에이커에 벼만 심으면 병원으로 가고 싶어진다니까."

"러시아에선 그렇지 않아요." 오와드가 말했다. "요통도 없고, 허리를 구부리지도 않아요. 러시아에서는 벼를 어떻게 심는지 아세요?"

사람들이 머리를 흔들었다.

"비행기에서 쏜다니까요. 총알을 쏘는 게 아니라요. 벼를 쏴요."

"비행기에서 말이야?" 벼를 심는 과부가 말했다.

"비행기에서요. 몇 초 만에 벼를 다 심을 수 있어요."

"꼭 봐야 할 장관이겠군." 비스와스 씨가 말했다.

"그리고 누나," 오와드가 수실라에게 말했다. "누나는 진짜 의사가 되어야 돼요. 누나 취향이 그쪽이니까요."

"나도 개한테 그런 이야기를 쭉 해오고 있었단다." 툴시 부인이 말했다.

툴시 부인을 질리도록 간호해왔던 수실라는 약 냄새라면 진저리를 냈고 그냥 자신의 노후를 지탱해줄 조용한 잡화점만을 바라고 있었지만, 어쨌든 그 말에 동의했다.

"러시아에서는 누나도 의사가 **될 수 있어요**. 돈이 없어도요."

"너 같은 의사 말이야?" 수실라가 물었다.

"저와 똑같은 의사요. 성별 구별이 없어요. 남자애는 교육시키고 여자애는 제쳐두는 그런 말도 안 되는 짓은 하지 않아요."

친타가 말했다. "비디아다르는 항공 정비사가 되고 싶다고 항상 나에게 말한단다."

이건 거짓말이었다. 비디아다르는 그 말의 뜻도 몰랐다. 그 아이는 그 단어가 듣기 좋았던 것뿐이었다.

"걔도 항공 정비사가 될 수 있어요." 오와드가 말했다.

"비행기 연료통에서 벼나 끄집어내라고?" 비스와스 씨가 말했다. "그럼 난 뭐가 될 수 있어?"

"모헌 비스와스 자형. 복지부 공무원. 그들은 인민들의 삶을 작살내고 그들에게서 기회를 빼앗고 당신을 보내 스캐빈저처럼 그 부스러기를 주워 오라고 시키지. 뻔한 자본주의자들의 술수예요, 엄마."

"그래, 우리 아들."

"으으으음." 이건 미스 블래키가 갸르릉거리는 소리다.

"자형을 하나의 도구로 사용하는 거야. 당신은 우리에게 5백 달러의 이윤을 주었지. 자, 여기 우리는 당신에게 5백 달러를 적선하고."

자매들이 고개를 끄덕였다.

오, 맙소사. 비스와스 씨는 또 한 마리의 전갈이 자신에게서 직업을 빼앗으려고 한다는 생각이 들었다.

"하지만 자형은 진짜 자본주의자의 하인은 아니에요." 오와드가 말했다.

"진짜는 아니지." 비스와스 씨가 말했다.

"자형은 진짜 관료가 아니니까요. 자형은 언론인이고, 작가면서 문사죠."

"그래, 그런 거 같아. 그래."

"러시아에서는 사람들이 자형을 언론인이자 작가라고 생각하고 집도 주고 음식에 돈까지 주면서, '어서 계속 글을 쓰십시오'라고 해요."

"진짜, 진짜?" 비스와스 씨가 말했다. "집이라니, 정말 그런 것도 줘?"

"작가들은 항상 그런 것을 받아요. 다차 말이에요. 시골에 있는 별장이요."

툴시 부인이 말했다. "우리 모두 러시아로 가는 게 어떨까?"

"아하." 오와드가 말했다. "러시아 사람들은 그것을 위해 싸웠어요. 그 사람들이 차르를 어떻게 했는지 들어봐야 해요."

"으음." 미스 블래키가 수긍하자 자매들도 진지하게 고개를 끄덕였다.

"처남." 비스와스 씨가 이제는 존경심을 가득 담아 말했다. "처남은 공산당원이야?"

오와드는 미소만 지었다.

그리고 혁명을 위해 싸우는 공산주의자로서 어떻게 정부의 의료 서비스 부서의 일을 할 수 있느냐고 아난드가 물을 때도 오와드는 똑같이 아리송하게 대답했다. "러시아 사람들이 말하는 속담이 있어." 오와드가 말했다. "거북이는 머리를 안으로 다 집어넣으면 똥구덩이에서 굴러도 깨끗하게 있을 수 있다고."

주말이 되자 집안에는 난리가 났다. 모든 사람이 혁명이 일어나길 기다리고 있었다. 소비에트 헌법 책과 『소비에트 위클리』가 『센티널』이나 『가디언』보다 더 속속들이 읽혔다. 기존의 생각들은 모두 다 흔들렸다. 책 읽는 아이들과 공부하는 아이들은 자신들이 사는 사회가 곧 철저하게 박살 날 거라는 생각에 행복해져서 책을 읽고 공부하는 저녁 시간을 게을리하고, 전에는 존경했던 선생들을 뭣도 모르는 앞잡이들이라고 경멸했다.

그러면서 오와드는 만능 그 자체였다. 그는 정치와 군사 전략에 대해 알고 있었다. 크리켓과 미식축구에 대해 알고 있었을 뿐만 아니라 역기도 들고 수영도 하고 조정도 했다. 그리고 예술가와 문학가에 대해서도 그럴싸한 견해를 가지고 있었다.

"엘리엇." 그가 아난드에게 말했다. "그 사람 여러 번 봤지. 미국인이야, 그 사람. 「황무지」와 「앨프리드 프루프록의 노래」. 그럼 한번 말해 볼까. 너하고 나하고 말이야. 엘리엇은 딱 밥맛 떨어지는 인간이야."

그러자 학교에서 아난드가 말했다. "엘리엇은 딱 밥맛 떨어지는 인간이야. 내가 아는 사람이 그 사람 안대."

*

혁명을 기다리는 동안에도 살기는 살아야 했다. 텐트를 걷었다. 자매들과 결혼한 손녀딸들은 떠났다. 더 이상 방문객들이 많이 찾아오지도 않았다. 오와드는 콜로니얼 병원에 자리를 얻었고 그래서 얼마 동안 집안은 그가 했던 수술 이야기로 만족해야 했다. 망명인 의사는 내쫓고 오와드가 툴시 부인을 직접 돌봐주었다. 부인은 놀랄 정도로 좋아졌다. "이 의사들은 20년 전부터 배우는 것을 그만뒀다니까요." 오와드가 말했다. "그 사람들은 학술지를 꼬박꼬박 읽는 것도 귀찮아해요." 그에게 영국의 거의 모든 우체국에서 학술지와 샘플 약이 왔는데, 그는 때때로 신랄하게 비판하면서도 그것들을 자랑스럽게 진열해놓았다.

공동 취사는 그만두었지만 공동생활은 계속되었다. 자매들과 손녀

딸들은 하룻밤이나 주말을 같이 보내기 위해서 왔다. 그들은 오와드에게 모든 질병을 다 가지고 왔고 그는 무보수로 진찰해주었다. 또한 트리니다드에는 아직 알려지지 않았다고 그가 말한 기적의 신약들을 도매가로 주사를 놔주었다. 나중에 자매들은 다른 의사였다면 얼마나 지불해야 했을까를 계산하고 가장 비싼 약으로 누가 가장 크게 덕을 입었는지에 대한 가벼운 경쟁을 하기도 했다.

그러면서 오와드의 영향력은 더 커졌다. 오랫동안 그 집에서 가장 강조한 것은 책을 읽고 공부하는 것이었는데, 책 읽는 아이들과 공부하는 아이들 상당수가 그걸 잘하지 못했고 또 마지못해서 했다. 이제 오와드는 이런 걸 강요하는 것이 잘못되었다고 말했다. 모든 사람은 내놓을 만한 뭔가가 있다. 육체적인 힘이나 육체노동 기술은 학문적인 성공만큼이나 중요한 것이며, 러시아에서는 농부나 노동자나 지식인이 다 평등하다고 그는 말했다. 그는 수영 모임과 보트 탐험, 탁구 시합을 조직했는데, 엄청난 존경과 숭배를 받고 있었던 터라 원수같이 지내는 사람들도 다 같이 참여했다. 아난드와 비디아다르도 탁구 시합을 여러 번 함께 했고, 비록 시합 전후로 서로에게 한마디도 하지 않았지만 경기 중에는 적어도 "잘 친다!" 혹은 "아쉽다!"라고 하며 최대한 자제해가며 성실하게 예의를 지켰다. 시합에 참가하는 깡패로 성장한 비디아다르는 어떤 고등학교 팀에서도 뽑힌 적이 없었지만, 잘한다기보다는 눈치가 빨라서 집안에서 하는 경기에선 뛰어난 실력을 보였고 그래서 집안 챔피언이 되었다.

친타가 오와드에게 말했다. "비디아다르 때문에 얼마나 걱정이 되는지 말도 마라. 그 애는 땀을 너무 많이 흘려. 구석에 앉아서 옛날 책을 읽는 법은 절대 없어. 항상 거친 경기 같은 것을 연습하고 있단다.

한쪽 팔과 한쪽 발이 부러지고 갈빗대도 몇 대 나갔었어. 못하게 하려고 항상 애를 쓰는데 말이야. 도무지 말을 들어야 말이지. 그러면서 땀은 줄줄 흘리고."

"걱정할 것 없어요." 오와드가 지금은 의사로서 말했다. "그건 지극히 정상이에요."

"네 말을 들으니 마음이 한결 가벼워지는구나. 걘 진짜 땀을 무지 많이 흘려." 친타는 실망한 듯이 말했는데, 그것은 땀을 많이 흘리는 것이 넘치는 남성다움의 상징이라고 믿어서 또 그런 말을 듣기를 바라고 있었기 때문이다.

셰카와 도러시와 그들의 다섯 딸들은 걸핏하면 왔고, 이들의 방문은 자매들에게 다디단 복수 거리를 주었다. 자매들은 셰카에게는 마땅히 받아야 할 대접을 해주었지만 도러시는 대놓고 경멸했다. "미안해요." 친타가 어느 일요일에 도러시에게 말했다. "올케 말을 영 알아들을 수가 없네요. 난 스페인어만 하거든요." 도러시는 오와드가 온 이후로 스페인어로 말하지 않았고, 자매들은 드디어 올케의 기를 꺾어놓았다고 생각했던 것이다. 그러나 자매들의 태도는 예상치 못한 결과를 낳았다. 자매들에게서 자기 나름의 단서를 얻은 오와드가 도러시에게 비아냥거리듯이 말을 했다. 그런데 도러시가 거칠면서도 멋진 유머로 대응하는 바람에 얼마 못 가서 그들 사이에 친근감이 자라게 된 것이다. 그리고 어느 일요일, 도러시가 자신의 사촌이자 맥길 대학을 졸업하고 남부 트리니다드 출신의 인도 여성이 가질 만한 모든 우아함은 다 갖춘 예쁘고 젊은 아가씨와 함께 오자 자매들은 몹시 당황했다. 그들이 가고 나자 오와드는 그 아가씨의 캐나다 대학 학위와 약간 남은 캐나다식의 말투와 음악 솜씨를 비아냥거리며 두려워하는 자매들을 진정시켰다. "그 여자는 바이올린을 배우려고 캐나다까지 갔더군요." 그가 말했다. "난 그 여자가 나에겐 연주해주지 않았으면 좋겠어요. 그랬다간 바이올린 활로 그 여자 부모 머리를 쳐서 부숴버릴 거니까요. 트리니다드의 사람들은 먹을 것이 충분치 못해서 굶고 있는데, 그 여자는 캐나다에서 바이올린이나 켜고 있었다니요!"

비록 오와드가 자기 친구와 동료들과 더 많은 시간을 보내고 종종 셰카가 있는 남쪽으로 가긴 했지만, 또 그의 친구들이 집을 방문하면 자매들과 책 읽는 아이들과 공부하는 아이들은 조용히 있어야 되고, 또 숨어 있어야 하긴 했지만, 자매들은 계속 안전하다고 느꼈다. 왜냐하면 모든 여행에서, 그리고 모든 모임에서 돌아올 때마다 오와드가 자신이 했던 모험에 대해 자매들에게 들려주었기 때문이다. 말하는 것을 좋아하는 그의 취향은 지칠 줄을 몰랐고 생생한 말재주도 막히는 법이 없었으며 만난 사람들에 대한 그의 평가도 언제나 신랄했다.

이제 자매들은 혼자서, 혹은 몇 명씩 같이 와서 오와드를 접견하려고 했다. 자매들은 집에 와서 기다리다가 그가 돌아오면, 툴시 부인의 잠을 방해하지 않기 위해서 건물 아래 공간에서 대화하기 시작했다. 결국 자매들은 각자 자신이 오와드와 특별한 유대감을 가지고 있다고 느꼈다. 그래서 그의 격려를 받고 자기 이야기를 했다. 먼저 자매들은 재정적인 어려움에 대해 말했다. 하지만 오와드는 혁명이 일어나길 별로 기대하는 것 같지 않았다. 그러자 자매들은 불평을 했다. 자기 아이들을 학교에서 뒤처지도록 방치하는 선생님들에 대해 불평했다. 도러시와 셰카와 자기 남편에 대해 불평했다. 그 자리에 없는 자매들에 대해서도 불평했다. 모든 추문과 모든 사소한 언쟁과 원한이 다시 되풀이되며 언급되었다. 그러면 오와드는 들었다. 아이들도 같이 듣고 있으면서, 자매들이 어설픈 말솜씨로 툭 하면 헛기침을 하고 침을 뱉는 내내 (친숙함을 나타내는 표시였다. 더 친숙할수록 더 크게 헛기침을 하고 침 뱉으며 말하는 시간은 더 길어졌다) 옆에서 깨어 있었다. 아침이 되면 전날 밤늦게까지 대화를 나눴던 자매들은 기분이 상쾌해져서 자신들이 욕했던 사람들에게 유독 친절하게 대해주었고, 오와드에게도 독점권을 가진 듯이 굴었다.

*

공동 취사를 하는 일요일이 되면 그 집에는 자매들로 가득 찼다. 때때로 셰카가 혼자 올 때도 있었는데 그러면 점심을 먹기 전에 형제들과 툴시 부인이 의논을 했다. 자매들은 셰카와 도러시와 툴시 부인이 말하고 있을 때 느꼈던 위협감을 여기서는 느끼지 않았다. 자신들이 배제되었다고 느끼지 않은 것이다. 오와드가 거기 있으므로 이 의논은 옛날 하누만 하우스의 가족회의와 흡사한 것이었기 때문이다. 그래서 자매들은 건물 아래에서 요리를 하고 노래를 부르며 명랑하게 시간을 보냈다. 심지어 자매들은 남자 형제들과 자신 사이의 차이점을 부풀리려고 애쓰고 있었다. 그렇게 해야 남자 형제들에게 정당한 예우를 하는 것처럼 느껴지는 듯했다. 다시 말해, 그들에게 한 자리를 할당해주어 예우를 해줘야 위로가 되고 편안해지는 그런 것이었다. 그들은 힌두어를 쓰지 않고 천박하기 그지없는 사투리 영어로 조악하기 그지없는 표현을 썼다. 그러면서 서로 육체노동을 얼마나 잘해서 누가 더 더러워지는가를 두고 경쟁했다. 이런 식으로 자매들은 그날의 가족 유대감을 다지는 것이었다.

이렇게 보내는 일요일 아침이면, 남자들은 의논을 끝내고 난 후, 점심을 먹고 바다로 가기 전에 습관적으로 브리지 게임을 했다.

그리고 이날 아침 오와드가 자본주의자들의 박멸과 러시아 민중이 차르를 어떻게 했는지에 대해 말할 때, 아난드가 교양 있게 처신해달라고 부탁했음에도 불구하고, 셰카는 오와드에게 반감을 드러내면서 대화를 다른 방향으로 돌리려고 했다. 이야기는 이상하게 현대 미술로 향했다.

"난 피카소에 대해선 뭐가 뭔지 하나도 모르겠더라." 셰카가 말했다.

"피카소는 내가 혐오하는 사람이야." 오와드가 말했다.

"하지만 그 사람은 동무 아닌가요?"* 아난드가 말했다.

오와드가 상을 찌푸렸다. "그리고 샤갈, 루오, 브라크로 말하자면……"

"마티스는 어떤데?" 셰카가 『라이프』에서 주워들은 이름을 이용해 자신이 모르는 이름들을 나열하는 것을 멈추게 하려고 이렇게 물었다.

"그 사람은 괜찮지." 오와드가 말했다. "색감이 뛰어나지."

셰카에게 이 말은 친숙하지 않은 말이었다. 그가 말했다. "영화로 잘 만들었더군. 아주 좋은 것은 아니지만 말이야. 「달과 6펜스」. 조지 샌더스가 나오잖아.**"

오와드는 카드에만 열중하며 대답하지 않았다.

"이 예술가들, 참 웃기는 놈들이야." 셰카가 말했다.

---

* 피카소는 1차 대전 후 공산당에 입당했다가 탈당했다. 그의 공산주의자적 경향 때문에 프랑스에서 귀화를 거부당하기도 했다.

** 영화 「달과 6펜스」는 서머싯 몸Somerset Maugham이 폴 고갱의 생애를 모델로 하여 쓴 소설을 영화화한 것으로, 영화배우 조지 샌더스가 주인공 찰스 스트릭랜드로 나온다.

그들은 브리지 매치를 하며 놀고 있었다. 아난드가 자신이 맞춘 카드를 흩트리며 말했다.

"피카소가 그린 초상화네요."

오와드만 빼고 다 웃었다.

"간만에 책을 읽고 싶네." 셰카가 말했다. "그게 서머싯 모르그-험*이 지었지?"

아난드가 자기가 맞춘 카드를 다시 흩트렸다.

오와드가 말했다. "피카소의 초상화를 보고 싶으면 거울을 보지그래."

이 말은 오와드가 잘하는 신랄한 논평이 분명했다. 셰카는 미소를 지으며 앓는 듯한 소리를 냈다. 지켜보던 자매들과 자매들의 아이들은 웃느라고 난리가 났다. 오와드는 자기 카드를 보고 미소를 지으며 그들이 찬동하는 것에 알았다는 표시를 했다.

아난드는 배신당한 느낌이 들었다. 그는 오와드의 정치적, 예술적 견해를 모두 다 받아들였다. 아난드는 학교에서 자신이 공산주의자라고 선언했고, 엘리엇을 혐오한다고 말했던 것이다. 그가 패를 돌릴 차례가 되었다. 혼란스러운 마음으로 아난드는 자신에게 먼저 패를 주었다.** "미안해요, 미안해요." 그는 아래를 내려다보며 목소리에 웃음기를 집어넣으려고 애쓰며 말했다.

"그런 걸로 사과할 필요는 없어." 오와드가 엄격한 목소리로 말했다. "그건 단지 너의 오만한 이기주의와 자기중심주의의 표시일 뿐이니까."

---

* morgue는 '시체 보관소'란 뜻이다.
** 브리지 게임에 딜러는 자신의 왼쪽 사람부터 카드를 준다.

구경꾼들이 숨을 죽였다.

테이블에서는 명랑한 분위기가 싹 가셨고, 셰카는 자기 카드를 열심히 쳐다보고 있었다. 오와드는 자기 패를 보며 상을 찌푸렸다. 그의 발이 콘크리트 바닥을 가볍게 두드렸다. 더욱 많은 구경꾼이 왔다.

아난드는 귀가 타는 것 같았다. 자기 카드를 열심히 보고 있었지만, 온 집 안 구석구석으로 침묵이 퍼지는 게 느껴졌다. 아난드는 사비, 미나, 캄라가 보려고 오는 것을 알아챘다. 샤마가 오는 것도 알 수 있었다.

오와드는 무겁게 숨을 쉬고 요란하게 침을 삼켰다.

셰카가 자기 카드 패를 부를 땐 마치 그 싸움에 휘말려 들어가고 싶지 않다는 듯한 낮은 목소리였다. 셰카의 편인 비디아다르는 패를 부르다 침에 목소리가 막혔다. 그러나 중립적이면서 별다른 감정이 들어 있지 않은 목소리라는 것은 분명했다.

아난드는 자기 패를 부르다 실수했다.

이로 아랫입술 밑을 깨물고 천천히 머리를 흔들며 발을 두드리던 오와드가 더 요란하게 숨을 쉬었다. 패를 밝힐 때 그의 목소리에는 노기가 가득했는데, 그것은 희망 없는 상황을 만회하려고 노력 중이라는 것을 암암리에 보여주는 것이었다.

그 게임은 질질 늘어졌다. 아난드는 더 안 좋은 쪽으로 수를 두었다. 셰카는 의도치 않았음에도 불구하고 트릭*을 연이어서 땄다.

오와드의 숨소리와 침 삼키는 소리 때문에 아난드는 질식할 것 같았다. 등골이 서늘해졌다. 셔츠는 땀으로 축축해졌다.

마침내 게임이 끝났다. 셰카가 깔끔하게 그리고 꼼꼼히 득점을 적

---

* 브리지 게임은 1회에서 13트릭(같은 수의 카드 네 장)을 따면 그 회의 승자가 되고 보통 3회 게임을 한다.

었다. 그들은 오와드가 입을 열기를 기다렸다. 자기 차례가 아닌데도 무거운 숨을 쉬며 카드를 섞고 있던 오와드가 말했다. "네가 워낙 천재라서 판이 이렇게 됐구나."

아난드의 눈에서 눈물이 솟구쳤다. 그는 의자를 뒤로 집어 던지며 벌떡 일어나 고함쳤다. "에이 시, 내가 천재라고 말한 적 없잖아요."

철썩! 오른쪽 뺨에 불이 났다. 오와드의 손이 지나가고 난 뒤에도 아난드의 뺨은 마치 기다리고 있다가 맞았다고 신고라도 하듯 부르르 떨렸다. 오와드가 서 있던 그때 셰카가 몸을 구부려 더러운 바닥에서 카드를 집어 들었다. 이어서 **철썩!** 아난드의 왼쪽 뺨에 불이 났고 무겁게 떨렸다. 아난드는 숨 쉬는 것과 흰색 셔츠의 가슴팍이 올라가는 것에만 집중하다 구경꾼들이 있다는 것을 잊고 있었다. 오와드의 의자가 넘어졌다. 그리고 의자를 뒤로 밀고 테이블에 엉거주춤 기댄 셰카가 한 손바닥에서 다른 손바닥으로 카드가 떨어지는 것을 쳐다보고 있었다. 셰카의 이마는 일그러졌고, 윗입술은 아랫입술 위로 불룩하게 나와 있었다.

테이블이 옆으로 덜커덩거리며 움직였다. 아난드는 창피하게도 눈물을 흘려 반쯤은 앞이 보이지 않는 상태인데도, 우스꽝스럽게 똑바로 서 있는 자신을 느꼈다. 오와드는 힘찬 걸음걸이로 앞 계단 쪽으로 걸어갔다. 그때 아난드는 긴장감 넘치는 상황에서 만족스러워하는 구경꾼들, 조용한 집, 고빈드가 뒷마당에서 부르는 노래, 거리에서 나는 아이들 소리, 그리고 큰 길에서 차가 지나가는 소리를 한순간 한꺼번에 인식했다.

셰카는 여전히 카드를 치며 탁자 앞에 앉아 있었다.

구경꾼들 쪽에서 뭐라 중얼거리는 소리가 들렸다.

"당신들!" 아난드가 그들을 쳐다보았다. "거기서 누구 편들고 있는 거야? 샐샐거리면서 밤새도록 지랄같이 쑥덕 쑥덕 쑥덕."

아난드는 이 말 때문에 예상치도 못했던 창피를 겪게 되었다. 사람들이 크게 웃었던 것이다. 심지어 세카도 고개를 들고 어깨를 들썩여가며 털털하게 웃었다.

무거운 샤마의 표정이 오히려 이상해 보였다.

구경꾼들이 흩어져서 모두 자기 일로 돌아갔다. 경쾌함 비슷한 가벼운 분위기가 온 집으로 퍼졌다.

세카는 카드를 테이블 위에 깔끔하게 쌓아놓고 일어나서 아난드의 어깨에 손을 얹더니 한숨을 쉬고는 위층으로 올라갔다.

오와드가 이 방 저 방으로 왔다 갔다 하는 소리가 들렸다.

아난드는 러닝셔츠와 바지 바람의 비스와스 씨가 문 쪽으로 등을 향한 채 침대에 누워 무릎을 끌어올리고 그 위에 신문을 올려놓고 있는 것을 보았다. 비스와스 씨는 고개도 돌리지 않고 말했다. "너니? 여기와서 이 빌어먹을 출장 경비 계산할 수 있는지 좀 봐줘." 그가 수첩을 건넸다. "무슨 문제라도 있는 거야?"

"아니, 아무 문제도 없어요."

"좋아, 그냥 이 숫자들을 더해봐. 다른 사람들은 자기 차로 두둑하게 돈을 벌던데, 나는 밑지기만 하는구나."

"아빠."

"잠깐만, 얘야. 영 영은 영. 이 오 십. 영이라고 적어. 일은 올리고." 비스와스 씨는 느긋했고 익살까지 부렸다. 그는 자기 식으로 곱셈을 하는 게 항상 재미있었다.

"아빠. 우리 꼭 이사 가야 해요."

비스와스 씨가 고개를 돌렸다.

"꼭 이사 가야 해요. 여기서 하루도 더 못 살겠어."

비스와스 씨는 아난드의 목소리에 근심이 서려 있는 걸 느꼈다. 그러나 이유를 캐묻고 싶지 않았다. "이사? 때가 오면 가야겠지. 때가 오면 말이다. 혁명이 일어나서 별장을 받을 때까지 기다리기만 하면 돼."

아버지가 이렇게 기분이 좋은 일은 점점 드물었다. 그래서 아난드는 더 이상 아무 말도 하지 않았다.

아난드는 출장 경비를 계산하는 복잡한 덧셈을 했다. 곧 탁탁거리는 탁구공 소리와 오와드, 비디아다르, 셰카, 그리고 다른 사람들이 내는 탄성 소리가 들렸다.

아난드는 기대하고 있던 점심을 먹으러 내려가지 않았다. 그리고 샤마가 점심을 가지고 올라왔을 때에도 먹거나 마실 수 없었다. 여전히 익살스러운 기분에 싸여 있던 비스와스 씨는 의자에 쪼그리고 앉아 자기 음식에 침을 뱉는 시늉을 하며 아난드가 폭식하는 일이 없게 살펴주고 있었다. 그는 이런 장난이 아난드를 화나게 만든다는 것을 알고 있었다. 그런데 아난드는 아무 반응이 없었다.

아래층에서 남자들은 바다로 갈 준비를 하고 있었다. 남자 아이들은 자기 엄마들에게 수건을 달라고 하고, 엄마들은 아들들에게 조심하라고 당부했다.

"쟤들 하고 같이 안 갈 거야?"

아난드는 대답하지 않았다.

비스와스 씨는 이런 소풍에서 빠졌다. 그 사람들이 지나치게 원기왕성했고, 오와드를 따라 결국은 위험하게 경쟁적으로 시합을 하려 할게 뻔했기 때문이다. 그 대신 점심 후에 비스와스 씨는 혼자 산책을 나가서 집을 보러 다녔다. 때때로 물어보기도 했지만 주로 구경만 했다.

밝은 분위기 속에서 이모와 사촌 들이 새삼스레 따돌리며 끼리끼리 어울리자 사비와 캄라와 미나는 아난드와 함께 그들 방에 남았다. 그 방에는 앉아 있을 곳이 별로 없었기 때문에 아이들은 침대에 누워서 이 이야기 저 이야기 식으로 자기들끼리 통하는 대화를 했다.

아난드는 오렌지 주스를 홀짝거리고 마셨다. 얼음은 이미 녹았고 주스도 식어서 미지근했다. 여자애들은 식물원까지 산책을 갔다. 샤마는 목욕을 했다. 아난드는 엄마가 바깥 욕실에서 노래를 부르고 빨래를 하는 소리를 들었다. 위층으로 올라왔을 때 샤마의 젖은 머리카락은 아래로 쭉 뻗어 있었으며 손가락은 쭈글쭈글했다. 하지만 노래를 부른 탓에 모든 근심은 이미 사라져버린 뒤였다.

샤마가 힌두어로 말했다. "가서 외삼촌에게 사과해라."

"안 해요!" 이 말은 오랜 침묵 후에 아난드가 처음으로 한 말이었다.

샤마가 달랬다. "날 위해 해줘."

"이건 혁명이에요." 그가 말했다.

"네가 손해 보는 건 없잖니. 외삼촌이 너보다 나이가 많잖아. 그리고 네 외삼촌이고."

"내 외삼촌 아니에요. 비행기로 벼를 쏘다니!"

샤마가 부드러운 목소리로 노래를 부르기 시작했다. 머리카락을 얼굴 위로 늘어뜨리고 빳빳하게 편 수건으로 머리카락을 털었다. 마치 재채기를 천으로 가리는 듯한 요란한 소리가 났다.

여자아이들이 산책에서 돌아왔다. 아이들은 기분이 더 나아졌고 말도 더 편하게 했다.

잠시 후 아이들이 조용해졌다.

남자들이 이미 돌아와 있었던 것이다. 그들의 시끄러운 대화 소리와 발자국 소리가 들렸다. 사근사근하게 말하는 오와드의 목소리가 유독 크게 울리더니 웃음을 터트렸다. 이모들이 가볍게 질문을 했다. 셰카가 작별 인사를 하고 그의 차는 출발했다.

사비는 샤마에게 작은 목소리로 물었다. "무슨 일이에요?"

"아무 일도 아니야." 샤마는 사비에게 대답하는 것이 아니라 아난드에게 타이르듯이, 다시금 간청하듯이 말했다. "아난드가 가서 삼촌에게 사과할 거야. 그러면 다 해결되는 거지. 아무 문제도 없이."

여자아이들은 아난드를 내버려두고 싶지 않았고, 아래층으로 내려가는 것도 두려웠다.

"명심해라." 샤마가 말했다. "아버지에게는 한마디도 하면 안 된다. 아버지가 어떨지 너도 알지."

샤마가 방을 나갔다. 아이들은 엄마가 보통 때처럼, 아니 오히려 기분 좋은 듯 이모 한 명과 말하는 소리를 듣고 엄마의 용기에 감탄했다. 그래서 여자아이들도 박해를 받아보지 않은 자들이 정의라고 생각하는 것을 받아들이기 위해 아래층으로 내려갔다.

위층에서는 샤워를 하고 있었다. 오와드가 욕실에서 옛 인도 영화의 노래를 부르고 있었다. 이것도 그가 가진 미덕의 일부였다. 이것은 그가 영국 땅에서 조금도 타락하지 않았다는 걸 보여주는 것이기 때문에 모두들 마음에 들어 했다. 오와드가 없는 동안 모두 칭송해마지않던 그의 미덕과 관련된 것이라면 아무리 사소한 것이라도 다 찾아냈다. 오와드가 트리니다드에서 가지고 간 구두와 셔츠와 속옷을 영국에서 다시 가지고 왔다고 어떤 이모가 말하는 것을 아난드는 기억했다.

"8년이나 지났는데 같은 구두라고." 아난드가 중얼거렸다. "빌어먹을 거짓말쟁이."

욕실이 조용해졌다.

샤마가 방으로 왔다. "서둘러. 쟤들이 극장에 가기 전에 사과해."

아난드는 일요일 일정을 잘 알고 있었다. 브리지 게임을 하고 탁구를 하고 점심을 먹고 바다에 갔다가 샤워를 하고 저녁 먹고 그러고 나서 저녁 공연을 보러 가는 것이다.

사촌들이 식당에 모이는 소리가 들렸다. 침실에서 수건에 눌린 오와드의 음성이 들렸다.

아난드는 뒤쪽 계단으로 내려갔다가 다시 계단을 올라 뒤쪽 베란다로 갔다. 그곳은 그가 독사이트에서 거의 물에 빠져 죽다시피 하고 돌아와서 갔던 그 베란다였다. 베란다에서 그는 식당을 흘낏 보았다. 식당은 오와드의 면전에서 그가 아버지의 의자를 집어 던졌던 곳이었다.

사촌들이 그를 쳐다보았다. 이모 몇 명도 그를 보았다. 대화가 멈추었다. 몇몇 얼굴은 시선을 아래로 떨어뜨린 반면, 이모들은 엄한 표정으로 화가 난 듯이 법관처럼 계속 그를 바라보았다. 이어 대화가 다시 시작되었다. 사촌들은 카드를 가지고 놀며 무료하게 저녁을 기다렸다. 땀 흘리는 인간, 비디아다르가 테이블을 내려다보며 미소를 짓고 입술을 빨고 있었다.

아난드는 오와드가 침실에서 나오기 전까지 얼마간 베란다에서 기다려야만 했다. 오와드는 평소 때처럼 묵직하면서 활발한 걸음걸이로 방에서 나왔다. 아난드를 보자마자 오와드의 표정이 굳어졌다. 그리고 침묵이 흘렀다.

등 뒤로 두 손을 꼭 쥐고 아난드는 방으로 들어갔다.

"잘못했어요." 아난드가 말했다.

오와드의 표정은 여전히 굳어 있었다.

마침내 그가 말했다. "됐다."

아난드는 어떻게 해야 할지 알 수 없었다. 그는 서 있던 곳에 계속 머물렀는데 저녁 식사와 극장에 초대해주기를 기다리고 있는 것 같은 모양새가 되었다. 그러나 아무 말도 없었다. 아난드는 천천히 몸을 돌려 방을 나와서 뒤쪽 베란다로 갔다. 계단을 내려갈 때 대화가 시작되는 소리가 들렸고, 부엌에서는 이모들이 괜스레 부산 떠는 소리도 들렸다.

그들이 쓰는 방에서 샤마가 아난드를 기다리고 있었다. 그는 엄마도 자기만큼이나 마음이 편치 않고, 오히려 더 나쁠 수도 있다는 것을 알고 있었기 때문에 고통을 늘려주고 싶지 않았다. 샤마는 아난드가 뭔가를 하거나 말해서 부드러운 말로 어루만져줄 수 있기를 기다렸다. 그러나 그는 아무 말도 하지 않았다.

"뭐 좀 먹을래?"

아난드가 고개를 흔들었다. 강자의 그늘 아래에서 약자들이 서로를 보듬어주는 것이 얼마나 웃기는 일인지!

샤마는 아래층으로 내려갔다.

오와드와 사촌들이 떠나자 샤마가 다시 돌아왔다. 아난드는 그제야 음식을 먹으려 했다.

얼마 지나지 않아 비스와스 씨가 산책에서 돌아왔다. 그의 기분은 달라져 있었다. 그의 얼굴이 고통으로 일그러져 있었기에 아난드는 아버지에게 약간의 위장약을 물에 타주어야만 했다. 비스와스 씨는 산책으로 피곤해서 잠자리에 들고 싶었다. 일요일에는 일찍 잘 수 있었기 때문이다. 하지만 다른 날 저녁에는 맡은 구역에서 늦은 시각이 되어서야 돌아왔다.

식당의 불빛이 파티션 꼭대기의 높은 환풍구를 통해 새어 들어왔다. 비스와스 씨는 샤마를 불러서 말했다. "가서 불 끄라고 해."

이런 부탁은 상황이 가장 좋은 때에도 하기 힘든 것이었다. 비록 오와드가 돌아오기 전에는 샤마가 때때로 성공해내긴 했지만 말이다. 이제는 그녀 역시 아무것도 할 수 없었다.

비스와스 씨는 화가 났다. 그는 샤마와 아난드에게 마분지를 가지고 오라고 해서 그걸로 파티션 꼭대기에 있는 환풍구를 막아보려고 침대에서 파티션 위의 선반까지 점프했다. 그가 막아놓은 세 군데 중 두 군데가 막자마자 떨어졌다.

"아버진 포저 삼촌* 같아요." 사비가 소리쳤다.

그는 사비 때문에도 화가 날 지경이었다. 그러나 그 소동에 응답이라도 하듯 식당 불빛이 꺼졌다. 그는 어두운 침대에 누워 곧 잠이 들었다. 그러면서 그는 이를 갈고 만족한 듯이 입맛을 다시며 이상한 소리를 냈다.

아난드는 어둠 속에 앉아 있었다. 샤마가 방으로 들어와 사주식 침대 안으로 들어갔다. 아난드는 아래층으로 내려가고 싶지 않았다. 그는 침대에서 아버지 옆에 누워 조용히 있었다.

아난드는 잡담 소리와 무거운 발자국 소리 때문에 잠을 이룰 수 없었다. 그러다 파티션 위로 두 군데 뚫린 틈으로 새어 나오는 불빛 때문에 잠이 완전히 달아났다. 집 아래에서 자지 않고 기다리고 있던 이모

---

* 제롬 K. 제롬이 지은 『요절복통 템스 강 기행문』의 「보트 위의 세 남자」 편에 나오는 인물이다. 포저 삼촌은 집에 못을 박는 사소한 일을 할 때도 혼자서 하겠다고 큰 소리를 치지만 실제로는 온 집안 식구들을 달달 볶으며 겨우 해낸다. 그러면서도 항상 그 일이 뒤탈이 난다.

들 몇 명이 부엌 주변을 돌아다니고 있는 소리가 들렸다. 잡담 소리와 웃음소리가 계속되었다.

비스와스 씨가 몸을 뒤척이며 신음 소리를 냈다. **"제발 좀!"**

아난드는 샤마가 깨어서 걱정하고 있는 것이 느껴졌다. 이런 식으로 들어보니 마치 수돗물이 똑똑 흐르는 소리 같은 잡담 소리를 도저히 참을 수가 없었다.

"제발!" 비스와스 씨가 고함쳤다.

순간적으로 식당에서 정적이 흘렀다.

"이 집에 다른 사람들도 살고 있소." 비스와스 씨가 고함쳤다.

집을 방문한 이모들, 책 읽는 아이들, 공부하는 아이들이 아래층에서 깨어나는 소리가 들리는 것도 같았다.

오와드가 마치 옆에 있는 사람들에게만 말하듯 부드럽게 말했다. "어이, 우리도 다 아는 것 아닌가." 키득거리는 소리가 들렸다.

키득거리는 소리에 비스와스 씨는 성이 났다. "프랑스로 가버려!" 그가 고함쳤다.

"그럼 넌 지옥에 가면 되겠네." 툴시 부인의 말이었다. 또박또박한 부인의 말은 차갑고 완고하고 명확했다.

"엄마!" 오와드가 말했다.

비스와스 씨는 뭐라고 해야 할지 생각이 나지 않았다. 놀라움이 충격으로 다시 충격에서 분노가 따라왔다.

샤마는 사주식 침대에서 일어나서 말했다. "여보, 여보."

"지옥에 가라고 해." 툴시 부인이 마치 대화라도 하듯이 말했다. 그녀의 목소리에 이어 신음 소리, 침대의 스프링이 삐걱거리는 소리, 바닥을 끄는 소리가 들렸다.

아래층에서 전등이 켜지고 마당에도 불이 켜지자 불빛이 문의 미늘살 사이로 비스와스 씨의 방까지 비쳤다.

"지옥에 가라고?" 비스와스 씨가 말했다. "지옥에 가라고? 장모님 가실 길이나 미리 준비하러 갈까요? 신께 기도드리면서? 영감 무덤도 말끔히 치우면서 말인가요?"

"오, 신이시여, 제발, 자형." 오와드가 불렀다. "그 주둥아리 좀 다 물어요."

"넌 나에게 신이 어쩌고 할 수 없어. 붉은색, 푸른색 목화라고! 비행기에서 벼를 쏜다며!"

딸들이 방으로 들어왔다.

사비가 말했다. "아버지, 바보 같은 짓 좀 그만 하세요. 제발, 그만하라니깐요."

아난드는 두 침대 사이에 서 있었다. 방이 우리 같았다.

"지옥에 가라고 해." 툴시 부인이 흐느꼈다. "지옥에나 가라고."

"이봐요! 이봐요!" 옆집에서 어떤 여자가 날카로운 음성으로 소리를 질렀다. "여보세요, 뭔 일 났어요?"

"난 도저히 **못 참겠어**." 오와드가 고함을 질렀다. "못 참겠다니까. 내가 왜 돌아왔을까." 거실을 가로질러 쾅쾅거리며 걸어가는 그의 발자국 소리가 들렸다. 그는 화가 난 채로 못 알아들을 말을 뭐라고 크게 중얼거렸다.

"얘야, 얘야." 툴시 부인이 불렀다.

사람들은 오와드가 계단을 내려오는 소리와 대문이 찰칵하고 열리며 흔들리는 소리를 들었다.

툴시 부인이 통곡하기 시작했다.

"이봐요! 이봐요!"

비스와스 씨는 마음속에서 멋진 문장이 떠올라 이렇게 말했다. "자선처럼 공산주의는 집에서부터 시작되어야 한다."

비스와스 씨의 방문이 열리자 생생한 불빛과 그림자들이 벽 위에 복잡하게 무늬를 그렸다. 이어 허리띠를 풀어 헤치고 셔츠 단추도 잠그지 않은 고빈드가 방으로 들어왔다.

"모헌!"

그의 목소리는 친절했다. 비스와스 씨는 너무 놀라서 눈물이 나올 정도였다. 비스와스 씨가 고빈드에게 말했다. "자선처럼 공산주의는 집에서 시작되어야 한다."

"알아, 안다고." 고빈드가 말했다.

수실라는 툴시 부인을 달래고 있었다. 부인의 통곡은 흐느낌으로 잦아들었다.

"장모님께 퇴거를 통보합니다." 비스와스 씨가 고함질렀다. "난 이 집에 발을 들인 날을 저주합니다."

"자, 자."

"못에 걸 옷 한 벌 없이 우리 집에 온 그날을 저주하는 거겠지." 툴시 부인이 말했다.

이 말에 비스와스 씨는 상처를 받았다. 그는 즉시 응수하지 못했다. "통보드립니다." 그가 마지막으로 되풀이해서 말했다.

"내가 **너에게** 퇴거를 통보한다." 툴시 부인이 말했다.

"내가 먼저 했잖아요."

돌연히 침묵이 흘렀다. 잠시 후 거실에서는 즐거운 듯 낮은 목소리로 잡담이 시작되었고, 아래층에는 침묵을 지키고 있던 책 읽는 아이들과 공부하는 아이들이 속닥거렸다.

"체!" 옆집 여자가 말했다. "지들끼리 싸우면서 난리네."

고빈드는 비스와스 씨의 어깨를 두드리며 약간 웃더니 방을 나갔다.

아래층에서 쑥덕거리는 소리가 잠잠해졌다. 마당에서 미늘창 사이로 들어와 방에 긴 선들을 그었던 빛이 꺼졌다. 거실에서 들리던 웃음소리도 사라졌다. 희미하게 비꼬는 듯한 어조로 목을 가다듬는 소리와 낮고 불안한 목소리로 낄낄거리는 소리가 들렸다. 바닥을 질질 끄는 발자국 소리와 속삭이는 소리도 들렸다. 이어 불빛이 꺼지고 방이 어둠에 싸이자 집은 완전히 조용해졌다.

그들은 넋이 빠진 채 방 안에서 감히 움직이지도, 침묵을 깨지도 못했다. 어둠과 정적 속에서 방금 일어난 일이 제대로 이해되지 않았다.

곧, 꼼짝도 하지 못하는 것에 지친 아이들이 아래층으로 내려갔다.

아침이 되면 지난 몇 분간의 공포가 훤하게 드러나게 될 것이었다.

*

그들은 불편한 심정으로 잠을 깼다. 깨자마자 기억이 났다. 그들은 서로를 피했다. 그들은 헛기침, 침 뱉는 소리, 수돗물 소리, 계속해서 슥슥 스치며 움직이는 소리, 석탄 곤로에 부채질하는 소리, 화장실에서 물이 내려갈 때의 금속성이 섞인 쉭쉭하는 소리 너머로 툴시 부인과 오와드의 발자국 소리와 목소리를 들으려고 애를 썼다. 그러나 위층은 조용했다. 그때 오와드가 그날 아침 토바고 섬으로 일주일간 여행을 떠났다는 것을 알게 되었다. 비스와스 씨의 아이들은 본능적으로 즉시 집에서 도망쳐 거리와 학교라는 별개의 현실 속으로 나가려 하고 있었다.

비스와스 씨의 분노는 이미 김이 새어버렸다. 오히려 그 분노가 짐스러웠다. 지금 그는 자신이 한 일이 부끄럽고, 그 모든 추한 장면이 창피스러웠다. 그러나 오와드가 영국에서 돌아온다는 소식을 들은 이후로 항상 그의 주변을 맴돌던 불확실성이 이제 사라졌다. 그는 자기가 두려워하는 것을 뭉개버리는 게 쉬운 일이라는 걸 알게 되었다. 그래서 목욕을 끝내고 나자 힘이 솟고 심지어 머리가 상쾌해지는 것 같은 느낌도 들었다. 비스와스 씨 역시 집을 나가고 싶은 생각이 간절했다. 그리고 집을 나가는 지금 그는 샤마가 불쌍해졌다. 그녀는 집에 남아 있어야 했기 때문이다.

자매들도 기분이 맑아진 듯이 보였다. 당해보지 않은 탓에 자매들은 자신들이 옳다고 믿고 있었다. 그리고 오와드가 화를 내며 집을 나갔다는 소식을 들었을 때엔 모두 다 치욕스럽고 두렵기는 했다. 하지만 모든 자매들은 각자 오와드와의 유대감이 있음을 확신했기 때문에, 샤마를 향한 이들의 태도는 나무라거나 주춤거리거나 둘 중 하나였다.

"그러니까, 이모." 전에 몸을 잘 꼬던 수니티가 말했다. "새집으로 이사 가신다고 들었는데요."

"그래, 그렇단다." 샤마가 말했다.

학교에서 아난드는 엘리엇과 피카소, 브라크와 샤갈을 옹호했다. 『소비에트 위클리』를 독서실의 『펀치』와 『일러스트레이티드 런던 뉴스』 사이에 두곤 했던 아난드는 이제 공산주의에 짜증이 난다고 말했다. 이 선언은 뜻밖의 것이었다. 그러나 유럽과 아메리카의 저명한 지식인들이 여기저기서 공산당 포기 선언을 했던 것과 이 행동이 맞물려 있었기에 뒷말은 별로 없었다.

*

　비스와스 씨가 『센티널』에 입사한 직후 어느 날 저녁 그는 가족 전체가 부랑인이라 주기적으로 머린 광장에서 잠을 자는 사람들을 인터뷰하러 늦은 시간에 도심지에 갔던 적이 있었다. '그 난제, 주택 문제'라는 제목으로 그는 그 기사를 시작했다. 나중에 버넷 씨가 삭제하긴 했어도 비스와스 씨는 이 제목이 가진 리듬에 매혹되어서 결코 잊을 수가 없었다. 이 단어들이 그날 아침 그의 머릿속에서 울렸다. 그는 이 말들을 소리 내어 말해보고 소곤거리면서 노래로 불렀다. 그리고 월요일 사무실에서 회의를 하는 내내 비스와스 씨는 평소와 다르게 생기가 넘쳤고 수다스러웠다. 회의가 끝나자 그는 세인트 빈센트 스트리트를 따라 걸어 내려가 화려한 벽화가 그려진 카페로 갔고, 거기 바에 앉아 아는 사람을 기다렸다.

　"이봐, 퇴거 통보를 받았어." 비스와스 씨가 말했다.

　그는 상대방이 걱정해주리라고 예상하며 가벼운 어투로 말했지만, 그의 가벼운 어투는 또 다른 가벼운 어투로 응수되었다.

　"내 생각엔 나도 머린 광장에서 자네와 같이 살게 될 것 같아." 『가디언』 기자가 말했다.

　"젠장. 결혼해서 애가 넷인데 갈 데는 없고. 세 들어 살 만한 곳 알아?"

　"알면 내가 지금 당장 가겠다."

　"오, 참. 광장에는 있겠네."

　"그렇겠지."

신문사 사무실, 정부 청사의 사무실, 그리고 법원과 가까운 그 카페에는 신문 기자와 공무원 들이 뻔질나게 드나들었다. 자기 사건 때문에 청사에 들르기 전 한잔하러 왔다가 때때로 몇 달씩 보이지 않는 사람들도 있었다. 중앙 호적 등기소 바깥쪽 사무실의 윤기 나는 책상에서 소유권을 추적하는 지겨운 일로 며칠을 보내는 변호사 사무원들과 보조 사무원들도 들렀다.

　"빌리가 아직 여기 있다면 가서 빌리를 만나보라고 말했을 거야, 다들 빌리 기억하지?"라고 말한 것은 부동산 소유권 추적인이었다.

　"빌리는 사람들에게 집만 사게 도와주는 게 아니라, 공짜로 이사도 갈 수 있게 해주겠다고 약속하곤 했지. 너도 나도 공짜 이사를 하려고 몰려들어서(흑인 말이야) 빌리에게 착수금을 줬어. 빌리는 짭짤하게 착수금을 거둬들이고 나서 이 엉터리 짓은 관두고 미국으로 내뺄 때가 되었다고 생각했던 거야."

　"그런데 들어봐. 떠나기 전날 빌리의 계획이 누설된 거야. 그런데 자기 계획이 새어 나갔다는 걸 빌리도 알게 된 거지. 그래서 다음 날 항구에 배를 기다리게 해놓고, 황갈색 작업복을 입은 채 화물차를 하나 빌려서 돈을 건넨 사람을 모두 찾아갔어. 사람들 모두 얼마나 놀랐던지 화냈던 것도 다 잊어버릴 정도였다니까. 경찰을 부르려고 했던 경황을 빌리에게 말해주면서 그 사람들 모두 '그런데 빌리, 우리가 들으니까 자네가 오늘 떠난다고 하던데'라고 했지. 그러니까 빌리는 '어디서 그런 말도 안 되는 소리를 들었는지 모르겠네. 난 안 떠나요. **당신들이** 떠나지. 이사시켜주려고 내가 왔잖아요. 짐은 다 꾸렸어요?'라고 했어. 그 사람들 중에서 짐 싸놓은 사람이 아무도 없으니까 빌리는 시간을 이렇게 낭비하게 할 수가 있냐고 하면서 고래고래 화를 냈지. 그리고 아무도 이사시켜주지 않겠다고 길길이 뛴 거야. 그러니까 사람들이 오후에 다시 오면 짐을 싸서 이사 갈 준비를 해놓겠다고 빌리를 달랬어. 그렇게 빌리가 가고 난 후에 그 사람들은 짐을 싸서 빌리를 기다렸지. 그 사람들 아직도 기다리고 있어."

웃음이 터졌지만 비스와스 씨는 같이 웃을 수가 없었다. 밖이 어두워졌다. 푸른 번갯불이 잠시 번쩍이더니 찢어지듯 울려 퍼지는 천둥소리가 들렸다. 차창을 닫고 맡은 구역으로 운전해서 가야 했지만, 별로 내키지가 않았다. 그는 라거 맥주를 여러 병 마셨고 맥주 탓에 점점 조용하게 말수가 줄었다. 그는 시골로 가고 싶지 않았다. 그렇다고 카페에 계속 있고 싶지도 않았다. 그러나 인도를 얼룩덜룩하게 만들며 떨어지기 시작하던 무거운 빗방울이 곧 도로를 적시며 흘러내리는 비로 변하자 비스와스 씨는 등받이가 없는 커다란 의자에 조용히 앉아 입은 다물고 듣는 둥 마는 둥하며 라거를 마시고 조잡하고 밝은 색깔의 벽화를 보면서 우울함에 몸을 맡기고 싶은 기분이 들었다.

어깨 위에 손이 얹어지는 것을 느끼고 돌아보았더니 키가 크고 마른 유색인이 보였다. 비스와스 씨는 가끔 이 남자를 세인트 빈센트 스트리트 근방에서 보았고 변호사 사무실 사무장이라는 것도 알고 있었다. 지난 한두 해 동안 서로를 보고 목례는 했지만 한 번도 말을 나눠본 적은 없었다.

"진짠가요?" 그 사람이 물었다.

비스와스 씨는 그 남자의 몸집이 어느 정도인지 알 수 있었다. 또한 그의 목소리와 겉늙은 얼굴에 근심이 실려 있다는 것도 느껴졌다. "그래요, 형씨."

"진짜 퇴거 통보를 받았나요?"

비스와스 씨는 입을 오므리고 자기 잔을 바라보며 고개를 끄덕이는 것으로 이 동정 어린 말에 대답했다.

"젠장, 기간이 어떻게 되는데요?"

"통보장인데, 한 달짜리일 거예요, 아마."

"젠장. 결혼하셨어요? 아이들은요?"

"네 명이에요."

"저런! 정부에 탄원하셨어요? 지금 복지부에 계시죠, 그렇지 않나요? 그리고 정부에는 주택 대출 계획안 같은 건 없나요?"

"정규직에게만 줘요."

"좋은 집을 빌리는 건 절대 불가능하겠구먼요." 그 남자가 말했다. 그는 대화를 하고 있던 사람들에게서 떨어져 나와 비스와스 씨에게 슬슬 다가왔다. 그 사람들 중의 몇 명은 그 바의 테이블에서 음식을 먹기 시작하고 있었다. "사실 훨씬 쉽게 집을 살 수 있는데. 긴 안목으로 보면 말이죠. 뭘 마시고 있나요? 라거요? 아가씨, 라거 두 병요. 젠장."

라거가 왔다.

그 남자가 말했다. "나도 알구먼요. 나도 얼마 전까지 비슷한 처지였거든요. 난 어머니만 있구먼요. 그런데도 아주 죽겠더라고요. 아주 넌더리가 나요."

"넌더리가 난다고요?"

"진짜 넌더리가 날 땐 좋은 게 뭔지 생각이 안 나게 되죠. 그리고 좋을 때는 넌더리 나는 게 뭔지를 정말 모르는구먼요. 매일 오후에 돌아갈 장소가 없는 것과 같은 거란 걸요."

카페에 불이 켜졌다. 문가마다 사람들이 조용히 서서 비를 쳐다보고 있었다. 어두운 거리에서 젖은 타이어가 미끄러지는 소리와 비가 내

리는 소리가 울리며 나이프와 포크가 접시를 긁는 소리와 잡담 소리를
삼켰다.

"잘은 모르지만," 그 남자가 말했다. "잠깐만요. 지금 뭐 하실 일
있으신가요?"

"시골로 가야 해요. 하지만 이런 비로는……"

"있잖아요. 가서 저와 점심이나 먹는 게 더 나을 거구먼요. 아니,
여기서는 말고요." 그는 카페를 둘러보았고, 비스와스 씨는 그에게서
무관심한 수다쟁이들을 꾸중하는 표정을 보았다.

그들은 밖으로 나가 벽에 바짝 붙어 서 있는 사람들을 스치며 서둘
러 비를 뚫고 지나갔다. 그리고 옆 도로로 돌아가 중국 식당의 더러운
녹색 홀로 들어갔다. 코코넛 가지로 짠 매트는 축축하고 시커멨고 바닥
도 젖어 있었다. 그들은 양탄자가 깔리지 않은 계단을 걸어 올라갔는
데, 아마도 그 변호사 사무장은 아는 사람들을 주기적으로 만나는 것
같아 보였다. 비스와스 씨의 어깨를 두드리면서 그는 그 모든 사람에
게 말했다. "이분에게 힘든 일이 생겼구먼요. 이분이 통고장을 받았답
니다. 그런데 갈 데가 없어요." 사람들이 비스와스 씨를 바라보며 동정
어린 말을 했고 라거에다, 낯선 얼굴들에다, 예기치 않은 관심까지 받
자 정신이 멍해진 비스와스 씨는 아주 비참한 기분이 들었다.

그들은 합판으로 칸막이를 한 작은 방 안으로 들어갔고 변호사 사
무장이 음식을 주문했다.

"잘 모르지만," 그가 말했다. "들어보세요. 제 상황이 이렇구먼요.
전 세인트 제임스 스트리트의 2층짜리 집에서 어머니랑 같이 살고 있어
요. 그런데 어머니가 이제는 제법 나이가 드셨어요. 그래서 있잖아요."

"우리 어머닌 돌아가셨어요." 비스와스 씨는 자신이 먹고 있다는

사실에 놀라며 말했다. "망할 놈의 의사가 사망 진단서를 안 주려고 했지요. 어쨌거나, 그 자식에게 편질 썼어요. 길게요."

"댁도 참 안됐군요. 그건 그렇고 사정이 이렇구면요. 늙은 마마님이 심장에 문제가 약간 있어서요. 계단이나 뭐 그 비슷한 건 못 올라가세요. 심장에 무리가 가서요." 변호사 사무장이 자기 손을 가슴에 대고 어깨를 위아래로 들썩였다. "이런 상황에서 마침, 늙은 마마님에게 안성맞춤인 무쿠라포의 집을 소개받았구면요. 문제는 누가 이 집을 사지 않으면 제가 그 집을 못 산다는 거예요."

"그래서 당신은 내가 이 집을 샀으면 하는 거고요."

"그런 셈이죠. 난 당신을 도울 수 있고 당신도 나를 도울 수 있구면요. 그리고 늙은 마마님까지도요."

"2층집이란 말이죠."

"현대식 시설이 다 갖춰져 있고 즉시 입주 가능하구면요."

"그럴 돈이나 있으면 좋겠군, 형씨."

"일단 한번 보시라니깐요."

그리고 식사가 끝나기도 전에 비스와스 씨는 그 집을 보러 가기로 했다. 그는 자신이 무슨 짓을 하고 있는지 알고 있었다. 자신이 8백 달러밖에 없으며 사무장과 자신의 시간을 축낼 따름이라는 것도 알고 있었다. 그러나 예의상 어쩔 수 없었다.

"제가 이렇게 간절히 부탁할게요." 변호사 사무장이 말했다. "그리고 늙은 마마님도 간절히 부탁하실 거구면요."

이리하여 쏟아지는 빗속에서 간간이 와이퍼가 작동을 멈추는데도 그들은 세인트 빈센트 스트리트로 차를 몰고 가서 머린 광장을 돌아 장래 걱정이 없는 사람들이 사는 라이트슨 로드를 따라 내려가 우드브룩을 지나 웨스턴 메인 로드로 가서 거대한 토지를 몇 군데 지나고 사만나무가 줄지어 선 경찰서 건물의 도로를 지나 시킴 스트리트로 들어섰다.

그 집 밖에 차가 섰을 때도 여전히 비가 오고 있었다. 네모진 콘크리트 기둥 사이에 납관을 세워 콘크리트로 반을 채운 울타리에는 나팔꽃 넝쿨이 덮여 있었다. 넝쿨 속에는 비를 맞아 고개를 숙인 작고 붉은 꽃들이 여기저기 피어 있었다. 높은 집인 데다가, 크림색과 회색 벽, 흰색 틀을 한 문과 창문, 흰색으로 이음매를 두른 붉은 벽돌 벽, 이 모든 것을 한꺼번에 본 비스와스 씨는 그 집이 자신에게 어울리지 않는다는 것을 알 수 있었다.

비를 피해 집으로 달려 들어가 변호사 사무장이 말했던 만큼 늙지는 않은 늙은 마마님의 인사를 받을 때 비스와스 씨는 그녀의 깍듯함에 깜짝 놀랐다. 그는 자신이 양복과 넥타이, 반짝이는 구두와 프리펙트 자동차로 대중을 속이고 있다는 생각이 줄곧 들었다. 정말로 가지고 싶으면서 손에 넣기는 요원한 여기 시킴 스트리트의 집에서 자신이 하는 기만은 특히나 더 고통스러운 것이었다. 그는 늙은 마마님의 정중함에 똑같이 정중하게 대하려고 애를 썼다. 그는 가구로 꽉 찬 자기 방과 8백 달러를 생각하지 않으려고 애를 썼다. 라거 맥주의 기운이 올라오자 그는 천천히 조심스럽게 차를 홀짝거리며 담배를 피웠다. 대놓고 집을 평가하는 것이 무례하지 않을까 생각하며, 비스와스 씨는 마지못해하면서 수성 페인트를 칠한 벽과 나뭇조각들을 붙이고 초콜릿색으로 페인트칠을 한 깨끗한 합판 지붕, 신제품인 불투명 유리를 끼운 창문, 불투명 유리를 달고 흰색 목재로 만든 문, 흰 격자창, 윤기 나는 바닥, 그리고 윤기 나는 모리스 안락의자 세트를 쳐다보았다. 그리고 솔직하고 신뢰가 가며 8백 달러에 대해서는 모르고 있는 변호사 사무장이 비스와스 씨에게 위층도 봐야 된다고 우기자 비스와스 씨는 급하게 돌아다니며 보다가 변기가 있는 욕실을 보게 되었다. 호사스러웠다! 도자기 재질로 된 세면기, 푸른색 벽이 있는 침실 두 개. 베란다는 햇볕이 들지 않아 시원했으며, 아래로 보이는 울타리에는 나팔꽃이 피어 있고, 그의 프리펙트 자동차는 길에 세워져 있었다. 잠시 비스와스 씨는 그 집이 자기 집이라고 생각해보았다. 그 생각을 하자 몹시 흥분되어서 급하게 그 생각을 떨쳐버리고 서둘러서 아래층으로 내려왔다.

심장 때문에 계단을 못 올라간다는 늙은 마마님이 마치 비스와스 씨가 긴 여행에서 돌아오기라도 한 듯이 반겨주었다.

그는 모리스 안락의자에 앉아서 차를 한 잔 더 마시고 담배도 한 대 더 피웠다.

집값에 대해서는 아직 아무것도 말한 게 없었다. 비스와스 씨는 마음속으로 자신을 책임감과 후회에서 건져줄 만큼 높고 불가능한 어떤 액수를 계속 생각하고 있었다. 그는 8천이나 9천 달러일 것이라고 생각했다. 붐비는 메인 로드에서 아주 가까워 가게를 열기에도 이상적인 장소였다. 그리고 빗속에서도 너무나 조용했다!

"6천이면 나쁘지 않겠지요." 변호사 사무장이 말했다.

비스와스 씨는 담배를 피우며 아무 말도 하지 않았다.

늙은 마마님이 케이크가 담긴 접시를 부엌에서 가지고 나왔다. 변호사 사무장은 비스와스 씨에게 한번 먹어보라고 고집스럽게 권했다. 늙은 마마님이 직접 만들었다는 것이다.

비스와스 씨는 케이크를 먹었다. 늙은 마마님이 그에게 미소를 보내자 그는 다시 미소로 보답했다.

"자, 솔직하게 말하지요. 우리 모두 서둘러서 매매하고 싶어 하잖아요. 그러니 5천 5백 달러는 어떨까요?"

옛날에 비스와스 씨는 가짜 목걸이 때문에 빚을 갚기 위해 20년간 일을 한 여자에 대해 쓴 프랑스 작가의 소설을 읽은 적이 있었다.* 그는 왜 그 이야기가 희극으로 간주되는지 이해할 수가 없었다. 빚이란 무서운 것이다. 그리고 그 이야기는 실화였든지, 아니면 옛날에 있을 수도 있는 허구였든지, 하여튼 거의 진실이라고 할 만한 이야기였다. 희망이 사라지고 몇 년을 고생하며 시들어가다가 인생 그 자체도 사라지고 난 뒤 그제야 낭비한 것이 무엇인지 드러난다. 오 불쌍한 마틸드! 하지만 그건 가짜였어! 지금 사무장의 모리스 안락의자에 앉아 비스와스 씨는 자신이 그와 유사한 빚으로, 그와 유사한 고생과 그와 유사한 낭비로 바짝 다가선 것을 느꼈다. 그리고 그는 또다시 북적이는 집 안이 코를 고는 소리를 들으며, 또 탐조등이 조용히 지나간 텅 빈 하늘을 창문으로 바라보며 뜬눈으로 밤을 지새웠다.

"5천 5백 하고 이 모리스 의자 세트는 두고 갈게요." 사무장이 약간 웃었다. "인도 사람들이 잘 깎는다는 말을 늘 들었는데 얼마나 잘 깎는지 오늘에야 알았구먼요."

늙은 마마님이 항상 그렇듯 인자하게 미소 지었다.

"한번 생각해봐야겠어요."

늙은 마마님이 미소를 지었다.

돌아오는 길에 비스와스 씨는 좀 강하게 나가야겠다는 생각을 했다.

---

* 모파상의 단편 「목걸이」의 주인공 마틸드는 친구의 목걸이를 잃어버리자 빚을 내어 똑같은 것을 사준 뒤 그 빚을 갚느라 10년이라는 세월을 보낸다. 하지만 그 후 우연히 만나게 된 목걸이의 주인은 그 목걸이가 가짜였다고 말한다. 그리고 실제 모파상의 작품 속에서 빚을 갚는 데 걸린 시간은 20년이 아니라 10년이다.

"그렇게 집을 팔고 싶어 하면서 왜 중개업소엔 안 갔나요?"

"저요? 카페에서 사람들이 하던 말 안 들으셨어요? 중개인들은 다 사기꾼이라니까요."

그는 자신이 그 집을 마지막으로 보고 간다는 생각을 했다. 그 당시 그는 자신에게 남겨진 5년이라는 세월 동안 웨스턴 메인 로드를 따라 우드브룩을 통과하여 라이트슨 로드로, 다시 사우스 만으로 가는 그 길이 익숙해지다 못해 지겨워지기까지 할 거라는 사실을 알지 못했다.

또다시 혼자가 되자 우울증과 공포감이 다시 찾아왔다. 그러나 집으로 돌아왔을 때 비스와스 씨는 자신감과 엄격성을 다시 찾아서 그가 그렇게 빨리 돌아온 것을 보고 놀란 샤마에게 큰 소리로 말했다. "오늘은 시골에 가지 않았어. 집만 좀 보고 왔지."

그는 이제까지 지긋지긋하게 겪었던 두통이 근심이 많은 탓이라고 생각해왔는데, 지금 보니 술을 먹은 날이면 항상 숙취를 겪었던 게 확실했다. 비스와스 씨는 방으로 올라가 바지와 러닝셔츠를 벗고 마르쿠스 아우렐리우스를 읽으려고 애쓰다가 못 읽은 채 곧 잠이 들어서 아이들을 놀라게 했다. 왜냐하면 아이들은 모두에게 여파가 미치는 이런 위기 상황에서 어떻게 아버지가 오후 일찍 잠이 들 수 있는지 이해가 안 갔기 때문이었다.

비스와스 씨는 마치 주인이 이것저것 지켜야 할 사항을 많이 요구하는 집에 초대받은 손님처럼 그 집을 보고 왔다. 만약 비만 오지 않았어도 비스와스 씨는 작은 정원 주변으로 걸어 나가 그 집의 괴상한 생김새를 보았을 수도 있었다. 이웃집 박쥐들이 마음대로 드나들 수 있을 정도로 떨어져 나간 처마의 합판 패널을 보았을 수도 있었다. 페인트칠도 안 하고 지붕도 없이 난간만 있고 골함석판으로 위를 덮어놓은 뒤쪽 계단도 보았을 것이다. 아래층의 뒷문이 있어야 하는 곳에 두꺼운 커튼을 쳐서 아늑한 척해둔 것에 속지도 않았을 것이다. 그 집엔 아예 뒷문이 없다는 사실도 알게 되었을 것이다. 그가 빗속으로 급하게 달려 나가지만 않았어도 집 바로 밖에 가로등이 있다는 사실도 알았을 것이다. 그 가로등이 큰길에 너무 가까이 있어서 나방이 꼬이듯 부랑자들을 꼬이게 한다는 사실도 알았을 것이다. 그러나 그는 이 모든 것을 보지 못했다. 그는 윤나는 마룻바닥이 있고 부엌에서 케이크를 굽는 나이 든 부인이 있는 아늑한 집의 모습만을 빗속에서 보았을 뿐이었다.

비스와스 씨가 그렇게 심란하지만 않았어도 그 사무장이 열심히 집을 팔려는 의도에 대해 좀더 대놓고 물어볼 수도 있었을 것이다. 그러나 모든 것이 너무 빠르게 너무 깔끔하게 진행되었다. 그날 밤의 말싸움. 바로 다음 날 오후에 즉시 입주 가능한 집을 제안받았다. 그리고 저녁이 다 가기도 전에, 5천 5백 달러가 입수 불가능한 상태에서 어느 정도 벗어났던 것이다.

*

"누가 당신을 찾아왔어요." 샤마가 말했다.

잠을 깬 비스와스 씨는 저녁인 것을 알고 얼떨떨했다.

"또 극빈자야?" 그의 명성은 그가 『센티널』을 나온 뒤에도 계속 살아 있었다. 그래서 때때로 극빈자들이 그를 찾아왔다.

"몰라요, 그런 것 같지는 않아요."

그는 머리가 빙빙 도는 상태에서 옷을 입고 아래층을 지나 앞 계단의 발치까지 걸어 내려갔고 점잖게 옷을 입은 흑인 기능공 방문객과 예기치 않게 마주쳤다. 그 흑인은 계단 꼭대기에서 그를 기다리고 있었다.

"안녕하십니까." 흑인이 말했다. 말투를 보니까 트리니다드보다 작은 섬 중 하나에서 불법으로 이민 온 사람인 것 같았다. "집 땜에 왔습니다. 사고 싶어서요."

그날은 모든 사람이 집을 사고팔고 싶어 했다. "난 아직 집값을 치르지도 않았는데요." 비스와스 씨가 대답했다.

"쇼트힐스의 집 말인가요?"

"아, 그거요. 그거. 하지만 난 팔 수 없어요. 땅이 내 것이 아니거든요. 빌린 것도 아니에요."

"저도 압니다. 내가 그 집을 사면 집을 부술 겁니다." 그가 계속해서 설명하기 시작했다. 그는 프티 밸리에 부지를 샀다. 집을 지으려고 했는데 건축 자재가 모자라고 비쌌다. 그래서 집 때문이 아니라 자재 때문에 비스와스 씨 집을 사려고 제안하고 있었던 것이다. 그는 값을 깎을 생각은 없다고 했다. 그 집을 면밀히 검토해보니 4백 달러 정도를 쳐줄 수 있을 것 같았다.

그리고 비스와스 씨가 어지러운 침상과 너저분한 가구와 온갖 잡동사니가 놓인 샤마의 화장대가 있는 방으로 돌아왔을 때 그의 주머니에는 20달러짜리 지폐 20장이 들어 있었다.

"넌 신이 있다고 믿지 않지." 그가 아난드에게 말했다. "하지만 봐라."

*

8백 달러와 1천 2백 달러 사이에는 크나큰 차이가 있다. 8백 달러는 보잘것없는 저금 액수다. 1천 2백 달러는 진짜 돈이다. 8백 달러와 5천 달러 사이의 차이는 엄청난 것이다. 1천 2백 달러와 5천 달러 사이의 차이는 절충 가능한 것이다.

일주일 전만 해도 비스와스 씨는 5천 달러짜리 집을 사는 것은 꿈도 못 꾸었을 것이다. 그는 3천 달러나 3천 5백 달러 정도의 집을 원했다. 그는 4천 달러가 넘는 집은 보지도 않았다. 그런데 이상하게도 이제는 눈이 높아져서 다른 5천 달러짜리 집도 쳐다보지 않았다.

그는 다음 날 변호사 사무장을 찾아가서 계약금 백 달러를 지불하고, 인지가 붙은 영수증을 요구할 정도로 기민하게 일을 처리했다.

"이 돈 가지고 당장 제가 사려는 집값을 치러야겠어요." 변호사 사무장이 말했다. "늙은 마마님이 들으면 뭐라 하실까. 좋아서 난리일걸요."

샤마가 소식을 들었을 땐 눈물을 터트렸다.

"아!" 비스와스 씨가 말했다. "눈이 붓도록 울고. 짜증이나 내고. 당신이야 물론 당신 어머니랑 당신네 행복한 대가족이랑 모두 같이 살고 싶은 거잖아, 안 그래?"

"몰라요. 돈 있는 사람도 **당신**이고 집 사고 싶은 사람도 **당신**이니까 **나**보고 생각 같은 거 하라고 하지 마요."

그리고 방을 나가는 바로 그때 샤마는 수니티를 만났다. 그러자 수니티는 "이모네가 대단한 일 한다는 소리를 들었어요. 집인가 뭔가를 산대나?"라고 말했다.

"그래, 얘야."

"샤마!" 비스와스 씨가 소리쳤다. "샤마, 그 애보고 포키마 역에 가서 염소나 키우는 쓰잘데기없는 남편이나 도와주라고 해."

염소는 비스와스 씨가 만들어낸 말인데 매번 수니티를 화나게 했다. "염소라고요!" 그녀가 마당에서 소리치고 난 뒤 혀를 찼다. "흥, 어떤 사람은 적어도 염소를 키우기나 하지. 그런 건 꿈도 못 꾸는 사람들도 있는데 말이에요."

비스와스 씨는 샤마의 의도를 일부밖에는 추측하지 못하고 있었다. 샤마도 이사를 나갈 때가 되었다는 것을 알고 있었다. 하지만 싸우고 난 뒤 굴욕감에 겨워 이사하고 싶지는 않았다. 그녀는 어머니와 자신 사이의 소원한 감정이 사라지길 바랐다. 그리고 비스와스 씨가 한 행동이 성급하고, 싸움을 부르는 것이라고 생각하고 있었다.

비스와스 씨는 엄청난 그 일의 세부 사항을 하나하나 털어놓았다.

"5천 5백 달러야." 그가 말했다.

그는 제대로 충격을 주었다.

"오, 세상에!" 샤마가 말했다. "당신 미쳤군요! 당신 미쳤어! 내 목에다 연자 맷돌을 달아도 유분수지.*"

"목걸이지."

그녀가 절망하자 비스와스 씨는 놀랐다. 하지만 그럴수록 그는 더욱 완강해졌다. 그는 샤마에게 고통을 주는 걸 감수하기로 마음을 단단히 먹었다.

---

* 『마태복음』 18장 6절. "누구든지 나를 믿는 이 소자 중 하나를 실족케 하면 차라리 연자 맷돌을 그 목에 달리우고 깊은 바다에 빠뜨리우는 것이 나으니라."

"이봐요, 우리는 아직도 차 할부금을 내고 있어요. 그리고 당신이 정부에서 하는 일이 얼마나 갈지도 모르잖아요."

"당신 남동생이야 그 일이 계속 가지 않길 빌겠지. 그렇지, 어? 당신 마음 깊은 곳엔 분명히 내가 하는 이 일이 별거 아니다 싶을 거야, 그렇지? 마음 깊숙이는 분명히 그렇게 믿고 있는 게 맞지, 안 그래?"

"당신이 그렇게 생각한다면야, 그렇겠죠." 이렇게 소리를 지르고 샤마는 계단을 내려가 날벌레가 들끓는 희미한 전등 불빛 아래에서 글 읽는 아이들, 공부하는 아이들, 자매들, 그리고 결혼한 질녀들이 일하고 잡담을 나누는 집 아래 부엌으로 갔다. 그녀는 안전하게 보호받고 있었다. 하지만 재난이 다가오고 있었고 그녀는 완전히 외톨이였다.

샤마가 다시 방으로 올라왔다.

"어떻게 돈을 구할 거예요?"

"당신은 상관하지 마."

"당신이 돈을 갖다 버리기 시작한다면 언제든지 나도 한몫 거들 수 있어요. 내일 리마 가게에 가서 당신이 항상 말하던 그 브로치를 살 거예요."

비스와스 씨가 낄낄거리고 웃었다.

샤마가 방에서 나가자마자 비스와스 씨는 두려움에 사로잡혔다. 그는 집을 나가서 넓고 조용하고 길게 잔디가 나 있는 세인트 클레어 거리를 따라 사바나 근방을 산책했다. 그곳에서는 열린 문틈을 통해 은은히 비치는 조명 아래에 호사스럽고 평안한 집 내부가 보였다.

마음을 단단히 먹은 터여선지 다시 돌아갈 용기는 부족했지만 앞으로 갈 에너지는 있었다. 비스와스 씨는 샤마가 우울해하는 것에 용기를 얻었고 아이들의 열광적인 반응에 힘을 얻었다. 그는 자기 스스로에게 물어보려 하지 않았다. 그런데 오와드가 돌아오는 것을 걱정하던 마음은 결국 변호사 사무장과 케이크를 구워 아주 우아하게 대접하던 늙은 마마님의 집을 살 정도로 자신이 괜찮은 사람이 아닌 건 아닌지 하는 걱정으로 커져갔다.

비스와스 씨가 목요일 오후에 아조다의 집으로 차를 몰고 가서 타라를 보자마자 집 살 돈 4천 달러를 빌리러 왔다는 말을 하게 된 것은 바로 이러한 걱정 때문이었다. 타라는 흔쾌히 수락했다. 자신은 비스와스 씨가 마침내 툴시 집안에서 자유롭게 되는 게 기쁘다는 것이었다. 그리고 모자로 부채질을 하며 아조다가 들어오자 비스와스 씨는 아까와 마찬가지로 단도직입적으로 말했고 아조다는 그 문제를 사소한 사업상 거래쯤으로 대했다. 8퍼센트로 4천 5백 달러를 5년 동안 갚는 것이었다.

비스와스 씨는 남아서 그들과 저녁을 같이 먹었다. 직설적인 말투에 큰 목소리로 말을 할 때 비스와스 씨는 기백이 넘쳤다. 차를 몰고 집으로 돌아올 때쯤이 되어서야 비로소 흥분이 가라앉았고 자신이 빚뿐 아니라 사기에도 연루되었다는 것을 깨달았다. 아조다는 차 값을 아직 완납하지 않았다는 것을 몰랐다. 또한 아조다는 그가 비정규직 공무원일 뿐이라는 사실도 몰랐다. 그리고 그 빚은 5년 안에 갚지 못하게 될 수도 있었다. 이자만 한 달에 30달러나 되니까 말이다.

아직도 그가 모든 것을 철회할 기회가 남아 있었다. 예를 들어 비스와스 씨네 가족이 금요일 저녁에 그 집에 찾아갔을 때가 바로 그 기회였다.

자신이 그 집에 걸맞은 사람이란 것을 스스로에게 보여주고 싶어 안달이 난 비스와스 씨는 아이들이 제일 좋은 옷을 입어야 한다고 고집을 피우고 샤마에게는 그곳에 도착하면 가능한 한 입을 다물고 있으라고 다그쳤다.

"난 놔둬요, 상관하지 말라고요." 샤마가 말했다. "당신이 안됐다는 생각이 하나도 안 들어서 그 잘나고 고상한 판매자 앞에서 톡톡히 망신을 줄 참이니까요."

샤마는 내내 이 태도를 고수했다. 그러자 시킴 스트리트로 들어서기 직전 비스와스 씨는 마침내 이성을 잃고 이렇게 말했다. "그래. 창피를 주든지 말든지 맘대로 하라고. 남아서 당신 가족이랑 살아. 난 내가 알아서 할 테니까. 나도 당신 따라오는 것 싫어."

그녀는 놀란 것 같았다. 하지만 말싸움을 진정할 시간이 없었다. 그들은 시킴 스트리트에 있었다. 그는 그 집을 지나 약간 떨어진 곳에 주차하고 나서, 아이들에게 원하면 그와 같이 가든지 아니면 엄마랑 남아서 계속 툴시 집안사람들과 같이 사는 게 좋으면 그렇게 살든지 하라고 말한 뒤 문을 쾅 닫고 걸어갔다. 아이들이 나와서 그를 따라갔다.

결국 이런 연유로 인해 집을 사기 전 샤마가 그 집을 흘깃이라도 한번 본 것은 달리는 프리펙스 차 안에서 본 게 전부가 되어버렸다. 그녀는 옆집 나무들이 비쳐 낭만적으로 드리운 그림자와 가로등 불빛으로 은은한 색이 나는 콘크리트 담장을 보았다. 그렇게 계단이 추잡스러운 것, 기둥이 위험하게 휘어진 것, 격자 세공을 비롯하여 모든 목조 부분의 마무리가 제대로 되어 있지 않다는 것, 뒷문이 없다는 것, 그 밖에도 수백 가지 사소하지만 중요한 손질을 하지 않은 것을 발견할 수도 있었을 샤마는 분노와 두려움에 북받쳐 차 안에 앉아 있었던 것이다.

그동안 아이들은 최대한 얌전한 자세로 앉아서 늙은 마마님과 이야기를 나누면서, 그녀가 자신들에게 관심을 보이고 자신들이 말하는 거의 모든 것에 맞장구를 쳐주어 희희낙락하고 있었다. 아이들은 윤기 나는 바닥과 화려한 커튼과 셀로텍스 합판으로 이은 지붕과 모리스 안락의자를 보았고, 그 이상은 보려고 하지 않았다. 아이들은 차를 마시고 케이크를 먹었다. 그동안 비스와스 씨는 아이들의 눈에 합격한 것이 은근히 맘에 들어 담배를 피우며 변호사 사무장과 위스키를 마셨다. 그들이 2층으로 가려고 하자 변호사 사무장이 앞장섰다. 어두웠다. 그들은 계단에 빛이 없는 것을 눈치채지 못했다. 어두움이 부실한 건축을 가려주었다. 임시변통과 구식에 너무 오래 길들여져서, 또한 자신들이 지금 보고 있는 것이 눈이 부셨고, 손님이라는 위치에 있었기에 그들은 걸음을 멈추고 질문을 던질 수 없었다. 또한 위층에 도착하자 욕실, 푸른색 침실들, 베란다, 그리고 유선 방송이 나오는 라디오에 그들은 마음을 모두 뺏겼다.

"라디오다!" 그들이 소리쳤다. 라디오를 가지고 있는 것이 어떤 것인지 오래전에 잊어버렸던 것이다.

"원하신다면 두고 가지요." 변호사 사무장이 마치 그 라디오 대여비를 자신이 내주기라도 할 듯이 말했다.

"얘들아, 마음에 드니?" 집을 나가자 비스와스 씨가 물었다.

아이들이 좋아한다는 것에는 의심의 여지가 없었다. 너무나 새것이고, 너무나 깨끗하고, 너무나 현대적이고, 너무나 윤기가 났다. 아이들은 샤마를 같은 편으로 끌어들이고, 직접 그 집을 보게 하고픈 마음이 간절했다. 그러나 명랑하고 의기양양해하는 비스와스 씨의 면전에서 샤마는 완고했다. 그녀는 자신이 비스와스 씨나 아이들을 창피 줄 생각은 없다고 말했다.

*

그 주 내내 툴시 부인은 아팠지만 평온했다. 오와드가 돌아오자 부인은 걸핏하면 울었다. 부인은 머리를 베이럼 향유에 적셔달라고 부탁하거나 오와드의 발자국 소리를 애써 들어가며 거의 온종일을 자기 방에서 보냈다. 그녀는 오와드의 어린 시절과 툴시 펀디트에 대한 이야기를 하며 오와드의 마음을 돌리려고 애를 썼다. 누구도 욕하지 않고 누구에게도 화내지 않았지만 마치 부인의 시커먼 안경에 달린 우물에서 눈물이 솟아나 흘러내리듯 그렇게 울면서 부인은 불의, 무관심, 배은망덕에 대한 긴 이야기를 이어갔다. 딸들이 와서 들었다. 그들은 풀죽은 모습으로 참회라도 하듯이 들어와서 침통하고 바른 모습을 보여주며 남동생의 침묵에 보조를 맞춰주었다. 그들은 힌두어를 썼다. 그렇게 하며 자신들의 품위를 지켰다. 그들은 분개하고 있었다는 듯이 보이려 애썼다. 하지만 오와드의 기분은 바뀌지 않았다. 그는 토바고 섬에서 자신이 했던 모험에 대해 말하지 않았다. 그러자 자매들은 암묵적인 비난을 샤마에게로 돌렸다. 오와드는 더 많은 시간을 집 밖에서 보냈다. 그는 그 사회에서 이미 해방되어 분리된 새로운 카스트 계급인 의사 친구들과 어울렸다. 그는 남쪽의 셰카 집으로 갔다. 그는 인도인 클럽에서 테니스를 쳤다. 그렇게 시작될 때와 마찬가지로 갑자기 혁명에 대한 이야기가 끝났다.

7. 그 집

변호사 사무장은 자기 말을 지켰고 거래가 끝나자마자 그와 늙은 마마님은 서둘러서 집을 양도했다. 월요일 저녁 비스와스 씨는 마지막 결정을 내렸다. 목요일에 그 집은 그를 기다리고 있었다.

목요일 오후 늦게 그들은 프리펙스 자동차를 타고 시킴 스트리트로 갔다. 햇볕이 아래층의 열린 창으로 들어와 부엌 벽에 닿아 있었다. 목재 부분과 불투명 유리창은 만지기에도 뜨거울 정도였다. 벽돌 벽의 안쪽은 따뜻했다. 집 안으로 들어온 햇볕은 밖으로 튀어나온 계단 위에 휘황찬란한 줄무늬를 만들었다. 오직 부엌에서만 햇볕을 피할 수 있었다. 그 밖의 다른 장소는 비록 격자 세공이 되어 있고 창문이 열려 있음에도 불구하고 통풍도 되지 않고 열기와 햇볕만이 몰려와 눈이 아프고 땀도 났다.

커튼도 없고 모리스 가구만 덩그러니 남아 있으니, 뜨거운 마룻바닥은 더 이상 빛나지도 반들거리지도 않았다. 그리고 햇볕이 먼지와 긁힌 자국과 발자국을 훤하게 비춰주는 상태에서, 그 집은 아이들이 기억하는 것보다 더 작아 보였다. 밤에 부드러운 불빛 아래에서 세상으로부터 지켜주는 두꺼운 커튼이 있을 때 느꼈던 안락감도 사라져버렸다. 커튼이 쳐 있지 않으니까 격자 세공이 된 상당히 많은 곳을 통해 옆집 빵나무*의 푸른 잎과 썩어가는 울타리 위로 두껍게 넝쿨이 진 금낭화, 집 뒤쪽의 다 허물어져가는 판잣집이 다 보이고, 거리의 소음이 다 들릴 정도로 온 집이 노출되었다.

그들은 계단을 발견했다. 커튼으로 가리지 않으니 계단은 매우 평범했다. 비스와스 씨는 뒷문이 없다는 것을 발견했다. 샤마는 계단의 층계참을 지탱하는 나무 기둥 두 개가 바닥 쪽으로 내려가며 깎이고 축축하게 푸른빛을 띠며 썩어 있는 것을 보았다. 그들은 모두 계단이 위험하다는 것을 알게 되었다. 한 계단을 디딜 때마다 흔들렸고, 약간만 미풍이 불어도 경사진 골함석판의 중간이 들리면서 금속성 한숨 소리와 같이 철격하는 소리가 났다.

샤마는 불평하지 않았다. 그녀는 단지 "이사하기 전에 몇 가지 고쳐야 되겠네요"라고 말했을 뿐이었다.

뒤이은 며칠 동안 그들은 몇 가지를 더 발견했다. 층계참의 기둥들이 썩고 있던 것은 집 뒷벽에서 툭 튀어나온 수도꼭지 바로 옆에 기둥들이 서 있기 때문이었다. 수도꼭지에서 나온 수돗물은 그냥 땅으로 떨어지게 되어 있었다. 샤마는 침하했을 가능성에 대해 말했다. 이어서 그들은 마당에 어떤 종류의 배수구도 없다는 것을 발견했다. 비가 오면

---

* 열대 지방의 나무로 열매를 익히면 빵 냄새가 난다. 높이가 15m 정도로 자라는 큰 나무이며 중요한 식량 자원이다.

피라미드형으로 생긴 지붕에서 물이 곧바로 땅으로 떨어져서 마당을 진흙탕으로 만들고, 진흙은 벽과 문으로 튀었기 때문에 벽과 문의 아랫바닥은 젖은 검댕이 뿌려진 듯이 보였다.

그들은 아래층 창문 중 어느 것도 닫히지 않는다는 것을 발견했다. 몇 개는 콘크리트 창턱 위로 쇠창살이 되어 있었다. 나머지는 햇볕을 받아 심하게 휘어서 걸쇠가 더 이상 홈통에 들어가질 않았다. 그들은 흰색 목재, 불투명 유리 그리고 헤링본 무늬의 격자 세공으로 양쪽을 장식한 멋진 현관문이 자물쇠에다 걸쇠까지 채워놓아도 바람이 세게 불면 열린다는 것을 발견했다. 다른 거실 문은 아예 열리지도 않았다. 그 문은 두 개의 마룻널 때문에 꼼짝 못하게 고정되어 있었는데, 그 마룻널들이 솟아오르며 양쪽을 밀어서 이제는 아예 모형으로 만든 산맥 같아 보였다.

"날림 공사업자로군." 비스와스 씨가 말했다.

그들은 매끄럽게 다듬어놓은 것이 하나도 없고, 격자 부분도 사방이 고르지 못하며, 못질을 한 여러 부분이 쪼개지고, 못 머리가 심하게 튀어나온 걸 발견했다.

"협잡꾼! 사기꾼!"

그들은 위층 문들이 모양, 구조, 색깔, 경첩에 있어서 같은 것이 하나도 없다는 것을 발견했다. 어느 것도 맞는 게 없었다. 어떤 문은 술집의 흔들문처럼 바닥에서 15센티미터나 들려져 있었다.

"나치, 빨갱이 새끼!"

위층은 중앙으로 갈수록 꺼져 있었고 이로 인해서 아래층 주기둥 두 개의 사이가 휜 것을 볼 수 있었다. 샤마는 바닥이 꺼진 것은 지탱하고 있는 안쪽 베란다 벽이 벽돌로 만들어졌기 때문이라고 생각했다.

"저걸 허물어야 해요." 샤마가 말했다. "그리고 나무로 파티션을 대야죠."

"허물다니!" 비스와스 씨가 말했다. "집이 안 무너지게 조심해야지. 우리 모두 알다시피 그 벽이 이 망할 집이 서 있게 해주는 바로 그 벽이야."

아난드는 아래층 거실에 서 있는 기둥 하나가 처지고 있는 대들보들을 떠받치는 게 아닌가 하고 넌지시 말했다.

곧 그들은 자신들이 발견한 것을 비밀에 부쳤다. 아난드는 나팔꽃이 피어 아름다운 대문 양옆의 네모난 기둥들이 속이 빈 벽돌로 만들어서 토대도 없이 세워놓았다는 것을 발견했다. 그 기둥은 손가락으로 밀어도 흔들거렸다. 그는 아무 말도 하지 않았고, 단지 석공이 왔을 때 울타리도 한번 봐주는 게 어떻겠냐고 넌지시 말하기만 했다.

석공이 집 주변의 콘크리트 배수구와 뒤쪽 수도 아래로 낮게 싱크대를 설치하러 왔다. 그는 고양이 같은 수염을 한 땅딸막한 흑인으로 계속해서 노래를 불렀다.

마이클 피네건이라는 남자가 있었네.

턱수염을 다시 기른 남자*.

그가 흥거워할수록 다른 사람들 기분은 가라앉았다.

비스와스 씨네 식구들은 매일 적대적인 툴시 가와 시킴 스트리트 사이를 왔다 갔다 했다. 식구들은 걸핏하면 화를 냈다. 모리스 안락의

---

* 「마이클 피네건」이라는 민요로 가사가 길게 연결되며, 여러 가지 버전이 있는 작자 미상의 곡. 캠프 등에서 흔히 부르는 노래이다.

자에 앉아도 유선 방송 라디오를 들어도 흥겹지가 않았다.

"'당신을 위해 이 라디오를 남겨두고 갈게요.'" 비스와스 씨가 변호사 사무장의 목소리를 흉내 내며 말했다. "이 늙은 사기꾼. 지옥에서 튀겨 죽는 꼴을 못 보면 내가 사람도 아니다!"

라디오 대여료는 한 달에 2달러였다. 지대(地代)가 한 달에 10달러였는데, 비스와스 씨가 방값으로 지불했던 돈보다 6달러나 많았다. 항상 안개나 눈처럼 아련하게 느껴졌던 재산세도 이제 와서는 의미가 생겼다. 지대, 라디오, 재산세, 이자, 수리비, 빚. 그는 자신이 그 집을 발견하게 된 만큼이나 빠르게 갚아야 할 것을 발견했다.

그 후 페인트공들이 왔다. 키가 크고 슬픈 표정을 한 흑인 두 명은 얼마간 일거리가 없이 지내왔기 때문에 비스와스 씨가 지불하려고 빌려야만 했던 낮은 임금에도 기꺼이 일을 맡았다. 페인트공들은 사다리와 널빤지와 양동이와 붓을 가지고 왔다. 그 사람들이 위층 주변에서 뛰는 소리를 듣고 아난드는 집이 무너지지 않나 걱정되어 확인하러 올라갔다. 페인트공들은 아난드처럼 걱정하지 않았다. 그들은 계속해서 널빤지에서 바닥으로 뛰어내렸다. 하지만 아난드는 부끄러움이 너무 많아 그들에게 아무 말도 하지 못했다. 아난드는 그냥 지켜보고만 있었다. 새로 칠한 수성 페인트는 베란다의 불길해 보이는 긴 균열을 더 뚜렷하고 더 불길하게 보이도록 만들어놓았다. 라디오 세트가 텅 빈 더운 집을 밝은 음악과 경쾌한 광고로 채우는 동안 페인트공들은 때로 여자에 대해, 주로 돈에 대해 이야기를 나누었다. 라디오에서는 가깝지만 갈 수 없고, 벨벳과 금과 유리로 만들었으며, 모든 것이 밝고 안전하며 심지어 슬픔까지도 아름다운 어떤 도시에 대해서 한 여자가 이렇게 노래하고 있었다.

그들은 나를 밤낮으로 봐요.
너무나 즐거운 시간을 보냈기에
그들은 내가 무슨 일을 겪는지 몰라요.

노래를 들으며 한 페인트공이 말했다. "저게 나야. 겉으론 웃고 속으로 울잖아." 그러나 그는 결코 웃지도 미소를 짓지도 않았다. 그런데 아난드 쪽에서는 라디오에서 반복적으로 흘러나와 수성 페인트 냄새가 진동하는 텅 빈 집을 채우던 그 노래가 그 후 영원히 불확실성, 위협, 그리고 공포로 물들었다. 그리고 '밖으로 웃고' '각자에게 그 자신의' '그때까지' '지난여름에 우리가 했던 일들'과 같은 노랫말은 세월과 취향을 넘어 존재하는 모종의 상징성을 손쉽게 얻어버렸다.

그리고 치러야 할 더 큰 비용이 기다리고 있었다. 그 도시의 이쪽 지역에는 아직 하수도 파이프가 매설되지 않았기 때문에 그 집에는 오수 정화조가 있었다. 그런데 페인트공들이 떠나기도 전에 오수 정화조가 막혔다. 화장실 변기가 가득 차서 거품이 났다. 마당에도 거품이 났다. 도로에서는 냄새가 났다. 위생 기사들을 불러야 했고 새로운 정화조를 놓아야 했다. 이때쯤 해서 비스와스 씨가 빌린 돈은 완전히 바닥이 났다. 결국 샤마가 하숙을 치고 있는 과부인 바스다이에게 2백 달러를 빌려야만 했다.

어쨌든 드디어 그 집 식구들은 툴시 집을 떠나게 되었다. 트럭을 빌려서(또 돈이 들었다) 모든 세간을 거기에 실었다. 그런데 도로에 세운 트럭의 짐칸 위로 비쭉 나온 너무나 익숙한 그 가구들이 갑자기 낯설고 초라하고 창피스럽게 보였다. 마지막으로 이사를 가게 된 평생 동안 모은 세간들. (여러 번 니스를 덕지덕지 바르고, 온갖 색으로 페인트칠을 했으며, 철망은 부서지고 막힌) 부엌 찬장, 노란 부엌 테이블, 쓸모없이 거울이 달리고 고리는 부서진 모자걸이, 흔들의자, (망가지고 별 볼일 없는) 사주식 침대, (거울은 떨어져 나가고 모든 서랍을 다 빼놓아 때도 없고 광택도 없는 안쪽 나무가 그대로 드러나 있지만 어쨌거나, 그 모든 세월을 보내고도 여전히 때 없는 새것이며 지금은 트럭의 운전석 옆에 세워놓은) 샤마의 화장대, 책장 책상 세트, 흑인 테오필이 만들어준 책장, (흔한 분홍색 장미 문양이 머리 받침에 있는) 슬럼버킹 침대, (툴시 부인의 거실에서 구출한) 유리 캐비닛, (뒤집어서 다리에 줄을 감고 서랍과 상자들을 쌓아놓은) 극빈자가 만들어준 식탁, (그것으로 비스와스 씨가 영국과 미국 언론사에 기사를 쓰려고 했으며 '이상적인 학교'에 보낼 기사와 의사에게 보낼 편지를 썼던, 아직도 밝은 노란색인) 타자기. 이 모든 것은 오랫동안 사방에 흩어져서 잘 쳐다보지도 않다가 트럭 짐칸 안에서 모이게 된 평생에 걸쳐 모은 세간들이었다. 샤마와 아난드는 트럭에 같이 올라탔다. 비스와스 씨는 딸들과 같이 차를 몰고 갔다. 그 애들은 짐을 꾸리다가 훼손될 수도 있는 옷가지들을 같이 가지고 갔다.

그날 저녁 그 집 식구들은 짐만 풀어놓았다. 그들은 부엌에서 대충 음식을 마련해 엉망인 식당에서 먹었다. 그들은 거의 말을 하지 않았다. 샤마만이 왔다 갔다 하며 거리낌 없이 말을 했다. 침대들은 위층에 올려놓았다. 아난드는 베란다에서 잤다. 자기 몸을 뉘인 바닥이 문제가 된 그 벽돌 벽 쪽으로 구부러져 있는 게 느껴졌다. 아난드는 그 무게가 얼마나 되는지 알아보기라도 하듯이 손을 벽에다 대어보았다. 발을 디딜 때마다, 특히 샤마가 발을 디딜 때마다, 아난드는 바닥이 흔들리는 것을 느낄 수 있었다. 눈을 감자 아난드는 빙빙 돌다가 흔들리는 것 같았다. 급하게 다시 눈을 떠서 바닥이 더 이상 가라앉지 않는지, 집이 아직 서 있는지를 확인해봐야 했다.

*

매일 오후가 되면 옆집 베란다에 나이 지긋한 인도인이 편안하게 흔들의자를 흔들고 있는 게 보였다. 네모나고 너부데데한 얼굴이 마치 중국인 같았다. 또한 언제나 무표정에다 졸린 얼굴이었다. 그러나 이웃들과 친하게 지낸다는 방침을 제대로 이행하기 위해 비스와스 씨가 인사하자 그 남자는 즉시 표정이 밝아지면서 흔들의자에서 앞으로 고쳐 앉더니 말했다. "수리 참 많이 하십디다."

비스와스 씨는 이 남자의 말을 자기 베란다로 오라는 초대로 받아들였다. 그 사람의 집은 새로 잘 지은 집이었다. 벽은 튼튼했고, 바닥은 평평하고 단단했으며, 나무 제품도 어디나 깔끔하게 마무리가 잘되어 있었다. 울타리는 없었다. 그리고 녹슨 골함석판과 암회색 판자로 만든 헛간이 집 뒤에 인접해 있었다.

"아주 좋은 집을 가지고 계시네요." 비스와스 씨가 말했다.

"신이 도우시고 아이들이 잘해줘서 지었어요. 보시다시피 아직 울타리도 세워야 되고 부엌도 지어야 해요. 하지만 당분간 기다리면 되겠지요. 댁은 수리할 게 많았네요."

"여기저기 약간요. 오수 정화조 일은 죄송합니다."

"별로 죄송해할 건 없어요. 전부터 그런 일이 일어날 것 같더라니까요. 그 사람이 직접 지었거든."

"누구요? 그 남자가요?"

"그것뿐인 줄 아쇼. 저 집을 전부 혼자서 짓더라니까요. 토요일과 일요일 그리고 오후에요. 취미인 것 같던데요. 목수를 부르는 걸 못 봤어요. 그리고 이 말은 댁한테 해줘야 할 것 같네요. 배선도 모두 그 사람이 했수. 그 사람 아주 웃기는 물건이야. 어떻게 시 의회에서 저런 집을 통과시켜줬는지 모르겠어요. 그 사람이 서까래며 기둥으로 사용하려고 나무 둥치며 나뭇가지며 오만 가지를 다 가져옵디다."

그는 노인이었고, 평생을 보낸 뒤에 아들들의 도움으로 튼튼하게 잘 지은 집을 가지게 된 걸 기분 좋아하고 있었다. 그의 과거는 그 거리의 허물어져가는 목조 가옥들 안, 자신의 집 뒤에 있는 헛간에 있었다. 그는 악의가 있어서가 아니라 성취감에 겨워서 그렇게 말했던 것이다.

"어쨌든 작지만 튼튼한 집이에요." 비스와스 씨가 노인의 베란다에서 자기 집을 쳐다보며 말했다. 그리고 그는 어떻게 그 노인의 빵나무가 비스와스 씨의 집에 이롭고 튼튼한 버팀목이 되고 있는지, 금낭화 넝쿨 사이로 보이는 격자 세공들이 얼마나 우아한지, 그리고 멀리서 보면 마감을 제대로 하지 않은 것이 별로 대수롭지 않다는 것을 알게 되었다. 하지만 베란다의 벽돌 벽에서 퍼져 나온 금이 얼마나 눈에 잘 띄는지도 똑똑히 보았다. 또한 바로 그때 비스와스 씨는 얼마나 많은 셀로텍스 패널이 처마에서 떨어져 나갔는지도 보게 되었다. 심지어 그가 보고 있는 그 순간에도 박쥐들이 그곳을 들락날락하는 것이 보였다. "작지만 튼튼한 집이에요. 그게 중요한 거죠."

노인은 계속 말을 이어갔는데 목소리에서 논쟁을 하려는 낌새는 보이지 않았다. "그리고 저 네 모퉁이에 있는 기둥 있잖아요. 다른 사람이라면 콘크리트로 저걸 만들었을 텐데, 뭐로 만들었는지 알아요? 그냥 진흙 벽돌이에요. 안은 텅 빈 거 말이에요."

비스와스 씨는 놀란 마음을 감출 수가 없었고 노인은 자신의 정보가 그렇게 대단한 효과를 내는 것을 보고 기쁜 마음에 인자한 미소를 지었다.

"봐요, 그 사람 아주 물건이에요." 그가 계속 말했다. "있잖아요, 그 사람 아주 재미가 났습니다. 미군 기지나 그 비슷한 곳 여기저기에서 창틀을 주워 왔거든요. 문 하나는 여기서 줍고 다른 문은 저기서 주워서 이쪽으로 가지고 왔어요. 참 말도 안 되는 짓거리를 하더군. 어떻게 시 의회가 승인을 해줬는지 모르겠어요."

"튼튼하게 짓지 **않았으면** 시 의회가 통과시켜주지 않았겠죠." 비스와스 씨가 말했다.

노인은 아랑곳하지 않았다. "투기꾼이야. 그 인간이 딱 그거야. 제대로 투기꾼이야. 이렇게 지은 집이 처음이 아닌 건 알아요? 벨몬트에 두세 채, 우드브룩에 한 채, 이 집, 그리고 모반트에 있는 한 채는 지금도 짓고 있어요. 집을 지으면서 동시에 거기서 사는 거예요." 노인은 의자를 흔들면서 낄낄거리고 웃었다. "그래도 이 집에서는 오래 붙어 있었지."

"이 집에선 오래 살았군요." 비스와스 씨가 말했다.

"살 작자를 구할 수가 없었거든. 댁도 잘 알다시피 이렇게 부지가 작잖아요. 그런데 너무 많이 불렀거든요. 4천 5백이나 말이에요."

"4천 5백!"

"어이가 없지. 하지만 한번 보슈. 길 아래쪽에 작은 집 보이지요." 그는 최근에 목공 일에 관한 눈이 트인 비스와스 씨가 보기에도 디자인도 좋고 솜씨도 좋다는 걸 알아볼 수 있는 새로 지은 깔끔한 방갈로를 가리켰다. "작지만 아주 좋지요. **저게** 올해 4천5백에 팔렸어요."

*

　책을 베끼던 터틀 씨네 아들이 어느 날 오후 그 집에 느닷없이 와서 이 이야기, 저 이야기를 하다가 무심결에 마치 잊어버린 전갈이라도 전하듯이 터틀 부인이 샤마에게 뭔가에 대한 조언을 듣고 싶어서 그날 저녁 자기 부모가 올 거라고 말했다.

　비스와스 씨 식구들은 서둘러서 준비를 했다. 바닥에 윤을 낸 다음 그 위로 다니는 것이 금지되었다. 커튼도 다시 정리하고 모리스 안락의자와 유리 캐비닛 그리고 책장을 새로운 위치로 옮겼다. 커튼으로 계단을 가렸다. 책장과 유리 캐비닛으로 격자 세공의 일부를 가리고, 그곳을 다시 커튼으로 가렸다. 닫히지 않는 문은 활짝 열린 채로 두었고 문가에 커튼을 달았다. 열리지 않는 문은 닫힌 채로 두었다. 그리고 커튼을 그 위로 걸었다. 닫히지 않는 창문들은 열린 채로 두었고, 역시 그 위로는 커튼을 걸었다. 그래서 터틀 씨 가족이 왔을 땐 커튼으로 둘러싸이고 은은하게 밝은 조명이 비치는 집과 모리스 안락의자와 윤기 나는 바닥 위로 그림자를 드리우고 있는 작은 야자수 놋쇠 화분이 그들을 반겨주었다. 샤마는 그들을 모리스 안락의자에 앉게 하고, 1, 2분간 어안이 벙벙해 말도 못하는 지경에 있도록 내버려두었다. 그리고 나서 자신이 그 늙은 마마님이라도 된 듯 아늑하게 부엌에서 차를 끓여서 비스킷을 권했다.

　그러자 터틀네는 완전히 속았다! 샤마는 터틀 부인의 표정이 굳어져서 분노와 자기 연민으로 변하는 것에서, 또한 왼쪽 무릎에 걸쳐놓은 발목을 손으로 문지르며, 동시에 다른 손으로는 콧구멍 안의 긴 털을 배배 꼬며 모리스 안락의자에 서양과 동양의 고상함을 두루 섞은 자세로 앉아 있는 W. C. 터틀의 신경질적인 작은 웃음소리 속에서 그것을 감지할 수 있었다.

햇불을 든 여신상의 햇불 든 팔을 잘라버렸던 미나에게 터틀 부인이 말했다. "안녕, 미나. 요즘 넌 이 이모를 잊어버린 것 같구나. 앞으론 낡은 우리 집에는 영 오고 싶지 않겠네."

미나는 터틀 부인이 난처한 진실을 간파하기라도 한 듯 미소를 지었다.

터틀 부인이 힌두어로 샤마에게 말했다. "어쨌거나 그 집은 오래됐지. 그래도 방이 많아." 터틀 부인은 팔꿈치를 허리에 대고 샤마의 집이 좁게 느껴진다는 것을 표현했다. "그리고 우리는 빚이니 뭐니 내고 싶지 않았거든."

코털을 가지고 놀던 W. C. 터틀이 미소를 지었다.

"난 더 큰 집은 싫어." 샤마가 말했다. "이 집이 우리에겐 딱 적당해. 작지만 좋은 것 말이야."

"맞아요." W. C. 터틀이 말했다. "작으면서 좋은 집이네요."

그때 터틀이 의자에서 벌떡 일어나서 격자 세공이 된 벽으로 가서 손가락을 쭉 폈다가 모았다가 다시 폈다가 하면서 길이를 재기 시작하자 비스와스 씨 식구들은 가슴이 철렁 내려앉았다. 하지만 그에게 관심이 있는 것은 단지 벽의 길이를 재는 것뿐이었고, 작업 상태를 따지는 것은 아니었다. 그는 길이를 다 잰 후 잠깐 웃더니 말했다. "12×20."

"15×25." 샤마가 말했다.

"작고 좋네요." W. C. 터틀이 말했다. "제 눈에는 이만 하면 보기 좋은데요."

그리고 W. C. 터틀이 위층을 보여달라고 했을 때 샤마는 또 한 번 가슴이 벌렁거렸다. 그러나 그때는 밤이었다. 지붕 난간 쪽은 격자 세공으로 둘러싸고, 계단의 난간은 널판으로 막아놓고 페인트칠도 이미 다 해놓았다. 층계참의 전구가 희미하게 비치며 마당을 어둠에 잠기게 했고 아늑한 느낌이 계속 감돌고 있었다.

그 후 비스와스 씨 식구들이 얼마나 빨리 그 집의 불편을 잊어버리고 방문객들의 눈으로 집을 바라보게 됐는지 아는가! 책장과 유리 테이블 그리고 커튼으로 감추어지지 않는 것에는 그들 스스로 적응되어 갔다. 울타리를 수리하고 새로 대문을 달았다. 차고도 만들었다. 장미나무를 사고 정원을 만들었다. 난을 키우기 시작했고 비스와스 씨는 땅에 묻힌 죽은 코코넛 둥치에다가 난을 붙이자는 멋진 아이디어를 냈다. 집 옆으로 빵나무 때문에 그늘 진 곳에는 안투리움 백합밭을 만들었다. 백합을 시원하게 하려고 백합밭 주변에 쇼트힐스에서 가지고 온 축축하게 썩어가는 임모텔나무를 둘러놓았다. 그리고 쇼트힐스에 갔던 바로 그때에 비스와스 씨는 자신이 한때 집을 지었던 곳에 콘크리트 기둥이 커다란 관목 숲 위로 서 있는 것을 보기도 했다.

얼마 지나지 않아 아이들에게는 시킴 스트리트의 삐쭉하게 네모난 집 외의 어떤 곳에서도 살아본 적이 없는 듯한 느낌이 들었다. 지금 그들의 삶은 질서 정연했고 기억도 일관적이었다. 마음은 평화로우면서도 관대해졌다. 그리고 하누만 하우스, 체이스, 그린 베일, 쇼트힐스, 포트오브스페인의 툴시 집에 대한 기억은 급속히 뒤섞여서 흐릿해졌다. 사건들은 멀리 떨어져 있는 듯이 보였고 많은 것이 망각되었다. 때로 기억의 중추를 건드리는 것들도 있었다. 비온 뒤 푸른 하늘을 비추는 웅덩이, 손때 묻은 카드 한 벌, 신발 끈을 제대로 매지 못했던 때,

새 차 냄새, 나무 사이로 불어오는 세찬 바람 소리, 장난감 가게에서 나던 여러 냄새와 색깔, 우유와 자두의 맛이 그런 것이었다. 그러면 잊었던 기억의 편린들이 풀려나고 고립되어 우왕좌왕했다. 그때는 북쪽 지방에서 새 가족이 분가하고, 새로운 동경(憧憬)이 생기고, 서재는 점점 어두워지고, 우박이 창가에 부딪치며, 가죽으로 장정한 먼지 낀 책의 마분지로 된 마지막 장이 어질러지는 때였을 것이다. 그때는 툴시 가게의 크리스마스 전주의 활기차고, 시끄러운 때였을 것이다. 손도 대지 않은 납작한 흰색 상자 안에 먼지가 소복하게 앉은 대리석 색깔의 구식 고무풍선들 위에 찍힌 대리석 문양들처럼 말이다. 그래서 나중에 그리고 매우 천천히, 이와는 다른 스트레스를 받는 보다 안락한 시절, 즉 기억이 고통이나 즐거움 때문에 상처를 줄 힘을 잃어버리게 되는 그런 때가 되면, 그 기억들은 제자리를 찾아 과거로 돌려지게 될 것이다.

*

비스와스 씨는 마음속으로 변호사 사무장에게 해줄 오만 가지 고문을 고안해내긴 했지만, 실제로는 그 명랑한 벽화가 그려진 카페를 피해 다니려고 애썼다. 그런데 놀라우면서도 당황스러운 일이 생겼다. 이사를 가서 다섯 달도 되지 않은 어느 날 오후에 집으로 돌아와보니 변호사 사무장이 입에 담배를 물고 비스와스 씨 옆집 부지 주변을 특정한 방식으로 왔다 갔다 하는 게 눈에 띄었던 것이다.

사무장은 뻔뻔했다. "아이고, 어떻게 지내세요? 부인은 안녕하신가요? 아이들은 어때요? 여전히 공부는 잘하고 있죠?"

하고 싶었던 말인 "우리 애나 개들 공부는 왜 물어, 더럽고 늙어빠진 사기꾼 같은 빨갱이 협잡꾼아!"라고 하는 대신 비스와스 씨는 잘 있다고 하면서 "늙은 마마님은 잘 계십니까?"라고 물었다.

"고만고만해요. 노인네 심장이 여전히 말썽을 부리네요."

옆집 부지엔 사실상 아무것도 없었다. 멀리 한쪽 끝에 친한 친구들끼리 모이려고 사무실로 쓰는 방 두 개짜리 말끔한 건물이 있을 뿐이었다. 결과적으로 비스와스 씨는 한쪽에만 이웃이 있는 셈이었다. 비스와스 씨는 사무장이 관심을 쏟는 게 싫었다. 하지만 그는 대범하게 받아들이기로 했다.

"무쿠라포에서는 잘 지내십니까?" 비스와스 씨가 물었다. "아, 참, 뭐라더라? 모반트는 별로인 모양이죠?"

"늙은 마마님은 어느 지역에 살건 신경 안 쓰셔요. 습기 차죠, 아시다시피."

"그리고 모기도 많고. 그럴 거예요. 그건 심장에 안 좋다고 하던데."

"물론 안 좋아요." 사무장이 말했다. "계속 애를 써봐야지요."

"아직 모반트의 집은 안 팔렸나요?"

"아직 못 팔았어요. 하지만 사려는 사람들은 많구먼요."

"그리고 여기에 또 집을 지을 모양이군요."

"비스와스 씨 집처럼 작은 집을 지을 생각이구먼요. 2층으로요."

"이 망할 놈아, 여기에 2층짜리 집을 다시 짓지는 못할 거다. 날림 공사나 하는 늙은 협잡꾼 놈아!"

사무장은 걸음을 멈추고 비스와스 씨가 심은 붉은색과 푸른색이 섞인 분꽃 울타리로 왔다. 분꽃 너머로 그는 비스와스 씨의 얼굴에다 긴 손가락을 흔들며 말했다. "입조심해요! 입조심하라고! 그딴 소리 했다간 감옥에서 잠시 편안하게 지내게 될 테니까. 입조심해! 법을 영 모르는군."

"시 의회가 이번 건 허가를 안 내줄걸. 나도 재산세 내는 사람이니까 권리가 있어."

"내가 분명히 경고했지! 입조심해, 알겠어?"

사무장이 가고 난 뒤 비스와스 씨는 커다란 박스형 건물 두 채가 거리에 나란히 있으면 어떻게 보일까 떠올려보려고 애쓰며 마당을 거닐었다. 비스와스 씨는 걸으며 쳐다보다 곰곰이 생각하고 또 계측을 해보았다. 그러다가 해가 지기 전에 아내를 불렀다. "샤마! 샤마! 막대자나 줄자 좀 가지고 와봐."

샤마는 막대자를 가지고 왔고 비스와스 씨는 집 부지를 30센티미터씩 반이 비어 있는 부지로부터 시작하여 늙은 인도인의 집을 향해 너비를 재기 시작했다. 늙은 인도인은 중국인같이 생긴 얼굴에 미소로 주름을 지으며 흔들의자를 흔들어대면서 이 모든 것을 쳐다보고 있었다.

"그 사람이 또 집을 지으러 올 모양이군요, 맞죠?" 비스와스 씨가 충분히 가까이 왔을 때 그가 큰 소리로 물었다. "하나도 안 놀랍네요."

"내 시체 위에나 지을 수 있을 겁니다." 비스와스 씨가 자로 재면서 뒤를 보고 소리쳤다.

노인은 매우 흡족한 듯이 흔들의자를 흔들었다.

"아하!" 집터의 끝까지 갔을 때 비스와스 씨가 말했다. "아하! 항상 뭔가 이상하다 했지." 그는 몸을 구부려 다시 텅 빈 반쪽짜리 부지로 돌아가며 재기 시작했다. 그러는 동안 노인은 의자를 흔들며 낄낄거리고 웃었다.

"샤마!" 비스와스 씨가 부엌으로 달려가며 불렀다. "집문서 어디다 뒀어?"

"책상 안에요."

샤마는 그것을 가지러 위층으로 올라갔다. 그녀가 집문서를 가지고 오자 비스와스 씨가 읽었다.

"아하! 이 늙은 협잡꾼! 샤마, 우리 마당이 더 넓어질 것 같아."

실수로 그랬는지 고의로 그랬는지 모르지만 변호사 사무장이 세운 울타리는 집문서에 적혀 있는 경계선에서 안쪽으로 3.6미터나 들어와 있었다.

샤마가 말했다. "난 항상 우리 집 정면이 15미터가 안 된다고 생각했었어요."

"정면이라고?" 비스와스 씨가 말했다. "좋은 단어네, 샤마. 그런데 당신은 노년에 좋은 단어를 너무 많이 주워듣는 것 같아."

변호사 사무장은 더 이상 그 거리에 나타나지 않았다.

"그렇게 그놈을 잡으셨군요." 노인이 말했다. "하지만 이 점에 대해서 그 사람에게 반드시 말해둬야 할 거요. 그놈은 빈틈없고 잔꾀가 많은 놈이거든."

"날 속이지는 못했죠." 비스와스 씨가 말했다.

여분의 터에 비스와스 씨는 노란 등나무를 심었다. 나무는 급속하게 자라났다. 그 나무는 집에 낭만적인 기운을 돌게 했고, 크고 품위 없는 선을 부드럽게 해주었으며, 오후의 태양을 피할 피난처 같은 것도 만들어주었다. 노란 등나무의 꽃은 향긋해서 여전히 더운 저녁이면 꽃향기가 집을 가득 채웠다.

에필로그

그해가 다 가기 전에 오와드는 포트오브스페인을 떠났다. 장로교도이자 바이올리니스트인 도러시의 사촌과 결혼한 그는 콜로니얼 병원을 떠나 산 페르난도로 이사를 갔고 거기서 개인 병원을 열었다. 그해 말 공공복지부는 없어졌다. 셰카의 정당 때문은 아니었다. 그 정당은 그 이전부터 이미 와해되어 있었다. 당시 식민지에서 거행된 최초의 총선거에서 그 당의 후보 네 명 모두가 떨어지는 바람에 (그의 포스터에 따르자면 가난한 사람들의 친구인) 셰카는 공직 생활을 접고 다시 영화관 사업에만 신경을 집중하게 되었던 것이다. 그 부서가 폐지된 것은 시대에 뒤떨어졌기 때문이었다. 30년, 20년, 아니 10년 전만 해도 사람들은 그 부서를 지지해주었을 것이다. 그러나 전쟁과 미군 기지, 그리고 미국에 대한 관심으로 인해 모든 사람에게 스스로를 향상하고 싶은 충동이 생기게 되었다. 또한 많은 사람에게 이를 실현할 수 있는 수단도 주어졌다. 그 부서가 하는 운동과 지도는 필요하지 않았다. 그래서 부서가 공격을 받자 어느 누구도, 심지어 '지도자' 코스를 반기던 사람들조차, 어떻게 지켜줘야 할지를 몰랐다. 결국 버넷 씨처럼 미스 로지도 떠났다.

비스와스 씨는 공무원으로서 누렸던 약간의 명성을 슬그머니 내려놓고 『센티널』로 다시 돌아왔다. 차는 이제 자기 소유가 되었다. 하지만 비스와스 씨의 보수는 신문사에 계속 남아 있던 사람들보다 더 적었다. 그는 5백 달러의 빚을 갚았다. 그러나 이제는 이자를 거의 갚을 수 없었다. 비스와스 씨는 차를 팔려고 했고, 그러던 어느 날 한 영국인이 차를 보기 위해 집으로 왔다. 하지만 샤마가 지나치게 무례하게 굴자 그 영국인은 부부 싸움의 한가운데에 있게 된 것을 깨닫고 가버렸다. 비스와스 씨는 포기했다. 샤마는 집 문제로 그를 절대 책망하지 않았고, 그러자 그는 위대한 판단력을 가진 샤마를 신봉하기 시작했다. 그녀는 빚이 잘 해결될 거라고, 걱정하지 않는다고, 되풀이해서 말했다. 그리고 비록 샤마의 말이 현실성이 없다는 것을 느끼고 있었지만 비스와스 씨는 그 말에서 위안을 받았다.

그러나 그 빚은 여전히 남았다. 밤이 되면 위층의 약간 구부러진 창틀을 통해 청명한 하늘을 보며 비스와스 씨는 시간이 날 듯이 지나간다고, 5년이 4년으로 다시 3년으로 줄어들면서 재난이 다가와 자신의 삶을 집어삼키게 될 거라고 느꼈다. 아침이 되면 해가 층계참의 격자 벽 사이로, 그리고 그의 침실의 술집 회전문 같은 문틈 사이로 비집고 들어왔고 이어서 정적이 되돌아왔다. 아이들이 어떻게든 빚을 처리하겠지.

그러나 그 빚은 여전히 남았다. 4천 달러. 철로의 끝에 달린 완충

기처럼 에너지와 야망을 주저앉히면서 말이다. 『센티널』 이후로는 아무것도 없었다. 처음에는 신문사 사무실이 긴박하게 돌아간다고 생각했다. 자신이 오후에 쓰면 활자로 바뀐 글이 그다음 날 아침에 수천 명에 의해서 읽히는 것을 보는 매일매일의 기적도 있었다. 그럼에도 불구하고, 야망이 더 이상 뒷받침해주지 않자 그의 열정은 사그라져버렸다. 일이 수고로운 것이 되고 노동이 되었다. 자신에게서 열정이 사라진 것처럼 그의 신문 기사의 열정도 사라졌다. 그는 점점 둔해지고 짜증스러워하고 추해졌다. 삶이란 언제나 준비이자 기다림이었다. 그런데 그런 세월은 사라져버렸다. 그리고 이제는 아무것도 기다릴 것이 남아 있지 않았다.

아이들만은 예외였다. 갑자기 아이들에게 세상이 활짝 열렸다. 사비는 장학금을 받고 외국으로 갔다. 2년 후에 아난드도 장학금을 받고 영국으로 갔다. 빚을 갚을 전망은 오히려 후퇴했다. 그러나 비스와스 씨는 기다릴 수 있을 것이라고 생각했다. 5년이 끝나면 그는 다른 준비를 할 수도 있을 것이다.

그는 아난드를 그리워하고 그 아이에 대해서 걱정했다. 처음에는 드물었던 아난드의 편지는 점점 더 빈번해졌다. 그 편지들은 우울하고 자기 연민적이면서 신경질적인 기운이 감돌고 있었다. 하지만 비스와스 씨는 대번에 그 어조를 이해할 수 있었다. 그는 아난드에게 유머가 있는 편지 여러 통을 길게 썼다. 그리고 정원에 대해서 썼다. 종교적인 충고도 했다. 또 많은 비용을 지불하고 미국 여성 심리학자 두 명이 펴낸 『걱정을 피하는 법』이라는 책을 항공편으로 보냈다. 아난드의 편지는 또다시 드물어졌다. 비스와스 씨는 기다리는 것밖에 달리 할 게 없었다. 아난드를 기다린다. 사비를 기다린다. 5년의 끝이 마침내 오기를 기다린다. 기다린다. 기다린다.

*

어느 날 오후 전갈을 받은 샤마는 비스와스 씨의 파자마를 꾸려 급하게 콜로니얼 병원으로 갔다. 비스와스 씨가 『센티널』 사무실에서 쓰러졌던 것이다. 상태가 안 좋은 곳은 위가 아니었다. 비록 그가 위를 몸에서 잘라내 자세히 검사해보고 정확히 뭐가 잘못됐는지 확실히 살펴봤으면 좋겠다고 종종 말하곤 했지만 말이다. 문제가 된 것은 그가 한 번도 불평해본 적이 없던 심장이었다.

비스와스 씨는 병원에서 한 달을 보냈다. 집에 돌아와서 그는 샤마, 캄라, 미나가 아래층 벽을 수성 페인트로 칠해놓은 걸 알게 되었다. 바닥에도 새로 착색제를 칠하고 윤을 내어놓았다. 정원에는 꽃이 피어 있었다. 그는 감동했다. 그는 아난드에게 이제야 비로소 그 집이 작지만 얼마나 좋은 집인가를 알게 되었다고 썼다. 그러나 아난드에게 편지를 쓰는 것은 장님을 데려와 경치를 보여주는 것이나 마찬가지였다.

계단을 올라가는 것이 금지되어서 비스와스 씨는 아래층에서 생활을 했다. 그렇기 때문에 그는 민망한 일을 되풀이해야 했다. 화장실이 위층에 있었기 때문이었다. 오후의 태양 때문에 낮 동안은 온종일 아래층에 있기가 힘들었다. 샤마가 창문마다 차양을 쳤음에도 불구하고 햇볕은 여전히 이글거렸고 열기로 숨이 막혔다. 그의 심장이 과히 믿을 만한 상태가 아니라는 것을 알고 있었기 때문에 비스와스 씨는 겁이 났다. 그는 심장 때문에 겁이 났다. 그는 아난드 때문에 겁이 났다. 그는 5년의 마지막 끝이 겁이 났다. 그는 계속 아난드에게 용기를 북돋워주는 편지를 썼다. 한참 지난 뒤에 다정하지도 않고 무의미하고 억지로 간단하게 쓴 답장이 왔다.

그 당시 『센티널』은 비스와스 씨에게 봉급의 반을 주었다. 비스와스 씨는 한 달이 지나지 않아 일에 복귀하여 『센티널』 사무실 계단을 올라가고 침실로 가는 계단을 올라가고 이제는 낡고 고장투성이인 프리펙트 자동차를 타고 날씨가 어떻든지 섬의 오만 곳을 돌아다녔다. 그러고 나서 땀 흘리며 열심히 기사를 썼고, 별 재미없는 기삿거리에다 집어넣을 수 있는 오만 재미를 집어넣었다. 이 기사들을 아난드에게 보냈지만 여간해서 찬사를 받지 못하자 마치 그 기사들이 부끄럽기라도 한 듯 비스와스 씨는 그 일을 중단했다. 무기력이 그를 덮쳤다. 그의 얼굴이 점점 퉁퉁 불었다. 안색이 어두워졌다. 자연적으로 검은 피부의 검은색도 아니고, 햇볕에 그을어서 검어진 것도 아니었다. 이 색은 안에서부터 나오는 검은색으로, 마치 피부가 거무스름하면서 투명한 막이고 그 밑에 있는 살이 멍이 들고 병에 걸려서 그 썩은 것이 위로 비치는 것 같아 보였다.

그즈음 어느 날 샤마는 또다시 전갈을 받았고 병원에 가서 그가 아주 심각하다는 것을 알게 되었다. 그의 얼굴에는 그녀가 도저히 눈 뜨고 보지 못할 고통이 어려 있었다. 그는 말을 할 수 없었다.

샤마는 아난드와 사비에게 편지를 썼다. 사비는 약 2주 후에 답장을 보냈다. 그 애는 가능한 한 빨리 돌아올 것이었다. 아난드는 이상하고 감상적이고 아무 쓸데없는 편지를 써 보냈다.

비스와스 씨는 6주가 지난 후 집으로 돌아왔다. 그는 다시 아래층에서 지냈다. 모든 사람이 그의 상태에 맞춰주었으나 지난번처럼 그를 환영하기 위한 준비는 되어 있지 않았다. 수성 페인트는 여전히 새것이었다. 커튼도 변하지 않았다. 그는 이미 담배를 완전히 끊었다. 입맛이 돌아오자 비스와스 씨는 의미심장한 발견이라도 한 듯이 과장했다. 그는 아난드에게 담배를 피우지 말 것을 경고하는 글을 썼고 계속해서 정원과 그늘을 만들어주는 나무가 크고 있다고 말했다. 그리고 그들은 그 나무를 비스와스 씨의 '그늘'이라고 불렀다. 그의 얼굴은 점점 더 부어서 추해 보이기까지 했다. 피부는 점점 검어졌다. 체중도 불기 시작했다. 사비를 기다리고, 아난드를 기다리고, 5년의 끝이 오기를 기다리면서 그는 점점 더 짜증을 내기 시작했다.

그러다가 『센티널』이 그를 해고했다. 『센티널』은 그에게 3개월 기한의 해고 통지를 보냈다. 그런 지금 비스와스 씨는 자기 아들이 관심을 표하고 화내주기를 원했다. 온 세상에서 그가 불평할 수 있는 사람이 아난드를 제외하고 아무도 없었던 것이다. 그런 이유로 결국 비스와스 씨는 아난드가 지닌 고민은 잊어버리고 노란 타자기 앞에 앉아 '그늘'이나 장미나 난이나 안투리움 백합 따위는 언급하지 않은 채 신경질적이고 불평으로 가득 찬 절망적인 편지를 썼다.

3주가 지난 후 아난드에게 답신을 받지 못한 비스와스 씨는 식민부(영국의 식민부. 현 외무 연방부)로 편지를 썼다. 이 편지 덕분에 아난드로부터 짧은 편지가 왔다. 아난드는 집으로 돌아오고 싶다고 했다. 즉시 빚, 심장, 해고, 5년의 비중이 줄어들게 되었다. 그는 아난드를 집으로 데려오기 위해 빚을 더 내는 일을 준비했다. 그러나 그 계획은 수포로 돌아갔다. 아난드가 마음을 바꿨던 것이다. 그래도 비스와스 씨는 결코 다시 불평하지 않았다. 편지에서 비스와스 씨는 또다시 순응주의자가 되었다. 『센티널』에서 마지막 월급봉투를 받을 시간이 다가왔고, 5년의 마지막도 그리 멀지는 않았다.

그러다가 끝에 가서는 모든 일이 밝아지는 듯했다. 사비가 돌아오자 비스와스 씨는 마치 사비가 옛날의 사비인 것처럼, 그리고 아난드도 같이 있는 듯이 반겨주었다. 사비는 직장을 구했는데, 비스와스 씨가 지금껏 받을 수 있었던 봉급보다 더 많은 돈을 받았다. 모든 일이 아주 잘 굴러가서 비스와스 씨의 수입이 끊기자마자 사비가 일을 시작하게 되었다. 비스와스 씨는 아난드에게 이렇게 썼다. "이런 일이 생겼는데 어떻게 신을 믿지 않을 수가 있겠니?" 그 편지에는 기쁨이 가득 차 있었다. 그는 사비가 함께 있는 것이 즐거웠다. 사비는 이미 운전을 할 수 있었기 때문에 그들은 짧게 소풍도 다녔다. 그 애가 이토록 똑똑하게 자란 게 놀라울 따름이었다. 그는 나비난초*를 샀다. 비스와스 씨의 '그늘'은 다시 꽃을 피우고 있었다. 그런데 그렇게 빨리 크는 나무가 그렇게 달콤한 향기를 지닌 꽃을 피운다는 게 이상하지 않은가?

*

비스와스 씨가 『센티널』에 처음으로 기고한 이야기들 중의 하나는 죽은 탐험가에 대한 것이었다. 『센티널』은 그 당시 한창 기사를 거칠게 쓰던 신문이었고, 비스와스 씨 역시 괴상한 이야기 한 편을 썼었다. 그는 나중에 종종 그 기사에 대해 후회하곤 했다. 비스와스 씨는 그 탐험가의 친척들이 『센티널』을 읽지 않을 것이라고 생각하며 자신의 죄책감을 덜려고 했었다. 그는 또한 자신의 부고가 실릴 때 제목이 '방랑하던 기자 영면하다'였으면 좋겠다고 말했었다. 하지만 『센티널』은 이미 바

---

* 베네수엘라가 원산지인 난초.

꾀었고, 그에게 붙은 제목은 '본지 기자 급사하다'였다. 다른 신문들은 이 뉴스를 싣지도 않았다. 그 소식은 유선 방송으로 트리디나드 전역에 두 번 나갔다. 그러나 그건 돈을 지불한 것이었다.

샤마의 자매들은 그녀를 못 본 척하지 않았다. 자매들이 모두 찾아왔다. 그들에게 있어서 이 일은 앞으로 자주 올 수 없는 재결속의 기회였다. 왜냐하면 자매들 모두 각자의 집으로 이사를 가서, 일부는 도시에 일부는 시골에 있었기 때문이다.

그 집 아래층의 문들이 모두 열렸다. 열리지 않는 문도 열리게 하고, 경첩은 빼버렸다. 가구는 벽으로 다 밀어 넣었다. 온종일 저녁때까지 잘 차려입은 상주와 남자와 여자와 어린아이 들이 그 집으로 들어갔다. 윤나게 닦은 바닥은 홈집이 생기고 더러워졌다. 계단은 계속 흔들렸다. 위층에서는 발을 끄는 소리가 계속해서 메아리쳤다. 하지만 그 집은 무너지지 않았다.

보건부에서 허락한 몇 안 되는 화장 중 하나였던 그 화장식은 개흙이 가득한 냇가에서 거행되었고 다양한 인종의 구경꾼들이 보려고 모였다. 식이 끝나고 자매들은 각자의 집으로 돌아갔고 샤마와 아이들은 프리펙트 자동차를 타고 텅 빈 집으로 돌아갔다.

이산diaspora의 땅에서 나의 자리 찾기

1

카리브 해 군도에 서인도 제도라는 명칭이 붙은 게 콜럼버스의 착각 때문이었다는 것은 유명한 사실이다. 신대륙의 존재에 대해 전혀 알지 못했던 콜럼버스가 자신이 도착한 그곳을 원래의 목적지인 인도라고 생각하고 서인도 제도라 불렀던 것이다. 콜럼버스가 죽고, 그 지역이 인도와 아무 상관이 없는 곳이라는 것을 알게 된 후에도 서인도 제도라는 명칭은 계속 쓰이고 있는데, 말이 씨가 된 때문인지 지금 서인도 제도에는 상당수의 인도인들이 실제로 살고 있다.

서인도 제도의 섬나라 트리니다드 토바고는 콜럼버스가 살던 시대에는 스페인의 식민지였고 이어 프랑스의 식민지를 거쳐 1802년 아미앵 조약에 따라 대영제국의 식민지가 되었다. 엄청난 노동력을 요구하는 사탕수수, 카카오, 담배 플랜테이션이 식민지 트리니다드의 주요 산업이었던 탓에 식민 정부는 아프리카에서 상당수의 흑인들을 노예로 들여왔다. 하지만 1833년 노예제가 폐지되고, 더 이상 노예 노동력을 옛날 방식으로 조달할 수 없게 되자 영국 식민 정부는 후속 조치로 계약 노동제the System of Indentured Labor라는 정책을 만들었다. 그리고 이 제도에 의해 대영제국 식민 정부는 상당수 인도인들을 이역만리 떨어진 카리브 해 연안으로 이주시켰다. 각종 자료에 의하면 1838년에서 1924년 사이에 약 50만 명의 인도인이 서인도 제도로 이주했고, 그중 15만 명이 트리니다드로 왔다. 그러나 이들 중 상당수는 인도로 돌아가지 못하고 트리니다드에 정착했는데, 지금은 인도 이민자들의 후손이 트리니다드 토바고 인구의 40퍼센트 정도를 차지하고 있다.

인구의 80퍼센트가 흑인, 인도인으로 이루어지고 원주민, 영국인, 프랑스인, 중국인들이 소수를 차지하는 트리니다드의 인구 비율은 그 자체가 이 나라 식민지 역사의 산물이다. 즉, 상황적 필요성에 의해 다른 인종, 다른 민족을 반강제로 유입한 결과 지금은 과거의 식민지인과 피식민지인들이 함께 한 나라 국민으로 살게 된 것이다. 이런 트리니다드의 특이한 역사와 피식민지인이자 낯선 나라로 이주를 한 이산인들인 인도계 트리니다드인들의 삶은 작가 V. S. 나이폴Sir. Vidiadhar Surajprasad Naipaul의 모든 소설에서 현대인이 공통적으로 처한 상황으로 투영되었다.

2

2001년도 노벨 문학상 수상자인 V. S. 나이폴은 트리니다드 토바고의 차구아나스에서 브라만 혈통의 인도 이민자 2세이자 『트리니다드

가디언』의 기자였던 시퍼사드 나이폴Seepersad Naipaul의 맏아들로 태어났다. 나이폴은 『어둠의 심장』을 쓴 조지프 콘래드에게서 자기 문학과의 유사점을 찾았는데, 가정적인 배경을 보면 나이폴의 집안과 콘래드의 집안 간에 비슷한 점이 아주 없지는 않다. 콘래드의 아버지 아폴로 코제니오프스키Apollo Korzeniowski는 폴란드의 독립을 위해 헌신한 독립투사였고 그의 외가 쪽은 정치와는 거리를 유지하며 재산을 일군 자산가 집안이었는데, 이와 비슷하게 나이폴의 아버지 시퍼사드는 어린 시절에 힌두교 펀디트가 될 공부를 하고 언론인으로 생활했던 개혁적인 성향의 사람인 반면, 나이폴의 외가는 트리니다드에서 유명한 부잣집이자 보수적인 브라만 펀디트 가문이었던 것이다.

시퍼사드 나이폴은 경제적으로 처가에 의존할 수밖에는 없었지만, 『비스와스 씨를 위한 집』에서 비스와스 씨가 툴시 가문과 끊임없이 갈등을 겪듯 평생 동안 처가와 그런 식의 애증 관계였다. 아버지가 『트리니다드 가디언』의 기자가 되어 흩어져 살던 가족이 포트오브스페인에서 모이기 전까지 나이폴은 아버지의 존재에 대해서 잘 알지 못했다. 그러나 그 이후 시퍼사드는 아들과 정신적으로 교감을 했고 나이폴이 작가가 될 수 있도록 직간접으로 영향을 끼쳤다고 한다. 불행히도 시퍼사드는 나이폴이 영국 정부가 주는 장학금을 받고 옥스퍼드 대학교에서 공부를 하던 당시 아들이 성공하는 것을 보지 못한 채 심장병으로 사망했다. 시퍼사드는 죽기 직전에 아들에게 보낸 편지에서 '예술은 나를 위한 것art for my sake'이라고 했던 D. H. 로런스의 말을 인용하며 로런스와 같은 예술가가 될 것과 예술가가 되는 것을 두려워하지 말 것을 당부했다고 한다. 이 말은 나이폴이 "나는 나 자신을 대변할 뿐 어느 누구도 대변하지 않는다, 소설은 소설일 뿐"이라고 했던 것을 떠올리게 한다.

　트리니다드의 퀸스 로열 고등학교와 옥스퍼드 대학교를 졸업한 후 나이폴은 프리랜서 작가로서의 삶을 시작했다. 그는 1954년부터 3년간 BBC 방송국에서 작가 겸 편집자로 있었고, 또 1957년에서 1961년까지 는 『새정치인*the New Statesman*』이라는 신문에서 소설 리뷰를 담당했다. 18세 때 이미 소설을 썼지만 출판은 못했던 나이폴은 이 시기에 그의 첫 소설 『신비한 안마사*The Mystic Masseur*』를 내놓았다.

　또한 이때 나이폴은 옥스퍼드 재학 시부터 알고 지냈던 퍼트리샤 헤일과 결혼을 했다. 그녀가 1996년 암으로 사망할 때까지 41년간 결혼 이 지속되었지만 이들의 관계는 일반적인 결혼 생활과는 거리가 멀었 다. 평생을 런던에서 살았던 나이폴에게 있어서 퍼트리샤는 남편의 저 술에 교정을 봐주는 헌신적인 영국 태생의 부인이었다. 그럼에도 불구 하고 나이폴은 런던의 사창가를 규칙적으로 드나들고 마거릿 구딩이라 는 유부녀와 장기간 불륜 관계를 지속했다. 퍼트리샤가 죽고 난 후 나 이폴은 파키스탄 출신의 언론인인 나디라 한눔 알비와 결혼했는데, 그 가 나디라에게 청혼을 한 것은 퍼트리샤가 죽기 전이었고 퍼트리샤가 죽고 불과 두 달이 지난 후에 이들은 결혼식을 올렸다.

　욕 얻어먹기 좋은 결혼 생활만큼이나 소설가로서, 논픽션 작가로서 나이폴은 과거 피식민지인과 이슬람교에 대한 거침없는 견해 표명으로 인해 평생 비판을 몰고 다녔다. 나이폴을 떠올리면 같이 떠오르게 되는 인물은 아마 미국의 문예평론가 에드워드 사이드Edward Said일 것이다. 사이드는 이슬람교와 제3세계를 바라보는 나이폴의 시각에 대해 줄기 차게 비판을 쏟았는데 특히 나이폴이 노벨 문학상을 받았던 2001년에 출간된 그의 책 『도전받는 오리엔탈리즘』에서는 한 장을 할애하여 나이폴의 노벨 문학상 수상을 강하게 비판했다.

한편, 평생 '서구 식민주의 옹호의 앞잡이'라는 식의 비판을 받아왔지만 나이폴은 상복이 많은 작가이기도 했다. 노벨 문학상은 물론이고 부커 상, 서머싯 몸 상, 존 루엘린 라이스 상, 데이비드 코언 영국 문학상을 받았고 1989년에는 기사 작위를 받는 등 영국 문학계에서 그의 입지는 다른 제3세계 출신의 작가들과 확연한 차이를 보이고 있다. 2004년도에 나이폴은 『반생Half a Life』의 후편인 『마술 씨앗Magic Seeds』을 발표하며 이 작품이 자신의 마지막 작품이 될 것이라고 선언했지만 논픽션 작품은 계속 발표하며 오늘날에 이르고 있다.

3

앞서 말한 것처럼 나이폴은 상복이 많은 만큼 비판도 많이 받았던 작가이다. 제3세계 피식민지인 출신이라는 그의 입장은 나이폴의 문학이 있게 한 자양분이었지만, 동시에 식민지 역사와 제3세계의 현실을 외면하는 작가라는 비판이 따라오게 하는 원인이 되기도 했던 것이다. '식민지 시대에 대한 노스탤지어를 가진 작가'(티머시 브래넌)라던가 '제3세계인들이 겪는 현실은 자신이 자초한 일이라고 말하는 사람들 중의 하나'(에드워드 사이드)라는 비판들에서 볼 수 있듯이 제3세계인에게도 비판을 일삼았던 나이폴이 자신의 정체성을 망각하거나 외면하는 것으로 읽히기도 했던 것이다.

이산diaspora을 경험한 인도 이민자 3세이자 흑인, 인도인, 백인이 복잡하게 얽힌 신생 독립국 트리니다드 토바고에서 식민지 시대와 신생 독립국 시대를 겪은 나이폴 작품의 등장인물들은 인도인이든 아니든 어느 정도는 『흉내 내는 사람들*The Mimic Men*』의 등장인물들과 닮아 있다. 주인공 랠프 싱Ralph Singh은 서인도 제도의 가상의 나라 이사벨라 출신으로 세계의 중심인 영국 런던으로 유학을 간다. 호미 바바의 식민 주체의 양가성이란 이론에 의하면 피식민지인은 식민 주체를 자의나 타의로 모방하게 되어 있는데, 싱 역시 열대의 섬인 고향에서는 볼 수 없는 눈이 내리는 런던을 동경했다. 하지만 세계의 중심에서 자기 존재의 중심을 찾으려고 하는 싱의 기대는 자신이 주변인이고 흉내내는 사람들에 불과하다는 자각으로 무너지게 된다.

소설 초반부에는 하숙집 가정부이자 몰타인 이민자인 리에니Lieni가 파티를 여는 장면이 있다. 평소 맵시 있는 런던 아가씨처럼 행동하려고 애쓰는 리에니의 파티에 모인 이탈리아, 스페인, 몰타, 서인도 제도인들은 백작 부인이니 뭐니 하고 부르지만 사실은 가정부, 웨이터, 포주, 외국인 학생, 파시스트이다. 말 그대로 이 사람들은 '흉내를 내고 있는 사람들'일 뿐인 것이다. 중심이 없이 단지 흉내를 내고 있을 뿐인 것은 신생 독립국 이사벨라에서도 마찬가지였다. 사회주의 혁명을 주도하여 혁명 정부에 참여하거나 부동산업을 통해 많은 돈을 벌어도 싱의 중심은 여전히 고갈되어 있다. 독립을 쟁취하고 나서도 스스로의 힘으로 서지도, 자신의 중심을 찾지도 못하는 과거 피식민지인에 대한 냉소적인 초상은 『흉내 내는 사람들』에서뿐만 아니라 아프리카 신생국을 배경으로 하는 『강굽이*A Bend in the River*』나 제3세계 출신의 영국인을 그린 반자전적인 소설 『도착의 수수께끼*The Enigma of Arrival*』에서도 찾을 수 있다.

이렇듯 나이폴의 작품 속에서는 식민지 역사를 겪은 제3세계인이 식민지 상태를 벗어났음에도 불구하고 진정한 독립 상태, 즉 자신의 중심을 찾는 독립을 쟁취하지 못하고 주변부에서 떠돌아다닐 뿐인 상태가 그려진다. 이들 인물들의 상황이 갖는 주변성marginality은 제3세계인이 공통적으로 겪을 수밖에 없는 역사적인 상태이면서 동시에 나이폴에게는 지극히 개인적인 것이기도 했다. 즉, 그는 인도인, 트리니다드인, 영국인이면서 동시에 어느 것도 아니었던 것이다. 혈통적으로는 인도인이고 고향은 트리니다드이고 사는 곳은 영국이지만 그는 어느 곳에도 소속될 수 없는 국외자이며, 그렇기 때문에 싱과 같이 그에게는 글쓰기만이 자기 자신을 대변할 수 있는 수단인 것이다.

4

나이폴의 작품에선 그의 예사롭지 않은 개인사가 많이 드러난다. 1957년에 첫 소설 『신비한 안마사』를 발표한 이후 나이폴은 『엘비라의 참정권The suffrage of Elvira』 『미겔 스트리트Miguel Street』 『비스와스 씨를 위한 집』 『흉내 내는 사람들』 등을 연속으로 발표하면서 어린 시절에 트리니다드에서 겪었던 자전적인 요소들을 많이 이용했다. 그중에서도 『비스와스 씨를 위한 집』은 작가의 가정사와 가장 많이 관련이 있는 작품이다.

출생에서 심장병으로 46세에 사망하기까지 비스와스 씨의 일대기를 그린 『비스와스 씨를 위한 집』은 나이폴의 네번째 소설로, 나이폴의 아버지 시퍼사드 나이폴의 일대기를 소설화한 작품이다. 그 어떤 나이폴 작품보다도 자전적인 요소가 많이 보이는 이 작품의 시간적 배경은 대략 20세기 초부터 1950년대 중반부일 것이라고 추정되는데, 이 시기는 시퍼사드 나이폴의 생애와도 중첩이 되는 기간이다. 비스와스 씨의 부모나 툴시 펀디트처럼 계약 노동제에 의해 트리니다드에 이주했던 이민 1세대와 비스와스 씨와 툴시 가의 자식들로 이루어진 2세대, 나이폴 자신이 모델인 아난드와 그의 형제자매인 이민 3세대 등 3대에 걸친 트리니다드의 인도 이민자들이 이 소설의 주요 등장인물들이다.

작가가 굳이 숨기려고 들지 않았다 싶을 정도로 비스와스 씨의 일생은 시퍼사드의 실제 일생과 여러 면에서 일치한다. 시퍼사드는 비스와스 씨처럼 어린 시절에 펀디트가 될 공부를 했었고 자력으로 신문 기자가 되었으며 잠시 공무원 생활을 하다가 아들이 유학을 가 있는 동안에 심장병으로 사망했던 것이다. 그런 의미에서 이 책은 '식민지 트리니다드에서 힘든 생을 살았던 자신의 아버지에 대한 오마주이자 작가의 어린 시절에 대한 세밀한 기록'(포지아 무스타파)이다. 익숙하고 애정이 깃든 대상을 작품화한 때문인지 이 작품에서 인물이나 사건에 대한 서술자의 묘사는 세밀하면서도 감정적이다. 예를 들어, 결국 표현되지 못하고 무덤 속으로 파묻혀버린 비스와스 씨와 어머니 빕티 사이의 애정, 그리고 권위와 복종을 가장하지만 실상은 서로에 대한 연민이 깔린 비스와스 씨와 아들 아난드 사이의 애정은 이 작품을 식민지 담론의 잣대로 평가하는 것을 넘어서서 독자를 감정적으로 이입되게 하는 부분들이다.

비스와스 씨는 여섯 손가락을 지닌 채 자정에 태어났다고 하여 펀디트에게 "에미, 애비를 잡아먹을 재수 없는 아이"라는 예언을 받는다. 이 예언대로 비스와스 씨의 아버지 라구가 익사하자 비스와스 씨는 거의 평생 동안 이곳저곳을 떠돌아다니며 살게 된다. 새뮤얼 스마일스의 위인전에 등장하는 사람들처럼 자립해서 성공하길 꿈꾸었던 비스와스 씨에게 식민지 트리니다드는 그런 꿈이 결코 이루어질 수 없는 뜨거운 열대 지방일 뿐이며, 반강제로 그를 결혼시켰던 툴시 집안 역시 그의 개인성을 말살하려고 드는 집단주의의 화신일 뿐이다. 그런 의미에서 비스와스 씨가 평생 꿈꾸었던 자신의 '집'은 랠프 싱의 글쓰기처럼 자신의 정체성을 확인해주는 도구이다. 즉, 집은 비스와스 씨가 존재했음에 대한 증거이자 그가 평생 두려워했던 허공 속으로 빠지지 않게 막아주는 존재의 닻이다. 비스와스 씨는 '덫'이라고 부르곤 했던 툴시 집안과 툴시 집안이 상징하고 있는 변질된 보수 힌두교 집단 문화로부터 독립된 자신의 개인적인 공간을 집을 통해서 성취하는 것이다. 그렇기 때문에 집이 마련되었을 때야 비로소 비스와스 씨는 진정한 자기 가정을 세우고 툴시 가나 힌두 신앙과도 화해할 수 있었다.

툴시 집안은 비스와스 씨와 평생의 앙숙인데, 비스와스 씨는 샤마와의 결혼이 툴시 집안의 음모에 의해 이루어진 것이며, 그 결혼을 통해 자신은 덫에 걸려들게 되었다는 피해망상을 가지고 있다. 하지만, 샤마와 툴시 집안의 입장에서 보면 또 다른 해석도 가능할 수 있을 것이다. 교통사고로 남편을 잃고 적어도 16명이 되는 자식들을 부양해야 하는 툴시 부인이 낯선 이국땅에서 살아남기 위해서는 누군가의 희생을 필요로 하지 않을 수가 없었을 것이고, 아들을 중시하는 관습상 그 희생 제물은 딸들이 될 수밖에 없었을 것이기 때문이다.

이런 점에서 볼 때 툴시 가는 전통 고수와 자기 변화라는 상반된 전략을 통해 이산, 식민지 시대, 산업 발전으로 인한 도시화 등을 겪어내고 성공한 이민 집안이다. 파고테스의 사탕수수 플랜테이션에서 포트오브스페인의 산업화된 도시로 옮기는 와중에 툴시 집안은 전통 힌두교 문화와 영미 제국주의를 독특한 방식으로 혼합하여 툴시화 해낸다. 예를 들어 툴시 부인은 '카스트'라는 신분 제도에 집착하여 사윗감이 브라만 계급이기만 하면 마치 새끼고양이를 나누어주듯 딸들을 결혼시키는데, 이런 결혼을 통해 힌두교 전통도 지키고 플랜테이션 유지를 위해 필요한 노동력도 확보하는 것이다. 세계대전 후 미국식 자본주의가 밀려오자 봉건적 집단 문화에서 벗어나려 하지 않는 세스와 절교하고 그 대신 부동산 투자와 고등 교육을 통해 변화된 산업 사회에서도 영향력을 지켜낸다. 전통에 철저히 집착하지도, 영미 문화로 완전히 변화하지도 못하지만 생존을 위한 나름의 변화를 수용하는 것은 이민 사회가 겪을 수밖에 없는 숙명과도 같은 것이라고 할 수 있다. 또한 이런 식의 변화와 적응은 툴시 가를 욕하는 비스와스 씨 역시 똑같이 겪을 수밖에는 없는 것이었다. 즉, 스마일스의 위인전에 등장하는 서구적 환경과 서구인들에 대한 막연한 동경에서 시작하여 어설프고 어정쩡하지만 스스로를 위한 집을 만들고 자조하며, 아들의 교육에 자신의 자아 성취를 거는 것은 비스와스 씨도 마찬가지인 것이다.

나이폴은 이 작품의 등장인물 중 유독 비스와스 씨에게 'Mr.'라는 존칭을 시종일관 사용하고 있다. 꿈은 많아도 현실적인 능력은 없고, 소설가나 좋은 기자가 될 만한 깜냥도 되지 못하는 데다가, 샤마에게는 가혹한 남편이었지만, 비스와스 씨가 최소한 아들에게는 사랑받는 아버지였던 것이 아닌가 하는 생각을 하게 만드는 대목이다. 이 두 부자가 공유하고 있었던 것이 무엇인가를 생각해보니 아마도 비스와스 씨가 아조다의 버스에서 차장을 할 때 본 적인 있는 한 소년의 모습이 아닌가 한다. 헐벗은 모습으로 '저 버스를 타면 어디까지 갈 수 있을까'를 궁금해하며 서 있는 소년의 모습 말이다.

그리고 짧은 해거름 동안 그들은 길에서 많이 떨어진 개간지에 서 있는 외로운 오두막 한 채를 지나가게 되었다. [……] 어두컴컴한 가운데 한 소년이 오두막에 기대어 양손으로 등짐을 지고 길을 빤히 쳐다보고 있었다. 그 애는 러닝셔츠만 걸치고 있었다. 그 러닝셔츠가 하얗게 빛이 났다. [……] 그 오두막이 어디에 있었는지는 기억에 없지만 그 영상은 비스와스 씨에게 남았다. 어쩌다 거기 지었는지 알 수 없는 토담집에 기대 있던 한 소년의 모습. 해 저무는 어두운 하늘 아래에서 그 길과 그 버스가 어디로 향하는지 모르는 한 소년의 모습 말이다.

작가 연보

1932   8월 17일 트리니다드 토바고의 차구아나스Chaguanas에서 브라만 혈
        통의 인도 이민자 2세이자 『트리니다드 가디언』 기자 시퍼사드 나
        이폴Seepersad Naipaul의 아들로 태어남.

1938   트리니다드의 수도 포트오브스페인으로 이사. 퀸스 로열 고등학교
        졸업.

1950   정부 장학금을 받고 영국 옥스퍼드 대학교에 유학.

1953   아버지 시퍼사드 나이폴이 아들이 작가로 성공하는 것을 보지 못
        한 채 심장 마비로 사망.

1954~56 BBC 방송국에서 「카리브 해의 목소리Caribbean Voices」라는 프로그램
        작가 및 편집자로 일함.

1955   옥스퍼드 대학 시절부터 알고 지내던 퍼트리샤 헤일Patricia Hale과
        결혼.

1957   첫 소설인 『신비한 안마사The Mystic Masseur』 발표. 존 루엘린 라이스
        상 수상. 이 소설은 2001년에 영화화됨.

1958   소설 『엘비라의 참정권The Suffrage of Elvira』 발표.

1959   소설 『미겔 스트리트Miguel Street』 발표. 서머싯 몸 상 수상.

1961	소설 『비스와스 씨를 위한 집A House for Mr Biswas』 발표.
1962	트리니다드 정부로부터 카리브 해를 여행할 수 있는 지원금을 받고 그의 첫 논픽션인 『대서양 중간 항로The Middle Passage』 발표.
1963	소설 『스톤 씨와 작위Mr. Stone and the Knights Companion』 발표. 호손 상 수상.
1964	1년 동안의 인도 생활에 대해 기록한 논픽션 『어둠의 영역An Area of Darkness』 발표.
1967	소설 『흉내 내는 사람들The Mimic Men』 발표. 단편집 『섬의 깃발A Flag on the Island』 발표. W. H. 스미스 상 수상.
1969	소설 『엘도라도의 상실The Loss of El Dorado』 발표.
1971	소설 『자유 국가에서In a Free State』발표. 부커 상 수상.
1975	소설 『게릴라들Guerrillas』 발표.
1977	논픽션 『인도, 상처받은 문명India: A Wounded Civilization』 발표.
1979	소설 『강굽이A Bend in the River』 발표.
1981	논픽션 『중심을 찾아서Finding the Centre』 발표.
1987	카리브 해 태생의 한 작가를 묘사한 자전적 소설 『도착의 수수께끼The Enigma of Arrival』 발표.
1989	기사 작위 받음.
1993	제1회 데이비드 코언 영국 문학상 수상.
1994	소설 『세상의 한 길A Way in the World』발표.
1996	부인인 퍼트리샤 헤일이 암으로 사망. 파키스탄의 언론인인 나디라 한눔 알비Nadira Khannum Alvi와 재혼.
2001	노벨 문학상 수상. 『반생Half a life』 발표.
2004	『반생』의 후편인 『마술 씨앗Magic Seeds』을 발표한 후 이 작품이 자신의 마지막 작품이 될 것이라고 선언.

2009	맨 부커 국제상 수상.
2010	열여섯번째 논픽션 작품인 『아프리카의 가면극*The Masque of Africa*』 발표.

'대산세계문학총서'를 펴내며

2010년 12월 대산세계문학총서는 100권의 발간 권수를 기록하게 되었습니다. 대산세계문학총서의 발간은 앞으로도 계속될 것이고, 따라서 100이라는 숫자는 완결이 아니라 연결의 의미를 지니는 것이지만, 그 상징성을 깊이 음미하면서 발전적 전환을 모색해야 하는 계기가 된 것은 분명합니다.

대산세계문학총서를 처음 시작할 때의 기본적인 정신과 목표는 종래의 세계문학전집의 낡은 틀을 깨고 우리의 주체적인 관점과 능력을 바탕으로 세계문학의 외연을 넓힌다는 것, 이를 통해 세계문학을 바라보는 우리의 시각을 전환하고 이해를 깊이 해나갈 수 있도록 한다는 것이었다고 간추려 말할 수 있습니다. 그리고 궁극적으로는 우리의 인문학을 지속적으로 발전시켜나갈 수 있는 동력이 될 수 있기를 희망하는 것이었습니다. 이러한 기본 정신은 앞으로도 조금도 흐트러지지 않고 지켜나갈 것입니다.

이 같은 정신을 토대로 대산세계문학총서는 새로운 변화의 물결 또한 외면하지 않고 적극 대응하고자 합니다. 세계화라는 바깥으로부터의 충격과 대한민국의 성장에 힘입은 주체적 위상 강화는 문화나 문학의 분야에서도 많은 성찰과 이를 바탕으로 한 발상의 전환을 요구하고 있습니다. 이제 세계문학이란 더 이상 일방적인 학습과 수용의 대상이 아니라 동등한 대화와 교류의 상대입니다. 이런 점에서 대산세계문학총서가 새롭게 표방하고자 하는 개방성과 대화성은 수동적 수용이 아니라 보다 높은 수준의 문화적 주체성 수립을 지향하는 것이며, 이것이 궁극적으로 한국문학과 문화의 세계화에 이바지하게 되리라고 믿습니다.

또한 안팎에서 밀려오는 변화의 물결에 감춰진 위험에 대해서도 우리는 주의를 게을리하지 말아야 할 것입니다. 표면적인 풍요와 번영의 이면에는 여전히, 아니 이제까지보다 더 위협적인 인간 정신의 황폐화라는 그늘이 짙게 드리워져 있는 것이 사실입니다. 대산세계문학총서는 이에 대항하는 정신의 마르지 않는 샘이 되고자 합니다.

'대산세계문학총서' 기획위원회